김 광 균 **문 학 전 집**

지은이

김광균(金光均, Kim Gwang-Gyoon, 1914~1993) 호는 우두(雨杜). 1913년 경기 개성에서 출생했다. 1926년 『중외일보』에 「가신 누님」을 발표하면서 문단에 나온 뒤 『시인부락』, 『자오선』 동인으로 활동하였다. 식민지 시대에 제1시집 『와사등(瓦斯燈)』(1939)을, 해방기에 제2시집 『기항지(寄港地)』(1947)를 펴냈다. 6·25전쟁 이후에는 건설실업주식회사 사장으로 있으면서 제3시집 『황혼가(黃昏歌)』(1957)를 펴냈다. 김기림에 의해 도입되고 이론화한 시론을 바탕으로 1930년대 모더니즘 시운동에 크게 이바지했다. 김기림이 "소리조차 모양으로 번역하는 기이한 재조"를 가졌다고 상찬하였듯이, 그는 사물의 외관과 속성을 정교한 회화적 이미지로 담아내는 데 집중한 모더니스트였다. 그는 정서적 분위기를 환기시키는 이미지를 독특하게 그려내면서, 도시 문명과 현대성에 부합하는 시어를 개성적으로 사용하였다. 현대 문명이 시각에 바탕을 둔 것으로 보았으며, 대상을 묘사하고 표현하는 감각어를 자주 썼다. 또한 그는 비애의 정서를 자주 발화함으로써, 객관적이고 차가운 이미지즘이 아니라, 낭만적이고 따뜻한 이미지즘을 추구하였다. 이러한 속성은 과거 및 고향에 대한 상실감으로 이어지기도 하고, 다른 한편에서는 근대사에 대한 비판의식이나 소외의식으로 나아가기도 하였다. 그는 다수의 산문과 비평을 통해 '시인 김광균' 못지않게 '논객 김광균'의 면모도 적지 않게 남겼다. 특별히 해방기에는 날카롭고 시의적인 평문을 다수 남겨 이 시기의 중요한 논자 가운데 하나로 평가받을 만하다. 말년에 시집 『추풍귀우(秋風鬼雨)』(1986)와 『임진화(壬辰花)』(1989)를 간행하였다.

엮은이

오영식(吳榮植, Oh Young-Shik) 중앙대학교 대학원 국문학과를 졸업했다. 현재 보성고등학교 국어 교사로 있다. 전 '불암통신'(1990~2005) 발행인이며, 근대서지학회 총무와 반년간 『근대서지』 편집위원장으로 활동하고 있다. 대한출판협회 주관 모범장서가에 선정되었으며(1988.10), 한국출판학회 우수저술상을 수상했다(2010.2). 지은 책으로는 『해방기간행도서총목록 1945~1950』(2010 문화관광부 우수학술도서), 『보성백년사』(공저, 2006), 『틀을 돌파하는 미술—정현웅·미술작품집』(공저, 2012) 등이 있다.

유성호(柳成浩, Yoo Sung-Ho) 1964년 경기 여주에서 출생했다. 연세대학교 국문과를 졸업하고 같은 대학원에서 문학박사학위를 받았다. 서남대학교 국문과, 한국교원대학교 국어교육과를 거쳐 지금은 한양대학교 국문과 교수로 있다. 『서울신문』 신춘문예에 문학평론 부문에 당선하여 문학평론가로 활동하고 있으며, 지은 책으로는 『한국 현대시의 형상과 논리』(1997), 『상징의 숲을 가로질러』(1999), 『침묵의 파문』(2002), 『한국 시의 과잉과 결핍』(2005), 『현대시 교육론』(2006), 『문학 이야기』(2007), 『근대시의 모더니티와 종교적 상상력』(2008), 『움직이는 기억의 풍경들』(2008) 등이 있고, 엮은 책으로는 『강은교의 시세계』(2005), 『박영준 작품집』(2008), 『나의 침실로(외)』(2009), 『박팔양시선집』(2009), 『한하운전집』(공편, 2010), 『김상용 시선』(2014) 등이 있다. 현재 『근대서지』, 『시작』, 『서정시학』, 『문학의 오늘』, 『대산문화』의 편집위원으로 활동하고 있으며, '문학과 사상연구회', '근대서지학회', '임화문학연구회' 등에서 한국 근대문학을 연구하고 있다.

근대서지총서 06

김광균 문학전집

초판 인쇄 2014년 5월 14일 초판 2쇄 발행 2015년 2월 28일
지은이 김광균 엮은이 오영식 유성호 펴낸이 박성모 펴낸곳 소명출판 출판등록 제13-522호
주소 서울시 서초구 서초중앙로6길 15, 1층
전화 02-585-7840 팩스 02-585-7848 전자우편 somyong@korea.com 홈페이지 www.somyong.co.kr

ISBN 978-89-5626-986-3 04810
     978-89-5626-442-4 (세트)

값 46,000원 ⓒ 오영식·유성호, 2014

本 假

籍 本

서울特別市鍾路區

桂洞百四拾之

番地

西紀壹九六貳年七月參拾壹日 再製하였으므로 本戶籍을 採淸

母	主	戶	前戶主
韓順福	金光均	金昌勳	金昌勳

『와사등』(남만서점, 1939.8.1, 김만형 장정) 초판

詩集寄港地

『기항지』(정음사, 1947.5.1, 최재덕 장정)

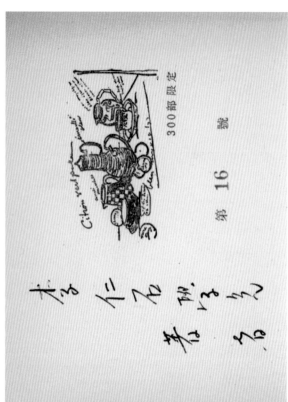

이인석 시인에게 준 자필 서명

『황혼가』(산호장, 1957.7.5)

『추풍귀우』(범양사, 1986.7.15)

『임진화』(범양사, 1989.5.30)

산문집 『와우산』(범양사, 1985.8.15)

金光均 文集 臥牛山

1930年代 모더니즘 詩運動의 旗手
詩人 金光均이 처음 낸 文集!
日帝時代, 解放에서 6.25를 거처 長
50年에 걸쳐 詩人으로 걸어 온 그의
文字와 생활 주변. 그리고 畵家와 詩
人들과의 交遊를 담은 人生遍歷.

『현대시집 II 신석정・김광균・장만영・유치환』(정음사, 1950.3.10)

現代詩集 II

辛 金 張 鄭
夕 光 萬 芝
汀 均 榮 鎔

正 音 社 版

『와사등』(재판, 정음사, 1946)

『와사등』(산호장, 1960.9.30)

『와사등-김광균 시전집』(근역서재, 1977.5.30)

『와사등』(시전집 재판, 삶과꿈, 1994.1.10, 전성우 장정)

「오후의 구도」 외 1편이 수록된 『을해명시선집』
(시원사, 1936.3.27, 황술조 장정)

「설야」가 수록된 『현대조선시인선집』
(학예사, 1939.1.25)

「광장」 외 4편이 수록된 『신찬시인집』
(시학사, 1940.2.18, 이주홍 장정)

「날개」가 수록된 『해방기념시집』
(중앙문화협회, 1945.12.12, 김환기 장정)

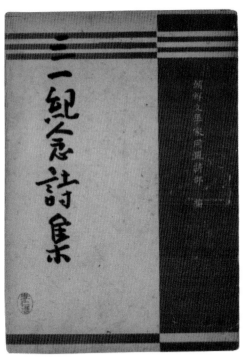

「三一날이여! 가슴아프다」가 수록된 『삼일기념시집』
(건설출판사, 1946.3.1)

「상여를 보내며」가 수록된 『1946년 조선시집』
(아문각, 1947.3.20, 이주홍 장정)

김광균·임화 대담회, 「시단의 현상과 희망」
(『조선일보』, 1940.1.13)

「가로수」외 4편이 수록된 『시집 – 조선문학전집 10』
(한성도서, 1949.4)

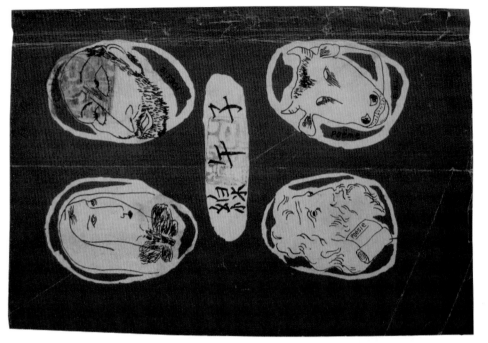

「조화」 외 1편이 수록된 『시학』 4집(1939.10)

「도심지대」가 수록된 『인문평론』 1939년 12월호

「상여를 보내며」가 수록된 『학병』 2호
(1946.2, 박문원 표지화)

만년에 동인활동을 했던 『회귀』 2집(1986.6)

김광균 전집 | 화보 11

『풍림』 5집(1937.4)에 실린 사진

미당의 『신라초』 출판기념회에서(1961)
김환기, 서정주, 최정희, 김동리

수화 김환기의 그림이 걸린
건설실업주식회사 부산 사무실에서(1952.7.6)

아우 익균과 함께 창업한 건설실업주식회사 광고
(『국제보도』 14호, 1948.9.10)

한양로타리 회장 시절(1984)

경주 남산에서 - 정비석, 구상 등과(1988)

『추풍귀우』 출판기념회에서(1986.9.29)

광한루에서
- 구상, 정비석 등과

정비석, 조병화, 송지영 등
문우들과

보성고 교정에서 김기림시비 제막을 마치고- 차녀(김은영), 조경희, 조병화, 박태신 등(1990.6)

성북동 자택 마루에서

시인 부부와 3남 2녀 가족들

와우산 묘소 – 작고 1주기(1994.11)

지리산 화엄사 앞 '시의 공원'에 있는 「와사등」시비

대학로에 있는 김광균시비(박충흠 작, 김단의 글씨)

옥천 장계 수변공원에 있는 「해변가의 무덤」
(제2회 지용문학상 수상작) 조형물

근대서지총서 06

김광균 문학전집

The Complete Works of Kim Gwang-Gyoon

오영식 · 유성호 엮음

소명출판

나의 아버지 김광균 시인을 그리며

김영종(시인의 장남)

아버님이 세상을 떠나신 지 어느덧 20여 년이 흘렀습니다. 그리고 금년 2014년은 아버님이 태어나신 지 100주년이 되는 해입니다.

돌이켜 생각해보면 시인으로서의 아버님 인생은 평탄하지만은 않았습니다.

아버님은 소학교를 다니시던 1926년 『중외일보』에 「가신 누님」이라는 작품을 발표하셨는데, 돌아가신 누이를 생각하며 쓴 이 소년시(少年詩)가 최초의 발표 시편이라고 알고 있습니다.

가장 왕성하게 시를 쓰신 것은 1930년대 후반으로, 아버님은 당시 발표되었던 시 가운데 22편을 묶어 1939년 『와사등』이라는 이름의 첫 시집을 출판하셨고, 해방 후인 1947년에는 『기항지』라는 시집을 펴내셨습니다.

시를 그림 그리듯 표현한 시인을 김광균으로, 시를 노래 부르듯 표현한 시인을 오장환으로 소개하면서 한국에 모더니즘 시가 탄생하였다고 말씀하신 분은 시인이자 평론가이셨던 김기림 선생이라고 기억합니다.

1950년에 겪어야 했던 6·25동란은 누구에게나 그랬겠지만, 아버님께 시를 쓸 마음과 시간의 여유를 주지 않았던 것으로 생각됩니다. 더구나 1951년부터는 집안의 가장으로서 생계를 책임지셔야 했기에 아버님은 무역회사를 경영하는 사업가가 되셨습니다. 부산 영도에서 피난 생활을 시작하셨는데, 피난 중에도 회사 일이 끝날 시간에는 사무실로 찾아오시는 피난 온 시인 및 화가들(장만영, 구상, 김환기, 이중섭 등)과 더불어 술을 드시면서 시의 향수를 달래셨습니다.

전쟁 후 무역협회 부회장까지 지내시면서 아버님은 회사를 한때 직원 2천 명이 넘는 큰 회사로 키워내셨습니다. 그러다가 1987년에 아버님은 사업가로서의 삶을 접으셨습니다. 일흔이 넘어 평생 그리워하시던 시를 다시 마음껏 쓰셨고, 돌아가시기 몇 해 전에 『임진화』라는 시집을 남기셨습니다. 사업에서 은퇴하신 후에는 구상 선생, 정비석 선생과 함께 세 분이서 자주 여행을 다니시기도 했습니다. 그러시던 중 병을 얻으셔서 5년간 병마에 시달리시다가 쓸쓸히 가신 것은 자식들로서는 너무나도 안타까운 일이었습니다.

돌아가시기 전 아버님은 늘 저희에게 당신이 시인으로 기억되기를 바란다고 말씀하셨습니다. 그래서 저희는 북한산 근처 가족 묘지에 아버님을 모실 때 묘비명을 '詩人 金光均'으로 하였고, 산소에는 아버님 작품 가운데 1942년 『조광』에 발표하셨다가 1957년 『현대문학』에 재수록되기도 한 「반가(反歌)」를 새겨 시비를 세웠습니다.

아직도 여러 대학의 국문과 학생들이 묘소를 찾아오는 것을 보니 젊은 학생들에게도 우리나라 초기 모더니즘 시에 대한 관심이 남아 있는 것 같습니다. 몇 년 전 학계에 있는 분으로부터 들었습니다만 '한국 모더니즘 시인 김광균'을 주제로 한 여러 대학의 석·박사논문이 200편이 넘는다고 하니 '詩人 金光均'은 아직도 한국문학을 사랑하는 사람들 마음속에 깊이 살아 계시는 것 같아 기쁘게 생각합니다.

아버님은 학계, 재계 그리고 문단에 계신 많은 분들과 교분을 맺으셨습니다. 특히 외교학계의 이용희 교수, 노재봉 교수 그리고 이성범 회장, 화가 배렴 선생과의 관계는 젊어서부터 돈독하셨던 것으로 알고 있습니다. 그 중에서도 제가 평생 잊지 못할 분은 화가 이중섭 선생과 시인 구상 선생이십니다.

부산 피난 시절 이중섭 화가를 아버님께 소개하신 분이 구상 선생이셨고, 이것이 인연이 되어 아버님은 동경 출장 가실 때마다 이중섭 화가의 편지를 부인 이남덕 여사께 전하고 다시 회신을 이중섭 화가께 전하는 메신저 역할을 하셨습니다. 1954년 환도 후에는 이중섭 화가를 위해 무역협회 전시장에서 개인 전시회를 가지게 하셨습니다. 저도 대학생 시절이라 가보았는데 전시 작품은 약 50점이었고 이 중 절반가량이 팔렸습니다. 모두 가난했기 때문에 그림 살 여유가 있는 사람이 별로 없던 시절이었습니다. 팔리지 않은 그림은 보관할 곳도 없어 모두 아버님 사무실에 쌓여 있었습니다. 아버님과는 두 살 터울의 동생뻘이었던 이중섭 화가는 한 달에 한 번쯤 들러 그림 다섯 점씩을 맡긴다며 그 돈으로 독주를 마시는 것으로 외로움을 달랬으니 몸이 견디지 못했을 것입니다. 1956년 초 정신착란을 일으키기 시작한 이중섭 화가는 구상 선생의 알선으로 처음에는 육군병원, 그 다음에는 서대문 적십자병원에 입원했지만, 그해 초가을 세상을 떠났습니다. 충격을 받은 아버님께서 『조선일보』에 글을 기고했는데, 그 제목은 「중섭이가 죽었다!」였습니다. 내용은 이중섭 화가의 천재성을 알아주지 않은 우리 사회에 대한 원망이었습니다.

구상 선생은 말년에 아버님을 각별히 보살펴주셨던 온화한 분이셨습니다. 구상 시인의 감화로 아버님은 1988년 성북동 성당에서 세례를 받으셨으며, 장례식도 아버님이 소속된 성북동 성당에서 가톨릭 방식으로 치렀습니다. 모두 감사한 인연이 아닐 수 없습니다.

　이번에 아버님 탄신 100년을 맞아 근대서지학회의 근대서지총서로 『김광균 문학전집』이 발간된다고 하니, 유족으로서는 더없이 기쁜 마음을 숨길 길이 없습니다. 특별히 전집의 엮은이로 수고해주신 근대서지학회의 오영식・유성호 선생님, 그리고 보성고등학교와 소명출판 등 관계자 여러분께 진심으로 감사의 말씀을 올립니다.

　끝으로 탄신 100년을 맞이하신 아버님께도 늦은 축하의 말씀을 다시 한 번 올리며, 아버님의 큰아들로서, 새로운 전집 발간의 축하와 그리운 마음을 갈음하고자 합니다.

　* 시인의 유족으로는 장남 영종, 차남 현종, 삼남 승종, 장녀 영자, 차녀 은영, 큰 사위 허완구, 둘째 사위 전성우, 큰 자부 민성기, 둘째 자부 정승이, 셋째 자부 김영애가 있습니다.

일러두기

- 이 책은 우두 김광균 시인의 탄신 100년을 맞아, 선학들의 작업에서 누락되었거나 잘못 기록 되었던 자료들을 보완, 수정하여 펴내는 전집입니다. 이 전집 작업은 김광균 시인의 탄신 100 년을 맞아 시인의 유족과 근대서지학회, 그리고 소명출판의 도움을 입어 이루어졌습니다.
- 이 전집은 크게 김광균의 시와 산문 그리고 작가·작품 연보, 해제와 함께『와사등』,『기 항지』초판본 영인으로 구성되었습니다.
- 시의 경우 시집 출간 순으로 작품을 배열하고 시집에 미수록된 작품들은 발표 순서대로 정 리하였고, 산문의 경우 글의 유형을 구분하여 각 유형 안에서 발표 순서대로 하였습니다. 시편 제3부 '시집 황혼가'는『와사등─김광균 시전집』(1977)에 따른 것으로『황혼가』(1957) 초판과 동일하지 않습니다.
- 엮은이는 최대한 원전을 확인하고 해설과 주석을 붙였습니다.
- 이 전집은『와사등』초판을 영인하여 제공하게 된 것에 큰 의미가 있습니다. 그동안 소개 되었던『와사등』은 예외 없이 1946년 정음사에서 간행한 재판이었습니다. 이번에 처음으 로 소개되는 영인은『와사등』(남만서점, 1939.8.1) 초판 그대로입니다. 아울러『기항지』(정 음사, 1947.5.1) 초판도 같이 영인하여 독자의 텍스트 활용에 편의를 제공하였습니다.
- 『와사등』과『기항지』의 각 작품들은 최대한 가독성 있는 현대어로 표기하였으니, 원전 확인이 필요한 경우에는 권말 영인을 참조하기 바랍니다. 시집에 미수록된 작품들은 발 표한 잡지나 신문을 저본으로 하여 원문 그대로 소개하였습니다.
- 저본에 실린 표기를 그대로 살렸고, 오기가 분명한 경우만 바로잡았습니다. 단, 띄어쓰기 는 읽기 편하게 현대 표기법에 맞추어 고치고 필요한 경우에 주해를 붙였습니다.
- 현대에 쓰지 않는 생소하거나 어색한 단어, 독자들이 쉽게 뜻을 이해하기 어려운 한자어, 원전이 잘 안 보여 엮은이가 추정한 글자 등 설명이 필요한 경우에 주해를 붙였습니다. 원전과 대조하여 잘못된 어구나 분연법의 잘못을 바로잡았고 난해 어구의 의미를 밝히 기도 하였습니다.
- 『추풍귀우』의 '老詩' 6편은 시집 목차를 따르면 소제목으로 해야 맞지만, 원문에서는 편 마다 별면을 잡아 큰 제목으로 하고 있습니다. 시인의 의도에 따라 이 책에서도 별도의 작품으로 처리하였습니다.
- 산문은 독자의 편의를 위하여 전체를 한글 표기로 바꾸었습니다. 한글만으로 뜻을 알아 보기 어려운 경우에는 괄호 속에 한자를 병기하였습니다.
- 산문에 있어 일부 잘못된 내용의 경우 경중을 헤아려 조사나 어미 등의 경우에는 바로잡 았고, 그렇지 않은 것은 각주를 통해 밝혔습니다.
- 산문의 경우 제목 위의 작은 제목은 발표 당시 지면의 코너 명칭입니다.
- 단행본은『 』, 작품·글제목은「 」, 영화·희곡·그림은〈 〉로 통일하였습니다.

엮은이

목차

1부 시詩편

2부 산문散文편

평문 · 수필 · 기타 281

김 광 균 문 학 전 집
1부
시詩편

시집 **와사등**瓦斯燈

午後의 構圖

바다 가까운 露台 우에
아네모네의 고요한 꽃방울[1]이 바람에 졸고
흰 거품을 물고 밀려드는 파도의 발자최가
눈보라에 얼어붙은 季節의 창밖에
나즉이 조각난 노래를 웅얼거린다

天井에 걸린 시계는 새로 두 시
하ー얀 汽笛 소리를 남기고
고독한 나의 午後의 凝視 속에 잠기어가는
北洋航路의 깃발이
지금 눈부신 弧線[2]을 긋고 먼 海岸 우에 아물거린다

긴ー 뱃길에 한 배 가득이 薔薇를 싣고
黃昏에 돌아온 작은 汽船이 부두에 닻을 나리고
蒼白한 感傷에 녹슬은 돛대 우에
떠도는 갈매기의 날개가 그리는
한 줄기 譜表[3]는 적막하려니

---

1 '꽃봉오리'의 방언.
2 활 등 모양의 휘우듬한 선.
3 음의 높고 낮음을 적는 데 쓰는, 다섯줄의 평행선을 가로 그은 음자리표.

바람이 올 적마다
어두운 커―튼을 새어오는 보이얀 햇빛에 가슴이 메어
여윈 두 손을 들어 창을 나리면

하이―헌 追憶의 벽 우엔 별빛이 하나
눈을 감으면 내 가슴엔 처량한 파도 소리뿐

해바라기의 感傷

해바라기의 하—얀 꽃잎 속엔
褪色한 작은 마을이 있고
마을 길가의 낡은 집에서 늙은 어머니는 물레를 돌리고

보랏빛 들길 우에 黃昏이 굴러 나리면
시냇가에 늘어선 갈대밭은
머리를 흩뜨리고 느껴 울었다

아버지의 무덤 우에 등불을 켜려
나는
밤마다 눈멀은 누나의 손목을 이끌고
달빛이 파—란 산길을 넘고

鄕愁의 意匠

黃昏에 서서

바람에 불리우는 서너 줄기의 白楊나무가
고요히 凝固한 풍경 속으로
황혼이 고독한 牛쯉을 남기고
어두운 地面 우에 구을러 떨어진다

저녁 안개가 나즉이 물결치는 河畔을 넘어
슬픈 記憶의 장막 저편에
故鄕의 季節은 하이—헌 흰 눈을 뒤집어쓰고

童話

나려 퍼붓는 눈발 속에서
나는 하나의 슬픈 그림을 찾고 있었다

조각난 달빛과 낡은 敎會堂이 걸려 있는
작은 산 넘어
엷은 水泡 같은 저녁별이 스며 오르고

흘러가는 달빛 속에선 슬픈 뱃노래가 들리는
落葉에 쌓인 옛 마을 옛 시절이
가엾이 눈보라에 얼어붙은 午後

蒼白한 散步

午後
하이얀 들가의 외줄기 좁은 길을 찾아나간다

들길엔 낡은 電信柱가
儀仗兵같이 나를 둘러싸고
논둑을 헤매던 한 떼의 바람이
어두운 갈대밭을 흔들고 사라져간다

잔디밭에는
엷은 햇빛이 花粉같이 퍼붓고
고웁게 花粧한 솔밭 속엔
흘러가는 물소리가 가득—하고

여윈 그림자를 바람에 불리우며
나 혼자
凋落한 풍경에 기대어 섰으면
쥐고 있는 지팡이는 슬픈 피리가 되고
金孔雀을 繡놓은 옛 생각은 섧기도 하다

저녁 안개 고달픈 旗幅인양 나려덮인
單調로운 외줄기 길가에

앙상한 나뭇가지는
희미한 觸手를 저어 黃昏을 부르고

조각난 나의 感情의
한 개의 슬픈 乾板[4]인 푸른 하늘만
멀―리 발밑에 누워 희미하게 빛나다

---

4   사진에 쓰는 감광판의 하나.

紙燈

窓

어제도 오늘도 고달픈 記憶이
슬픈 行列을 짓고 창밖을 지나가고
이마에 서리는 다정한 입김에 가슴이 메어
아네모네의 고요한 꽃방울에 눈물 지운다
오후의 露台에 턱을 고이면
한 장의 푸른 하늘은 언덕 넘어 기울어지고

北靑 가까운 風景

汽車는 당나귀같이 슬픈 고동을 울리고
落葉에 덮인 停車場 지붕 우엔
가마귀 한 마리가 서글픈 얼굴을 하고
코발트빛 하늘을 쫍고[5] 있었다

파리한 모습과 낡은 바스켓을 가진 女人 한 분이

---

5 '쪼고'의 방언.

차창에 기대어 聖經을 읽고
기적이 깨어진 風琴같이 처량한 복음을 내고
낯설은 風景을 달릴 적마다
나는 서글픈 하품을 씹어가면서
고요히 두 눈을 감고 있었다

湖畔의 印象

언덕 우엔
병든 소를 이끌은 少年이 있고
갈댓잎이 고요한 水面 우에는
저녁 안개가 고운 花紋을 그리고 있다

조그만 등불이 걸려 있는 물길 우으로
季節의 亡靈같이
검푸른 돛을 단 작은 요트가
노을을 향하여 흘러 나리고

나는 雜草에 덮인 언덕길에 기대어 서서
풀잎 사이를 새어오는
해맑은 별빛을 줍고 있었다

山上町

카ー네션이 흩어진 石壁 안에선
개를 부르는 女人의 목소리가 날카롭다

동리는 발밑에 누워
먼지 낀 揷畵같이 고독한 얼굴을 하고
露台가 바라다보이는 洋館의 지붕 우엔
가벼운 바람이 旗幅처럼 나부낀다

한낮이 겨운 하늘에서 聖堂의 낮종이 굴러나리자
붉은 노ー트를 낀 少女 서넛이
새파ー란 꽃다발을 떨어트리며
햇빛이 퍼붓는 돈대[6] 밑으로 사라지고

어디서 날아온 피아노의 졸린 餘韻이
고요한 물방울이 되어 푸른 하늘에 스러진다

牛乳車의 방울 소리가 하ー얀 午後를 싣고
언덕 넘어 사라진 뒤에
수풀 저쪽 코ー트 쪽에서

---

6 약간 높은 언덕의 평평한 곳. 한자로는 '墩臺'로 표기한다.

샴펜이 터지는 소리가 서너 번 들려오고
겨우 물이 오른 白樺나무 가지엔
코스모스의 꽃잎같이
해맑은 흰구름이 쳐다보인다

壁畵

1 庭園

옛 記憶이 하－얀 喪服을 하고
달밤에 돈대를 걸어나린다

어두운 나의 天井엔
어렸을 때 噴水가에 잊어버린 무수한 별들이
고요히 조을기 시작하고

2 放浪의 日記에서

헐어진 風車 우엔
흘러가는 落葉이 날카로운 餘音을 굴리고
지롤[7]의 凋落한 驛路에 서서
나는
유리빛 黃昏을 향하여 모자를 벗고

---

7   유럽 알프스 산간 지대에 있는 역 이름. 원이름은 '티롤(Tirol)'이다.

3 南村

저녁 바람이 고요한 방울을 흔들며 지나간 뒤
돌담 우에 박꽃 속엔
죽은 누나의 하─얀 얼굴이 피어 있고
저녁마다 어두운 램프를 처마 끝에 내어걸고
나는 굵은 삼베옷을 입고 누워 있었다

石膏의 記憶

창백히 여윈 石膏의 거리엔 작은 창문이 있고
어두운 街列이 그친 곳에
고웁게 化粧한 鐘樓가 하나 달빛 속에 기울어지고

자금빛 鄕愁 우에 그렇게 화려한 날개를 펴던
지금 나의 網膜 우에 시들은 靑春의 花環이여
나는 낡은 愛撫의 두 손을 벌려 너를 껴안고
싸늘―히 식어진 네 가슴 우에
한 포기 薔薇와 빛나는 오월의 구름을 던져주련다

外人村

하이한 暮色[8] 속에 피어 있는
山峽村의 고독한 그림 속으로
파―란 驛燈을 달은 馬車가 한 대 잠기어가고
바다를 향한 산마루 길에
우두커니 서 있는 電信柱 우엔
지나가던 구름이 하나 새빨간 노을에 젖어 있었다

바람에 불리우는 작은 집들이 창을 나리고
갈대밭에 묻히인 돌다리 아래선
작은 시내가 물방울을 굴리고

안개 자욱―한 花園地의 벤치 우엔
한낮에 少女들이 남기고 간
가벼운 웃음과 시들은 꽃다발이 흩어져 있다

外人墓地의 어두운 수풀 뒤엔
밤새도록 가느단 별빛이 나리고

空白한 하늘에 걸려 있는 村落의 時計가

---

8   날이 저물어 가는 무렵의 어스레한 빛.

여윈 손길을 저어 열 시를 가리키면
날카로운 古塔같이 언덕 우에 솟아 있는
褪色한 聖教堂의 지붕 우에선

噴水처럼 흩어지는 푸른 종소리

街路樹

A
푸른 잔디를 뚫고 서 있는
體操場 時計塔 우에
파—란 旗幅이 바람에 부서진다

무거운 지팡이로 흰구름을 헤치고
敎堂이 기울어진 언덕을 걸어나리면
밝은 햇빛은 花粉인양 나려 퍼붓고
거리는 함박꽃같이 숨을 죽였다

B
明燈한 돌다리를 넘어
街路樹에는 유리빛 黃昏이 서려 있고
舗道에 흩어진 저녁 등불이
창백한 꽃다발같이 곱기도 하다

꽃등처럼 흔들리는 작은 창밑에
밤은 새파란 거품을 뿜으며 끓어오르고
나는 銅像이 있는 廣場 앞에 쪼그리고

길 잃은 세피아[9]의 파—란 눈동자를 들여다본다

밤비

어두운 帳幕 넘어 빗소리가 슬픈 밤은
초록빛 우산을 받고 거리로 나갈까요

나즉이 물결치는 밤비 속으로
모자를 눌러 쓰고 舖道를 가면
바람에 지는 진달래같이
자취도 없는 고운 꿈을 뿌리고
눈부신 은실이 흩어집니다

조각난 달빛같이 흐득여 울며
스산―한 심사 우에 스치는 비는
사라진 情熱의 그윽―한 입김이기에

낯설은 흰 장갑에 푸른 장미를 고이 바치며
초라한 街燈 아래 홀로 거닐면

이마에 서리는 해맑은 빗발 속엔
淡紅빛 꽃다발이 송이송이 흩어지고
빗소리는 다시 수없는 추억의 날개가 되어
내 가슴 우에 차단―한 花粉을 뿌리고 갑니다

星湖附近

1

양철로 만든 달이 하나 水面 우에 떨어지고
부서지는 얼음 소리가
날카로운 呼笛같이 옷소매에 스며든다

해맑은 밤바람이 이마에 서리는
여울가 모래밭에 홀로 거닐면
노을에 빛나는 은모래같이
湖水는 한 포기 화려한 꽃밭이 되고
여윈 追憶의 가지가지엔
조각난 氷雪이 눈부신 빛을 하다

2

낡은 고향의 허리띠같이
강물은 길ー게 얼어붙고

車窓에 서리는 黃昏 저 멀ー리
노을은
나 어린 鄕愁처럼 희미한 날개를 펴고 있었다

3

앙상한 雜木林 새로
한낮 겨운 하늘이 透明한 旗幅을 떨어트리고

푸른 옷을 입는 송아지가 한 마리
조그만 그림자를 바람에 나부끼며
서글픈 얼굴을 하고 논둑 우에 서 있다

少年思慕

A
湖水 가엔
여윈 갈대와 차단ㅡ한 山脈이 물결 우에 서리고

벌레 소리가 퍼붓는 숲을 나리면
바위 사이에 흩어진 이름 없는 꽃들은
바람이 올 적마다
작은 紙燈같이 흔들렸다

黃昏이면 그 찬란한 노을을 물고 오던
한 쌍의 金孔雀이 날아간 뒤에

금빛 피리와 오색 꿈을 잃은 나의 少年은
스미는 안개 속에 고개를 들고
구름 사이를 새어오는
고달픈 바람 소리에 눈을 감았다

B
바람이 올 적마다

鐘樓는 낡은 비오롱[10]처럼 흐득여 울고

하이얀 코스모스의 수풀에 묻혀
동리의 午後는 졸고 있었다

해맑은 빛을 한 가을 하늘이
서글픈 印畵같이 엷게 빛나고

고독한 半音을 떨어트리며
梧桐잎이 흩어지는 앞마당에서
솜 뜯는 할머니의 머리카락이
아득—한 神話같이 밝은 빛을 하였다

---

10 '바이올린'의 불어 식 발음.

SEA BREEZE

나는 안개에 젖은 帽子를 쓰고
이 古風의 季節 앞에 서글픈 얼굴을 한다

고독한 회파람 소리를 떨어트리고
보랏빛 구름이 酒店의 지붕을 스쳐간 뒤
舖道엔
落葉이 어두운 빗발을 날리고
蒸汽船같이 퇴락한 街列을 쫓아
늘어선 商舘의 공허한 그림자

바다에는
지나가는 汽船이 하—얀 鄕愁를 뿜고
갈매기는 손수건을 흔들며
피어오르는 黃昏 저 멀리
하나의 눈부신 花紋이 된다

이름없는 港口의 潮水가에 앉아
나는 나의 木靴를 씻고
흘러가는 SEA BREEZE의 날개 우에
이즈러진 靑春의 가을을 띄워 보낸다

瓦斯燈

차단-한 등불이 하나 비인 하늘에 걸려 있다
내 호올로 어델 가라는 슬픈 信號냐

긴-여름해 황망히 나래를 접고
늘어선 高層 창백한 墓石같이 황혼에 젖어
찬란한 夜景 무성한 雜草인양 헝클어진 채
思念 벙어리 되어 입을 다물다

皮膚의 바깥에 스미는 어둠
낯설은 거리의 아우성 소리
까닭도 없이 눈물겹고나

空虛한 群衆의 행렬에 섞이어
내 어디서 그리 무거운 悲哀를 지고 왔기에
길-게 늘인 그림자 이다지 어두워

내 어디로 어떻게 가라는 슬픈 信號기
차단-한 등불이 하나 비인 하늘에 걸리어 있다.

空地

등불 없는 空地에 밤이 나리다
수없이 퍼붓는 거미줄같이
자욱-한 어둠에 숨이 잦으다

내 무슨 오지 않는 幸福을 기다리기에
스산한 밤바람에 입술을 적시고
어느 곳 지향 업는 地角을 향하여
한 옛날 情熱의 蹌踉한 자최를 그리는 거냐
끝없는 어둠 저으기 마음 서글퍼
긴- 하품을 씹는다

아- 내 하나의 信賴할 現實도 없이
무수한 年齡을 落葉같이 띄워 보내며
茂盛한 追悔에 그림자마저 갈갈이 찢겨

이 밤 한 줄기 凋落한 敗殘兵 되어
주린 이리인양 비인 空地에 호올로 서서
어느 먼- 都市의 上弦에 창망히 서린
腐汚한 달빛에 눈물 지운다

風景

A

흰 모래 우에 턱을 고이고
아득—한 곳을 향해
손수건을 내어 흔든다

바다는 고적한 슬픔같이 넘쳐흐르고
물결은 자짓빛 花壇이 되다
바다는 대낮에 등불을 켜고
追憶의 꽃 물결 우에 소복이 지다

B

페가수스[11]는 소리를 치며
흰 물결을 가르다

솟기는 肢體 噴水같이 흩어지고
화려한 물거품
엷은 水球인양 정다웁고나

---

11 그리스 신화에 등장하는 날개 달린 천마. 북쪽 하늘 별자리.

天幕처럼 부풀은 하늘
모으로 기울어진 채

갈매기 파―란 리본을 달고
모래밭 우엔 만도린 같은 구름이 하나

廣場

비인 방에 호올로
대낮에 體鏡을 대하여 앉다

슬픈 都市엔 日沒이 오고
時計店 지붕 우에 靑銅 비둘기
바람이 부는 날은 구구 울었다

늘어선 高層 우에 서걱이는 갈대밭
열없은 標木 되어 조으는 街燈
소리도 없이 暮色에 젖어

엷은 베옷에 바람이 차다
마음 한구석에 벌레가 운다

황혼을 쫓아 네거리에 달음질치다
모자도 없이 廣場에 서다

新村서
스케치

구름은 한 떼의 비둘기
꽃다발같이 아련－하고나

電報대 列을 지어
먼－ 산을 넘어가고
늘어선 수풀마다
초록빛 별들이 등불을 켠다

오붓한 동리 앞에
포플라 나무 外套를 입고

하이－한 돌팔매같이
밝은 등불 뿌리며
이 어둔 黃昏을 소리도 없이
汽車는 지금 들을 달린다

燈

벌레 소리는
고운 설움을 달빛에 뿜는다
여윈 손길을 내어젓는다

방안에 돌아와 등불을 끄다
자욱—한 어둠 저쪽을
목쉰 汽笛이 지나간다

비인 가슴 하잔히 울리어논 채
혼곤한 베갯머리 고이 적시며

어둔 天井에
희부연 영창 우에
차단—한 내 꿈 우에

밤새 퍼붓다

庭園

A

색소폰 우에
푸른 하늘이 곱-게 비친다
흰구름이 스쳐간다

가늘은 물살을 짓고
바람이 지날 때마다
코스모스의 가느단 그림자는
치워서 떤다

B

계집애와 나란히 돈대를 나린다
風速計와 噴水가 나란히 서 있다

雪夜

어느 먼— 곳의 그리운 소식이기에
이 한밤 소리없이 흩날리느뇨

처마 끝에 호롱불 여위어가며
서글픈 옛 자천양 흰눈이 나려

하이얀 입김 절로 가슴이 메어
마음 허공에 등불을 켜고
내 홀로 밤 깊어 뜰에 나리면

먼— 곳에 여인의 옷벗는 소리

희미한 눈발
이는 어느 잃어진 추억의 조각이기에
싸늘한 追悔 이리 가쁘게 설레이느뇨

한 줄기 빛도 향기도 없이
호올로 차단한 衣裳을 하고
흰눈은 나려 나려서 쌓여
내 슬픔 그 우에 고이 서리다

시집 **기항지** 寄港地

夜車

모두들 눈물 지으며
요란히 울고 가고 다시 돌아오는
기적 소리에 귀를 기울이더라

내 廢家와 같은 밤차에 고단한 肉身을 싣고
몽롱한 램프 우에
感傷은 자욱－한 안개가 되어 나리나니
어디를 가도
腦髓를 파고드는 한 줄기 孤獨

絶壁 가까이 기적은 또다시 목메어 울고
다만 귓가에 들리는 것은
밤의 層階를 굴러나리는
처참한 차바퀴 소리

아－ 새벽은 아직 멀었나 보다

荒凉[12]

취적벌 자갈밭엔 오늘도 바람이 부는가

창망한 하늘가에

구름이 일고 지는 덕적산 넘어

벌떼처럼 초록별 날아오는 초가 지붕 밑

희미한 燈盞 아래 구겨진 어머니 얼굴

밤—꽃이 나려쌓는 驛路 가까이

노래를 잊어버린 어린애들의

비인 눈동자에 스미는 노을

허공에 걸려 있는 한낮 서러운 등불처럼

어두운 地平 한끝에 깜박거리는 옛마을이기

목메는 여울가에 늘어선

포플라나무 사이로 바라다뵈는

한 줄기 신작로 넘어

항시 찌푸린 한 장의 하늘 아래

사라질 듯이 외로운 고향의 산과 들을 향하여

스미는 嗚咽 호올로 달램은

내 어느날 꽃다발 한 아름 안고

찾아감을 위함이리라

---

12 『기항지』 1부의 큰 제목이기도 하다.

鄕愁

저물어오는 陸橋 우에
한 줄기 황망한 기적을 뿌리고
초록색 램프를 달은 貨物車가 지나간다

어두운 밀물 우에 갈매기떼 우짖는
바다 가까이
停車場도 주막집도 헐어진 나무다리도
온―겨울 눈 속에 파묻혀 잠드는 고향

산도 마을도 포플라 나무도 고개 숙인 채
호젓한 낮과 밤을 맞이하고
그곳에
언제 꺼질지 모르는
조그만 生活의 촛불을 에워싸고
해마다 가난해가는 고향 사람들

낡은 비오롱처럼
바람이 부는 날은 서러운 고향
고향 사람들의 한 줌 희망도
진달래빛 노을과 함께
한 번 가고는 다시 못 오기

저무는 都市의 옥상에 기대어 서서
내 생각하고 눈물 지움도
한 떨기 들국화처럼 차고 서글프다

綠洞墓地에서

이 새빨간 진흙에 묻히려 여길 왔던가
길길이 누운 荒土 풀 하나 꽃 하나 없이
눈을 가리는 오리나무 하나 산 하나 없이
비에 젖은 葬布 바람에 울고
비인 들에 퍼지는 한 줄기 搖鈴 소리
서른 여덟의 서러운 나이 두 손에 쥔 채
여윈 어깨에 힘겨운 짐 이제 벗어놨는가
아하
몸부림 하나 없이 우리 여기서 헤어지는가
두꺼운 널쪽에 못박는 소리
관을 나리는 쇠사슬 소리
내 이마 한복판을 뚫고 가고
다물은 입술 우에
죄그만 墓標 우에
비가 나린다
비가 나린다

反歌[13]

물결은 어디로 흘러가기에
아름다운 목숨 싣고 갔느냐
먼−훗날 물결은 다시 되돌아오리
우리 어디서 만나 손목 잡을까

---

13 그의 무덤가에 있는 시비에 이 작품이 새겨져 있다.

碑

어머님은 지나간 半生의 추억 속에 사신다
어머님의 白髮을 에워싸고
추억은 늘 희미한 圓光을 띠고 있다

蹌踉한 汽笛이 오고가는 停車場에서
流滴의 길가에 스미는 荒凉한 暮色 앞에서
내 서러운 都市 우에 낮과 밤이 바뀔 때마다
내 鄕愁의 지붕 우를 바람이 지날 때마다
어머님의 다정한 모습 두 눈에 어려
온-몸이 젖는다
황홀히 눈을 감는다

어머님은 항시 고향에 계시면서도
항시 나와 함께 계신다

忘憂里

弔 朴容淑 兄

아 벌써 가느냐고 언제 또 오느냐고
무덤 속에 벗은 쓸쓸한 얼굴을 한다

은수저

산이 저문다
노을이 잠긴다
저녁 밥상에 애기가 없다
애기 앉던 방석에 한 쌍의 은수저
은수저 끝에 눈물이 고인다

한밤중에 바람이 분다
바람 속에서 애기가 웃는다
애기는 방 속을 들여다본다
들창을 열었다 다시 닫는다

먼─ 들길을 애기가 간다
맨발 벗은 애기가 울면서 간다
불러도 대답이 없다
그림자마저 아른거린다

대낮

칸나의 입술을 바람이 스친다
여윈 두 어깨에 햇빛이 곱다

칸나의 꽃잎 속엔
죽은 동생의 서러운 얼굴
머리를 곱게 빗고 연지를 찍고
두 눈에 눈물이 고이어 있다

아무도 없는 고요한 대낮
비인 마당 한 구석에서
우리 둘은 쓸쓸히 웃는다

弔花[14]

여기 호올로 핀 들꽃이 있어
자욱—이 나리는 안개에
잎사귀마다 초라한 등불을 달다

아련히 번지는 노을 저쪽에
소리도 없이 퍼붓는 어둠
먼— 종소래 꽃잎에 지다

아 저무는 들가에 소북이 핀 꽃
이는 떠나간 네 넋이 슬픈 모습이기에
지나던 발길 절로 멈추어
한 줄기 눈물 가슴을 적시다

---

14 『기항지』 2부의 큰 제목이기도 하다.

水鐵里

산비탈엔 들국화가 환－하고 누이동생의 무덤 옆엔 밤나무 하나가 오뚝 서서 바람이 올 때마다 아득－한 공중을 향하여 여윈 가지를 내어저었다. 갈 길을 못 찾는 영혼 같아 절로 눈이 감긴다. 무덤 옆엔 작은 시내가 은실을 긋고 등 뒤에 서걱이는 떡갈나무 수풀 앞에 차단－한 碑石이 하나 노을에 젖어 있었다. 흰 나비처럼 여윈 모습 아울러 어느 無形한 공중에 그 體溫이 꺼져버린 후 밤낮으로 찾아주는 건 비인 墓地의 물소리와 바람소리뿐. 동생의 가슴 우엔 비가 나리고 눈이 쌓이고 적막한 황혼이면 별들은 이마 우에서 무엇을 속삭였는지 한 줌 흙을 헤치고 나즉－이 부르면 함박꽃처럼 눈 뜰 것만 같애 서러운 생각이 옷소매에 스몄다.

短章

한 줄기 썩은 瓦斯管 우에
희멀건 달이 하나 바람에 불리우는
어느 어두운 邊方의 비인 舞臺를
이 밤 나 혼자 걸어 나간다
조그만 그림자가 뒤를 따른다
서러운 생각이 호젓이 켜진다

달은 어째 빅톨―氏 같은 얼굴을 하고
나를 비웃는 거냐
내게는
두 권의 詩集과 脊髓카리에스의 아내와
한 마리의 고양이가 있을 뿐이다

白紙로 바른 銅像 앞에
검은 薔薇가 하나 떨어져 있다
장미 속에선 가느단 벌레 소리가 피어오르고
내 온― 몸에서도 벌레가 운다

幻燈

차단─한 램프가 하나 호텔 우에 걸려 있다
뒷거리 조그만 시네마엔 낡은 필름이 돌아가고
스크린 우엔 어두운 가을비가 나려 퍼부었다

호젓한 달이 하나 바람에 불리우고
噴水는 어두운 곳에서 기침을 한다

風速計의 어깨 넘어
거리의 등불이 곱─게 불탔다
고개 넘어 遊園地엔
끊였다 이는 나발소리와 함께
밤 깊도록 매화총이 피어올랐다

뎃상

1
香料를 뿌린 듯 곱―단한 노을 우에
電信柱 하나하나 기울어지고

먼― 高架線 우에 밤이 켜진다

2
구름은
보랏빛 色紙 우에
마구 칠한 한 다발 薔薇

牧場의 깃발도 능금나무도
부울면 꺼질 듯이 외로운 들길

秋日抒情

落葉은 폴－란드 亡命政府의 紙幣
砲火에 이즈러진
도룬市의 가을 하늘을 생각케 한다
길은 한 줄기 구겨진 넥타이처럼 풀어져
日光의 폭포 속으로 사라지고
조그만 담배 연기를 내어 뿜으며
새로 두 시의 急行車가 들을 달린다
포플라 나무의 筋骨 사이로
工場의 지붕은 흰 이빨을 드러내인 채
한 가닥 꾸부러진 鐵柵이 바람에 나부끼고
그 우에 세로팡紙로 만든 구름이 하나
자욱－한 풀벌레 소리 발길로 차며
호올로 荒凉한 생각 버릴 곳 없어
허공에 띄우는 돌팔매 하나
기울어진 風景의 帳幕 저쪽에
고독한 半圓을 긋고 잠기어 간다

장곡천정[15]에 오는 눈

찾집 미모사의 지붕 우에
호텔의 風速計 우에
기울어진 포스트 우에
눈이 나린다
물결치는 지붕지붕의 한 끝에 들리던
먼― 騷音의 潮水 잠들은 뒤
물기 낀 汽笛만 이따금 들려오고
그 우에
낡은 필름 같은 눈이 나린다
이 길을 자꾸 가면 옛날로나 돌아갈 듯이
등불이 정다웁다
나리는 눈발이 속삭어린다
옛날로 가자 옛날로 가자

15　오늘날 조선호텔이 있는 소공동 일대.

눈 오는 밤의 詩

서울의 어느 어두운 뒷거리에서
이 밤 내 조그만 그림자 우에 눈이 나린다
눈은 정다운 옛이야기
남몰래 호젓한 소리를 내고
좁은 길에 흩어져
아스피린 粉末이 되어 곱―게 빛나고
나타―샤 같은 계집애가 우산을 쓰고
그 우를 지나간다
눈은 추억의 날개 때문은 꽃다발
고독한 都市의 이마를 적시고
公園의 銅像 우에
동무의 하숙 지붕 우에
캬스파처럼 서러운 등불 우에
밤새 쌓인다

都心地帶[16]

滿洲帝國 領事館 지붕 우에 노―란 깃발
노―란 깃발 우에 달리아만 한 한 포기 구름

로―터리의 噴水는 우산을 썼다
바람이 거기서 조그만 커―브를 돈다

모자가 없는 포스트
모자가 없는 포스트가 바람에 불리운다

그림자 없는 街路樹
뉴―스 速報臺의 목쉰 스피―커

호로도 없는 電車가 그 밑을 지나간다
조그만 나의 바리에테여

英國風인 공원의 時計塔 우에
한 떼의 비둘기 때묻은 날개

글라스컵 속 조그만 都市에 밤이 켜진다

---

16 『기항지』3부의 큰 제목이기도 하다.

시집 **황혼가**黃昏歌

황혼가黃昏歌

사향도思鄕圖

정거장停車場

汽笛

잠결에
汽笛이 들린다.
사람들이 잠든 깊은 밤중에
멀리서 가차이서
기적은 서로
쓸쓸한 對話를 주고 받는다.
밤중에 들리는 기적 소리는
멀ㅡ리 간 사람과
이미 죽은 사람들을
생각케 한다.
내 追憶의 燭臺 우에
차례차례로
불을 켜고 간 사람들
그들의 영혼이
지금 도시의 하늘을 지나가는지.

汽笛이 운다.
기적은 공중에서
무엇을 찾고 있나.
나는 얼결에
잃어진 生活의 키를 생각한다.

汽笛이 운다.
발을 구른다.
高架線 우에 걸려 있는
마지막 信號燈을 꺼버리고
아 새벽을 향하야
모다들 떠나나 보다.

뻐꾹새

애기의 무덤은
산 너머 꽃밭
한 쌍의 뻐꾹새가
지키고 있다.

강보에 싸서
묻고 올 때는
눈물도 안 내고
돌아섰지만

난 지 두 이레에
죽어간 애기
젖이 먹고플 때면
울지나 않나.

아무도 없는
비인 산에서
애기는 혼자서
뭘 하고 노나.

인왕산 허리에

해질 때마다
창문을 열고
바라보지만
애기 무덤 가는 길은
뵈지도 않고

산에는 안개
바람 소리뿐.

美國將兵에게 주는 詩
미국 독립 기념의 날

무거운 鐵柵 사이로
太平洋을 덮어 오는 星條旗의 그림자를 나는 보았다.
가달카날의 바닷가
오키나와의 廢墟에서 들려오는 대포 소리에
그대들의 가까와 오는 軍靴 소리를 나는 들었다.

그리고 우리는 보았다,
죽엄의 바다를 건너온 피로한 隊列
전쟁 냄새와 旅愁에 젖은 퇴색한 軍服.
어느 곳 渺望한 물결 속에
허다한 청춘을 묻고 왔는가.
異土에 묻힌 형제들의 무덤 가까이
硫黃島의 모래밭엔 오늘도 파도가 이는가.
新世界의 鐵門 우에
그들의 이름 눈물로 아로새기자.

無影한 공중에 깃발을 올리고
아득—한 바다를 向하야 弔喪의 나팔을 불자.
우리 가진 것
헐벗은 산과 들 굶주린 백성뿐이나
피에 젖은 날개 떨치며

다시 일어나는 祖國 눈앞에 바라다보이니
그대들의 죽엄 우에 새나라 세워지는 날
그대들의 처참한 싸움도 끝이 나리라.

복사꽃과 제비
어린이날을 위하여

불행한 나라의 하늘과 들에 핀 작은 별들에게
복사꽃과 제비와 어린이날이 찾아왔구나.

어린 것 껴안고 뜨거운 눈물로 뺨을 부비노니
너희들 키워 줄 새나라 언제 세워지느냐.

낮이면 꽃그늘에 벌떼와 함께 돌아다니고
밤이면 박수치는 파도 우로 은빛 마차 휘몰아가고

거칠은 바람 속에 다만 고이 자라라
온 겨레의 등에 진실한 땀이 흐르는 날
너 가는 길에 새로운 장미 피어나리니
황량한 산과 들 너머
장미여 삼천리에 춤을 늘여라.

불행한 나라의 하늘과 들에 핀 작은 별들에게
복사꽃과 제비와 어린이날이 돌아왔구나.

九宜里

쓸쓸하고나
九宜里 모래밭에
나리는 밤비
비인 들에 가득한
물소래 찾아
갈대밭 헤치고
내려가 볼까.

광나루 십릿벌엔
누가 우느냐
눈물에 어린 길을
등불이 간다.
저 등불 사라지면
밤이 새는지.

천리에 사모치는
물길을 좇아
바람도 가다가는
돌아오는데
고달픈 날개
여울물에 적시고

물새는 어느 곳에
잠이 들었나.

쓸쓸도 하다
九宜里 모래밭을
적시는 밤비
서러운 생각
고요히 싸서
강기슭 풀언덕에
묻어 버릴까.

吹笛벌

九月은 서러운 달
해지는 신작로 길 풀버레에 묻히고
취적벌 자갈밭엔 오늘도 바람이 부나.

눈을 감으면 생각나는 것,
벌떼처럼 초록별 날아오던 초가지붕 밑
희미한 등잔 아래 구겨진 어머니 얼굴.
밤꽃이 나려 쌔던 黃土山 마루
노래를 잊어버린 어린애들의
비인 눈동자에 노을은 지나.

허공에 걸려 있는 한낮 서러운 등불처럼
어두운 地平 한끝에 깜박거리는 옛 마을이기
목메는 여울가에 늘어선
포플라 나무 사이로 바라다뵈는
한 줄기 신작로 너머
항시 찌푸린 한 장의 하늘 아래
사라질 듯이 외로운 고향의 산과 들을 향하여
숨이는 嗚咽 호을로 달램은
내 어느날 꽃다발 한 아름 안고
찾아감을 위함이리라.

永美橋

競馬場 낡은 鐵柵 우에 가마귀 떼 지어 울고
장안을 왕래하는 무수한 人馬
이곳을 스쳐가나
벗은 여기 白布에 싸여 말이 없으니
서른 다섯의 짧은 세상 다녀가기
그리 총총하고 서러웠던가.

애처롭고나
우리 서로 기약한 일 뉘게 말하랴.
어린 상제 나란히 목메여 울며
황망한 暮色 우에 꽃을 뿌리나
시들은 갈댓잎 바람에 서걱거리고
어둠 속에 사라지는 南川 물소리.

새봄이 오면
五間水엔 봄빛이 흐르고
川邊 가의 잔디도 움돋아오리
아 우리 언제 다시 만나
왕십리 하늘 밑을 서성거리랴.

詩를 쓴다는 것이 이미 부질없고나

朱安墓地 산비탈에도 밤버레가 우느냐,
너는 죽어서 그곳에 肉身이 슬고
나는 살아서 달을 치어다보고 있다.

가물에 들끓는 서울 거리에
정다운 벗들이 떠드는 술자리에
애닲다
네 椅子가 하나 비어 있고나.

月尾島 가까운 선술집이나
美國 가면 하숙한다던 뉴우요오크 할렘에 가면
너를 만날까.
있다라도 "김 형 있소" 하고
손창문 마구 열고 들어서지 않을까.
네가 놀러와 자던 계동집 처마 끝에
여름달이 자위를 넘고
밤바람이 찬 툇마루에서
나 혼자
부질없는 생각에 담배를 피고 있다.

번역한다던

'리처드 라잇'과 原稿紙 옆에 끼고
덜렁대는 걸음으로 어델 갔느냐.
철쭉꽃 피면
강화섬 가자던 약속도 잊어버리고
좋아하던 '존슨' '부라운' '테일러'와
麥酒를 마시며
저 세상에서도 黑人詩를 쓰고 있느냐.
해방 후
수없는 靑年이 죽어간 인천땅 진흙밭에
너를 묻고 온 지 스무날
詩를 쓴다는 것이 이미 부질없고나.

悲風歌

쓸쓸한 곳에서 바람이 불어온다.
진흙빛 산과 들을 건너
荒凉한 都市의 등불을 죽이고
떼 지어 오는 통곡 소리.

램프에 심지를 돋군다.
비인 방에 가득한 버레 소리에
눈이 감긴다.
항시 돌팔매에 쫓겨온 서른 네 해
내 가는 길에
또다시 찬비 뿌리고 잎이 돋는가.

汽笛소리 따라 가고 싶고나
거기 쓸쓸한 사람이 모여 사는 곳
虛妄한 세월에 부다껴
내 속절없이 돌아가는 날
햇볕 다사롭고
오곡은 무르렀으리.

원통한 생각이 밤새 끓어오른다.
원통한 생각에 밤새 잠이 안 온다.

별은 내 이마 위에 못을 박고
어제 벗었던 喪服 다시 입는가.
바람이여
화살을 싣고 나를 따르라
나도 인제 나의 원수를 찾자.

黃昏歌

여기
낯익은 솔밭 사이사이에
들국화 가즈런-히 피어 있으나
하늘 한 구석은 그냥 비어 있고나.

백만 장안엔 누가 살기에
오늘도
하나의 아름다운 노래도 없이
해가 지느냐.
저물어가는 나의 湖水
호수 속 자욱-한 안개 속에서
등불이 하나 둘 깜박거린다.

우리집 조그만 들창에도 불이 켜지고
저녁 밥상에 어린것들이 지껄이리라.
내 그곳에 또 어두운 밤을 맞이하고
날이 밝으면
褪色한 옷을 입고 거리로 가리라만
人馬와 먼지와 슬픔에 덮인
都市를 뚫고
나의 남은 半生의 길은 어디로 뻗쳐 있기에

낮과 밤이 들려주는 노래는
다만 한 줄기 嗚咽뿐인가.

悲凉新年

헐벗은 산과 들
녹슨 鐵路와 헤어진 電線柱 우에
그 동안 地球가 한 바퀴 돌아
來日은 새해가 찾아온다지.

삼백 예순 날을 다 보내고도
종로는 쓸쓸한 노래로 차 있더라.
별도 추워 떠는 추녀밑
고단한 生活의 촛불 가에
除夜의 종소랜 들려 올 테지.
초하로날은
몇 사람이 새옷을 갈아입을까.
넓은 장안에
연기 나는 굴뚝이 몇이나 될까.

새해맞이 술잔에 눈물이 어리우니
오는 봄엔
삼팔선 눈물길에 진달래 구름 일고
잔등에 피가 맺힌
겨레들의 살림이 나아나질까.
이 보람마저 서운히 사라지면

우리 한숨에
꽃도 안 피고 새는 울지도 말라.

乘用馬車

안개 속을 말이 간다.
기울어진 지붕에 가스등을 달고
허리엔 녹슬은 방울 소리
馬券 없는 競馬場인 서울 거리
네거리마다 서서
말은 기침을 한다.
종로에 밤이 들면
짓무른 두 눈에
거리의 등불이 곱긴 하다만
말아
늙은 會社員처럼 등이 굽은 말아
가을 바람에
낡은 갈기 흩날리며
술 취한 손을 싣고 어델 가느냐.
고오스톱과
信號燈을 부숴버리고
馬夫와 고삐를 내어던지고
차라리 民主主義 쪽을 향하여
오곡이 익은 들로 달려라.

魯迅

詩를 믿고 어떻게 살어가나
서른 먹은 사내가 하나 잠을 못 잔다.
먼- 汽笛 소리 처마를 스쳐가고
잠들은 아내와 어린것의 벼개 맡에
밤눈이 내려 쌓이나 보다.
무수한 손에 뺨을 얻어맞으며
항시 곤두박질해온 生活의 노래
지나는 돌팔매에도 이제는 피곤하다.
먹고 산다는 것,
너는 언제까지 나를 쫓아오느냐.

등불을 켜고 일어나 앉는다.
담배를 피워 문다.
쓸쓸한 것이 五臟을 씻어 내린다.
魯迅이여
이런 밤이면 그대가 생각난다.
온- 세계가 눈물에 젖어 있는 밤
上海 胡馬路 어느 뒷골목에서
쓸쓸히 앉아 지키던 등불
등불이 나에게 속삭어린다.
여기 하나의 傷心한 사람이 있다.

여기 하나의 굳세게 살아온 인생이 있다.

영도다리
素月에게

영도다리 난간에 기대어서서
오늘도 생각한다
내 이곳에 왜 왔나.

부두엔 등불이 밝고
外國商船들 때맞춰 꽃고동 울려도
손목 잡고 밤샐 친구 하나도 없이
아침이면 소요한 群衆에 등을 밀리고
黃昏이면 고단한 그림자 이끌고
이 다리 지난 지도 어언 한해
'살기가 왜 이리 고달프냐'던 素月 만나러
酒幕집 燈불 찾으면
赤銅色 船夫들 낯선 사투리로 떠들어 대고
내려다보니 太平里 나루터엔 바람 소리뿐,
無名山 기슭엔 누가 사는지
나란히 조는 등불 정다웁지만
영도다리 난간 이슬에 젖도록
혼자 서서 중얼거리니
먼—훗날 누가 날 이곳에서 만났다 할까.

秋夕날 바닷가에서

이 아해들은 지난 여름 사변에 애비를 잃고
낯설은 곳 바닷가 흰모래 우에 무심히 놀고 있다.
일곱 살 네 살 두 살잽이 손에 손을 잡고
해 저문 바다 밀물 우에
등불 단 汽船이 지날 때마다
저 배를 타고 아버지가 오느냐고
큰애비 팔소매를 잡아댕긴다.

배는 지나가고
애기들 떠드는 소리 허공에 사라진 후
스미는 물결 벼랑에 부딪혀 목이 메일 뿐.
아 어떠한 힘이 이 아해들에게서
집과 고향과 애비를 빼앗아버리고
조고만 입술에서 노래 소리를 아쉬워 갔나.

전쟁의 매운 채찍에 몰려 눈보라 헤치고 내려올 때엔
에미 품에 안겨 잠을 자고
남쪽 항구에 꽃이 피고 봄물이 다리 난간에 어릴 땐
때묻은 다다미 우에 나란히 누워 코를 골더니

산과 바다에 가을이 와서

바람이 옷깃을 스칠 때면
아이들 두 눈엔 애비 얼굴이 어리는 것일까.
거북산 허리에 해질녘이면
오랜— 꿈에서 소스라쳐 깬 듯이
날마다 돌아오지 않는 애비를 손꼽아 기다린다.

애비의 간 곳 북녘 하늘엔 길길이 누운 산이
떼무덤 되어 눈을 가리고
산 길엔 이미 落葉 추석달이 그 우에 걸려 있다.
그 산 너먼 새벽마다 별이 지새고
세월은 어언 한 해가 지나가는데
아해들의 애비는 어느 곳에서
이 어린것들을 보고파 할까?
차라리 잊자 눈을 감으나
파도 소리마다 서러운 생각.
아해들의 애비는 어서 오라
와서 이 바닷가에 어린것과 더불어 놀라.

思鄕圖

停車場

긴-하품을 吐하고 섰던 낮車가 겨우 떠난 뒤

텅 비인 정거장 앞마당엔
작은 꽃밭 속에 電信柱 하나가 조을고 섰고
한낮이 겨운 양지 쪽에선
잠자는 삽살개가 꼬리를 치고
지나가는 구름을 치어다보고 짖고 있었다.

牧歌

장다리꽃이 하-얀 언덕 너머 들길에
지나가는 牛車의 방울소리가
긴- 콧노래를 응얼거리고
김 매는 누이의 바구니 옆에서
나는 누워서 낮잠을 잤다.
어두워 오는 黃昏이면
흩어진 방앗간에 나가 나는 피리를 불고

꼴 먹이고 서 있는 형님의 머리 우에
南山은 새빨-간 노을에 젖어 있었다.

校舍의 午後

時計堂 꼭대기서
下學종이 느린 기지개를 키고
白楊나무 그림자가 校庭에 고요한
맑게 개인 四月의 午後
눈부시게 빛나는 유리창 너머로
우리들이 부르는 노래가 푸른 하늘로 날아가고
어두운 敎室 검은 칠판엔
날개 달린 '돼지'가 그려 있었다.

동무의 무덤

진달래를 한 아름 안고 山길을 내려오다.
골짜기 너머 共同墓地에 올라
우리들은 帽子를 벗고 눈을 감았다.

지금 아득-히 생각나는 이른 봄날 黃昏
가난하였던 동무의 무덤 우엔

하―얀 搖鈴草가 바람에 흔들리고
우두커니 서 있는 작은 패목은
가늘은 실비에 젖어 있었다.

언덕

심심할 때면 날 저무는 언덕에 올라
어두워 오는 하늘을 향해 나발을 불었다.
발 밑에는 자욱―한 안개 속에
學校의 지붕이 내려다보이고
동리 앞에 서 있는 古木 우엔
저녁 까치들이 짖고 있었다.

저녁별이 하나 둘 늘어갈 때면
우리들은 나발을 어깨에 메고
휘파람 불며 언덕을 내려왔다.
등 뒤엔 컹컴한 떡갈나무 수풀에 바람이 울고
길 가엔 싹트는 어린 풀들이 밤 이슬에 젖어 있었다.

對話

머레 덩쿨이 떼를 지어 산비탈을 기어 내리고
파랑새 한 마리 푸른 햇빛을 쪼웁고 있는
落葉이 그윽−한 수풀 가에서
가엾이 두 눈이 먼 계집애를 만났습니다.
눈부신 치맛자락 물결 우에 서리이고
외로운 암사슴같이 시냇가에 울고 있어요.

그것은 어려서 죽은 네 누이란다.
이마에 작은 별을 가지고
두 볼이 薔薇 같은 계집애였다.
뚫어진 紙燈 우에 밤비 뿌리고
호롱불이 바위 우에 졸던 밤에
초라한 무명옷에 눈물 지우며 호을로 산길을 넘어 갔었다.

青銅화로에 촛불이 타고
녹슬은 燭臺 우에 함박눈이 퍼붓던 겨울 밤이면
흩어진 오색 꿈 고요히 지켜주고
밤바람이 서글픈 바닷가에 나가면
아득−한 물거품 속에서
나를 부르는 이가 누구입니까.

이끼 앉은 돈대 너머 흩어진 오동잎이 곱게 빛나고
수풀 가에 흰비둘기 떼지어 우던 날
흰구름을 헤치고 가서 안 오는
네 아버지의 그리운 목소린 게지.

어머니 이 화창한 하늘 아래 왜 우십니까.
들길 우엔 하―얀 鈴蘭이 졸고
파도 소리가 산 너머 고요합니다.
땅 속에 고이 묻어 두었던
銀빛 馬車를 내어 주셔요,
흰 국화를 한 아름 가슴에 안고
누나와 아버지가 계신 곳으로 먼― 旅行을 떠나렵니다.

고향

하늘은 내 넋의 슬픈 고향
늙은 홀어머니의 지팽이같이
한 줄기 여윈 구름이 있어
가을 바람과 함께 소설하더라.

초라한 무명옷 이슬에 적시며
이름 없는 들꽃일래 눈물지었다.
떼지어 우는 망아지 등 너머
황혼이 엷게 퍼지고
실개천 언덕에 호롱불 필 때

맑은 조약돌 두 손에 쥐고
노을을 향하여 달리어 갔다.

뒷산 감나무꽃 언제 피었는지
강낭수수밭에 별이 잠기고
한 줄기 외로운 모깃불을 올리며
옷고름 적시시던 설운 뒷모습
아득─헌 시절이기 더욱 그립다.

창망한 하늘 가엔 나의 옛 고향이 있어

마음이 슬픈 날은 비가 내린다.

風景畵
NO1 湖畔에서

가늘게 느껴우는 G線 위에 흐릿—한 星條가 하나
지롤의 가을은 喪服을 입고
湖水가의 좁은 길은 落葉에 덮혀 있다.

고요한 水面 우에 잠기어 가는 時計堂의 뾰죽한 尖塔
잠들은 風車의 방울을 흔드는 零落한 十月의 발자취 소리
黃昏을 좇아가는 발길은 무겁고
조각난 日光은 눈에 아프다.

헐어진 廢園의 돌담 너머
우리의 기억을 덮은 어두운 안개 속으로
어제도 蒼白한 花環에 덮힌 작은 柩車는 寺院을
向한 언덕을 넘고
맑게 개인 午後를 걷는 나의 지팽이 끝에
지롤을 덮은 푸른 하늘은 소리를 내어 허물어진다.

利原의 記憶(上)

松端驛

작은 停車場을 둘러싼

高原의 黃昏은 어두운 안개에 젖어
희미허고
驛構內의 콘크리트에 고독한 그림자를
떨어뜨리고
시그널이 하나 바람에 나부끼고
있었다.

學士臺의 午後

모래밭에 턱을 고이고
휘파람을 불고 있으면
帆船의 떼는
蒼白헌 花環같이 물결 우에
흔들리고

우리들의 머리 우에 가을 하늘은
유달리 푸르렀었다.

山脈과 들

뜰 앞에 나뭇가지에 해맑은
黃昏이 짙어 오면
어두워 오는
들길은 초라헌 表情을 허고
十月을 넘어선
바다 가까운 山脈 우엔
벌써 하―얀 것이 나려 있었다.

正月 九日

汽車가 긴―고동을 울리기 시작허고
눈보라에 머리카락을 흩날리고
改札口에 피어 있던 네 얼굴이
더 한층 해쓱해지고
지금 떠나던 날의 슬픈 時時이
한 폭의 잊혀지지 않는 그림 같고나
그날 밤 깊은 車窓에 턱을 고이고

내 마음은 슬픈 불꽃이 되어
驛路의 風景을 태우고 있었다.

停車場

汽車는 휘파람을 불며 불며
서리가 하―얀 停車場을 떠나가고
바다가 보이는 廣場에 서서
나는 帽子를 벗고 담배를 피워 문다.

빛나는 食器같이 華麗헌 午後
거리는 슬픈 寶石같이 눈부신 빛을 허고
물방울이 분주헌 噴水가에서
달리아가 한 포기 黃昏에 젖어 있었다.

落葉이 가져온 슬픈 그림 속으로
새벽이면 지나가는 汽船이
蒼白헌 薔薇같이 물결 우에 서리고

肉體의 한구석엔 초라헌 가을이 숨어들어
아침저녁마다 버레가 울고

우리들의 사랑 우에도
하―얀 서리가 나려 있었다.

氷花

이즈러진 街路의 어두운 畵布 우에
밤 깊도록 함박눈이 스쳐갑니다.

가버린 시절의 발자취같이
소리도 없이 퍼붓는 눈은
먼―季節의 그리운 香氣입니까.

조각난 달빛같이 싸늘한 빛을 하고
내 가슴 우에 눈부신 薔薇를 던져 줍니다.

얼어붙은 噴水같이 하이―한 街燈 우에
송이송이 꽃다발이 흩어집니다.

이 어두운 밤에 초라한 喪服을 입고
슬픈 記憶 우에 나리는 눈은
자취도 없는 청춘의 落葉입니까.

華麗한 音樂같이 수없는 날개를 달고
내 마음 우에 서글픈 追悔의 詩를 씁니다.

茶房

"계집애의 스커어트에서 나는 바람에 지는 물거품의
하−얀 線條를 느끼고 그 치마폭 우에 薔薇를
실은 하나의 汽船을 띄워 본다"
"圓光을 띤 얼골이 마치 開花한 달리아 같애서
나는 가벼운 頭痛이 난다"
"푸른 구름이 스쳐가고 밝은 햇빛이 花粉같이 퍼붓는
噴水가에서 나는 분명히 계집애를 보았다.
湖水 같은 그 눈동자를 헤치고 들어가면 噴水가
있는 洞里의 숲들이 보일 것이다"
"푸른 딸기같이 눈부신 그 앞가슴에서 나는 季節에
가까운 食慾을 느끼고 싶은데"
"牛乳빛 안개에 서린 머리 속에서 透明한 나비가
수없이 날아와 天井 우에서 분주히 분홍빛
噴水를 뿌리는데 안 보인다니"
"나는 午後에 젖어서인지 암만 안경을 닦고 보아도
'웨이브'를 한 암사슴으로밖에는 안 보인다"
"너무 치어다보아 함께 온 '로이드'의 얼골이
점점 蒼白해진다. 너도 熱이 너무 上昇해서 네 앞에 있는
메뉴까지 땀을 흘리고 있고나"

花鬪

잠결에 화투짝 소리가 들린다.
바람 찬 회마루에 램프燈 걸고
白髮이 겨운 어머님
밤새도록 花鬪를 노신다.
잡혀간 자식이 언제 오나
흑싸리가 한 장 마루에 떨어진다.
以北땅 胡地 어드메서 子息은 밤잠이 들었나
홍싸리가 한 장 나려 덮힌다.

화투의 수효는 마흔 여덟 장
'황매화' '송학' '공산'에 '비'
어느 곳에도 소식이 안 와
어머님 두 눈에 눈물 고인다.
"이 가을에 자식이 돌아오려면 '오관'이나 한 번 터지려므나"

밤은 子正을 넘고
먼一곳 漆黑色 하늘을 간간이 날아오가는 大砲 소리에
불꽃이 이따금 흔들릴 뿐
두 눈을 감고 누워 있어도
長夕秋夜에 새벽은 멀고
뼈 마디마디마다 솟는 슬픔에

넓도 않은 뒷방을 나는 뒹군다.

UN軍 墓地에서

꽃 하나 피지 않고 한 포기 풀도 없는
거칠은 黃土 언덕에
이미 故土에 돌아갈 수 없는 몸들이 누워
水晶十字架 떼 바람에 痛哭하는 水營 앞바다
파도는 서러운 소리를 내고 東西로 갈리나
그대들의 故國은 자욱한 水煙에 가려 찾을 길 없고나.

낯선 나라 港口에 나려 砲火를 헤치며 북녘 向할 때
오늘 이곳에 하나의 標木이 될 줄 어찌 뜻하였으랴.
서러운 노래 千里를 덮고
꽃그림자 어두운 四月 初二日
우리 이곳에 서서 한잔 술을 뿌리니
그대들의 피로 물들인 新世界의 鐵門 위에
그대들, 萬年을 지워지지 않을 이름이 되라.

안방

아침에 방문을 여니 어머니가 안 계시다
아 어머님은 세상을 떠나셨나 보다
지난 十二年 그 오랜 날과 밤으로
하루같이 보고 싶어 하시더니
어머님은 저 세상에 가시는 길에
이북에 들러 동생을 만나셨겠지
어머님은 오래 못 본 아들을 껴안고
얼마나 거기서 울으셨을까
山이
두 주먹으로 쳐부수고 싶은 山이
南北을 가로막아
내 귀에는 어머님 울음 소리가 안 들리나 보다
먼ㅡ훗날 형제 마주 앉으면
동생은 자세한 이야길 하리라
이야기하다 이야기하다 날이 새면
북한산성 기슭을 찾아가
어머님 무덤 위에
동생과 나는 뎅굴며 울을 것이다.

木蓮

木蓮은 어찌 四月에 피는 꽃일까
창문을 열고 내다보시던
어머니 가신 지도 이제는 10여 년
木蓮은 해 저문 마당에 등불을 켜고
지나는 바람에 조을고 있다

어머니는 해마다 이맘때면 돌아오셔서

꽃피는 마당을 서성거리고
방안의 애기들을 들여다보실까
손수 가꾸신 가지에 봄이 나리고
바람은 먼 곳에 사람 소릴 가져오는데
임자 없는 꽃나무 두엇이
어머니 치맛자락을 에워싸고 있고나
木蓮은 슬픈 꽃
四月이 오면 나뭇가지 사이로
어머니 白髮은 어른거리나
지금쯤은 먼 곳에서
옛 마당에 핀 꽃을 잊지나 않으셨는지

黃昏

山은
누구의 무덤이기에
저무는 하늘에 늘어서서
말이 없고나

霽堂이 가시다니

가을 가까운
제당 댁 처마 끝에
풍란 한 그루 바람에 졸고 있을 뿐
헛기침을 하고 서성거려도
"김 형 들어오소" 하던
목소리가 안 들린다.

촛불이 두 개, 그 앞에 향불이 피어오르고
제당은 사진틀 속에 들어앉아
못마땅한 얼굴로 나를 치어다 본다.

지나온 길 아득하고
가야 할 길도 수천 리인데
세월은 물결과 같이 끝이 없고나
엊그제 술자리에
붉은 얼굴을 하고 웃고 있더니
무엇이 우리 사이를 이리 떼어 놨을까.

경상도 금릉은 어디메이냐,
제당이 고향길에 오르는 아침,
계동집 앞마당엔

정다운 친구들이 모여 눈물지우나
제당은 지금 어느 먼 곳에 서서
내 詩 읽는 소리 듣고 있을까.

시집 **추풍귀우**秋風鬼雨

老詩 夜半

漆黑의 밤 속에서
등불이 줄지어 공중에 솟아오른다.
등불들은
조용히 늘어서 바람에 흔들리고
그 속에는
죽은 친구들이 하나씩
고개를 떨어뜨리고
깊이 잠든 서울을 내려다보고 있다.

城北洞

1

우리집 마당을
두어 그루 소나무가 지키고 있다.
소나무는 늙어서 등이 굽었고
그 굽은 등으로
황혼을 타고 조용히 저물어 오는
하늘을 받치고 있다.
나는 회사에서 돌아오면
소나무 밑에 앉아
眞露를 마시며 거리를 내려다본다
歲月이 얼마간 흐르는 동안
나는 소나무와 친구가 되었다.

술잔을 놓고 憮然히 앉아
담배를 피우고 있으면
소나무는
지나는 바람에 서걱거리며
"당신은 무엇을 하고 살아왔기에
그리 주름살이 늘었느냐"고
나에게 묻는다.

2

지금

저 하늘에서 소리없이 나리는 것이

두어 그루 서있는 마당의 나무 아래

長明燈을 적시고

조용히 땅 위에 스러져 간다.

아, 무엇이 나를 이끌고

여기까지 왔을까

마당에 잔디는 죽고

기울어진 廢石 사이로

돌층계는 공중에 사라져 있다.

오랜 放浪 끝에

나는 내 집에 돌아와 있다.

방안에 불을 끄고

유리창 너머 밖을 내어다본다.

옛날에 꿈속에서 보았던 거리

거리엔 등불도

모다 꺼졌나보다.

木像

집에는 老妻가 있다
老妻와 나는
마주 앉아 할 말이 없다.

좁은 뜨락엔
五月이면 木蓮이 피고
길을 잃은 비둘기가
두어 마리 잔디밭을
거닐다 간다.

처마 끝에 등불이 켜지면
밥상을 마주 앉아
또 할 말이 없다.

年年歲歲
歲月이 지나는 동안에
우리 둘은 木像이 돼가나보다.

安城에서

安城郡 寶開面 上三里
조그만 산비탈 소나무 사이에
鳳九는 누워 있다.

산새 하나 울지 않는
고요한 대낮
작년 秋夕에 손수 세웠다는 碑石 아래
여름 가까이 물결치는
보리밭 너머
長湖院 간다는 버스길이 바라다보인다.

섣달그믐 가까운 어느 黃昏
서울大學病院에서 우리는 헤어졌다
빨리 일어나 약수터나 다니라고
단장을 하나 사다 주었지
조그만 키에 단장을 짚고
내 울음소리 안 들리는 곳으로
봉구는 떠났나보다.

장수산이 노을에 잠기고
저녁바람이 소매를 스치고 간다

산길을 내려오다 뒤돌아보니
눈에 보이는 아무 곳에도 봉구는 없다
봉구는 정말은 代代先山 땅 속에 누워
떠나가는 나를 보고 손짓을 하나보다.

小曲

진달래는
새벽에 피어
황혼에 지나보다.

나즈막한 솔밭 너머
三淸洞 바위 뒤에서
구름이 지날 때마다
고개를 떨어뜨린다.

四月이 다 가도록
찾아주는 사람도 없이
올해도 진달래는
그늘에 피고
그늘에 지나보다.

閑麗水道

閑麗水道가 안개 속을 달리어간다.

갈매기 날개 위에
떠올랐다 잠기어 가는 섬 섬들
그곳에는 누가 사는지
한 줄기 밥 짓는 연기
어두워 오는 파도 위에 서리어 있다.

三仙島 가까이
낡은 배는 기웃거리고
삼천포 향하야 汽笛을 울리고 가나
밀려나가고 또 되돌아오는
바닷물의 나즉한 통곡소리뿐

이 沙望[17] 파도 끝엔
무엇이 나를 기다리고 있을까
물소리와 함께 저무는 人生 위에
내 조그만 思念의 배는 돛대를 내리고
어디를 향하야 흘러가는 것일까

---

17 '渺望'의 오식인 듯.

해도 저물고 섬도 저물고
閑麗水道는 끝이 없고나
껴안고 싶은 섬들 하나둘 사라진 뒤에
떼지어 오는 바람 배 난간을 때리고
나는 어두운 램프燈 아래 기대어 앉아
지금은 돌아오지 않는
모―든 것에 눈을 감는다.

學秀[18]

아침에 눈을 뜨면
머리맡에 학수가 있다
학수는
찬란한 아침햇살을 등지고 서서
옛날 慶州博物館 추녀 밑에 있던
애기보살같이 웃고 있다

날개가 고은 城北洞 비둘기야
두어 마리 날아와
학수의 어깨 위에 앉아라

두 날개 위에 학수를 얹고
봄빛 조을닌 바다를 건너
어느 먼―섬 가까이
흰 모래 위에 딩굴며
근심없는 세상을 꿈꾸게 하라

---

18 시인의 손자 이름.

水盤의 詩

이 낡은 李朝水盤은
언젠가 仁寺洞 고물상에서 사온 것이다
齊堂[19]이 제주도에서 갖다준
조그만 怪石이 그 위에 얹혀 있었다
여름이면 대로 만든 발이 쳐지고
발 그늘이 水面 위에 서려 있었다
병석에 누워 계시던 어머님의 머리맡에
水盤은 오랜-歲月을 보냈다.

어머님의 해소는 날이 갈수록 심하여
두 볼이 黃土빛이 돼 가시더니
시계가 子正을 지나 새벽을 향하여도
자지러진 기침에 잠을 못 이루시고
두 손을 虛空에 휘저으셨다
나는 그럴 때마다 뵈옵기 민망하여
고개를 떨구고 水盤 위에 물을 붓고 있었다.

五·一六이 나던 해 六月 어느날 아침
어머님의 기침소리가 멎으셨다

---

19 '霽堂'의 오식인 듯.

며칠 후 우리는 北漢山城 지나
臥牛山 기슭에 어머님을 모시고 왔다

해질 무렵 추녀 끝에 불이 켜지고
마당의 철쭉 위에 비 나리는 밤이면
水盤머리엔 어머님의 기침소리
하―얀 白磁의 언저리를 만지며
한여름을 나는 울며 지냈다.

水盤은 지금 城北洞집 안방에 놓여 있다
立春이 지나 새봄 가차운 하늘이 비치고
지나는 바람에 가느른 물살을 지우고 있다
어머님이 가신 지 스물 네 해
어찌 水盤은 남아
서러운 생각을 자아내는지
酒煎子를 들어 怪石 위에 물을 부으며
이번 寒食엔 찾아뵈야겠다고
속으로 혼자 중얼거린다.

未信者의 노래
요한 바오로 2세 떠나시는 날

교황님의 사랑이 비가 되어 나리고 있다.
보릿고개 가까운
산과 들이 고갤 숙이고
그 위에 사흘 밤 나흘 날을 비가 나린다.
나리는 비 빗발 사이를
五色꽃이 흩날리고
그 뒤에
교황님의 두 손이 하늘을 덮고 있다.
얼마나 오랫동안 메마른 땅에
이 비는 나리는 것일까!
그가 입맞춘 大地 위에 나리는 비는
사람들의 마음을 조용히 적시고 있다.
보이지 않는 비는 소리도 없이
모도 안 심은 들판과
강변을 스치고
都市와 港口를 지나 바다 위로 사라져 가고
우러러 보는 만백성과 초목들 위에
저 높은 하늘 그 위에 구름 위에
아! 어느 날 교황님은
자애의 城郭을 쌓고
황금빛 望樓의 지붕 위엔

사랑의 깃발을 세우시리라.

立秋歌

온 ── 地球가 가을에 덮였나보다

기왓장 기울어진 토담 위에
하늘은 수풀 저쪽에 멀어져 가고
감나무 그림자 서린 마당에
바람이 地表를 스쳐가면
사람들은 오랜 잠을 깨고
지나온 길을 되돌아본다

옛날 中國의 高祖는
滿朝百官을 거느리고 西郊에 나가
가을을 맞이하였다는데
우리 山河에 내리는 가을은
왜 사람들의 마음을 애닯게 할까

凋落의 그늘 속에 거리는 기울어지고
五穀이 물결치는 들너머 산너머
꺼질 듯이 외로운 農家의 지붕들
온세상 시름을 안고 해가 西山에 지면
추녀끝에 밤이 오겠지
秋夜長 긴-긴 밤에 燭臺 밝히고

이미 지나간 친구들이 남긴 詩集들
한 권씩 꺼내 읽으며 밤을 새울까

崔淳雨 氏

갑자년 섣달 그믐날
성북동에는 아침부터 눈이 나린다.
장미와 촛불을 끄고 나리는 눈을 내어다보며
얼마 전에 돌아가신 崔淳雨 씨를 생각한다.

나는 산밑의 동네에 살고 최순우 씨는 아랫동네에 살아
아침에 출근길에서 만나면
최씨는 미풍같이 웃으며
삼청터널을 지나 우리는 헤어졌다.

최순우 씨와 나는 조용히 술을 마시며
이따금 함께 자란 고향 이야기를 하였다.
우리 주위는 그와 함께 산다는 것으로
조금은 평화로웁고
그는 우리들 등 뒤에 늘 원광을 띠고 있었다.
어느 해 그는 병을 얻어 자리에 눕더니 눈발 날리던
섣달 보름날 황혼에 쇠잔한 육체에 켜져 있던 마지막
촛불이 꺼졌다.

廣州땅 공원묘지 산비탈에
그의 새로운 무덤 위에도 이 눈은 나리겠지.

죽는 것과 사는 것 사이엔 어두운 강물이 있어
서로의 소식이 끊어진 채 세월이 그 위를 흘러간다.
새봄이 와서 그의 무덤가에 잔디가 돋아나면
나도 몇 친구와 함께 성묘를 가야지.
그런 생각에 잠겨 마당의 눈발을 내어다본다.
나리는 눈은 석등 우에 쌓이고
그 너머 소나무 우에 까치가 서너 마리 우짖고 있다.

梁錫星 君 葬禮式날 밤에 쓴 詩

어찌하여 나의 친구들은
차례차례로 먼저 떠나가는 것일까
용인땅 모현면 깊은 산골
天主教墓地 바람부는 산머리에서
늘 그렇듯이 梁君과 나는 웃고 헤어졌다
산에는 지금도 바람이 불고 있겠지
梁君은 그곳에서 첫날밤을 어찌 보낼까
都市에 낮과 밤이 바뀔 때마다
우리 둘은 목로집에 마주앉아 술잔 기울였는데
끝없이 누운 산너머 또 산이 가로막혀
오늘밤엔 梁君의 목소릴 들을 수 없다
梁君이 살던 여의도 아파트엔 불이 켜지고
거리에는 黃昏이 내려
사람들은 바쁘게 지나간다
市民 한 사람이 갔다는 것은 이렇게 조용한 것일까
아마 세상사람들은 梁君이 떠난 것을 모르나보다
밤이 깊어갈수록 숨이 막혀
잠자리에서 일어나 창문을 연다
창밖엔 漆黑의 밤이 내리고 있고
이젠 나와 그 친구 사이엔
七萬里 하늘이 가로 놓여

내 부르는 소리 산울림 되어 돌아오나보다

안개의 노래

내 가는 곳 어디나
悲情의 안개 서리어 있다
안개 속엔
지나온 山河가 잠기어 있고
荒廢한 砂丘에서
바람소리도 들리어온다

안개는 산을 넘어 洞里로 간다
歲月에 눌리어 기울어진 古家들
추녀 끝에 호롱불 숨을 죽이고
老木이 하나 하늘을 찌르고 있다

그곳에 살던 옛날 사람들
지금은 다 어디로 갔을까
銀河같이 길고 긴—新作路 하나
어두운 밤 속에 사라져 있다

그 길로 가면
고향 사람들이 살고 있는 마을이
바라 보일까

안개는 다시 산을 향하여 돌아간다
虛空을 깎아세운 連峰 가까이
안개는 길―게 걸치어 滿山을 덮어간다

아 나는 돌아갈 집도 없고
마음 속에 피어 있던
한 그루 梅花나무도 쓰러져 있다

차라리 이름없는 새들과 함께
바람부는 벼랑에 누워
忘却의 안개 속에 잠기어갈까.

點心

점심때 집에 돌아와 韓服을 갈아입고
마루 끝에 앉아 맥주를 마신다
때마침 뜰안엔 봄꽃이 피어
山茶花 철쭉꽃이 여기저기 흩어져 있다

어린 나비도 두어 마리
열븐 그림자 잔디에 떨어트리며
꽃과 꽃 사이를 분주히 날아다닌다

손바닥만한 뜨락 경치를 안주로
두째번 맥주병을 뜯는다
正午를 지난 마당
그 봄빛 위에 고요한 靜溢이 흘러나린다

나는 지금 어디 와 있는 것일까
나에게는 돌아갈 過去도 없고
눈에 보이는 깊은 벼랑에
바람만 일고 있구나
씁쓸한 웃음을 지워버리고
얼결에 마지막 잔을 들어마신다

다시 木蓮

四月이 오면
木蓮은 왜 옛마당을 찾아와 피는 것일까
어머님 가신 지 스물네 해
무던히 오랜 세월이 흘러갔지만
나뭇가지에 물이 오르고
잔디잎이 눈을 뜰 때면
어머님은 내 옆에 돌아와 서셔서
어디가 아프냐고 물어보신다

하루 아침엔 날이 흐리고
하늘에서 서러운 비가 나리더니
木蓮은 한 잎 두 잎 바람에 진다

목련이 지면 어머님은 옛집을 떠나
내년 이맘때나 또 오시겠지
지는 꽃잎을 두 손에 받으며
어머님 가시는 길 울며 가볼까

山井湖水

三十分에 이천 원을 받고
아이들을 태운
늙은 당나귀가 湖畔을 거닐고 있다
호수를 건너오는 바람에
흰 머리카락 흩날리고
힘없는 두 눈엔 먼 — 하늘이 잠기어 있다
여름해에 구슬땀 흘리고
허덕이는 당나귀야
너는 우리 나라의
늙은 인텔리겐챠 같구나

子規樓

寧越 子規樓는
가을 바람 속에 서 있다
세종때 留守가 세웠다는
樓閣은 기울어지고
퇴락한 난간 아래
단종의 노랠 적었다는 懸板이 버려져 있다
四百年 세월이 흰구름 위에 서려 있는 것일까
立秋 지난 하늘에 지나는 바람소리
단종의 옷소매 스치었던 난간이
저녁 노을에 곱게 물들어 간다

壽衣

어느날 밤 아내가 조용한 목소리로
생각다 못하여 壽衣 두 벌을 지었다 한다.
수의란 무엇일까
누가 등 뒤에 와서 나에게 그 옷을 입히는 것인가
逆光이 기울어진 天井을 쳐다보며
새벽이 다 되도록 괴로와했다.

그날 밤 꿈에 나는 수의를 입고
공중을 날고 있었다.
언젠가는 두고 가야 할
정다운 서울과 나의 동네를 등 뒤에 두고
板門店 넘어
떠나온 지 오랜 아버님 墓所와
어렸을 때 놀던 산과 들을 향하여
끝없는 공중을 날아가고 있었다.

어느 곳에 내가 묻힐 곳은 있는가
언제나 나는 쇠잔한 肉身 위에 그 옷을 걸치고
아득한 未明을 향하여 떠나가야 하는가
그날 밤부터
내 生存의 壁 위에 壽衣는 걸려

어두운 地下에서 들려오는 時計 소리와 함께
아침부터 밤까지 내 영혼을 흔드나 보다.

三月이 온다
梁錫星 군에게

淡墻 위에 쌓인 눈이 녹기도 전에
밥상에는 냉이나물이 오른다
용인 산골 골짜기에도
산골물이 봄의 소리를 내고 흘러나릴지
三月의 소리는 산너머 들너머 들려오는데
梁君은 새 봄이 와도 소식이 없다

안개낀 버드나무 사이로
냉면집 깃발이 조으는 저녁
늘 가던 주막집 앞을 지나면
등불 아래 담배 연기와 사람들 떠드는 소리
좋아하던 술잔 놓고 간 친구
지금쯤 그곳에서 무엇을 하고 있는지

이 봄에도 잎은 돋고 꽃은 피겠지
세월이 갈수록 아득한 친구
옛 동리에 봄이 온 걸 알고나 있는지
낯설은 사람 틈에 혼자 앉아 눈을 감으면
長安의 天井을 지나가는 바람소리뿐.

回歸에의 獻詩

龍仁땅 호암미술관 앞마당에
부르텔의 '헤라크레스像'이 있고
그 옆에 二百年 넘은 老木이 하나 서 있다.
樹皮는 風波에 거칠고 뿌리도 패인 채
목이 잘린 나무가 머리를 숙이고
湖水 위에 저물어 가는 가을하늘을 받치고 있다.

鬱然히 하늘을 덮은 가지는 없어져도
나무에선 李朝의 바람소리가 들리어 온다.
老樹에 봄이 오면 樹皮를 뚫고나온 새 가지에
숲이 돋고 꽃이 핀다.
老樹는 奇蹟같이 서서 부는 바람에 花粉을 뿌리고
앞뒤에 새로 자란 苗木 가운데 우뚝이 선다.
어느날 太古의 바람에 날려온 한 알의 씨가 땅에 떨어져
悠久百年 生命의 노래를 부르나 보다.

아— 어느 사이 내 마음의 空洞에 老樹는 서서
밝아오는 새벽을 향하여 두 손을 편다.
나무 위에는 한낮이면 새들이 날아와 노랠 부르고
황혼이 오면 고개를 떨구고 기도를 한다.
나는 나무를 믿고 나무는 나를 믿고

우리는 매일밤 千年의 거문고 소리에 귀를 기울인다.

木蓮나무 옆에서

四月이 돌아와 다사로운 봄볕에
木蓮이 꽃망울지기 시작하면
내 슬픔은 비롯하나보다.
경운동집 앞마당에
목련이 가지마다 꽃등을 달면
병석의 어머님은 방문을 열고
사월 팔일이 온 것 같다고 웃고 계셨다.

옛날을 꽃피우던
늙은 나무는 죽은 지 오래이고
남은 가지가 자라난 지 스물 두 해
오늘은 아침부터 바람이 불고
연약한 가지에 매어달린 목련은
떠나가는 몸짓을 한다.

목련이 지면 어머님은 떠나가시고
삼백 예순 날이 또 지나가겠지
아 새봄이 와서
가지마다 새싹이 움틀 때까지
나는 서서 나무가 되고 싶다.

昏雨

어두워오는 하늘 높은 곳에서
주룩주룩 내리는 비는
나의 이마를 적시고 五臟을 씻어내린다.
사람들은 일찍 집에 돌아와
창문을 열고 이 비를 내여다본다.

저마다 쓸쓸한 생각을 하며
말없이 앉아 듣는 빗소리
돌아갈 고향도 없는 사람들에게
빗소리는 서러운 생각을 가져다준다.
가을 가까운 고향집 초가지붕에
옛날에도 이런 비가 내렸더랬지.

황혼이 숨어든 天井 위에 램프를 켜고
사람들은 밥상을 둘러앉는다.
그 밥상 위에도 비는 내린다.
내리는 빗소리로 방안이 찬다.
사람들은 고개를 떨어뜨리고
조용한 기도를 주고받는다.
그 기도 위에도 비는 나리고 있다.

五月의 꽃

山茶花 철쭉 서부해당화
꽃들은 허무한 자태로 피어 있다.
세월이 가면
꽃들은 땅위에 떨어져 사라져 가고
서러운 심사만이
그 위에 서려 있겠지.
꽃들의 일생은
그렇게 짧고 기구한 것일까.
지나는 바람에 눈물짓는 꽃
아— 길 잃은 새들이라도
두어 마리 날아와 그 위에 앉아라.

中央廳 附近

三淸洞 골짜기 기와지붕 끝에
단풍잎이 滿山을 불태우고 있다.
中央廳 앞 벽돌 鋪道도
黃金빛 은행잎에 덮여 있더니
오늘 아침엔 불 꺼진 街路燈 위에
철 늦은 가을비가 내리고 있다.
사람들은 우산을 쓰고 그 앞을 지나간다
더러는 고개를 떨구고
더러는 허리를 웅크리고
춥고 쓸쓸한 겨울을 향하여 지나가나 보다.

서울 거리엔 이따금 안개가 낀다.
안개가 끼면 빌딩들은 등불을 켠다.
그것은 회색빛 하늘에 뜬 꽃다발 같다.
아 가을은 벌써 서울을 떠나나 보다.
조금씩 살림 걱정을 하며
집으로 돌아가는 사람들의 마음속에
흰눈은 벌써 내리나 보다.

金銅佛耳

慶州博物舘 마당에 있는 別舘에는
雁鴨池에서 캐어낸
金銅佛耳 두 개가 걸리어 있다.
친구들이 내 귀와 닮았다 해서
벽 위의 귀를 한참 쳐다보았다.
안압지 바닥 땅속에 깊숙이 묻히어
新羅 千年의 바람소리를 듣던 귀
형광등이 그린 오롯한 圓光 속에
귀는 靑銅色 빛깔을 띠고
지금도 신라 사람들과 조용한 對話를 주고 받는다.

경주를 떠난 지 두 시간
秋風嶺 가을산이 창밖에 저물어오고
내 귀에는 신라 사람들의 옷자락소리 바람소리가
落寞한 들을 넘어 들리어 온다.

黃塵·1

群山은 오늘 날이 흐리고
바닷바람이 黃塵을 실어다 거리를 덮고 있다.
어린 손자의 손목을 이끌고
月明公園에 올라
저기가 옛날에 할아버지 살던 곳이라고
두 손을 들어 가리켜주나
새로 난 길들은 먼지 속에 끝이 없고
낯선 빌딩들 늘어서서
눈길을 돌리게 한다.

내 나이 스물 세 살에
이곳에서 詩를 쓰기 시작할 무렵
새로 맞은 아내와 셋방을 얻어 살고 있었다.
지금 비인 亭子에 앉아 내려다보면
옛날에 살던 사람들 간 곳이 없고
금강 나루터 안개 속에서
강 건너 가는 고동 소리 바람에 실려 온다.

標木이 된 내 그림자에 기대어 서서
돌아오지 않는 모든 것 생각해 보니
어느날 다시 이곳을 찾아 오를까

눈앞을 가리는 老木 한 그루
黃海 바다 어둠에 잠기어 간다.

(86年 3月 22日 群山에서)

黃塵·2

謙齊[20]가 豊川 縣監이 되어 내려갈 때
漢江은 저렇게 소리를 내며 흘러내렸나
오늘은 寒食날
西風이 몰아오는 黃塵에 덮여
八堂 근처 산은 보이지도 않는다.
韓國의 봄은
참 어처구니 없이 쓸쓸하구나.
양평 쪽을 달리는 낡은 버스 창가에 앉아
물끄러미 내다보다 돌아앉는다.

---

20 '謙齋'의 오식인 듯.

沙漠都市

도시는 나에게 沙漠 같은 것이다
봄빛 새어오는 가로수 밑을 서성거리며
친구와 씁쓸한 인생을 이야기할 때
사무실에 혼자 앉아 신문을 읽고 있을 때
내 귀에는 砂丘에서 불어오는 바람소리가 들린다.

해가 지면 都市는 꽃밭이 된다
빌딩들은 창가에 등불을 내어 걸고
거리엔 택시와 사람들이
고기떼처럼 흘러나린다
방안에 등불을 켜고 늦은 저녁을 먹는다
우두커니 앉아 담배를 피워 문다
창밖엔 밤이 내려 춥고 어두운데
北岳山 위에 方向燈 하나
보이지 않는 虛像의 거리를 비치고 있다.

등불을 끄고 자리에 눕는다
내 마음속 거리에 등불 모두 꺼지고
그 위에 허물어진 빌딩 사이로
사막으로 뚫린 한 줄기 길이 보인다
사막엔 이미 해가 지고 風塵이 덮여 오는데

다시 돌아올 수 없는 停止된 時間 속으로
오늘은 몇 사람의 市民이 떠나갔을까
언젠가는 모두 그곳으로 떠나가기 위하여
사람들은 괴로운 日歷을 한 장씩 떼고 있는 것일까.

讀書

螢光燈 아래서 책을 읽다가
페이지를 뒤지는 내 왼손을 보았다.
表皮는 처져 우그러지고
주름살이 모여
奇怪한 溪谷을 이루고 있다.
이것은 사람의 손이 아니고 죽음의 손이다.
나는 죽음의 손에 의지하여
所望도 없는 雜書를 읽고 있다.

시집 **임진화** 壬辰花

山·1

꿈속에 娥娥한 連峰이 솟아 있더니
아침에 沈默의 溪谷에서 올라오는
안개 속에 산은 서 있다.

永遠을 향하여
길길이 누워 끝없는 산들
솔개미 하나 안 뜬 하늘 저쪽에
그 끝은 구름에 가려 보이지도 않는다.

어두워 오는 황혼에
산들은 되돌아온다.
落照에 잠겨 가는 수풀 속으로
바람소리를 몰아오면서

깊은 밤중에
고독한 이마를 달빛에 적시며
산들은 무엇을 생각하는지

北斗七星이 자정 넘어 기울어진 뒤
千年이 동터 오는
새벽을 향하여

산들은 돌아눕는다.

山·2

紫霞門을 나서면
北漢連峰이 이마에 와 닿는다.
하늘 저쪽에서
파도가 되어 밀려오는 산들

산들은 다시
나즉한 對話를 주고받으며
淸澄한 가을 속으로
사라져 간다.

山·3

산들은
西天을 향하여
고개를 쳐들고 있다.

산들을 등에 업고 있는 大地
그 대지 위에 萬年의 하늘이 저문다.

太古를 찌르고 있는
산마루 위에
초생달이 자정 넘어 기울어지면
山들은 서로 껴안고 통곡을 한다.

立秋夜

밤중에 등불을 들고 뜰에 내린다.
뜰에는 자욱한 벌레소리

마당 댓돌에 앉아 남산을 바라다본다.
남산은 밤 속으로 멀어져 가고
거리의 등불이 껐다 켜진다.
서걱이는 바람에 베옷이 차다.

보이지 않는 세월의 손에 등을 밀리어
나는 또다시
가을 속에 서 있다.

海邊가의 무덤

꽃 하나 풀 하나 없는 荒凉한 모래밭에
墓木도 없는 무덤 하나
바람에 불리우고 있다.

가난한 漁夫의 무덤 너머
파도는 아득한 곳에서 몰려와
허무한 자태로 바위에 부서진다.

언젠가는 초라한 木船을 타고
바다 멀리 저어가던 어부의 모습을
바다는 때때로 생각나기에
저렇게 서러운 소리를 내고
밀려왔다 밀려나가는 것일까.

오랜 세월에 절반은 무너진 채
어부의 무덤은 雜草가 우거지고
솔밭에서 떠오르는 갈매기 두어 마리
그 위를 날고 있다.

갈매기는 생전에 바다를 달리던
아부의 所望을 대신하여

무덤가를 맴돌며 우짖고 있나 보다.

누구의 무덤인지 아무도 모르나
오랜 조상 때부터 이 사람들은 바닷가에서 태어나
끝내는 한줌 흙이 되어 여기 누워 있다.

내 어느날 지나가던 발길을 멈추고
이 黃土 무덤 위에 한잔 술을 뿌리니
해가 저물고 바다가 어두워 오면
밀려오고 또 떠나가는 파도들 따라
어부의 소망일랑
먼— 바다 깊이 잠들게 하라.

無聊日日

내 思惟의 밖에서
피고 지는 나뭇잎과 무수한 꽃들
꽃이란 꽃은 다투어 피어
불어오는 西風에 웃고 있는데
나는 매일 같이 無聊를 달래며
대낮에 문을 닫고 책을 읽는다.

앞마당 위에 暮色이 덮여오면
帽子를 쓰고 거리를 찾아나선다
章煥이 언젠가
눈물 없이는 지날 수 없다던 종로거리는
낯설은 사람들이 아우성거리고
빌딩들은 해변가의 절벽같이 떼지어 서서
仁旺山의 낙조에 잠기어간다.

밤늦게 돌아와
창문을 열고 마당을 내어다 본다
한 밤중에 달이 中天에 떠오르면
아카시아 꽃들은 흰눈을 뒤집어쓴다.
노란 철쭉 위에 서린 밤안개
얼마 있다 철쭉 꽃도 안개도

漆黑의 밤 속으로 잠기어간다.

右手頌

전화를 받다
수화기를 든 오른손이 눈앞에 다가온다.
실크로드 가는 길에
타마르칸 砂漠처럼.
주름진 溪谷이 오른쪽으로 경사되어 있다.
주름 하나하나에
칠십 년 동안 지나온
山河의 물결이 보이고
그 위에 철 늦은 霖雨가 내리고 있다.

十一月의 노래

십일월달이면 세종로는 안개에 잠긴다.
해가 진 뒤 빌딩들이 등불을 켤 때면
광화문 네거리는 꽃밭이 된다.

지나가는 자동차들은 경적을 울리고
실루엣이 되어
안개 속에 사라져 가는 靑年들

겨울을 기다리는 가로수 사이로
안개는 물소리를 내며 흘러간다
지난 밤비에 떨어진
노―란 은행잎을 밟으며
나는 雨傘을 쓰고 안개 속을 걸어간다.
아― 이렇게 아름다운 밤에
나의 친구들은 어디 있을까.

광화문 근처 골목을 지나가면
朴寅煥이 옛날 살던 집 추녀에
낯설은 등불이 하나 안개에 젖어 있다.
먼저 떠나간 친구들을 생각하면
나는 너무 오래 살았나 보다.

이런 밤에는
그들이 부른 노래 멀리서 들려온다
노래 소리 들리는 곳으로 발길을 돌린다
안개가 조용히 뒤따라온다.

奇怪한 紳士

작년 가을 신양파―크 로비에서
그 奇怪한 紳士를 처음 만났다.
백발에 덮인 얼굴은
두 눈이 패인 채 근육은 처져 있고
굽은 허리를 단장에 기대고 서 있었다.

교보문고 코―너에 걸린 거울 속에
조선호텔 들어가는 회전 도어에서
나의 가는 곳마다 신사는 나타났다.

드디어 어느 날 아침에
화장실 유리 속에 서 있는 신사가
사실은 내가 당신이라 하지 않는가
오랫동안 나를 따라다니던 신사는
분명 老醜에 찌들은 나이였다.
나는 오랫동안
기괴한 신사의 모습에 숨어
세상을 속이고 살아온 것이다.

紐育서 들려온 소식
哭 金相瑗 兄

전화통에서 들려오는 雨人의 목소리는
紐育서 相瑗이 세상을 떠났다는 것이다
고국을 쫓겨난 지 이십여 년
한 점 티끌이 되어 地球를 떠난 것이다.
뉴욕은 멀어 갈 수도 없어
詩人部落 친구들에게 전화한 뒤에
두 손으로 턱을 괴고
南山을 덮어오는 노을을 치어다본다.

異域萬里 寒燈에 가을비 뿌릴 때
뉴욕서 산다던 브루클린 거리에
자욱한 황혼이 내려 불이 켜지면
서울로 돌아갈 날 손꼽는다더니
지난번 서울서 술자리 같이 했을 땐
금년에는 美國서 詩集 한 권 내겠다더니
시집 원고 껴안고 총총히 떠나간 친구

상원은 오라, 상원은 서울로 돌아오라,
청진동 뒷거리 목로주점에 마주 앉아
장환이 봉구 옛 친구를 이야기하며
우리 서로 껴안고 밤새며 울자.

廢園

地上에 피었던
그 아름다운 꽃들 사라진 뒤
나무 사이 새어오는 초록빛 햇살을 받고
廢石이 두어 개 길가에 흩어져 있다.

철쭉꽃 지고 장미 피던 곳
꽃밭을 에워싸고 들리던 노래소리
사라진 지 오래이고
사람들은 저마다 고향 찾아 떠났나 보다.

떠나온 지 오랜 고향의 廢園
새들도 잠든 수풀가에
아름답던 화단들은
雜草에 묻혀 있겠지.

마음이 고단한 날 생각나는 곳
그곳엔 언제나 비가 나리고
長明燈 하나 안개 속에 바라보인다.

遊園地
4월 19일 남이섬에서

遊園地에는 봄이 와서
영산홍, 개나리, 철쭉꽃 위에
風船이 떼를 지어 하늘에 오른다.
市民들은 잔디밭에 늘어앉아 술을 마시고
한쪽에서 공을 차는 靑年들의 아우성소리
'앙리 룻소'가 그린 낙엽송 수풀 사이로
진달래 흩어진 鋪道 위를
포장마차가 방울을 흔들며 지나가고
마차 뒷자리엔 이십 년 전의 내가 앉아 있다.

연기도 안 나는 꼬마 汽車를 타고
사람들은 서울로 떠나기 위해
時間表도 없는 停車場에서 차표를 산다.
수풀 속의 音樂堂 위에 비둘기떼
잉크빛 강 위를 가는 나룻배 위에선
잠바를 입은 청년들의 기타소리
해가 저물고 나룻터 벤취 위에
자주빛 瓦斯燈이 켜지면
遊園地는 대문을 닫고
그대로 공중 위에 떠올라간다.

五月花

세월이 오면 꽃피고
세월이 가면 꽃이 진다.

꽃밭을 지나는 바람소리에
한숨도 역겨워

사람만 가면 안 오나 보다.

嘔逆질

구역이 난다.
새벽 종소리부터 子正까지
스물 네 시간 구역이 난다.
구역은 발끝에서 시작하여
내 五臟六腑를 흔들며 돌아다닌다.
찾아가는 병원마다 大門을 잠그지만
막상 이것은 나만의 병이 아니다.
옆집에 사는 H氏도 종일 구역을 하고
江南 사는 친구들도 구역을 한다.

처음엔 유리창 몇 개가 깨어지더니
빌딩들 담벽이 龜裂이 간다.
고 스톱의 表示燈이 넘어지면서
온 都市에 구역이 번지어 간다.

구역으로 빌딩이 쓰러지기 전에
대낮에 네거리를 향하여 달음질친다.
구역으로 都市가 쓰러지기 전에
三十六層 빌딩의 옥상에 올라
太陽이 이글대는 하늘을 우러러
끝없는 구토를 토해 내기 위하여

강철로 만든 서른 여섯 개 階段을 뛰어오른다.

墙

우리집 뒷담 위에
古木이 다 된 감나무 두 그루가 서 있다.
四月달이 기울어 꽃이란 꽃이 다 진 뒤에
엷은 햇살을 받은 가지가
흰 담 위에 淡墨을 그리고 있다.
어떤 날은 자욱―한 안개에 기왓장이 잠기고
안개가 그치면
봄비가 나무가지를 적시며 나린다.

七, 八月 햇살이 따가운 날은
물이 오른 감나무 이파리 사이로
쑥빛깔 감이 열리기 시작한다.
그것은 生命의 悠久함을 말하고 남아
아침마다 유리창을 열고
나는 흐뭇한 생각에 잠기곤 한다.

秋夕이 지나면 감나무는 外面을 하고
나뭇잎 하나하나 淡紅빛에 물들어 간다.
감나무의 落葉은 시월에 비롯하여
어느날 새벽 첫서리가 나린 뒤에
에메랄드 하늘에 紅寶石이 박힌다.

겨울이 오면 감나무는 쓸쓸해 한다.
봄 가을 아름답던 것 사라진 뒤에
눈도 안 오는 찌푸린 하늘 아래
어깨를 떨구고 있다.

함박눈이 나리면 겨울이 깊어가고
나는 방문을 모두 닫고 들어앉는다.
감나무의 한 해는 이렇게 가고
따라서 내 한 해도 다 가고 만다.

黑雪

늘어선 빌딩 사이 어두운 골목길에
아침부터 검은 눈이 나리고 있다
눈은 不吉한 소식을 가지고
荒凉한 都市의 지붕을 덮어온다
촛불만한 희망을 안고 사는 市民들은
유리창 너머 나리는 눈발을 쳐다본다
눈발이 가져오는 不吉한 소식은 무엇일까
사람들은 저마다 고개를 떨구고 생각한다.

검은 눈발은 黑死病 같은 모습을 하고 있어
그 눈발이 지나가는 곳마다
사람들은 창문을 닫고 숨을 죽인다.
언젠가는 일어나 싸울 것을 생각하면서

나리는 눈발 위에 쌓인 안개를 뚫고
正午의 종소리는 멀리서 들려온다.
鐘塔에서 鐘塔으로 퍼져가는 종소리
종소리는 市民들의 마지막 決意를 재촉하며
눈 나리는 都市의 天井 위에 퍼지어 간다.

日記

서부해당화 나무에 쌓인 눈이
저녁 노을을 받아 紅梅로 변한다
正月 초이틀 저물엽에
세배 손님도 끊어지고
진종일 흰 눈에 덮인 잔디 위에
황혼이 소리없이 날개를 편다

아침엔 어머님 산소엘 다녀왔다.
사일구나던 해 내 허리 돌던 나무가 자라
北漢山 봉우리가 보이지 않는다
마고자에 두 손을 끼고 서성거리다
나는 먼— 곳을 쳐다보았다.
자라나는 것과 사라져가는 것을
세월이 조용히 가르고 있나 보다

나무들은 웅크리고 서로 기대어 서서
소리없이 내리는 어둠을 기다린다
오늘 하루도 쓸쓸히 간 뒤
텅 빈 방구석 책상 위에 등불을 켜고
쓰잘 데 없는 日記 두어 줄 쓰며
스산한 마음 달랠 길 없다.

秋日敍情

가을풀 길길이 누은 언덕 위에
素月은 무명옷을 입고 서 있다
南市의 十年을 떨치고 일어나
흰구름 오가는 망망한 남쪽 바라다보며
원망이 서린 두 눈에 눈물이 고이어 있다.

꿈을 깨고 일어나 창문을 여니
창밖에는 가을이 와 있었다
돌담 위에 서린 안개 속에
가지마다 휘어진 감들이 보인다
八, 九月에 달려있던 靑柿들
알알이 등불을 켜고
감나무는 절반이 가을하늘에 잠기어 있다
아— 어느 보이지 않는 손이 열매를 맺게 하고
조용히 地上을 지나간 것일까.

어둡고 지루한 겨울을 맞이하기 위하여
나뭇잎들은 黃葉이 지고
사람들은 가을 도배를 하고 새옷을 꺼내 입는다
虛妄히 떠나가는 한 해를 다시 보내며
괴로운 世月에 부대끼는 사람들

그들의 지붕 위에
다사로운 가을 햇빛이 나리고 있다.

창문을 닫고 들어앉아
처마끝을 지나가는 바람소릴 듣는다
가을은 찬바람을 몰고와
나뭇잎들을 떨어트리고
地上에 모든 것을 凋落시키며
無限한 곳으로 떠나나 보다.

便紙
朴載崙에게

언제부터인가
나는 空洞의 都市 한구석에 앉아 있다
정다운 옛 친구들 사라지고
나를 背信한 나뭇잎들은 變色을 했다
正午 가까이 나는 신열이 난다
삼십팔도의 열에 부대끼는 내 머리 위에
빌딩의 銳角이 꺼꾸로 쏟아져온다.

이 신열이 내리면 조용한 호숫가로 가자
銀杏 잎에 물든 친구의 샤쓰에
가을 국화들 하나씩 꽂고
저물어 가는 人生을 이야기하자.

호수의 저쪽에 日沒이 오면
수만 개의 촛불이 하늘에 켜진다.
우리들은 그 촛불을 하나씩 들고
어두운 밤 속을 都市를 향하여 떠나야 한다.

都市에는 落葉과 孤獨이 기다리고 있다
어느 뒷골목 酒店에 앉아 술잔 기울이면
먼− 바다의 파도소리를 내고

가을 바람이 지붕 위를 떼지어간다.
친구여 지금은 住所도 없는 친구들이여
이런 밤에는 그대들 정다운 편지가 기다려진다.

뻐꾸기

曹溪山에 뻐꾸기가 운다는 法頂스님의 편지를 받았다
봄이면 알레르기로 고생하신다는 스님은
閑雅한 山房에 기대어앉아
오동나무 꽃향기 자욱한 窓門너머
落照지는 西域二萬里 내다보시나 보다.

오늘 밤에는 城北洞에도 뻐꾸기 운다
하늘엔 물기낀 반달이 걸려 있고
三淸洞 골짜기엔 바람소리뿐인데
뻐꾸기는 멀리서 가까이서 번갈아 울고 있다.

子正 가까이 벼게머리에 들려오는 뻐꾸기는
먼— 곳에 있는 보고 싶은 것
그리움도 이미 사라져 다시 돌아오지 않는 것
뻐꾸기는 그것을 찾아 밤이 깊은 溪谷에 잠기어 간다.

뻐꾸기는 아득한 영혼의 하늘을 날아가고 있는 것일까
우리나라의 산이란 산엔 뻐꾸기 운다
낮과 밤을 울고 해질녘에도 구슬피 운다.
모심기 끝난 시골 山山谷谷에
뻐꾸기는 울어 예어

산과 들을 시름에 잠기게 하고
그곳에 사는 사람들의 한숨을 자아낸다.

壬辰花

일본 나라 東北땅에
'마쓰지마'라는 아름다운 海岸이 있고
바닷가의 수풀 속에
海神을 위해 세웠다는
瑞巖寺라는 千年이 넘은 古刹이 있다

本殿이 있는 앞마당 담장 밑에는
그곳 領主가 壬辰亂에 우리 나라서 가져 갔다는
白梅 紅梅 두 그루가 심어져 있다.

故國을 떠나온 지 오백 년
나무는 늙고 表皮는 갈라져 등이 굽은데
안개 같은 梅花꽃이 가지 위에 흩어져
五月 햇빛에 조을고 있다
지나는 길손인 우리는 無聊히 서성거리다
梅花나무에
나즉히 작별을 하고 돌아나왔다.

中門을 지나 멀어져가는 발자취따라
梅花나무는 떠나가는 우리를 뒤돌아보고
언제 또 오느냐고 웃고 있었다.

憂愁의 날

寒溪嶺 넘어
안개 낀 남설악 連峰을 지나
양양 바다에는 비가 나리고
떼지어 몰려오는 파도는
바위 위에 소리를 내며 무너진다.

娥娥한 산들은
東海를 향하여 기울어지고
憂愁의 平野에도 비는 나리고 있다.

내 어느날 汚辱의 도시 서울을 떠나
바다를 끼고 北方길 향하여 가나
어디에 나의 安住할 곳은 있을까
두 손 들어 불러도 虛空은 멀어져 가고
고단한 肉身은 낮과 밤에 찢기어
내 남루한 옷 깃발처럼 바람에 나부끼나니
근심에 어린 山川은 끝이 없이 누워 있고
白砂場가의 어린 소나무 위에
갈매기 서너 마리 떼지어 울고 있다.

黃蝶

黃蝶 한 마리 大地에 떨어져 몸부림친다
굵은 검정무늬 날개들
접었다 닫고 다시 열더니
銳利한 두 날개를 곤두세우며
다가오는 죽음 앞에 온몸을 떨고 있다
조그만 生物이 지상에 태어나
다시 지상에서 사라질 때는
저리 연약한 肢體를 내어던지며
生命의 哀切함을 외치나 보다.

景福宮 담에 기대어
中央博物館 이사가는 날

古器의 어깨너머 太古의 빛은 새어오고
靑塔은 떼지어 하늘을 찌르고 있다
아 우리 선조들은
언제부터 新羅千年의 아름다움을
地上에 남기기 위하여 밤을 샜을까.

悠久의 구름과 바람이 서려있는 곳
이끼긴 古宮의 廻廊에 서서
오늘 우리들
高麗靑瓷에 한잔 술을 뿌리니

이들 虛空에 흩어져
하나 하나 꽃잎 되어 나리며
祖國의 사랑과 아름다움을 노래 부르라.

寒燈

기울어진 傾斜 위에 걸려 있는 寒燈에
불이 켜지면
城北洞 溪谷에 밤이 나린다.

아 ―
그 가늘고 고단한 불빛.

겨울 나무의 앙상한 가지 위에
까마귀 둥우리가 하나 있고
그 넘어로
거리의 五色 등불이 껐다 켜진다.

무수한 歲月에 등을 밀리어
나는 여기 홀로 서 있으나
머지 않아 이곳을 떠나야 한다.

밤이 깊어 집들은 창을 내리면
사람들이 寢所로 돌아간 뒤에
등불이 혼자 남아
城北洞의 밤을 지키고 있다.

보유 시집 미수록 시편

가신 누님

『중외일보』, 1926.12.14

누님은 가셨나요 바다를 건너
쒸ㅡ 쒸ㅡ 하는 큰 배 타고 머나먼 나라로
사랑하는 나를 두고 누님은 가셨나요
쓸쓸한 가을비 부실부실 오든 밤
희미한 촛불 알에 고개를 비고
재미잇는 녯이약이 번갈아 하는
내 누님은 가셨나요 바다를 건너
달 밝은 밤 滿月臺의 우거진 풀 속에서
벳쟁이의 우는 소리 들려오고요
옛 비인 대터의 盤石 우에는
누님 찾는 내 놀애가 슯흐기도 합니다

멀고 먼 그 나라의 그리운 내 누님
누님의 쩌나든 날 쪼저논 들국화는
죠수은 시들어 볼 것 업서도
찬 서리는 如前히 쌔를 쌀하서
오늘밤도 잠자코 나려옵니다.

녯 생각

『조선일보』, 1927.11.19

나 혼자 외롭히 누른 잔듸 우에서
흰 구름이 써도는 가을의 한을을 치어다보면
생각 멀리 녯날로 흘러갑니다

찬바람이 써들 불던 눈 나리는 夕陽
恨 만흔 世上을 등진 내 아버님이
구슯히 울리어오는 피리소리에
懷古의 노래를 불으던 달 밝은 밤
쏨가튼 아지랑이 피어오르는
종다리 소리도 가이업슨 봄날의 들가
사랑하는 누나와 함께 노래 불으던
나 어린 째의 나의 지나간 꿈

그러나 지금은 돌아오지 못할 녯날의 자최
이지러지려는 夕陽 햇발이 마지막 비츨 던지는
불어오는 바람도 쓸쓸한 가을의 들가
바람에 속살이는 가랑닙의 노래를 들으며
나 혼자 눈물에 젓는 思古의 夕陽입니다.

한울(散文詩)

『동아일보』, 1929.10.13

동무야
가을밤이 깁허서
먼- 곳에 피리소리 흐를 째면
故鄕의 가을밤이 생각나드라
千里의 외로운 곳에 밤 깁허서
나 혼자 공연이 쓸쓸할 째면
나는 잠자코 한울을 치어다본다
한울에 쌈박이는 수업는 별이
故鄕의 가을 소식을 속삭이드라

그리고 동무야
왼 終日 피곤한 勞役을 마치고
저녁 길을 혼자서 돌아올 째면
공연히 依支할 곳 업는 설움이
가슴에 울어나드라

나는 이럴 째면 고개를 들어
한울을 치어다본다
한씃이 업는 雄大한 한울
億萬年의 興亡을 고요히 나려다보는 한울
한울을 치어다보면 내 가슴에 피는 쓴다

그리고 불으짓는다 "오냐 압날이 잇다"고
동무야
恩惠입은 가을의 한울이다.
盛衰의 어지러운 꿈을 지키는 한울이다
압길 잇는 산아이의 가슴 가튼 한울이다
얼굴도 모르는 어머님의 가슴 가튼 한울이다
나는 심심한 쌔면 한울을 치어다본다
공연이 가이업는 설움이 가슴에 울어날 쌔면
나는 고개를 들어 한울을 치어다본다
눈이 와도 바람이 불어도 울 듯이 흐린 날도
한울은 쓸쓸한 이의 故鄕이란다
한울은 외로운 이의 어머니란다

慶會樓에서

『동아일보』, 1929.10.15

落日의 廢城 우에
저녁까치가 운다
北岳의 저므러오는 가을 저녁
안개 씬 녯 城에 써도는 설움아
     ×   ×
盛代의 덧업는 녯 꿈을
지금 어느 곳에나 차저보랴
零落한 運命의 가을 한숨은
임자 업는 高樓의 저녁 바람뿐.
     ×   ×
한때는 一國을 호령하든
九重의 녯 宮터에
지금 悲壯한 설움을 가슴에 안고
무리지어 헤매는 힌옷 입은 이들아

落日의 안개ㅅ속에 차저낸 녯 자최가
눈물 어린 네 눈에 얼마나 애닯으냐.

1929.9.25. 夕陽

녯 동무

『동아일보』, 1929.10.16

오랫동안 이젓든 동무를
해 지는 저녁 길 우에서 만낫습니다
알코 난 그이의 얼굴에
저녁 바람이 스처갈 쌔
쓸쓸히 웃는 동무의 그림자 우에
나는 그의 어렷슬 쌔를 생각해 보앗습니다
동무와 나는
업서진 지 오랜 山 밑 禮拜堂에서
손목을 마조잡고 쮜어놀면서
철업는 어린 時節을 놀애로 보냇습니다
오늘! 나히 먹은 두 젊은이가 되어
헤어진 지 오랜 동무를 길가에서 맛나니
두 볼이 여윈 그의 얼굴에
녯 記憶만이 새롭습듸다
만낫다 헤어지는 저녁 길 우에
동무의 그림자 멀─리 스러질 쌔
꿈결 가튼 歲月이 흘러간 한울을 치어다보니
쓸쓸한 靑春이 가엽든지
저녁별이 하나 둘 눈물집듸다

病

『동아일보』, 1929.10.19

고달픈 身勢에 病까지 들어
왼 終日 남모르게 알앗습니다
집 쩌난 나그네의 病이란
눈물밧게 자아내지 안습듸다
살려고 애쓰는 이들의 틈에 끼어
기—ㄴ 밤을 나 혼자 알으니
버림바든 世上의 가을이 설어워
쓰다난 눈물이 옷깃을 적십듸다
알아야 알느냐고
굶어야 배고프냐고
누워잇기 외롭겟다고
아모도 내 귀에 慰安의 말 한마듸 업습듸다.
기쁨업는 歲月에
몸조차 누워 알으니
머지안흔 곳에 죽엄이
나를 기다리는 것만 갓습듸다

1929. 9. 21 밤

夜警軍

『동아일보』, 1930.1.12

나려 싸인 눈 속에 깁허가는 밤의 거리를
싸늘한 달빗 아래 조을고 있는 거리의 밤길을
싹싹이 치는 이의 웨치는 소리 멀―어저 갑니다
외로운 거리의 깁허가는 꿈을 직히려
피곤한 이들의 잠들은 밤을 직히려
온밤이 새도록 거리를 허매다가
새벽별이 이즈러지고 東편 하늘이 횐 —— 할 째면
쓸쓸한 그림자를 이끌고 어데로인지 가버리고 맙니다
밤이면 와서 밤이면 가는 이름 모를 이
싹싹이 치는 이의 웨치는 소리
이 밤도 먼―길 우에 스러져 갑니다

失業者의 五月

『대중공론』, 1930.6

憂愁에 뭇친 우리들의 心思도 갓치 온! 終日 흐린 하늘을
五月의 바름[21]은 짓허가는 綠陰에 가는 봄을 嘆息헌다.

컴컴헌 工場의 地下室에 荒廢해가는 ××의 거리에
짓밟흰 現實이 나은 모—든 가슴 압흔 回憶과 눈물을 실고
苦惱에 뭇친 우리들의 봄은 그대로 가고
落花진 봄의 廢墟 公園의 벤치에
고달픈 失業者의 무리는 헤메인다

咀呪와 飢餓에 어린 …… 배곱흔 거리를 온 終日 헤메다
저녁 바름에 해가 지고 밤이 들 때면
우리들은 놈들에게 짓밟흰 절믄 날을 생각헌다.
우리들이 기름을 빨니든 工場을 쫓겨나든 날부터
허므러진 機械의 녹스른 悲哀는
工場의 넙흔 벽돌과 놈들의 世上을
咀呪와 복수의 눈으로 노려보게 하엿다.
數업는 失業者의 무리가 飢餓에 우러도
늙은 어머니와 어린 子息이 굶어 죽어도
우리들에게 끗업는 악착한 ××이 잇슬 뿐이다.

---

21 바람.

빗나는 거리의 등불 아래 公園의 벤취에

차단−한 별이 깜박이는 하늘 아래 이 밤도 失業者의 꿈은 잠든다

모−든 現實에 눈감으라는 듯이

잠자는 그의 머리 우에 '아−크燈'은 컴벅이고

그래도 우리들은 한 時도 닛지 앗는다.

모−든 現實의 記憶이 사라지기 前에는

'우리들의 젊은 날'이 가기 前에는

우리들은 한時도 닛지 앗는다

그들의 마즈막 날을 복수 붉은 피로 물드릴 것을.

綠陰 밋헤 굼주리는 失業者의 五月은

苦惱의 봄을 실고 가버리는 永久의 世月 우에

언젠가는 차저들 그날을 생각케 한다.

짓밟흰 現實이 나은 모−든 가슴 아픈 記憶을

정하게 싯처버릴 그날을 생각케 한다

1930.5.1

消息
우리들의 兄님에게

『음악과 시』, 1930.8

밤 깁허서 나리는 비소리만이 첨하 끗혜 끗칠 줄 모르고 배곱하 울든 동생도 이제는 숨소리 고요히 잠들엇습니다

無心히 窓박글 나여다보면 캄캄헌 어둠 속에 멀─니 조으는 거리의 등불이

온 하로의 고닯혼 勞役에 잠드른 이들의

깁허가는 꿈을 직히는 듯이 쌈박임니다

兄님! 비소리 외로운 밤을 나 혼자 누어 잇스려면 내 마음이 아즉도 弱해선지 兄님이 쩌나든 날 밤이 생각나 가이업슨 넷 記憶은 나를 울게 합니다

××××××××××××

四年 前 十月 외로히 ××오는 兄님이 故鄕을 쫏겨나든 날 밤

갈 길을 재촉하는 汽笛소리 밤하늘을 울닐 때 가을바람 외로운 驛頭의 등불 알에

쓸쓸히 웃고 섯든 兄님의 蒼白한 얼골이 눈압혜 쩌오럼니다

모─든 ××를 쌔앗긴 兄님의 컴컴한 ××에

나리는 비소리 窓을 울니는 오늘밤도 함께

덧업시 가버리는 兄님의 절믄 날을 무엇으로 代身할가요

눈물을 압서서 가슴이 메여지고 니가 갈녀짐니다

兄님 그러나 애석한 일임니다

모─든 이들의 압헤서 ××오든 兄님이 가신 뒤에 굿게 밋엇든 兄님의 동모들은

의리와 역사를 배반하고 가버린 지 오랫습니다 잇는 놈의 품속으로 안

房 구석으로 술집으로 비겁한 退却의 길로 自滅헐 幻滅의 나라로 그이들
이 가버리고

거믜줄과 먼지에 싸인 문닷친 ××에는 깨어진 책상만이 헛터저서

용감하엿든 옛날의 ××말할 뿐임이다

믓님 그러나 락망까지에 이르기엔

우리들에게는 아즉도 수만은 동무가 잇다는 것을 잇지 마러주십시요

동무와 나는 오늘도 햇빗 업는 工場의 地下室에서 돌아가는 로-루 들
끌는 琉璃가마 속에

××을 위하야 기름을 짜냄니다

그러나 우리들은 運命을 탄식하지 안엇서요

공장의 커다란 굴쑥에 汽笛이 울고 해가 저서야 ××門을 나서서

비인 벤쏘를 씨고 휘파람 불며 저녁 길을 도라올 때 우리들은 벌서 밤
에 헐 일을 굿게 약속하엿슴니다

그리고 저녁 길을 도라오면서

우리들에겐 인연 멀은 사람들에게 쌔앗긴 봄을 보앗슴니다

낫서른 ××地의 봄을 사구라는 피여서 公園의 언덕을 덥고

한숨 가튼 바람에 헛터지는 落花 밋헤 게다짝은 비틀그리며 ××나랄
차저가는지

택시는 그들을 실고 다름질처 감니다

믓님 그러나 그들이 노는 봄을 등지고

우리들은 우리들의 갈 길에 밧벗슴니다

밤마다 조합의 컴컴한 등불 밋헤 모히여

모-든 믓님의 동무들이 버리고 간- 믓님이 남겨노코 가신 일을 위하야

나와 나의 동무들은 마즈막까지 우리들의 ×× 아래 압날을 ××하엿
슴니다

그리고 멋칠 후에는 우리들의 손으로

반가운 五月을 마즈렴니다

兄님 밤이 몹시 느젓는지

막汽車의 汽笛소리가 멀니 들니고 石油불도 희미해짐니다

우리들의 ××을 적은 다음 날의 消息을 밋고 고만 붓을 노렴니다

비소리는 아즉 끗치지 안코

잠자는 동생의 숨결소리만 놉하감니다

蒼白한 構圖

『조선중앙일보』, 1933.7.22

마스트에는 긔ㅅ발이 떠나온 港口를 向하여 나붓기고 침울한 船路 우
엔 밤마다 月光이 甲板을 두드린다.

멀―니 海洋의 軌道 우로
船體는 孤寂한 視野를 실고 가고 희믜하게 늦겨 우는 蒼白한 水平線 우엔
허무러진 埠頭의 幻影이 스처간다

지금 哀傷의 안개 속에 헤메는 우리들의 마음 속에―
허무러진 時代와 떠나가는 感情의 한숨 석긴 回憶 속에―

恐慌의 哀史를 지켜오든 沒落된 生活의 餘音을 실고―
지나간 現實의 어두운 遺産과
追放바든 嘆息의 華麗햇든 그림자를 실고―

가엽시 밤을 새워가며
悲劇의 巨船은 異國의 地圖를 차저간다.

汽笛은 긴― 凋落의 音響을 잇끌고 물결 우를 스처가고 갈맥이의 날개
만 멀―니 외로운 波紋을 그린다.

1932.7.30

海岸과 落葉

『조선일보』, 1933.11.9

어두어가는 海岸의 고달픈 별빗
ㅎ릿헌 銀線을 것고 잠기며 가는 商船의 돗대
고독한 노을 그 밋 埠頭에 서서 멀—니 마음을 쩌내보내고 잇슬 째
저믈어 가는 바다의 파도 소리가 놉하간다

蒼白한 바다에 잠긴 적은 港口의 가슴을 쩌나
밤마다 안개에 덥힌 바다에 쌀린
月光을 적시며 가는 흐릿한 배노래여
고향을 차저가는 갈맥이의 푸덕이는 두 날개여

씃업는 悲劇 속에 쩌든 船路
밤새도록 서리 저진 燈臺의 불빗
씃업는 水平線 우에 哀傷을 그리는 이 마음
海岸을 슷처가는 落葉 속에 고요히 희파람을 분다

날카러운 視角 우에 허무러진
그립은 우리들의 航路여!
푸른 바다를 슷처가든 華麗하엿든 그 시절의 어두은 回憶이여!

이즈러진 現實의 어두운 葬列을 쩌내보낸 浦口는 말이 업고 陸地를 쩌
나 헤여저가는 발자최 속에

처량한 哀話를 속삭이든 어두은 물결도 이제는 대답이 업다

그·날·밤 당신은 馬車를 타고

『조선중앙일보』, 1934.2.7

온종일 내려싸인 눈 속에 파뭇쳐
고요히 잠든 北國의 밤길 멀ㅡ니
그날 밤
당신을 실은 馬車는 어두운 江邊을 떠나갓습니다
등에 업혀 울고 잇는 어린것을 달래가면서
두 손을 묵기운 채 蒼白헌 얼골을 들고
고요히 움즉이든 窓에 기대여 웃고 있든 당신을 떠나보내며 니를 악물
고 기어히 그 자리에 서 잇섯습니다만 ………
안개에 덥혀 보이지 안는 먼ㅡ길을 헤매어 가는
방울소리는 바람결에 들려오고
애처러히 깜박이며 멀어저가는 馬車의 등불은 눈물에 어려 보이지도
안헛습니다.
가실 길은 멀고 돌아오실 날은 긔약이 업고
눈을 감으면 지금쯤 어느 정막한 村길을 흔들니고 가실
馬車의 바퀴 소리가 들리는 듯해
적은 등불 알에 그날 밤은 눈물로 새이고 말엇습니다.
그 후로 쓸쓸한 가을날이 몃 번이나 밧괴엿는지
우로 소리 업시 봄날은 몃 번이나 지나갓는지
바람 부는 날이면 눈보라는 온종일 窓門을 두들기고
가신 후 소식 업는 당신이 그리워 잠 못 일우는 밤이면
江邊을 굴러가는 물소리조차 돌아오시는 발자최 가태 귀를 기우립니다

한가로히 집에 남어 잇는 제 마음이 이처럼 애처러울 때 오즉 당신 하나만이 가엽서 제 마음이 이처럼 울고 십흘 때

당신과 事業을 버리고 간 친구를 대신하야 잡혀가신 당신이

밤마다 차듸찬 벽을 어루만지며 얼마나 늣겨 우시리까?

窓살을 새여오는 해ㅅ빗을 등지고 남겨노코 가신 가난한 江村의 그이들이 그립어

굵은 당신의 가슴이 얼마나 여이는 듯하리까.

오늘밤도 언덕을 스처가는 물소리는 밤 깊도록 노파 가고

보채는 어린 것을 뉘이고 부르는 자장가조차 목이 메여

고요히 일어나 窓을 열면

어두운 江물 우엔 떠러질 듯이 적은 별들이 조을고 잇습니다.

아— 이런 밤

고달픈 당신의 꿈속엔 저 물결소리가 안 들리리까!

눈을 감은 당신의 귀엔

잠드른 어린것의 숨소리조차 안 들입니까?

1934.1.21

波濤 잇는 海岸에 서서

『조선중앙일보』, 1934.3.12

어두어가는 海岸의 고달픈 별빗 조으는 곳에
흐릿한 銀線을 저어가는 商船의 돗대는 잠기여 가고
고독한 노을에 덥힌 埠頭의 황혼에 서서 멀―니
고개 숙인 마음에
저므러가는 파도소리는 목메여온다

蒼白한 海岸의 물결에 잠긴 적은 港口의 가슴을 떠나
밤마다 안개에 덥힌 푸른 바다의 月光을 굴러가는
落葉의 嘆歌에 저진 희미한 배노래는
지금 어두운 향 바다 우를 헤메고
처량한 音調 우에 스러저가는 파도의 노래 우를
고향을 차저가는 갈맥이의 느러진 두 날개는 애처럽다

밤새도록 서리에 저진 燈臺의 시선을 쪼차
끗업는 悲劇 속에 누어 잇는 먼― 船路의 가는 곳에 오늘밤.
전도한 水平線 우에 정막한 哀像[22]을 그리는 마음이
海岸을 스처가는 落葉 속에 고요히 휘파람을 분다.
날카러운 視허므[23]에 허므러진 그립은 우리들의 船路여
푸른 바다를 슷처가던 華麗하엿든 그 시절의 애처러운 回憶이여

---

22 '애상(哀傷)'인 듯.
23 미상(未詳).

이즈러진 現實의 어두운 葬列을 떠나보낸 浦口는 말이 업고
陸地를 떠나 헤어져 가는 발자최 속에
긴— 星條의 哀話를 속삭이든 어두운 물결도 이제는 대답이 업다.

1933. 8. 9 舊稿에서

어두어오는 暎窓[24]에 기대어
3월에 쓰는 편지

「조선중앙일보」, 1934.3.28

비에 저진 敎堂의 尖塔 아래 나즉이 덥힌 동리의 草家집웅에 열븐 저녁 안개를 뚤코 적은 등불이 반짝이기 시작합니다

온종일 고달픈 몸을 잇끌고 工場에서 도라와서는 지금 어두어오는 暎窓에 불을 켜고 바갓을 내어다보고 잇습니다

당신이 사랑하시든 뜰 압헤 복사꽃은 어제밤 비에 적은 방울을 매젓습니다.

울밋헤 어린 풀들도 고개를 내밀고 저녁 바람에 흔들니고 잇서요.

당신에게 그 열븐 솜옷을 보내드린 지가 한 달이 채 못 된 사인데 벌서 한낮이면 고요한 봄볏이 마루를 기어듭니다.

바람이 지날 때마다

소리를 내고 흔들니는 양철집웅 아래 외로운 겨울밤이 깁허갈 때면,

제 눈에는 차듸-찬 壁에 기대여 곤히 잠드신 당신이 보엿습니다.

동리는 눈 속에 파뭇치고 電信柱에 소리치는 눈보래가 끗친 날이 업섯사온데

거리의 적은 길조차 치위에 어러붓고 山 넘어 나리는 모진 바람이 끗칠 날이 업섯사온데

그 긴-겨울날의 치위의 고독을 엇떠케 지내셧는지

'잘 잇다'는 편지를 바들 적마다 적은 가슴이 여이는 듯하얏습니다.

(中略)

---

24 '暎窓'의 오식인 듯.

教堂 뒤의 앙상한 작은 숩풀에 떼 지어 울든 가마귀도 날너가버리고 찜흐린 밤하늘 우에 흐릿한 별들이 반짝이기 시작합니다.

나 혼자 고요히 안저 뜰 압헤 슴여드는 어둠을 드려보면 날마다 나즉―
이 횟파람 불며 돌아오시든
당신의 거츨은 구두 소리가 들니는 듯해
굿게 먹은 마음의 틈새도 업시 눈물이 옷깃을 적시웁니다.

1934.3.19

風琴과 季節

『조선중앙일보』, 1935.4.8

오랜 눈보라와 이즈러진 季節의 記憶을 껴안고
일즉이 고독한 放浪의 길벗이엿든 주름진 날근
風琴이 빈 벽 우에 녹스른 午後

바다를 向한 언덕에 소슨 초라한 鐘樓에 바람은 차고
하―얀 洋舘의 집웅을 덥흔 날근 덩쿨에 해빗은 섧다

蒼白히 여윈 두 손을 들어
푸른 하늘을 불으는 봄의 觸手 창밧게 졸고
긴― 漂浪의 길가에 褪色한 꿈을 쫏든
그립은 옛 曲調가 내 가슴에 돌아올 때면

푸른 노래에 덥힌 보리밧흘 흘러가든 빗나든 힌 구름이
고달픈 酒幕의 등불에 물결치든
자욱―한 안개 속으로
별빗도 업는 어두은 들가를 향하든 北녁의 먼 길이
지나간 날의 靑春의 花環 속에 두 손을 들고 나를 불은다

追放밧은 記憶은 가도 그 뒤에 남은 어두은 傷處 우에 봄빗이 오고
放浪하는 젊은 꿈속에 밤마다 고요히 바람에 울든
옛 故鄕 날근 街里에 하―얀 薔薇가 고히 필 때면

鄕愁를 이즌 華麗한 노래 우에
가난한 手風琴 너는 흐득여 울라
가을날!!
문허진 花園의 꿈으로 裝飾된 아—득한 旅路 우에 落葉은 젓거니

일즉이 고독한 漂浪의 길벗이엿든 주름진 날근 風琴이
지금은 벽 우에 녹스른 午後
이즌 지 오랜 黃昏의 노래가
窓밧게 고요히 '봄'을 부른다

(이 詩를 咸南의 SH君에게 보낸다)

1935년 3월 8일 作

黃昏譜

'故鄕의 낡근 共同墓地에도 새 풀이 돗앗다면 나는 이 적은 詩篇으로 남
달리 薄倖햇든 孫君의 초라한 무덤을 덥허주고 십다'

『조선중앙일보』, 1935.4.19

蒼白한 花環을 실은 적은 오동馬車가
어제 저녁에 날 저므는 언덕을 넘어갓습니다.

푸른 포장으로 두 눈을 나려덥흔 白馬가
고요히 말굽소리를 울리고
하ー얀 꼿다발이 黃昏에 덥힌 들길 우를
엄숙하게 지나갓서요.

겨우 잠드른 어린 것을 두 품에 안고
나 혼자 門 아페 기대여 서서
저는 한참이나 그것을 바라보앗습니다.
그것은 분명히 우리들의 적막한 追憶 속에 피여 잇는
季節의 그림자와도 가티
이처지지 안는 한 幅의 서른 그림이엿서요.

이즈러진 樂器가티 고독한 가을날이
언덕 넘어 숨풀에 조으는 黃昏이면
蒼白한 달빗 속에 고개를 파뭇고 울든 당신이
어렷슬 때 河畔의 숨풀에 덥힌 어머니의 무덤가에 누어서 듯든 눈부신
한낮을 흘러가든 긴ー 배노래가 듯고 십다고

햇볏이 맑은 아츰이면 南쪽을 向한 창가에 시름업든 당신이.

愛撫에 저진 제 가슴 우에 날근 한 권의 詩集과 어린 것을 남기고
길―이 가신 것도 이러케 어두운 黃昏이엿습니다.

가난의 안개 속에 헤매든 그 어두운 漂浪의 날도
우리들의 적은 창 미테
고요한 微笑와 코노래가 떠난 날이 업섯고
눈보라와 때로는 空白한 絶望을 안고
고독한 病席을 차저온 긴― 겨울날도
푸른 하늘을 그리다 남은 한 幅의 肖像畫와
가난에 쫏겨온 生活의 길가에 매여버린
조각난 詩篇을 잇지 못하든 당신이길래.

지금 남어 잇는 한 개의 하―얀 墓標와
잠드른 어린것의 두 뺨을 어루만지는 追憶은
일즉이 당신이 黃昏이면 거닐든
푸른 언덕 별빗 알에의 옛길을 헤매이면서
소리도 업시 고요히 목노하 웁니다.

옛날에 불으시든 '黃昏의 곡조'를 휘파람 불며 행여나
어두운 들길에 당신의 발자최 소리 들닐가 하고 …….

1935. 3月 28日 作

古都의 記憶

『조선문단』, 1935.5

1

南大門 인경종이 밤깊어울면
옛都城 어둔길에 등불도울어
善竹橋 돌난간에 실비나리면
靑史[25]를 울며가신 옛님넉인가
崧陽院 뒤숲풀에 밤새가울고
子男山 옛亭子엔 지새는안개

2

古宮엔 塔도없고 廻廊도없고
滿月臺 빈든대[26]에 落葉소리뿐
敬德宮 高臺우에 밤이깊으면
池波里 잠든물결 대답도없어
松岳山 望樓우에 별빛만조니
古都여 애달퍼라 옛꿈이서러.[27]

---

25 시가집 『아름다운 강산』(정태집 편, 신흥국어연구회 1946.12)에는 '청천(靑天)'으로 되어 있음.
26 위의 책에는 '빈 돈대'로 되어 있음.
27 위의 책에는 '설위'로 되어 있음.

思航

『조선중앙일보』, 1935.9.13

파도 우에 찰난히 부서지는
하ー얀 船體의 影像 속에
나는 내 記憶의 蒼白히 구더지는 表情을 凝視허고 잇섯다
늣겨 우는 물길 우에 아득히 떠도는
陸地의 餘音이 고독헌 밤이면

고독헌 版圖

『조선중앙일보』, 1935.9.26

'尼古里斟克'의 희미헌 記憶 속에
그날밤
樓鐘[28]는 눈 속에 파무치고
고독헌 氷厚 넘어 잠기여간
季節의 발자최 우엔
우리들의 鄕愁를 실은 적은 馬車가 지나갓섯다

1935.7.8日 作

---

[28] '鐘樓'의 오식인 듯.

海邊에 서서

『조선중앙일보』, 1935.9.26

텅 비인 바다가에는 재여진 樂器가 하나
물결 우에는 바람에 불리우는 臺燈[29]가 다섯
나의 푸른 鄕愁 속에 누어 잇는 北海의 記憶 속엔
오늘도 어두운 파도소리가
그립은 옛 曲調를 응얼거리고

1935.7.8日 作

---

29 '燈臺'의 오식인 듯.

感傷的인 墓地

『조선중앙일보』, 1936.1.1

透明헌 공기를 뚫고
蒼白한 黃昏이 창밖에 올 때마다
안해는
窓가에 기대여 고요히 彫刻같이 말이 없고
나는 華麗허였든 어머니의 肉體 우에
褪色헌 追憶의 촛불을 켜려
하이ー헌 鐘소리가 굴러나리는
墓地의 돈대를 걸어 올은다

古宮碑

『조선중앙일보』, 1936.2.3

깨여진 麗朝의 花瓶 우에 곱게 피여 있는
古宮의 記憶은 슬프고나.

고독한 靑銅빛 風景을 헤치고
高臺의 午後를 걸어 가면은
蒼白한 日光 속에 落葉이 허터지고
허터진 石壁 우엔 上代의 花紋이 푸른 빛을 띠우고 있다.

廻廊[30]의 復道[31]에선 山岳을 향하여 뚤린
가을 하늘이 내다보이고
푸른 하늘을 굴러가든 華麗한 戰車의 바퀴소린가!
한 떼의 어두은 바람이
古都의 天井에 슬픈 音響을 남기고
자욱-한 城廓을 넘어 구을러 떨어진다

두 손을 버려 껴안고 싶은
情다운 돌기둥과 날근 礎石이
연약한 前代의 殘像같이 서글프고나.

---

30 '回廊'의 오식인 듯.
31 '復道'의 오식인 듯.

古典的인 地域 우에 홀로 서서 바람에 나부끼는
衰殘한 한 개의 旗幅인 古宮의 地圖 우엔
기우러진 해빛만 처량헌 파도같이 물결치고
주름진 上殿의 돈대를 밟으며,
녹쓰른 銀笛과 조각난 한 개의 燭臺를 찾는
내 구두 소리 안이 아득―하고나.
풀밭에 누어 두 눈을 감고
黃昏에 던지는 하이―얀 돌팔매 하나
날카로운 회파람 소리를 남기고
甘官室 집웅을 넘어 잠기어 간다.

1936. 1月 14日 作

江陝과 나발

『풍림』, 1937.3

透明한 하늘을 새여오는 슲은 해빛이 흘너가는 水面 우에 눈부신 花紋
을 떠러트리는
　江陝 갓가운 물가에 어머님은 온종일 흩어진 上代의 記憶이 숨여드는
힌옷을 빨고 있었다.

古城 갓가운 여윈 숲을가의 이름 없는 礎石에 기대여 서서 나는 녹스른
나발을 닥그며
　발밑에 흔들니는 흰 菊花 속에 곱게 피여 있는 古宮의 記憶이 눈물겨웠다.

안개같이 피여오르는 묽어진 廻廊과 凋落한 舖道 허터진 戰車의 날개
와 조각난 나발소리에 가슴이 메여 잔듸밭에 턱을 고이고 떠오르는 서글
픈 그림의 가지가지 고요히 눈을 감엇다.

날카로운 半圓을 긋고 高樓는 언제 넘어젓는지
　눈앞에 곤두박질치는 찰난한 落城의 노래 속에 어두은 말굽소리와 蒼
白한 衣裳 어즈러운 치마소리와 불타는 胸器 화살의 暴風과 五色의 불꽃
을 느끼고 靑銅빛 조악돌 우에 지워진 前代의 자최를 더듬어 본다

가을날 모래밭에 널녀 있는 힌옷이 눈에 앞으고 흩어지는 落葉의 발자
최 속엔 黃金빗 노을이 고요이 서리여 오고 묽허진 城壁 갓가히 기우러지
는 연약한 해빛에 나의 사랑하는 '나발'이 고웁게 빛날 때면

나는 자욱이 나려앉은 黃昏 속에 하나의 슬픈 彫刻이 되여 서글픈 생각의 마듸마듸를 물결치는 江陝의 안개 우에 떠나보낸다.

花束化粧

『풍림』, 1937.5

빛나는 食器같이 화려한 달밤에
汽車는 회파람을 불며 불며
어두은 帳幕 우에 고운 불꽃을 뿌리고 가고
달빛에 저진 記憶의 地圖 우에서
나는 모자를 벗고 담배를 피여 문다

조각난 花砲같이 해맑은 꽃다발같이
힌 구름이 송이송이 피여오르는
눈부신 刺繡같이 황홀한 午後면

너는 먼— 風景 속에서
季節의 꽃같이 번화한 衣裳을 하고 왔다

숲을 가까히 나즉이 물결치는 별빛을 조처
고요한 치마자락이 바람에 지고
花園地의 울금빛 노을 속에서
따리아가 한 포기 黃昏에 저저 있었다

지금 우리들의 庭園에도 초라한 가을이 숨어드러
아득—한 돌팔매같이 戀愛는 자최도 없고

저므는 종소리에 喪服헌 들국화가 흐득여 울면
落葉은 내 가슴에 흐터저
슬픈 寶石같이 눈부신 빛을 한다

네 적은 발자욱마다 銀모래가 부서지든
바다가엔 오늘도
하이 – 한 물거품이 밀녀나가고 밀녀 두로고

少年

『비판』, 1938.9

저녁별 고흔 줄등을 달고
면 – 村落에 薔薇가 되다.

秋帖

『고려시보』 100호, 고려시보사, 1938.11.1

1

새파―란 하늘 우에 해맑은 구름이 하나 떠 있다.

조용헌 꽃다발같이 깨끗하다.

한낮이 고요허다.

언덕길은 길―게 산마루를 기여올나 칼노 잘는 듯이 끊어저 있다.

길가에 이름 모를 뜰꽃이 하―얗게 먼지를 뒤집어 쓰고 있다. 노―란 풀포기 우에 花粉같이 퍼붓는 해빛 사이로 가느른 풀버레 소리가 서너 줄기 떠올났다. 바름에 금시 사러진다.

帽子도 없는 내 그림자가 길―게 흔들니며 분주히 언덕길을 넘어가고 있다.

2

水源池 事務室 집웅 우에 하―얀 風速計가 바름에 나붓기고 있다.

아카시아 수풀을 나서서 벗의 집과 조그만 우물과 우물 가에 儀仗兵같이 느러서 있는 포푸라와 아담헌 茱田밭이 보인다.

가을날 벗의 집 마루에서 내다보면 나즈막―헌 토담을 넘어 山은 늘 외로운 그림자를 이끌고 午後의 저쪽에 엣 이야기같이 서려 있었다.

洞里 뒤에는 넓은 시내가 있고 시내가의 新作路엔 서울서 오는 손님을 실고 낡은 뻐쓰가 하로 서너 차래식 蒸氣船같이 지나갔다.

개울 넘어는 牧師집 洋舘이 하얀 이마를 내밀고 있고…….

벗은 지금 무엇을 하고 있는지.

洞里로 나려가는 黃土 비탈길을 거러나리며 나는 벗의 적은 書齋와 그 어두은 壁 우에 걸니여 春夏秋冬으로 한 줄기 色彩를 띠고 있는 '고호'의 따리아를 생각했다.

길가엔 秋夕色 옷을 입은 아해 서넛이 흙장난에 검은 얼굴을 하고 앉어 있다. 까닭없이 소리를 지르고 '코스모쓰' 숲으로 숨어 버린다.

3

이마 우에 피여 있든 별도 하나둘 꺼저버리고 밤 바람이 제법 차다.

벗도 말이 없고 나도 말이 없어 子正이 넘은 거리엔 있다금 街路樹 잎이 소리를 내여 흐터질 뿐.

길가에 느러서서,

날카롭게 밤하늘을 찌르고 서 있는 기와 집웅 우에 꺼저가는 燈盞같이 히미헌 달이 걸녀 있다. 敎會堂 긴─ 돌담이 허터진 城壁같이 어둡다. 벗은 잠잪고 담배를 하나 피여문다.

새까먼 밤 속에 벗의 담배불이 외롭다.

마음도 肉體도 아득─헌 밤 속으로 墜落할 듯이 고닲음뿐 밤은 진정 차고 쓸쓸했다.

4

노을이 물결 우에 곱─게 풀녀 있다.

가느단─헌 물살이 列을 지어 어두어 오는 暮色 속으로 사라진다.

바름에 불니우는 한 줄기 雜草 우엔 자욱─헌 안개가 서리기 시작허고 어두운 돌다리 우를 비인 달구지 하나가 등불도 없이 들길노 사라진다. 사람도 말이 없고 소도 고개 숙인 채 비인 방울소리가 한참 동안 들길 쪽으로 사라지드니 그 소래조차 끊어진다.

조그만 돌 조악을 드터 물 우에 던지고 허리를 꾸브려 水面을 凝視했다.

어여쁜 波紋이 噴水같이 피여 오르다 금시 물살에 섞어 떠나려 가 버린다.

避病舍 正門에 등불이 켜졌다.

빨내를 니고 가는 女人의 하－얀 치마가 그 앞을 지나간다.

저므는 수풀같이 靜閑헌 거리의 등불과 먼－劇場에 끊었다 이는 나발 소래가 물결을 건너온다.

뻔－헌 하늘 우에 물기 낀 별이 서넛 깜박이기 시작헌다.

10.10 鄕里서

小夜

『시학』, 1939.10

밤은 해가 진 뒤에 왔다
가슴속 적은 거리에도 불이 켜지고

피아노 우에 쓰러진 花瓶
리라꽃 수풀 속에 우는 비들기

하이얀 벽 우에 등불을 켜고
그리운 벗에게 편지를 쓴다.

百貨店

『조선일보』, 1940.8.8

'엘레베—터'는 한다발 때무든 薔薇를 배앗고
보라빛 天井 우에 한장의 구름이 된다
'코티'의 鄕愁
'아스파라가스'처럼 서러운 旗빨

屋上庭園 우에
모자가 업는 靑年
바람에 휩쓸리는 무수한 '포플라'
바다가 보이는 네모진 들창미테
한쌍의 비들기 입을 다믄 채
'페르샤' 비단미테
쓰러진 花瓶 充血된 計算器
'리라'꼿 수풀 속에 발가버슨 '비—너스'

화려히 紋儀진 '글라쓰' 속에
午後는 고웁게 부서지고
'니켈'製의 噴水 우에서
나는 가벼운 현기증을 이르킨다.

日暮

『춘추』, 1942.5

아무도 모르는 電信柱 우에
호젓한 불이 두론다
옛 니야기처럼 아슬－한 불빛

면－ 곳에 등불같이
벗이 그리운 날

겨울 가까운 포프라 나무 우에
우박 쏘다지는 소래를 남기고
별이 스친다

날개

『해방기념시집』, 중앙문화협회, 1945.12.12

눈물겨웁다
황폐한 고국 낡은 철로와 묽어진 다리.
서른여섯 해 비바람이 스처간 자최.
애처러웁다.
혼곤한 산과 들에 시내물 소래
나의 부모 동생과 뭇 겨레가 살고 잇는 곳
이 슬픔 우에
이 기쁨 우에
혁명이여, 아름답고나
피 무든 네 날개 우에
찰난한 보람 동터 오노나
잃어진 내 것을 찾어
거리로 가자 항구로 가자.
혁명이여
나에게 장대한 꿈을 주렴아
날어 가야 할 하날 저 멀니 가로 노히니
연약한 날개를 모아 노래 부르자.
우리 두 팔을 걸고 바위를 밀자.
가업는 곳에 큰길을 닥자.

喪轝를 보내며
一九四六年一月三十日

『학병』, 1946.2.25

삼청동 돌다리를 지나
아츰저녁 거닐든 종로를 지나
세 개의 상여는 이제 나란이 떠나가는가

해를 가리는 총칼의 수풀 사이로
하나의 기ㅅ발도 노래도 없이
다만 눈물에 어린 한 줄기 葬列

풀도 곷도 없는
섯달 그믐 언 땅에 뭍이려
그대들 고국을 찾어 왔든가.

뭇 겨레의 나즉한 통곡 속에
이제 먼— 길을 떠나보내니
忘憂里 산길엔 눈이 오는가

구름에 가려 아득한 곧에
우리 영원한 리별이 비롯하는가.
젊은 벗이여 평안히 가라.

악착한 싸홈이 끝날 때까지

백만 사람의 가슴은 네 무덤이리라.
그대들 빛나는 세 개의 별이리라.

三一날이어! 가슴아프다

조선문학가동맹 시부 편, 『三一紀念詩集』, 건설출판사, 1946.3.1

조선독립만세 소리는
나를 키워준 자장가다
아버지를 여읜 나는
이 요람의 노래 속에 자라났다
아 봄은 몇 해 만에 다시 돌아와
오늘 이 노래를 들려주것만
三一날이어
가슴 아프다
싹 트는 새 봄을 우리는 무엇으로 맞이했는가
겨레와 겨레의 싸움 속에
나는 이 詩를 눈물로 쓴다
이십칠 년 전 오늘을 위해
누가 녹쓰른 나발을 들어 피 나게 울랴
해방의 종소리는 허공에 사라진 채
영영 다시 오지 않는가
눈물에 어린 조국의 기ㅅ발은
다시 땅속에 묻혀지는가
喪章을 달고 거리로 가자
우리 껴안고 목놓아 울자
三一날이어
가슴 아프다

싹 트는 새 봄을 우리는 무엇으로 맞이했는가

懷鄕

헤르만 헤세 시, 김광균 역

『朗讀詩集』, 조선문학가동맹시부 시인의 집, 1946.4.20

머언 하늘에 구름 스치고
들가를 홀로 지나는 바람
바람과 가치 나의 가는 길
고향에 게신 어머닌 아시는가
아ー 소조한 낙엽
거리에 지고
나무가지에 목 메이는 새
산 넘어 저쪽 아득한
구름 밖에
서럽다 나의 고향
도라가고 싶고나

喪轝를 쫓으며
呂運亨 先生 葬禮날

『우리신문』, 1947.8.3

一千九百四十七年 八月三日 오후 한시 십오 분
하늘에 弔旗를 올리고 鐘을 울려라
汽笛은 공중을 향하여 스스로의 悲哀를 뿜어라
이날!
한 사람의 偉大한 市民이 우리 겨틀 떠난다.
흐르는 눈물을 옷소매로 감추지 마라
서울 한복판을
피로 물드린 七月十九日부터
우리들 얼마나 울어왔드냐
桂洞을 지나 鐘路를 지나 南大門을 지나
끊어진 國土와 荒廢한 堤防에서 들려오는 痛哭 속으로
지금은 한낫 沈默의 수레 우에 실녀가는 그를 위하야
우리들 다시 무슨 노랠 불러야 하랴
차라리 진달네와 鳳仙花와 民族의 嘆息으로
하나의 花環을 엮어
이 永遠한 先驅者의 이마를 에웨싸라
民族의 受難과 더부러 거러온
예순두 해의 발자욱
원수의 모습 아울너 우리 가슴에 오래─ 간직하리니
세 발의 彈丸은 차라리 억샌 信號이리니
눈물을 거두고 씩씩한 노래로 그를 보내자

기ㅅ발을 모아 그의 가는 길을 심심치 않게 하라
다만 때무든 人民의 옷으로
그의 棺을 더프라
日月과 파도가 고요한 곳에 그를 쉬게 하라

그믐날 밤 혼자 누어 생각하기를³²

『자유신문』, 1949.1.1

한 개를 매여달면 서울이 뒤덥힐
그러케 크고 두텁고 우람한 종을 만들자
아츰 여윈 두 팔에 힘을 주어 바줄을 잡어나리면
눈도 안 나리는 초겨을 하늘 한복판을 뚤코
종은 날개도 업시 오르고 또 올나서
하날 끗간 곳 無形한 空中에 다으면
서러운 몸짓으로 스스로의 소래를 울니리라
종은 분하고 서러운 사정이 만어
밤과 낫을 연달어 울고 또 우러
자는 애기를 깨우고 사람의 생각을 멈추게 하며
陸橋와 埠頭의 기적소애와 아울너
추수가 끗난 벌판과 메마른 산을 넘고
달뜨는 바다와 그늘진 황무지 거처
낯서른 都市와 墓地와 工場과 風塔을 지나
넉두리와 한숨에 분통이 터진 소리를
地平線 저 쪽에 고로고로 뿌릴 터이지
아니 그보다
곤明이나 越南 혹은 '유―라시아'의 하날마다
暴風 우에 걸려 잇는 그들의 종이

---

³² '신년시(新年詩)'라는 타이틀이 붙어 있다.

때를 가치하야 마조 울리면
비로소 拍手소래는 銀河를 울니고
世界는 하나의 交響樂 속에 잠길 터이지
아 다만 큰가지 소래를 전하기 위하야
말게 갠 地球의 압뒤에서
물소래 내며 흐터지는 새해 종소래
밤중에 나는 신이 난다
초불을 키고 다시 이러나 안는다
空然한 조바심에 초거을 어둠 밤이 진땀이 난다
창박에는 새해가 오지 안엇나!
世界는 아즉도 밤중인가!

보성 축가[33]

1. 저 하늘 높이 솟은 보성 칠십 년
우리들 이만 명의 보금자릴세
비바람 몰아치던 반세기 전에
이 학교 세우신 그 뜻을 따라
가시밭 헤치며 지나온 산하.
(후렴구)
아아, 찬란하다 보성의 깃발
나라와 겨레 위에 영원하리라.

2. 오색 구름 어린 북악산 밑에
장하다 보성 우뚝이 서서
우리들 갈 길을 비춰주도다
가르치심 백리 뻗어 삼천리 덮어
산 넘어 강을 건너 꽃을 피우리.

---

[33] 보성학교가 개교 70주년을 맞이한 1976년에 작사한 것임. 작곡은 이남수가 했다.

詩碑를 세우고

『현대문학』, 1983.9

詩人 張萬榮이 우리들의 곁을 떠난 지 8년이 되었읍니다.

그동안 萬榮은 그의 生前과 다름없이 조용하여 소식 한장 없고 세상 사람들의 입에서 그의 노래는 하나하나 사라져 가고 있읍니다.

세월이 더 가고 살아남은 친구들마저 흩어지면 이 세상 어느 곳에서도 그의 노래는 찾아볼 수 없을 것을 서러이 생각하여 오늘 조용한 詩碑 하나를 세웠읍니다.

예순세 해 동안 萬榮은 여덟 권의 詩集을 내고 7남매를 키우고 해방되자 토지를 다 잃고 말년엔 심한 고생을 하였읍니다.

萬榮은 第一詩集『羊』을 내고 40년 동안 친구들 사이에서 숨도 안 쉬고 羊과 같이 조용히 살다 갔읍니다.

오늘 이 山上에 세운 조그만 詩碑에 우리들은 그의 노래를 새기어 年年歲歲를 뚫고 그의 목소리를 地上에 남기고자 합니다.

봄과 가을이 지나는 동안 꽃이 피고 낙엽이 지는 사이 그의 비석은 비바람에 씻기어 글자는 사람들의 가슴에 남아 세월이 가도 지워지지 않기를 바라는 마음 간절합니다.

'83.7.10. 용인공원묘지에서

廻轉 도어

『회귀』, 1989.11

창밖에는 눈이 나리고
室內에는 백 가지 꽃이 웃고 있다.
그 사이에 廻轉 도어가 서 있다.
겨울과 봄을 가르고 있는 거다.

나리는 눈발 속으로 걸어 나간다.
잠시 겨울과 봄 사이에 갇힌다.
시간이 停止된 空間에 끼어
나는 하나의 티끌이 되어가나 보다.

星群圖

『회귀』, 1989.11

앞마당에 나려
돗자리에 누워서
滿天의 星座를 치어다본다.
우리 나라 시인들보다 많은 수효다.
나의 별은 작아서 보이지도 않는다.

치어다보면 地球가 너무 작구나
손끝으로 만지어 보면
다이아몬드 부스러기가 비처럼 나린다.

가을 바람의 노래

『회귀』, 1989.11

가을 바람이 불어온다.
榮山江 무너진 築臺를 지나
시름에 잠긴 산과 들을 넘어서
都市와 邊方을 거치어 오는
가을 바람이 불어온다.

가을 바람은 통곡소리를 싣고 온다.
山山谷谷 후미진 곳에서
떼지어 오는 통곡소리.

불어오는 바람에
나무란 나무는 고개 숙이고
들판의 벼이삭도 머리를 푼다.
아—
우리 나라의 산과 들에 가을이 왔나 보다.

가을 바람은 무엇을 생각게 하나.
오랜 잠에서 깨어나
歲月이 지나간 壁面을 대하여 앉다.
옛날 친구들이 하나 둘 지나간다.
그들은 언제 죽고 지금은 어디 있는지.

사람들은 旅裝을 꾸리기 시작한다.
어둡고 치운 겨울이 오기 전에
그들은 '가나안'을 찾아 떠나나 보다.

길이란 길이 落葉에 묻히기 전에
가을 바람은 나를 싣고 이곳을 떠나라.
바람이 가는 것을 향하여.
나도 이제 떠날 때가 되었나 보다.

수풀가에서

『현대시』, 1990.2

바람은 진종일 수풀에 와서 놀다 간다
어린 가지를 잡아 흔들고
나이 먹은 나무엔 매어달린다
포플라 나무의 叡智는 하늘을 찌르고
수풀은 그곳에 몰리어 서서
두 손을 들어 空中에 絶叫한다
海岸가에 부딪치는 파도소리에 섞이어
뭇 백성들의 아우성 소리가 그곳에 들려온다.

바람이 돌아간 뒤 수풀은 조용해진다
보랏빛 노을이 그 위에 퍼붓고 있다
불어오는 가을 바람을 향하여
수풀들은 괴로운 몸짓을 하고
外套를 입은 神父님같이 서서
그들은 十字架를 자르고
노을을 향하여 기도를 올리나 보다

밤이 깊으면 수풀들은 외로워한다
모두들 고개를 떨구고 시름에 젖어 있다
수풀들은 서로 기대고 서서
뭇 백성들의 걱정을 껴안은 듯이

달도 없는 밤하늘에 한숨짓더니
새벽을 기다리는 行者와 같이
동녘을 바라다보며 늘어서 있다.

曹溪山
法頂 님에게

『회귀』, 1990.12.24

曹溪山 깊은 곳에
철 늦은 뻐꾹새 울고 있었다.
飛石, 具常 돌아앉아
깡통 맥주 마시고 있었다.
新錄은 내리퍼붓고
이름 모르는 산새가 귀밑을 자르고 갔다.

낮과 밤이 바뀌어 4년이 지났다.
飛石은 앓고 있고 나는 蟄居하며
具常은 시골과 서울을 돌아다닌다.
많은 사람들이 떠나가고
남은 친구들은 시름에 젖어 있다.

아, 壯大한 손이 世月을 몰아가고
가을이 가면 나뭇잎이 떨어져 간 뒤
새봄에 새싹은 돋아나올지

末伏이 가면 찬바람이 불어온다.
滿山에 紅葉이 진 후
조계산에 눈이 나린다.
사람들의 마음 속에도 눈이 나린다.

怯氏에 대하여

『회귀』, 1990.12.24

怯氏는 언제부터인지
내 옆에 누워 잠을 잔다
아침에 일어나 이를 닦고 세수하면서부터
怯氏는 끝이 없는 잔소리를 늘어놓는다.

지난 五十年 동안
내 思惟와 行動의 안팎을 돌아다니며
世上과 친구를 멀리하라고 못살게 군다.

怯氏는 代身하여 會合에 나가고
나의 친구들과 더불어 이야기할 때
세상 사람들은 怯氏를 나로 알고
나는 숨을 죽이고 살아왔다.

끝내 나는 怯氏 없이 식사도 못하고
그가 내 帽子와 衣服을 다리는 동안
나는 있으되 내가 아니었다.

내 汚辱을 씻는 길은 죽음밖에 없어
怯氏를 끌고 가 벼랑에 섰다.
그를 껴안고 벼랑을 굴러 내리는데

怯氏는 그제야
내가 사실은 당신이라고 발버둥치는 것 아닌가.

世月

『회귀』, 1990.12.24

차고 슬픈 것이 어른거리고 있다.
나무 나무 사이사이론
白金빛이 비쳐오고
나뭇가지들은 化粧 끝내고 움트고 있다.
木蓮, 山茶花, 철쭉나무
어느 날 땅 위에 사라질 꽃잎들
꽃나무는 한숨짓는다

어느 크만한 손이 움직여
山川 위에
봄맞이를 마치고
가을 어느 날 남은 잎을 몰아가고 있다.

하늘가 위에 世月이 지나간다
世月이 지나가는 사이에
꽃이 피고 꽃이 지고 가을에 落葉이 진다.

영역 시편

A Sketch

정인섭, 「大韓 現代詩 英譯 對照集」, 문화당, 1948.8.15

I

AGAINST beautiful thin mist,
Like clouds from sprinkled incense,
Electric light poles separately lean.

On that distant high up line
The evening lights are coming on.

II

The clouds
Are clusters of roses painted hit and miss
On colour-papers all of pink.

And a lonesome trail,
Where a floating in a meadow
And on apple tree also,
Would be obliterated
By the slightest breeze.

RAILROAD WHISTLES

Tr. by Lee Tong-joo(『황혼가』, 1957.7.5)

Slumbering I heard

The railroad whistles

At a dark night

All in deep sleep

Murmuring by turns a lonely dialogue

From afar and nearby

Whistles I heard at night

Bring me back the memory

Of dear friends far away and passed by.

Friends, set light to my candles of old days

One by one and gone, now pass

In spirit across the sky of this town.

Whistles are sounding in the air,

Looking after the gone by,

Inviting me to the lost helm of my past!

Whistles are sounding, stepping anew,

Turning off the last signal on the L road!

Ah! They make all to start toward a new dawn.

ON AN AUTUMN DAY

Tr. by Lee Chang-bai

Fallen leaves are bank-notes of the Polish government in eXile;

And reminiscent of the autumn sky over the blasted city of Toulon.

The road, loose like a strip of crumpled necktie,

Vanishes into the pouring sunlight.

The 2 p.m. eXpress runs across the field,

Puffing a slender line of tobacco smoke.

Among the bareboned poplar trees

The factory roof eXposes its flashing teeth,

And a crooked wire fence swings in the wind

Beneath a cellophane cloud.

Leaving alone the insects chirping in the grass,

Tiring of my dreary heart,

I throw a stone into the air.

Drawing a lonely semicircle, it falls

Beyond the curtain of the slant landscape.

THE SILVER SPOON

Tr. by Kim Jai-hyun

The hill merges with darkness.
The evening glow fades.
My child is not at table for supper.
A silver spoon lies on his soft seat.
Tears well up at the spoon.

Wind rises in the deep night.
I hear my child laugh in the wind.
He looks into the room.
He opens the window and closes it.
I see him walk on a lane
Into the far-off field.

He steps slowly, crying, barefooted.
I call him but no response.
I see his shadow flicker.

DESSIN

Tr. by Peter Hyun

Against the scent-sprinkled thin mist
Telegraph Poles lean one by one;
Night alights on the overhead wires afar.

The clouds
Are a bouqued of roses
Painted at random on purple paper.

Near a solitary trail,
Meadow flags and apple boughs
Bow to the gentle breeze.

AT THE NOK-TONG BURIAL GROUND

Tr. by Lee In-soo

Has he come so far to be buried in this red clay?

Here are only row on row of desolate mounds,

Low-lying, turfless, flowerless,

With no tree or hillock to adorn the view.

The rain-soaked tent sobs in the wind,

And the knell spreads itself thin in the vacant field.

Clutching at his thirty-eight years of grief,

Have his shoulders lost their constant burden?

Shall we part here, so, in equanimity?

The sound of the hammer on the thin coffin

And the lowering chain

Pierce through my temple.

Down the small tombstone,

And down my tightened lips,

The chill rain drips and drips.

ON A SNOWY NIGHT

Tr. by Peter Hyun

Drifting noiselessly in the dead of night,
Is it a precious message from far, far away?

Snow falls an old heartrending reminder
As an oil lamp turns pale under the eaves.

White breath weighing heavy on my bossom,
I light a lamp in the void of my heart
And step out to the dark garden alone,
And I hear a rustle of a woman undressing afar

The dim snowflakes :
Are they the pieces of a certain lost memory
Evoking a cold remorse and regret?

With no thread of light or fragrance at all,
I am left alone in a somber robe;
And my grief settles silently
Upon the falling snow.

THE SQUARE

Tr. by Peter Hyun

In an empty room at noon
I sit alone facing the mirror.

The sun sets over the forlorn city;
A bronze pigeon perched on the clockshop roof
Coos mournfully when the wind blows.

Reeds rustle atop the highrises;
Street lamps, drowsy as a still specimen,
Quietly fade away in the twilight.

A chilly wind passes through my shabby clothes.
An insect is chirping in the corner of my heart.

Following the twilight, I run across
The Intersection and stop in the square, hatless.

GASLIGHT

Tr. by Koh Chang-soo

A gaslight hangs in the empty sky;
Where does this sad signal direct me?

The long summer day hastily folds its wings.
The skyscrapers stand in the twilight like pale tomb stones.

The glaring night is dishevelled like weeds
And thoughts have lost their speech.

The darkness soaks the skins.
The noise in strange streets
Saddens me ineXplicably.

Mingling in the vain crowds,
I see the long shadow so dark.
From where have I brought this heavy sorrow?
Where does this sad signal direct me?
A gaslight hangs in the empty sky.

IN THE HEART OF THE SUNFLOWER

Tr. by Peter Hyun

In the heart of the sunflower
There was a tiny village fading away;
In the rundown house by the village road
There was an aged mother turning a water wheel.

When dusk came to the purple lane,
The reeds by the stream
Shook their heads and wept.

To light the lantern on our father's grave,
I led my blind sister by the hand,
Night after night, over the moonlit mountain path.

A POEM TO THE U. S. SOLDIERS

on the Independent Day of 1946

Tr. by Lee Sung-pum(『황혼가』, 1957.7.5)

From inside the Prison painful

I recognized the shadows

Of Stars and Stripes approaching

Across the Pacific Ocean.

Among the boom of guns

That sounded from island to island

I heard your footsteps toward us

Placing nearer and nearer.

And at last we see thy Army

That waded through the deep of death.

Thy faded uniform smells the war and sick

And buried many a youth

Among the waves of seven seas.

Do still the waves cry on the sand

Near the tombs made on a foreign island!

Let's carve the names of those with tears

On the triumphal arch of the New World

Let us hoist our flags on high

And blow the funeral trumpet

Toward the incarnadine sea.

Though we have nothing with ourselves

But the bared lands and hungry people

We see our fatherland arising

Fluttering her wings, wetted with blood,

And when the New Nation be fiⅩed

Upon the unknown soldiers tomb

The cruel war shall end forever.

김 광 균 문학전집

2부

산문散文편

평문・수필・기타

불평과 희망

개인의 소감小感
저술가와 출판가에게

『중외일보』, 1930.3.5

불평과 불만에 묻힌 오늘의 현실고(現實苦)에 방황하는 우리들이 진실한 지도자로서의 문학이 혼란된 경기구식(經氣球式) 이론과 난관과 폭압(暴壓)으로 그 소임을 다 못하는 병들어가는 문단의 오늘이 우리들의 미래를 위하야 무한(無限)이 애석한 감(感)을 준다. 고경(苦境)에 헤매이는 조선의 ……… 마지막 희망의 탐구에 눈 뜨는 날을 위한 우리들의 문학으로서 이 오늘이 문단이 그 소임을 다할는지는 생장(生長)의 위대한 고투에 헤매는 조선의 진실한 지도자로서 … 병들어가는 문단의 갱생을 우리들은 여실히 바란다. 무엇보다 그러하기 위하야 정확한 이론의 확립을 제일조건으로 한다. 부질없는 '붓싸움'의 폐해(弊害)는 작가 자신이 누구보다 잘 아니 일작가(一作家)의 자기를 위한 문명(文名)이 체면을 지키기 위하야 1초의 손실이 아픈 우리들의 세월을 가로막아 서서 '붓싸움'에 여념이 없을 때 가슴 아픈 고뇌에 헤매며 신음하는 조선의 큰 무리를 잊었는가. 누구보다도 귀중한 우리들의 지면(紙面)과 우리들의 시간이다. 관대한 용서와 충고로 논쟁의 곡해를 부르라. 그리고 건실한 이론의 확립을 위하야 일절의 공론(空論)의 철폐(撤廢)를 무엇보다 요구한다. 진전을 위한 공로(功勞) 있는 이론 위에 작가 자신의 문명(文名)이 있음을 잊지 말기 바란다.

실례(實例)(근일 각 신문에 발표되는 소위 동요작가의 논전을 보라 □□ □□□ 인기를 생명 삼는 배우의 '싸인'도 같은 가증(可憎)한 필치, 개인감정에서 나온 추악한 인상기(印象記)까지 그리고 이 천재 시인들은 동심(童心)을 파악한 어린 순정(純正)의 소유자란다)

그리고 □쓰문명의 첨단을 가는 기성작가에 일언(一言)한다 그대들이 조선의 현실을 아는가. 먼저 괴로운 생활을 체험하라. 그리고 그때까지 붓을 끊기 바란다. 낮잠 대신기(代身記)도 같은 일개인(一個人)의 심경소설(心境小說), 향락주의를 일삼은 연애소설, 성욕 묘사, 생의 비애를 잃은 군소리, 덮어놓고 비애의 □□的 시, 이것으로 그대들은 조선의 큰 무리를 부르는가! 먼저 시대를 알아라. 생활의 절박한 위험, 근심에 묻힌 괴로운 번뇌에 신음하는 '큰 무리'의 조선 ………… 으로써의 현실을 알아라. 붓끝을 돌려 그들의 비애와 그들의 고뇌를 그려라. 그들과 같이 울어라. 그들과 같이 전진하라.

대중을 떠난 작품의 존재를 우리들은 무시한다. 카페 당설관(當設舘)의 어둠 속에서 현실의 비애를 찾으려는가! 끝없이 진전하는 시대의 사조와 보조를 같이 하야 미래에 사는 작품이 아니면 기성작가의 말로는 너무도 무참하라. 미문학(美文學)의 거성(巨星) 만천하의 청춘에게 호평을 받던 모씨의 과거 인기로 미루어보아 짐작 있으리라고 믿는다. 그리고 신흥문학의 전위(前衛)로 우리들의 선두에 서 있는 프로작가들에게 희망한다. 우리들은 지상(紙上)으로 수많은 논전을 보았다. 어느 정도까지 이론의 확립으로써의 효과가 있었는지, 만회(萬回)의 공론(空論)보다 한 가지 실제문제를 해결하는 동시, 금일에 있어서는 목적의식을 꾀하기 전에 '큰 무리'의 가슴 속에 잠재한 침통한 정서에 공명을 가진 실질적 작품으로 그들의 의식을 자연발생적으로 목적의식에까지 있을 수 있는 아직까지 잊어왔던 정서적 작품으로 붓대를 옮기기를 바란다. 종래의 작품 형식에서 한 걸음 나아가 그들의 심사(心思)의 공명자(共鳴者)로서, 신뢰할 만한 친절한 지도자로서 그들에게 잠재한 의식을 조장하는 동시, 전위(戰衛)로써의 정서적 작품으로 대중 침입에서 수난기에 있는 우리 문학의 실제문제를 해결함으로써 조선의 프로문학의 전 의의(全意義)를 발휘하기를 바란다. 이것은 단순한 나 일개인의 의견이므로 나 자신으로서도 얼마의 오류가 있는지는 모르되 나 자신의 의견으로

작가의 일고(一考)를 촉(促)하는 바이다

마지막으로 작가들에게 바란다. 먼저 그들의 이면에 숨은 진실한 '큰 무리'의 비애를 파악하라. 그리고 그들의 침통한 정서에 공명을 가짐보다 미래에 사는 작품을 발표하라. 작품으로써 그들에게 사고(思考)의 여유를 주어라. 친절한 그들의 지도자로서, 동지로서 ……… 미래에 입각한 건실한 문학을 세워라. 위대한 현실의 고뇌에서 나온, 반드시 그들의 정서의 공명을 갖게 할 걸출한 작품의 출현으로써 우리들은 신흥문학의 전 의의를 인식한다.

소위 조선의 벽두(劈頭)에 서서 위대한 문화사업의 이면(裡面)을 담당하고 있는 출판가들에게 불평을 말하려 한다. 출판가의 '모토'인 문화의 건설이란 표방으로 과거의 조선의 출판물이 조선의 현실을 수(受)하여 얼마나의 공헌이 있었는지 …… 교양이 낮은 농민 상대로 시장으로 밀리어 나아가는 소설에서 무엇을 보랴 … 시대를 뒤진 냄새나는 구소설 '각설'로 시작된 부패한 내용을 가진 가정(家庭)소설, 노골한 성욕물로서 농민의 건전한 의식과 피와 땀에 젖은 논을 빼앗은 것밖에 … 그밖에 지식계급 상대의 출판물의 내용은 (예외도 있지만) 춘정□환기(春情□幻期)에 있는 젊은이의 호의를 이용한 연애소설, 공연한 비애로 건실한 정서를 잊게 한 잡시(雜詩), 잡소설(雜小說), 미문(美文)밖에 더 이상의 아무것도 없다. 일소상(一少商)의 영리(營利)를 위하야 대중의 전도(前途)를 망치게 할 번잡한 출판을 그치라 …… 조선의 출판가여. 그대부터가 조선의 현실을 파악하라. 진실한 조선의 문화를 위한다면, 그리고 장래의 문화에 일조가 될 것을 각성하거든 그 출판물의 내용에 십분(十分)의 고려가 있어도 좋겠다. 시대가 요구하는 출판물에 출판가의 영리가 있음을 알아라. 적은 영리를 위하야 시대를 역행하는 출판에 힘을 쏟는다면 우리들은 출판가를 사회적 입지에서 매장(埋葬)을 감행하기에 전력을 해도 좋을 것이다.

김종인金鍾仁 씨의 두 창작에 대하여

『동아일보』, 1930.10.30

모두(冒頭)에 일 개월 전에 던진, 같은 것을 기록한 한 장의 내 글이 불행히 편집실의 묘지(휴지통) 속에 영장당(永葬當)한 것을 알려둔다. 내 자신 가장 '유－모러스'하였던 필치가 편집자의 까다로운 '도수(度數) 안경'에 안 맞았던 모양이다.

그러면 이 '도수 안경'에 핀트를 맞춰 기록을 시작한다.

몰락해 가는 계급(級) ⋯⋯⋯⋯ 의 용감한 전사(戰士)를 자부(自負)하는 소부르조아예술군(藝術群) ⋯⋯⋯ 이들 속에 필자는 샛별 같은 신진(新進) 김종인 씨를 독자에게 소개한다.

씨의 근작『대중공론』9월호 희곡 〈떠나는 날〉과『대조』9월호의 수필 「유랑(流浪)의 길에서」를 통하여 씨의 작품의 단면을 독자 중에 몇 사람은 인식하였으리라. 문제는 이 두 작품이 다 '예술적 양심의 존재'를 비쳐보아 비상히 흥미 있는 문제이다.

요컨대 이 두 작품은 활자 냄새도 못 맡은 남의 원고의 복사(複寫)이었던 까닭이다. 편집자도 나의 '제일신(第一信)'을 근거 없는 허소(虛訴)로 인정하였을 만큼 이 문제는 조선 문단과 게재한 잡지사로 보아 중대한 파문일 것은 틀림없다. 이 두 작품의 원작자('민병휘 군(閔丙徽君)' 카프개성지부위원, 작품과 소장론자(少壯論者)로 귀에 익은 이름이다)의 재삼(再三), 정지(停止)하라는 명령에 불복종하고 이것을 발표한다. 민군(閔君)이 발표를 중지하라는 데에는 두 가지 이유가 있다. 하나는 이 두 작품이 민군의 계급적 절조(節操)를 위하여 불리할 만큼 소부르조아 소시민성 색채가 백 퍼－센트이고, 하나는 이 용감한 작가 김종인 군이 그의 친우인 까닭이다.

필자가 이 사실을 발견한 경로는 단순하다. 6월 3일 고향에 조그만 투쟁의 기록을 남기고 상경하여 '골방쥐' 생활을 하던 민군을 찾아갔을 때 그의 구고(舊稿) 속에서 전기(前記) 두 작품을 읽은 기억을 가지고 있는데 『대중공론』·『대조』 9월호에 작자 민병휘라고 쓰여 있을 것이 '딴 이름'이었다.

끝으로 참고로 민군의 최근 편지를 발표한다.

1930.10.24. 야기(夜記)

광균 아우

············ 그리고 한 가지 말할 것은 요사이 심심한 모양이니 『대중공론』 9월호에 김종인 군이 실은 희곡 〈떠나는 날〉이 바로 전일 내가 경성 있을 때 군에게 낭독하여 주던 것인데, 김군의 이름으로 자기가 발표한 모양일세. 그리고 『대조』에는 내가 쓴 센티멘탈한 서간문 「유랑의 길에서」를 또 자기 이름으로 발표한 모양이니 ········ 민광(閔光)(그의 일명 ─ 필자 주)

『아귀도餓鬼道』의 전망[1]

개조사改造社 현상당선 장혁주張赫宙 씨의 작품을 읽고

『조선일보』, 1932.5.4(상), 1932.5.5(하)

(상)

바다를 건너 소개된 조선작가의 작품으로 전 일본 저널리즘의 화려한 첨두(尖頭)에 기폭(旗幅)을 날린 것으로 효시인(이 무대의 후면에 출판업자의 영리적 주악(奏²樂)일지도 모르나)『아귀도』에 필자가 가진 기대의 탑이 붕괴되는 거대한 음향을 감각하였다. 군성(群星)의 우리 같은 일본 문학청년들에게 개조사의 매년 현상모집 소설당선은 그들의 작품생애에 있어서 제일 코―쓰의 목표로 '문단등용문'의 별명을 가지고 있다.[3]

― 주의문화(主義文化) 발달의 레벨이 훨씬 조선보다 초월한 일본은 그에 대상(對象)인 문단 [아홉 글자 가량]도 훨씬 장면이 넓고, 이 지대에 부동(浮動)하는 [네 글자 가량] 무명작가의 수(數)도 거진 숫자를 초월하여 있다. 이상의 난로(難路)를 돌파한 문예도(文藝道)의 용사(勇士)가 조선의 무명작가인데 한(限)하여 십분의 경의와 기대로 필자는 작품란 제일엽(第一頁)에 씨의 사진 밑으로『아귀도』장혁주란 표지를 들추고『아귀도』의 전망을 시작하였다.

---

1   검열 흔적과 원본 부식으로 인해 텍스트 판독에 문제가 많은 글. 원칙적으로 원본과 동일하게 입력하였다. 검열흔적으로 뭉개져 있거나 공란인 경우 [ ]를 사용하여 표시하였는데, 삭제된 정도를 가능한 한 [몇 자 또는 몇 행] 형태로 밝혔다. 원본의 글자가 손상되어 판독이 불가능한 경우에는 □로 표시하였다. 기타 확실치 않은 경우에는 각주를 통해 밝혔다.
2   주(奏) = 확실치 않음.
3   여백 부분이 있는데 글이 지워진 것인지는 확인이 안 됨.

경북(慶北) 한재(旱災)지대의 구제공사장(救濟工事場)에서 바위를 쪼개는 '다이나마이트'의 폭성(爆聲)이 흐린 겨울 하늘을 흔드는 농촌풍경의 첫 장면에서 씨의 작품은 시작한다. 연 3년의 한재로 아사선(餓死線) 위에 방황하는 농촌을 위하여 15만원 예산의 저수지 공사에 지계리(知係里) 7백 명의 빈농이 고역에 종사하고 있다.

일터에 고역하는 '아귀(餓鬼)'들의 (略) 구제업(救濟業)의 은혜를 받은 행복된 사람이 공사를 청부한 감독이다. 1일 임금, 1인분 1원을 75전 수입에 넣고, 일금 25전이 노동하는 농민들에게 돌아가는 임금이었다.

누런 조밥이나마 아침 한 끼를 겨우 먹고 온종일 공복으로 과로하는 농민이 걸음이 느리면 십장[여섯 줄 가량] (略) 生X線이 흔들리는 농민에게 일금 25전이 이이들의 18시간의 노역과 [네 글자 가량] 얽매게 하였다.

(略) 농촌의 비참한 장면이 전개되어간다. 밤이 늦어 지게를 지고 마을 주막 마당에서 전표(傳票)를 받고, 어두워지는 [두 글자]촌의 구석구석으로 농민들의 그림자가 사라지고 흐린 겨울 하늘에 눈이 날린다.

경북지방의 한재지대의 전망되는 참상이 (略)의 현실을 호소하는 장면이 계속되어간다.

이 농역군(農役群) 중에 마산(馬山)이란 젊은 빈농이 '히로인'으로 『아귀도』는 그들의 생활 속으로 들어갔다.

마산이 일광(日光)을 모르는 초가집, 냄새 나는 집을 찾아들면 산에서 캐온 칡과 풀국으로 연명하는 어린 자식이 몹시 부른 배를 하고 드러누워 자고, 종일을 강 넘어 비봉산(飛鳳山)으로 칡 캐러 갔다 온 아내의 '회색' 얼굴이 피곤한 잠을 자다가 일어나 풀국과 좁쌀알이 섞인 저녁을 내준다. 피곤한 생명이 컴컴한 방 속에 호흡한다.

악마파(惡魔[4]派)의 그림 같은 이 장면의 묘사는 가장 힘이 있었다. 시(詩)

---

4   확실치 않음.

도, 분(粉)도, □과 웃음이 없는 지하 속에 이이들은 맥(脈)이 죽지 않기를 위하여 애쓰□□□□의 생활이었다. 이튿날 [한두 줄 가량] 안이 밤중에 도망간 소문이 동리에 돌았다. 창을 열면 눈보라가 치는 겨울날이다. 밤중에 도망간 분선(粉仙)이 집안의 정경이 마산에게 더욱 그의 현실을 느끼게 한다. 이 날 면소(面所)에서 빈민에게 '좁쌀'을 배부한다는 소식으로 면소 마당에 아귀 같은 농민이, 주린 시선(視線)이 모였다. 3년 만에 먹는 좁쌀 한 되가

아침부터 고픈 배로 서있던 농민들의 요구였으나 백양(白楊)에 저녁 해가 비칠 때까지 좁쌀은 배부되지 않았다. ×所에서는 뚱뚱한 윤(尹)-과-소(所)-가 금목(今目)[5]의 장거(壯擧)에 대하여 웃고 이야기하고 있다. 좁쌀 한 되씩 배부될지도 의문이다. 5백 명의 좁쌀 10대(袋)[6]로 이 자선사업이 모레는 신문지상을 장식할 것이다. 십여 년을 두고 윤(尹)- 등의 지주에게 (룡) 당한 농민에게 석양이 다 되어 나누어준 좁쌀 한 되(그나마 나중사람은 부족하여 반이나 도로 갔다)가 뜻하지 않은 비극을 일으킨다. 밤중에 어두운 동리의 한 집에서 처량한 곡성이 피곤한 동리사람들을 일으켰다. 마산이 곡성을 찾아 돌이(乭伊)네 집엘 가보니 돌이의 배부른 사체(死體)에 돌이 어머니의 미칠 듯한 울음이 그치지 않고 있다. 가엾은 돌이!! [네 글재의 어린 농촌소년이다. [세 줄 가량] 가엾은 돌이의 주검을 새벽 묘지에 적은 장사를 지내고 마산은 눈앞이 아득하였다.

공사장에 날마다 18세기의 노예가 받던 학대와 무리한 작업이 시작되었으나 1, 2개월 예정 공사가 2개월이 넘도록 반밖에 안 되어, 청부한 감독의 상혈(上血)된 두 눈으로 십장을 독촉했다. [다섯 글재]극도의 영양 부족으로

백양나무같이 마른 농민의 다리와 전신(全身)에 내렸다. 이 날 매동(梅洞)

---

5 '금일(今日)'의 오식인 듯.
6 부대, 자루.

사는 노인 한 사람이 (노인은 아침도 못 먹고 점심도 굶고 공사에 나왔다) 지게를
지고 일하다가 기운이 부족하여 느려졌다는 이유로 십장에게 몹시 얻어
맞았다.

(하)

내려오는 [세 글자]이라는 이보다 가엾은 25전이 무서웠다. [열 글자 가량]
윤(尹)이란 젊은이 한 사람의 반항하는 듯한 시선을 십장에게 보냈다고 십
장의 발길이 젊은이를 거친 돌이 깔린 골짜기로 내려찼다. [한 줄]

빈민구제사업이 우리들의 시선(視線)에 전개된다. 일정한 시일에 공사
를 끝마치려고 무리한 능률을 위하여 [한 줄] 일 시간이 느려져 갔다. 이튿
날 ×의 공사장 시찰이 있었다. [다섯 글자]가 묵묵히 일하는 농민의 표정
없는 얼굴을 불만 없는 줄로 짐작하고, 가끔가다 지게에 흙이 너무 많다
하고, 덜어주라고 부탁하며 공사장을 일순(一巡)하였다. 자기가 도(道)에
진력(盡力)하여 빈민들을 1일 1원으로 구제하였고, 그 결과가 양호하여 자
기의 선행(善行)의 확실함을 — 빨리 이 사실을 ×부(部)에 보고할 것을 생
각하고, 심중에 대단 유쾌한 모양이다. 몇 사람 억울한 사정을 ××에게
호소하려 하였으나 십장에게 몹시 얻어맞을 뿐이었다. 나중에 생각하니
그 역(亦) 별효(別效)가 없을 듯하다. 다 같은 종류의 인간인 듯하기에 이사
에 작년 가을 [세 글자]××의 실패한 회상(回想)이 작품에 쓰여 있다. 돌이
어머니가 얼마나 몹시 사음에게 두들겨 맞았던가. 마산은 그때 일이 회억
된다.

"여인을 왜 두들기냐"고 사음(舍音)에게 덤벼들어 두들기고, 이 일이 발
단으로 싸움이 일어나 결국 다섯 사람이 희생을 입고 말았다.

일방(一方) 얻어맞은 젊은이 윤(尹)에겐 점점 이상한 감정과 의혹이 머리
를 들었다.

1원 임금이 4분 1로, 25전이 노역의 보수로 돌아오고, 일금 75전을 청

부한 감독에게 상납하는 보수로 [열 글자 가량] 얻어맞은 상처에서 피가 뒤었다.

[여덟 글자 가량]생각하던 윤에게 전기같이 지나가는 생각이 있다. 언젠가 읍에서 온 청년으로부터 들은 도시노동자의 (略)과 읍 청년이 말하던 [두 글자]이 생각이 났다. 작자는 읍을 이렇게 설명하였다.

"村の靑年は 邑內の普通學校卒業生や都市中學校 出のインテリカ多くて 急進思想が多カらた" 이 소설 전편(全篇)의 중요한 간선(幹線)에 있어서 붓 끝이 숭능 같은 감(感)이 있었다.

어느 날 마산은 사소한 일로 쌓아왔던 감정이 폭발되어서 십장에게 도전하였다. 거대한 마산의 '맘모스' 같은 육체의 근육이 진동하고, 십장의 왜소한 체구가 나가자빠졌다. 농민들은 무슨 일이 날 줄 알고 긴장해 있었다. 그날은 그대로 헤어졌다. 이튿날 낮에 공사장으로 달음질해오는 여인의 실색한 얼굴이 있었다. 대곡리 사는 젊은이의 어머니였다.

어머니의 말을 들은 대곡리 젊은이와 마산 등이 삽을 내던지고 비봉산으로 달려갔다. 젊은이의 아내의 무참한 사체가 골짜기에 깨어져 있었다. 험산(險山) 끝으로 칡을 캐러 기어 다니던 젊은이의 아내가 바위에서 떨어져 죽었다. 죽은 이는 가난한 헌 조선의 여인이었던 것만이 죄였다. 한재로 추수가 없었고, 있던 것은 (中略) 소작하는 빈농에게 남은 것은 험산의 칡밖에 없었다. 마산은 이것이 내일은 자기 아내에게 돌아올 운명 같은 불길한 예감으로 몸서리가 쳤다. 그날 밤 마산의 아내 이야기가 대곡리 젊은이 아내는 점심도 굶고 칡을 캐느라 골이 아팠다. 석양이 가까워오면서 맥이 풀리고 현기가 났으나 매일 와서 캐서 칡도 없어, 얼마 칡을 못 캐서 돌아가지도 못하고 (집엔 배고파 우는 아이가 기다리니 여인이 발길이 안 돌아섰던 모양이다) 칡줄을 찾다 우연히 큰 줄을 따라 여인도 모르게 내려간 것이 바위 끝이었다. 칡줄을 잡아다니다 칡줄에 끌려 그의 발이 이 바위로 미끄러졌다. 마산의 아내가 놀라 돌아다볼 때 여인의 치마가 공중에 날리고 있었다.

마산은 아내에게 다시는 굶어죽어도 비봉산에 가지 말라고 부탁하고 잠들었다.

여기까지 읽어오던 필자의 눈에 눈물이 젖어 있었다. 이 [두 글재의 참상(慘狀) 속에 숨은 [두 글재의 애사(哀史)는 마디마디의 가엾은 (畧)으로 연(連)해 있으리라

공사장이 불온한 공기가 험한 살기를 띠고 있었다. 십장의 가죽채찍으로 공사는 거진 완성되었다. 감독과 십장은 주막술집에서 닭을 잡고 술을 마시고 있다. 수천 원, 거진 근 만원 돈이 이익 외로 잡수입으로 들어와 있다. 매일 7백 원 일급(日給)에서 75전은 따놓으니 그 거대한 금액이 감독과 십장의 주머니에 굴러들어왔다. '마음껏 마셔라!'의 환성이 바위를 부수는 '다이너마이트'의 폭성과 함께 울렸다. (이하 4행 中略)

석양의 주막 앞마당에 전표를 기다리는 농민의 무리가 서 있고, 주막엔 막걸리와 닭고기 굽는 내와 주막 마누라의 지르는 교성이 고픈 배를 안고 선 농민을 웃는 듯하였다. (이하 1행 畧)

마산이 십장을 보고 요전 날 반 일(半日) 한 품삯의 전표를 청구했다. 십장은 그날그날 타지 않은 전표를 내줄 수 없다고 거절했으나 마산은 강경히 요구했다.

"고이쓰 나마이기다"하고 십장이 마산의 멱을 잡고 주막 안으로 끌고 가려고 돌아섰으나 길 앞엔 분노에 떠는 농민들의 □□들이 있었다. 목자(牧者)의 거친 매를 참던 양(羊)의 무리는 일어섰다. 십장을 에워싼 그들의 입에서 "마산아 전표 받아라. 안 주는 경우는 없다", "경을 칠 자식" (中略) 이 말소리가 성난 파도소리같이 들렸다.

겁난 십장이 전표를 주고 어데론지 도망했다. 군중 속에 끼었던 젊은이 윤(尹)이 □路에 마산에게 인사를 청했다. 마전리(麻田里)까지 동행하면서

윤은 마산에게 억울한 현실과 ××(中略) 읍 청년의 이야기와 농민조합에 대하여 아는 것은 다 이야기하였다. (5행 略) 차간(此間) (30행 略)

전편(全篇)을 통하여 심각한 제재와 웅대한 사정(事情)의 배경에서 표현된 작품 『아귀도』를 가장 초기적 경향을 띤 사실소설(寫實小說)로밖에 볼 수 없다.

작품에 있어서의 구체적 결점은 '구성력의 미약'이었다. 참담한 (略) 농촌의 현실을 설명하는 데서 강박(强迫)이 역(力) 있던 필치가 절정에 도달하여서 단순하고 감정이 죽은, 신문의 3면 기사같이 종결을 맺었다. 또 제2 결점으로 전편을 일관한 (略) 감정과 심리묘사가 없다.

이것의 중대한 원인은 작자의 계급적 입장과 거기 부대되는 생활감정의 판이(判異)와 노동자 생활감정에의 작자의 무지인 듯싶다. 신문의 보도 같은 사실의 기록으로 소설은 구성되지 않는다.

감정의 연락이 없는 작품은 전선을 떠난 전구(電球)같이 빛나는 강박력(强迫力)과 호흡이 없다. (中略) 종말에 있어서 전편의 색채를 약하게 하였고, '크라이막스'에 달하여 감정 묘사와 장면 연락과 정경이 희미하여 쟁의의 분위기는 없이 간단한 사실의 기록밖에 없었다. 빈농의 현실과 생활감정에 대한 인식을 볼 수 없다.

필치에 있어서도 지방어에 묘한 주(註)를 붙이고, 작중에 나오는 민요(民謠)의 역(譯)이 서툰 것과 시간(時間)을 '二つ頃'니 너를 '手前之'라고 한 것 등이 일본작가의 조선농촌 취재한 작품 같은 감(感)을 일으키게 한다.(끝)

문단文壇과 지방地方

『조선중앙일보』, 1934.3.4(상), 1934.3.5(하)

(상)

『조선문학』1월호에 엄흥섭(嚴興燮)이 「절연」을 썼다. 작중에 그려진 가버린 아내에 대한 애절한 연정의 여운이 가슴을 치기 전에 우리들은 선명한 윤곽을 긋고 떠오르는 개성의 그리운 풍경선(風景線)을 바라본다.

보지 못한 아내를 만나러 긴— 철로를 흔들려 와서 개성 역두에 내린 문학청년 엄흥섭의 시야에 길—게 흘러내린 송악산(松岳山)의 영두(嶺頭)와 고읍(古邑)의 푸른 일광(日光) 아래 잠든 만월대와 선죽교의 풍경이 얼마나 다정히 묘사되었는지.

우리들은 다시 파탄된 결혼생활의 쓰린 회억을 안고 표연히 그가 떠나던 날의 개성의 푸른 하늘빛을 생각한다. 작품 「절연」이 지적한 조선 인텔리여성의 모순성이 낳은 비극 속에 작가 엄(嚴)이 체험을 들어 절규한 바는 그것이 결정점에 있어 '적계급(敵階級)과의 분열'이다.

어떤 의미로 '프롤레타리아의 결혼관'을 위하여 세워진 서러운 기념비일지 모른다.

교양 수준이 높다는 개성 여성일수록 심해지는 배금주의와 가난한 작가 엄이 쌓은 결혼의 성벽이 붕괴되기 쉬운 출발을 시작한 것은 작가 엄을 아는 우리들의 추측한 바이었으나 불행히 이 추측은 적중하였다.

엄은 이삼 개월 만에 헌 모자를 쓰고 개성에 내려왔다. 가난한 서생의 풍모를 한 그가 처가의 문을 두드렸을 때 아내로부터 받은 냉정한 시선을 받는 쓰린 현실을 제쳐놓고도 초기의 엄이 의도한 동지로서의 아내를 맞으려는 노력은 그가 개성 여성인 한(限)에 가능할 리가 없었다.

개성여성에 있어서 이지적인 정열을 구하기 전에 우리들은 그가 전통적인 상업주의사상에 감염된 배금주의자의 딸인 것을 인식해야 한다.

결국에 있어 개성여성의 갈 길은 국한된 '백색 노예'의 세계일뿐이고 …….

이것은 조선여성 전체의 비극일지 모르나 개성여성의 시야엔 그 생활의 영원의 복지(福地)일는지 모른다.

조선 문학의 태생시대로부터 개성은 광범한 의미로 무수한 문학청년을 가지고 있으나 아직 건전한 작가 하나를 산출하지 못하였다.

일반 청년의 교양 정도가 타지방에 비하여 높은 수준을 가졌고 유한(悠閑)한 생활과 시간과 소질을 소유한 문학청년을 산견(散見)하나, 그의 문학에의 정열을 꺾는 것은 순전히 그의 고식(固息)된 상업주의 사상이다. 이 가난한 개성의 문학 그룹 속에 가장 찬란한 존재는 역시 민병휘(閔丙徽)를 헤일 수밖에 없다.

이 이의 전문(專門)은 평론가그룹에선 잡문가(雜文家)로 돌리고, 잡문그룹에서 그를 빈약한 작가로 돌리고, 그 정곡(正鵠)을 득(得)하기 어려우나 …….

물론 그는 평론도 쓰고(평론에 있어 그의 역사는 오래다. 시대일보사의 정순정(鄭順貞)과의 예술 문제에 대한 논전은 가장 화려한 것이었다) 시도 쓰고, 약간의 희곡에도 착수하고 있으나, 그의 본령은 아무래도 일류의 유모─어를 섞은 향기 높은 잡문에 있다. 연극운동을 위해서 문예강연 갔다 온 해주(海州)의 기행문으로, 여성문제에 대한 전유덕(田有德) 공박(攻迫)으로, 안덕근(安德根) 군과의 연애 전개로, 간혹의 문예시평으로, 선명한 각도를 가진 일류의 문장을 구사하고 있으나 그 내용의 질(質)에 있어 여전히 진지한 기초지식의 박약(薄弱)을 보여주고 있으나 그 문학 전폭(全幅)에 대한 정열과 저널리스틱한 문장의 파동은 매력 있는 존재다. 반카프 음모의 장본인이듯이 세상이 떠들었으나 그 출발이 전혀 순진한 점을 세상은 다시 인식

해야 한다. 그도 이 점에 착안하였는지 필자가 최근 그의 서재를 찾았을 때 여전한 호안(豪顔)에 술잔을 떼지 않고 산적한 희곡물을 뒤지고 있었다. 그는 어두운 서재에 앉아 문단 시사(時事)를 논해가면서 희곡으로 전문적으로 출발하겠다는 의사를 찬찬히 이야기하고 있었다.

(하)

과거에 동경파(東京派)가 가장 화려한 진폭(振幅)을 보여 주었을 때 개성은 진장섭(秦長燮), 고한승(高漢承), 마해송(馬海松)을 산출하였다. 그 기관으로 '녹성회(綠星會)'와 창작 '집군(集群)'이 있다. 고한승은 약간의 작품을 써가며 『베르테르의 설움』을 역(譯)하고, 『라인 미화(美話)』를 쓰고, 연극에 있어 비범한 소질을 보여 주었으나 실업계에 은신(隱身)하여 그의 소질을 영장(永葬)하고 있다.

진장섭은 방정환 일파와 '색동회'에 연좌(連坐)하여 '조선의 어린 영혼'을 위하여 활동하던 당시의 잔영(殘影)을 '학포(學圃)'라는 펜네임으로 간혹 동화(童話)를 쓰고 있으나 애처 최의순(崔義順) 씨와의 가정투쟁으로 우울하여서인지 최근 침묵하고 있다. 마해송은 동경에서 국지관(菊池寬)에게 사숙하고 있다가 국지관의 후원으로 '모던일본사 사장'으로 진좌(鎭坐)하고 있으나 잡무에 고식(固息)되어서인지 수년 침묵하고 있다.

작금에 있어 개성의 문학적 존재를 선명케 한 것은 일련(一連)의 무명 작가군이다.

김현홍(金玄鴻)이 작년 중앙보(中央報)에 「노인」이 3등 당선되었다. 심리 분석에 있어 새 경지를 보여준 데서 주목할 만한 가작이었다.

이활(李活)이 수편(數篇)의 단편을 시도하였었다.

어학자 이상춘(李常春)의 자제인 만큼 문장은 간명하나 진박력(眞迫力) 있는 작품을 못 보이고 있다. 최근 조선일보 천원현상 장편 예선에 파쓰하였으나 불행히 결승에 낙오하였다.

김소엽(金沼葉)이 금년 중앙보에 「도야지와 신문(新聞)」이 2등 당선됐다.

선자(選者) 유진오(兪鎭午)의 극구 상양(賞揚)한 대로 취재에 있어 신선한 것은 없으나 사건의 진행과 심리 묘사의 기교에 있어 탁월한 영야(領野)를 보여주고 있다.

그러나 이 작의 의도에 있어서 치명상은 '상대계급에 대한 증오감의 부족'이었다.

현실을 현실대로 묘사하는 자연주의풍의 필치에서 우리는 벌써 '노쇠한 폐장(肺臟)'의 호흡을 느낄 뿐이다.

소엽은 기외(其外)로 작년에 수편의 시를 시험하였고 콩트에 있어서도 적은 기교를 보여주고 있으나 개성이란 지역적 시야로 보아도 소엽의 작가적 역량은 금후의 기대에 속할 것이라고 보겠다.

현동염(玄東炎)은 작년에 수편의 평론을 썼다. 문제를 일으킨 「수필문학을 위하여」와 그 문제에 대한 안함광(安含光)과의 최근 논전은 문제의 전폭적 진전을 위하여 주목할 것이었다.

그 외 그는 보교(普校) 졸업뿐의 학력으로 「계급적 정조문제(貞操問題)」·「선구자론」·「카프 예술투쟁에 관한 평가(評家)의 과장성」 등을 썼다.

그 외의 고마부(高馬夫)의 희곡, 김광균의 시 등이 있다. 총 합쳐서 개성의 문단 발전은 금후에 속한다. 이 건강한 공기와 호흡은 기어이 방대한 발전을 보여줄 것이라는 것이 문학적 존재들의 상투적 자신이다.

2월 19일 밤, 필자는 김소엽의 「도야지와 신문」 당선축하회에서 헤어져 나왔다.

어두운 장렬(葬列)같이 누워 있는 시가의 지붕 위에 작은 성조(星條)들이 졸고 있었다.

그날 밤 회합은 어느 의미에 있어서 개성의 문학적 축도(縮圖)였다.

지방문단의 부양(扶養), 서울 중심 경향의 배격, 신인 등장 문제 등의 야심이 담배 연기에 섞여 떠오르고 있었다.

문단 출세에 있어 서울이란 지리적 조건은 과분한 작용을 한다. 신인 등장은 서울 중심 경향의 타도에서 출발한다는 논문점(論文點)은 상당히 심각한 토의를 거듭하였다. 작은 지방 문단가(文壇街) 개성의 옥상에 지금 떠오른 수삼(數三)의 성조는 적막하나, 그러나 건강한 문예 수도(文藝首都)를 위한 노력이 가까운 장래에 기폭을 선양할 것을 믿고 투필(投筆)한다.

1934년 2월 23일 문춘동(文忠洞)에서

삼월三月과 항구港口

『조선중앙일보』, 1934.3.20

(상)[7]

1

망루(望樓)의 지붕 위에 나부끼고 있는 푸른 기폭 위에 한 줄기 아지랑이가 떠돌기 시작하면 금강(錦江) 하반(河畔)을 굴러 내리는 포구(浦口)의 물결 속에선 날카로운 휘파람 소리가 들린다.

부두와 해안선의 궤도 위에 밤새도록 눈보라치는 겨울의 기억이 가기도 전에 해양(海洋)의 가슴을 헤치고 들어오는 상선(商船)을 타고 봄은 표연히 항구의 녹슨 지붕 위를 찾아온다. 해안의 먼ー 산맥 위엔 흰 눈이 아직도 덮여 있고 정박하고 있는 기선의 선창(船窓)은 굳게 닫히었는데 육지와 해양을 연락(連絡)한 잔교(棧橋)의 철판 위엔 맨발 벗은 노동자의 피로한 시선이 긴ー 행렬을 짓고 어두운 황혼까지 닿아 있다.

고요히 전망되는 해항(海港)의 푸른 하늘은 차마(車馬)의 먼지와 부두의 아우성 소리로 흐리고 있어도 기선의 갑판으로, 창고의 지붕으로, 포도(鋪道)로 3월을 들어서면 굵은 계절의 음조(音調)는 소리 내어 흩어진다.

2

황해안(黃海岸)에 삼월이 눈뜨기 시작할 때면 임립(林立)한 창고와 창고 사이의 어두운 골목에 길을 잃고 헤매던 갈매기가 소리를 지르고 푸른 하늘로 날아가 버린다. 투명한 해안을 돌아 들어오는 상선이 녹슨 동체를

---

7   (하)편은 찾을 수 없음.

흔들고 잔교(棧橋) NO2에 정박한다.

그리운 육지로 시선을 굴리는 선원들의 머리 위에 '브리지'에는 굵은 '파이프'를 문 수부장(水夫長)이 턱을 고이고 앉아 분주히 소리 지른다. 빨간 세관의 감시선과 기선회사의 발동선이 꼬리를 치고 본선(本船)을 쫓아가자 투묘(投錨)를 시작하는 흐린 소음(騷音)이 물결 위에 퍼져간다.

굴뚝에는 연기가 그치고, 기관실 구멍으로 화부(火夫)의 시커먼 얼굴이 쑥 나오자 잔반(殘飯)을 먹으러 날아와 있던 갈매기들이 날개를 치고 떠나간다.

항구에는 굵은 침략의 코―스를 걷고, 이 ××地의 해안을 기어다니는 상선대(商船隊)가 날마다 포구를 찾아 들어온다.

이 부두의 이국정조(異國情操)를 일층 선명케 한 것은 언덕 위에 서있는

(中略)

부두의 일곽(一廓)을 점령한 창고에 거대한 성벽 사이로 지게와 구루마의 소음과 영양 부족된 피로한 시선의 긴― 행렬이 지나간다. 이 행렬을 감시하고 섰는 '합삐'를 입은 십장이 붉은 연필과 장부를 쥐고 분주히 그 사이를 지나다 늙은 노동자 한 사람을 쫓아가더니 정력적으로 그의 허리를 걷어찬다. 노인은 굵은 저회선(低回線)을 긋고 비틀거리다가 그 자리에 넘어진다. 이것을 바라보고 본선에서 짐을 내리던 노동자들이 일손을 쉬고 소리를 내어 웃는다. 잡화창고의 왕성(王城)에 대문 같은 정문이 닫히는 은령(銀鈴)이 전신주에 울자 짐을 기다리고 서 있던 지게차 한 무리가 밀려 나오고 있다.

운송회사의 '오토바이'가 붉은 기폭을 날리고 광장으로 횡단한다. 중앙반식점(飯食店)의 천막에서 김이 모락모락 나니 가엾이 위장(胃腸)을 가진 '룸펜'들이 우두커니 팔짱을 끼고 서서 이것을 쳐다보고 있다. '아―크등(燈)' 곁에 충청도서 온 발동선에서 내린 촌각시가 지나가는 노동자들의 건강한 '히야까시'에 어쩔 줄을 모르고 서있다. 공설생어시장(公設生魚市場)

에서 나와 생선을 싣고 떠나가는 '트럭' 위엔 한낮을 넘은 먼지 끼인 태양이 힘없이 걸려 있다.

세관지서의 깨끗이 씻은 정문 안엔 매화꽃 한 송이가 고요히 방울을 맺고 있고, 젊은 사무원 하나이 창밖에 고개를 내밀고 연방 하품을 해가면서 이 혼탁한 부두의 오후를 내다보고 있다.

3

'시그널'을 꺾고 해안선 위로 흘러가는 화물차와 목 쉬인 경종(警鐘)이 항구의 하늘 위에 긴─ 절선(切線)을 그린다.

작가연구의 전기前記
신예작가의 소묘[8]

(1)

『조선중앙일보』, 1934.5.2

소림다희이(小林多喜二)의 죽음에서 받은 침울한 기억이 가기도 전에 '일
본작가동맹'은 등택항부(藤澤恒夫), 무전린태랑(武田麟太郎) 등 제대파(帝大派)
의 영락(穎落)이 있었고, 임방웅(林房雄), 덕영직(德永直)을 일환으로 한 문학
운동의 재출발을 논하는 반중앙 그룹의 사격(射擊)에 피로하던 끝에 위성
대(衛星帶)에 있는 주력작가의 태반을 빼앗긴 잔해마저 작금에 정식 해산
으로 종결짓고 말았다.

문예이론에 있어 세계적 수준을 뚫고 작품 활동과 함께 문화운동에 있
어 그 광범한 영야(領野)를 확대해 갔던 작가동맹의 외곽은 우리들의 시야
에서 지금 그 잔해조차 찾아볼 수 없다. 소림다희이(小林多喜二)의 죽음은
작가동맹 자체에 있어 붕괴의 부표(符表)였었는지도 모른다. 더욱이 동경
에 있어서 외곽운동이 순전히 객관적 정세의 불리(不利)로 원인한 조락(凋
落)한 한(限)에 동경문단의 복사란 논란을 받는 조선 문단에 있어서 이 사
실을 벌써 정확한 반영을 전개하고 있다. (中略) 문학에 식지(食指)를 움직
이기 시작한 초보의 문학청년 동료에게 참고적으로 이 소묘를 시(試)하는
의도는 여기에 있다.

---

8   일본문학 작가의 이름은 '한글(한자)'로 표기하였고 작품명은 원제목 그대로 표기하였다.

등택항부(藤澤恒夫)

『死命をする話』와『傷だけの歌』등에서 조선인의 범주를 그린 작품을 많이 보여준 이색 있는 작품이다. 이 작가의 작품의 구도와 작풍은 산협의 공기에 가까운 투명된 신선미를 보여주고 있다.

작가동맹 안에서 무전린태랑(武田麟太郎)과 함께 제대파(帝大派)의 쌍벽을 구성한 지명(知名)의 작풍으로 양에 있어 방대한 것을 보나, 인텔리 출신 작가의 전철을 밟아 심각한 현실의 굵은 선을 요리한 작을 못 쓰고 더욱 이 그의 초기작에선 창백한 인텔리의 감정과 면모를 묘사한, 끝까지 기교에서 출발한 문학에 그치고 말았다.

이 경향은 이 작가의 신병(身病)과 같이 일진일퇴하며 진보해 왔으나 비교적 과작이 아니면서 세심의 주의로 닦은 최량의 질과 선명한 박력(迫力)을 가지고 사상(事像)을 취급해 가는 필치를 보면 문학에 대한 평소의 주도한 그의 용의와 진지한 태도가 우리들의 가슴을 치는 것을 가지고 있다. 프로작가로 전환 이전에 이 작가는 고향 대판(大阪)에서 십여 명의 문학청년과 함께 동인지 『辻馬車』를 발간하고 있었다. 『首』·『いちごと季節』·『青』·『冬の切線』·『女と體操』등이 이 시대의 대표적이라고 보겠다. 이 시대의 제작(諸作)은 예술지상주의에서 시작되어 표현파 풍(風)에 이르기까지 유한(有閑)한 문학청년의 활자유희에 그치나 이 작가가 가지고 있는, 날카로운 사물을 대하는 각도와 선명한 필치는 이 시대에 벌써 태반을 잡고 있었다. 비록 동인지나마『辻馬車』이전의 동인지 활동시서부터 쌓아온 노력이『辻馬車』의 말기에 이 작가를 중앙으로 등장시켰다.

1927년 제대 영문과에 학적을 둔 익년(翌年), 신병(身病)으로 요양 갔다 돌아와 이 작가의 사상적 진통은 시작되어 1929년에『生活の旗』·『世人坊の話』·『貧村では』등을 비로소 써서 프로작가로 재출발하였다.

부자연한 목가적 정서를 부어넣어 우리를 실망케 하고 취급된 소재와 필치에 있어 우리들을 흥분케 하는『傷たちけの歌』는 1929년에 쓴 것 같이 조선인을 취재한 작으로『死命をする話』가 작으로 보아 탁월한 것이었다.

『生活の旗』는 이 작가의 처녀작의 부류의 것으로 동경 지하가의 분위기와 운동에 대한 인텔리의 흥분에 차있는 일작이었다. 그 후로『世人坊の話』・『墓地で體操する男』・『子供』등 노동가의 지붕 아래를 그린 作 등이 더욱이 이 작가의 작가로서의 토대를 쌓아 주었다.

작가동맹을 탈퇴한 이후 최근까지 고원(高原)에 요양 중이면서『대판시사(大阪時事)』에 장편을 쓰고 금년에 들어서『讚美歌を歌ふ女』・『林檎の身かおりにされた子供』등 고원에서 취재한 작으로 건강한 호흡을 보여주고 있다.

금후의 작가적 태도는 미지수에 속하나 그의 건강이 가는 곳까지 뻗어갈 이 작가의 재필은 적이 우리들의 기대를 가져가고 있다.

(2)

『조선중앙일보』, 1934.5.3

고(故) 소림다희이(小林多喜二)

『轉形期の人人』을 쓰던 집필 중도에 가버린 이 작가의 존재는 지금 와서 그곳 프로문학상의 슬픈 존재에 그치고 말았다.

이지적이면서 둔중한 편인 그의 풍모와 같이 우울한 북국풍의 침착한 작풍으로 내려쓴 20 내외의 작품으로 국제적으로 진출한 점은 순전히 이 작가가 작품에 있어서 획기적인 질을 영유(領有)한 소치(所致)였다.

청야수길(靑野秀吉)의『調べた藝術』・『目的意識性文學』의 코-스를 지난 당시의 그곳 문학이 급격한 국제 정세의 파도를 타고 얼마나 '階級の底から湧き上った力作'의 의미에서 심각한 질을 요구하고 있었는지 거대한 정치적 고조였던 '1928년 3월 15일'을 제재(題材)로 한 1편을 북해도 일우

(一隅)에서 중앙에 보내고, 중앙 문단이 박수로 이것을 맞이한 기억은 아직도 생생하다. 계속해서 1929년 5월에 『蟹工船』을 쓰자, 중앙의 평론가들은 일종의 경악으로 이 젊은 작가를 대하였다.

예술영역에 있어서의 복본(福本)이즘의 폐점(弊點)에 대한 매가(罵歌)[9]를 들어 이론적 청산을 완성한 뒤에 작품적 공허를 채운 점, 덕영직(德永直)의 『太陽の無い街』와 함께 『蟹工船』은 그곳 프로문학의 질을 완성한 기념비적 존재이었다. 파도가 거친 북양(北洋)에 출어하는 해공선(蟹工船)에 사업이란 이름 아래 감행되는 착취와 살인과 애수 끝에 봉기(蜂起)함을 그린 일작(逸作)이었다.

독자의 가슴을 치는 심각한 사실의 파도가 인텔리 출신 작가의 왜약(倭弱)한 선(線)에 젖은 그 시대의 문학 위에 찍은 거대한 활인(活印)은 컸었다. 뒤를 이어 발표한 북해도 이민농촌을 취급한 『不在地主』에는 이민의 어두운 생활, 도시의 착취선이 한벽한 촌에 얼마나 연장(延長)돼 있는 것과 황량한 북해도의 정서를 세심의 주의로 묘사하고 '건(建)'이란 촌의 모범청년을 중심으로 일어난 사건 '부재지주'에게까지 쟁의를 출장(出張)시킨 경로가 기록되었다. 기술로 보아 『蟹工船』에서 수다의 전진을 보여준 『不左地主』를 쓰고 지반을 닦은 그의 작가적 존재는 기어이 1930년에 이 작가를 상경케 하였다.

이 작가의 작 『同志出口의 感傷』에서 상기(想起)되는 반 고학(半 苦學) 생활로 소준고상(小樽高商)을 나와 근무하던 척식은행 지점을 나온 지 얼마 후였다.

그가 상경하자 신축지극단(新築地劇團)의 손으로 〈蟹工船〉이 제국극장에, 〈不在地主〉는 좌익극장인 시촌좌(市村座)에서 상연하여 처음 상경한 이 작가를 흥분시켰다. 상경하여 『工場細胞』 1편을 쓰고 당시의 전기파(戰旗派) 작가

9   확실치 않음.

와 열(列)을 같이하여 형무소에 들어갔다. 형기를 치르고나와 『중앙공론』에
쓴 것이 걸작으로 문제를 일으켰던 『獨房』이었다. 그렇게 정확하게 독자의
가슴을 치던 형무소의 호흡을 그린 작가는 그를 효시로 한다. 얼마를 안 가
객관적 정세의 불리는 외곽선에 일하던 이 작가를 지하로 몰아넣고 말았다.
그 후 『沼落村』·『母たら』·『轉形期の人人』을 신고(辛苦) 속에 쓰다 간 이
작가의 생애는 작금 그곳 문학의 서러운 '심볼'이었었는지 모른다.

소림(小林)의 죽음에 대하여 우리는 여러 말을 피한다. 요원(遼遠)한 작
품 생애를 누구보다 화려하게 날아가려던 일재(逸才)가 우리들의 가슴에
남긴 회억이 지금 새삼스러이 그에 대한 애도의 정을 일으킬 뿐이다.

(3)

『조선중앙일보』, 1934.5.4

촌산지의(村山知義)

『ピッカートル』의 좌익극장을 역(譯)하고, 시나리오집 『最初のヨーロッ
パの旗』를 쓰고, 논집 『プロレタリヤ美術の爲に』를 저술하고, 네 권에 나
누어 있는 희곡집이 있고, 지금 형무소에 있는 이 작가가 예술의 범주 안
에 드는 것으로 거반 착수 안 한 것이 없다.

소설 『處女地』와 『血と學生』에 그려진 흥분된 시대의 호흡을 접할 때
독자들은 이 작가가 '크리스천'인 의사의 아들로 일요학교의 '코―러스 보
―이'로 출발하여 표현파 전성시대의 독일을 다녀와 허무주의 경향의 회
화클럽 'マヴオ'를 창립하던 경력의 소유자인 것은 조금 상상키 어렵다.

이 작가의 예술태도에 있어서의 무한한 유동은 그의 미덕인지도 모른
다. 이 작가는 이밖에도 철학, 건축, 동화(童話), 동화(童畵)에도 다 일가를
이루고 약간의 시에도 착수하고 있다.

이 광범한 예술의 각 부분을 정력적으로 전진하는 이 작가의 활동은 신

예작가 중에 걸출한 기관(奇觀)이다. 직접 권유의 책임을 진 이는 임방웅(林房雄)란 일설도 있으나, 이 기재(奇才)를 '나프'의 일 병졸(一兵卒)로 이끌어 들인 것은 1927년 전후의 정치적 공기였다. 나프 가입 후로는 주로 연극 방면에 주력하여 좌익극장의 무대 구성에 신기축(新機軸)을 짓고, 〈莫迦の療治〉・〈暴力團記〉・〈スパイト踊子〉 등의 유수한 희곡을 쓰고, 미술동맹을 위하여 고심하는 등 나프 안에 방대한 공적을 세웠다.

이 작가의 산적한 노작인 희곡은 필자의 관심 외이고, 읽은 것도 수 편에 그쳐 이에 희곡은 이야기할 수 없으나 소설 『十字軍』을 쓰던 구주풍(歐洲風)의 침착한 필치로, 재료를 주로 외국물에 취하여 계급적 시야에 보이는 국제적 흥분을 그려 나오는 작풍은 작가의 독무대다. 소설에 있어서도 1927년 전후에 쓴 『愚小がな中學校』・『老給仕人』・『恥かしめられた映畵』 등이 주로 풍자(諷刺)에 그치는(물론 그 중에는 『十字軍』 같은 일작(逸作)도 있으나) 경지에서 『血と學生』・『處女地』에의 도달은 끝까지 이 작가의 기재(奇才)를 말하고 있다. 『血と學生』은 천기사건(川崎事件)에 참가하였던 학생의 수기(手記)를 빌린 작으로 그 시대의 굵ㅡ은 호흡이 맥(脈)치고 있고, 질(質)에 있어 천기사건의 과오를 지적 비판한 몇 백의 논문보다 탁출하고 있었다. 지금 이 작품에 대한 긴 말은 쓸 장소가 못 된다. 『處女地』는 야생적인 착취가 감행되는 운동의 처녀지인 공장지대에 등장한 '올그'를 중심으로 처녀지가 자기 자신의 계급적 요구에 눈떠가는 경로를 정열적으로 쓴 작이었다.

긴ㅡ 무지(無智)와 우울한 자폭(自暴)에 잠긴 관심을 잡아 일으키는 전위(前衛)의 고심을 위(慰)하는 일편의 서정시에 가깝다.

이 작가의 본령인 희곡에 있어서도 최근의 이 작가의 근업(近業)은 모든 그곳 작가의 작과 함께 알 길이 없고, 그의 통신(通信)에서 여전히 학구(學究)에의 노력에 진지한 것을 기억할 따름이다.

편강철병(片岡鐵兵)

『網の上野の少女』・『悲しい男』・『幽靈船』 등을 쓰던 횡광이일(橫光利一)과 대오를 짓고 신감각파의 첨두(尖頭)에서 '마르크시스트'로 전환해온 이 작가가 가진 예술에 대한 태도를 보자. 인텔리 출신이 지어놓은 과오와 편집(偏執)에서 탈출하려는 감정으로 프롤레타리아의 생활감정 내지 현실학득(現實學得)에 고민한 경험에 고심을 쌓고 의식적으로 계급 내지 운동권내로 접근하려는 노력이 이 작가의 제작(諸作)에 인상적으로 떠오르고 있다.

도시의 중간적 존재 소부르조아급의 계급적 지위를 지적하여 지식계급으로 자처하는 이들의 애수(哀愁)를 『生ける人形』으로 썼을 때 이 작은 당시 문단의 수준을 보아 가장 발군의 경지였다.

『あんな男こんな男』・『大島爭議君』 등에선 풍자소설로의 역량을 보여주었다. 이 작가의 작에서 경쾌한 유모-어가 가져오는 향기는 때로는 거대한 작용을 일으켰다. 어촌을 재료에 올려 쓴 쾌작 『陵里村快擧錄』에서 프로작가로의 지반을 닦고 계속하여 『電信工夫』・『愛情の問題』 등의 소편(小篇)을 썼다.

명민한 필치로 부르 계급의 암담 화려한 흑막을 암격(暗擊)하는 작풍은 이 작가의 특이한 점이라 하겠다. 최근 전향하고 출소하였다고 '부르 신문'이 보도하나 이에 대한 가부는 미지수에 속한다.

(4)

『조선중앙일보』, 1934.5.5

귀사산치(貴司山治)

1928년에 무산자신문에 발표된 『舞蹈會事件』이 이 이의 작가로의 첫 출발이었다.

방적공장 '스트라이크'에 당황한 사장이 주최하여 연 빈민구제무도회에 일어난 사건의 혐의를 쟁의의 '리—더'가 쓰고 피포(被捕)되어 쟁의가 패배되는 이야기를 그린 이 작의 작품으로의 중량 여하를 막론하고라도 이 작가로는 프로 신문기자로『大阪時事』연애소설류를 쓰던 이 작가로는 상당히 심각한 전환이었다.

작금 전락(顚落)한 작가들이 남기고 간 작가동맹의 잔무(殘務)와 동지유족 보호에 분주하는 몇 작가 중에 한 사람으로, 눈물겨운 노력에 종시(終始)한다고 듣는다. 출발에 있어 누구에게도 뒤지지 않는 소부르조아계급이면서 꾸준히 작가적 절조를 지켜나가는 이 작가의 노력은 우리들에게 많은 시사(示唆)를 주고 있다. '프로문학 대중화'와 논조가 굵은 권폭(捲幅)을 보일 때, 먼저 이것을 작품으로 실천한 이는 이 작가였다. — 발표된 추후에 대중추종 경향을 비판받았으나『忍術武勇傳』이 이것이고 계속해 장편『코—스톱』을 발표하였다.

문장의 의장(意匠)에 몰두하고, 난삽한 정치의식 주입에 흐르는 당시 작가의 제작(諸作) 중에 강동(江東)에 일어난 쟁의를 중심삼고, 일어난 사상(事像)을 평이한 붓으로 쓴 이 작이 명랑한 단순성의 박력을 가지고 얼마나 주로 노동자인 독자층의 열광을 샀는지.

'濱松樂器爭議의 리더의 행동을 그리고도 작중에 떠드는 그 맹목적 영웅주의의 안개를 비판받은『忍術武勇傳』에서 이 작은 일약 이 이의 작가적 지반을 쌓았다. 뒤를 이어 발표한 작이 많은 논의를 산『同志愛』였다. 사업을 위하여 대학 출신의 '올그'가 민주주의 조합의 부인부장을 성 수단으로 진영으로 이끌어 들이는 행동과 때로 애인을 가진 경로를 그려가며 계급운동의 궤도에 개인의 애정문제가 끝까지 무력(無力)을 고조(高潮)한 작이었다.

새로이 애정문제의 관심을 일으킨 이 작에 대하여 '나프'지에 와천학차랑(窪川鶴次郎)의 상세한 비판이 있었으나 필자는 읽을 기회가 없었다. 이

상의 초기작(기외에 국제적 동화인 『チダの烙印』・『社長の馬車』・『職工慰安會』 등이 있다)에 이 작가가 가지고 있는 계급적 시야, 작풍의 호흡 등은 이 이의 단체적 훈련의 성숙을 따라서 거의 그 면모를 일신해 버렸다.

산본선치(山本宣治)의 죽음을 대상(臺上)에 올려놓고 그 죽음의 계급적 의의와 그 장의(葬儀)를 싸고도는 흥분을 그린 작이 『記念碑』였다. 흰 눈이 퍼붓는 묘상에 기념비를 세우고 부르던 만세소리가 들리는 최고 장면은 작 그것부터가 기념비적 존재였다. '416사건' 공판의 기술에서 나아가 당시의 공판 ××을 그린 작으로 『波』가 있다. 이 역사적 시간의 경과를 우리들의 시야 앞에 갖다 주는 거친 호흡과 건실한 문장은 이 작의 위치를 가장 선명히 말하고 있다.

이 두 작이 1932년 전의 작이므로 기외 이 작가, 이 진전, 더욱이 이 이의 실제적 훈련에서 얻은 심각한 시야와 작가적 단층은 더 깊었을 것이었으나 작품 활동 이외의 일에 분주하여서인지 그의 계통적 작품은 볼 수 없고, 점점이 흩어져 있는 제작(諸作)에서 우리들은 이 작가의 성장해가는 영상을 쳐다볼 뿐이다.

(5)

『조선중앙일보』, 1934.5.7

덕영직(德永直)

『太陽の無い街』 일편으로 프롤레타리아문학에 일 시대를 획(劃)한 이 작가는 광범한 독자를 가졌고, 그들 작가의 누구보다도 그의 작풍은 알려진 것 같다. 공동인쇄의 쟁의에 패배하고 동지 1,700명과 함께 해고된 익익년(翌翌年) 이 작가가 서른한 살에 『전기(戰旗)』에 반년을 두고 연재된다. 이 작을 구성한 중요한 기둥은 무엇보다 그것이 현장에 일하던 노동자의 손으로 쓰여진 점이었다.

모—든 사상(事象)과 생활에 일어나는 제(諸) 현실의 명멸에 관한, 진실한 노동자의 시야와 감정의 방대한 기술은 현장의 경험 아니고는 비상히 곤란한 사업일 것이다. 인텔리작가의 창백한 감정과, 붓을 들면 부자연하게 도를 넘은 신경질적인 재분(災奮)에 찬 당시 작품 중에 솔직하게 그런 질소(質素)한 필치가 그 풍부한 사실과 합쳐 거대한 작을 이루고 유유히 흘러가던 기억과 하반(河畔)에 들리는 박수소리는 생각만 하여도 우리들 문학청년을 흥분케 하는 것이었다. 작가가 되기 전에 이 이는 고향 웅본(熊本)서 신인회 지부와 노동조합을 운전(運轉)하다 상경하여 산천(山川) 지방에 사숙(私宿)하고 있었다.

박문관 인쇄부의 2천명 직공을 이끌고 쟁의를 일으켜 승리한 기록을 가진 것도 이 시대였다.

이 작가의 작품마다 보이는 인쇄공장의 '게—쓰상자(箱子)'와 '문선장(文選場)의 소음(騷音)'·'먼지 낀 전등' 등은 태반이 이 공장생활에서 얻은 경험이었고, 사실 이것이 작가 덕영직(德永直)을 구성한 중요한 세계이었는지도 모른다.

계속해『能率委員會』를 쓰고 작가의 한 멤버로 인정받았다. 그 뒤로 투사 출신이 소자본가가 되어 동지를 직공으로 사용하면서 계급적 정조(貞操)와 주산(珠算) 사이를 방황하는 소부르조아 심리를 그린 작으로『小資本家』가 있다. 이것은 순전히 이 작가의 체험이고, 역시 체험인『頂點に立つ』와『約束手形三千八百圓』등을 쓴 후에 다시 쓴 것이 장편『失業都市東京』이었다. 계속해서 쾌작『赤色스포—쓰』가 있다.

'부르 스포—쓰'와 '프로 스포—쓰'의 한계선을 긋고 사장계급에게 스포츠가 얼마나 유용한 애기(愛器)고, 투쟁을 통한 스포츠가 '홈런적 효과'물인 것을 억세게 그려놓았다.

이 근방에서 이 작가의 건강한 발전은 국제적으로 진전하여『太陽이 없는 거리』가 독일 역(譯)되고, 세계작가동맹 일본위원으로 외국까지 계획되었었다.

소비조합과 노동자와 농민의 긴밀한 공동투쟁을 쓴『輜重隊よ前へ』・『赤い戀以上』・『豊年饑饉』・『銀行合倂』 등이 그 후의 중요한 노작이었다.

『資本主義と武士』 이후의 이 작가의 최근 동향과 더욱이 임방웅(林房雄)과 제창(提唱)한 '프로문학개조론'과 이 실천에 향하는 이 작가의 의도는 아직 비판이 구구하고 이것만으로도 상당히 논폭(論幅)이 광대하겠기에 약(略)하나, 근작『母』 등에서 시(示)한 경향은 확실히 이 작가의 질적 퇴보를 보여주고 있다.

(6)

『조선중앙일보』, 1934.5.8

무전린태랑(武田麟太郎)

제대(帝大) 불란서문과에 학적을 두고 노동학교의 강사로 남갈(南葛)의 노동가(街)에서 그의 장발을 흔들고 활동하던 이풍(異風)의 문학청년이던 이 작가의 처녀작「暴力」이『문예춘추』에 실렸을 때, 관변(官邊)에선 이를 삭제해버렸다. 작가의 자전적 소설인「暴力」속에는 울연히 대두하기 시작한 진보적 인텔리의 날카로운 시각과 양심적인 관찰이 있고, 그보다 계급운동에 바치는 불타는 정열로 차 있었다. 고향 대판서는 중학시대에 × 야용(野勇) 등택항부(藤澤恒夫)와 동창이었고, 그의 어머니의 문학에 대한 작가 무전(武田)을 길러낸 중대한 온상이었다.

이 작가의 초기의 작「色彩」・「休む軌道」 등에선 친우인 등택항부(藤澤恒夫)의 범주를 떠나지 못한 작풍으로 이 작가가 의식적으로 몰두한 노동가의 운동 속에서 취재한 것에 그치였으나 얼마를 안 가 이 작가는 그의 전 관심을 농촌으로 돌렸다.

농촌에 대한 그의 관심과 함께「荒ばい村」 1편으로 훌륭히 농촌작가로의 역량을 보여 주었다.

겨울이면 곰이나 잡고 전지(田地)를 팔아 술 먹고, 수틀리는 사람이면 삼림으로 끌고 가 타살(打殺)을 다반사로 하는 한벽한 촌에 무지를 이용하여 뻗친 간악한 착취를 물리치고 조합조직을 곰 사냥 간 삼림에서 하는 경로를 가장 현저하게 인상적으로 쓴 재필(才筆)이었다. 기외 「反逆의 呂律」·「牧歌」·「蓑と雨傘」 등 제작(諸作)이 있다.

그러나 작가동맹이 객관적 불리에 이르자 최초에 이 작가가 의식적으로 투족(投足)해온 세계를 누구보다도 먼저 의식적으로 전락한 이는 이 작가였다. 문제의 작 「三文オベラ」 이후 최근까지의 작가의 제작(諸作)이 이 범주 안에 든다.

임방웅(林房雄)

'요람'에 대한 그리운 추억과 푸른 향수로 차 있는 자전적 소설 「一海と飛魚の子と」를 남기고 이 작가가 경대사건(京大事件)으로 입옥(入獄)하였을 때 동지와 이 작가의 재분(才分)의 관심을 가진 모―든 이들은 그가 형소(刑所)에서 나올 때엔 조금이라도 그 경박한 작풍을 양기(揚棄)할 것을 바랐다. 2년의 형기를 마치고 나온 이 작가는 경박한 작풍엔 침착한 색채를 띠기 시작하였으나 어디서 구입했는지 '공성포(攻城砲) 일 대(壹臺)'를 끌고 나와 방약(傍若)한 재분(才分)만 믿고 사방 주위로 포격을 시작하였다 평론가 총평에서 평론가를 일속으로 묶어 놓고 일도(一刀)에 처치하고, 무엇을 의도하였는지 그의 특론인 역사의 발굴의 경지에서 쓴(그러나 당시의 「戰艦ポムチヨキン」·「白髮의 遺骸」와는 전연 다른 호흡으로) 장편 「靑年」을 쓰고 작가동맹 중앙부의 약간의 종파적 공식주의의 약점에다 '나프 개조론 프로문학의 재출발론'의 화살을 보내었다. 이 점은 출옥 후에 쓴 「乃木大將」·「靑い寢室」·「ハムレットの母」(그 중엔 「つそだてる」 같은 역작도 있으나) 등에 시(示)한 이 작가의 태도에 대한 비난에서 받던 울분이 덕영직(德永直)의 소론

에 직시 공명(共鳴)한 것 같다. 그 증좌로 덕영직의 소론이 주심점(主心點)이 작품운동 전체에 대한 심려(深慮)에서 출발한 데 비하여 이 작가론의 경향은 다분히 감정적으로 흐르고 있다.

부르문단의 목일마(牧逸馬)와 병비(倂比)할 나프 일파의 화려한 차륜(車輪)인 이 작가의 재필은 그 근원을 1924년의 소준고(小樽高) 고등교 사건에서 찾는 것이 편의하겠다. 거기에는 작가 아닌 학생운동의 리더였던 임방웅(林房雄)의 화려한 오베사(史)가 누워 있다. 제대 신인회(帝大 新人會)의 중심 분자로 활동하다 학생사회과학연합회를 창립한 후에 그 지도자로 소준(小樽)사건이 나자 십장(什長) '올그'로 북해도에 파견됐다.

북해도 일우(一隅)의 문학청년이었던 소림다희이(小林多喜二)를 거기서 알고 이 북해도 행에서 제재 잡은 것이 이 작가의 처녀작 「林檎」,[10]이었다. 경대(京大)사건을 전기로 학생운동이 조락하자 이 작가는 그 재필을 그대로 들고 초기시대의 문예전선에 등장하였다.

이후로 노동예술가연맹-전위예술가동맹-나프의 쾌성(快成)-재조직의 코-스를 긋고 이 작가는 작품 활동으로 이론으로 정력적으로 노력해 왔고 비방도 받았지만 여성독자, 학생, 문학소녀엔 누구보다도 광대한 독자층을 가지고 있다. 이 작가의 본령은 심각한 재료를 취급한 선이 굵은 작보다 해박한 학구(學究)와 화려한 재기(才氣)로 짜여진 경묘(輕妙)한 유모-어를 구사하면서 내려쓴 풍자경향의 소설일 것이다.

5월의 하늘에 터지는 연화(煙火)같이, 읽고 나면 공백한 인상을 남기면서 일종의 미련을 남기에 하는 것이 이 작가의 작풍이다. 외국도시에서, 묵은 역사의 고전에서, 동화적인 인상 있는 작으로 기외로 노동자의 분위기를 그린 질소(質素)한 작에도 그 야심을 보여주고 있으나, 이 이의 작풍은 굵은 소재를 잡으면 자기의 재필에 흥분하여 작 전체의 구조에 이상한

---

10 능금.

색을 칠해 놓고 간다.

(7)

『조선중앙일보』, 1934.5.9(이상 7회 연재)

「都會雙曲線」이 이 작가의 몇 개 안 되는 장편 중엔 성공한 작이라고 하나 통속적인 프로소설로 도회의 소음과 노동자의 세계를 억지로 결부시킨 부자연 구조에 작가 일류의 과분한 필(筆)만 눈에 거칠게 보이어 이 작가의 풍모를 시(示)한 데 그치고 있다.

「間米米吉氏の銅像」 의옥(疑獄) 사건으로 잡혀간 도기(陶器)회사 사장의 동상에 직공의 손으로 도기로 만든 수갑(手甲)이 씌워진 사건을 그린 작으로, 이 작은 침착한 묘사, 경묘(輕妙)한 '히니구'를 자아내는 공기(空氣)로 차 있다. 이 작가의 작 중에선 가장 좋은 일면을 보여주고 있다.

「林檎」은 편지풍의 수기로 능금과 선원조합원이 등장하는 북국항구의 정조가 날카롭게 그려진, 진지한 이 작가의 처녀작이다.

「繪のない繪本」은 북경(北京)의 성벽, 인도(印度)의 대하, 백림(伯林)의 안개 낀 포도(鋪道) 등을 환등처럼 보고, 국제적 환상에 덮인, 작자의 말대로 어른이 읽는 동화다. 이 작가의 그림책을 편성한 미려한 필치가 잘 보이는 작이다.

「海と飛魚のると」은 고향 대분(大分)현의 해변과 작은 어항에 대한 서정과 추억을 생각나는 대로 그린 수기다. 독자의 가슴 속에 도시를 떠난 이 작가의 좋은 일면을 보여주기 전에 고향에 대한 그의 애수가 우리들의 가슴 속에 일맥의 향수를 잡아 일으켜 녹슨 향수의 애조(哀調)에 울게 한다. 하계급적(下階級的)으로 보아 물론 이것은 효과적인 작품은 아니나 누구나 가지고 있는 가슴 속의 정경의 세계를 두드리는 작풍으로 필자는 이 작가의 일작(逸作)의 부류에 드는 것이라고 기억한다.

이밖에 「癡情S」·「半島의 興論」 등 조선에 관련된 작도 있다. 2백이 넘는 이 작가의 작을 소개는 어렵기에 약(略)하나 이 작가의 걸어온 길과 이의 전도(前途)와 같이 이 작가의 작품풍 및 이론에 조선 문학청년은 상당히 높은 관심을 가지고 시사(示唆)와 교훈을 받아야겠다.

수정일(須井一)

이갑기(李甲基) 씨가 격찬한 「棉」 1편을 들고 등장하여 최근 인기와 문제의 작을 독점한 신진이다.

「棉」이 그린 방대한 구도는 확실히 근대 그곳 문학의 큰 수확이었다. 「樹の無い村」·「幻き合唱」에 떠돌던 일맥의 로맨티즘도 효과적이었고, 「熊」·「清水燒」에 시(示)한 역량도 상당하였다. 최근 「勞動者源三」의 3부작으로 질적으로 발전하고 있다. 작품은 임방웅(林房雄)과 소림다희이(小林多喜二) 등과 합한 데다 근대적 시야가 겹쳐 있다고 보겠다.

영목청(鈴木清)

「吼にろい笛」·「母たちの示威」를 읽었을 뿐이어서 이 작가에 대한 지식은 없으나 수정일(須井一)보담 좀 더 건실한 세계를 가진 신진으로 기억해 두면 별차 없겠다.

굴전승일(掘田昇一)

「勞動市場」·「密偵」 등 작품 발표된 곳이 편집(偏集)돼 있어 일반에 비교적 알려지지 않았다. 격정적인 필치를 가진 작가로 작가동맹의 실무에도 정력적으로 활동한다고 듣는다. 기외 작가로 문전파(文戰派)를 제외하고도 「眞理の春」의 세전민수(細田民樹), 「市街戰」의 교본영길(橋本英吉), 농촌작가 입야신차(立野信次), 「阿房宮」을 쓰고 중이 된 금동광(今東光), 「浮動하는 地價」의 흑도전치(黑島傳治), 「染色體」의 좌좌목효환(佐佐木孝丸), 「砂

糖の話」의 중야중치(中野重治), 「王の祭祀後」의 산전청삼랑(山田淸三郎) 등의 존재가 있다.

이상에 질서 없이 나열한 소묘이나마 필자의 둔필로 작가에 관한 정당한 인식조차 흐려졌고, 작가와 작품에 대한 냉정한 이론 명 고찰에 앞서 모—든 작품과 작가를 과분한 경이와 흥분으로 제(劑)하였는지는 모르나 동료 제군의 연구 제상(諸相)을 환기하는 정도에 그치고 만다.

하여간 우리는 자기의 세계에 몰두하여 좀 더 학구적인 노력을 한각(閑却)한 조선 기성작가의 전철을 밟지 말고 널리 새로운 방면에의 연구 내지 구득(求得)에 좀 더 야심적인 노력을 지불해야겠다.

부기(附記)

잡지문화집단, 문학평론, 문학건설자 일력(日曆)을 중심으로 구(舊) 전기파(戰旗派) 작가 교본영길(橋本英吉), 평전소륙(平田小六), 구판영이랑(久板榮二郎), 산전청삼랑(山田淸三郎), 금친청(金親淸), 상전광(上田廣) 등이 최근 주로 작품 영야(領野)에서 활동하고 있으나 창작방법 문제 내지 전 운동 방략(方略)에 대한 논의의 안개에 싸여 그 정곡(正鵠)을 얻기 어렵기에 현상을 소개하는 데 그친다.

1934년 4월 14일

함경선咸鏡線의 점묘點描
소박한 나의 여정기旅情記

『조선중앙일보』, 1935.3.2(상), 1935.3.5(중), 1935.3.9(하)

(상)

一. 흥고리(興古里)의 인상

오후의 푸른 하늘에 날카로운 선(線)을 그리고 솟아 있던 산악이 갑자기 눈앞에 허물어지자 차창 밑에선 밀려드는 파도의 부서지는 흐릿한 음조가 들리기 시작하였다.

갑자기 환—해진 차창에 놀라 옆에 누워 잠자던 어린애가 소리를 내어 울기 시작하였다.

파란 '초오크'로 아득한 횡선(橫線)을 긋고 바다는 길—게 누워 있었다. 바람도 없건만 굽이치는 물결이 육지에 밀려들고 텅 비인 해변에 여기저기 흩어져 있는 어린 소나무가 바람에 흔들리고 있는 것이 보였다.

차가 북으로 달릴수록 낯선 나의 시야를 흘러내리는 북국의 바다는 침울한 음조(陰調)를 띠우고 굴러들어오는 파도소리마다 절망적인 것을 느끼게 하는 어두운 것이 있었다.

눈을 들어 바다를 헤매던 나의 시선은 기어이 한 개의 범선(帆船)도 발견치 못하고 고개를 돌렸다.

그 사이를 차(車)는 '포인트'를 몇 개나 넘어 왔는지.

언제부터 이 황량한 해변에 내버려져 있는 동리인지 7, 80을 헤일 초가지붕이 보이고 동리의 한가운데 솟아있는 흰 페인트로 칠해진 낡은 교당(敎堂) 뒤뜰에는 빼빼 마른 종루(鐘樓)의 십자가가 우뚝이 하늘을 찌르고 있었다.

동리 앞에는 이 광막한 물결뿐인데 무엇으로 생계를 이어가는 사람들인지.

잠든 어린애들의 베갯머리엔 밤마다 어두운 파도의 자장가가 들리고……

등불이 없는 동리 길 위엔 밤이 깊으면 삽살개가 공허한 바다를 향하여 목이 터지도록 짖지나 않을까!

동리의 나지막한 초가지붕을 들여다보는 내 머리엔 목가적인 정경이 하나 둘 스쳐갔다.

철로에서 제일 가까운 앞마당 고목(古木)에 매어진 암소 한 마리가 갑자기 '엠―메' 소리를 지르고 '울뒷담'에는 빨―간 색동저고리 하나가 널려 있었다.

북청(北靑)을 떠난 지 두 시간.

기차는 긴― 기적을 울리고 이 소박한 해안을 달음질치고 있다.

二. 초생달

흥남의 질소공장(窒素工場)을 지난 것은 밤 열한 시가 넘어서였다. 그 거대한 건물의 창이란 창에서 불빛이 새어나오고 요란한 기계의 소음이 밤하늘에 굵은 박자를 울리고 있었다.

'고리키'의 「밤의 공장가(工場街)」에 졸고 있던 등불을 연상시키는 하얀 '아―크등(燈)'이 막 재채기를 하고 난 듯이 허리를 굽히고 여기저기의 광장에 서 있다.

얼근히 취한 노동자가 콧노래를 질―질 이끌고 그 밑을 지나가지나 않는지.

성벽같이 어두운 외벽 위에 서 있는 철탑 꼭대기엔 늦게 뜬 초생달 하나가 힘없이 걸려 있었다.

三. 신창역(新昌驛)

아득한 산협(山峽) 사이에 우두커니 서 있는 적은 신창역에 차가 도착했을 때는 벌써 어스름한 저녁 안개조차 지기 시작하였다.

신창!

가버린 송계월(宋桂月)의 하나밖에 없는 고향으로, 우리들이 함경선에 가진 애처로운 기억의 하나인 이 산협역의 홈―엔 앙상한 사쿠라 나무 서넛이 떨고 있었고, 내리는 사람도 별로 없는지 개찰구에선 젊은 역원이 쪼그리고 앉아서 개를 데리고 놀고 있었다.

산모롱이를 돌아 역에서 신창항(港)으로 들어가는 좁은 산길이 차창(車窓)에서 바라다보였다.

가을이면 노―란 포플라나무의 낙엽에 쌓이고 만다는 신창항을 가로막고 있는 건너 산을 보는 내 눈엔 1930년 이른 봄, H군의 집에서 잠깐 본 송계월의 어딘가 애조(哀調)를 띤 시선이 황망히 기억에 떠올랐다. 붓을 들 때마다 그가 그렇게 그리워하던 고향은 이렇게 고독한 산촌이던가!

눈에 띄는 건물이라곤 하나가 없는, 황혼에 잠기기 시작한 적은 마을이 내 마음엔 송계월의 향수(鄕愁) 속에 누워 있던 한 개의 감상(感傷)으로밖에는 안 보였다.

그의 짧은 생애의 가장 화려한 회억(回憶)을 남긴 서울을 떠나 병약한 몸을 이끌고 그가 이 적은 고향의 정거장에 내린 때는 언제였었는지.

(중)

내 눈에는 파리한 얼굴을 한 그가 '바스켓'을 들고 홈―에 내려 개찰구로 걸어 나가는 것이 보이는 것만 같았다. 정거장 밖에 마중 나온 동생이 만일 그에게 있었다면 응당 이 고리(故里)의 고독한 가을은 그를 울리게 한 것이 있었을 것이다.

1930년 전후의 역사에 그렇게 커―단 발자취를 남기고도 남달리 고독했던 그의 사생활을 생각할수록 우리들의 기억에는 잊혀지지 않는 것이 있다.

정거장 앞 주막집에선 여인 하나가 나와 문 앞 장명등(長明燈)에 불을 켜고 바쁜 걸음으로 다시 들어갔다. 움직이기 시작한 차창에 기대어 나는 물끄러ㅡ미 그것을 내다보고 있었다.

四. 산영(山影)

시계가 오후 세 시를 가리키면 고요한 여수(旅愁)에 잠기기 시작하는 차창이 이따금 갑자기 달려드는 산그늘에 잠기고 만다. '쟈크 런던'의 작품에서 읽던 산악의 호흡 그대로의 엄숙한 조망은 함경선의 시정(詩情)을 가장 인상 깊게 하는 것의 하나였다. 북악을 겹으로 쌓아올린 듯한 깎아지른 절벽은 아직도 흰 눈에 덮여 있고, 그 절정을 기어 올라간 빽빽한 송림 사이로 쳐다보이는 오후의 하늘은 유달리 푸르렀다.

눈을 감으면 그대로 산악의 세계에 잠겨 갈 듯한 광대한 산폭(山幅)은 어디서부터 시작하여 어디서 그쳤는지 해괴한 탄식같이 누워 있는 산길이 더한층 조망을 명상적인 색채로 덮어준다.

한 곳이 없이 연(連)해 있는 청교도의 군상 같은 산봉우리!

엉클어진 수목에 가려 한없이 내려다보이는 음산한 골짜기. 흘러 다니는 화전민의 고달픈 노막(露幕)인지 이따금 어두워가는 산협에 피어오르는 가느단ㅡ 연기조차 애절한 것을 느끼게 하는 것이 있었다.

증산역(曾山驛)을 지나서였는지 차창에서 바라다 보이는 산마루를 기어 올라가는 가난한 장렬(葬列) 하나가 보였다.

저녁 바람에 나부끼는 누ㅡ런 조기(弔旗)가 산악에 사는 이들의 남루한 일생을 생각게 하는 것이 있어 나는 옷깃을 고치고 한참 내려다보았다.

몇 개를 지났는지 수없는 터널 앞마다 이따금 이름 모를 산새가 차창을 스쳐가고, 잠든 거상(巨象)같이 긴ㅡ 침묵에 잠겨 있는 산 사이로 멀ㅡ리 번쩍이던 바다가 내려다보이던 것을 지금 아련ㅡ히 기억하고 있다.

五. 이원읍(利原邑)의 오후

분주히 창밖을 지나가는 솔밭 사이로 아담한 보석같이 놓여 있는 송단

역(松端驛)의 콘크리ー트가 보였다.

역전에서 우리들은 읍내로 들어가는 포ー드차에 올라앉았다.

해변 가까운 산 사이에 쪼그리고 있는 고읍(古邑)의 고요한 오후의 하늘엔 흐릿ー한 태양이 걸려 있었다.

오백 호(戶)를 헤일까 말까 하는 읍내를 십자(十字)로 가른 큰 길은 한가한 집 사랑 마당같이 잠잠하였다.

이렇다 하고 내세울 기폭(旗幅)이 없는 고을!

소학교 마당에서는 풋볼 차는 아이들이 떠드는 소리가 한참이었다.

촌길을 가노라면 언제 누가 지어 놓았는지 솔밭 사이에 고색창연한 정자를 발견하고 우리들은 잠깐 놀란다. 읍의 뒷산에 솟아 있는 망경루(望京樓)도 그 범주 안에서 취급할 수 있을지.

(하)

정자의 난간에 기대어 내려다보는 회색 지붕에 덮인 읍은 몇 개의 관사(官舍)를 빼 놓으면 가장 애연(哀然)한 헌 폐읍(廢邑)의 단조(單調) 안에서 졸고 있었다.

읍을 둘러싸고 있는 고아(高雅)한 산봉(山峰)에서 오직 이 지대의 청년들이 씩씩했던 면모를 찾아낼 수 있을까!

읍을 둘러싸고 있는 초라한 적은 평야는 다시 이원의 인상을 조락(凋落)한 지주계급의 잔영(殘影)같이 느끼게 하였다.

북조선의 곳곳에 흩어져 있는 이렇게 평범한 가리(街里)는 일찍이 화려한 진폭(進幅)을 잃은 우리들의 현실의 고향이 아닐까!

이런 생각을 하고 오후의 잔광(殘光)이 길ー게 꼬리를 치고 있는 읍을 향하여 천천히 정자를 내려왔다.

6. 군선 근해(群仙 近海)의 천(仟)

역에 내려 몇 발걸음 걷자 헐어질 듯이 외로운 가열(街列)이 그친 곳에서 어두운 파도소리가 들려왔다. 해변의 여기저기엔 새빨간 정어리 탱크가 서 있고 부두에 매어진 어선들은 밀려드는 거친은 물결에 흔들리고 있었다. 어구(於口)를 에워싼 산 사이로 해양 한구석에 겨우 머리를 들고 호흡하는 이 원색적인 어항(漁港)에도 눈에 띄는 건물은 거개가 정어리 공장이었다.

북양(北洋)의 어업시장과 거기 착취되는 해양 노동자의 단면은 일찍이 팔봉(八峯)이 『해조음(海潮音)』에서 취급한 제재였으나 그래도 『해조음』에서 상상한 북국의 바다는 그래도 때로는 유량한 뱃노래가 들리는 고요한 목가의 세계가 있었다.

그러나 우리들의 '캔버-스'에 다시 비친 군선근해(群仙近海)의 어두운 색채는 다시 절박한 것을 느끼게 하는 심오한 침울에 덮여 있었다.

겨우 몰아치는 '눈보라'와 '추위'를 벗어난 군선 바다의 표정 속에서 나는 이 거친 바다에 목숨을 매고 사는 이들의 생활의 축도(縮圖)가 떠오르는 것을 보았다.

건강한 태양과 생활의 미풍(微風)을 이 항구는 빼앗겼을까. 출렁거리는 물결 위를 굴러가는 희망을 담뿍 실은 뱃노래를 이 바다는 잃어 버렸을까!

바람이 불 때마다 포후(咆吼)하는 물결을 들여다보고 섰는 내 마음엔 고달픈 뱃노래에 이끌리어 밤이면 떠나가던 어선의 등불과 항구가 폭풍우에 싸인 날 밤의 공허한 파도소리가 들렸다.

돌아오는 길에 지나던 어시장의 콘크리트 위엔 맨발 벗은 여인들의 떠드는 소리로 차 있었다. 거친 듯한 그들의 말소리 속에서 굴러나오는 조락(凋落)한 생활의 애수에서 나는 애연(哀然)한 것을 느끼고 몇 번 발길을 멈추었다.

군선항, 그것은 결국 조락한 해양의 작은 단편에 지나지 않았다.

흔들리는 어화(漁火)

밤이 얼마나 깊었는지 이 적막한 육지를 흘러가고 있는 레―일 위에 車는 지금 어디로 달리고 있는지.

이 황망한 함경선의 기억을 정리하던 나는 고개를 들어 창밖을 내다보았다.

창밖에는 밤 깊은 바다의 파도소리와 물결에 흔들리는 어선의 등불이 있고, 그 위에는 떨어질 듯이 외로운 한 줄기 성조(星條)가 길―게 흘러내리고 있었다.

1935년 2월 24일 초(草) 군산(群山)서

신진작가서간집 新進作家書簡集[11]

『조선문단』 23호, 1935.5

번번이 격려해주시는 편지를 받고도 이번도 미안한 회답을 쓰게 됩니다. 보내드리자면 시고(詩稿)가 없는 것은 아닙니다만 저는 요사이 내성적 (內省的)으로 큰 내성적으로 큰 혁명(革命)을 일으키고 있는 도중입니다. 무슨 소리인지요. 형(兄)은 모르시겠지만 간단히 말씀하면 연대로 보아 나종 출발한 소엽(沼葉) 동염(東炎)이 안장을 나란히 하여 문단에 데뷔하는데, 걸레조각 같은 시나 쓰고 있는 자신의 경지가 비열(卑劣)하기 짝이 없이 생각되어 일체 시류(詩類)에서 붓대를 꺾을 생각입니다. (어린 치기(稚氣)의 흥분으로만 간과하지 마십시오.) 이것이 이번 보내라시는 시를 못 보내는 이유이오며 잡지는 기대 이상으로 향상된 질(質)이 반가웠습니다. 그러나 춘원(春園)을 영상(嶺上)에 올려놓고 북을 치시는 것은 좀 거북하더군요. 잡(雜)눈을 좀 뺐났으면 그건 이상(理想)에 가깝겠습니다. 이제 새로운 출발의 첫 작품은 형의 손을 빌어 세상에 내놓을 것을 약속하고 이만 각필(閣筆)합니다.

4월 14일

---

11 문맥으로 보아 당시 『조선문단』 편집 겸 발행인 이성로(李城路)에게 보낸 편지로 추정됨.

연예사 시대研藝社 時代

「고려시보」, 1936.12[12]

소엽(沼葉)의 집을 올라가는 안곡동(岸谷洞) 돌담 위엔 5월이면 줄줄이 푸른 덩굴이 얽혀 있었다. 소엽이 열아홉, 현동염(玄東炎)이 열여덟, 셋이서 서투른 '도리우찌'를 쓰고 흥분에 찬 계절이었다. 소엽은 상교(商校)를 중도 퇴학하고 창백한 얼굴을 하고 문학에의 식지(食指)를 움직이기 시작하였고, 동염은 〈엄마 없어요〉를 비롯하여 감상적인 동요로 일가를 이루고 있었다.

정치적 고조(高潮)였던 소화(昭和) 2년[13]의 뒤를 이어 문학에의 관심이 급해지고 문단적으로는 '프로문학'이 이론 운동의 오류(誤謬)에서 벗어나와 광범한 문화운동에로 '키'를 돌렸을 때였다. 벽에 무성영화 〈보제스트〉의 장면화(場面畵)를 붙인 소엽의 남향(南向)한 작은 서재에 모여 우리들의 화제는 도향(稻香)이 추남이어서 『백조』시대에도 혼자 기생방 순례도 못 끼였던 것과 자석(漱石)의 「묘(猫)」에 나오는 코 큰 여자와 개천(芥川)의 「코」와 고골리의 「코」를 읽던 이야기로 포복(抱腹)하고, 소엽이 『승방비곡(僧房悲曲)』에 경도(傾倒)하여 상경, 그를 찾아 갔다가 부인의 미모에 황홀했다는 등이 항로(巷路)에 흔히 있는 문학소년들이었다.

소엽이 노동조합회관에서 '예술가'를 모욕하였다고 일본서 새로 나왔던 조합의 리더인 미남이었던 이준경(李俊景) 군과 결투를 하던 것도 그 때였다. 우리들이 사랑스러운 예원(藝苑)의 기사(騎士)의 화려한 싸움을 방관하다 일제히 흥분하여 싸움은 기어이 중앙회관 정문 앞까지 나와서 종말

12　『고려시보』 1936년 12월 치에서 확인할 수 없음.
13　1927년.

을 지었다.

어느 날인가 동엽이 달밤에 찾아와 문단 출세를 하려면 서울로 올라가라고 큰 비밀인 듯이 나직한 목소리로 일러주고 가던 것도 그 때인 듯이 기억된다.

송영(宋影)과 박영희(朴英熙)의 하개(下開)는 그 때 우리들에게 확실히 역사적 사건이었다. 한 분은 문단의 중견작가로 문단을 횡보하던 분, 또 한 분은 '경향문학론(傾向文學論)' 이후의 지도적 논객으로, 둘이는 '덕암리(德岩里) 문호(文豪)' 민병휘(閔丙徽) 군 집에서 묵었다. 이 빈객들은 이틀 묵은 후 만월대(滿月臺)에 올라가 기념으로 사진을 찍고 오후 차로 상경하였다. 작은 키에 몽당바리 양복을 입은 박영희가 차창에서 모자를 흔들고 떠나던 것은 퍽 감상적인 회억(回憶)의 하나이다.

그 때 이 멤버를 주로 상교생(商校生) 몇몇과 김재선(金載善)·최창진(崔昌鎭)·김영일(金英一)이 모여서 놀던 구락부식(俱樂部式) 단체가 '연예사(硏藝社)'였고 그 기관지가 『유성(流星)』이었다. 합평독후감(合評讀後感), 에세이, 시, 창작(創作), 수필(隨筆)로 7, 80엽(頁)의 거량(巨量)이었다. 배대호(倍大號) 원고라고 밤 깊도록 지정 원고지와 씨름하던 생각이 나나 불행히 내용은 기억이 안 된다. 재선(載善)이 장편 「황혼(黃昏)의 북목도(北牧島)」를 쓰고, 소엽이 상문(想文) 「송월(頌月)」을 쓰고, 동엽은 이리 핑계 저리 핑계하고 창작은 서울로 보내고 책임진 원고도 안 쓰고서 동인들에게서 '이기파(利己派)'의 칙임관(勅任官) 대우를 받았다.

건강한 시대였다. 다달이 모여 평회를 열어 월간지의 대부분을 회람하고 그 비평에 밤 깊도록 충혈이 되어서 덕창태(德昌泰)로 가서 이 소년들은 알콜을 입에 대기 시작하였다. 그 첫 사업이 송영(宋影)·안준식(安俊植) 두 분을 불러온 동화대회였다. 고청(高靑)을 빌려 놓고 연사 교섭은 되었으나 일금 5전의 입장권이 안 팔려 송보(松普)로, 정화여학교(貞和女學校)로 판매 행각을 나섰고 밤엔 노력한 보람이 있어 만원은 되었으나, 모인 이가 소학생들이 되어 '논개구리'같이 와글거리는 강당에서 개회사는 해놓고 있는데 전등이 꺼져 소동을 일으켜 땀 흘리며 무사히 회는 끝마치고, 연사를 중심으로 사원 다과회를 연 석상에서 송영(宋影)으로부터 당시 유명하던 〈서부전선 이상 없다〉의 이야기를 듣던 것을 기억한다.

약 1년 존재하다가 나도 군산(群山)으로 내려가고 사(社)도 저절로 해산되었다.

7년이 지난 오늘 소엽과 동염과 나는 셋이서 다소의 노력으로 중앙문단에서 틀린 얼굴을 하고 끼어 있으나 소(沼)가 유감이다.

며칠 전 소엽·동염·재선·나 넷이서 다 장성한 청년이 되어 어깨를 나란히 하고 안곡동 돌대 길을 걷고 있었다. 돌담의 덩굴은 벌써 낙엽이 지고 거리는 흰 눈에 덮여 추운 밤이었으나 네 사람의 구두 소리에서 나는 분명히 그 시절의 즐거운 회상을 느낄 수 있었다.

1936년 12월 13일 문충동에서

인생의 애도哀圖

『풍림』 2집, 1937.1.1, 21면

흐릿한 유선을 긋고 기울어져 있는 언덕 위엔 날카로운 교회당의 종루가 어두워지는 저녁 하늘을 찌르고 있다.

해안을 향한 산마루로 기어올라간 나지막한 둔율리(屯栗里)의 초가지붕 위를 덮은 저녁 안개 속에 적은 등불이 생각난 듯이 깜박이기 시작한다. 어두운 골목을 흘러가던 비인 짐차의 방울소리가 멀ー리 사라지고 분주히 돌아가는 노동자들의 깊숙한 모영이 떼를 지어 지나간다.

마치 퇴폐한 인생의 애도같이 이 동리의 황혼은 어둡다. 부두에서, 조선소에서, 정미공장에서, 고무공장에서.

아침 가벼운 휘파람을 싣고 넘어간 적은 고개를 황혼이면 피로한 동자를 굴리고 이 이들은 발길을 이끌고 돌아온다.

이 이들의 주택가인 둔율리는 낡은 지붕과 연기에 검은 창문, 냄새 나는 불결한 적은 골목과 그보다 더 냄새나는 옷을 입은 어린이의 아우성 소리로 이루어진 빈민지대다.

침울한 표정을 가진 창백한 얼굴을 한 둔율리 아내와 그의 남편들은 동리의 지붕을 좀 더 높이고 기아와 추위에 떠는 자식을 위하여 뚫어진 창문도 막아야겠고, 양식 걱정도 하지 않기 위하여, 그보다 지리한 이 어두운 인생의 고계(苦計)를 벗어나기 위하여 몇 해 전까지 건강한 회합을 가지고 있었다.

그러나 지금 침울한 생활의 고통은 더해 왔고, 여인들은 수없는 사랑하는 남편을 빼앗겼을 뿐이다.

남편의 자리엔 낯선 면영(面影)들이 어느새 차지한 후로 항구의 부두는 그대로 움직이고 공장은 여전히 검은 연기를 토하고 있다.

이 어두운 생활의 대도 위에 고독한 밤은 얼마나 계속될는지.

희미하게 보이던 전신주도 어둠 속에 잠기고 부두 쪽에선 목 쉬인 기적 소리가 들려온다.

얼마나 고달팠던 밤의 이야기가 시작되는지 집집의 적은 영창에선 희미한 등불이 새어나온다.

거친 곡조의 노래라도 울려올 듯이 밤의 둔율리는 적적하다.

골목골목의 캄캄한 길은 가버린 청년들의 거친 구두소리를 생각하게 한다.

그러나 둔율리의 현실은 지나간 감상과 회억만에 그치지 않는다. 둔율리는 다시 벌써 어느 방향으로 움직이기 시작한 까닭이다.

풍물일기風物日記

『고려시보』, 1937.2.1

一. 등불과 화포(花砲)

푸른 하늘을 찌르고 언덕 위에 늘어선 백양(白楊)나무 잎이 눈부신 오후, 하학종(下學鐘)이 울기도 전에 책보를 낀 채 우리들은 남산에 올라 잔디밭에 턱을 고이고 앉아 4월 8일이 가까워오는 거리를 내려다보았다.

남대문을 싸고도는 고독한 가로(街路) 위에 계절의 촉수(觸手) 같은 등대가 하나 둘 늘어가는 것을 세고 처마 끝마다 화등(花燈)이 바람에 흔들리고 어두운 장막 위에 화포가 터지는 감상적(感傷的)인 그림을 눈앞에 그리고 가슴이 울렁거리는 것을 느꼈던 것을 기억한다. 오랜 전통 속에 고식되고 생활에 쫓기는 고향 사람들의 어두운 감정이, 이 날은 감상(感傷)의 한을 피우고 오색등(五色燈)이 불타는 가로에 흘러가는 이들의 시선이 황홀한 '프리즘'을 이루어 이 고전적인 제전(祭典)을 더 한층 고독한 색조로 덮어 준다.

마음 한 구석에 스며든 향수(鄕愁)가 가져오는 그날의 '유니크'한 흥분이 때로 어렸을 때의 아득한 기억을 이끌어오곤 한다. 객창(客窓)에 있을 때 5월이 가까워오면 옛 기억에 꽃이 피고 바람이 맑고 나뭇잎이 눈에 아픈 날, 고요히 눈을 감으면 피어오르던 '8월의 그림'을 스스로 섧게 생각한다.

고향에 대한 감상의 한 조각이라면 아직도 여유가 있겠으나 고향에 대해서 그리 풍유(豊裕)한 애착을 못 가진 나에겐 그것이 더 한층 강렬한 색채를 띠고 눈앞에 떠오르는 것을 느낄 뿐이다.

一. 서랑(西廊)의 오후

늘어선 기왓장이 기울어진 햇볕에 빛나고 고요한 길가에는 이따금 서 너 줄기의 잡초조차 발견할 수 있다.

자동차의 소음(騷音)과 거리의 회화(會話)가, 걷고 있는 우리들의 모자 위로 날아들어 온다. 여기에서는 유행가의 포스터도 볼 수 없고 분주한 시선과 자전거와 구루마 소리와 이 소도시가 가지고 있는 복잡한 이면(二面) [근대문명이라고 불리워지는]을 찾아볼 수도 없고, 이마 위에 흘러내린 송악산(松岳山)의 긴- 선조(線條)가 하이-얀 안개같이 걸려 있을 뿐이다.

우리들의 기억을 덮고 있는 고향의 색채가 이 길에서 겨우 머리를 들고 그 고전적인 풍모를 풍기고 있다.

바람이 불 적마다 버들꽃이 흩어져 이 좁은 기억의 소도(小道)에 눈부신 화문(花紋)을 그린다.

이 길에서 나는 가끔 나의 소년 위에 화려한 문학의 꽃을 피워 준 '라인 미화(美話)'의 저자를 만나도 좋다고 생각한다.

벌써 타계했을 줄 알았던 노인들의 유령같은 얼굴을 만나는 것도 반갑고, 학생모를 썼다고 생각되는 이들이 계절의 양복을 입고 포마-드 냄새를 떨어뜨리고 지나가는 것도 즐거운 일의 하나이다.

그보다 이 조용한 인생의 뒷길에서 잊은 지 오랜 여인을 만나고 그의 두 뺨을 흘러내리는 성숙한 여자의 선(線)에 우리들은 잠깐 황홀해진다.

황혼에 이 길을 걷고 있으면 어디서 젊은 여인의 깨어질 듯한 웃음소리와 고요한 음악의 선율이 더 한층 먼- 것을 느끼게 한다.

一. 천변풍경

바람이 불 적마다 물 위에 떠 있는 천변의 등불이 길게 흔들리고 다시 수면 위에 사라진다.

오리가 서너 마리 초라한 표정을 하고 어두워오는 물살을 들여다보고

서 있다. 적은 잔디에 흩어진 이름 없는 꽃들이 고요히 고개 숙이고, 길 위에 지나가는 이들의 나지막한 이야기 소리가 물 위에 떠 있는 별빛에 섞여 흘러가 버린다.

×

황혼에 듣는 물소리는 늘 서글픈 기억의 가지를 가져온다. 죽은 누이가 살아 있을 때 하얀 지등(紙燈)에 불을 켜들고 고모의 집을 찾아가느라 몇 번이나 이 천변을 지나가면서 어두운 물살 속에 떠 있는 슬픈 이야기를 생각해 보았다. 봄날 밤! 나뭇가지에 걸린 달빛이 퍽 곱던 것을 기억한다.

손(孫)군이 폐를 앓고 정양하던 산에서 내려와 있을 때, 둘이서 황혼이면 늘 이 천변을 거닐면서 아무 말 없이 몇 시간을 보냈다.

병후(病後)의 창백한 얼굴이 투명한 하늘같이 맑았다. 지금 나는 그가 만지고 있던 음악이 어느 만한 수준의 것인지를 모르나, 그가 전공하던 기악(器樂)을 이야기하고 자기 자신을 학대해 가면서 그 길에 몸을 던져 그 중도에 불행히 병을 얻은 것까지를 후회치 않던 것을 지금도 퍽 아름답게 생각한다. 영화 〈미완성교향악〉이 개성에 온 것을 알고 그가 몹시 가고 싶어 하였을 때는 벌써 그가 몸져누운 지 두 달 후였다.

불행했던 천재 '슈―벨트'의 침울한 얼굴이 막(幕) 위에서 고요히 '피아노'를 두들기던 밤.

이 흰 얼굴과 고운 손을 가진 동무의 임종을 대한 것은 나로서는 아름다운 삽화(揷花) 이외에 더 심오한 것을 느낀다.

안개가 어두운 장막같이 내려덮인 밤, 이모가 서울로 중상(重傷)한 그의 남편을 맞으러 가던 밤차를 이 천변에서 바라본 것은 그보다 훨씬 뒷일이었다. 지금 내 옆으로는 술 취한 청년이 짝을 지어 콧노래를 질―질 이끌고 지나간다.

오래간만에 우두커니 천변에서 시간을 보내고 서서 어디서 열한시 치는 소리를 들었다.

一. 석천탁목(石川啄木)과 솔밭

분주히 퍼붓는 일광에 송림(松林)의 한낮은 잠깐 촬영소의 세트같이 번화한 인상을 준다. 시외(市外) 양철지붕이 햇빛에 번쩍이고 발 앞에 교사(校舍)는 과자상자같이 식욕을 일으키게 한다.

이 한아(閑雅)한 풍경 위엔 까마귀가 서넛 날개를 떨어뜨리고, 풀밭에 누워 있으면 물결소리인지 바람소리인지 머리 위로 지나가는 소음이 '페이소스'한 감상(感傷)을 건드린다.

탁목(啄木)에게 경도하던 때 그의 가집(歌集)을 끼고 건방진 문학소년이었던 나는 늘 이 송림 속에 올라와 혼자 메뚜기같이 슬픈 표정을 하고 있었다.

열여덟 살 전후의 진한 감상 속에서 탁목의 가집은 분명히 경이에 찬 '바이블'이었다. "석(石)-----" 탁목(啄木)

탁목이 그의 삽민촌(澁民村)를 떠난 것이 열아홉이었으니까 이 문학소년의 세계와도 다소의 공통성이 있었을 것이다.

그의 전기(傳記)[길점고양(吉田孤羊) 저]에서 탁목이 나에게 지지 않게 수풀의 감상을 좋아한 것을 발견하고 흥분하던 계절이었으니까 나에게는 퍽 아름다운 향훈(香薰)을 가졌던 시대였었는지도 모른다.

자남산(子男山) 위에 우뚝이 솟은 수풀을 오랫동안 못 잊는 것도 이런 삽화(揷話)를 가졌기 때문인지는 나 스스로도 모르는 바이나, 즐거운 회상의 하나인 것만은 틀림없다.

一. 개성좌(開城座)

지금 건물도 도시 개성이 가진 수치의 하나이겠으나 낡은 마차같이 위험한 그 전(前) 건물 속에 쪼그리고 앉아 〈명금(名金)〉을 보던 시절에 이르러서는 다시 할 말이 없으나 지금 생각하면 약 광고의 '진다'같은 가벼운 애조(哀調)를 띤 '클라리넷'의 여운은 잊혀지지 않는 것의 하나이다.

一. 첨탑(尖塔)이 있는 풍경

영화 〈白き處女地〉에서 본 '카나다'의 수도(水道) 도시에 서 있던 가톨릭 교회의 첨탑은 훌륭한 시였다.

언제 서 있는지 동본정(東本町) 초가지붕 위에도 소박한 의상을 한 교당이 하나 우뚝 서 있다.

겨울 가까운 흐린 하늘을 날카롭게 찌르고 서 있는 빼빼 마른 종루에서 황혼이면 늦은 종소리가 분수같이 퍼진다.

뒷 수풀엔 노을이 흘러가고 안개에 잠긴 가로(街路) 위에 눈에 보이지 않은 어둠이 퍼져갈 때 언덕에 올라 우두커니 앉아 있으면 내 초라한 옷은 담뿍 종소리에 젖고 만다.

어두워오는 하늘에 몸부림치는 종소리에서 고독한 생활의 색조를 느끼고 흘러가는 시간을 생각하는 것은 나뿐만이 아니겠으나, 종소리 속에 숨어 있는 붙잡지 못할 어두운 사색이 때로는 종교가 아닌가 한다.

내가 신자(信者)였다면 비에 맞고 안개와 황혼에 젖고 달빛 속에 있는 종루에서 굴러 내리는 여운에서 매력적인 것을 느끼기는 그리 어려운 일이 아닐 것이다.

언젠가 이야기를 들은 동무의 한 사람은 그것을 '종교의 가장(假裝)'이라고 해석하는 모양이었으나 내 마음이 그것으로 만족하지 않을 만큼 종소리는 새 육체에 스며들어 아침저녁으로 그 절망적인 음향을 반복하는 모양이다.

날이 맑은 달밤에 당주(堂主)를 찾아 이 해결을 얻기로 하고 이 거친 고향의 소묘를 끝막는다.

1월 5일 초(草) 문충동에서

김기림론金起林論
현대시現代詩의 황혼黃昏

『풍림』 5집, 1937.4.1, 20~22면

A

시의 쇠퇴(衰退)가 오늘 세계적인 현상(現象)인 것만은 틀림없다.

B

김기림 씨의 「과학과 비평과 시」는 여러 가지의 '모ㅡ멘트'로 보아 퍽 시사적(示唆的)인 문자였다. 우리들의 가진 시론의 한 구석에 새로운 기폭을 꽂고 간 이 문자 속에 현대시는 한층 더 그 '스타일'을 명확히 했다.

현대문화의 '메커니즘' 앞에서 추방당한 시에게 따뜻한 온상(溫床)을 지어주지는 못하였으나 그것은 앞으로 우리들이 씨의 '노력' 속에서 십분(十分) 기대할 수 있는 것이겠다.

그러나 지금 시가 받고 있는 학대(虐待)는 거의 숙명적인 것을 생리적으로 느끼게 되는 것은 어쩔 수 없다.

시인들의 충혈된 몇 밤을 거쳐 생산된 시가 현대문화의 뒷길에 서서 얼마나 초라한 면모를 떨어뜨리고 있는지.

지금 출판문화를 쥐고 있는 두뇌들의 도수 안경 속에 시가 어떤 '포ㅡ즈'를 하고 있는지는 모르나 문단의 대도(大道)를 소잡(素雜)한 소설(小說)의 대부대(大部隊)가 혼자 횡보하고, 그들의 오만한 표정과 악취가 출판물의 전부를 차지하고 있는 이 때, 오늘 시가 받고 있는 학대는 그것이 몇 가지의 자기모순을 가지고 있는 것이라고는 하나 불행한 일과 속에만 고식(固息)되어 있는 것은 추측하기 어려운 일이다.

시는 영구히 이렇게 어두운 숙명 속에서 슬픈 임종을 맞아야 옳을는지 모르나 그럴수록 시에 대한 우리들의 신앙은 한층 더 창백한 불꽃을 일으킬 것이고, 일찍이 우리들의 시에 대한 '에스프리'도 퇴색한 기억을 가지지 못하였다.

시대가 산문정신에 기울어지고, 지성은 피로한 규성(叫聲)에 목쉬고, 과학이 정신적 태양을 죽이고 인간생활 위에 절망적인 황혼을 가져오면 가져올수록 영원히 피로를 모르는 격렬한 정조와 눈부신 꿈(夢)을 부어주고 건전한 문학의 정신을 부어주는 것은 시일 것이다. 역사가 있는 이후로부터 본질적으로 소설의 기능이란 결국 묘사에 그친다. 다시 말한다. 문학의 문학은 결국 시 외에 아무것도 없다.

오늘 시인은 고독과 삭막을 껴안은 채로 창백한 면모를 들고 문학의 대도(大道), 광영 있는 선두에 대열을 짓고 휘파람을 높이 불어도 좋을 것이다. 우리는 여기서 현대시 위에 황혼을 가져온 시 요소(要素)의 간단한 소묘를 시(試)하여 보자.

C

상징주의의 삭막한 황혼 속에서 우리들의 시는 겨우 눈을 떴다. 1900년 전후 새로 수입된 시가 우리들의 요람에 누워 자장가를 듣고 있을 때 시의 산지인 구주(歐洲)는 19세기 말엽의 팽배한 산문정신의 발달과 그 영역의 확대에 눌려, 시는 문학에 있어서의 왕관은 빼앗기지 않았으나, 그 영토(시에 있어서의 대상)의 태반을 빼앗긴 때였다. 산문정신이 도도한 실증정신의 파도를 동반하여 유물론적 만능(萬能)을 전제(專制)한 까닭에 시로서의 자기 자신의 모순의 확대에 극도로 쇠약한 시는 그 잔해를 20세기의 새벽에 내어던지고 말았다. 여기서 시가 자기 자신에서 우러나온 모순의 확대가 어디서 스며든 것인가에 대하여 소박한 회고를 시(試)하여 본다.

D

시에 있어서의 재료 언어(조각의 돌이나 회화에 있어서의 색채)는 물론 한 개의 기호(記號)인 동시 그 자체가 발음되는 음악적 측면을 가지고 있다.

시가 가진 이 일면은 그 자체의 필연성으로 얼마 안 가서 시가 자기의 정조(貞操)를 바치어서까지 모―든 수사(修辭)와 개념적인 것을 멀리하고 자신의 언어에 애써 음악적 효과를 주고, 더 나아가 자기의 음악화(순수시, 절대라고 불리워지던 것)에 열중하고 있는 맹목적인 시 자신을 발견하였다. 이 의미로 시는 형식에 있어 딴 예술보다 더 격심한 모순되기 쉬운 방분(放奔)한 요소를 가지고 있던 것에 틀림없다.

비극은 가장 평범한 이유로부터 시작되었다. 시는 자기의 정조를 바쳐서까지 열렬한 도피를 다하여 음악을 쫓아갔으나 거기서 나온 것은 불행히 '시라고 불리워지는 음악'이란 기형아였다.

이 비극의 연출자는 상징주의의 충실한 사도(使徒)들이었다. 상징주의의 좌절은 몸소 이것을 증좌(證左)하였다. 낭만주의(18세기에 있어서의 자유시라고 불리워지던 것)에서 격정이라고 불리워지던 시 정신의 분류(奔流)로 자신을 음악적으로 억제치 못하여 시에 있어서의 중요한 것을 산문에게 빼앗기고 상징주의에 있어서 지나친 형식유희에서 음악과의 속삭이던 사련(邪戀)에 참패한 시가 형식모색(形式摸索)의 어두운 항해를 거쳐 상륙한 곳은 20세기의 부두(埠頭)였다.

E

아란은 산문과 시의 구별에 있어 시는 귀[耳]로 들을 것이고, 산문은 엄밀한 의미에 있어서 눈으로 읽을 것이라고 이야기했다.

역시 언어가 가진 음악적 일면을 제외하고 시를 생각할 수 없으나 과거에 가졌던 형식에 대한 소박한 신앙을 상실하고 현대에 등장한 시가 제일 먼저 새로운 신앙을 바친 곳은 주지(主智)의 세계이었다.

시는 여기서 화장(化粧)을 고치고 새로운 생활에의 흥분에 잠깐 홍조(紅潮)하였다. 먼저 새로운 형식을 모색하기 위하여 시 정신이라고 불리워지던 것의 대부분인 언어가 가진 음악적 측면을 내쫓고, 그 자리에 현대의 지성(知性)을 들어 앉혔다. (독자는 이상(李箱) 씨의 시작(詩作)을 모은 SCRAP BOOK을 내어 재독(再讀)하길 바란다.) 이상(李箱) 씨의 철필 속에는 한 마리의 독사가 숨어 있는지 모른다.

그러나 우리들은 시의 포장지 속에서 시와는 종족을 달리한 기괴한 의상을 한 괴물을 끄집어내 시의 상좌에 앉힐 아량은 불행히도 소유치 못했다. 씨 등의 내용주의 작품은 결국에 있어 시와는 아무 우의(友誼)를 가지지 못한 내용의 발전이 있을 뿐이고, 그 내용의 발전의 본질이란 시의 생산과정을 밟지 않고 사상(思想)의 생산과정을 지나온 한 개의 '사상'일 뿐이나 우리들은 이 사상(思想) 씨하고 시의 대도(大道) 위에서 악수할 번용(蕃勇)[14]은 일찍이 생각해본 일도 없다.

형식에 있어서 가공할 독단에 이르러서는 다시 할 말이 없다.

씨 등이 그 작품 속에서 현대의 지성과 감정과 과학을 형상한 것을 주지적 방법이라고 스스로 미소(微笑)한다면 씨 등의 주지적 방법이란 시가 가진 본질적 기능을 멀—리 배반한 순수한 백치도(白痴圖)의 추악한 전개 이외 아무것도 아니다. 최근 시단 위에서 이 '콕토—'의 '가공할 아해들'의 적은 모방자들을 주위에 발견하기 시작한 것은 퍽 우울한 그림에 틀림없다.

F

현대시 위에 불행을 가져오게 한 소인(素因)에 대한 소잡(素雜)하기 짝이 없는 전망은 이로써 마치나, 실망한 것은 실망하고, 희망은 희망대로 태양 앞에 내어놓아 물을 주어야 할 것이다.

---

14 만용(蠻勇)과 유사한 의미인 듯.

현대문화에 순수한 정조(情調)를 길러준 뿐더러 인간생활이 있는 곳까지 시는 있고 시대가 어두운 혼란에 빠질수록 시는 그 광망(光芒)을 가(加)한다.

정확한 세계를 파악하고, 시는 새로운 출발의 첫 과정으로 시가 가진 모순과 비극을 쫓고, 시대(과학을 포함한) 이를 향한 창문을 열어도 좋을 때가 온 모양이다.

시는 그가 가진 음악적 일면을 신앙하고 흥분한 열정을 노래하는 카나리아가 되어도 좋을 것이다. 실증적인 건실(健實)과 정신을 껴안아야 할 것이다. 십자로에서 고개를 들고 모든 것에 관심을 높이 하고, 그 '렌즈' 철필에 힘을 주어 시의 본질적 기능의 발휘와 영토의 확대에 좀 더 야심적인 노력을 지불하여도 좋을 것이다. 문제는 노력 여하에 있으나 완벽한 시의 궁전(宮殿)은 운무(雲霧) 저 쪽에 확실히 우리를 기다리고 있다. 과거에 우리들은 시를 쓰기 때문에 시인인지, 시인이기 때문에 시를 쓰는지 모르는 불투명한 시인을 많이 가졌다. 시인은 시대에 있어서의 최고의 교양을 쌓아야 한다. 정확한 의미에서 우리들이 급히 요구할 것은 시가 아니고 시인일 것이다. 모든 건설은 지금 출발하나 시가 그 영역의 구석구석에 건건(健健)한 기폭을 날릴 때, 시에게 침을 뱉던 추악한 피부를 가진 소설가들은 최후 발악을 다하여 묘사 속에 아사(餓死)해도 좋을 것이다.

서선산보西鮮散步

『고려시보』 72호, 1937.8.16

一. 마산(馬山) 계천

산굽이를 돌아나온 자동차는 들길로 나서자 어린 당나귀같이 땀을 홀리며 달리기 시작한다. 처음에는 희미한 한 줄기 허리띠같이 아련히 보이더니 가까이 가니까 제법 물소리가 요란하다. 함께 탄 목사(牧師) 영감에게 어디요 하고 물으니까 흰 수염을 한참 만지더니 얼굴이 벌─개진다.

모르는 것을 캐서 묻는 것도 싱거운 일이어서 잠자코 날쌘 토끼같이 쏜살로 달아나는 물살을 내려다보고 있었다.

먼지 낀 호로 밖으로 보아서인지 뿌─연 하반(河畔)에 싱거운 지팡이 같은 백양(白楊)이 서넛 흩어져 있고, 나지막한 지붕 위엔 주막인지 백기(白旗)가 지리가미같이 펄럭이고 있다.

동리에서 하반으로 나오는 좁은 길이 보이고 그 풀밭에는 방목하는 소와 말 너댓이 느린 '포─우즈'를 하고 좌담회나 연 것같이 둘러서 있다. 틀림없이 평범한 풍경이다.

취(取)한다면 평지답지 않은 급한 물살과 넓은 하폭(河幅)밖에 없으나 하여튼 지금 이상하게 기억에 남아있는 하반을 끼고 자동차는 낮잠 자는 촌색시의 꿈을 부수고 죄 없는 병아리의 머리 위에 뽀─얀 먼지를 씌우고 촌길을 줄달음치고 있었다.

一. 신천역(信川驛)

정거장까지 마중 나온 김군에게 잊고 나온 트렁크를 부탁하고 연방 땀을 씻으며 차에 올랐다.

홈에 서 있는 김군의 모자 챙에서 물방울이 굴러내린다.

"이 사람아, 모자를 쓰게. 무슨 보헤미안이라고 꼴같지 않은 촌 정거장에서 비를 맞고 서 있나" 하고 빈정대도 거무튀튀한 구레나룻을 쓰다듬고 웃고만 있다.

낯빛이 몹시 창백하다. 온천지대의 관능적인 색채에 낡지도 않았겠는데, 순간 나는 어젯밤의 눈초리가 배암 같던 좌석의 꽃들과 캄캄한 십촉전등 밑에서 어두운 생활의 때를 씻던 욕객(浴客)들, 수박 사이에서 백동화(白銅貨)를 세고 있던 젊은 상인(商人)의 아내, 이 니암(泥暗)[15]한 가로(街路) 위에 호수같이 흔들리던 군중(群衆)과 그 텅 빈 '시선(視線)', 맥주(麥酒)의 거품, 별이 보이던 여사(旅舍)의 창, 밤 깊어 들리던 어린애 울음소리, 이런 것이 소연(騷然)한 음악같이 머리를 들고 하룻밤의 기억을 덮어오는 것을 느꼈다. 연소(年少)한 여행자에게 너무 자극이 심한 환화(幻畵)였다.

퇴폐한 취기(臭氣)에 차 있는 이 거리의 질척질척한 기억 속에서 천향(泉鄕)의 밤을 예상하던 내 우열(愚劣)이 돌아다보였다.

못난 상식도 이만하면 쑬쑬하다.[16] 가는 곳마다 멋없이 순수(純粹)한 것을 기대하다가는 뺨을 맞은 듯이 돌아서서 공허(空虛)한 것을 느끼면서, 기대한 것이 무엇이냐 하면 그 역(亦) 꼬집어 말하기 어려워 마음속으로 얼굴을 붉힌다. 생활에서 우러나오는 삭막한 공허가 차를 타고 자동차를 타고 내 트렁크를 쫓아오지 않았다.

차는 벌써 목쉰 기적을 뽑으며 역 구내를 돌아나간다.

신천역의 못생긴 건물이 녹음 밑으로 아름아름하고, 역 바깥에는 조금 아까 내가 타고 나온 버스 앞에서 누구와 웃고 있는 김군의 뒷모양이 보인다.

역에까지 나오면서 촌 생활에서 느끼는 육체적 단조(單調)에 숨이 막힌다고 어두운 소리를 하던 그의 표정이 생각나서 겨우 초라한 미소가 내

---

15 진흙처럼 어두운.
16 어지간하여 쓸 만하다.

얼굴을 기어오른다.

一. 열차 식당과 별

여행만 나서면 풍족하지 못한 주머니를 털어 낭비(?)하는 슬픈 습관이 있어 그날도 식당에서 꽤 호화스러운 저녁을 먹은 셈이었다. 식후에 오는 따분한 태기(怠氣)에 붙잡혀 공연히 담배를 마구 피우면서 창밖에 흘러가는 등불을 내다보고 있었다.

새로 빨아 눈이 부시게 흰 식탁 위에 카ー네이션이 한 포기 졸고 있다.

맞은편에 앉은 로이드 안경(眼鏡)과 자욱한 담배 연기 사이로 흰 나비같이 오고가는 보ー이의 접시 들어내는 소리가 아득ー한 곳에서 들리는 음악같이 고달프다.

꼬집어 말하면 여수(旅愁)라고 할까, 못 견디게 고단한 기분을 백동화와 함께 계산하면서 계산대에 서 있는 보ー이의 얼굴이 멋없이 정다워 보여서 어깨라도 두둘길 듯한 충동을 느꼈다.

一. 백상루(百祥樓)

깎아 놓은 현판같이 민듯한 절벽 위에 황혼이 벌써 풀려 있었다.

여윈 풀들이 자욱자욱이 덮이고 그 위에 꽤 컴컴한 건물이 하나 놓여 있다.

건물 밑으로 초라한 지붕이 점점이 보이고 낡은 기둥 위에 실려 있는 퇴락한 난간과 멀쑥한 지붕이 고단하기 짝이 없다.

저것이 유명한 백상루인가 하고 생각하니 여덟시가 되도록 저녁을 못 먹어 배고픈 생각이 뒤미처 솟아오른다.

一. 칠성문(七星門)과 백화(帛花)

칠성문을 올라가는 돈대 위에 밤눈에도 허ー옇게 아카시아 꽃이 흩어져 있다.

그 우리를 지나가면 비단 보료를 밟는 듯한 엷은 애수(哀愁)가 스며오른다.

수풀 저 쪽에선 휘황한 등불이 화단(花壇)같이 밝다. 흰 세루바지를 입은 민(閔)은 성큼거리면서 무슨 곡조를 휘파람부는데, 모르는 귀에도 어색한 솜씨다.

집을 나선 지 나흘이 되도록 여행 기분다운 것을 못 보았는데 오늘만은 어째 가능성이 있는가 싶어 나는 그 뒤를 따르며 잠깐 즐거워졌다. 갑자기 큰 길을 만나 얼마 안 가 우리는 산 위에서 대동강 쪽을 바라보고 있었다. 묵화(墨畵)가 일면(一面)을 덮어 있는 듯한 어두움 속에 물줄기가 허ー옇다. 등불과 간혹 가느른 치맛자락이 보이고 수풀이 뒤를 이어 누워 있어 어두울 뿐이다.

민(閔)은 열심히 평양의 도시시설과 공원의 근대 설비와 그에 대한 부예산(府豫算)과 덕부노화(德富盧花)가 다녀간 お牧茶屋이 주식회사가 됐다는 둥 항간의 속문(俗聞)을 중얼대고 있다.

아마 여행자에 대한 극진한 대접의 한 조각인 모양이다.

경치는 생각해 무얼 하고 덕부노화가 어쨌단 말이냐!

낯선 풍경 앞에서 잠깐 생활의 잡음을 피하고 밤바람을 쏘이고 있으면 그만이다 하고 나는 속물다운 근성을 발휘하며 담배를 피워 물고 평양의 독특한 난숙한 일면에 대한 질문을 시작하였다.

一. 신의주(新義州)서

마음 한구석을 흔흔도록 삭막한 풍경이란 그리 흔흔 것것이 아니다.[17]

차가 신의주에 가까워지자 갑자기 차창을 덮은 고독한 색조에 깜짝 놀랐다. 아련ー한 G선의 여운같이, 잡을 곳 없는 애수(哀愁) 속에 산(山) 하나

---

17 자세히 알 수 없으나 '흔흔도록'은 '흔들도록'으로, '흔흔 것것이'는 '흔한 것이'로 추정.

없는 뻔-한 광야가 모색(暮色)에 덮이고 먼 곳에서 솟은 검은 산맥이 누워 있는 여자의 지체(肢體)같이 희미하다.

인가도 드물다. 다만 그 위에 어두운 바람소리가 요란하고 별빛이 떨어질 듯이 깜박거리고 있다.

머리를 흩트리고 흐느껴 울고 싶은 그림이다. 그리고 국경 가까운 곳의 날카로운 공기가 더 한층 삭막한 것을 느끼게 한다. 일곱 시가 지나서 차가 신의주에 닿자 밤은 정말 어두워 역전 광장에 늘어 서 있는 인력거 떼가 곤충들같이 처량해 보였다.

가로수마다 등불이 어디나 다름없이 고적한 빛을 하고 있다. 안개가 자욱-한 시가지 쯤에서 자동차의 불빛이 이따금 튀어나온다.

차중(車中)에서 느낀 것과는 달리 암만 생각하여도 조선의 한 끝에 왔다는 것, 물길 하나 건너 대륙이 그 거대한 날개를 벌리고 있다는 것이 절실(切實)이 느껴지지 않는다. 바라다보면 바라다볼수록 정다운 동리에 온 것같이 마음 한 구석이 환-하지 않으냐. 까닭 모를 일이라고 웅얼거리며 조르는 차부(車夫)에게 못 이겨 올라탔다. 인력거는 날쌘 까마귀같이 바람을 헤치고 달리기 시작하고 거리의 대로가 갑자기 눈앞에 달려드는 것을 멀-거니 쳐다보며 나는 노송정(老松町) 번지를 차부에게 연거푸 다지고 있었다.

소화11년 7월 초(抄)

촌어집 寸語集

『시학』 3집, 1939.8.28, 51면

언제든지 올 것이다 생각은 했으나 예상(豫想)보다 빨리 온 '스람프'라 속수무책(束手無策)일 따름.

얼마간 자성(自省)하여 보고 발표보다 내용 건축(內容建築)에 힘쓸까 하며, 이것은 나 일개인의 문제(問題)라느니보다 우리들 젊은 '제너레이슌'에게 공통(共通)된 것이라고 생각도 된다.

헌사(獻詞)

오장환 시집吳章煥詩集

『문장』 1-8호 1939.9. 188면

우리 서정시의 선수(選手) 장환의 『헌사』, 이 52엽(頁)으로 짜여진 꽃다발은 젊은 시인의 희망과 불행을 갖추어 난만히 개화(開花)했다.

역시 장환의 시에서 강렬히 오는 것은 「LAST TRAIN」, 「적야(寂夜)」, 「싸느란 화단(花壇)」이 풍겨주는 20대의 진한 감상(感傷)일 것이다.

이 눈물과 한숨으로 장식한 한 줄기 보석이 빛나는 것도 인간이 호흡이 끝나는 날까지 계속될 청춘의 감상에서 오는 광채와 매력 때문이겠으나, 20대만이 느낄 수 있는 이 조그만 고향의 회색(灰色) 공간에서만은 우리들은 그와 함께 이야기하고 눈물지을 수 있다. 무형한 하늘을 향하여 내어젓는 조그만 생활 모색(摸索)의 촉수(觸手), 부단히 변색하는 자기 위치와 가치관에의 회의(懷疑)와 자소(自笑), 상실한 '이데아'에의 향수, 어두운 지하에서 그가 낙엽같이 띄워 보낸 이 시편(詩片)이 말하고 남는 젊은 세대의 슬픔이 이 몇 편의 시를 높은 위치로 옮겨 놓는다.

「상열(喪列)」, 「석양」 휘파람에 띄워 보낸 비늘구름같이 가벼운 소곡(小曲).

「영회(咏懷)」, 「헌사」, 「무인도」, 「할렐루야」를 일련으로 한 고대(古代)를 향하여 켜진 낭만적인 촛불. 독자가 여기서 친할 수 있는 황의(黃衣)를 입고 달밤에 출몰하는 내시(內侍). 향교의 기왓장 어둠을 뿌리는 망도와 불길한 사족수(四足獸)가 일제히 연주하는 저음(低音)의 환상조(幻想調).

엷어진 색채의 아름다움을 쫓아가는 목적(牧笛)은 좋으나 그 밑을 흘러가는 주저음(主低音)에서 아무것도 건질 것이 없는 것 또 어쩔 수 없다.

이 삭막한 무기체(無機體)의 안개를 추구하는 낭만정신마저 그의 청춘의 분만물(分娩物)로 계산한다면 새로운 제너레이션의 가치와 진보는 무엇으로 규정하여야 옳을까.

「황무지」, 「불길한 노래」, 「영원한 귀향」 여기선 아직 시를 통과치 않은 재료가 재목(材木)처럼 여기저기 뒹굴고 있다.

장환의 첫 시집 『성벽(城壁)』에서 보여주던 사랑스러운 데카당과 좋은 풍속 묘사와 풍자에서 느끼는 신선한 스타일에서, 『헌사』의 혼탁과 회의의 길에 여기 우리 젊은 시가 가진 여러 가지 문제가 임신(姙娠)되었다.

묵은 시 정신 내지 시작(詩作) 질서를 해결 짓기 전에 대두한 새로운 미학의 폭풍을 아무 준비 없이 열(列)하고 있는 것은 얼마나 위험한 불장난일 것이다. 사실 요즘 같은 무(無) 시학(詩學) 시대에서 신뢰할 것은 시작 기술밖에 없고, 더 나아가 새로운 서정정신의 수립은 시인들의 자각과 노력을 기다릴 수밖에 없다.

표현형식에 따르는 말엽(末葉) 문제는 지금 돌아다 볼 시간조차 없을 것 같다.

시단의 현상과 희망

김광균·임화 대담회

『조선일보』, 1940.1.13(상), 1940.1.16(중), 1940.1.17(하)

(상) 경향파와 모더니즘

金光均 : 『망향(望鄕)』, 『태양의 풍속』, 『촛불』 등 시집을 최근에 읽었는데, 어쩐 일인지 전보다 새로운 맛이 적더군요. 다시 말하자면 시대의 거리를 느끼게 돼요.

林和 : 구체적으로 감수(感受)할 수 있는 그 어떠한 감명이 없단 말이지요.

金 : 물론 한 시대 전 것에 비해서는 확실히 새로웠으나, 요즘에 읽으면 역시 그것조차 모던이즘의 명랑성(明朗性)이란 것도 벌써 그대로 향수(享受)되지 않습니다. 이것은 아마도 소위 시 정신의 변천이라는 것이 아닐까요?

林 : 그야 어느 시대를 물론하고 새로운 시가 나올 때는, 전(前) 시대의 것보다는 신선한 것이 사실입니다. 그러나 이것을 수년 후에 다시 읽어도 발표 당시의 신선 발랄한 감명이 있게 하자면, 무엇보다도 작품 자체가 견실한 영속성을 가져야 될 것입니다.

金 : 그러니까 시대성이란 것에 있어서 건강 문제가 논위(論爲)될 수 있겠지요.

林 : 물론입니다. 그런데 형식의 신선미에 비해서 내용의 강고(强固)는 어떻게 생각하십니까?

金 : □□서 나는 작자가 작품을 취급하는 태도부터 판이해졌다고 느꼈습니다. 즉 얼마 전만 하더라도 시인들은 감정이나 정서 그대로가 시였습니다만 최근에 와서 시인은 일보(一步) 나아가 일단 받아들인 것을

한번 분석한 연후에 재종합하는 것이 아닐까 이렇게 느꼈습니다.

林: 지용(芝溶)이나 이상(李箱)이나 편석촌(片石村)보다 한 시대 전 것은 어때요?

金: 그저 골동품적인 아름다움뿐이지 뭐 별로⋯⋯.

林: 파인(巴人)의 시를 요즘에 읽으면 어떻습니까?

金: 『국경의 밤』 전후의 것에서는 당시의 그 어떠한 시대적인 호흡을 느끼고 얼마간 감동할 수도 있지만, 그 이후의 작품에 있어서는 정말이지 아무러한 감격도, 느낌도 얻을 수 없더군요.

林: 몇해 전에 경향문학이 한참 왕성하던 시절에 발표되던 소위 경향시란 것은 어떻게 생각하십니까?

金: 경향시가 기술적으로서는 최근의 작품보다 졸렬했던 것은 사실입니다. 그러나 작자가 늘 격렬한 생활의 행위에서 나온 자기의 '모랄', 자기의 윤리를 추궁(追窮)한다는— 즉 작시태도에 있어서는 금일의 시인은 배울 점이 많다고 생각합니다.

林: 편석촌이 언젠가 『인문평론』에서 '기교주의와 내용주의의 조화'란 말을 썼는데, 그건 어떻게 생각하십니까?

金: 허허, 이건 대담회가 아니라 일문일답회(一問一答會)군요.

林: 아따, 아무렴 대수요, 그저 서로 얘기하면 그게 대담회지.

金: 글쎄—. 그것은 아무래도 '모던이즘'에 있어서 언어의 기교와 또는 사회시(社會詩)에 있어서 사회성이 서로 '타이업'되어 나간다는 말을 한 것 같은데, 내 생각 같아서는 같은 사회성에 있어서도 '리베랄리즘'인 것과 경향적인 것이 다를 것 같아요. 좀 더 사회성이란 것에 대해서 그 내용을 충실히 규정해주었으면 좋겠더군요.

林: 이러한 제창(提唱)은 기교주의에 대한 하나의 반성이 아닐까요? 기교주의와 내용주의의 조화를 의미한다는 결론부터서 뒤집어 생각해본다 하더라도 반성의 제창이라고 할 수가 있지 않을까요?

金: 그렇죠. 그렇게도 생각할 수 있지요.

林: 그런데 과연 기교주의의 반성은 누구에게서 시작했을까? 즉, '반성하는 시인'은 누굴까?

金: …….

林: 죽은 이상(李箱)이가 아닐까?

金: 글쎄 그렇게도 생각할 수 있지요. 그의 만작(晩作) 「위독(危篤)」 전(前) 것에서 느끼는 것 같은 것은 확실히 현대청년의 생활추구의 소산이라 할 수 있지요.

林: 이상은 편석촌이나 지용과는 확연히 다르죠. 그가 시험한 것은 기교주의적 시풍(詩風)에 대한 반발은 아니었을까요?

金: 태도에 있어서 전체적으로 자의식의 분열이었고, 절망하는 사상의 고민이었다고 나는 생각합니다.

林: 말하자면 이상의 시는 기교주의를 역사적으로 반성하는 未□的인, □ □□적인 작품이 아닐까요?

金: 이상은 시대나 생활에서 불안을 느끼고 혹은 □□를 □고서 '데카당 티즘'으로 떨어진 시인이지요. 그러나 이 시인의 '데카당티즘'은 아주 □□해버린 그것이 아니라 늘 향상을 의도하고 계획하는, 말하자면 향상하려는 '데카당티즘'이지요. 이 점에 있어서 풍경(風景)이나 혹은 '이메-지'의 신선만을 취한 '모던이즘'과는 구별되어야 할 것입니다.

林: 본시 '이메-지'의 신선이 '모던이즘'의 '프린시플'이니까ー그러나 이상의 '데카당티즘'을 가지고 향상(向上)적인 것이었다고 속단할 수는 없지 않을까요? 그에게 있어서는 '잃어버린 인간이 회복될 가능성'이 보이지 않았지요. 그보다도 이상에게는 '모던이즘'에서는 볼 수 없는 슬픈 비애가 있었지요.

金: 물론 이상의 시에서는 '슬픈 비애'를 더 많이 찾을 수가 있습니다. 그러나 그 속에도 이유 없이는 울지 않는 명랑한 일면이 있지 않을까요?

林: 비애 이야기가 나왔으니 말이지만 최근에 발생되는 시를 보면 거개(擧

皆)가 고독과 비애를 읊은 것뿐이더군요.

金: 그것도 생리적인 것으로부터 오는 고독이나 비애가 아니지요.

林: 오장환이나 이용악(李庸岳) 같은 이의 작품을 읽을 때 우선 느끼는 것은 명랑성의 결여에요. 그래도 경향시나 '모던이즘'시는 지금 비해서 여간 명랑한 것이 아니었지요.

金: 경향시는 명랑했다기보다도 회의(懷疑) 이전의 생리적 건강이지요.

林: 그러니까 기교주의의 건강성이나 '모던이즘'의 명랑성이 □□어서 비애의 세계로 들어왔다고 할 수 있지요.

(중) 이 시대의 성격과 정신

林: 요즘에 등장하는 신인들의 작품이 대개 고독과 비애로서 충만하여 있다는 데는 이러한 근거를 들 수 있지 않을까요? 그들 신인은 일찍이 화려한 과거를 가지지 못하였다는 것입니다. 그러므로 같은 현대에 직면하고 있는 시인으로서도 경향시나 '모던이즘'의 세례를 받고 온 사람은 만일의 경우에는 다시 한 번 과거로 돌아갈 수 있으나 그러한 소위 마음의 고향을 갖지 아니한 신인은 그저 고독하고 막막하고 비애만을 갖게 되는 것입니다. 이 점에서 나는 오늘의 신인들이 체험하고 있는 절박한 심정에다 일종의 기대를 갖습니다.

金: 좌우간 지금의 시인들이 과거를 못 가졌다는 것은 확실한 손실이지요. 그러나 과거로 돌아갈 수 없는 대신 현대에 집착하고 거기서 전진하든가 퇴각하든가 하는 길밖에 없는 것은 신세대의 자랑할 수 있는 자격이지요.

林: 그렇습니다. 이 점에서 나는 '만하임' 같은 사람의 말을 재미있게 생각합니다. 민족정신은 유전(遺傳)되고, 시대정신은 습득(習得)되고, 세대정신은 체험(體驗)을 통해 형성된다는데, 새로운 체험을 위하여는 항상 새로운 배경이 필요한 것입니다. 현재 우리의 신세대라고 볼 사람들도 5, 6년 전과는 확실히 다른 환경에서 산다는 것은 사실입니다.

金 : 그러나 30년대의 시인들과 우리가 사상이나 감정이나 감각이 근본적으로 다르다고는 할 수 없지 않을까요? 그러나 30년대에 나온 이들과 그 뒤에 나온 사람들과의 사이에 현실을 향수하는 태도의 차이가 있음은 사실이겠지요.

林 : 시대적인 희망 '센스'나 사고방식의 차이 같은 것이겠지요. 그러니까 문학상에서 이런 차이를 세대의 형식을 빌려 이야기할 수 있습니다.

金 : 장래에는 문학정신이나 세계관상(世界觀上)의 차이에까지도 발전할 수 있을 것입니다.

林 : 그러므로 시대에 대한 순수한 체험은 확실히 신세대의 강점일 것입니다. 언젠가 서인식(徐寅植) 씨가 『조선일보』 학예면에서 "인제 구세대(舊世代)는 갈 데로 갔다. 그러므로 그들은 불가피적으로 현대를 낡은 입장에서 생각하게 된다"고 말하였는데 경청할 의견이라고 생각했습니다. 오늘의 신세대가 현대에서 물러서고 있는 것은 아직 그들이 자기의 체험을 하나의 정신에까지 조직화하지 못한 때문이지요. 그러므로 신세대의 정신적 성숙을 촉진하고 조력(助力)하는 것은 구세대의 성실한 의무의 하나일 것입니다.

金 : 그렇습니다. 그러므로 우리가 구세대에 바라는 것은 전시대의 유산을 정리해서 신세대의 정신적 자기형성의 토대를 준비해주었으면 하는 것입니다.

林 : 그러므로 신세대의 정신적 내용이 빈약하다고 그냥 그들의 성실을 회의(懷疑)하는 것은 구세대의 일종의 태만입니다. 구세대가 그 이상 더 나갈 수 없는 어떤 장벽에 당면했을 때 그것을 변개할 만한 분위기가 양성되는 것을 보고 이것을 적극적으로 받들고 바르게 인도하는 것은 성실한 문학자의 태도라고 생각합니다.

金 : 물론 그렇습니다. 그러므로 신세대로 비록 기술적으로는 미숙하다고

하더라도 진지하게 현대를 살아가려는 □神을 떠나서 좋은 작을 쓰려고 해서는 안 될 것입니다.

林 : 그리고 이것은 좀 딴 문제입니다만 현대시에서 형식적 완성이 가능할까요? 즉 말하자면 20세기 시의 고전이 될 수 있는 미(美)라든가

金 : 글쎄요.

林 : '괴-테'의 시라든가처럼 완성된 형식의 미 말입니다.

金 : 어렵겠지요. 시인이 하루바삐 자기사상의 위치를 확정하고 거기에 안주하기 전에는, 말하자면 혼돈된 시기에 있어서는 완성된 형식미는 바라긴 어려울 것 같습니다. 소설 같은 것은 20세기의 소설이라고 평가할 수 있는 일종의 전범(典範)이 있으나 시는 그렇지 못하지 않아요. 아마 이 점에 현대시의 곤란이 있을 것입니다. 그러므로 역시 현대시는 불단한 실험과정을 걸어가야 할 것 같습니다. 20세기는 실험의 세기라고 하지 않아요? 어떠한 의미에서이고 현대는 모색과 실험의 세기라고 생각합니다. 이 점에 있어 나는 영국의 (New Country) 일파운동을 특히 의의 있는 운동이라고 생각합니다. 기회만 있으면 이 운동 전모를 소개하여 새로운 □□도 試□하고 싶습니다. 아마 영국같이 시의 전통이 강한 나라는 세계에 드물 것입니다. 그럼에도 불구하고 30년□□에 '오-덴', '스펜서', '데이·루이스' 등을 중심으로 시단에 있어서 세기적인 운동인 (New Country) 운동이 일어났다는 것은 지금의 우리로서는 여간 주목할 점이 아니라고 생각합니다. 언제나 근본적으로 새로운 정신이 발견되어야 형식이고 내용이고 구출될 것입니다.

(하) 쌈볼리슴 · 동인지(同人誌)

金 : 그런데 임 선생은 현대시가 재래 전통문학에서 받은 영향이 있다고 생각하십니까?

林 : 유산보다도 전통문학과의 관계가 더 긴급하겠지요. 조선의 신시(新詩)

가 영향을 받은 외국시는 내지문단(內地文壇)을 통해서 수입된 구라파시(歐羅巴詩)일 것입니다. 누구는 시조(時調)에서 신시가 받은 영향이 많다고 하였는데 이것은 잘못 안 것이라고 생각합니다. 신시의 선구는 창가입니다. 찬송가나 학도가나 교가(校歌) 같은 것 말입니다. 그리고 창가는 이조시대의 가사(歌詞)에다가 서양곡을 붙이는 데 시작된 것입니다. 그러므로 신시는 전통문학보다도 서구시의 영향에서 탄생한 것입니다.

金 : 신시에 있어서 행(行)을 뗀다든지, 연(聯)을 나눈다든지 하는 것은 결국 서구의 '쌈보리즘'에서 배웠고 또한 아직 '쌈보리즘'의 형태에서 벗어나지 못하고 있지 않아요.

林 : 그것은 사실일 것입니다.

金 : '쌈보리즘' 이후에는 시대를 특정지을 만한 고유한 형식을 못 가졌다는 데 20세기 시형식(詩形式)의 약점이 있고, 조선의 시가 '쌈보리즘'에서 더 발전 못한 것도 여기 원인이 있겠지요.

林 : 최근년엔 약간 '폴말리즘'의 영향을 받았으나 역시 압도적으로 영향을 준 것은 아무래도 '쌈보리즘'일 것입니다. 그런데 이것은 우스운 소리지만 현대의 시인은 왜 연애시(戀愛詩)를 못 쓸까요?

金 : 전(前) 시대의 연애와 현대의 연애가 내용이 달라진 때문이 아닐까요?

林 : 그런 점도 있을 것입니다만 전체로 19세기 이후 시가 인간의 행복을 노래하는 데서 떠난 때문이겠지요. 연애는 인간적 행복의 중요한 것의 하나니까 입니다. '괴―테'가 행복을 노래하여 세계 시인이 된 대신 그는 고뇌를 노래했습니다.

金 : 연애보다도 더 절박한 것 즉 시대라든가, 인간이라든가, 그들의 갈등이라든가가 시적(詩的) 사고(思考)의 대상(對象)이 된 때문이겠지요.

林 : 그렇습니다. 그런 의미에서 개인적인 곳에서 사회적인 곳으로 이동한 것이 즉 19세기 이후 신시가 개척한 경지일 것입니다.

金 : 그리고 현대시인이 서정(抒情)을 못 쓰는 것은 결국 경제적인 변동에서 기인한 것이리라고 생각합니다. 즉 안일한 생활정신이 상실되고, 거기에 따라서 인간의 감정이나 정서가 복잡해지고 암울해졌으니까 자연히 시인이 대상에서 보고 느끼는 각도가 달라진 것이겠지요. 이제부터라도 서정시가 다시 □□을 기대하자면 시인은 우선 자기존재에 불안을 느끼지 않고, 이를 내다볼 수 있는 투명한 정신이 정립되어야 할 것입니다.

林 : 이것은 딴 이야기입니다마는 요즘 시 동인지에 모두 개성이 없는 것 같은데 ……

金 : 그것은 동인지로서의 뚜렷한 그 무슨 주장이 없는 때문이겠지요.

林 : 그래서야 꼭 일반 문학잡지의 축소판에 불과합니다.

金 : 그 동인지 이외의 딴 곳에서 들 수 없는 주장이 없는 게 제일 원인이지요. 어떠한 주장이 없으니까 동인지를 떠들어보아도 별로 색다른 것을 느낄 수 없고, 그저 신문이나 잡지에 날 것을 한 군데 모아놓은 것 같아요.

林 : 일반으로 전(前) 시대의 영향을 탈출해서 자기 세계를 만들어보겠다는 노력이 없더군요.

金 : 정말 동인지다운 동인지가 되려면 확고한, 일정한 주장하에서 출발해야 할 것입니다.

서정시抒情詩의 문제

『인문평론』, 1940.2, 73~77면

1

시를 언어의 축제, 영원에의 기도, 영혼의 비극, 기억에의 향수에 그치는 자연발생적인 것으로 생각하고, 어떤 기분이나 정서의 상태를 펜과 원고지에 옮겨 놓는 것으로 그 임무를 마친 것 같이 생각하는 분이 있는 것 같다.

이것은 그분들의 작품이나 시론을 통하여 몸소 세상에 호소하는 것으로 분명히 알 수 있다. 이분들의 부락(部落)에서 생산되는 시 속에서 아직까지 고운 산울림, 파도의 콧노래, 성좌(星座)의 속삭임, 바람과 장미와 황혼의 낡은 고전적 자태를 손쉽게 보고 들을 수 있다.

거기엔 주로 20세기 이전의 기분이나 정서로 차 있어 포화에 날아간 폴 ―란드의 소식도, 피로한 도시의 얼굴도, 문화와 신념과 가치를 상실해가는 현대의 목쉰 호흡과는 아무 연관이 없는 일종 기이한 감을 주는 질서로 차 있다.

그러나 시적인 느낌, 시적인 생각과 인스피레이션이란 지극히 몽롱한 안개에 안심하고 거기에 경도하기엔 너무 다른 방향으로 발전한 질서 안에서 우리는 호흡하고 있다.

시에 있어서의 대상(현실)이 있는 이상, 이 대상에 근본적인 변화가 있을 때, 이 대상을 담는 용기(容器)(시) 역시 변화해야 할 것은 그리 사고를 요할 바가 못 된다.

여마(驢馬)[18]가 다니던 소로 위에 자동차를 억지로 틀어넣는다는 것은 그리 현명한 운송방법이라고 박수(拍手)할 수는 없다.

박물관의 고화병(古花甁)을 하나의 정교한 예술품으로 감상하면서도 거기에서 감동을 못 느끼는 것은 아무 현대적인 매력을 느끼지 못하는 까닭일 것 같다. '현대의 분위기'와 '피'가 통하지 않는 시 역시 마찬가지일 것이다.

신세대론이 그처럼 도도한 파도를 일으키는 이유 역시, 시대를 공감할 수 있는 예술을 찾는 한 줄기 뼈아픈 기적(汽笛)으로밖에는 안 들린다. 시에 있어서의 시대성을 거부하는 정신은 아무래도 시대의 적(敵)일 수밖에 없다.

시에 있어서의 새로운 시대적 가치의 발견과 그 조장(助長)에 맹목적이거나, 일보(一步) 나아가 이를 거부하며 꿈이 과학화되고 있는 오늘, 시 자체의 발전을 운명의 비극미와 언어의 축제와 천재예술(天才藝術)에서 찾고 또 사고한다는 것은 백백교(白白敎)의 교리 같아 심히 이해하기에 곤란하다.

고전(古典)에의 맹종이 주는 해독이란 주장[19] 이런 것이 아닐까 한다.

이원조(李源朝) 씨가 현대가 서정시를 상실한 이유로 현대인이 생활의 해조(諧調)를 잃은 점을 들었으나, 차라리 막연한 생활 해조의 상실보다는 자연발생적인 서정시를 생산하고 그것을 감상하던 문명을 상실했다는 말이 더 적절할 것 같다.

문명이 지향하는 선을 따라 복잡섬세해진 현대인의 신경이 거진 한 개의 단조하고 겸하여 개성이 없는 음악의 주저음(主低音)으로 된 과거의 서정시에 무감각이라는 것보다 권태와 시대착오를 느끼는 것은 어쩔 수 없다.

거기 담겨 있는 정서나 감정이나 미학을 현대가 상실한 지 오랜 것에 대하여 지금 이의할 사람은 없을 것 같다.

큰 갓에 도포를 입고, 긴一 장죽을 문 신사가 다점(茶店)에 앉아 '쇼팽'을

18 당나귀.
19 '항상, 늘'의 의미인 듯.

듣는다는 것은 벌써 충분히 만화화될 자격을 갖추고 있다.

한 개의 달을 보아도 이조(李朝) 중엽의 시인이 초옥(草屋)에 지등(紙燈)을 켜고 앉아 약주를 마시며 무릎을 치고 쳐다본 달과, 오늘의 시인이 도시 순환로 위를 택시로 달리면서 쳐다본 달이 본질적으로 다른 각도로 향수(享受)되는 것을 무엇으로 방지할 수 있을까!

한 사람의 배우가 무대 배경의 시대색채가 교체된 것을 모르고 그 전(前) 배경에 속한 연기에 땀을 흘리면 관객의 삼림(森林)들 속엔 어떤 감상(感想)이 되어 오를까.

오늘 시에 있어서의 이 '무대의 배우'의 우(愚)를 재연하는 시인이 우리들의 주위엔 너무 무성한 것 같다. 산업혁명이 목가(牧歌) 기름지던 전원의 그림 위에 괴이한 기계의 면모를 등장시켜서 종달새의 노래조차 모―터의 폭음에 참살(慘殺)되어서인지 우리들의 청각을 위로해주지 못한다.

19세기는 19세기가 끝나는 마지막 날의 한 장의 '캘린더'로 없어져 역사상의 존재가 되었고, 20세기에 존재해 있는 우리는 20세기의 정신과 감정과 감각을 노래할 뿐이다.

여기서 우리는 예술의 영원성과 사라진 또 사라져가는 질서의 기분과 정서만을 진실로 신앙하고 시와 더 나아가 문학의 시대정신과 시대감각에 맹목적인, 말하자면 현실에서 아무 영향을 못 받고 흥미를 못 느끼는 타입의 시인과 그 정반대 측의 시인, 늘 현실에서 영향 받고 흥미를 느끼며 그 시대정신과 감각을 추구하는 것으로 일삼는 두 타입을 구별할 수 있다.

이 두 타입이 느끼고 생각하고 탐구하는 것이 늘 각자 독특할 것도 상상키 어렵지 않다.

에스키모―족이 부는 각적(角笛)에 현대의 교양은 아무 흥분을 못 느낀다.

차라리 우리는 한 장의 호외(號外)에서 포화에 날아간 폴―란드의 도시의 환영(幻影)과 쇼팽의 불타는 리즘을 느낀다.

대저 화가(畵家)도 같은 전원의 그림에서 변전탑과 자동경작기를 그리는데, 시만이 물레방아와 허수아비를 노래할 이유는 하나도 없다.

현대의 교양과 감정을 흔들려면 반드시 거기에 적합한 문학 내용과 새로운 형태 및 새로운 서정정신을 갖추기 전엔 어렵다고 생각하여도 무방할 것 같다. 우리들의 시에 대한 노력이나 사고는 그 이상 아무 것도 없을 것이다.

결국 시는 현대의 지성과 정신을 통하여 의식적으로 소위(所爲)되는 정신적 소산물일 따름이다.

   2

정신의 혁명은 제일 먼저 형태(형식을 포함하여)의 혁명으로 비롯되는데 시론을 쓰신 분들이 시의 시대성을 어떤 형태를 통하여 구체적으로 지적하려는 노력이 적었음은 유감이었다.

시에 있어서의 형태를 제(除)한 대상(문학 내용)은 예술 전반에 공통된 것이겠기에 논외로 하고도 시가 다른 문예와 궤도를 달리한 독특한 형태를 가진 이상 일종의 독특한 '형태의 사상성'을 가지고 있을 것이다. 이 '형태의 사상성'과 작품 내용과의 연쇄관계를 잘 모색해 보면 거기서 의외로 좋은 수확이 있을 것 같다.

'포우'[20]와 '막스 쟈코브'의 수법의 상위(相違)에서 느끼는 질감의 거리는 확실히 정신의 혁명과 동시에 어떤 형태의 기능이 전연 다른 방법론을 통하여 향수(享受)되는 까닭이 아닐까 한다.

정신의 혁명은 거기 적당한 생산공정을 통하여 반드시 형태의 혁명에 나타날 것은 의심할 여지가 없을 것이다.

우리는 시사(詩史) 있은 이후로 사용해 오던 단 하나의 악기를 가지고

---

20 에드가 알렌 포우.

있다. 그나마 묵은 고전의 영광과 영원에의 '기도'에 낡고 줄이 끊어진 지 오래였을 것이다. 상징주의의 황혼에 목메여 울던 자유시라고 불리워지는 자유운문(自由韻文)은 그 형태 자체가 상징주의 글자 그대로 19세기의 정신을 상징하고 있는 것 같다.

소설의 형태에 있어 자연주의 형식이 마치 자연주의 형식 이외의 다른 형식이 없는 듯이 황금시대를 계속하는 것처럼, 시에 있어서도 한결같이 행을 가르고 연을 떼며 무엇 때문에 어떤 효과 측량 밑에 쓰는 것인지 연구하는 노력조차 없는 듯하다. 이 점으로 고(故) 이상(李箱)의 제작(諸作)과 『삼사문학』 동인 중 몇 분이 산문표현의 시험에 착안한 공적은 높이 평가할 것이다. 자유운문 형식의 몽롱성을 걷어차고, 의식하고 계산하고 사고하며 자연발생 시와는 근본적으로 다른 생산질서를 거쳐 기술의 시를 실험한 것은 좋았으나 단지 그 노력이 구체적인 성과를 남기지 못한 까닭은, 그것이 형태의 시험에 그쳤을 뿐, 그 형태의 모체 될 문학 내용의 사상이 채 명확하지 못한 까닭에, 찬성도 반대도 얻지 못하고 그 활동이 침묵한 것이 원인(原因)지은 듯하다.

3

오늘 우리가 가장 큰 관심을 가지고 대할 문제 중의 하나로 '시가 현실에 대한 비평정신을 기를 것'이 있다. 이것이 현대가 시에게 요구하는 가장 긴급한 총의(總意)이겠다. 현대의 정신과 생활 속에서 시는 새로 세탁받고 몸소 그것은 대변하는 중요한 발성관(發聲管)이어야 할 것이다.

백일홍이든 초생달이든 언어의 곡예를 통하여 표현의 묘를 얻는 것으로 제일의(第一義)를 삼았던 과거의 작시(作詩) 태도를 떠나서, 표현수준으로 일보 퇴각하더라도 현대의 감정과 교양을 흔들 수 있는, 말하자면 현대와 피가 통하는 시가 다량으로 나와야겠다. 현대시에서는 시인의 현대관(現代觀)과 교양 여하가 시를 죽이든지 현대를 뚫고 나아갈 호흡을 부어

주든지 할 것은 물론이겠다.

'에른스트' 씨의 「초상(草上)의 조찬(朝餐)」과 '발레리'의 대독(對獨) 연설 방송이나, 물가지수가 가리키는 현대의 표정조차가 훌륭한 재료의 하나가 될 것은 의심할 여지가 없다.

새로운 시에 사용될 형태가 기구로서의 우열성 여하에 따라 그 성과에 미치는 영향이 크겠는데, 이 방면은 아직 아무도 구체적인 연구를 가(加)하지 않은, 대부분 백지로 남아 있는 것 같다.

이것은 주로 시인들의 자각과 노력에 기대할 외에 별 방법이 없지 않을까 생각된다. 그 일례(一例)로서 과거에 사용해 왔고 아직도 전성(全盛)하고 있는 자유운문을 버리는 것으로 새로운 형태탐구와 시험이 출발될 것으로 생각되는데, 이것은 자유운문의 기능이 본질적으로 음악에 속한 까닭일 것이다. 음악 중에도 보다 더 고전(古典)에 가까운 것은 물론이다. 여기서 우리들은 음악의 본질이 구체적인 것보다 추상적인 것, 시각보다 청각, 수학보다 관념으로 성립된 것을 생각해 볼 필요가 있다. 오늘의 문명이 추상적인 것보다 구체적인 것, 청각보다 시각, 관념보다 수학으로 조직된 것으로 보아, 우리가 탐구할 형태가 보다 음악적인 것에서 보다 조형적일 것은 넉넉히 자신할 수 있다.

대전 이후로 미래파, 입체파, 초현실파 이렇게 시가 회화운동(繪畵運動)과 행동을 같이해 온 것이 결코 이유가 없는 것이 아닐 것이다.

새로운 시가 자연의 풍경에서 노래할 것을 발견하지 못하고 정신의 풍경 속에서 대상을 구했고, 거기 사용된 언어도 목가적인 고전에 속하는 것보다는 도시 생활에 관련된 언어인 것도 사실이다. 오늘에 와서 현대시의 형태가 조형(造型)으로 나타나고 발달된다는 사실은 석유나 지등(紙燈)을 켜던 사람에게 전등(電燈)의 발명이 '등불'에 대한 개념에 중요한 변화를 주듯이, '형태의 사상성'을 통하여 조형 그 물건이 일종의 사상(思想)을 대변하고, 나아가 그 문학에도 어느 정도의 변화를 일으키는 데까지 갈 것도 생각할 수 있다.

　모필에 먹을 묻혀 쓰던 시와 타이프라이터로 찍은 시의 호흡이나 시각 효과의 거리, 역전마차를 타는 것과 특급열차를 타는 시대의 속도, 감각의 변화, 물소리나 닭의 울음에 깨는 사람과 비행기나 전차의 폭음에 깨는 사람의 생활정서나 자연에 대한 질감의 대조, 이런 것으로 미루어 보아 주위 현상의 색채, 속력, 시간, 정서의 질적 차이가 앞으로의 형태에 결정적인 것을 원인지을 것은 상상할 수 있다. 운문표현의 음악성, 산문표현의 조형 내지 시각성의 연구만도 금년도의 과제로 충분하겠으나 지금 음악성이 시대적으로 거부되고 있는 것으로 미루어 조형적인 산문표현이 치중되고, 우리의 노력도 주로 이곳을 지향해야 할 것은 물론이겠다. 이런 각도로 전위회화(前衛繪畵)와 시나리오, 현대음악의 조형성에서 시는 좋은 표현의 방법론을 체득할 줄 믿고 이 문제가 널리 논의되기를 아울러 시인과 평론가에게 바란다.

시인의 변辯

『중앙신문』, 1946.1.28(一) · 1946.2.29(二)

(一)

나를 세상에서 시인이라고 불러준다. 나를 시인이라고 불러주는 까닭은 내게 무슨 뛰어난 시재(詩才)가 있거나, 훌륭한 작품을 내어놓았다는 까닭이 아니라 지난 십여 년 동안 어줍지 않은 시를 발표해온 사람이란 뜻으로 부르는 모양이다.

세상이 나라는 사람을 잘 모르고 시인이라고 불러주듯이, 나도 세상일에 우둔하다. 말하자면 세계관이 서지 못하고, 주위의 변화에 가치 판단이 분명치 못한 사람이다. 내가 나 자신을 그리 생각하듯이 친구들도 □□□□□□□□□어서 일전에도 어떤 친구와 술을 먹는데 이 친구가 술이 어지간히 취하더니 정색을 하고, "지금 세상은 좌익(左翼)이냐 우익(右翼)이냐의 흑백을 가릴 때가 왔다. 불고하고 너 같은 자는 좌도 아니요 그렇다고 우도 아니요, 일종 부동층(浮動層)이다. 앞으로 제일 유해(有害)한 물건이 부동층인데 이것을 먼저 없애야겠으니 좌우 간의 태도 표명을 해라" 하고 서슬이 퍼렇게 대들기에 처음엔 농담으로 듣던 나도 듣기가 좀 거북했었다. 이 대세(大勢)에 민감한 친구의 말을 듣고 보니 아니게 아니라 나 같은 사람은 부동층이라고 말을 듣게끔 세상이 변한 모양이다.

"우익 좌익이 □□□□□□□□□□□의 날개가 아니냐? 비행기만 옳은 방향으로 날아가면 그만이지, 웬 잔소리야" 하고 되지도 않은 재담(才談)으로 대답하면서도 나는 끝내 좌우익을 꼭 표명해야 한다는 그 친구의 말귀에 반박하려고 하지 않았으나, 그렇다고 나는 내가 그리 냉혈동물이라고는 생각지 않는다. 8월 16일 종로의 거리거리에서 군중의 노도(怒

濤)에 휩쓸렸을 때, 나는 나대로 기뻐서 울었고, 12월 30일 반탁행렬이 지나가며 통곡하는 듯한 애국가가 내 귀에 들려올 때, 나는 나대로 비분의 눈물을 흘렸다.

좌익도 우익도 아닌 자의 눈물은 단순한 센티멘탈이라고 공격하면 나는 그 말에 굳이 반대할 의사는 없으나, 주의(主義)만 가진 사람이면 다 주의(主義)에서 나오는 눈물만도 아닌 것 같다.

시인이라고 부르는 □□□□□□컨대 김광균이는 응당 그 눈물로 시를 쓸 책임이 있다고 생각하는 모양이어서 간혹 친구들에게서 "누구누구는 그렇게 해방시(解放詩)를 많이 썼는데, 여(汝)는 어쩐 셈이야. 대관절 앞으로 어떤 정신적 지주를 등대어 살려느냐?" 하는 질문도 받고, 문학운동에 협력하지 않는다는 질책도 받았다.

나는 그 대답할 말이 없이 묵묵히 앉아 있을 뿐이었다. □□□□□□□□□□□ 해방시를 못 썼다. 시재도 물론 없고, 실행파(實行派)처럼 시적 감동이 걸리면 청산유수로 갈기는 솜씨도 없는 것도 큰 이유이겠으나, 보다 더 큰 이유는 이 해방이 진짜냐 가짜냐의 분별이 서지 않는 까닭이다. 진심으로 신이 나지 않는다. 나는 정치 지식이 없는 사람이어서 세계정세는 말할 것 없고, 코앞에 보는 서울 정계의 방향하는 바에도 어둡다.

제일 첫째, 8·15 이후 정당은 세계의 기현상이라는 소리까지 들도록 군립(群立), 난립(亂立)하였고, 전국을 통하여 좌우익 수십만 명의 정치가?들이 회의하고 토론하고 성명(聲明)하고, 욕질하고, 방송(放送)해도 38선이란 줄 하나 미동(微動)하지 않는 것이 알 수 없다.

(二)

둘째, 소위 대동아전쟁이라는 것이 일어난 후 라디오, 신문 연설로 폭격이 곧 있으니 옷도 벗지 말고 자라고 해서 낮밤으로 맘을 졸이고 살았는데, 해방 됐다는 오늘 B29 이상으로 강도(强盜)의 공포로 전전긍긍 하고 있다.

강도는 인명이고 재산이고 다 소유권 등기를 낸 듯이 백주(白晝)에 살인을 하고 화물자동차까지 가지고 다니며 □□작전을 하고 있다. 우리의 무기는 항복뿐이니 이 원고를 쓰고 있는 오늘밤에라도 씨등(氏等)이 방문해 오면 사태는 명료한데, 과문한 탓인지 경찰이 완전무장했다는 소리도 못 들었고, 비상조치로 강도를 사형에 처했다는 소리도 못 들었다.

셋째로, 경제공황이 □□로 반년이 못 되게 눈앞에 와 있다. 전승국가인 영국도 휴전 후 5년간을 전시통제를 계속한다는데 조선은 해방의 덕택으로 미국식 자유경제가 되어 물가와 통화는 강도 못지않게 살인적인 숫자를 올리고 있다.

자고로 개인의 □□□□란 □□하는 것이니 1933년 得□한 나치스가 유태인을 국외로 추방할 때 나도 이를 분개하던 한 사람이었는데 요즘 나치스가 그처럼 지랄 치던 이유의 하나를 터득했다. 제1차 대전 후에 독일에 있던 유태인과 제2차 대전 후의 조선에 있는 조선인과 눈꼽 하나 다른 것이 무엇이냐. 창피한 일이나 그들이 국가의 전도(前途)나 동포애를 바라는 것이 현명한 정치이유가 없다.

종로대로에 서서 일본군의 선물인 군용외투를 입고 아우성치는 우리 동포들을 욕하기 전에 누가 이 고삐를 끌러놓았느냐를 생각할 때 나는 분함을 참을 수 없다.

영어(英語)를 하면 누만금(累萬金)을 벌 수 있다는 소리가 자자할 때마다 나는 국가백년지계를 위하여 그것이 철없는 사람의 장광설이길 바래왔다. □□□기왕에 일본 놈보다 더 미워하던 우리 동포 중의 친일정치가, 명사(名士), 상인(商人), 밀정(密偵)으로 개짓하던 자 황민문학자(皇民文學者)들이 손끝에 상처 하나 나지 않은 신화는 어쩌하자는 것이냐! 이 이상 현재 우리가 받고 있는 치욕의 기록은 그만두자. 나는 정치에 실망하고, 정치가에 실망하고, 조선인의 정치능력에 실망하고, 신문에 실망하고, 문학자에 실망하고, 국가의 전도에 실망하려는 민중의 한 사람이다. 아침에 거리에 나가면, 보고 들리는 것에 화를 냈다가 집에 들어와도 화를 냈다. 이렇게 계동(桂洞) 한 구석에서 쓸쓸한 날을 지내는 내 귀에 1월 19일 새벽 5시 경 하여 한 시간을 연달아 예열(銳烈)한 총소리가 들렸다. 새벽하늘을 뚫고 들려오는 이 총소리가 나에게 이 일문(一文)을 초(草)하게 된 총소리였다. 방향을 모르는 대로 자다가 일어나 문을 열고 나섰다. 불행한 조선이라는 생각이 머리를 스쳤다. 학병동맹(學兵同盟) 박진동 씨(朴晉東氏)의 죽음을 안 건 이날 황혼이 지나서였다. 속보는 더욱 비참했다. 진상으로 내가 안 것은 신문기사와 몇 친구의 이야기뿐이나 사태는 간단할 수밖에 없다. 경찰대가 학병동맹을 최후로 뒤졌을 때도 무기를 발견치 못하였다 한다.

학병들에게는 첫째 무기를 살 돈이 없었다. 청년들은 815 이후 맨 보리밥과 소금국에 콩나물을 삶아먹고 국사(國事)에 주야(晝夜)를 바쳐왔다.

그날 밤 파출소에 검거된 자칭 학병동맹원의 정체는 차차 정체를 드러내겠으나 상식적으로라도 생각해볼 때 20일 날 학병대회를 앞두고 18일 날 밤에 조직적인 □□를 할 수 있었을까

시와 민주주의

『중앙신문』, 1946.3.17

인생(人生)이 한 줄의 '보—드렐'에 미치지 못한다고 말한 사람이 있었다.

시를 몇 사람의 천재(天才)가 쓰고 소수(少數)의 사람이 감상(鑑賞)하여온 귀족주의는 주장 19세기 말엽 구주(歐洲)의 퇴영(退嬰)문학이 들어온 데서 비롯했다. 식민지문학의 굴레를 벗느냐, 조선 민족문학이 서느냐 못 서느냐의 역사적 짐이 문학자의 어깨에 지워지고 있다.

시에 있어서의 민주주의 수립이란 말은 쉬우나, 실로 다난(多難)한 일이 우리 앞에 놓여져 있다.

시인들이 허리의 끈을 졸라맬 때는 이 때이다.

인민人民의 선두先頭에 서시라

제6일 민주정부 수립을 촉진하자

『조선인민보』, 1946.4.6

임정요인(臨政要人) 여러분들이 귀국하는 비행기 위에서 조선의 해안선이 바라다보일 때 모두들 통곡하셨다는 기사를 읽고 나는 두 눈에 눈물이 고였다. 그분들의 눈물 속엔 삼자십여년(三慈十餘年) 이역성상(異域星霜)이 맺혀있고, 우리들은 돌아오시는 자부(慈父)의 심정을 맞이하는 기쁜 눈물이었다. 전 민족의 희망 속에 돌아오신 지 벌써 해가 바뀌었으나 마땅히 인민의 앞에 나타나야 할 요인 여러분은 경관의 총검에 싸여 유성(流星)과 같이 지나가실 뿐이고 자부의 품에 안기고 싶은 우리의 심정은 자연 스산해짐을 면치 못하였다. 나는 정치에 우둔한 사람이라 사리 판단을 잘 할 수 없으나 요인 여러분이 돌아오신 후 국내가 소란하고 산첩한 중대문제가 하나도 해결되지 못한 것을 전부 책임져 주시라고는 말 못하겠으나 그분들이 주로 정권의 추종을 중심으로 한 정치 행사에 치중하고 국민 전체의 생활을 방관해 오시는 태도에 불만한 사람 중에 하나이다. 이것은 민주의원(民主議院)이 성립된 후 더욱 우심(尤甚)하다. 삼십팔도선을 야반에 월경해온 이재민에게 밥과 옷보다 정명(町名) 개정이 급할 리 없고, 친일 악당이 떼를 지어 백주(白晝)에 종로로 활보하는 판에 우측통행이 제백사(除百事)하고 실시해야 할 일인가를 국민은 의심한다. 더구나 백만 장안이 쌀로 들끓고, 시청 앞에 쌀 달라고 아동과 노인이 기아행렬하면서 미군에게 얻어맞아 골이 터지던 날, 산으로 식목하러 가자는 데는 끓어오르는 의분을 참을 수 없다. 남조선의 군정자문기관이 되려고 들어온 임정이냐 아니냐는 불문에 붙이기로 하자! 삼팔도 이남의 인민을 대표한다는 민주의원은 쌀 문제에 얼마나한 성의를 보였는가? 정치가는 항상 민족의 생활에 책임을 져야 한다. 책임 없는 정치가란 지구상에 있을 수 없다. 있어도 좋고 없어도 좋을 민주의원은 아닐 것이다. 육지에는 모리배와 강도가 들끓고, 바다에는 밀수선이 들끓는 동안 전 민족은 불원(不遠)하여 모두 거지가 될 것이다. 임정 여러분은 구중궁궐을 박차고 거리로 나오셔서 인민의 손을 잡으시라. 인민 중에도 민족 전도(前途)를 좌우하는 청년의 손을 잡고 밤을 새며 이야기하시라. 호위대도 자동차도 집어치우시고, 짚신을 신고, 감발하고, 머리를 동여맨 후 방황하는 인민의 선두에 서서서 인민이 배고플 때 함께 굶고, 인민이 쌀 달라고 아우성칠 때 쌀을 달라고 고함을 치시라. 강도와 밀수자에게 사형을 내리고, 삼천리 옥야(沃野)에 스스로 호미를 잡으실 때 인민은 아우성치고, 그분들의 뒤를 좇고, 그분들은 찬연한 민족의 광망(光芒)이 되실 것이다.

조선 민족에게 필요한 것은 이러한 실행력 있는 정치가이고, 앞으로 수립될 임시정권은 비록 남의 손에 만들어지는 정권이나마 인민의 실정을 잘 아는 정치가 손에서 움직이지 않으면 조선 국가는 간단히 사망할 것이다. 우리에게 당장 급한 것은 쌀과 일을 주고, 기차와 기선을 움직이게 하는 정부이다. 오락과 예술도 당장은 급하지 않다. 차라리 급한 것은 무전(無電)과 공장을 움직이는 과학기술자일 것이다.

이 모든 것을 해결지을 임시정권 수립에 앞서 나는 국민의 한 사람으로서 임정 여러분의 심오한 자기반성을 바라며 그분들이 무능하였음을 깨달을 때 30년 전 국외로 망명하시던 용기를 가지시고 인민 속으로 들어와서 진실한 인민의 대변자로 남은 여생을 마치시기를 바라는 자이다.

신간평

바다와 나비

『서울신문』, 1946.5.19

김기림(金起林) 씨 제3시집 『바다와 나비』는 지난 10년 동안 조선시단이 걸어온 여정표(旅程表)다. 근대로 향한 최초의 문을 열어준 씨의 시에서 소란한 세계의 생리와 잡음(雜音)과 풍속(風俗)의 행렬이 우리 앞을 지나갔다.

어느 정도가 아니라 고도의 영문학의 지식이 없이는 감당키 어려운 『기상도』를 제외하고라도 『태양의 풍속』과 『바다와 나비』 2, 3부의 시에서 조선시(朝鮮詩)는 근대라는 상쾌한 목욕(沐浴)으로 오랜 감상주의(感傷主義)의 때를 씻었다. 문명의 연회에 참석할 수 있는 연미복을 하나 장만한 셈이다. 그러나 지금 절실히 문제되는 것은 이것이 아니라, 『바다와 나비』 1, 5부의 8·15 이후 작품일 것이다. 여정표의 한 끝에 한 사람의 고민하는 시인 김기림 씨를 발견한 까닭이다.

성실과 교양만을 몸에 지니고 씨는 지금 역사의 파도 앞에 서 있다. 항상 신영토를 향하여 달리지 않고는 못 배기던 그에게도 이 역사의 대해(大海)는 심히 험한 뱃길일 것이다. 형식의 옷을 버린다 해도 피부에 고인 교양의 색소를 벗기엔 실로 장구한 세월이 필요하다. 아니 형식의 옷을 벗는 것도 어찌 용이한 일이랴!

묘망한 물결 위에 한 '콜럼버스'인 씨의 최초의 발언인 11편의 시에서 성실의 키 하나를 신뢰하고, 시대의 노도를 저어가는 사람의 괴로운 심정과 희망을 읽는 것이, 그것이 진실로 우리들의 심정과 희망을 대표한 까닭이다. 신대륙의 해안은 아직 안 보인다.

다만 전례(前例)에 의하여 우리 시의 '파일럿'인 씨의 호각소리에 맞춰 우리들은 묵묵히 노를 저을 뿐이다.

　우리 시가 신대륙에 상륙하는 날 우리는 바닷가에 성실이란 깃발을 하나 꽂아 놓으리라. 무서운 난파선이 이 깃발을 향하야 노를 저어 오리라는 것은 나의 지나친 상상뿐이 아닐 것이다.

에세-닌 시집

『서울신문』, 1946.6.30

1925년 12월 30일 황혼에 弔□와 화장(花場)과 느껴우는 군중(群衆) 사이로 에세-닌의 유해를 실은 기차가 레닌그라-드 역을 떠나갔다.

에세-닌은 분명히 죽었다. 죽음 중에서도 가장 가혹한 자살의 방법을 취하였다. 죽은 것은 한 사람의 시인 에세-닌이 아니라 혁명 이전의 로서아에 자라난 모-든 □□의 □□과 □□인지도 모른다.

사회주의 사회건설을 위하는 짓임을 모르는 에세-닌이 아니었으나 묵은 로서아의 일체 아름다움에 대한 □栗한 □現을 가슴 아파하는 그의 심정은 역력히 알 수 있다. 질서와 □□뿐이 아니라 인간의 감정까지를 파괴치 않고는 이루어지지 않는 혁명의 龜□앞에 한 사람의 시인의 섬세한 □□이 어찌 □□되랴. 그러나 에세-닌은 상처받은 심정을 지닌 채 열심히 혁명과 보조를 같이 하려고 눈물겨운 노력을 해왔다. '가버리는 로서아'의 절절한 애수는 낯설은 혁명의 뒤를 좇아가는 그의 가쁜 숨결이다. 민중과 시대와 □□을 넘어 에세-닌의 죽음이 애절함도 이 까닭이다.

오장환(吳章煥) 군의 번역은 적당한 때에 적당한 것을 우리에게 보여주었다. 그러나 에세-닌의 역시집은 오장환 군의 □作이다. 에세-닌은 □□□이란 소리가 들릴 때마다 나는 이에 반대하지만 그의 □□에 오장환의 □性이 살았기에 나는 이 시집을 매우 아낀다.

근대주의와 회화繪畵

『新天地』 1-8호, 1946.9, 156~160면

　　(一)

　애석한 일이나 우리가 아직 일본문화권 내에 있다는 것과 이 울타리를 벗어나기엔 실로 장구한 세월과 꾸준한 노력이 필요한 것은 자명한 일이다. 일본 스스로가 구미문화의 식민지인 것은 두말할 것도 없으나 그것을 또 되받이해 온 우리가 인제 일본문화란 계절풍이 지나간 황무지에 서서 망연해 하는 것도 당연한 일이다, 모―든 것이 이제 시작된다.

　허물어진 기계에 나사못 하나라도 박고, 어린애들이 부를 노래 하나도 이제 지어야 한다. 조금이라도 지식 받은 사람이 허리띠를 졸라매고 각자의 맡은 일에 발분(發憤)치 않으면 불원(不遠)하여 조수같이 밀려들어올 아메리카와 소련문화의 파도에 휩쓸려서 민족문화의 수립이란 문화단체의 슬로―간에 남는 허울 좋은 문자유희에 그칠지 모른다.

　벌써 그 서곡이 시작되지 않았다고 누가 보증하랴. 일상용어, 사고방식, 오락 등 심지어 상점 간판까지 외국 것에 대한 구역질나는 맹종과 아첨이 벌써 시작되었다. 자주독립이란 정치보다 문화면에 더 시급한 일이다. 우리 것의 수립이란 화급할 뿐더러 그러하기 위하여 우선 문화 각 부문에 있어서 자기반성이란 곤란한 일에 착수하지 않을 수 없다.

　문화재산(文化財産)을 정리하여 계승할 것은 남기고, 수술할 것은 수술하여서 민족문화의 수립이라는 거창한 일을 시작할 발판을 만들 것을 서로가 명심해야겠다. 우리 신시(新詩)와 회화(繪畵)의 짧은 역사에 나타난 근대주의의 형적(形跡)도 미미한 것이나 앞으로 그 영향되는 바는 크고, 문헌의 불비(不備)로 우리가 겪어온 일을 부질없이 되풀이할 사람이 없으리라고도 생각 안할 수도 없다. 큰소리 같으나 이 일문(一文)도 이상의 의도를 떠나서는 아무 쓸데없는 일이다.

(二)

황혼이면 푸른 포장으로 두 눈을 감은 역전마차가 고요히 말굽소리를 울리고 들어온다. 문짝이 열리는 소리와 함께 말들이 뿜는 흰 거품이 와사등(瓦斯燈) 사이로 떠오른다. 이러한 전등(電燈)이 없는 구세계(舊世界)에서 전등이 켜진 신세계(新世界) 사이에서 '릴케'의 정일(靜溢)한 시가 태어났다.

카롯사

시의 세계에 근대문명이 언제 등장했는지 모르나 구체적으로 작품에 나타난 것은 상징주의 이후일 것이다. 나의 지식이 소루(素漏)[21]하여 구주문명의 절정이 언제인지도 모른다.

다만 상징주의의 황혼에 우리 시가 겨우 눈을 떴을 때 19세기 말엽을 장식한 상징주의란 모―든 사물의 말기 현상과 운명을 같이 하여 벌써 구할 수 없는 퇴폐에 전신이 젖어 있었다. 근대주의 운동은 이 문화의 위기를 구제하려는 계획 아래 데카단티즘에 반대하고 일어난 것으로 심각한 시대색을 띠고 있다. 그 후로는 기왕에 시인들이 많이 자연에서 취재하여 작품을 썼던 것이 사람의 정신현상에서 작품을 취재하게 되었다.

바람소리와 백일홍과 초생달은 여전히 곱고 아름다우나 그 매력의 절반은 벌써 힘을 잃었다. 자연과 인간 사이를 근대문명이란 괴상한 면모가 가로막은 까닭이다. 우선 속도의 감각이 달라졌다. 보―드렐의 꿈이 신천옹호(信天翁號)를 타고 불모의 식민지를 사모하는 대신, 콕토의 80일간 세계 일주라는 딴 세계가 벌어졌다. 무전(無電)과 비행기가 세계의 면적을

---

21 疏漏의 의미로 쓰인 듯.

훨씬 줄여놓았다.

색채와 음향에 대한 감각의 차이가 사람의 정서를 뒤바꾸어 놓는 것은 잠깐이었다. 연산조(燕山朝) 때 뜨던 달과 반도호텔에 뜬 달이 같을 수가 없는 것도 당연한 일이다. 모-든 것이 단순한 것에서 복잡한 것으로 옮겨갔다. 모-더니즘이란 술어(術語)가 돌아다니고, 사람도 근대인(近代人)이란 것이 생겨났다. 시대감각을 선행하는 사람이 현대의 정서를 흔드는 작품을 쓸 수 있었고, 달빛 아래 턱을 고이고 영감(靈感)을 기다리는 것보다 시인들은 한 기술자이기를 바랐다. 기술이 천재(天才)를 이기고 감각의 시대성이 시의 생명을 좌우할 수 있었다. 상징주의 이전의 주저음(主低音)이 음악(韻文)이고, 음악의 본질이 추상(抽象)인 데 대하여 구체적인 것이 요구되면서 관념보다 수학(數學)에 친하려 하였고, 청각보다 시각을 중요하게 생각했다. 시가 회화의 세계로 돌입하면서 근대주의 운동이라는 찬란한 계절이 꽃피기 시작하였다.

(三)

입체파운동은 회화뿐이 아니라 모-든 예술 전반의 근대주의 운동을 일으킨 시초요, 모체이다.

20세기 초의 세잔느 후기작품에서 회화의 혁명은 비롯했다. 세잔느 이전의 회화가 주로 색채와 광선을 통하여 자연을 모방했다면, 세잔느에 있어선 회화는 자기표현이요, 창조이었다. 풍경의 외적 면보다 내적 면에서 그는 자연을 추구했다. "모-든 자연을 압축하면 원추형(圓錐形), 구형(球形), 원통형(圓筒形)으로 환원할 수 있다."는 것은 물체를 추상화하는 그의 유명한 말이다.

세잔느로부터 회화는 추상세계로 들어갔고, 이것이 세잔느가 입체파의 어머니라는 말이 생겨난 원인일 것이다.

입체파의 서곡은 1907년경 피카소(1881생 서반아사람)가 세잔느의 후기

작품의 추상성과 흑인예술에서 힌트를 얻어 '훼르낭·레지에'[22]와 함께 시작했다고들 그런다. 이 사람들은 전통과 원근법과 모델을 무시하고 자기의 '이미지'를 캄파쓰 위에 그대로 투사(投射)했다.

회화의 모-든 전통을 파괴하고 '피에로'나 '키타' 하나를 그리기 위하여 일상세계를 내어던졌다. 풍경화를 거꾸로 걸고, 신문지부스럭지, 악보렛델과 가위만 가지면 이상한 인물이 하나 생산됐다. 널쪽에 못을 박고, 철사를 늘이고, 파이프를 매어달고 〈공장장 M씨의 얼굴〉이란 제목을 붙였다.

입체파의 수법의 중요한 것은 어떤 물체가 시각적인 평면 이외에 기하학적 구조를 가진 것에 주의하여 외과 의사처럼 물체를 해부하려 들었다. 광선과 색채 이외에 물체가 '보륨-'(조각성)을 가진 것을 주장하고 물체의 기하학적 면을 끄집어 낸 것은 입체파 공적이겠다.

기계의 미학을 맨 처음 발견한 것도 이 사람들이다. 영국사람 '번담·루이쓰'와도 함께 일한 '쥬상'[23]의 그림 〈왕과 여왕〉은 인간을 기계의 형태로 그린 그림이다. 피카소와 함께 입체파의 근대정신을 최초로 시의 세계에 유도(誘導)한 사람이 20세기 초 파리의 몽마르트에 모여든 '아포리넬', '맑쓰·차콥', '앙드레·살몽' 세 사람이다. 서울로 치면 8·15 전 명치정(明治町) 같은 데서 화가와 시인이 모여 놀면서 회화부문의 입체파이론이 그대로 시의 이론과 작품이 되어 나란히 발전해갔다. 아포리넬 같은 사람은 입체파를 위하여 한 권의 책까지 저술하였다.

시작품에 나타난 최초의 변화는 언어의 습관성을 파괴한 것이다. 언어 기호방식과 배열법을 내던지고 입체파가 물체를 취급한 방식을 따라 '언어와 이미지'를 취급하기 시작하였다.

시는 벌써 사람의 청각을 통하여 호소하는 음악(운문)이 아니고, 시각의 세계며, 조형(造型)의 문학이었다. 중요한 것은 노래가 아니고 디자인(構圖)

22　Fernand Léger(1881~1955).
23　Marcel Duchamp(1887~1968).

이었다. 맑쓰 챠콥의 시집 『骰子筒』[24]에서 보여주는 印□의 꽃다발은 이 운동 초기 경향의 예열(銳熱)한 실천의 하나이다. 입체파가 모델과 원근법을 무시하듯이, 시인들은 논리와 문장법을 무시했다. 입체파의 그림에서 색채와 광선이 물체구조[25]의 한 방법이듯이 언어와 이미지는 작시 기술의 일부분에 지나지 않았다. 얼마 안 가서 시의 형식이 운문시를 버리고 산문을 취택한 것은 자연스러운 결과이다.

언어의 리듬조차가 시각적인 것으로 변했고, 이것을 응원하는 듯이 작곡가 '라벨', '오넥카' 등이 음악의 음계와 선법(旋法)을 무시하고 근대도시와 기계의 잡음을 채용하여 '시각의 음악', '기계시대의 음악'이라고 불리워지는 일련의 작곡을 발표하였다.

시는 이미지의 집중과 조각(彫刻)으로 능사(能事)를 삼았으므로 행과 연이 분산하는 형식을 취해서 시는 거개(擧皆)가 단시(短詩)가 되었고, 짧으면 짧을수록 효과적이어서 흡사 전보와 엽서편지 같은 시가 다량으로 쏟아져 나왔다.

아포리넬이 시각의 서정시라고 부르던 '인쇄기술'을 중요시해서 화가가 캄파쓰를 사용하듯이 시인은 종이와 인쇄로 극도의 효과를 내었다. 종이의 색채, 활자의 대소(大小)와 형태, 여백의 변화 여하가 시의 생명을 좌우하는 등 '억지'가 사용되었다.

신문인쇄와 상표, 전기간판, 영화의 순간영상에서 시인들이 많은 힌트를 얻었다. 지면이 꽉 차게 여학생이란 활자만을 가로세로 써놓고 '마스게임 하는 여학교 생도'라는 제목을 붙인 시도 있다.

---

24 Ma×Jacob(1876~1944)의 산문시집 『주사위통(The Dice Bo×)』(1906)을 말하는 것으로 번역표현은 확실치 않음.
25 확실치 않음.

비누방울 속에 정원(庭園)은 웃드러간다.

정원(庭園)은 비누방울 주위(周圍)를 돌고 있다.

콕토

먼 - 동리(洞里) 화재(火災)는 공작꼬리 위에 핀

한 떨기 장미(薔薇)

사르몽

입체파의 운동의 말기인 1918년에 아포리넬은 「신정신(新精神)과 시인」이라는 평론에서 시와 회화를 종합하여 한 새로운 '장르'를 만들 것을 제창한 것이 유명한 카리그람[26](書□詩)이다. 시계, 비둘기, 비 같은 제목으로 시를 쓰되 가령 「비」란 시는 활자 모양을 비 오는 모양으로 늘어놓고, 「비둘기」라는 시는 역시 활자를 비둘기 모양처럼 배치해놓는 따위의 형식을 취하였다.

입체파운동은 1930년대까지 계속됐으나 중요활동은 1차 세계대전의 폭발과 함께 없어졌다. 입체파는 단명한 것이었으나 그 영향은 방대한 것이어서 시, 음악, 건축, 무용에 걸쳐서 모-든 근대주의운동은 반드시 이 문을 한 번 통과하였다.

(四)

모-든 것을 추방하라. 제군의 처, 제군의 애인, 희망과 공포를 추방하라. 문학은 가장(假裝)이다. □□□□는 모든 것은 부진실(不眞實)이다. 언어는 기만이다. 진실한 시인은 허언자(虛言者)다.

쓰아라[27]

---

26 기욤 아폴리네르(Guillaume Apollinaire, 1880~1918)의 시집 『칼리그람(Calligrammes)』(1918).
27 트리스탄 차라(Tristan Tzara).

대전(大戰) 전(前) 입체파가 뿌린 씨는 대전 후에 다다이즘과 초현실주의 운동의 전개로 그 절정에 다다랐다. 행운으로 전장의 참호(塹壕)에서 살아 조국으로 돌아온 청년, 출정을 면제되어 후방 근무하는 청년이 대전 후에 구주문명과 부르조아 문화에 구토를 느끼고 파리로 모여들었다.

포성은 면하였으나 전쟁으로 파괴된 한 시대의 폐허에 서서 1700만 명의 인명과 전 구주를 일조(一朝)에 부숴버린 전쟁의 결과가 무엇을 가져왔는가에 대해 회의하고 문명, 문화, 예술, 기왕의 모ー든 것에 염증을 일으켜 이것을 파괴하려던 것이 따따운동이다.

전후의 불안을 타고 따따는 전 구주를 이 연소(燃燒) 속에 집어넣었다. 입체파가 순수한 조형운동인 데 비하여 따따는 일종 정신운동으로 모ー든 기성질서를 부수기에 여념이 없었다. 1916년 대전 중에 서서(瑞西) 산중 쮜ー리히시에 모인 구주 예술가의 분위기에서 발생했다는 것이다. 따따의 시초 전설로 되어있다.

따따란 이름도 따따이즘 운동의 본장(本將)인 '트리스탄 · 쓰아라(루ー마니아사람)'가 라ー루쓰 사전(辭典)을 펴들고 우연히 손가락질 가는 데를 짚어서 만들었다. 아무 의미도 없고, 어린애들이 목마를 부를 때 하는 소리라 한다. 1918년 따따이즘은 서서(瑞西)서 기차를 타고 파리로 들어갔다. 당시 파리에는 후일 초현실주의자들인 '루이 · 아라공', '필립 · 스포',[28] '앙드레 · 불통'[29] 등의 쟁쟁한 패가 '쓰아라'와 합작하여 『문학』이란 잡지를 발행하고, 여기에 음악가, 화가 들이 모여서 따따이즘의 소음(騷音)이 시작됐다. 음악 대신에 양철통을 두드리고, '스ー쟝'[30]이란 사람은 미술전람회에 〈샘〉이란 제목을 붙여 '변기(便器)'를 출품했다.

시는 써서 대체 무엇에 쓰느냐, 전쟁의 참화로써도 구제치 못한 관념을

---

28 필립 수포(Philippe Soupault, 1897~1990).
29 앙드레 부르통(André Breton, 1896~1966).
30 막셀 뒤샹(Marcel Ducamp).

문학이 어찌 구제하느냐, 일체의 언어는 임의의 기호이므로 종래의 용도에 반역하여 눈앞에 보이는 의미를 써도 좋을 것이다라는 것이 그들의 문학이론이다.

이 이론 밑에서 따따시라는 일체의 윤리, 사회, 법률, 논리를 무시한 기괴한 작품이 사용됐다.

따따는 결국 1차 대전이 낳은 위대한 파괴와 저주이다. 허무 속에서 인간이 얼마나 시련을 받느냐의 좋은 시련이었다. 일체의 기성예술을 부정하는 따따이즘은 그 운동 자체가 무목적이었듯이 대체로 1922년 전후하여 종식하였으나 따따이즘의 회소(恢燒) 속에서 이 운동을 계승하여 일어선 것이 초현실주의운동이다.

(五)

현실을 초월하여 꿈과 잠재의식 세계의 탐구는 따따이즘운동 중에서도 있었던 것이므로 최초에 대부분의 따따이스트가 이 운동에 참가하였다. '앙드레·불통'의 초현실주의선언(1924년)으로 이 운동은 포화를 열었다.

초현실주의라는 이름은 1918년 '아포리넬'의 희곡 〈시례자의 유방(乳房)〉[31]에 부제목 '초현실주의의 극'이란 데서 '불통'이 차용했다. 초현실주의의 발단에도 하나의 전설이 있다. 1916년 초에 낭뜨 야전병원에 한 군의로 근무하였던 '불통'은 부상병 중에서 '쟉크·봐수'라는 기괴한 인물을 만났다.

"감정의 선명한 삼각형을 그려라. 논리라는 거짓을 버려라. 불타는 언어의 모순으로 개성적인 감동을 생산하라."

그 자는 이런 대중없는 소리를 중얼거리다 전후 파리(巴里)서 아편 자살한 사람이다. 이 자의 기괴한 행동과 말에서 불통이 초현실주의의 힌트를

---

31 Les Mamelles de Tiresias.

얻었다 한다.

1870년에 죽은 기괴한 환상시인 로-뜨레아몽 백작의 「말도로르의 노래」와 근대로 들어와 '랑보'의 미지의 세계에 대한 예언적 시작에서도 많은 시사(示唆)를 얻은 것도 사실이다. 초현실주의도 따따이즘과 같이 처음에 언어, 감정, 논리, 일체의 기성관념을 파괴하고 탈출하여, 정신분석학 그 중에서도 '프로이드'의 꿈의 연구를 토대로 인간의 잠재의식, 환각, 순수상상을 조장(助長)하여 현실의 피안에 초현실이라는 한 새로운 현실을 창작하려 하였다. 이런 까닭으로 '불통'이 초현실주의에서 주장한 것은 인간의 상상력의 해방과 합리주의에의 반격이었다. 이 이론의 구체화한 운동으로 1921년 '불통'과 '필립스포' 공저로 인간심리가 자동(自動)해가는 과정을 기록한 심리소설 『자장(磁場)』을 썼고, 촤프린의 이혼사건을 옹호하는 글을 쓰며 1928년엔 '히스테리50년제(年祭)'를 개최하였다.

1925년엔 초현실주의이론이 회화상(繪畵上)에 있어서도 가능한 것을 보이기 위하여 '피카소', '만레이', '에른스트', '키리고',[32] '이브·땅기' 등이 종합전을 개최하였다.

그들의 환상세계에선 인간은 유령이 되고, 머리와 동체(胴體)는 분리되고, 동체는 내장(內臟)이 터져 나오며, 기계 모양을 한 인간, 인간 모양을 한 기계, 새로운 신화와 새로운 지옥이 교체되었다. 1929년 초현실주의 제2선언에서 쑬-의 모랄이 비판되고, 유물론적인 시야에 관심을 표시한 것은 재미있는 일이다.

기관지(機關紙)에서도 정치적인 관심을 표시하여 일체의 기성예술에서 취급된 소부르조아 세계의 질서를 파괴하자는 논의가 일어났다.

초현실주의의 궁극과 일체의 자본주의문화를 변혁하려는 공산주의예술론은 변증법적으로 단결 근일치한다는 주장을 하던 '아라공'일파가 드

---

32   조르주 데 키리코(Giorgio de Chirico, 1888~1978).

디어 제2 선언을 전후하여 좌익문학으로 전향하며 혁명시 「적색광장(赤色廣場)」을 발표하고, 이어서 막사과(莫斯科)[33]로 출발하였다.

그 후도 '불통'은 사람의 현실생활은 꿈을 위하여 이루어진다는 이론으로 꿈과 환영이 그대로 인간생활 전체의 일부분임을 증명한다는 '통저기(通底器)'를 제작했고, 언어의 무의식적 합성과 언어 편집(偏執)이 새로운 시적 언어를 이룰 수 있다는 시험으로 '폴—에류알' 공저로 정신병자의 정신상태를 가작(假作)했다는 『동정녀수태(童貞女受胎)』를 썼다.

서반아의 화가 '살바—돌·달리'가 우리 신변에 있는 모든 물체는 일상용도와 개념을 떠나 인간의 환상기능과 일치할 수 있다는 이론으로 편집증환자의 환각능력을 취급한 제1회전람회를 열어 초현실주의 운동의 후기를 장식한 것도 이때쯤이다.

초현실주의 집단운동은 1933년 나치스 대두 전후하여 종식되었으나 그 후도 분산적인 운동은 계속됐다. 미국으로 건너간 '달리'가 맑쓰 3형제의 희극영화에 관심하고 뉴—욕 중심으로 활동하는 것은 최근 일이다.

초현실주의의 실험의 혁명적 방향이 자본주의문화를 거부하는 방향으로 발전하여 공산주의와 악수케 된 것은 비단 초현실주의운동의 성과뿐이 아니라 입체적 이후 모—든 근대주의운동의 총결산으로 대단히 중요한 내용을 가진 것이고, 또 흥미 깊은 일이다.

'레지스·밋쇼'가 말한 '로드레아몽'과 '랑보—'와 '아라공'의 길은 일로(一路) 막사과(莫斯科)[34]로 통한다는 것은 20세기 근대주의운동의 마지막 표어일는지도 모른다.

(六)

우리 신시와 회화의 짧은 역사에도 근대주의의 파도는 숨어들었다. 김

---

33 모스크바.
34 모스크바로 가는 하나의 길.

기림 씨의 과거 십여 년에 걸친 허다한 시론과 작품에서 비롯한 근대주의의 중요한 공적으로 첫째 오—랜 봉건의 때를 씻고 『백조』 이후의 감상주의에 대한 명쾌한 재단(裁斷)을 들 수 있다.

8·15 이후의 중요 과제인 봉건주의 잔재의 소탕에 제일 먼저 눈뜨고 실천한 것은 근대주의일 것이다.

우리 시가 문명의 계열에 한 걸음 가까워졌다. 주로 형식운동에 치우쳤으나 감각의 시대성을 문제 삼고 시대감각에 누구보다 제일 예민한 촉수이길 바란 것도 근대주의의 중요한 과제의 하나이었다.

그밖에 『삼사문학』을 중심한 몇 사람이 대담히 산문 표현을 시험한 것도 우리 신시상에 특수한 '장르'를 보여주는 데 성공하였다.

시대의 순교자 이상(李箱) 씨의 후기작품 등등 다만 서구의 근대주의운동은 근대주의 자체가 그 사람들의 문학전통의 연장 내지 발전이고 근대주의의 배후에 방대한 역사를 가졌으나 우리에게 그러한 문학전통이 없었음은 물론, 자본주의문화가 미숙한 까닭으로 인하여 우리 문화와 풍토가 거칠어 근대주의는 모종만 해왔을 뿐 난만히 개화하지 못한 채 금일에 이르렀다.

말하자면 근대주의가 개화할 만한 온상을 못 가졌다. 다만 앞으로 어떠한 예술부문에서라도 감각과 형식면에 근대주의 내지 근대문명의 메카니즘은 정확하게 투영할 것이다.

문명 성숙의 지속은 경제조건의 발달과 밀접한 관계가 있으므로 처음부터 예기키 어려울 뿐이다. 둘째로 오늘 근대주의 전체가 부르조아 문화의 연장을 위한 운동이었던 것도 내성(內省)할 바이나 부단한 전진과 모색을 계속해온 적극적인 성실성은 앞으로도 잘 키워 나아가야 할 것이다. (了)

이 글은 현대시강좌 제6일 「근대주의의 회고」의 노—트를 기준한 것이다.

문학의 위기
시를 중심으로 한 일 년

『신천지』 1-11호, 1946.12.1, 115~120면

국치일기념일날 밤 문학가동맹 주최로 종로청년회관에서 열린 문예강연회에서 두어 사람이 시를 낭독하였다.

읽은 사람은 오장환(吳章煥), 유진오(俞鎭五) 두 사람이고 시 내용은 태반 잊어버렸으나 그날 밤의 열광적인 두 시간은 어젯밤 일 같이 역력히 생각난다. "쌀은 누가 먹고 말 먹이 밀가루만 주느냐", "온종일 기다려도 전차는 안 오는데 기름진 배가 자가용을 몰고 간다"는 뜻의 시구가 나올 적마다 박수소리 아우성소리, '옳소', '그렇소', 마루를 발로 구르는 소리, 의자를 치는 소리에 시 낭독은 가끔 중단됐었다. 낭독 중이건 아니건 이 노호(怒號)는 계속되어 얼마 안 돼서 시 읽는 소리는 아우성 속에 잠겨 잘 들리지도 않았다. 문학강연회 같은 분위기는 조금도 없고 무슨 정치강연회에 가까운 삼엄한 공기에 충혈되어 있었다.

맨 앞줄에 앉아 듣고 있는 나의 등줄기에 땀도 같고, 바람도 같은 것이 선득하였다. 조선(朝鮮)시가 여기까지 왔구나 하는 감개가 우러나기 전에 첫째 생각나는 것은 시대가 문학에게 욕구(慾求)하는 것이 무엇이구나 하는 것이었다. 둘째로 문학이 그 욕구에 응할 수 있도록 달라졌느냐 또 달라질 수 있는 성질의 것이냐에 확신이 서지 않은 나에겐 열광하는 청중의 노호 속에서 어떤 부자연한 것이 느껴졌다. 시를 듣는 사람이 시를 한 예술작품으로 받아들이지 않고 거기 담긴 정치적인 '아이디어'만에 치중하고 또 이런 요구에 응한 시가 속속 제작된다는 것이 장차 무엇을 결과할 것인가에 생각이 미치자 나는 갈피를 잡을 수 없었다.

정치 강연에 보내는 박수와 시에게 보내는 박수는 같을 수 없다. 그날

밤의 청중은 문학청년이 대부분이었을 터인데 그렇다면 문학청년의 질이 달라졌다는 것보다 그 사람들이 시를 향수(享受)하는 태도와 문학관은 과연 옳은 것인가가 의심되었다. 이러한 현상이 갈대로 가면 남는 것은 구할 수 없는 예술의 황량뿐일 것이다.

8·15 이후 정치성을 띤 행사나 혹은 비상사건이 있을 적마다 거의 시인들이 이에 취재하여 시를 썼다.

신년(新年)이 왔다고 시를 썼고, 학병사건에 일제히 붓을 들었고, 3월 1일엔 기념시집을 냈고, 메－데, 6월 10일 청년 데이, 미국독립기념일 또 무엇 무엇에 시필(詩筆)을 잡았다.

이번에는 무슨 행사가 있으니 시를 써달라는 주문도 왔고, 심지어 이번 행사에 시를 안 쓰는 것은 무슨 일이냐는 질책이 있는가 하면, 눈치로 섭섭하다는 것을 알리는 사람도 있었다. 마치 시인이라는 사람들은 무슨 문장(文章)의 숙련공이어서 어떤 현상 앞에 앉혀 놓으면 이것을 노래하고, 한 개의 '테－마'를 주면 즉시 그것으로 시를 지어내는 종류의 사람으로 아는 것 같다.

물론 기중엔 진실한 감동으로 시를 쓴 사람도 있고, 또 있는 것이 당연한 일이나 맥이 나온 작품을 보면 무엇 때문에 쓴 작품인지 모를 것이 태반이었다. 그러면 예술성은 고사하고 정확히 정치가 반영된 작품이 나왔느냐 하면 그렇지도 못하다. 여기서도 남은 것은 예술의 황량뿐이다. 문학에 뜻을 둔 사람이 문학을 통하여 자기 인생이나 사회의 진보에 기여하는 바 있을 것을 바란다면 스스로 심사(深思)하는 바 있어야 할 것이고 문학뿐 아니라 딴 예술 부문도 역시 마찬가지 일 것이다.

결론부터 이야기하자면 예술성을 상실한 시란 정치에 기여는 고사하고 모체인 문학까지 상실하는 우스꽝스러운 결과를 맺을 뿐이다.

이러한 혁명기에 예술성 운운할 수 있느냐, 혹은 정치의 진보를 위하여는 희생시켜도 좋다는 말은 다 예술하고는 관계없는 말이나 이 글이 실리는 것은『신천지』12월호인데 무슨 연말 됐으니 셈을 해보자는 것이 아니라, 문제의 성질을 문제 삼을 만한 때가 왔다고 생각되기에 원인으로 생각되는 몇 가지를 적어보겠다.

지도이론(指導理論)의 빈곤(貧困)을 먼저 들고 싶다.

8·15 후 문학평론은 논지는 물론 형식조차 달라졌다. 평론도 자기 작품인 이상 자기세계를 추구한 궁극의 개성이 나타나는 것이 건강한 상태일 터인데 어떠한 평론이든 간에 천편일률의 정치독본식 문학평론이다. 문학이 그만큼 정치에 관련을 가진 것도 사실이나 문학의 입장에서 보면 정치는 역시 문학 이전의 문제이다.

정치의 진보가 곧 문학의 진보일 수 없는 까닭이다.

8·15 이전의 문학 대상이 인간이었으면, 8·15 이후의 문학 대상은 마치 정치인 감(感)이 있으나 정치 역시 인간의 욕구에서 출발하고 인간존중의 정신에 그치는 이상 인간성을 몰각(沒却)한 문학이란 한 가상(假象)에 지나지 않을 것이다. 8·15 후 문학의 대상이 인간이냐, 정치냐, 정치가 어찌하여 문학의 대상일 수 있느냐는 아직 숙제대로 남아 있으나 무엇보다 시급한 일은 문학이 달라지려면 먼저 문학자가 달라져야 한다.

민족문학의 수립이란 구호에 내용을 정확하게 규정한 글도 아직 없다. 아직까지의 이 문제에 대한 결론인즉 삼천만의 8, 9할이 노동자 농민이니까 노동자 농민의 이익을 대표하는 것이 민족문학의 정신이라는 것인데, 이 말을 뒤집어서 프롤레타리아 문학의 수립이라면 논지가 통하나 어찌하여 프롤레타리아 문학의 수립이 그대로 민족문학의 수립일 수 있는지를 나는 모르겠다. 굳이 '민족'이라는 두 글자를 붙이지 않아도 좋을 것에 '민족'이라는 두 글자가 붙어 있는 곳에 이 이론의 비밀 혹은 오류가 숨어 있다. 문제가 중요하고, 영향되는 바도 크므로 상당히 구체적인 연구와 논쟁이 필요한 문제이다.

'일제잔재의 소탕', '봉건잔재의 소탕' 또 무엇 무엇은 이에 신물이 나도록 들었으나 이것이 '일제잔재'다, 이것이 '봉건잔재'라고 구체적으로 지적한 평론은 아직까지 보지 못했다. 작품을 들어 자세히 가르쳐 주기 전엔 실감으로 잡히는 것이 없으므로 남는 것은 문자 그대로 공소(空疎)한 슬로건에 그치고 만다. "인민 속으로 들어가자", "인민의 감정을 바로 잡아야 한다"는 말도 공소한 말이다. 문학자 자신이 인민의 한 사람인 까닭이다. 이 말도 역시 "노동자 농민 속으로 들어가자", "계급감정을 바로 잡아야" 하는 말이 타당한 것이나 불행히 한 사람의 문학자도 '노동자 농민 속으로 뛰어 들어간 사람'을 보지 못하였다.

이 이상 슬로건에 도취할 필요는 없다. 슬로건보다 실질을 구하는 것이 백배나 급한 일이나 우선 구원이 필요한 것은 독자보다 문학자 자신이다. 정치에 이바지한다고 나선 일이 도리어 정치에 휘둘려서 어디까지가 정치이고 문학인지 분간을 못 차리게 된 것은 우습기보다 신중히 생각할 일이다.

문학이 한 시대의 요구와 행로(行路)를 암시할 수는 있으나 직접 그 개선에는 무력하다는 것을 알아야 한다.

누만언(累萬言)의 장시(長詩)보다 때로 한 발의 탄환이 필요한 것이 정치라면, 문학자 개인이 정치운동에 나서는 것과 문학 자체를 혼동하는 것은 의미 없는 노릇이다.

문학자 스스로가 자기 몸에 지닌 사상이 무엇인가를 냉정히 생각해 보며 문학작품으로 인민을 계몽해야 한다고 떠들기 전에 자기에게 인민을 계몽할 역량이 있는가를 스스로 반성해야 할 것이고, 있다고 자신(自信)하는 사람은 그 스스로 십분(十分) 충분한가 아닌가를 재고(再考)해야 할 것이다. 문학의 대중화를 논의하기 전에 대중화할 문학이 있느냐를 먼저 논의해야 할 것이다. 자기 문학의 중량과 깊이를 위하여서나 혹은 작품을 통하여 기여할 곳을 생각하는 사람은 스스로가 겸허히 자기 공부에 열중할 때이다.

자신의 문학태도를 주체하지 못하며 어찌 문학을 통하여 인민에게 이바지한다는 번지레한 말이 나올 수 있을까.

자기반성은 친일파 민족반역자의 일수판매(一手販賣)[35]는 아닐 것이다.

×

시 작품에 나타난 것은 더욱 거칠고 빈약하다. 새로 나온 사람이나 기성(旣成)했다는 이나 자기 개성 대신에 집어넣어서 작품을 만든 것이 태반이었다. 작품의 유형화가 다시 등장했다. 작자가 없는 시가 성행한 까닭은 8·15 이전의 문학을 개인주의 혹은 자유주의 문학이라고 간단히 치워버리고 개인의 세계나 정서를 떠난 것만이 시대에 충실한 것처럼 오해한 것이 드디어 작품에서 개성을 제외하고도 태연한 데까지 이르렀다.

문학상(文學上)에 있어서 개인주의나 자유주의가 무엇인가를 나는 잘 모르며, 쓰는 사람들도 알고 쓰는 것 같지 않은 모양이나 사회문제를 취재치 않은 것이면 모두 거부한다는 문학태도는 온당치 않다. 그보다도 사회성이라는 재료가 작자라는 개인세계와 어떻게 인연이 맺어졌느냐, 작자가 '메—데'라는 테—마를 어떻게 소화했는지, 어찌하여 작자에게 '메—데'가 소중하고 무엇 때문에 흥분하는지가 작품에 나타나지 않으면 거짓말이다. 포스터—, 신문기사와 예술작품이 구별되는 것이, 예술작품이 작자라는 개성의 파이프를 통하여야만 생산되는 까닭이다. 공식적인 세계관을 머리로만 이해하고 그것을 그대로 작품에 뒤집어씌우는 곳에 생경한 작품이 생산된다.

하나둘 실례를 들어본다.

박세영(朴世永) 씨 작품 「아— 여기들 모였구나」 일부

---

35 본래 '총판(總販)'을 이르는 말로 여기서는 '그들만의 몫' 정도로 풀이하면 될 듯.

엊그제는 령방(令方)³⁶에 독립(獨立)은³⁷ 달라고
저자를 지드리고 인경을 치고
가장 애국자(愛國者)인 양
태극기(太極旗)를 휘둘르든 그대들이
그 넋은 어데다 던져 버리고
이제 모조리 여기 왔는가

진정으로 조국(祖國)을 사랑하기에
뜨거운 마음이 복바쳐나와
기름때 묻은 옷 헐벗은 옷대로
민주주의(民主主義)의 깃발을 내걸고 나가든
그 거룩한 민족(民族)의 산 행렬(行列)에
해방을 놀든 그대들이
아 모조리 여기 왔구나

김용호(金容湖)³⁸ 씨 작품 「아― 가슴 아프다 슬픈 교향악이여」의 일부

빛을 가로질러 어둠에 날뛰는
요마(妖魔)와 같은 단말마(斷末魔)와 같은 무리들이여
너의 입에서도
계급(階級)을 초월(超越)한 민족(民族)이란 말이 나오느냐

신선로(神仙爐)에 무역(貿易) 술통을 기우리며

---

36 '令方(금방)'의 오식인 듯.
37 '독립(獨立)을'의 오식인 듯.
38 '김용호(金容浩)'의 오식인 듯.

양금(洋琴)소리 쿳숀 침대(寢臺) 우에 중세기적(中世紀的) 꿈을 꾸며

굶주리고 헐벗은 조선(朝鮮)의 애국자(愛國者)란 렛델을 붙이려는가

적절한 실례가 됐는지는 모르나 우선 생각나는 것이 이것이다.

시의 형식을 통해서 작품에 나타나는 정서는 시 이전에 그 사람의 생활에 넘쳐흘러야 한다. 다행히 예술작품은 정직한 것이어서 감동이 진실하냐, 거짓 구호에 그치느냐는 작품에 그대로 나타난다.

모르고 있는 것은 작자뿐이다. 감동의 진실성이 없는 데서 과장하는 표현이 생긴다. 심하면 자기망상도 생길 수 있다. 프롤레타리아 시에서 금과옥조로 여기는 사회성에 도달하려면 먼저 개성의 표현이 진실해야 할 것이다. 자기생활에 충실치 못한 시가 어찌 읽는 사람에게만 감동을 강요할 수 있을까.

이상은 대단히 상식적인 이야기며 예술 성립 조건의 ABC다.

어찌하여 이런 상식조차 몰각(沒却)된 1년간이었던가. 문학자의 생활이 달라지지 않은 채 작품만이 달라지려는 억지가 실행되고 있던 까닭이다. 오장환 군의 「병든 서울」이 잘 됐다는 것은 8·15라는 노도(怒濤) 앞에 몸부림치는 한 사람의 개인 오장환의 뉘우침이 주는 감동일 것이고, 「공청(共靑)으로 가는 길」의 작품으로 공허(空虛)한 것은 작자의 생활은 딴 데 가 있는데 공청으로 가려는 몸짓만 보이는 까닭이다. 몸짓만으로는 문학이 못 된다는 상식은 전(全) 문학자(文學者)가 깊이 관심할 바이다.

수수나 감자가 주정(酒精)이 되어 나오려면 감자라는 재료가 주조기(酒造器)라는 개성 속에 썩어야 한다. 이것은 예술의 비밀이며 또 숙명이다. 문제는 신인들에게 더욱 현저하다. 신인들의 세계는 대부분이 '데생'을 거치지 않고 '데포르마숑'으로 뛰어 들은 불행한 화가들도 차있다.

이 책임의 태반은 지도 이론의 빈곤이 져야 할 것이다.

새로 출발하는 분들에게는 작품의 사상성을 꾀하는 것보다 예술의 성

립하는 기본조건을 갖추는 것이 더 긴급한 일이고 작품을 쓰고 발표하는 일보다 문학자로서의 생활을 가질 것이 더 소중한 일이다.

8·15 후 시대는 바뀌었으나 문학작품 위에 시대정신이 서는 것은 시일의 여유가 필요하다. 더구나 구시대(舊時代)에 물들지 않은 신시대에 '다크호스'는 아직 나타나지 않았다. 새로운 정신세계를 등에 지고 나오는 진정한 뜻의 신인은 그 스타일부터 청신(淸新)해야 할 것이다.

최근에 작품을 발표했다는 뜻으로 쓰는 신인(新人)이라는 말은 문학상(文學上)의 신인과는 관계가 없다.

문단이라는 좁은 울타리를 관심에 두지 말고 자기 문학을 통하여 자기 인생의 길을 닦고 결투하려는 패기로 문학을 시작하고 거기 스스로 결실되는 것을 바랄 것이며 문단을 상대로 문학하는 종류의 사람이 있다면 빨리 문학을 집어치우는 것이 인생에 유위(有爲)한 노릇이겠다. 짧은 한평생에서 허다한 작업을 버리고 어찌하여 문학에 뜻 두느냐를 자기 자신에게 물어보는 것이 현명한 노릇이다. 이 점에 있어서는 기왕(己往) 문학을 시작한 사람도 마찬가지이다.

이 곤란한 수업으로 지나서 비로소 한 사람의 시인이 탄생된다. 한평생 걸릴 수업이란 말이 더 적절할지도 모른다. 더구나 8·15 후의 사람에겐 한 가지 조건이 더 부가된다. 새 시대를 상징하는 문학작품이라면 말은 쉬우나 실로 용이한 일이 아니다.

적어도 십년을 단위로 하고 노력해야 결실할까 말까 하는 곤란한 일이 신인들 앞에 놓여 있다. 굳이 기성을 제외하는 뜻은 아니나, 신인에게 더 많이 기대되는 성질의 일이다. 나는 신인이라는 뜻을 이렇게 생각하고 있다. 요즈음 흔한 테마인 "나는 인텔리이지만 펜을 던지고 영등포에 왔다. 오— 새로운 태양 영등포여"도 좋으나, 영등포에 온 것만으로는 작품이 안 된다. 영등포에 와서 묵묵히 땀 흘리고 일하며 자기 인생을 추구하는 준열(峻烈)한 정신생활의 결과를 기록하는 것만이 작품이 될 수 있다.

조선시의 전도(前途)는 시의 내용과 형식을 어떠한 대의명분으로 획일(劃一)하려는 것보다 각자가 자기 정신세계를 개척하는 것으로부터 길이 터질 것이다.

　앞으로 문학의 주류가 프롤레타리아 문학일지, 약소 민족문학일지는 나에게 벅찬 문제이며 단정할 준비도 없다.

　그러나 대별(大別)하자면 민족을 단위로 생각하는 문학과 계급을 단위로 생각하는 문학이 있을 것이고 개인의 정밀한 세계나 꽃과 풀을 노래하는 것으로써 역(逆)으로 민족이나 계급의 운명에 통하는 사람도 있을 것이다. 개성의 존중이 절대로 필요한 소치이다. 다만 어떤 문학이 우수하냐 열등하냐는 자기 작품을 통하여 인생을 추구하려는 문학자로서의 신념이 섰느냐 안 섰느냐에서 좌우되고 이것을 무시한 시는 시의 융성은커녕 시의 황폐를 가져올 위험이 있다는 것만이 통절히 느껴진다.

　작품이 예술성을 소중히 하고 길러 나가는 노력 없는 문학이란 허사에 그치고 마는 까닭이다.

　이러한 까닭에 용감한 당원으로 자처하는 사람보다 한 사람의 고민하는 문학자에게 신뢰감이 가는 것은 나 개인이 거기에 더 절실한 것을 느끼는 것뿐만은 아닐 것이다. 나의 하고 싶은 말은 이것뿐이다. 시단1년기(詩壇一年記)이면 이 해에는 누구누구가 무슨 작품을 쓰고 시집은 무엇무엇이라고 상벌 비슷한 것을 따지는 것이 전례인데 이런 일엔 흥미도 없고 의의 있는 일이라고 생각지도 않을 뿐더러 꼭 문제 삼아야 할 작품도 없다고 생각되기에 생략했다.

시단詩壇의 두 산맥山脈

「서울신문」, 1946.12.3

기폭(旗幅)과 만세 소리에 싸인 8 · 15의 노도(怒濤)가 스쳐간 후 우리 시단에는 대체로 두 개의 산맥의 솟아올랐다. 시의 1년은 이 두 개의 산맥을 이야기하는 것으로 족할 것이다. 같은 1년간을 받아들인 두 가지 정신태도가 있다. 팽창한 정치에의 관심을 벗어난 사람은 없을 것이나 자기의 정치에 대한 생각을 문학의 대상으로 하고 직접 이것을 작품의 내용으로 취급한 일군(一群)의 시인이 있다. 종이를 통하여 발표는 물론 강연회, 정치행사, 포스터, 삐라에까지 발표 영역을 넓히고 그 중에는 몸소 정치운동에 실천하는 몇 사람의 개인도 있다. 개개의 이름을 들 필요는 없으나 이 분들의 업적은 시 자체의 질과 발표 영역을 넓힌 것과 문학태도의 혁명으로 자기 위치를 선명히 하였다. 그 대신에 많은 민족문학이나 대체로 노동자 농민을 위주하는 정치운동에 호흡을 맞추는 나머지에 시의 내용이 계급적 편파성에 기울고 형식으로는 소화되지 않은 정치이념을 그대로 작품에 뒤집어 씌워서 문학작품으로는 지나치게 예술성이 엷은 생경한 것이 태반이었다.

소화되지 않은 정치이념을 그대로 작품에 뒤집어 씌웠다는 것은 어떤 '아이디어'가 작품으로 돼 나오기 전에 시인의 생활에서 여과응결되어 하나의 인간적 신념이 되기 전에 이것을 노래 부른 까닭으로, 진실한 감동보다 과장이 많고, 강렬한 개성보다 획일적인 정치 슬로건으로 차 있다는 말이다. 예술하는 사람으로는 하나의 위기이다. 시작품의 예술성보다는 정치적 효과를 더 소중히 생각하더라도 예술성을 몰각한 시는 벌써 시도 아니요, 그렇다고 선전삐라도 못 된다는 것은 잊지 말아야 한다.

그 다음에 순수시인이라고 불리우고 또 자처하는 일군의 시인이 있다. 부르는 사람이나 불리우는 사람이나 순수의 규정 하나 제법 똑똑한 사람도 없으나 근대문학에 있어서의 순수시나 시운동은 누구보다 시대와 시대성에 날카롭고 이를 소중히 하던 '모더니스트'들이라는 것을 모르거나 묵살하는 모양이나, 문헌으로 남아있는 이론과 작품은 무시하지 못할 것이다. 시대를 역행하여 때 아닌 '보들레르'의 옷맵시나 '랑보'의 넥타이를 고집하는 것은 또 민족의 운명에 등한한 이조(李朝) 부유자(腐儒者)의 후계자라는 것은 명심할 것이다.

물론 하나의 꽃과 노을을 노래하는 것으로 민족의 운명과 자기 인생에 역(逆)으로 통하는 것도 사실이나 예술작품은 정직한 것이어서 시인의 아이디어는 물론, 그 사생활까지 시에 드러나 있다. 백보를 양보하여 문학자라는 사람이 민족의 일분자라는 것을 망각하고라도 하나의 인간으로서 성숙해가는 결과가 나타나 있는 작품쯤은 있어야 마땅한 일이다. 시 한편마다 민족을 애호(哀號)하라는 것은 아니나, 시대를 역행하려는 생각은 인간으로도 불성실하고 '댄디보ー이'로서도 낙제라는 말이다. 자기 인생을 추구하는 뜨거운 진실조차 없는 시인이라면 어찌 세상에 하고많은 직업 중에 제일 신산하고 고역이라는 문학을 택하였는지 건방진 말이나, 차라리 문학을 내던지는 것이 인생에 유위(有爲)한 노릇이겠다. 정송강(鄭松江)도 백골 된 지 오래고, '로트레아몽'이 가로(街路)에서 횡사(橫死)한 지도 백년이 지났다. 아니 정송강 같은 '휴매니스트'가 오늘 조선에 살아 있다면 누구보다 먼저 민족의 선두에 서서 피를 흘릴 것이다. "어떠한 종류의 인간 정신일지라도 사회적 경제적 생활의 보다 공정한 균등에 현대의 절실한 요구를 발견할 것이다"라는 토ー마스·만의 한마디는 오늘의 문학자의 지침일 것이 분명하다.

×

민족에 대한 개념마저 다른 시단의 이 두 산맥이 앞으로 어떻게 변형할지 꼭히 모르고 조급한 결론을 지을 것도 없으나, 나 개인으로는 김기림 씨가 말한 '공동체의 발견'과 김광섭(金珖燮) 씨의 '시의 당면한 임무'라는 두 가지 발언이 강렬히 인상에 남아 있다.

끝으로 일언할 것은 한 민족과 개인이 다난한 혁명기일수록 서로가 겸허히 자기 역량을 돌아다보고 공부에 심혈을 기울일 때 시도 더욱 찬란히 빛날 것이며, 문학을 최후로 결정하는 것은 역시 문학자의 생활이란 것을 다시 한 번 절규(絶叫)코 싶다.

노신魯迅의 문학 입장

『예술신문』, 1946[39]

노신(魯迅)은 지금 전 중국의 우상이 되어 있다. 항일문학의 영웅, 신문학의 아버지 기타 무엇 무엇으로 노신의 문학 업적은 정치의 손문(孫文)에 비교되며 그는 확실히 중국 신문학에 커다란 터와 깊이를 남긴 사람이나, 이야기하고 싶은 것은 이것이 아니라, 1928년을 전후하여 노신에게 반동 문인이라는 절수(切手)를 붙이고 노신의 작품에 프롤레타리아가 등장하지 않는다고 발을 구르며, 심지어 그를 '황치(黃齒)의 성성(猩猩)'[40]이라 욕하던 사람들의 입과 붓끝으로 노신이 하나의 우상화가 되어가는 일이다.

노신의 문학입장이 그처럼 프롤레타리아 문학의 첨예(尖銳)이며 그 스스로가 이것을 희망하였을까! 청년기 이후 노신이 한평생 서글퍼하고 증오하며 혈루(血淚)를 뿌린 것은 중국민족이라는 한 숙명덩어리였다. 좌익이기 전에 그는 애국자였다. 부유(腐儒)의 탁류와 미개한 군맹(群盲)에서 민족을 구하려는 것이 그의 염원이고, '토호(土豪)'와 '정인군자(正人君子)'를 그처럼 증오한 것도 그들이 사리(私利)를 위하여 이것을 방해하려던 까닭이며, 그들의 손에 청년의 피가 무단히 흘렀던 까닭이다.

노신이 한평생을 두고 싸운 것은 좌익적인 속물사상(俗物思想)이었다. 『아큐정전(阿Q正傳)』을 가리켜 비(非)프롤레타리아 문학이라 하여 매장하려 들고, 외국 프로문학 이론의 맹목적 수입과 성급한 영웅주의로 나대던 '창조사'와의 논쟁은 오히려 지금 조선의 문학하는 사람들에게 끼치는 바가 많을 것이다.

---

39 정확한 호수, 발행 일자를 알 수 없음.
40 누런 이빨의 유인원, 원숭이.

노신의 평론활동을 가리켜 좌익문학이라 하더라도 끝까지 그의 문학은 민족의 구원을 전제한 좌익문학이었고, 노신이 제일 걱정하던 것은 1931년경부터 정치의 선전 활동에 열중한 문인들이 문학의 창조를 제외하고 가두에 벽신문을 붙이고 노래를 짓고 병사를 위로하며 기금을 모집하는 등 쇄말적(瑣末的)인 정치활동에의 직접 참가하였다. 그는 이런 종류의 일을 못하는 사람이었다. 이 좌익문인의 지나간 정치 참가는 드디어 1931년 좌익작가의 살륙(殺戮)이라는 비극을 초래하였다.

"물론 무슨 운동을 막론하고 운동이 정곡(正鵠)을 얻느냐 못 얻느냐를 결정짓는 것은 거기 움직이는 인간성의 문제이다"라는 것은 노신의 평생을 통한 신념이었다.

혁명의 혼탁과 동란의 전진(戰塵)에 싸여 작품과 인간이 격앙하고 충혈되었을 때 홀로 정밀(靜謐)한 비가(悲歌)를 노래하던 심정을 나는 나대로 생각하고 있다. 일체(一切)를 격노하고 일체(一切)를 자애하는 거대한 인격에서 우러나오는 비정의 문학이 노신에게서 비롯한 것은 그의 중국이라는 숙명 덩어리에 대한 일종의 동양적인 체념 때문일 것이다.

『고독자』·『공을(孔乙)』·『고향』 등의 저작에서 우러나오는 침통한 노래 속에 한 사람의 상심한 인간 노신이 서 있다. 이것은 그가 몰락한 시대 부 집안에서 태어난 것과 정치와 폭력 앞에 문학이 얼마나 무력한 것인가를 아는 철저한 비애에 닿아 있었기 때문이다. 부질없는 생각인지는 모르나 지나사변 직전에 죽은 그가 살아서 2차 대전이 지난 오늘 국공상쇄(國共相殺)의 와중(渦中)에 있다면 그의 심정이 어떠하였을까.

그보다 뭇 열강의 잠식(蠶食) 속에서 오랜 숙명과 무지로 패망해 가는 중국 민족을 위하여 토호열신(土豪劣紳), 정인군자, 쿠데타, 좌익속물, 자기 자신의 비애와의 참혹한 싸움으로 자기 문학조차 완성하지 못하고 도중 병사한 노신의 일평생이 상징하는 것이, 앞으로의 조선민족의 곤란과 작가의 전도(前途)가 아니기를 바라는 심정은 역(逆)으로 노신의 비가(悲歌)에 통하는 것이 있을 것이다.

나의 짧은 중국문학에 대한 지식과 언어와 민족의 장벽을 넘어오는 노신의 비가! 이것은 약소민족의 오열(嗚咽)이며 전 동양의 통곡임이 분명하다.

문학평론의 빈곤貧困

친구 몇 사람이 모인석상에서 문학대중화운동(文學大衆化運動)에 대한 이
야기가 나왔는데 그렇게 논의되는 문제에 대해서 각기 생각이 다른 것이
이상하였다.

첫째는 대중화운동은 문학보급운동이라는 논(論)인데 철도침목이 썩어
기차 운행이 위험하고 민생문제에 기인하여 인민항쟁이 일어나는 요즘,
문학을 보급하고 작가를 육성하는 것이 제백사(除百事)하고 해야 할 일이
아니라는 반박이 나왔다.

둘째로 대중화는 문학을 기왕의 고답적인 데에서 끌어내려서 평의(平
宜)하게 씀으로써 문학의 영역을 넓히고 인민 속으로 침투하는 것이라는
논이 나왔는데 이것은 문학의 방법에 속하는 것이요 문학자 자신에게는
절실한 일이나 '대중화운동'까지 일으켜야 할 성질의 것이 아니라는 반대
가 나와서 결론으로 남는 것은 문학을 통하여 정치이념을 집어넣는 운동
이라는 데서 대체로 이야기가 끝났으나 중요한 것은 문학대중화운동 한
가지에 대하여서도 각인각색으로 그 생각이 통일되어 있지 않다는 것이
다. 대중화운동이 그처럼 논의됐으면서도 실천이 지지(遲遲)한 이유의 하
나는 문학자 자신의 운동에 대한 이념의 혼선일 것이다.

민족문학의 수립이란 대 지표에도 허다한 이론의 허구가 숨어있다. 민
족문학에 대한 요약은 간단하다. 조선민족문학이란 표현될 면은 있으나
주장으로 내세우기엔 너무 많은 조건의 빈곤을 가지고 있다.

짧은 지면에 상론할 수는 없으나 반제, 반봉건, 반국수(反國粹)는 오늘
국제성을 띤 시대윤리이어서 유독 조선민족 고유인 것은 아니며 범위를

400 2부_산문편

줄여 생각해도 아세아 약소민족 전체의 아이디어일 수 있으나 조선민족만이 자기 민족문학의 내용으로 내세울 성질의 것은 아니다.

그밖에 언어만이 반드시 민족문학의 내용이기엔 같은 영어로 표현된 영국문학과 미국문학이란 전례가 있다. 언어를 제외하고도 조선민족을 한 신격화한 '얼'이나 풍속·문화전통 등 고유의 로─칼카라─로 표현의 재료일 수는 있으나 민족문학의 내용이라기엔 지나치게 모호하고, 구체적인 이념의 통일이 없다. 남는 것은 조선민족의 9할인 노동자, 농민의 이익을 대표하는 문학이라는 정치적 명제인데 이것 역시 조선민족문학의 내용이라기엔 지나치게 전세계 프로레타리아문학의 공동과제일 것이다. 성급한 사람은 그러면 너는 세계사의 □附에 반대하느냐고 역증을 낼지 모르나 내가 이야기하고 싶은 것은 그것이 아니라 문학평론의 빈곤이다. (산적한 제(諸) 문제가 소재 그대로 해결되지 못하고 있다.) 문학대중화운동·민족문학의 규정 두 가지도 조그만 실례 들었을 뿐이다. 8·15 후 조선이 당하고 있는 혼란은 문학에도 그대로 반영되었다. 이러한 혼란기의 문학엔 작품보다, 평론이 앞서서 도로 소제(道路掃除)를 하고 작품이 그 뒤를 따르는 것이 '문학사'의 상식인데 이 점엔 우리들이 섭섭할 수밖에 없다. 우선 평론의 시급한 과제로는 성립조건이 애매한 대로 민족문학의 구호를 똑같이 부르는 조선문학가동맹과 조선문학가협회가 실제 활동에서 이념, 조직, 방법이 반대 방향을 취하는 근본이유는 무엇일까를 밝혀야 한다. 하나는 민족주의문학이요, 하나는 프로레타리아 문학운동이라는 구별 외엔 설명할 방법이 없다. 이러한 근본 테─마를 해명 표현치 않고는 문학평론 자체의 종횡(縱橫)의 혼선조차 더욱 색채와 심도를 더할 뿐이다.

창작방법론의 혼란을 정리하는 방법도 이 대전제의 색채를 따지기 전엔 무용한 마찰을 되풀이할 뿐이다.

나 개인의 실례를 들면 시와 민족(신문에서 '시단의 두 산맥'이란 표제를 썼다)에서 조선시(朝鮮詩)의 시대특징에 대한 단문(短文)을 초(草)하면 직시(直時) 시단의 제3당을 음모한다는 이론보다 인신공격에 치우친 미론(迷論) 끝에 사람의 뒤에 꼬리가 달렸다니 안 달렸다니 하는 동물학의 신지식을 피력하고 문학의 위기라는 표제하에 시에 대한 방법론의 일부로써 시의 유형화문제를 중심하여 이야기하면 내가 제시한 근본 테—마의 진전은 물론 일언반구 문제 삼지 않고 아직도 정치를 기피하는 순수 예술론자를 말살하라는 식의 논조로 무딘 외과도(外科刀)를 들고 달려온다. 극적 효과는 있는지 모르나 삼문(三文)⁴¹오페라는 아니다. 신인에 대한 조언 같은 이야기 중에 일구절(一句節)을 따다가 거두절미하고 제시하여 마치 그것이 전문(全文)의 근본 테—마처럼 왜곡하는 방법은 정치론의 방법일지 모르나 문학론의 방법은 아니며, 더욱 글 쓰는 사람의 도덕에 벗어나는 일이다.

문학론은 문학론 고유의 질서와 궤도가 있다.

김영석(金永錫) 형의 말을 빌려 '극히 우의적(友誼的)으로' 장택상(張澤相) 수도경찰청장과 나의 졸문(拙文)을 동급으로 취급해준 데 대해서는 무어라고 감사해야 할지 말의 부족을 느낄 따름이다.

이런 살벌한 무사도가 횡행하는 동안 건설적인 이론이란 있을 수 없다. 잘못은 교시하고 논지는 진전시키는 비평 태도보다, 권투의 수법이 더 박수갈채 받는다는 것은 슬픈 일이다. 나 개인 이야기가 길어져서 미안하나 결론인즉 민족문학이란 애매한 표현을 씀으로써 생기는 저조의 혼선마찰을 피하려면 스스로의 이념을 강력(强力)으로 표시하는 민족주의문학과 프로레타리문학의 간판을 내걸어 만인으로 하여금 긍정할 문학과 문학운동을 키워나가야 한다는 것이다.

이 문제의 해명 없이는 문학평론의 발전은 물론 문학운동의 전도는 기형적일 수밖에 없고, 이 문제의 진전 여하가 작품의 질적 향상에 끼치는 바도 클 것이다.

---

41 '값싼'의 의미인 듯.

문학청년론文學靑年論

『협동』, 통4호, 1947.3.10, 79~83면

문학청년이란 말은 사실은 흐릿한 말이다. 문학을 좋아하는 사람이라는 뜻보다 문학자가 되기 위하여 수업 도중에 있는 사람이라는 뜻으로 쓰여지는데, 그러면 문학을 좋아하는 사람은 문학청년이 아니냐 하면 그 역시 일종 문학청년임에 틀림없다.

경멸하는 뜻으로 쓰여지기도 한다. 작가로서의 나이도 지긋한데 작품세계가 성숙치 못한 사람을 가리켜 만년 문청(萬年文靑)이라고도 하고, 문학 공부는 오래 하면서도 작품 하나 변변히 써서 발표 못 한다는 뜻으로 늙은 문청(文靑)이라고도 한다.

독자의 주위에도 동창이나 친지들 속에 한 두 사람은 있을 것이다.

더구나 조선서는 문학청년과 작가의 구별이 분명치 않다. 작가라면 문학을 직업으로 하며 생활의 전부를 여기에 의탁하는 사람의 뜻일 터인데, 조선 사회선 문필(文筆)로 밥을 먹을 수 없다는 기특한 현상 때문에 작가라는 직업으로써 생계를 세울 수 없어 직업으로서의 작가층이라는 개념이 흐릿하고, 둘째로 조선서는 작가 ─ 시인이나 평론가를 포함 ─ 가 되려는 수업기한이 대단히 짧고 또 전연 없는 사람도 있어 정신세계나 작풍이 선 뒤에 작가로 출발하는 경우가 매우 드물다.

우리가 잘 아는 일본도 대개가 작품 발표 전에 10년 이상 수업시대를 거쳐 나오는 까닭으로 어느 정도 충실한 역량 없이는 발표할 엄두도 못 내는 수준에 있는데, 조선은 이 수준이 들쭉날쭉해서 신문의 신춘문예 같은 비교적 일정한 고선(考選)을 받고 출발하는 사람도 있는가 하면, 출판기관에 일을 본다든가 편집자들에게 개인적으로 인정을 받는다든가 하여 작품을 발표하는 까닭으로 미숙한 작품세계를 들고 나오는 사람도 있어 작가와 문학청년의 구별이 그리 확실치 않다.

너무 일찍 작품이 발표된다는 것은 발표욕이라는 아무 짝에도 못 쓸 청춘의 욕망을 만족시키는 외에 수업 도중에 있는 사람에겐 백해(百害)는 있을지언정 아무 이익도 못 줄 것이다. 문학청년이란 굳이 정의를 필요로 하는 물건을 아니다. 차라리 알고 싶은 것은 한 사람의 작가가 어떠한 수업을 거쳐 탄생된다는 경로일 것이다.

×

1930년 이후 약 10년 간 문학청년을 길러낸 곳은 옛날 명치정(明治町) 부근의 다방이다.

황혼으로부터 야반(夜半)에 그 곳을 가보면 자욱한 담배 연기와 음악 속에 묵묵히 들어앉은 유상무상(有像無像)들의 입에서 나오는 이야기는 대개가 문학, 그림, 빈궁, 수업에 대한 것이었다. 허식과 감상(感傷)도 있었고, 진지와 겸허도 있었으나, 작가를 지망하는 지향(指向)과 거기에 상반(相伴)한 역량을 키우려는 열의와 긍지를 가지고 있었다.

허다한 동인잡지가 그 속에서 나왔다.

『삼사문학』과 『시인부락』은 그 대표적인 것이다. 그 무렵의 분위기를 쓴 것이 이봉구(李鳳九) 군의 「도정(道程)」인데 이봉구 군 못지않게 명치정에서 살던 나로선 요즘 모리(謀利) 브로커 상해(上海) 천진풍(天津風)의 괴상한 복장으로 들끓는 명동을 지날 때마다 일종의 감개조차 없지 않다.

이야기가 딴 데로 샜으나 탈모(脫帽)로 옆에 책을 끼고 본정(本町) 책점(冊店)으로 좌지우지(左之右之)하던 청년 중에 과연 문학자로 작가 세계에 나아간 사람들이 몇이나 될지 의문이다.

학교에서 문과를 했다든가, 서책을 통하여 공부를 하였든지 문학에 취미를 가지기 시작했다는 것은 그 사람이 어느 정도의 소질을 가진 까닭이겠다. 그러나 문학에 식지(食指)를 움직인 후에 소질과 기분만으로는 작품이 되지 않는다. 물질적으로 아무 보상 없는 오오랜 수련이 필요하다는 가혹한 조건이 붙어야 한다. 대부분은 먹고 살 수 없다는 생계문제와 자기에게 재능이 있느냐, 또 언제 한 사람의 작가로서의 정신세계가 개화되느냐 하는 이중의 지옥이 기다리고 있다.

재능은 광산(鑛山)처럼 파 보아야 알지만, 정신세계를 포착지 못하는 동안의 초조와 고통에 못 이겨 대부분이 문학을 내던지고 시정의 절벽으로 굴러 떨어진다.

그러나 그 사람이 딴 직업으로 가더라도 청년기에 문학을 만지고, 거기에 담겨 있는 진지한 인생 태도를 배웠다는 것이 그 사람의 한 평생에 대단히 유조(有助)할 것이며, 올바른 문학 공부를 한 사람이면 딴 직업에 가더라도 반드시 유능한 사람들일 것이다.

적어도 타락한 주의자(主義者)에 비할 것은 아니고, 사람으로 진실해야 한다는 문학자의 근본태도는 그 사람들을 쫓아다니며 후광처럼 빛나리라는 것은 나의 헛된 희망뿐이 아닐 것이다.

문단 청년이라고나 할 사람들처럼 성실히 자기 세계를 추구함도 없이 그렇다고 타력(惰力)으로 문학을 버리지도 못하고 어리둥절하고 나이 먹는 것보다, 문학에서 배운 인생태도를 가지고 광활한 곳을 찾아가는 것이 인생으로서도 얼마나 훌륭한 태도일 것이냐.

부지런히 사람을 찾아다니고 작풍(作風)을 임내내고,[42] 가십으로 자기 우울을 푸는 것도 수업 도중에 흔히 있는 일이나 옆에서 보기엔 딱한 노릇이다. 오랜 자력독행의 노력으로 이런 계단을 지나 어느 정도 작가로서의 역량을 길렀으나 단지 발표할 기회를 못 가진 작가 예비군들이 있다.

---

42 입내내다 : 소리나 말로써 흉내를 내다.

정말 문학청년이란 이런 사람들을 가리키는 말인 것이다.

발표는 없어도 자가의 정신세계와 스타일을 가지고 있는 사람은 벌써 주관적으로는 작가이고, 이 사람들의 문제는 문학청년이라는 울타리를 떠나 그대로 작가의 문제이다.

이런 작가 예비군을 많이 가지는 날, 조선 문학의 수준이 오르고 심도가 깊어질 것이다. 기왕(旣往)을 보면 이런 정도의 문학청년으로 작품을 발표한 사람은 얼마 없다.

작가의 생명이 수명 짧은 것도 이 까닭이고, 지금 상당한 업적을 가진 분들이 출발에 있어 신중한 것도 이 까닭이다.

이분들은 출발할 때부터 무엇이든지 기왕 수준에 한 가지 플러스하는 것을 가지고 나왔다.

새로운 문학운동의 제창이든지 청신한 스타일이든지 성숙한 경지든지 참신한 수법이든지 자기의 뚜렷한 개성을 몸에 지니고 나왔다.

고 이상 씨가 그러했고, 최명익(崔明翊) 씨가 그러했고, 김기림 씨가 그러했다.

문학상(文學上)의 신인이 가질 자격이란 이런 것일 것이고 반면에 천신만고하여 어느 정도의 짜인 작품은 썼으나 맥이 도달한 것은 기성 수준의 근처인 사람이 대부분일지도 모른다.

×

8 · 15 이후 문학청년은 그 외모부터 달라졌다. 거개(擧皆)가 정치 청년들이다. 다방에 앉아 담배를 피우는 대신 정치 집회나 데모에 참가하고, 보들레르나 지하직재(志賀直哉)의 일화(逸話)보다는 고리키나 노신(魯迅) 이야기에 열중한다.

평론하는 한 분이 그 이야기 속에 시대에 대착(對錯)[43]되는 부류의 문학청년 이야기를 할 때에는 다방 2층에서 홍차를 마시는 사람들이라고 표현하는데, 재미있는 것은 요즘 문학청년은 모두가 다방이 아니라 정치 집회장에 있는 것이다.

8·15 전 문학청년이 보기에 역겨울 만큼 침통한 표정을 하고 있었다면, 요즘 문학청년은 보기에 미안할 만큼 두 눈이 충혈되었다. 시대의 차이는 여기도 현저히 드러나 있다. 언제나 문학은 그 시대의 주류가 되어 있는 시대 윤리를 좇아 형성되며 반대하는 사람이나 찬성하는 사람이나 주류를 중심으로 유동되는 까닭이다. 기왕에 한 작가를 사숙(私淑)하여 개인적으로 친하며 동인잡지에 모여서 문학사조를 제창하는 대신, 요즘 문학청년은 어떤 조직에 참가함으로써 자기 지향을 표시하고 조직을 중심으로 발표할 기회를 가지는 경향도 한 방법이겠으나, 그 대신 정치수업으로써 곧 문학 내용을 삼으려는 위험이 뒤따른다.

여기서 수업 도중 위험 있는 사람이 심사할 것은 정치수업이란 한 체험으로써 좋으나 훌륭한 작품은 역시 정치수업이나 일상생활이나 간에 한 사람으로서의 체험이 그 사람의 인격과 피부에 스며들어 십분 소화되어 나온 신념과 독특한 스타일로서 광망(光茫)을 발하는 것은 문학이 역시 정치수업이 아니라 인간수업인 까닭일 것이다. 그 일례로 '프롤레타리아' 소설이 노동자에게 감명을 주려면 작가 스스로가 손에 기계유(機械油)를 묻혀야 할 것이다.

요즘 씌어지는 공장소설(工場小說)의 등장인물보다는 실제 노동자들의 체험과 감정이 훨씬 심각한 리얼리티를 가지고 있다는 공간을 작가들은 무엇으로 메울 터인가.

재능과 노력도 물론 소중하나 작가를 결정적으로 죽이고 살리는 것은 그 사람의 인간 수업이 진짜냐 가짜냐에 달렸다 해도 과언이 아닐 것이다.

---

43 '대조(對照)'의 의미로 쓰인 듯.

인간생활과 사고(思考)가 진지하지 않는 곳에 문학청년도 작가도 있을 수 없다.

내가 말하고 싶은 것은 발표에 초조하여 경솔한 작가로 세상에 나가는 것보다 완벽한 정신세계와 스타일이 설 때까지 좋은 의미의 문학청년으로 묵묵히 수업하는 것이 절대 필요하다는 것이다.

그것이 정작 문학에의 길이고 또 자기 인생을 위하는 노릇이기 때문이다.

문학에 뜻을 둔 자 누구나 10년쯤은 동인잡지 시대를 가졌으면 한다.

전진前進과 반성

시詩와 시형詩形에 대하여

『경향신문』, 1947.7.20(상), 1947.8.3(하)

(상)

요즈음 시를 읽으면서 먼저 눈에 띄는 것이 정서의 고갈이다. 양으로 많으면 많을수록, 시 쓴 사람의 지향(指向)이 옳으면 옳을수록 정서의 고갈이 심한 것이 느껴진다. 서정시는 물론 그것이 서정시이건 종교시건 캄파시[44] 이던 간에 시의 본질이 사회 현실의 파악과 자기 생활 체험에서 얻은 주제를 정서화하여 독자에게 전달한다는 대전제를 벗어날 수는 없다. 때로는 사상까지를 정서화하는 것이 시일 것이다.

시인이 이것을 모를 리는 없다. 다만 정서의 내용에 대하여 지나치게 좁은 해석을 가지고 있기 때문일 것이다.

8·15 전(前) 시에서 취급된 정서에 생각이 잡혀서 8·15 후의 정서면의 변화에 미처 생각지 못하였던 까닭이 아닐까. 8·15 전에 정치를 거세당한 민족의 일원으로 시인이 바람과 장미에 사생활과 문학 세계를 굴레 잡던 것에 기억이 생생하여서인지 시재(詩材)를 일체의 개인 생활에서 떠나 전체 문제를 노래하는 것만이 새로운 시의 세계인 듯이 착각하는 것은 우스운 일이다.

마치 인간 생활의 정서란 별과 달과 시냇물소리에만 있다는 해석과 같다. 새로운 감정과 감동을 노래하는 마당에서 시의 소재를 편협히 잡을 필요는 없다.

---

44 러시아어 Kampaniia.

전체를 노래하는 동시에 일개인의 일상생활에서도 시의 소재를 구하는 것은 조금도 탈선이 아니다.

촌길이나 공장이나 혹은 우정, 살림살이의 신산(辛酸), 시재는 실로 풍부하다. 해진 구두나 연애도 좋고 별과 달과 시냇물 소리라도 그것이 오늘의 별과 달과 시냇물 소리면 족할 것이다. 정치시(政治詩) 이외의 시를 쓰는 데 겁을 집어먹는 것은 시인 스스로가 자기 생활과 체험 내용에 자신이 없는 것이 아니면 어딘가 부자연한 곳이 있다.

문제는 시인의 생활 내용이 진실하냐 아니냐와, 그 진실을 형상화할 노력과 재능(소질)에 있다. 시인으로서의 소질과 노력이 없이 생활과 체험이 진실하다는 것만으로도 시는 되지 않는다. 정치시에 있어서도 거기 취급되는 테―마와 시 쓰는 사람 개인의 체험과 욕구가 일치될 때 비로소 우수한 작품이 나오는 것은 물론이다.

시에 있어서 정서의 부족은 곧 표현 부족으로 나타난다. 극론(極論)하자면 표현 부족은 개성 부족의 별명이다. 개성이 대단한 것이 아니라, 예술 작품에는 어느 정도의 개성이 절대 필요한 까닭이다. 시대 윤리가 작품의 뼈라면, 작자의 개성은 곧 작품의 살일 것이다. 뼈만 눈에 띄고 살이 마른 시가 쏟아져 나오는 것은 시인이 재삼 반성하고 그 원인에 대하여 숙고해야 할 것이다. 먼저 오늘 합창되는 시대의 요구는 시인의 독점물이 아니라는 것에 주의해야 할 것이다. 시대의 요구는 시인의 요구인 동시에 시골 농부의 요구이고, 학생의 요구이며, 장사꾼의 요구이다.

농부나 학생이나 장사꾼의 개인 생활에 의욕이 있듯이, 시인의 개인 생활의 의욕이 시대 윤리와 연락되는 데 일어나는 체험이 중요한 것이다. 한 사람의 시인이 한 시대를 어떻게 체험했느냐가 중요하다는 말이다. 한 시인의 주관이 시대를 받아들인 기록을 작품에 올바로 표현하느냐 못하느냐에 시인의 비중이 좌우된다. 메―이데―이를 주제로 한 시에서 메―이데―이의 의의와 지향을 설명, 해설만 한다면 읽는 사람은 무엇에 감동할 것인가.

공식적인 논리의 시에 독자는 염증을 일으키고 있다. 메이데이의 의의는 설명 부족이라도 좋다. 메이데이에 참가한 시인의 가슴이 설레는 실감과 감동을 허식 없이 노래하는 데에서 독자는 감동받는다. 실감이 크면 큰 대로, 적으면 적은 대로 받으나 억지로 꾸민 감동이면 독자는 본능적으로 이것을 캐치한다. '글은 사람이다'라는 고훈(古訓), 이것을 가리킴일 것이다.

올바른 현실과 체험을 예술 작품으로 가공할 때 아무리 크고 우수한 체험이라도 그 표현이 저열하면 낙제이다. 이런 경우에 시의 내용(소재)이 지당하면 지당할수록 독자의 실망은 클 것이다. 시 쓰는 사람은 자기 작품의 내용이나 '스타일'에 독창적인 것을 살리고 육성해야 한다.

하나의 작품 세계를 이룬다는 것은 하루 이틀이나 일 년, 이 년에 되는 일도 아니라는 곤란과 요원(遙遠)이 가로 놓여 있으나, 문학하는 사람이 이만한 결의와 야심을 가지는 것은 당연하고 또 필요할 것이다.

시를 너무 쉽게 쓰려는 것은 사람이 문학을 너무 안이하게 생각하려는 까닭이다.

문학을 안이하게 하려는 정신은 그 사람의 인생태도의 안이함을 표시하는 것이다. 역(逆)으로 말하면, 표현하는 고심(苦心)은 창작생활의 주요한 대목일 것이고, 이것이 시인의 생활의 대부분을 차지해도 무방한 일이다. 결국 다작은 좋으나 남작(濫作)은 아무짝에도 못 쓴다.

(하)

이러한 여러 가지 현상은 시형에 그대로 나타나 있다. 첫째 새로운 내용을 담는 시형이 구태의연한 것이 대부분이다. 사람들은 8·15 전의 서정시를 쓰던 시형을 가지고 8·15 후의 신세계를 노래하고 있다. 8·15 전이 서정시의 시대라면 8·15 후는 서사시 시대일 것이다. 서정시의 그릇으로 서사시를 담은 데서 시의 효과가 많이 상실되고 무리가 생(生)한다. 시어 하나, 시구(詩句) 한 줄이 그대로 독립하여 광채를 발하던, 예컨대 정지용 시의 전형(典型) 같은 시형으로, 벅차고 억센 리듬을 담는 것은 처음부터 무리이다. 시행의 고저와 연을 떼는 습관도 무심하게 그대로 답습돼 있다. 시인은 좀 더 자유로이 여러 가지 시형을 시험하여 자기시에 알맞은 그릇을 찾아야 한다.

하나의 주제를 밀고 나가는 박진력 있는 시형에 착안하여 기왕에 시열(詩列)의 나열로 효과 내던 대신 시열을 구성하는 효과를 꾀하는 것도 하나의 좋은 시험일 것이다. 이미 고인이 된 배인철(裵仁哲) 씨의 수편(數篇) 혹인시(黑人詩)는 좋은 표본을 우리에게 남겨 주었다. 배인철 씨의 흑인시는 주제의 특이도 특이려니와 한 줄 한 줄은 황당하고 싱거우면서도 전체를 구성해 나가는 다이내믹한 시형이 나에겐 더 흥미 있었다. 단음(單音)에서 복음(複音)으로, 피리나 색소폰의 독주에서 교향곡으로 지향하는 데서 신시형(新詩形)이 탄생된다.

둘째로 청춘과 시대를 함께 맞이한 신인들에게서 분방무쌍(奔放無雙)한 곡조를 듣는 대신에 캄파시 같은 확적(確的)한 효과를 바라는 시에서도 걸핏하면 1세기 전의 진한 감상조(感傷調)가 나오는 데 나는 의아한다. 제3회 '시의 밤'에 낭독한 신인들의 시 내용에 가당치도 않은 애연(哀然)한 리듬은 이것을 증명하는 것이다. 시가 반드시 거세고 우렁차야만 된다는 법도 없으나 청춘에겐 청춘의 우람함 음조(音調)가 따라야 한다. 이것은 먼저 말한 시인의 생활과 밀접한 관계가 있어 그리 간단한 문제가 아닐 것이다.

셋째로 시 속에 나오는 정치용어의 문제이다. 한자(漢字)라는 상형문자가 조선말의 리듬과 색채와 음감(音感)을 잡치는 것은 우리 시의 두통 중에 하나이나 요즘 시엔 심한 경우에는 시의 절반이 정치 용어로 차 있는 수가 있다. 신인들의 작품에 더욱 심한 까닭은 자기의 스타일이 서지 않은 까닭으로 표현이 미숙한 점도 있겠으나, 주의(注意)의 부족이 더 많은 것 같다. 원래 정치 용어란 생경한 것인데 시 속에선 유난히 두드러져 보이는 까닭은 정서 표현의 부족을 정치 용어로 대용하려는 무리도 무리려니와 정치 용어로서 효과 나는 위치에서 사용하지 않고, 함부로 사방에 늘어놓는 까닭이 아닐까 한다. 불가피한 경우에 정치 용어를 쓰더라도 그것을 시 용어로 번역하여 쓰는 것이 훨씬 효과적인 것이다.

넷째로 언어를 학대(虐待) 남용(濫用)하는 풍조다. 시의 재료가 언어라면, 시 쓰는 사람의 고심은 자기시에 맞는 언어를 찾고 고르는 데 있을 것이고, 이것을 무시하고 시는 존재하지 못한다.

자기감정, 자기시상(詩想)에 맞는 언어의 선택과 구사에 유의하지 않고 시작(詩作)을 할 때 언어는 색채와 생명을 잃고 사어(死語)가 되고 만다. 구상(構想)이 크고 음조(音調)가 벅찬 시엔 언어에 신경 쓸 필요가 없다는 생각은 벌써 낙제생이 되기에 충분하다.

말을 소중히 하고 고른다고 기교에 치중하라는 말로 오해치 말고 자기시상(詩想)·리듬 스타일에 부합하는 선명한 언어를 찾는 데 노력해야 할 것이다.

×   ×

미급(未及)함과 누락(漏落)도 많을 터이나 이상이 요즈음 시단에 대한 나의 솔직한 감상(感想)이다.

시는 사람에게 박수와 격려도 필요하나 이 정도의 반성은 항상 가지고 있어야 한다는 것은 이것은 그대로 나의 반성이기 때문이다.

눈에 띄는 일도 서로 함구불언하는 것은 예의나 겸손은 물론 아니고 문제를 문제대로 내버려두는, 한낱 위험한 습관이다.

전진과 반성이 병진하는 것이 이상(理想)이 아니라 반성 없는 전진이란 있을 수 없기 때문이다. 이상에 이야기한 중에 몇 가지 대목은 소설이나 평론에도 적용될 성질의 것이다.

가을에 생각나는 사람, 김소월金素月

『민성』 3-11호, 1947.10.20. 26~27면

1937년 가을 소월이 안서(岸曙)에게 보낸 편지 가운데 이런 말이 있다.

　오늘이 열 사흗날, 저는 한 10년 만에 선조(先朝) 무덤을 찾아 명일(明日) 고향 곽산(郭山)으로 뵈오러 가려 하옵니다. 지사(志士)는 비추(悲秋)라고, 저는 지사야 되겠사옵니까마는 근일(近日) 며칠 부는 바람에 베옷을 벗어놓고 무명것을 입고 마른 풀대 욱스러진 들가에 섰을 때에 마음이 어쩐지 먼 먼 어느 시절 옛날에 살 듯하여 지금은 너무도 소원(疏遠)하여진 그 나라에 있는 것 같이 좀 서러워지옵니다.

　1934년은 소월 나이 서른세 살에, 그의 짧은 생애를 마친 해이다. 편지를 띄운 곳은 남시(南市)다. 8·15 후에 나온 중앙출판사판 지도로 보면 남시는 정주(定州)서 갈려서 구성(龜城), 삭주(朔州)를 지나 압록강 변에 이르는 지방철도의 조그만 정거장이 있는 한촌(寒村)이다.

　소월이 남시로 가게 된 경위는 이러하다. 1924년 봄, 스물두 살 된 소월은 일본으로 건너가 동경상대(東京商大) 예과(豫科)에 입학하였다. 안서의 설명에 의하면, 시로써는 밥을 먹을 수 없다는 계산에서 그는 문과를 버리고 상과를 택하였으나, 그도 1년이 채 못 되어 조부의 광산 경영 실패로 학자(學資)가 끊어져 부득이 퇴학하였다. 동경서 고향으로 돌아가는 실망의 길에 서울 들러 청진동에 하숙을 정하고 약 4개월 체재하였다. 마지막으로 문필(文筆)로 생계를 세울 계획이었던 모양이다.

　서울서는 오산학교(五山學校) 시대의 선생이던 안서가 주로 뒷배를 보아

주어서 여러 곳에 취직도 운동하고 혹은 '투르게네프'의 『연기(煙氣)』를 출판해주마는 사람이 있어 번역을 하였으나 모두 예기(豫期)하던 바와 달라 부득이 중지하였다. 한다. 소월과 도향(稻香)의 짧은 교유(交遊)가 있던 것도 이 때이다. 실의(失意)의 소월과 불우하였던 도향은 술을 마시고 때로 소월의 하숙에서 야심토록 문학과 시류를 통탄하였던 모양이다. 자세한 것은 지금 알 길이 없다.

급기야 넉 달 후에 서울을 떠나 고향인 곽산으로 내려갔다. 학업을 중도에 버리고 문필로 생계를 세울 것도 단념하고 약관(弱冠)에 희망의 대부분을 상실한 소월이 고향서 보낸 우울한 2년 동안의 심정은 자못 황량하였을 것이다.

「닭소리」 근처에서 나는 나대로 그의 심정을 아는 듯하다.

그대만 없게되면
가슴뛰노는 닭소리 늘 들어라.

밤은 아주 새어올때
잠은 아주 달아날때
꿈은 이루기 어려워라.

저리고 아픔이어
살기가 웨이리 고달프냐
새벽그림자 산란(散亂)한 들풀위를
혼자서 거닐네라.

고향에서 2년을 무위(無爲)히 지낸 후 생각하던 끝에 소월은 처가가 있는 남시로 생활을 옮겼다.

소월과 남시의 인연은 이렇게 맺어져서 십년 동안 그는 이곳에 살았고 서른세 살에 스스로 자기 목숨을 끊은 곳도 이곳이 되고 말았다.

처음엔 동아일보 지국을 경영하다 보기 좋게 실패하였다. 20년 전의 일 한촌(一 寒村)에서 신문 판매업이 실패할 것은 처음부터 당연한 일이었을 지도 모른다. 신문이 실패한 후에는 대금업(貸金業)을 하였던 모양이다. 시인 소월이 대금업을 하였다는 데 대하여 의외로 생각할 독자도 있겠으나 안서의 「김소월의 추억」에도 이런 대목이 있다.

> 소월이는 순정(殉情)의 사람은 아니외다. 어디까지든지 이지(理智)가 감정보다 승(勝)한 총명한 사람이외다. 그리고 소위 심독(心毒)한 사람의 하나였습니다. 그러나 자연(自然)이 사물(事物)에 대하여 이해(利害)의 주판질을 잊어버릴 수가 없었던 것이외다.

대금업, 즉 고리대금업(高利貸金業)으로 생각하여 소월에 대한 감정이 흐릴까 두려워하는 사람이 있다면 일종의 기우(杞憂)다.

소월은 모처럼 그가 생계를 위하여 택한 대금업에도 역시 실패하였다. 문학이 호구(糊口)의 길 못 됨을 간파하고 문과를 피하고 상과를 택하고, 학업이 중절(中折)되자 시작(詩作) 생활을 끊고 남시를 찾아간 그의 이지(理智)와 냉정(冷靜)으로도 대금업에 실패한 것은 그가 바탕이 예술가여서인지 상재(商才)가 부족했는지, 경제계의 시세가 나빴는지는 모르나 다만 알 수 있는 것은 그가 악인이 될 수 없는 사람이었다는 것뿐이다.

사람으로서도 성숙해 가는 30대의 초두(初頭)에 인생에 대한 희망의 태반을 상실한 소월이 그의 총명과 이지로도 억누르지 못할 고독한 울분에 자폭(自暴)의 생활을 시작한 것은 동감할 바가 없지 않다.

소월이 진실로 생활의 고배를 마시고 시인으로서의 고충도 심했던 때는 이 때일 것이다. 생활의 지주를 문학에서 단념한 위지(謂之)[45] 약은 사람인 그가 실생활이 파선(破船)을 보고 나서도 오히려 더욱 분무(奮務)하기엔 그는 지나치게 상하기 쉬운 심정에 가득한 사람이었다.

차라리 생활의 고난을 무릅쓰고 시작(詩作)에나 정진했던들 그의 요절을 미리 막을 수 있었을지 모르나 그는 그토록 의지가 굳었던 사람도 못 되었다. 생각건대 과거의 조선 시인의 태반이 시로 밥 먹을 수 없다는 단순하고 큰 이유로 시정의 절벽에 굴러 떨어진 운명이 소월에게도 찾아왔다. 다르다면 시정의 오탁(汚濁)에 끝까지 썩고 말기엔 그가 너무 모지고 야무진 성격의 사람이었을 뿐이다. 그의 육신에서 실망의 노래가 흘러나온 것은 당연한 일일 것이다.

버리운 몸

꿈에 울고 이러나
들에
나와라.

들에는 소슬비
머구리는 울어라
풀그늘 어두운데.

뒤짐지고 땅보며
머뭇거릴 때.

누가 반듸불 꾀어드는 수풀속에서

---

45 '이른바, 말하기를'의 의미인 듯.

'간다 잘 살아라'하며 노래불너라

귀뚜라미

산(山)바람소리.
찬비 듣는소리.
그대가 세상고락(世上苦樂)을 말하는날 밤에
주막(酒幕)집 불도 지고 귀뚜라미 울어라.

반면에 소월의 만년작에 나타나는 일련의 작품 「돈타령」, 「생(生)과 돈과 사(死)」, 「고락(苦樂)」에 나오는 비속한 내음새는 그의 생활과 가까운 거리에서 나온 것이다.

작년 여름, 계동(桂洞) 안서 댁에서 소월의 사진을 보았던 것이 지금 기억에 떠오른다. 일견하여 사진관도 아닌 여염집인데 뒤에 포장을 치고 두루마기를 입고 소월이 앉아 있었다. 「나 보기가 역겨워」, 「산유화」의 작자 소월이란 설명이 없었던들 어느 시골 잡화상의 사진이라고 오인(誤認)토록 시골 때와 장사 때가 묻은 야무진 얼굴이었다. 이 정떨어진 얼굴에서 그 노래가 나왔는가 하고 나는 일종의 감회조차 끓어올랐다.

이 무렵에 그의 음주벽이 심하여져 갔던 모양이다. 음주벽과 함께 그의 생래(生來)의 염인증(厭人症)으로 집에 들어앉아 조석으로 술잔에 친하였던 모양이었다.

중학교 때 대부분이 착상(着想)을 하였다는 「님의 노래」 이하의 초기작이나 「먼 후일」 등의 중기작에 일관하여 시에 나타나 있는 야무진 것, 원망스러운 것, 수심가(愁心歌)에 가까운 다한(多恨)한 리듬을 통하여 알 수 있는 모가 나도록 차가운 그의 성품으로 보아 좁은 시골 남시에 사는 사람들을 적(敵)으로 삼고, 끓어오르는 비애와 절망을 술로 씻던 그의 일상생활이 하나의 처참한 그림으로 내 머리에 떠오른다.

"첫날에 길동무 만나기 쉬운가"로 시작되는 「팔베개 노래조」같은 주점(酒店)에 취재한 시가 많음에도 불구하고 그는 성품이 할끔하여 외색(外色)에 근엄한 사람인 대신 부부의 의(誼)가 매우 좋은 사이였다 한다.

반주(飯酒) 때마다 부인에게도 한두 잔 권한 술이 부인도 어언간 주배(酒杯)에 친하여 두 분이 술이 과한 날을 거리의 주점에 부부 함께 술을 마시러 가서 인근의 손가락질을 받았다는 이야기가 난 것도 이 무렵일 것이다.

좁은 시골사람이 우글거리는 주점에 부부가 마주앉아 서로 잔을 권하고 마시는 장면을 생각할 때 그의 생활의 지옥이 어떤 정도였던가를 알 수 있다.

산간의 벽촌에 전등이 있을 리 없다. 주막집 초가지붕 위엔 별도 뜨고 북관(北關) 특유의 낙막(落寞)한 추풍에 낙엽도 소조(蕭條)하였으리라. 시인의 만년(晩年)에 누가 한 줄기 눈물을 아끼랴.

제이 · 엠 에쓰

평양(平壤)서 나신 인격(人格)의 그 당신님, 제이.엠.에쓰
덕(德) 없는 나를 미워하시고
재조(才操) 있던 나를 사랑하셨다.
오산(五山) 계시던 제이 · 엠 · 에쓰
십년(十年) 봄 만에 오늘아침 생각난다
근년(近年) 처음 꿈 없이 자고 일어나며.

-----(中略)-----

소박(素朴)한 풍채(風采), 인자(仁慈)하신 옛날의 그 모양대로

그러나 아아 술과 계집과 이욕(利慾)에 헝클어져

십오년(十五年)에 허주한 나를

웬일로 그 당신님

맘속으로 찾으시오? 오늘아침.

아름답다 큰사랑은 준는 법 없어

기억(記憶)되어 항상(恒常) 내 가슴 속에 숨어 있어

미쳐 거츠르는 내 양심(良心)을 잠 재우리

내가 괴로운 이 세상 떠날 때까지.

생활에 지칠 대로 지치고, 절망할 대로 절망한 그에게도 이런 날이 왔다. J·M·S란 오산학교에서 그를 가르친 조만식(曺晩植) 선생이리라.

그러나 시 속에 나오는 J·M·S는 혼탁한 생활의 암흑을 뚫고 비쳐오는 소월 자신의 양심이랄까 희망이랄까 그런 것이리라. 부르는 이름은 무엇이라도 좋다. 다만 이 시는 그가 처참한 생활 속에서 부드러운 손을 뻗쳐 무엇인가가 자기를 구원해주길 바라는 애절한 바람일 것이다.

그 무렵의 시엔 여기저기 이런 경향이 나타나 있다.

건강(健康)한 잠

상냥한 태양(太陽)이 씻은 듯한 얼굴로

산(山) 속의 고요한 거리 우를 쓴다.

봄아침 자리에서 갓 일어난 몸매

홋것을 걸치고 들에 나가 거닐면

산뜻이 살에 숨는 바람이 좋기도 하다.

뾰죽한 뾰죽한 풀섶을

밟는가 봐 저어

발도 사뿐히 가려 놓을 때

과거(過去)의 십년(十年) 기억(記憶)은 머리 속의 선명(鮮明)하고

오늘날의 보람 많은 계획(計劃)이 확실히 선다.

마음과 몸이 아울러 유쾌한 간밤의 잠이여.

소월은 마치 오랜 악몽에서 깬 듯이 무명옷을 걸치고 풀밭에 서 있다.

남시의 거리인지 야외(野外)인지는 모른다. 다만 남시는 면소(面所)가 있고, 주재소가 있고, 잡화상과 구멍가게, 주막이 널려 있는 호수(戶數) 3, 4백 호의 조그만 한촌(寒村)이리라.

십년의 파도가 스쳐간 이 촌 들가에 서서 소월이 생각한 것은 무엇이었을까. 흐트러진 머릿속을 왕래하는 것은 우선 생활의 설계였을 것이다. 탐주(耽酒)를 끊자. 건강한 생계를 세워서 이곳에 경건한 조석을 보내고 오랫동안 끊었던 시작(詩作)에도 붓을 대자. 오래간만에 그는 자기와 자기 생활을 돌아다보았다. 소월의 메마른 두 볼엔 눈물이 흘러내렸을 것이다. 그는 망망(茫茫)한 구름이 오고가는 남쪽 하늘을 바라보고 서울에 있는 은사 안서와 친구들에게 소리 없는 인사를 보냈을 것이다. 십년 만에 고향 곽산으로 추석 성묘를 가겠다고 안서에게 편지를 쓰고 시작을 계속하겠다고 맹서를 하였던 것도 이 무렵이 아닌가 생각된다. 그러나 불행히 이러한 모처럼의 재기의 보람도 얼마 못 갔다.

차안서선생(次岸曙先生) 삼수갑산운(三水甲山韻)

삼수갑산(三水甲山) 내 왜 왔노

삼수갑산(三水甲山)이 어디메냐

오고나니 기험(奇險)타

아하 물도 많고 산(山)첩첩이다.

내 고향(故鄕)을 도로 가자
내 고향(故鄕)을 내 못 가네
삼수갑산(三水甲山) 멀더라
아하 촉도지난(蜀道之難)이 예로구나.

삼수갑산(三水甲山) 어디메냐
내가오고 내 못가네
부귀(不歸)로다 내 고향(故鄕)
아하 새라드면 떠나가리라.
님 계신 곳 내 고향(故鄕)을
내 못 가네 내 못가네
오다가다 야속타
아하 삼수갑산이 날 가두네.

(尾略)

「삼수갑산운」은 당시 안서가 발표한 시 「삼수갑산」에 소월이 자기류(自己流)의 운을 붙여 개작한 것이다. 이 절창을 안서에게 보낸 지 얼마 안되어 소월은 스스로 목숨을 끊고 말았다.

비밀에 부쳤던 일이니 이미 십유여 년의 고사(故事)라 세상에 이를 발표해도 고인에게 욕되진 않을 것이다. 그는 가족 몰래 아편을 다량으로 마시고 하루아침에 세상을 떠났다. 「삼수갑산운」은 소월의 유작이 되고 말았다. "삼수갑산이 날 가둔다"고 목메어 부르던 소월, 남시는 소월의 삼수갑산이었고, 이 삼수갑산은 그대로 소월의 무덤이 되고 말았다.

「삼수갑산운」이 그 무덤 위에 세워질 시비(詩碑)가 될 줄은 소월도 몰랐으리라.

소월이도 무심히 쓴 것이고 받아본 나도 무심히 받아 본 것이건마는 지금으로 보면 그것이 소월의 유작이었으니 이 또한 이 편지를 볼 때마다 나로서는 개인으로의 다시 없는 애석(愛惜)에 망연자실하는 바이외다. 이날 와서 편지와 함께 노래를 공개하는 나의 맘은 실로 쓰라리외다.

「김소월의 추억」에서 안서가 이렇게 한탄한 것은 당연한 심회일 것이다. 소월의 직접 사인은 모른다. 그의 유가족 더욱 부인이 생존해 계심으로 직접 알 수도 있으나 38선이 가로막힌 지금 어려운 일이고 38선이 없은들 고인에 대한 일을 부인이 말씀한다는 것도 기필(期必)키 어려운 일이다.

인간과 예술가로서의 위기를 아울러 맞이한 30대를 극복하지 못하고 말았다는 것은 너무 냉혹한 비평일지 모른다.

소월의 재기를 막는 다른 조건이 있는지, 재기하기엔 그의 육체와 정신이 이미 황량한 생활에 깊이 중독되어 있었는지는 알 길이 없으나, 그의 타협을 거부하는 강직한 성격과 야무지고 모가 난 심정이 탁류의 꽃으로 살기보다 현실의 바틈에 비량(悲凉)하여 스스로 꺾어지는 갈대의 운명을 즐겨 취(取)했으리라는 것이 무난한 추측이 아닐까 한다.

소월이 태어난 조선이란 나라가 좀 더 행복된 풍토였더라면 하는 것은 우리의 유한(遺恨)이나 소월이 죽은 지금엔 한갓 허황한 푸념에 그침을 어찌하랴.

다만 영변(寧邊) 약산동대(藥山東臺)에 진달래가 피고 삭주 구성에 비바람 스치는 연년세세(年年歲歲)마다 꽃잎 하나와 한 줄기 비 소리에도 소월의 원망스러운 노래는 남아 있어 우리의 고사(故事)에 대한 흠모를 돋아줌은 물론이요 「먼—후일」에도 소월의 노래는 남아서 다감(多感)한 젊은이들의 베개 밑을 적시리라.

부기(附記)

소월에 대한 이야기의 대부분을 들려주신 것은 안서 김억 씨이다. 김억 씨에게 감사하며 고인 및 고인의 유가족에게 결례된 바는 깊이 양촉(諒觸)하심을 바란다. 문중(文中) 존칭을 생략하는 것이 나에게 차라리 자연스러웠던 것을 첨기하며.

1947년 10월 2일 밤

설정식薛貞植 씨 시집 『포도葡萄』를 읽고

『자유신문』, 1948.1.28

우리 시가 부단히 새로운 형식을 모색하여 이를 시험함으로써 내용과 형식의 일치를 목표해야 할 것이 매우 긴급한 이 때,『종(鐘)』이후의 작품을 모은 설정식 씨의 신 시집 『포도』는 이런 지향(指向)에 알맞은 자세를 스스로 지니고 나왔다. 우리는 새로운 시의 가치 평가에 매우 인색한 버릇을 가지고 있다. 이것은 변혁되어가는 현실에 대하여 생리적으로 염오(厭惡)하는 버릇과 통한다. 독자가 싫어하든 좋아하든『포도』가 가진 선구적인 '높이'는 불변할 것이다. 이런 신 형식에 묵은 술이 담겨있을 리가 없다. 그의 시는 시인이 살고 있고, 육신과 희망을 담고 □ 현실에 대한 부단한 분노로 차 있다. 분노의 격정은 □로 '니힐'의 색채로 덮인다. 도도한 십육 편의 웅변 속엔 朝鮮民□의 어깨에 짊어진 숙명과 희망이 있을 뿐, 그의 시 정신은 자기 개인의 이익과 감상(感傷)에는 매우 담백하다. 이 길은 순교자의 길에 통하는 길일 수 있다.

그의 시에서도 몇 가지 부족을 찾기는 어렵지 않다. 실생활에서 우러났다기보다 현학벽(衒學癖)에서 우러나온 시와 시구의 불투명, 독자를 숨이 막히게 하는 속도와 소음(騷音), 거품을 뿜고 시가 흘러간 뒤에 의외로 침전으로 남는 것이 적은 것, 언어 조탁의 부족 등은 시인 스스로가 노력으로 해결될 성질의 것이다. 차라리 독자는『포도』에 취급된 주제의 진실, 생소한 형식이 가진 문학사적 의의와 현실을 다루는 진지한 문학태도를 배우고, 이를 북돋아주는 것이 독자 스스로가 시대에 충실하려는 소위(所爲)일 것이다. '포도'는 해마다 열린다. 설정식 씨는 내년에 어떠한 포도로써 우리의 미각을 즐겁게 하여줄지. 그의 포도넝쿨에 태양과 바람이 항시 넘쳐흐르길 바라는 것은 그의 『포도』가 설씨(薛氏) 한 사람만의 포도가 아니기 때문이다.

시의 정신
회고와 전망을 대신하여

『새한민보』 2-4호(통21호), 1948.2.15, 24면

시는 항시 그 시대의 거울이다.

때로는 시대의 추진체요 예언자일 수도 있다. 모든 예술 가운데 유독 시가 이런 영예를 독차지한 것은 아니나, 시의 정신이 시대사조와 함께 살아서 이와 함께 변천하고 이와 함께 성장한 것은 문학사의 지식을 빌지 않아도 8·15 후에 우리가 몸소 체험한 바로 알 수 있다. 시의 1년을 이야기한다는 것은 매우 어렵다. 다른 문학현상과 마찬가지로 연면(連綿)히 흐르는 조류 속에서 1년 치를 따로 떼어 낼 수 없는 부자연 때문에 이야기의 내용이 자연 충실치 못하다. 그러나 1년 동안에 누가 보든지 특기할 만한 작품이 없는 바엔 누구누구가 무엇을 쓰고 어느 작품이 어떻다는 상품 견본 같은 기록보다는 대범히 한 해 동안 시가 시대를 어떻게 받아들이고 또는 반영한 기록이 나에겐 더 흥미 있다.

이것은 8·15 후의 조선시(朝鮮詩)를 이야기하는 데 있어 유효한 방법임에 틀림없다. 좌익 우익을 따지고 문학가동맹과 청년문학가협회를 구별하는 것은, 문학운동을 이야기할 때에는 적절한 분류법이지만 작품을 이야기 할 때에는 매우 막연한 방법이다.

차라리 나는 시대사조를 받아들이는 문학태도와 시대사조를 거부하는 분류법을 쓰는 것이 좋을 줄 안다. 작품이 한 작자가 어떻게 그 시대를 살았느냐의 표현이기 때문이다. 시대사조를 받아들이는 태도에는 선도형(先導型)과 추종형(追從型)의 두 가지가 있다.

선도형 중엔 8·15 후 새로 작품을 발표하기 시작한 일군(一郡)의 시인들이 있다. 보고, 생각하고, 쓰는 단위를 민족보다는 계급에 둔 분들이다.

이분들의 노래가 민족이라는 한 공동운명체보다 계급의 이해(利害)를 노래한 것은 매우 당연한 일일 것이다. 이분들은 세계역사의 변혁이라는 시대사조를 앞에 두고 조선민족의 9할이 무산계급이라는 강점을 뒤로 두고서서 자기신념을 노래하기 시작한 지 얼마 안 있어서 그 작품에 노골적인 정당색(政黨色)을 띠기 시작하였다. 그 절정이 정해(丁亥)년 5월 미소공위(美蘇共委) 속개한 회기 중이었다. 작품의 태반이 정치 행사시인 것은 그 까닭이다. 전형적인 프롤레타리아 문학운동으로는 응분의 성과를 거두었으나 그 대신 작품으로 성공한 것은 매우 적요(寂寥)[46]하였다. 시의 주제가 태반 행사시(行事詩)인 관계로 작품의 유형화를 면치 못하였다. 작자는 누구이든 색채는 일색이요, 곡조는 한 곡조라는 것은 작자가 자기 스타일이 강하지 못한 때문인 것이 원인했다. 이것은 작자가 자기개성을 살리지 못했다는 것을 말하고 있다. 개성이란 그대로가 창조력이다.

이러한 폐단으로 시에 나타난 것은 실생활보다 추상적인 것이 많았다. 일상사사(日常些事)[47]를 노래하는 것은 비시(非詩)라는 느낌까지 주도록 시의 주제가 편협한 것은 자기 체험이 약(弱)하거나 체험을 살리지 못했거나 둘 중에 하나일 것이다. 작자의 체험과 노래하는 주제와의 거리가 먼 데서 나오는 생경화도 있었다. 주제나 시형(詩形)도 이왕 것에 잡혀 새것을 시험하는 노력도 부족했다.

약주(藥酒)와 맥주(麥酒)는 용기(容器)가 달라야 할 것은 자명한 일이다. 대체로 내용이나 형식에 있어서 사람마다 자기시(自己詩)를 가져야 하고 가질 것이 당연하다. 결론하자면 이분들도 이제는 발표량의 풍부보다는 질의 향상을 생각할 때가 왔다.

예술의 향상은 양보다 질이 중요하다. 발표의 제약보다 생각에 따라서는 이것이 더 초급(焦急)한 일일 것이다. 추종형에 드는 분들은 태반 8·15

46　원래 '고요하고 쓸쓸하다'의 뜻인데, 여기에서는 '드물다, 적다'의 의미로 쓰인 듯.
47　일상생활의 사소한 일.

전 분들인데 이분들의 특징은 이미 자기 스타일과 문학태도가 성숙 혹은 고정돼서 이것에 많은 제약을 받고 있는 것이다. 마음속엔 시대사조를 받아들이고 혹은 받아들일 준비는 되었으나 붓대와 육체가 말을 듣지 않는다는 고통이 따른다.

결과로 작품이 명석(明晳)지 못하고 새로운 발성법엔 매우 서투르다. 무리로 자기 작풍(作風)을 개조하려다 무참히 실패한 예도 있다. 이것의 해결엔 일정한 시간과 시인 자신의 노력이 필요하다. 혹은 창작력을 잃고 문학에서 탈락하는 분이 있을지는 모르나 제일 심각한 고충과 위기를 겪는 이분들에게서 기대될 바도 적지 않다. 거부형(拒否型)은 대략 요새 유행어로 순수시를 쓰는 분들일 것인데, 이분들의 작품이 시대사조를 거부하는 내용과 형식을 갖춘 것을 그대로 한 별개의 문학관(文學觀)으로 취급하지 않고, 무턱대고 욕을 퍼붓는 것은 의미 없는 짓이다. 이미 세상에 존재한 것은 존재할 만한 조건하에 존재한 것이다. 그것은 그대로 하나의 예술태도요 작품이며, 그대로의 지향과 가치를 지닌 것일 것이다. 마찬가지로 이분들이 자기주견(自己主見)과 기호(嗜好)를 고집하여 서정시 외의 시는 비시(非詩)로 생각하는 것도 매우 우스운 일이다. 『백조』 이후의 조선시의 전부가 서정시는 아니나 주로 서정시가 한 전통을 이룬 것은 사실이다. 그러나 전통이란 늘 전진하고 생장하는 성질의 것이어서 전진을 그치면 생명이 죽고 만다.

서정시형(抒情詩形)도 기왕 있던 시형만이 옳은 것으로 생각한다면 "시조(時調)가 시지, 요새 시체[48] 시가 시냐" 하고 통탄하던 상투 달린 우리 선대와 다를 것이 없을 것이다.

시의 정신이 시라는 좁은 울타리로 짜여진 특수한 세계 속에 들어박혀 거기 만족하고 연연하면 시는 기사(飢死)하고 만다.

---

48 시체(時體) : 그 시대의 풍습이나 유행.

시와 정신은 항시 시대사조에 문이 열려 있어야 한다. 시인이란 시를 자기 개인 생활을 포함한 한 시대를 체험하고 사색함으로써 시에 대한 정열을 키워나가야 한다.

진보는 이런 것을 말함일 것이다.

자기 실생활마저 이 속으로 이끌고 들어가 시대감정의 음조(音調)와 색채를 자기 육체로 알아볼 수 있다면 더욱 이상적일 것이다.

싫든 좋든 간에 이것은 예술의 법칙이요 숙명이므로 과거가 그러했고 미래가 역시 그럴 것이다.

세상에서 순수 시인이라고 불리워지는 분들은 문학사(文學史)가 그대로 하나의 사회변천사(社會變遷史)라는 점에 심심(深深)한 고려를 하여 스스로 자기시의 운명을 개척함으로써 새해의 목표를 삼았으면 싶다. 시대에 뒤떨어진 것은 조금도 이분들의 명예가 못 될 것이다.

문학이 해마다 달라질 까닭은 없으나 올해에는 시나 시론으로나 정리할 것은 정리하고 섭취할 것은 섭취하여 건설적인 면에 노력을 해야 할 것이다.

욕설과 인신공격으로 예술의 향상을 도모하려는 경향은 역사의 웃음거리로 후대의 조소를 받을 뿐이다.

(1월 15일)

삼십년대三十年代의 시운동詩運動

『경향신문』, 1948.2.29(상), 1948.3.28(하)

(상)

제1차 세계대전의 포연(砲煙)이 사라진 후 행운으로 전장의 참호(塹壕)에서 돌아온 청년들이 파리에 모여 구주문명(歐洲文明)에 구토를 느끼고 다다이즘 초현실주의 시운동을 일으켰던 1920년 초에 우리 시가 눈을 뜬 것은 그 자체가 벌써 비극적인 색채에 덮여 있을 뿐더러 후진 국가인 조선이 지니고 있는 이 시대 차(時代差)는 우리 시의 생장에 숙명적인 영향을 가져왔다.

우리말의 가치에 눈을 떴을 때는 이미 일제의 우리말 말살정책의 구속을 받고 아세아 변방의 일반도(一半島)에 문명의 파도가 밀려왔을 때는 이미 우리 수족이 일제의 철쇄(鐵鎖)에 묶여 있었다. 『백조』시대의 우리 시가 상징주의의 그릇에 그 영탄을 담은 것은 어쩔 수 없는 일일 것이다. 『백조』시대를 뒤이은 감상주의도 역시 마찬가지였다. 그러나 이 두 가지 흐름의 공통된 본질은 현실에의 절망과 거부로 시작하여 현실을 도피한 곳에 자기 정신 왕국을 세우려 한 것이다. 그것은 전진하는 역사에서 후퇴하는 성질의 문학임에 틀림없다.

이 흐름은 대체로 1925년경까지 계속되었다. 이것에 대한 반발로 등장한 것이 그 때 경향파라고 불리워진 '프롤레타리아 시운동'이다. 그러나 역사적인 항변과 요구로 시작된 이 운동도 방법의 차오(差誤)로 얼마 안 가서 개성 무시의 획일주의로 시작하여 극도의 내용 편중에 떨어지고 말았다. 시가 언어구사로 된다는 것을 무시했다느니보다 시의 표현을 지나치게 몰각(沒却)했고 주로 이론 활동에 치우친 것이 그 원인이요, 동시에 그 무렵의 특징이었다. 그 결과로서 이론을 뒷받침할 작품이 없었다는 것은 십여 년 후인 오늘, 당시 작품으로 남은 것이 미미한 것으로 미루어 알 수 있다.

1930년을 전후하여 끝난 프로 시운동의 뒤를 이은 것이 주지주의 시운동이다. 주지주의 시운동의 첫 사업은 우리 시에 나타난 봉건주의의 소제(掃除)로 시작되었다. 당시의 감상주의는 봉건주의의 변모에 지나지 않았다. 이조 유풍(李朝遺風)의 풍경 묘사와 주관적인 영탄으로 나타난 봉건의 때를 씻고 우리 시에 '근대문명'이라는 새로운 '메커니즘'을 받아들여 항시 전진하는 시대감정을 이끌고 시대의 표정을 지녀야 할 것을 주창했다.

1920년 초에 시작된 구주의 주지주의 시운동과 동석하였다느니보다 역으로 그 영향을 받았다는 것이 옳을지 모르나 어쨌든 20세기 시문학의 울타리 한 모퉁이에 우리 시도 한 자리 차지한 셈이나 약간의 지각(遲刻)은 어쩔 수 없었다. 이것은 김기림 씨의 노력의 힘이 크다. 항시 시대를 선구하기 위하여 시대와 '피'가 통하는 문학이길 바랐고, 시가 영감(靈感)보다 차라리 과학이길 바라던 주지주의운동이 시의 표현 용기(容器)인 언어의 새로운 가치 발견과 구사를 시작한 것은 응당한 일이다. 우리말의 새로이 음감과 시각영상(이미지)를 최초로 포착한 지용시(芝溶詩)가 일세를 풍비(風靡)[49]한 것이 그 최초의 움직임이었다. 시는 음악보다 회화이고자 하였다. 무질서한 자유운문을 버리고 산문표현을 시작한 시가 회화 운동과 보조를 맞춘 것은 이 까닭이다.

(하)

김기림의 다음의 말은 이것을 설명한 것일 것이다.

---

49 풍미(風靡)의 착오인 듯.

"모더니즘은 이리하여 전대(前代)의 운문을 주로 한 작시법에 대항하여 그 자신의 어법을 지어냈다. 말의 함축이 달라졌고 문명의 속도에 새 '리즘'에 있어서 물결과 범선(帆船)의 행진과 기껏해야 기마 행렬을 묘사할 정도를 넘지 못하던 전대의 '리즘'과는 딴판으로, 기차와 비행기와 공장의 조음(爆音)[50]과 군중의 규환(叫喚)을 반사(反射)시킨 회화(會話)의 내재적 '리즘' 속에 새 '리즘'을 발견하고 또 창조하려고 했다."

×   ×   ×

1933년 나치스가 정권을 잡은 후 구주(歐洲)의 하늘은 '파시즘'의 흑기(黑旗)로 덮이기 시작하였다. 문학의 기상대에도 이것이 그대로 반영되어 1934년에 '페르난데즈'를 중심으로 한 행동주의의 제창, '지드'의 전향이란 서구 문학사상의 중요한 사건이 있었고, 1935년에 파시즘의 파괴에서 문화와 양식을 구출하자는 문화옹호 국제작가대회가 개최되었다. 작가대회를 마친 후 초현실주의 운동에서 종말을 지은 구주의 주지주의 문학의 운명을 상징하는 듯이 '아라공'은 막사과(莫斯科)[51]행의 비행기를 타고 갔고, '앙드레 말로', '트리스탄 차라' 등 중요 작가가 서반아 인민전선으로 몸소 달려갔다. 이 무렵의 서구 문학의 중요한 수확은 문학의 세계를 개인의 굴레에서 집단으로 옮긴 것일 것이다. 현실에의 적극적 관심이란 기표(旗標) 아래 그들의 '휴머니티'는 정치에의 관심으로 나타났다.

'이것이 금일의 문학을 명일의 문학으로 앙양시키는 유일의 길'이라는 것이 그들의 결론이었다. 이처럼 급격한 서구 문학의 동향이 조선의 하늘에도 원뢰(遠雷)처럼 들려왔다.

---

50 조음(噪音)은 '진동이 불규칙하고 높이나 가락이 분명하지 않은 음'이라는 의미를 갖고 있는데, 여기에서는 소음(騷音)의 의미로 쓰인 듯.
51 모스크바.

주지주의 시운동으로써 모처럼 우리 시가 포착했던 '문명'의 이러한 변화가 시운동에 그대로 직사(直射)된 것은 물론이다. '모더니즘' 시운동의 위기는 이렇게 시작되었다. 이를 전후하여 형식면에는 모더니즘이 모처럼 주창한 언어의 새로운 구사가 방법론으로써 완숙해지기 전에 잡다한 아류의 횡행으로 말초화(末梢化)했다. 이것은 모더니즘 발생의 깊은 원인이 잠재한 서구 문명을 우리가 그대로 받아들이기엔 조선이란 후진 사회의 문명기저(文明基底)가 심히 미숙하고, 우리 풍토가 거칠었기 때문에 그것이 한 정신의 바탕을 거치지 않고 형식 운동에 그친 까닭이 아닐까 한다. 말하자면 문명을 감수(感受)하는 데 그쳤을 뿐, 이것의 비판에 채 통달하지 못했고, 인간생활의 구체적 조건을 탐색하고 이것을 극복하는 노력에 매우 무력하였던 것이 모더니즘의 패색을 가져온 주요한 원인이 된 것이다.

김기림 씨의 30년대 말기 평론의 테―마는 이것을 반성하는 데서 우러나왔다. 씨가 '경향파의 사회성'과 '모더니즘의 언어 구사'와 과학정신의 '타이업'을 주창한 몇 개의 논문을 우리는 기억하고 있다. 이처럼 모더니즘에 한 새로운 반성이 왔을 때는 이미 일제의 말기 발악과 병행하여 '독소전(獨蘇戰)'의 포화를 신호로 세계가 2차 대전의 지옥으로 재차 추락할 때였다.

8·15 후 씨의 논문에서 반복되는 '공동체의식'은 이런 경력과 체험이 배경이 되었다. 8·15를 출발점으로 하여 우리 시의 방향이 대체(大體)가 결정됐다면, 우리 시는 스스로의 과거를 정리하여 버릴 것은 버리고, 섭취할 것을 남기는 노력이 매우 필요하다. 말하자면 문학사에의 욕구가 왕성해야 할 때가 왔다. 이번 김기림 씨의 신저 『시론』은 그 표제를 차라리 『삼십년대의 시운동』이라 하는 것이 타당한 것은 그것이 단순한 시론이 아니라 우리 시가 걸어온 중요한 문헌일 뿐더러 신문학사의 귀중한 재료이기 때문이다. 모더니즘이 8·15 후에 어떻게 발전하고 변모하느냐는

금후의 중요한 문제의 하나이다. 우선 언어의 신 구사, 문명과 시대를 향수(享受)하는 데 있어서의 과학적 태도는 앞으로의 우리 시가 계승해야 할 재산목록에 단단히 한몫 볼 것이다. 과거보다는 미래에 대한 희망이 중요한 이 때, 김기림의 시나 시론에서 우리가 기대할 것은 차라리 금후이길 바라며 소잡(素雜)한 회고의 붓끝이 씨의 업적을 전하기에 매우 거칠었던 것을 용사(容赦)하길 바란다.

1948.1.12

추야장秋夜長

『문예』 1-4호, 1949.11.1

전등(電燈)불이 인사로 잠깐 들어왔다 나간 지도 한 식경은 지났나 보다. 홑것을 입고 마루에 앉아 있는데도 밤바람이 제법 차다. 달이 어디서 떴는지는 모르나 캄캄한 집안에 등불이라곤 어머님 옆에 촛불이 하나 있을 뿐이다. 이 신통치 않은 불 밑에서 어머님이 버선본을 내어놓고 겨울 버선을 마르시고 있다.

어두운 주위에 허-연 백지(白紙) 버선본이 서너 개 떠올라서 가을밤이 그 근처에 몰려있는 것 같애 귀뚜라미 소리라도 그 밑에서 들려올 듯하다. 어머님 백발이 올해 들어 부쩍 는 것 같다. 나는 40이 다 되도록 생계가 서지 않아 처자(妻子) 일까지 어머님에게 시름을 끼치는 사람이라 그의 백발이 가끔 죄송하다. 뿐인가 나의 심사에 못 이겨 반드시 효(孝)하지 못한 일이 한 두 번이 아니었을 것이다. 그러나 이런 이야기를 써서 어쩌자는 것인가.

요즘 불이 없는 밤엔 이렇게 방이나 마루에 질항아리처럼 우두커니 앉아 있는 시간이 많다. 이럴 땐 전신(全身)에서 무언가 허망한 생각이 끓어오르며 사지에 맥이 풀려온다. 나라는 무슨 소용없는 물체가 하나 공간을 차지하고 있는 것이 아닌가. 책, 친구, 지붕, 애들, 깨진 자기(磁器), 이런 것들이 하나하나 꺼지고 천지에 아무것도 없는 넓은 허공에 내 그림자가 하나 자꾸 말러 들어간다. 생활(生活)이 없는 까닭이다. 아니 생활에 신념이 없다. 그럼 생활의 신념이란 대체 무엇인가? 생각이 꽉 맥힌다. 조금 편하게 생각해 본다. 신념이 눈에 다락지 나듯 어떻게 이것이다 하고 두드러질 수 있나. 두드러진다는 사람이 있으면 거짓말일 것이다. 사람은 다 그러저러하게 살아가는 것일 것이다. 내 구태여 허장성세하고 뱃속과 머릿속이 똑같이 비어가지고 큰 소리하는 것보다 국대로 조용히 살아가는 것이지. 역시 안심이 안 된다. 이런 때 없으면[52] 마음이 풀리는 책이 없나 하고 생각해 본다. 그러나 뒤미처 책은 많으나 네 이야기를 써논 책은 없다고 누가 귀밑에서 속삭인다. 다시 팔짱을 끼고 묵묵(默默)할 밖에 없다. 그러면 내가 게으르고 태만해 이런 것이 오는 것이 아닌가. 여기엔 나도 할 말이 약간 있다. 지난 만 2년 동안 나는 늦게 시작한 어학 공부로 내 평생 처음인 가혹한 경험을 했다.

어학공부를 시작한 동기는 쓰고 싶지 않다. 또 쓴댓자 딴 사람에게 쑥으로 보일 뿐 흥미도 없는 이야기. 어쨌든 하루 나는 중학생 같은 결심으로 담배를 끊고 중앙우편국 앞에 가서 '콘사이스'를 한 권 샀다. 늦은 가을 매우 찬 날 황혼이었다. 그 후로는 잡지 한 권 버젓이 보지 못하였다. 볼 생각이 없는 것이 아니라, 시간이 없었다. 처음 1년은 회사에 나가는 볼일 외의 전(全) 시간이 이것에 소비됐다. 그러나 배우기가 무섭게 잊어버리는 데는 놀라고 기가 막혀서 나의 만학(晩學)과 연령을 알았다. 육체적으로 무리가 드러나 여름 석 달을 대장염으로 아귀상(餓鬼相)이 되더니 동짓달 보름 지나 늑막염으로 두 달을 꼬박이 아팠다. 병후(病後) 한 달을 쉬고 다시 같은 생활이 계속돼 왔다. 이것이 나의 과거 2년 생활인데, 그러면 그 대신 어학은 됐느냐고 누가 물으면 등골에서 땀이 날 뿐이다. "이젠 책 잘 보겠구먼", "회화(會話) 좀 하나", "미국 언제 가나" 이런 소리 들을 적마다 처음엔 창피하고 그 담엔 심사가 틀리고 마지막엔 처량하였다. 그동안 무얼 배웠느냐. 만사를 집어 치우고 배운 것이 지금도 현재 과거가 알쏭달쏭하니 도대체 30 지난 어학이란 불가능사(不可能事)일 것이다. 그럼 나는 무어냐! 무엇을 하고 남이 보면 매우 공부나 느는 듯이 부산하게

---

52 '읽으면'의 오식인 듯.

싸다니는 것인가.

대답할 말이 없다. 게으르지 않았다는 자긍이 하나 남는다. 그러나 그 조차 앞으로 계속될지 자신도 없고 공부 또한 언제 끝날 것인지는 정말 삭막(索寞)하여 통조림통 속에 들어앉은 것만 같다.

무슨 특별히 걱정이 되는 일도 없고 꽉이[53] 공부에 권태가 온 것도 아니면, 연령에서 오는 무기력이 아닐까. 열 손가락을 꼽아도 시원한 생각은 안 나나 그렇다고 큰일 났다고 서두를 생각은 물론, 뼈아프게 섭섭하지도 않으나, 소조(蕭條)한 심사가 하나 남아 있어 이런 소리를 지저귀는 것이다. 이 허망한 나의 실감은 대체 어디서 비롯하는 것인가. 알 수 없다.

알 수 없다는 소리밖에는 쓸 말이 없나 보다. 다시 하사분해져서 나는 마루를 내려와 내 방에 돌아와 석유등을 켜고 연상(硯床) 앞에 앉아 본다. 또 일어나 책장에서 책도 좀 뒤져보고 꽃병에 물을 갈아주고 도로 제 자리에 앉는다.

흰 벽상에 흔들리는 내 그림자 위에 철 늦은 하루살이가 떠돌고 있다. 가을밤은 진정 길고 무료(無聊)하다.

---

53 '딱히' 정도의 의미인 듯.

납치된 8만 명의 운명

「동아일보」, 1953.5.4

3년 전 우리 영토의 태반이 적기(赤旗)로 덮였을 때, 많은 청년이 학살되고, 우리 주위에 포성이 사라졌을 때에는 수많은 유위(有爲)한 국가의 일꾼이 납치당하여 간 것을 알고 통분했다. 이래 3개 성상(星霜)이 지나는 동안에 대한민국 2천만 명의 기억에서 이들의 이름은 사라져가고, 국회를 비롯하여 누구 하나 이 사람들을 찾아오자고 뼈아픈 발언을 하는 사람도 없었다. 작년 7월까지 정부는 납치당하여 간 국민의 똑똑한 수효도 모르고 2년을 지냈다. 다만 9·28 후 계동(桂洞) 한 구석에, '6·25사변 피납치자 가족회'란 간판을 걸고, 산발한 여인들이 자비(自費)로 사람을 뽑아 38 이북 강계(江界)까지 납치당하여간 사람의 종적을 찾고, 1·4후퇴 이후 부산에 내려와 국회와 미국대사관과 UN맞슌[54]의 굳게 닫힌 문을 두드리고 남편과 자식을 찾아달라고 목이 메었을 뿐이었다. 그러나 국회와 정부에 계신 분들은 우리가 정전(停戰)을 반대하면서 납치당하여간 사람을 돌려달라 수 있느냐는 말씀이고, 외국대사관은 당신네 딱한 사정은 동정하나 당신네 정부가 발언 않는 것을 우린들 어찌하느냐는 점잖은 대답이었다. 좀더 유식한 분들은 국제법에 포로교환에 대한 조항은 있으나 민간인은 찾아올 조항이 없지 않느냐 한다. 6·25 전에 그들이 국가에 무슨 일을 해왔고, 어째 적지에 끌려간 것을 새삼스럽게 말할 것도 없으나, 잡혀간 사람들 중엔 16세 소년도 있고, 환갑이 넘은 노인들도 있다. 끌려가는 도중에 행렬에서 탈락한다고 맞아죽은 사람도 있고, 병사(病死)도 했을 것이다.

---

54 미상(未詳).

다행히 목숨이 붙어 살아있은들 무엇을 먹고, 어디서 어떻게 살고 있는지? 이래 3년 이북 천지는 UN군의 대포와 폭격으로 싸였는데 모진 목숨마저 죽지나 않았는지! 이것이 가족들이 자고새면 생각하고 눈물짓는 일이다. 나라가 정전을 반대하는데 어떻게 납치당해간 사람을 찾아 달라 하느냐는 관념에서 가족들은 시원히 말도 못하고 지내왔다. 정전(停戰)—포로교환(捕虜交換)—민간인 석방(釋放)—이런 순서의 방식이 우리나라 조야 인사(朝野人士)의 생각을 미신처럼 지배하고 있었기 때문이었다. 며칠 전 이북에서 석방된 영국 민간인을 마중하러 영국 본토에서 날아간 비행기가 모스코—비행장에 도착하였다는 라디오를 듣고 그들의 가족들은 '영국사람은 2만 리 밖 자기 집도 찾아가는데, 이애는 기차로 4시간이면 올 데서 못 오는구나' 하고 한숨을 지었을 것이다. 병상포로(病傷捕虜)는 전투 중에서도 교환된다는데, 이북에 납치되어 있던 영국인은 병상포로보다 먼저 무조건으로 석방됐다. 불란서 사람은 그보다 더 먼저이고, 미국인은 곧 석방될 것이라는 약속을 받았다. 한국에서 끌려간 사람에 대해서만 아무 말이 없으니 납치당해간 사람들의 가족들 눈에선 새로운 눈물이 흐르지 않을 수 없을 것이다. 우리 사람 찾아달라는 말은 정부도 안하고, UN 휴전대표도 말 안하는 동안 타국인들은 석방되고, 병상포로가 교환되고, 38선 철문이 다시 닫히면, 8만 명이 제 고장에 돌아올 길이 영원히 막힐 것이 두렵고 애달픈 까닭이다. 또다시 요즈음 가족회의 산발한 여인들이 국문영문으로 쓴 탄원서를 들고 돌아다녔으나 아직 아무 곳에서도 뼈진[55] 대답이 없다. 적들이 수중에 있는 우리 사람들을 놓아주느냐 안 놓아주느냐가 문제가 아니라 애당초 무법하게 잡혀간 8만 명을 내놓으라는 소리가 우리 쪽에서 없다.

이것은 어데 가서 누구에게 호소할 것인가? 불연(不然)이면 8만 명 우리

---

[55] '하는 말이 매우 여무지고 마디가 있다'의 뜻.

형제는 적토(敵土)에 백골이 되어 묻혀야 할 운명이라고 단념하고 눈을 감아야 할 일인지 알 수가 없다. 여인들의 아우성소리는 연약하고 멀어서 적지에는 들리지도 않을 것이나 원통한 심사들은 날이 서고 모질어질 뿐이다 국회인(國會人)이나 관리나 쩌-나리스트나 국가의 양식(良識) 여러분이 문제에 진지한 결론을 내릴 때가 온 것 같다. 기회가 지나간 뒤에 백만 명의 아우성도 쓸데없으니 첫째로는 정전 전에 외국 민간인과 같이 우리 국민은 무조건 석방하라고 '국가의 발언'이 있어야 하고, 둘째로는 이것을 규호(叫號)하는 국민의 소리가 뒷받침해야 할 것이다. 그 후엔 방법이 서고, 실천은 저절로 따라올 것이다. 남편, 자식, 친구, 동지들을 적수(敵手)에 빼앗긴 사람들에겐 자기 사람을 안 놓아주는 적을 미워하기 전에 "형제를 돌려보내라"고 고함질러야 할 사람들이 외면하고 서있는 것을 원망하는 생각이 앞선다. 이것은 그들이 자기 힘으로 납치당해간 사람들을 찾기엔 너무 무력한 사람들인 까닭이다.

이 이상 우리나라 조야(朝野)가 이 문제에 함구불언하는 것은 우리 손으로 우리 형제 8만 명을 죽이는 것을 의미하는 것밖에 아무 것도 없다.

이중섭개인전 목록에 실린 글

이경성, 「이중섭의 예술」, 『이중섭 작품집』, 현대화랑, 1972, 100면

김광균 : 중섭(仲燮)의 예술이 어데다 뿌리를 박고 있는지는 아무도 모른다. 우리 눈을 가로막는 것은 헐벗고 굶주린 한 그루 나뭇가지에 서린 그의 슬픔과 생장하는 자태뿐인데, 이 메마른 나무를 중심으로 그가 타고 난 것을 잃지 않고 소중히 길러온 사십 년을 모두어 개전(開展)을 가지는 것은 그로 보나 우리로 보나 즐겁고 뜻 깊은 일이다. 앞으로 그의 예술의 생장과 방향은 그 자신의 일이나, 모진 전란(戰亂) 속에서 어떻게 용히 죽지 않고 살아 이런 일을 했나 하고 엉덩이라도 한 번 두들겨 주고 싶다.

이중섭개인전(1955년 1월 18~27일 미도파화랑) 목록에 실린 글

시詩와 상업商業

게재지 미상, 1964.6[56]

6·25 해인가, 또 그 전해인가 박거영(朴巨影) 씨의 시집 출판기념회에서 반취(半醉)가 지난 김에 일어나 "박 시인(朴詩人)! 시와 상업은 양립(兩立)이 안 되니 어느 한 쪽은 집어 치우시오" 하고 호령을 하여 박거영 씨가 짧지도 않은 얼굴을 더 늘이고 천정을 쳐다보던 생각이 가끔 난다.

양립론자를 추상같이 호령하던 끝에 다행히 독립론자가 되어 '김사장(金社長)' 소리를 들은 지가 십 년이 넘었으나, 이렇게 구성진 비가 주룩주룩 내리는 밤엔 대청마루 끝에 쭈그리고 앉아, 대관절 지난 십여 년에 한 것이 무엇인가 하고 자문자답해지는 것이 고작이다.

시집을 끼고 다니던 시절에 어떤 친구가 역시 얼근히 취하더니, "이 자식아! 한국 같은 나라에선 예술가는 2만 명에 한 사람이면 족하다, 나이 삼십 처먹고 대가리가 다 큰 것이 시집은 왜 끼고 다니냐?" 하고 꾸지람 받고, 그도 그럴 듯하더니, 정말 문단 밖의 밥을 십여 년 먹는 동안에 예술가가 사회에 차지한 영역이 얼마나 좁은 것인가를 발견하고 처음엔 매우 놀랐다.

인구의 절반은 시인이고, 명동의 면적이 서울의 과반을 차지하던 고장을 떠나 어느 곳에도 생활의 실감이 잡히지 않는 절벽의 연속에서 기묘한 착각에 잡혀 세월을 지낸 셈이다. 정주(廷柱)·용호(容浩)·봉구(鳳九)·만영(萬榮) 등등 제경(諸卿)을 간혹 길에서 만날 때마다 저 친구들이 어디서 살다 서울에 돌아왔나 하여 신통하나, 별 이야기도 못하고 '요즘 어때',

---

56 박거영 편, 『한국 현대문인 수필선집』, 인간사, 1965, 24~25쪽을 저본(底本)으로 삼음.

'어!' 하고 싱겁게 헤어지고 만다.

회사 일을 하루 집어치우고 명동에 나가 문단 '가십'이나 듣고, 대포나 뒤집어쓸까 하고 김사장(金社長)은 무용(無用)의 환상(幻想)에 한 1, 2분(分) 잠기고 곧 돌아선다. 대관절 이런 생활의 끝엔 무엇이 나타날까?

러셀 씨가 세상에 일만 가지 애정(愛情)이 다 예술이 되어도 금전에 대한 애정만은 예술이 안 된다 하였으니, 모두 다 집어치우고 대사업가가 돼서 삼천만 불짜리 비료공장 정문을 자가용을 타고 출입하는 것이 인생의 궁극일까.

그렇다고 회사를 집어치우고 우이동 구석에라도 나가 집이나 한 이십 평 짓고 들어앉아, 책이나 보고 다행히 무엇이 북받쳐 오르면 시작(詩作)이나 하여 『한국문예대사전』 한 구석에 혁혁한 문명(文名)(?)을 후세에 남기는 것이 나의 여생으로서 흡족해지는 것일까.

몸과 마음이 고단한 날은 사무실 너머 치과대학 정문 '플라타너스'를 건너다보고 이런 문답에 잠기고 만다. 아무도 명답(明答)을 내릴 사람이 없는 질의는 영원한 질의로 내 생의 무덤에 파묻힐 것이라 하겠지만, 십여 년 전에 박거영 씨에게 외람히 호령한 말은 사실은 내가 나 스스로에게 던진 서글픈 호령인 것만 같다.

백상百想 30년
백상 장기영張基榮 선생 1주기에 붙여

『서울경제신문』, 1978.4.11

1950년 늦은 가을 하오, 점심에 술 몇 잔을 들고 종로 3정목(町目) 사무실 2층에 돌아와 나는 무연(憮然)히 앉아 저물어가는 북악을 쳐다보고 있었다. 사원 한 사람이 손님이 찾아 오셨다고 명함을 한 장 들고 들어왔다.

'한국은행 장기영'

굵은 벡고틀 안경 쓴 그가 들어와 인사를 교환하고 동란 중 이북에 납치되어 간 동생 익균(益均)의 소식을 듣고 늦게 찾아와 미안하다는 것이었다. 이것이 지상에서 백상과 내가 만난 시초다. "장사는 자본회전이 제일 중요하니 유의하시지요"라는 말을 남기고 그는 돌아갔다.

부산으로 피난하여 다시 백상을 만난 자리에는 김영휘(金永徽)·나익진(羅翼鎭)·김봉진(金奉鎭)·김기엽(金基燁)·송인상(宋仁相) …… 이런 친구가 모여 있었다.

이후 30년, 이 사람들은 수요일에 모여 점심을 먹으며 꼬박 판에 박은 두 시간을 떠들며 지낸다. 세상에서 이것을 '수요회'라고도 하나 사실은 회(會)도 아무 것도 아닌 것이다.

얼마 안 있어 백상은 답답하다고 은행을 집어치우고 신문 일을 시작하였다. 신문사는 서울이어서 부산으로 신문 용지 사러 왔다고 잠바 차림으로 중앙동에 있던 내 사무실의 삐걱거리는 계단을 씩씩거리고 올라와, 서울 올라가 곧 보내 줄 터이니 얼마를 돌려달라는 일이 잦았고, 또 이것은 꼭꼭 신용을 지키고 송금해 왔다.

1953년 환도 후 백상은 한국일보를 시작하고 나는 종로에 집을 그냥 두고 지금 미도파 백화점 앞 안락(安樂) 빌딩, 소공동 동명빌딩으로 사무실을 전전하며 비료장사를 하였다. 그 무렵 하오 1시에서 2시 사이에 일요일 빼놓고는 한국일보 깃발을 단 까만 지프가 내 사무실 앞에 서 있었다.

백상은 신문, 나는 비료장사 …… 이야기는 이런 것에서 시작하여 대개는 돈 걱정으로 떨어지고 나도 때로는 부탁을 하였지만, 백상의 내게 대한 부탁이 훨씬 많았다. 그 후 이런 일이 11년 동안 계속된 뒤 백상은 정부로 들어갔다. 정부로 들어간 후의 백상은 세상이 나보다 더 잘 알므로 쓰고 싶지 않다.

그는 정부 일에 바빠 수요일 점심에는 태반을 결석하였다. 정부 일을 그만두고 신문사로 돌아온 후에도 무엇무엇 하는 일로 백상은 바빴으나, 그래도 가끔 수요일 날 커티샥 병을 비서에게 들리고 나타나 좌중의 화제를 쓸어가거나 친구들을 앉혀 놓고 코를 골고 자기가 일쑤였다. 이러한 세월이 몇 해나 지나갔을까? 작년 봄 나는 경운동 집을 도시계획에 헐리고 이사 갈 집을 마련 못하여 성북동 셋집에 살고 있었는데, 하루아침 회사에 나가려고 넥타이를 매고 있는 나에게 김영휘 형의 전화가 걸려 왔다.

"왕초가 오늘 아침에 죽었어" 하는 것이다.

"1주일 전 서울 칸트리에서 만났는데 그게 무슨 소리냐?"

고 대화하면서 나는 차차 정신이 아득해져서 전화통을 놓고 주저앉았다. 1시간 반 동안을 의자에 앉아 청심환을 먹고 정신이 맑아지기를 기다렸다. 다음에 백상을 만났을 때는 이미 그의 육신은 목관 속에 들어 있고 이름 모를 형형색색의 꽃이 그 위를 덮어 주고 있었다. 한 자루 향을 촛불에 태워 향로에 꽂았으나 그는 예의 탁성으로 "김형 왔소?" 하는 소리를 하지 않았다. 몇 날 후 광주(廣州) 산록(山麓)에서 우리들은 지하와 지상으로 갈리고 그리고 또 1년이 지난 오늘 아침에 나는 이 글을 쓰고 있다.

※

나와 백상의 30년 가까운 교유의 이야기는 이것으로 끝났나 보다.

친구들이 "백상은 바쁜 것이 취미냐?"고 놀려주도록 그는 바쁜 사람이었다. 한가한 시간이 되면 몸살이 나는 모양이었다. 여섯 시간만 자면 기분이 좋다는 사람이어서 한잠 자고는 상오 2시에 일어나 곤히 자는 비서를 깨워놓고 일을 시키는 것으로 유명하였다. 그 분망(奔忙) 뒤에는 허탈이 오는 모양이어서 가끔 전화가 걸려오거나 회사에서 돌아가는 길에 신문사에 들르는 나를 이끌고 술집 순회를 하였다. 늘 하는 말이 "나는 친구가 3천 명이야"라는 것이다.

세상 사람들은 백상이 정부에 들어간 후에 많은 진짜 친구를 잃었다고들 하였다. 그 당시 백상에게는 그런 면도 없지는 않았으나 돌이켜 생각해보면 관리라는 직업과 시대가 그를 그렇게 만들었는지 모른다. 그러나 그것도 지금은 고사(故事)가 되었고, 많은 그의 친구들에게는 덜렁대던 모습과 바쁜 전화 소리, 조그만 일, 큰 일 할 것 없이 친구 일에는 동분서주하던 백상의 추억만이 오롯하게 원광(圓光)을 띠고 남아 있다. 나라에 중요하고 친구에게 정다운 사람을 잃었다는 회한이 깊게 남는다.

유명을 달리하고 한 반년 동안 1주일에 한두 번 백상은 내 앞에 나타나 나를 괴롭혔다. 나는 이 글을 쓰면서도 생각한다.

"도대체 백상의 일생은 무엇 때문에 그리 바빴을까?"

그는 많은 업적을 나라에 남겼고 신문을 세우고 술잔을 들고 친구들과 허다한 밤을 지내고 그리고 빨리 세상을 하직하였다. 아니 그리 짧은 시간에 많은 일을 하고 빨리 가기 위하여 그는 그렇게 바쁜 평생을 지냈을 것이다.

글을 막으려 하니 한 줄기 비애가 가슴을 스쳐 내린다. 광주 한국농장을 지나 솟아있는 얕은 야산에 그는 지금 누워 있다. 춘풍추우(春風秋雨)가 차가운 그의 비석을 갈기는 지하에서 그는 여전히 분주히 전화를 걸고 메모를 하고 지정한 활자가 틀렸다고 사원에게 소리를 고래고래 지르고 있을 것이다. 그리고 1년이 지나도록 친구 하나 찾아오지 않는다고 혼자서 투덜거리고 있는 것만 같다.

1978.4.9 아침

예술가 사태 沙汰

『서울경제신문』, 1979.1.25

'플라토'라는 사람이 옛날에 예술가는 국민 1만 명에 두 사람이면 족하다고 말했다. 지금 우리는 어느 때부터인가 예술과 예술가의 홍수에 싸여 있다.

우선 내가 조금 지식이 있는 시부터 이야기한다면 우리나라에는 현재 두 개의 시인협회가 있고,(왜 시인협회가 두 개로 나뉘어 있어야 하는지도 모르겠다) 회원으로 가입된 시인만 8백 명이라니까 줄잡아서 1천 명 이상의 시인이 있을 것이다. 우리 신문학의 개화기인 1930년에서 40년 전후 시인의 수효는 50명 미만이었으나 그 나름대로 좋은 작품으로 시의 수준을 높이고, 그 중에 몇 사람을 제외하고는 우리 시사(詩史)를 쓸 수 없는 중요한 일들을 이룩하였다. 그러던 것이 요즘은 무수한 시집이 전라도 경상도 또 어디 어디에서 우편물로 배달이 되어 온다. 대체 이것은 무엇을 말하는 현상인가?

시집을 내면 시인으로 행세가 되고, 고명(高名)한 선배시인이 서문으로 이를 뒷바라지하여 주고 또 이것을 바탕으로 협회에 가입이 된다 하자. 시라는 것은 그런 것이 아닐 것이다. 여기서 콩과 팥을 가리고 그 까닭을 따지고 싶지 않으나 시를 발표하고 싶은 청년들보다 이런 풍조를 용납하고 어떤 의미로는 길러낸 선배 시인들, 문학잡지, 문학단체, 출판사 들을 움직이는 사람들의 책임이 크다. 이분들은 지나온 현상에 대한 반성을 거듭하고, 앞으로는 우리 문학사에 기여할 수 있는 높은 수준의 시인과 시를 키우는 데로 방향을 돌려야 할 것이다.

이야기가 난 김에 그림, 그 중에서도 주로 동양화에 언급하고 싶다.

나의 친구 제당(霽堂)[57]이 57세에 타계하였을 때만 해도 화가들은 배가 고팠다. 몇 사람 안 되는 화가들이 먹고 사는 고생을 이기며 그림을 그리고 그것으로 생명을 불태우는 한 가닥 구도심 같은 것이 살아 있었다. 3, 4년 전부터인지 4, 5년 전부터인지 모르나 유명무명의 화가의 작품이 쏟아져 나오고 한적하였던 인사동 거리는 한 집 건너 화상(畵商)이 문을 열고, 형형색색의 전람회가 줄을 이었다.

화가가 대량 배출되고 작품 발표가 끔찍한 수효로 늘어났다. 가격이 오르고, 한편 화가들이 새 집을 사고 자가용 승용차를 굴리고, 어떤 화가의 전람회는 오픈하는 날 문 앞에 줄을 이어 섰던 감상가(?)들이 대문이 열리니까 아우성을 치고 들어와 30분 안에 작품 전부가 팔린 일도 있다.

예술가는 부유하지 말라는 법은 없으나 몇 사람의 재주 있는 중견화가의 작품이 1년이 못 되어 저질의 절벽으로 굴러 떨어지는 것을 보았다. 그림은 와이셔츠나 구두처럼 대량 생산하는 작품이 아닐 뿐더러, 그러한 제작자세가 작품의 질을 올린다는 것은 생각할 수도 없다. 이런 풍조는 화도(畵道), 음악, 기타 예술 분야도 예외일 수 없을 것이다.

다시 서두로 돌아간다. '플라토'란 사람이 옛날에 예술가는 국민 1만 명에 두 사람이면 족하다고 말했다. 예술가의 수효를 제한한다는 뜻이 아니라 좋은 예술은 양이 많다고 나올 수 없다는 경구(警句)로 풀이가 된다.

---

57 한국화가 배렴(裵濂, 1911~1968).

우두고雨杜考

『한양로타리클럽주보』제908호, 1979.9.3

1938년부터 6·25까지 나의 계동 뒷집에 구룡산인(九龍山人) 김용진(金容鎭) 옹이 살고 계셨다. 가끔 찾아뵙고 고서화에 대한 말씀도 듣고 내 방에 놀러 오시기도 하셨는데 방 안에 몇 개 있는 이조자기를 보시고 부엌에서 쓰던 것을 어찌 사랑방에 놓아두느냐고 못 마땅해하셨다. 그러던 중 하루는 하인을 보내시어 나의 아호(雅號)를 물어 오셨는데, 그 무렵 나는 모더니즘 시를 써서 발표하고, 평론가에게서 누구누구 세 사람은 현대 모더니즘 시의 기수라고 말한 논문을 『조선일보』에서 보고 어깨가 으쓱하던 시절이라 아호라는 것은 고졸(古拙)한 것이라 생각하고 별 관심이 없었다. 따라서 아호가 없다고 말씀 올리라 하였더니 하인이 되돌아 와 "아호가 없으실 리 없으니 꼭 알아 오라는 엄명이올시다" 하는 것이 아닌가?

당시 나의 시우(詩友)들은 나의 별명을 '우두(牛頭)'라 짓고 밤늦게 대취 작당(大醉作黨)하여 가지고 와 발길로 대문을 차며 일어(日語)로 '규ー도ー'라고 소리소리를 질러 결국 문을 열어주면 집에 있는 주병을 말리고야 갔다. 나는 속으로 노옹(老翁)에게 죄송도 하거니와, 형편이 끝까지 무아호(無雅號)를 주장할 수 없음을 알고 약간 귀찮은 생각도 들어 아호는 '우두'라고 말씀 드리라고 하인을 돌려보냈다. 며칠 후에 노옹께선 어여쁜 화조도(花鳥圖)에 '우두인형청상(雨杜仁兄淸賞)'이란 협서(脇書)[58]를 넣어서 보내주셨다. 이렇게 해서 작호(作號)는 됐으나 나는 그때만 해도 우선 고소(苦笑)를 하고 40 미만의 연치(年齒)라 내가 '우두(雨杜)'라는 호를 가진 것도 잊어

---

58 본문 옆에 따로 적는 글.

버리고 지내다 어언 나이 4, 50을 넘고 또 60을 넘으니 아호 쓸 필요가 차차 생겨 세상에 나는 '우두'라 알려지고, 나도 '우두'를 자처하고 지금까지 지내오고 있다.

'우두'는 일반 아름다운 글자이고 그 뜻도 유현(幽玄)하여 새삼 딴 호로 바꿀 생각은 없으나 나라는 사람의 이미지와 잘 부합된다고는 생각 않는다.

그러고저러고 작호해 주신 노옹께서 별세하신 지도 여러 해 되고, 말년에 고생하시던 것이 아직 내 기억의 상처로 남아 있어 더더군다나 개호(改號)는 엄두도 못 낼 일이다.

한철漢徹이······[59]

『경향신문』, 1980.4.29

민덕기(閔德基) 사돈의 영결식 날은 날이 흐리고 바람이 찼다. 풍문여고 마당의 딱딱한 의자에 앉아 '60이 넘도록 양같이 살던 분이 어떻게 이렇게 어처구니없이 가셨나' 하고 망연하여 있는데 누가 등을 뚝뚝 두드렸다. 돌아다보니 오래간만에 보는 한철이 앉아 목례를 하고 있었다.

식이 끝나고 마당에 서서 우리는 몇 가지 이야기를 하였는데 자세한 내용은 생각이 안 나나 헤어질 때,

"약방의 감초같이 만사에 참견만 말고 오늘 주인처럼 가기 전에 생전에 쓴 것이나 똑똑히 정리하지."

하고 한마디 하였더니

"알았어."

하고 눈웃음을 치며 그 두꺼운 주먹으로 내 어깨를 치고 우리는 헤어졌다.

다음에 만난 곳은 성심병원 영안실이었다. 한철이는 그 작지도 않은 몸에 감색 양복을 입고 사진틀 속에 들어앉아서 먼 하늘을 바라보고 있었다. 40년 넘은 친구가 찾아와 그 앞에 분향을 하고 절을 하는 것을 아는 것 같지도 않았다. 그가 생전에 아버님으로 모시던 외숙 최규남(崔奎南) 박사에게 몇 말씀 드리고 나는 총총히 병원문을 나섰다.

이야기는 45년이 넘은 옛날로 돌아간다. 한철이가 세브란스 의전 시대 나는 회사가 서울에 있어서 주말이면 고향인 개성엘 내려갔다. 그도 기차 통학을 하여서 우리는 개성역에서 만나 인사를 하고 이내 친구가 되었다.

59　유한철(劉漢徹, 1917~1980). 의사, 시나리오 작가, 영화 및 음악, 체육평론가.

나는 그 때 신진시인(?)으로 고향사람의 눈에 띄었고, 한철은 검은 제복을 입고 코밑에 수염을 기른 재사학생(才士學生)이면서 예술에 깊은 관심을 가지고 있는 듯하였다.

한철은 그때부터 음악·연극·문학·영화라면 몸살이 났던 것 같다. 학교를 마치고 한철은 동대문 밖에 개업을 하고 그 무렵 친숙한 환자이면 왕진 갈 땐 청주 한 병을 짊어지고 가서 환자와 함께 한 병을 다 비우는 재미있는 의사로 유명해졌다. 몇 해 안 가 8·15가 오고 한철은 여러 가지 문화단체 일로 바빠져 어느 것이 본업인지 모르게 되었다. 그 후 3,4년 동안 우리는 자연히 술자리를 자주 같이 하고 그 자리에는 문학, 음악 하는 사람들이 모여 떠들어댔다.

6·25 중에 나는 한 번도 한철을 못 만났다. 90일의 격통(激痛)을 겪고 국군의 서울 입성 후에도 한철은 우리 주위에 볼 수가 없었다. 사변 중에 죽었을 것이라고 친구들이 모이는 곳에서 이야기가 되고 우리는 그것을 믿었다.

몇 해가 지나 한철을 만난 것이 1953년 여름, 동경 은좌(銀座) 웨스트 다점이다.

친구들과 이야기하고 있는데 정문이 열리더니 아래위 백색 더블을 입은 신사 한 분이 생글생글 웃으며 들어와 내 옆에 앉는 것이다.

망령이 아닌 한철과 나는 곧 다점(茶店)을 나와 술집에 가서 밤늦게까지 흑취(黑醉)했고 그를 따라 그의 셋방에 가서 세상을 몰랐다. 이튿날 일요일 아침밥을 한철이 제 손으로 지었고 그 맛이 훌륭하여 놀랐더니, 처음 일본 와서 우에노시장 바닥에서 '사꾸라'라는 간판을 붙인 '야다이미세'를 하여 생계를 세웠는데 그 동안 음식 만드는 것을 배웠다는 것이다.

지금은 어디인지 생각도 안 나는 그의 다다미방에서 온종일 뒹굴며 6·25가 터진 날부터 종내 일본으로 밀항하여 겪어 온 이야기로 꼬박 하루 해를 보냈다. 그날 들은 이야기는 지금도 태반 기억이 나나 내가 여기 그 내용을 쓸 수도 없고 쓰고 싶지도 않다. 또 그것이 죽은 사람에 대한 예의일 것 같다. 어쨌든 그것은 도도히 흐르는 역사의 강물에 떴던 조그만 유목(流木)이고 그 유목을 흐르게 한 지도 30년이란 세월이 갔다. 몇 해 후에 한철은 귀국했고, 얼마간의 침묵 후에 자기분야에 바쁜 나날을 보냈다. 그가 돌아온 후 우리는 길이 달라 자주 만날 일이 없었고, 다만 어쩌다 밤의 주점에서 만나면 술맛이 더하여 뒷골목으로 끌고 끌려가는 일이 가끔 있었다.

나는 이 글을 성북동 집 마루에서 밥상을 깔고 쓰고 있다. 창밖엔 아침부터 내리는 짓궂은 봄비가 처마를 적시고 있다. 이 글을 쓰면서부터 도대체 한철의 일생은 무엇이었던가 하는 생각이 가슴을 오고간다. 지난 4, 5년 동안 많은 친구들이 세상을 떠났다.

그 사람들은 무엇 때문에 그리 총총히 세상을 등지고 마지막으로 한철이 그 뒤를 따라갔을까?

한철은 어려서 부친을 여의고 외숙 최규남 박사를 아버님으로 섬기며 일생을 마쳤고 그 두 분 사이는 세상의 어느 부자와 다를 것이 없었다.

한철은 생전에 너무 여러 가지에 손을 댄 것 같다. 음악, 연극. 시나리오, 스포츠 어느 한 곳 손길이 안 간 곳이 없으나, "이것이 한철이 하고 간 일이다" 하고 손꼽을 것이 없다. 그는 바쁘게 돌아다니며 친구의 어깨를 두드리고, 어려운 친구를 밀어주고, 술자리에 앉으면 술상을 독차지 하였다.

글은 언제 쓰느냐 하면 대개 자정이 넘어 남들이 자는 시간을 이용한다는 대답이다. 한철은 심야에 홀로 등불을 켜고 글을 쓰다 피곤할 때 펜을 세우고 자기 인생에 대한 깊은 비애에 젖어 있었을 것이다. 나는 가끔 주석에서 제발 약방의 감초 노릇은 그만하고 무엇 하나라도 파고들라고 고언(苦言)을 했다.

한철은 그럴 때마다 나를 돌아다보고 쓸쓸한 웃음을 지었다. 그의 마음 속엔 비가 내리고 있었던 것이다.

동경(東京) 말년(末年)은 시나리오를 써서 생계를 하고, 돌아와서도 무수한 원고지를 채웠으면서도 이내 똑똑한 책 하나 못 남기고 세상을 떠났다.

한철의 총명이 그것을 모를 리 없다. 60을 넘어 그의 인생에 모운(暮雲)이 덮여올 때 초조한 마음으로 무엇인가 계획을 세웠을 것이다.

그 계획이 무엇인지를 우리가 모르는 동안에 한철은 정말 어처구니없이 떠나갔다.

죽음은 어느 때 누구에게나 한 번은 찾아오는 것이나 한철의 일생은 생활에 가려 끝내 빛을 못 보고 무엇인가 결실해야 하는 아까운 시간에 요절한 것이다.

나나 그를 아끼는 친구들의 슬픔 속엔 이런 것들이 서리어 있다.

퇴행성 인생退行性人生

『경향신문』, 1980.9.6

얼마 전부터 왼쪽 무릎이 아파 약국에서 매약(賣藥)을 먹으면 낫기에 그대로 지내왔더니 7월 초부터 약이 듣지를 않았다. 할 수 없어 김영조(金永祚) 박사의 문을 두드렸더니 엑스레이를 찍어 보자고 하여 지하실 엑스레이 실에 내려가 사진을 찍었다.

"퇴행성 관절염입니다."

사진을 보고 나서 김 박사의 선고가 내렸다. 60이 넘도록 관절을 오래 써서 뼈가 닳았다는 것이다. 직접 보라고 해서 희미한 엑스레이 필름을 들여다보았더니 닳아 있는 것은 관절이 아니라, 나의 인생이었다. 어느 사이에 나는 무릎 뼈가 닳도록 오래 살았으며 무엇을 하고 어떻게 여기까지 왔는가?

한 줄기 패우(沛雨)[60]가 가슴을 스쳐 내렸다.

'다소가레'도 아니고 황혼도 아닌 '트와일라이트' 속에 나는 서 있다. 사전을 찾아보니 '트와일라이트'는 일출 전 일몰 후의 박명(薄明), 미광(微光), 몽롱한 이해력으로 되어 있다.

조금만 더 후퇴하면 70의 암흑이 기다리고 있다는 것으로 풀이가 된다. 몇 권의 시집을 내고 30여 년 서투른 장사를 하고 지내 오면서 시우(詩友)들로부터 "저 놈은 시정배로 떨어져 장사를 한다"는 소리를 들어왔고, 사업하는 친구들은 나를 제삼자에게 소개할 때 또박또박 "이 사람이 왕년의 시인으로 유명한 사람"이라고 주(註)를 단다. 이 단문(短文)을 여기까지 쓰

---

60 '패우(沛雨)'라는 단어는 사전에 올라있지 않다. '패(沛)'의 자의(字意)로 보아 '커다란, 많은'의 의미인 듯.

고 있노라니 문득 죽은 친구들 생각이 난다. 40년 교우가 있던 장만영, 조금 후에 사귄 김용호, 생사를 모르나 이북으로 잡혀간 김기림, 사업 세계에서 사귄 장기영, 최성모(崔聖模), 또 누구누구 ……

이 사람들은 나보다 일찍 세상을 떠나갔으니 그들은 생전에 무릎뼈가 조금 덜 닳았을까?

아니다.

그들은 시를 쓰고 신문을 내고 사업에 골머리가 아파 생전에 나보다 무릎 뼈가 더 닳았을 것이다.

도리어 내가 무위하고 게으르게 생을 영위해 와 그 친구들보다는 무릎 뼈가 덜 닳았을 것이다.

또 그렇게 생각을 점(占)치는 것이 죽은 친구들에게 예의가 아닐까?

무릎 뼈를 가지고 인생의 척도를 삼을 수도 없는 것이고, 고인들에게 조금 무례한 이야기이기도 하고, 또 한편 조금 우스운 생각도 든다.

어쨌든 나의 남은 여생에 전진은 없고 퇴행뿐이요, 그 퇴행이 끝날 때 나는 현세의 절벽에서 굴러 떨어지는 것으로 모두가 끝나는 것일 것이다.

그러면 지금부터 그 절벽까지에 나는 무엇을 하여야 하는가?

아무 것도 머리에 떠오르는 것이 없다. 서울에서 50~60리 떨어진 수풀이 있는 산 밑에 우거(寓居)를 잡고 나의 지나간 60여 년을 쥐어짜 책이나 한두 권 더 쓸 수 있을까?

이것이 자고 나면 매일 퇴행을 계속하는 내 일생의 쓸쓸할 결론이라면 참으로 어처구니없는 노릇이다.

화가畫家 · 화상畫商 · 화족畫族[61]

『경향신문』, 1980.9.13(상), 1980.9.27(중), 1980.10.13(하)

(상)

외국 여행을 하면 토요일 일요일은 물론 평일에도 시간이 나면 미술관이나 전람회를 돌아다니는 것이 오랜 습관이 되어 있다.

지난 3월 동경에 갔을 때 늘 만나는 일본 사람 화상(畫商)과 상야(上野)공원에 있는 국립현대미술관에 18세가 구라파 회화전을 보러 갔다.

전람회를 돌아보고 나니 함께 간 친구가 이왕 왔으니 3층으로 가보자고 해서 올라가 보았더니 일본양화(日本洋畫) 상설전시관이 있었다.

명치 이후 현대에 이르기까지 일본의 회화사를 펴놓은 듯이 중요 작가의 대표작이 걸려 있어 나는 대단히 황홀한 공부를 하였다. 지금 생각나는 사람만 하여도 수전국태랑(須田國太郎), 안정증태랑(安井曾太郎), 임무(林武), 고정달사랑(高畠達四郎) 이런 대가(大家)가 널려 있는데 그 중에 매원용삼랑(梅原龍三郎)의 장미가 한 폭 있었다.

80이 넘은 대가라고는 하나 술 취한 필치로 너무 황당한 구도와 색채여서 친구한테 "그림이 왜 이러냐?"고 물었더니 그 대답은 않고 내 옷소매를 끌고 나가자는 것이다.

전시실을 나와 걸어가면서 그 친구 설명인즉 "매원(梅原) 씨가 저 정도를 30분에 그려내면 5백만 엔에 팔린다"면서 입에 괸 가래침을 뱉는 어조로 한마디 더하기를 "말하자면 화폐 위조범이지" 한다. 요즘 그림에 조금 친

---

[61] 1980년 9월 13일과 27일 자는 '편편상(片片想)'이란 코너에 쓴 글이며, 10월 13일 자는 별개의 글인데 저자가 산문 전집 『와우산』을 엮을 때 하나의 제목 아래 묶어 배치하였다. 여기서는 발표 일자에 따라 상·중·하로 구분하였다.

분이 있는 독자라면 내가 무슨 이야기를 하려는지 짐작이 갈 것이다.

문제는 우리 주변에도 그 화폐 위조범(?) 같은 대가가 있고 그 밑에도 허무맹랑한 그림이 허무맹랑한 가격으로 팔고 사가는 사람이 있는 것이다.

어느 날 화랑에 갔더니 화선지 전지에 가까운 폭에 내용 모를 그림이 그려져 있기에, 이런 그림의 가격은 얼마나 했더니 6백만 원이라는 것이다.

6백만 원이면 미화로 1만 달러인데 하였더니, 화랑 주인은 어찌 그리 시세에 어두우냐는 표정으로 나를 보면서 또 한 대가의 이름을 들면서, 그분도 5백에서 6백은 하는데, 집에 찾아오는 손님에게는 2할을 싸게 팔기 때문에 그의 집은 문전성시라는 이야기다.

나는 하도 어처구니없어서 그러냐고 대답하면서 참으로 기이한 시대에 우리가 살고 있다는 생각이 들었다.

하기는 2년 전 뉴욕에 갔을 때 들은 이야기인데 쟁쟁한 한국의 대가 한 분이 와서 전람회를 열어 40여 점을 팔고 갔다는데, 그 가격을 들어보니 국내 가격의 4분의 1이었다. 돌아와 보니 대가의 그림은 뉴욕 시세의 6배로 팔리고 있었다.

나는 그분들이 돈 버는 것을 샘내는 것도 아니고 또 이런 일에 비분강개하는 것도 아니다. 다만 수요와 공급이라고는 하나 어찌하여 이런 괴이한 시장이 서고, 또 이런 일은 앞으로 어떻게 되어 갈 것인가 그 연유를 더 들어 보자는 것이다.

(중)

이야기는 1930년경으로 거슬러 올라간다.

제1차 대전과 제2차 대전 사이에 파리를 중심으로 이루어진 시인과 화가의 교류는 매우 중요한 일이었다. 이 교류는 서로가 작품 활동을 통하여 공통된 시대정신(時代精神)을 호흡함으로써 그림은 시에, 시는 그림에 영향을 주면서 함께 성장한 것 같다.

두 개의 피리가 한 곡조를 불고 있었다. 이런 조류는 동양의 한 귀퉁이 서울에도 밀려와 시인과 화가는 명동 다방과 대폿집에서 머리를 맞대고 인쇄된 구라파 그림을 놓고 매우 흥분하며 떠들어댔다. 그러한 연유로 나는 많은 화가들과 사귀었는데 손응성(孫應星)·이규상(李揆祥)·최재덕(崔載德)·김만형(金晩炯) 씨는 그 무렵 사람들이다.

이 화가들은 그림이 팔려 금전이 된다는 것은 생각도 못하고 작품을 한 사람들이다. 그림 전람회도 1년에 한 번 있을까. 전연 없는 해도 허다하였다. 이중섭·김만형의 전람회가 생각나는데 그 전람회는 우리 회화의 수준을 조금씩이라도 올려놓는 작품들이어서 요즘 같은 전람회의 홍수와 자연 비교하게 된다. 일간 신문 문화란에 하루에 4, 5개 전람회 광고가 난다. 어디서 무엇을 하고 또 어쩌자는 예술인지 초대장을 보내고 카탈로그에는 미술 평론가가 큰 기침을 하고, 첫날에는 화분이 늘어서고 맥주에 취하여 벌건 얼굴들이 늘어앉아 있는 것이다.

1975년경부터인가 우리 화단에 이변이 생기기 시작하였다. 그림이 팔리기 시작한 것이다.

가난한 화가들이 하루아침에 현찰을 안고 집을 사고, 더러는 자가용까지 가지고, 하도 신통하여 볼일도 없는 친구 집을 찾아다니며 자랑을 했다는 이야기를 듣고, 그들이 오래 고생한 것을 잘 아는 나는 미소를 띠고 있었다.

그 3, 4년 전에 일본에서도 같은 이변이 생겨 그림 값이 4~5배로 폭등하였다가 이내 사라졌으니까 같은 경향으로 알고 있었는데, 서울의 이변은 뜻밖에 지금까지 계속되고 가격 또한 강세로 버티고 있다.

조그만 예를 들어 보자면, 5년 전에 삼청동 화랑에서 지금 대표적 중견 화가로 꼽히는 사람의 횡액(橫額)을 7만 원에 샀다. 같은 화가의 비슷한 그림이 지금은 80만 원을 한다.

가격은 그렇다 하고 내가 산 그림은 솜씨가 하도 잘 된 것이라 지금도 머리맡에 걸고 있는데 80만 원 하는 최근작은 털어놓고 이야기하자면 그림이 아니다. 액자 속에 산수(山水) 같은 것이 있고 낙관도서가 도사려 있을 뿐 작품은 없고 상품이 한 장 들어 있는 것이다. 화가·화상·화족들은 지금 '예술의 상실'이라는 절벽 위에 나란히 서있다.

(하)

1956년, 이중섭은 나이 40에 세상을 떠났다. 이창규(李昌圭)가 내 사무실로 달려와 중섭의 죽음을 알려주어 적십자병원에 가보니 그의 친구들이 5~6명 우왕좌왕하고 있는데, 이 화가들의 주머니엔 단돈 1원이 없었다.

밝은 일요일 아침 2층에서 떨어져 죽었다는 모딜리아니의 죽음은 중섭에 대면 백 번 나을지 모른다. 그의 죽음을 알려준 이창규도 세상을 떠나고 중섭의 그림은 지금 호당 2백만 원을 한다.

그러면 좋은 화가와 좋은 작품은 무엇인가? 화가는 10호의 캔버스에 그의 생명을 연소(燃燒)시켜야 한다. 작품은 그것을 그린 사람의 인생기록이기도 하다.

그가 무엇을 생각하고 어떤 노력으로 표현에 애썼는지와 작품을 통하여 탐구한 것이 무엇인가가 그림의 표제(表題) 위에 이중으로 나타나 있어야 한다.

영국사람 러스킨이 한 말 중에 "세상에 만 가지 애정(愛情)이 예술의 원인이 될 수 있지만 금전에 대한 애정만은 될 수 없다"라는 것이 있다. 반 고호도 중섭도 금전이 그림의 모티브가 되진 않았다.

여기서 작풍이 완성된 대가는 전진이 멈추고, 자라려던 후배들은 예술의 싹이 말라버린다.

우리나라 화랑은 10년의 역사라고 하나 이대원(李大源) 씨가 반도호텔에 조그만 화랑을 가진 것은 그 보다 훨씬 전의 일이다.

우리나라의 그 많은 화랑들이 모두 몇 사람의 화가를 껴안고 또 신진에게 생활을 돌보아 주며 키우는 외국 화랑을 본뜨라는 것은 아니나, 인사동 주변의 그 많은 화랑 중에서 그런 사람이 한둘은 있어야겠다.

장사꾼은 상품을 사고팔아 이익을 내면 그만이지만 화상만은 화가를 길러야 한다. 화가가 자라고, 좋은 작품을 많이 만들지 않으면 화상은 젖줄이 끊기는 것이다.

우리나라는 요즘 거의가 양옥을 짓고 살아서 벽면이 많이 늘어 그림의 수요도 는 것 같다. 더구나 부유한 사람의 집은 벽면이 더 크고 또 그것은 일류 화가의 그림으로 채워져야 체신이 선다는 풍속이 5, 6년 전부터 성행한다.

그림을 좋아하는 사람이 공부를 하고 국내외를 돌아다니며 작품을 익히고 감상자로서의 눈을 길러야 하는데 이것은 1~2년에 되는 일이 아니다.

이 화족(畵族)을 오도한 것은 화상들이고 또 화족의 철없는 수요를 공급해 준 것은 일류 혹은 그 아류 화가들이다.

부유한 화족들이 산 것이 다 그런 것은 아니나 대부분이 작품들보다 화가의 유명한 이름에 금전을 지불했고, 어떤 의미에선 그들이 걸고 있는 것은 일류화가의 그림이라는 '벽지(壁紙)'인지도 모른다.

이 단문(短文)에서 4, 5년 동안 보고 느낀 것을 토해내니 속이 시원해야 하는데 그보다는 끝없는 우울이 감돈다.

이런 욕설(?)같은 글을 쓴 것이 뒷맛이 좋지 않다. 나의 친구나 친지 중에는 많은 화가가 있다. 그 중에 한 사람이라도 이 단문을 읽고 "이 자가 이런 소릴 할 수 있나?" 하고 책(責)한다면 나는 이렇게 대답한다.

이것은 누구와의 사감도 아니고 그렇다고 화가 전체에 대한 분풀이도 아니면 다만 진정한 뜻으로 우리 그림의 발전을 바라고, 진실한 생활태도를 바탕으로 하여 화가가 그 본연에 돌아가고, 화상도 이것을 옆에서 북돋워주어야 한다는 여러 사람의 간절한 소망을 대변한 것뿐이라고.

또 그것이 몇 사람 안 되는 우리나라의 진실한 화가들의 숨통을 돌리는 길이고, 황량할 대로 황량해진 요새 그림에 새로운 빛이 깃들이게 하는 일이 될 것이다.

50년

『월간조선』, 1981.5

　　제1차 대전의 포연이 사라진 후 행운으로 전장의 참호에서 돌아온 청년들이 파리에 모여 구주문명에 구토를 느끼고 다다이즘, 초현실주의 시운동을 일으켰던 1920년대에 우리 시가 눈을 떴을 때는 우리말은 일제의 철쇄에 묶여 있었다. 『백조』시대의 우리 시가 상징주의 그릇에 그 영탄을 담은 것은 어쩔 수 없는 일이다.

　　이 원고를 쓰려고 옛날 스크랩북을 뒤지다 보니 이런 글이 있다. 1948년 2월 29일자 『경향신문』에 썼던 「30년대의 시운동」의 첫 대목이다. 그 뒤에 이어 경향파라고 불리는 프롤레타리아 시운동이 일어났다. 급속히 몰락하고 뒤이어 주지주의 시운동이 일어났다는 이야기가 계속되는데, 그것을 기술하는 것이 이 글의 목적이 아니므로 생략한다.

　　1937년 5월 말경 그 때의 장곡천정, 지금의 소공동에 김연실(金蓮實)이란 분이 하는 '樂浪(낙랑)'이라는 다방에서 나는 처음으로 김기림을 만났다. 그가 조선일보사 학예부장 때 일이다. 테니스 모자를 쓰고 책을 두어 권 옆에 낀 채 〈콰이강의 다리〉에 나오는 영군 장교 같은 짧은 바지에 스타킹을 한 그와 나는 소다수 두 잔을 놓고 여러 시간 동안 시 이야기를 한 것 같은데, 자세한 것은 지금 기억이 나지 않는다. 내가 서울로 오자마자 그를 만난 것은 그럴만한 까닭이 있었다.

　　1935년 말에 시골에 있던 내가 어느 날 신문을 보니 「금년도에 내가 추천하는 신인」이라는 제목의 글이 실렸는데, 김기림이 그해 내가 발표한 「오후의 구도」를 소개하며 김광균을 추천한다는 것이다. 신문을 읽으며 나는 승천을 시작하여 지붕을 뚫고 '샤갈'의 그림처럼 하늘로 높이 날았다.

박용철(朴龍喆)의 시문학사에서 『기해명시선집(己亥名詩選集)』[62]이 그 해에 나오고, 거기에 나의 「오후의 구도」와 박재륜(朴載崙)의 「편지」가 실려 나를 놀라게 하였다. 그 전후에 이래저래 나는 시단이라는 눈에 보이지 않는 곳에 뛰어들었다. 지금으로부터 50년 전 일이다.

그 무렵에 나는 회사에서 퇴근 시간 10분 전이면 빠져나와 명동으로 달음질쳤다. 거기엔 이봉구, 오장환, 이육사, 김관(金管), 화가 친구들이 쭈그리고 앉아 있고, 얼마 안 가 우리는 『자오선(子午線)』이란 동인지를 시작하였는데 그때 돈으로 오십 전, 일 원씩 내서 오 원 남짓한 돈이 들었다. 우리들 틈에 서정주가 얼굴을 내민 것은 몇 해 뒤의 일이다. 지금 생각하면 우리들은 시와 그림을 떠들고 밤이 이슥하면 광증(狂症)에 가까운 음주를 하는 동물들이었다.

주지주의라는 모더니즘 시가 우리 시단에 기폭을 날리던 1930년대 주변의 이야기다. 그 뒤에 여러 가지 일들이 있었으나 8·15까지 10년 간 작품과 평론을 통하여 우리나라 현대시는 골격이 서고 살이 붙어 신문과 잡지를 걸어 다니며 오늘날까지 살아온 것 같다. 일제 말 암흑시대에 화려한 꽃을 피운 청록파 박목월, 조지훈, 박두진이 『문장』지에서 일어선 것은 30년대의 후반기에 속하고 얼마 안 가 우리 시는 8·15 후의 질풍노도에 싸이고 말았다.

1935년경에 우리나라에는 고작 20명 안팎의 시인이 있었다. 지용(芝溶), 이상(李箱)을 비롯한 몇몇 사람들이 우리 문학사의 하늘에 반짝이던 별들이었는데, 지금 우리 시단에 시인이 1,200명이 넘는다 한다. 이 시인의 홍수에서 몇 사람이나 문학사를 이어갈 천재가 나올까?

옛날에 '플라토'는 예술가란 국민 일만 명에 두 사람이면 족하다 하였다.

---

[62] 오일도(吳一島)에 의해 시원사(詩苑社)에서 나온 『을해명시선집(乙亥名詩選集)』의 착오.

이는 비단 문단뿐 아니다.

유명 무명의 화가의 전람회로 서울이 덮여 있고 음악, 조각, 연극, 서예 또 무엇무엇하여 흡사 예술의 사태 속에서 우리는 자고 깨는 생활을 하고 있다. 옛날에 오십 전, 일 원 모아 하던 동인지에 정부는 돈을 대주고, 변모하고 전진하는 세계에 등을 돌리고 17~18세기 혹은 그 전 토속 예술을 파내어 모시는 일에 모두들 신바람이 나 있다.

우리 예술은 참으로 기이한 시대에 살고 있는데, 이 현상은 앞으로 얼마나 계속되며 대체 어디를 향하여 가는 것일까? 한 시대를 정리하여 예술의 정도(正道)로 우리를 이끌어 갈 거장(巨匠) 평론가의 출현이 지금처럼 절박히 느껴지는 때는 없었을 것이다.

로-타리송가고 頌歌考

『한양로타리클럽주보』 제1000호, 1981.9.7. 3면

로타리 수첩을 보면 나의 가입일자는 1974년 9월 23일로 되어 있다. 이제 국민학교를 졸업하고 중학 1년생이나 됐다고 할까?

맨처음 로-타리에 출석한 나에게 기이한 느낌을 준 것이 HAPPY BIRTHDAY 노래이다. 그리고 로-타리송頌 또 가끔 특별한 노래의 연습이 있어 로-타리는 마치 어른들의 유치원이 아닌가 싶었다.

한양로-타리 회원의 평균 나이가 금년에 64세 반이라 한다.

불원(不遠) 70객(客)의 생일이란 그리 즐거운 일이 아닐 터인데 축화(祝花)를 가슴에 꽂고 케이크를 자르고 노래를 부르고 기념품까지 주고받는다는 것은 그냥 그렇거니 하고 보아 넘기면 그만이고, 조금 깊게 생각하면 참 어처구니없는 일이다.

생일이 되면 여러 회원들은 차렷 자세로 엄숙한 표정을 하고 서서 축가를 듣는데, 간혹 엷은 미소를 띠는 분이 있다. 내가 늘 앉아있는 말석 테이블에서 멀리 보고 있으면 분명히 울고 있는 것으로 보인다.

나의 경우 50을 지나서부터 생일에 염증을 느끼기 시작하였다. 몇 해가 지난 후에 회갑이 왔다. 회갑이란 인생의 낙일(落日)이다.

얼마 동안의 잔광(殘光)이 서산(西山)에 서려 있다가 70이라는 암흑이 온다.

친구 친지들이 낙엽처럼 우수수 죽어가고, 한편 밀려오는 노쇠와 노추(老醜)에 부대끼면서 살아가야 한다.

사람들이 말하기를 "이제는 평균 연령이 늘어 회갑을 70으로 옮기는 것이 마땅하다" 한다.

70이 지나면 무엇이 다가오는 것일까? 알 수도 없고 또 생각할 여유도

없이 우리는 인생의 종말을 향하여 걸어가고 있는 것이다.

이것저것 생각 끝에 나는 회갑날 그 해 새로 뚫린 남해 고속도로를 돈다는 핑계로 서울을 떠났다.

생일 축가를 이야기하고 나니 로─타리송으로 붓이 옮겨져 간다.

국가(國歌)와 생일 축가 사이에 낀 로─타리송을 부를 때마다 송 리─더 영세(永世)[63]께서는 "나를 꼭 쳐다보고 노래하라"로 질타하며 지휘봉을 들고 선두에 서고 회원들은 모두 열심히 이 노래를 따라 부르고 있는데, 조금 찬찬히 보면 일단 의무니 도리가 없다고 하며 부르는 분, 금붕어처럼 입술만 열었다 닫았다 하는 분, 아예 아래를 내려다보고 묵살하는 분, 그 모양과 색채가 다양하다.

아무리 보아도 기쁜 표정으로 신이 나서 "나의 사랑 다 바쳐 ……" 하고 목청을 높이는 분은 없는 것 같다. 듣고 있으면 졸리웁고 솜을 씹는 무미건조가 뒤따른다.

이 노래는 언제부터 우리나라에서 불리워 왔고 작사 작곡은 누가 했는지 모르나, 무슨 노래이든 간에 노래의 심지 속에는 감정이 담겨 있어야 하는데, 그 심지 속이 비어 있다.

애당초 이 노래는 분명히 국산(國産)은 아닌 듯한데, R. I.가 세계 공용으로 지정했는지, 아니면 우리가 외국사람 옷을 자의(自意)로 빌어다 입은 것인지 알 수가 없다.

조금 심한 말을 빈다면 로─타리송은 노래가 가진 향기와 빛깔은 사라지고 그 형해(形骸)만 남아 있는 것 같다.

우리나라는 우리나라의 로─타리송을 가져야 할 것 같다. 우리의 감정의 수풀을 흔들고 지나 정서(情緖)의 수면 위에 파도를 일으키는 노래가 어디엔가 있을 것이다.

---

63 이영세(李永世) 회원.

피부의 표면을 스며들어와 심장의 한복판을 흔드는 노래! 생각만 하여도 유쾌한 일이다.

전국의 '로-타리안'이 이를 따르지 못할 형편에 있다면 한양로-타리송이 혼자 걸어가도 무방한 일일 것이다.

"회장, 회원 여러분!"

어느 분이 좋은 작곡을 하여 주실 수 있다면 소생 언제든지 기꺼이 작사할 용의가 되어 있습니다.

현암玄岩[64] 사후死後에

『한양로타리클럽주보』 제1012호, 1981.12.7, 1~2면

"겐세쓰노 긴상 도―데스까―."

현암은 어쩌다 나를 만나면 귀밑에 대고 소리를 질렀다. 장소는 대개 무슨 파티 아니면 골프장 목욕탕 안이다.

이 '겐세쓰노 긴상'에는 조그만 사연이 있다. 일본에 장곡천용태랑(長谷川隆太郎)이라는 회사 중역이 있는데 이 분은 서울 태생이고 대학을 여기서 마치고 서른한 살에 해방으로 고국에 돌아간 분이다. 한국에 대한 애착이 깊어 한국 사람의 사업과 개인적인 부탁도 많이 도와준 분이다.

이 분이 4·19가 되어 15년 만에 서울에 온다 해서 나는 김포엘 나갔다. 현암도 나와 있어서 장곡천 씨가 현암과 나를 처음 인사시켜 주어서 현암을 알게 되었다. 그 장곡천 씨가 현암이 일본에 갈 적마다 "긴상와 도―데스까?" 하고 안부를 묻더라는 것이다.

장곡천 씨가 한국에 오면 꼭 찾는 사람이 '삼김(三金)'이다. 현암(玄岩), 남령(南嶺),[65] 그리고 나 우두(雨杜) 세 사람 성씨를 묶은 것이다.

이래저래 이 '3김'이 장곡천 씨를 중심으로 자별히 지내왔다. 5·16 후에는 지금은 없어진 '백양(白羊)'에서 술자리를 자주 하였다. 현암은 술 마시는 품이 거친 편이어서 자별한 친구들과의 술자리에 취기가 돌면 입고 있는 옷을 하나하나 벗고 친구 옷도 벗기고 더 취하면 안주 접시를 하나씩 창 밖에 내놓는 버릇이 있다. 나중에는 술상이 운동장이 돼버려 우리는 자리를 털고 일어서는 수밖에 없었다. 스무 해 전 일이니까 그가 40 전

---

64 김종희(金鍾喜, 1922~1981). 한화그룹 창업주.
65 김상홍(金相鴻, 1923~2010). 전 삼양사 명예회장.

후의 장년기이라 세상에 무서울 것이 없었다. 그가 하는 사업 중 큰 것은 대개 그 후에 창업한 것인데 P.V.C, 경인에너지, 대일유업 등등이 대표적인 것일 것이다. 지금은 헐려 없어진 시청 앞 회사에 가면 사옥은 고물인데도 방을 가려면 삼각형 계단을 두어 개 지나야 했다.

회사에서 본 현암은 딴 사람이었다. 너털웃음도 없고 대단히 과묵하여 별로 말이 없어 언뜻 보면 성난 사람도 같았다. 생각해야 하고 손 가는 일이 많아 사소한 이야기를 할 시간은 없는 대신 일에 대한 결단과 속도는 빨랐다.

경인에너지 부지를 확보할 때 만만치 않은 경쟁자가 물고 늘어져 현암은 생각 끝에 상대방이 모르는 사이에 연막을 우선 쳐놓고 밤을 새워 24시간 안에 필요한 땅의 대부분을 샀다. 이것은 현암에게서 직접 들은 이야기다.

사업 외에 시간과 정성을 쏟은 것은 고향의 학교이고, 그의 자택에는 추사(秋史)도 걸려있고 이조백자도 보였으나 그 쪽에 깊은 조예가 있는 것 같지는 않았다. 친구도 많은 편이 아닌데 이것은 일에 있어 비타협적이고 그가 가진 특유의 고집과 함수관계가 있는 것 같다.

이리역(裡里驛) 화약 폭발사건이 터진 것은 1977년 11월 11일 밤중이다.

찾아간 나에게 "하룻밤에 벼락이 떨어져 다 없어졌다" 하고 가가대소(呵呵大笑)하였으나 그 웃음소리는 듣는 사람에게 숙연한 느낌을 갖게 하였다. 나는 지금도 그의 사인(死因)에 대해 당뇨 기타 무엇 무엇이다 하나, '이리(裡里) 사건'이 그를 단명케 한 것이라 생각한다.

현암은 그 후로 얼굴에서 윤기가 사라지기 시작하고 사람 만나는 것을 꺼려하였다. 회의나 파티에서도 별로 볼 수 없고, 어쩌다 점심이나 골프를 청하면 나중에 연락하겠다 하고 그 연락은 오지 않았다.

이 무렵 그의 생활은 점점 외계를 차단하고 그에게 안겨진 고뇌의 밀실 속에서 하루하루를 지낸 것 같다. 금년 2월, 전경련 총회 메인테이블에 앉아 있던 현암의 얼굴은 흡사 벽에 붙은 베토벤의 '데드 마스크' 같아서 나는 심중(心中) 대단히 놀랐다. 그리고 그것이 내가 현암을 본 마지막 모습이 되고 말았다.

현암의 집이 가회동(嘉會洞)이어서 나는 귀가하는 길에 들려 명함을 몇 번 넣어 보았는데 늘 부재중이었다. 5월에 동경책사(東京冊舍)에서 삼목계랑(三木雞郞)이라는 사람이 쓴 『내가 사랑하는 당뇨병』을 몇 권 사다가 그 중에 한 권을 보냈다. 역시 책 받았다는 전화도 없었는데 현암 사후에 인사 온 큰 자제 이야기를 들으니 내가 책을 보낼 무렵 이미 시력을 잃고 누워 있었다고 한다.

현암이 나이 쉰아홉에 간 지도 벌써 넉 달이 지났다. 번화하게 움직이고 웃기를 좋아하던 그의 사후는 유달리 조용하여 그에 대한 친구들의 추억 위에는 허무한 적막마저 서리어 있다.

성북동 골짜기에는 아침부터 철 아닌 눈이 내리고 있다.

"현암의 무덤 위에도 흰 눈이 내려 쌓이겠구나."

'겐세쓰 긴상'은 그런 생각을 하며 지금 무연히 앉아 있다.

마리서사 주변

『세월이 가면』, 근역서재, 1982.1.15, 137~141면

1945년인지 그 다음 해인지 낙원동 골목을 나서서 동대문으로 가는 좌변(左邊)에 마리서사(茉莉書肆)라는 예쁜 이름의 서점이 문을 열었다.

20평이 채 되지 않아 보이는 서점으로 책이 꽉 차 있지는 않았으나, 문학 서적이 대부분이어서 나는 책을 몇 권 샀다. 자기가 서점 주인이라는 20대 청년이 가까이 오더니 인사를 청하고 이름이 박인환(朴寅煥)이라는 것이다.

내 시의 애독자이며, 자기도 발표는 아직 없으나 시작(詩作)을 하고 있다면서 매우 정다운 어조로 이야기를 붙여 왔다.

그런 후 나는 마리서사도 잊어버리고, 박인환이라는 청년도 잊어 버렸다.

어느 날 밤, 나는 술이 반취(半醉)하여 계동집 사랑에서 책을 뒤적거리고 있는데, 9시가 지나 손님이 느닷없이 찾아왔다. 손님은 박인환이었는데, 주기(酒氣)를 약간 띠고 있었다.

박 청년은 앉더니 김기림을 영국 문학자 흄 Hulme, Thomas Ernest(1883~1917)으로 치고 있는데, 김선생은 우리나라에서 치면 영국의 어느 시인에 해당되느냐며 영시인(英詩人)은 누구를 주로 읽고 있느냐는 질문을 하였다.

나는 그날 밤, 박인환에 대하여 그리 좋은 인상을 가지지 않았다.

첫째, 약속도 없이 밤늦게 내 집 문을 두드릴 만큼 친교도 없었고, '김선생' 소리를 듣는 것도 반갑지 않았고, 나는 영시(英詩)를 한 사람도 아닌데, "너는 영국 시인의 누구에 해당하느냐?"는 물음도 마땅하지 않았다.

나는, 영국 시인은커녕 영어도 배우는 중이어서 원서로 영시를 읽을 주

제도 못 되고, 따라서 나를 영국 시인에 비교하지는 말라고 퉁명스럽게 대답을 하고, 번역으로 읽은 영시를 가지고 왈가왈부하기 싫다고 하여, 그날 밤은 씁쓸하게 헤어졌다.

세 번째로 만난 곳은 화신 동관(和信東館) 옆 2층 다방이었다. 이름도 생각나지 않는 이 다방에는 문학하는 사람들이 석양에 모여 우굴거리다가 시계 바늘이 느지막하면 몇몇씩 짝을 지어 술집으로 헤어지는 곳이었다.

그날 우연히 김기림, 설정식과 함께 자리를 같이하고 있었는데, 박인환이 가까이 와서 자청(自請)하여 앉고는 요전 밤에 실례가 많았다 하며 이야기를 걸어오기에, 나도 자연 김기림에게, 시를 쓰는 청년인데, 마리서사를 하고 있으니 한 번 가보라고 소개를 하였다. 그런데, 옆에 앉아 있던 설정식이 박인환을 바라다보더니,

"당신같이 미목이 수려(秀麗)한 청년은 시인이 되기보다는 영화배우가 되는 것이 빠를 건데 시는 무엇 때문에 쓰시오" 하고 퉁명스러운 함경도 사투리로 한마디 하여 판이 어색해지자, 박인환은 곧 자리를 물러갔다.

그 무렵부터 이럭저럭 세월이 가는 동안에 박인환은 나의 친구가 되고, 가끔 술자리에 이봉구 또 누구누구가 모여 앉아, 좌우가 머리가 깨어져라 싸우는 문단 안에서 거기만 무풍지대처럼 따뜻한 술잔을 나누었다.

사귀어 지내는 동안 박 청년에 대한 나의 생각은 곧 달라졌다. 첫째 사람이 때가 묻지 않았고, 수줍은 데도 있었으나, 예리한 대목과 엉뚱한 데가 있어서 연령의 벽을 넘어서 둘의 공통되는 시대감각이랄까 그런 것이 있었다. 시에 대한 열기는 만만치 않아서 이쪽이 차라리 압도당할 듯해서 소설가, 시인이 정치판에서 하도 떠들던 시대라, 나는 작은 '백학(白鶴)'을 발견한 느낌까지 들었다.

그가 쓴 시를 몇 편 읽어 보고, 그의 시는 앞으로 모더니즘 테두리 안에서 다루어질 것이라 생각했고, 모더니즘 시인이라면서 이미 퇴색하기 시작한 김기림이나 나의 시보다 조금 더 문명에 가까운 곳을 향하여 걸어가

는 자세를 볼 수 있었다. 나도 여기저기 이야기하여 주어 그는 한두 편씩의 시를 발표하기 시작하였다.

그의 시가 조금씩 사람들의 입에 오르내리는 동안에 마리서사는 수입보다 지출이 많았을 뿐더러, 도대체 주인이 서점을 붙어있질 않아서 장사도 안 되는 데다가, 책을 사는 사람도 파는 사람도 아닌 문학청년들이 모여 떠드는 소굴이 되더니, 얼마 가지 않아서 문을 닫고 말았다.

1949년 『새로운 도시와 시민들의 합창』이란 합동시집이 나왔다.

박인환, 김경린, 김수영, 그리고 두 사람이 더 있는데, 정치의 혼탁 속에서 모든 예술이 좌왕우왕하는 살벌한 시대에 이 시집은 매우 청신한 기폭을 들고 시단을 향하였고, 그 시풍들은 박인환의 시가 가진 특징과 비슷하였던 것으로 기억한다.

내 수중에 있는 박인환 시집 『목마와 숙녀』 속의 어느 시가 이 합동시집 속에 들어 있는 것인지 알 수 없다. 그러나 박인환의 작품 속에선 이 합동시집의 것보다 대한해운공사의 사무장이란 가칭(假稱)으로 승선하여 미국을 다녀와 쓴 「아메리카 시초(詩抄)」의 것을 들고 싶다.

격정하는 고독한 동양 청년이 찾아가 발견한 이국(異國)은 우리 시에서 보지 못하던 것이었다. 박인환의 시는 그 후에도 이 길로 지향하는 것이 옳았을 것 같다. 그러나 그것은 이내 개화하지 못하였다.

그의 요절(夭折)이 너무 일찍 찾아온 것이다. 6·25 후에 그를 만난 것은 부산이다. 대부분의 시인, 작가가 그랬듯이 종군작가로 활약했다는데 그 시절의 그의 생활은 나는 잘 모른다.

나는 6·25 중에 동생을 잃고, 그가 하던 회사에 매일 나가 앉아 풋내기 장사를 하여 생계를 잇느라 사는 길이 서로 달랐다.

내 회사에 그가 지나던 길에 몇 번 들렀고, 거리에서나 다방에서 만나면 항상 뛰어와 웃고 인사하였는데, 늘 허둥지둥하며 이야기 몇 마디씩을 나누면 곧 바람같이 사라지는 버릇이 있었다.

일전에 박태진(朴泰鎭) 씨로부터 그가 부산에서 조석 끼니를 걱정하며 고생이 심하게 생활하였다는 몇 가지 말을 듣고 놀랐다.

서울로 환도하여 우리 사이는 점점 소원(疎遠)해져서 언제 만났던지, 언제 생전에 마지막 만났던지 생각이 나지 않는데, 어느 날 이도 고인이 된 장만영이 회사로 허둥지둥 찾아왔다. 박인환이 죽었다는 것이다. 그 길로 둘이서 청진동과 광화문 사이 천변(川邊)에 있던 그의 낡은 한옥을 찾았다. 박인환은 이미 조그만 관(棺)에 들어 있고, 그 앞에는 향로, 촛불, 성냥곽이 늘어져 있었다. 신부같이 젊은 부인이 우리를 보더니 울음을 터뜨렸다. 만영과 나는 한참 무연(憮然)히 앉아 있다가 일어나 나왔다.

둘이 걸으며, 박인환의 사인(死因)과 그의 그 무렵 생활에 대한 이야기를 대충 들었는데, 대부분이 내가 모르던 이야기였다.

어쨌든 이렇게 해서 우리 시의 하늘에 조그만 별이 하나 안타깝게도 꺼졌다. 1956년 3월의 이른 봄, 그의 나이 겨우 서른 하나였다.

그리고, 또 25년이 지난 오늘 '근역서재'에서 박인환 이야기를 써 달라고 해서, 6월 무더운 날 홑무명 옷을 입고 성북동 집 마루에서 이 글을 마치고, 나는 지금 관악산 쪽 잔뜩 찌푸린 하늘을 바라보며 앉아 있다.

30년대의 화가와 시인들

『계간미술』 23호, 1982.9.10, 91~94면

시인과 화가들의 만남

30년대의 시는 음악보다 회화(繪畵)이고자 하였다. 1948년 2월 29일자 『경향신문』에 「30년대의 시운동」이라는 글을 쓴 일이 있는데, 30여 년 전의 글이라 치졸한 대로 그 무렵의 시대·배경 같은 것이 적혀있어 옮겨 놓는다.

제1차 대전의 포연이 사라진 후 행운으로 전장의 참호에서 파리로 돌아온 예술가들이 유럽문명에 구토를 느끼고 다다이즘, 초현실주의 운동을 일으켰던 1920년대에 우리 시는 눈을 떴다. 이미 우리의 수족은 일제의 철쇄에 묶여 있었다.

『백조』시대의 우리 시가 상징주의의 그릇에 그 영탄을 담은 것은 어쩔 수 없는 것이고 『백조』시대를 뒤이은 감상주의 역시 마찬가지다. 그러나 이 두 가지 흐름에 공통되는 것은 현실에의 절망과 거부로 시작하여 현실을 도피한 곳에 자기 정신의 기둥을 세우려 한 것이고, 이것은 전진하는 역사에서 후퇴하는 성질의 문학임에 틀림없다.

이 후를 이어받은 것이 주지주의 시운동이다. 주지주의는 영탄과 영감보다 과학이길 바랬다. 한 시대의 앞장에 서서 시대의 감정과 표정을 이끌고 갈 것을 주창하였음은 물론이다.

시의 표현 용기인 언어의 가치 재발견과 구사를 시작한 다음, 우리말의 새로운 음감과 시각영상(이미지)을 최초로 포착한 지용(芝溶)의 시가 일세를 풍미(風靡)한 것이 최초의 움직임이었다. 시가 회화운동과 보조를 같이한 것은 이 까닭이다.

30년대의 우리 시 뒤에는 대체로 이런 시대 배경이 서려 있었다.

신진 시인 김광균이 의기양양(?)하게 서울에 올라간 것이 1936년이었다. 그 당시 서울은 인구 60만의 조용한 도시였고 차도 사람도 별로 없는 소공동 보도에는 플라타너스 가로수가 이국정조(異國情調)를 자아내고 있었다. 서울에 올라와 맨 처음 조선일보 학예부에 전화를 걸어 김기림을 만나자고 불러내었다. 1933년 최재서 주간이 하던 『인문평론』지에서 기림이 「1933년의 시단회고(詩壇回顧)」,[66]라 기고하면서, 금년도에 등장한 주목할 만한 신인으로 나 한 사람을 꼽고, 우리나라 모더니즘의 기수가 될 것이라는 놀라운 평을 해 주어 몇 차례 교신이 있었으나 만나는 것은 처음이었다.

지금의 소공동(당시 장곡천정(長谷川町))에 김연실(金蓮實)이란 배우가 하던 '낙랑(樂浪)' 다방에서 만나자 하여 가서 기다렸더니 헬멧 모자에 반바지 스타킹 스타일로 '아프리카에 간 리빙스턴 박사'같은 그가 어둑어둑할 무렵에야 나타났다. 다방 문이 닫힐 때까지 서너 시간 이야기를 하고 헤어졌는데, 자세한 것은 다 잊어버렸고 기억에 남는 것은 파리를 중심으로 화가와 시인들이 모여 같은 시대정신을 지향한, 한 공동 목표를 세우고 한 떼가 되어 뒹굴며 운동을 한다 하며 구체적인 예를 많이 들었다. 자신은 그 중에서도 '블라망크' 그림의 모티브인 현대의 위기 감각을 높이 평가한다는 이야기, 우리나라 시인으로 이상(李箱)이 원고지 위에 숫자의 기호로 쓴 시각(視覺)의 시 이야기, 아직 작품 발표는 적으나 오장환(吳章煥)이란 신인이 주목된다는 이야기 등등이었다. 그리고 화가로는 김만형·최재덕·이쾌대·유영국 같은 사람들의 이름을 들며 가까운 시일에 소개해 주겠다는 이야기로 헤어졌다.

---

66 김기림의 「1933년도(年度) 시단(詩壇)의 회고(回顧)와 전망」은 1933년 12월 7일부터 13일까지 『조선일보』에 연재된 글임.

모더니스트들의 그 무렵

기림은 주지주의의 이론을 최초로 우리나라에 소개하고 자신도 시를 썼으나, 그의 중요한 업적은 번역과 평론으로 30년대의 시운동을 이끌어 간 사람이라 그날 밤의 낙랑다방 대화는 나의 시작(詩作)에 결정적인 영향을 끼쳐 주었다.

고호의 〈수차(水車)가 있는 가교(架橋)〉를 처음 보고 두 눈알이 빠지는 것 같은 감동을 느낀 것도 그 무렵이다. 그때 느낀 유럽 회화에 대한 놀라움은 지금도 생생하다. 세계미술전집을 구하며, 거기 침몰하는 등 하여 나는 급속히 회화의 바다에 표류하기 시작했다. 시집보다 화집이 책상 위에 놓이기 시작하였고, 내 정신세계의 새로운 영양(營養)은 이렇게 해서 이루어진 것 같다.

얼마 안 가 오장환, 소설 쓰는 이봉구(李鳳九), 화가 김만형·최재덕과 고인이 된 이규상(李揆祥)·신홍휴(申鴻休) 들을 알게 되었고, 곧 이들과 술친구가 되어 거의 매일 싸구려 술을 마시며 주고받은 이야기의 주제는 시보다 그림이 더 많았던 것 같다.

회화와 시는 한 부대 속에 담겨, 유럽 여러 나라를 풍미(風靡)하며 예술의 대표로 전진한다는 따위의 이야기가 매번 되풀이 되는가 하면, 아폴리네르가 마리 로랑상에 일어(日語)로 '가다고이'(짝사랑)하다가 지쳐 쓴 시가 「미라보 다리」라는 이야기를 파리에서 보고 온 사람같이 떠들어 댄 생각이 난다.

장환은 그 때 가끔 동경 가서 초판의 호화판 시집을 수집해 오는 것을 취미로 하고 또 한편 자랑으로 삼고, 다방에 나올 때는 제일서방(第一書房)이 낸 혁장(革裝)[67] 시집 한 권을 옆에 끼고 재는 버릇이 있었다. 그는 또 시집을 사는 길에, 서울에서는 살 수도 볼 수도 없는 인상파 이후의 화집까

---

67 가죽 재질의 장정.

지 가끔 끼어오는 통에 그것을 "빌리자" "나도 안 본 것을 재수 없이 먼저 보자느냐'고 옥신각신한 끝에 술 한턱을 받아먹은 후에야 보물처럼 내어 주었는데, 그 화집들은 그때 우리 세계엔 분명히 보물임에 틀림없었다.

석양이면 모여들던 남만서방

장환이 중심이 되어 동인지 『자오선』을 시작하여 두 호(號)를 내고 대신 후에 얼마 안 가 관훈동, 지금 통문관 근처에 남만서방(南蠻書房)이란 책가게가 문을 열었다. 시집 전문서점이라는 간판이었는데, 그 무렵 우리 시단에는 1년에 시집이 한두 권 발간되는 것이 보통이고 어쩌다 3, 4권 나오는 해가 풍년으로 치는 터이므로 시집의 대부분 책은 동경서 사온 일본 문학 책이나 시집으로, 문을 여는 날부터 번창하였다. 그러나 그날그날 책 판 돈의 대부분은 석양이면 자석에 끌리듯 모여드는 화가, 시인 또는 누구누구들의 술값으로 무산(霧散)되었다.

하루는 저녁 때 들렀더니 내 갈비를 꾹꾹 찌르고 한쪽으로 데리고 가서 너만 보라며 누런 줄을 친 전주한지(全州韓紙)에 모필(毛筆)로 쓴 「문(門)」이란 시를 보여 주었다. 시가 하도 좋아서 이게 누구냐고 했더니 서정주(徐廷柱)라는 괴물인데 곧 서울 올라온다니 만나 보라는 것이었다. 정주는 그 무렵 제주도로, 고향으로 또 어디로 후조(候鳥)같이 방랑생활을 하고 있었다.

신홍휴 화백을 장환과 동경서 자주 어울리던 친구라 하여 소개받은 곳도 남만서방이다. '일본 제전(日本帝展)'에 우리나라 사람으로 처음 〈백합(百合)〉이 입선된 뒤 돌아와 그 때는 우리나라에선 신기한 '아틀리에'를 연지동에 짓고 보우타이(나비 넥타이)에 안경을 쓰고 콧수염을 기른 꼬마화가였는데, 자주 만나 그림 이야기로 시간을 보냈다. 언젠가 해노원희지조(海老原喜之助)라는 일본 화가의 작품 이야기가 나와

"어째서 닭의 알이 말보다 크냐"는 질문을 하였더니

"어째서 말보다 닭의 알을 크게 본거야, '에비하라'를 다 알고 신문에 나

는 미술비평깨나 읽은 모양이구만" 하고 나는 훑어 내려다보던 것이 어제 같다.

신(申)은 과작(寡作)하는 사람이어서 〈굴비〉를 비롯한 몇 편의 좋은 작품을 남기고 조세(早世)하였다.

그가 쓰던 아틀리에는 김인승(金仁承)이 사서 이사한 것으로 알고 있다. 신(申)의 유족은 그가 세상을 떠나자 얼마 안 가 가세가 기울어 고생하였는데 김인승이 많은 애를 썼다.

남만서방은 2년이 채 못 가 문을 닫았으나 우리 시사(詩史)에 남을 중요한 시집을 세 권 발간하였다. 장환의 처녀시집『성벽(城壁)』과 정주의 처녀시집『화사집(花蛇集)』 및 나의 첫 시집『와사등(瓦斯燈)』이 그것이다. 『와사등』은 김만형 장정(裝幀)으로 내가 자비 출판했고, 정주의『화사집』은 장환이 돈을 대고 장정까지 맡은 다음, 책명을 자줏빛 실로 수(繡)를 놓는다고 수 놓는 집에까지 가서 쭈그리고 앉아 한 장 한 장 참견을 하였다.

요즘 서점에 가면 회계(會計) 교과서 같은 종이 표지에 횡서(橫書)로 빽빽이 조판을 하고, 곱지도 않은 사진이 권두에 실린 시집들을 보면 세월이 얼마나 흘렀다고 저리 되었나 하는 생각이 든다.

남만서방이 문을 닫은 후 우리들의 사랑방은 명동 다방, 대폿집, 정 돈이 없는 날은 조선호텔 앞 차이나타운의 짜휘집으로 옮겨졌다. 짜휘집에선 구리 소병(小甁)에 든 배갈이 10전(錢), '짜휘'란 술안주 국이 10전이어서 50전이면 만취(滿醉)하였는데, 나중에 알고 보니 '찌휘'란 시내 음식점에서 팔던 음식 찌꺼기를 사다 서너 시간 푹 삶은 것이었다.

2차 대전 직후의 명동시대

명동시대 이야기는 이봉구의 소설『명동 20년』으로 세상이 다 알대로 알아 그 이상 새삼스러운 이야기가 없는데, 이 무렵 모여 놀던 그 많은 화가 중에 두 사람이 잊혀지지 않는다. 김만형과 최재덕이다.

김만형은 나와 고향(開城)이 같은 사람으로 그가 제국미술학교를 졸업하고 서울에 나와 무명화가로 내 앞에 나타났다. 명동 가는 길 오늘 길에 주머니에 돈이 떨어지면 다동(茶洞) 내 하숙에 들러 밥 한 그릇을 더 가져오라고 하여 함께 먹고 시간 가는 줄을 몰랐다. 만형은 보나르, 엘 그레코, 수전국태랑(須田國太郎) 등 3대가의 화풍이 복합된 스타일로, 그 중에서도 보나르의 영향이 짙은 그림으로 얼마 안 가 화단에 머리를 들었다. 나는 그 때까지 그를 이 사람 저 사람에게 소개해 주고 조그만 모임에도 끼게 하며 둘이서 그림자처럼 붙어 다녔고 그의 첫번 개인전 때는 나의 가난한 주머니를 털어서 한 모퉁이를 치다꺼리했다.

최재덕은 진주(晉州) 지주의 둘째 아들로 생활이 유복하며 청운동에 그 당시 신혼한 부인과 양옥을 짓고 대단한 애처가여서 그것으로 유명하였다. 일제 때 경주박물관(지금의 구관(舊館)) 추녀 밑에 몸뚱이 없는 불상(佛像)의 목이 여러 개 널려 있었는데, 그 중에 제일 부드러운 얼굴을 하고 지나는 바람 같은 미소를 띤 부처님이 있었다. 지금 생각하니 그 부처님이 최재덕인 것 같다.

그의 그림은 행복한 색채로 덮인 나이브한 풍경이 많다. 가을 추수 때 시골로 내려가 그린 들판의 〈원두막〉, 〈포도〉, 〈한강의 포플러나무〉, 〈금붕어〉 등 대단히 독창적이고 부드러운 형상에 서려 있는 서정(抒情)을 나는 이중섭과 맞먹는 것으로 생각한다. 두 사람 다 천사(天使)가 이 세상을 잠깐 다녀간 것이다.

매일같이 모여 시와 그림 이야기를 한 것은 아니지만 여러 해 동안 지나는 사이에 화가의 작품에 시가 담기고, 시인의 시에 회화의 모티브가 반사된 것으로 생각된다. 한 시대를 함께 살아가던 공동운명체라 할까?

모더니즘운동의 종말

시는 새로운 어법을 다듬고 상징주의의 황혼을 벗어난 문명의 리듬을 타려고 애를 썼으며 기차 소리와 공장의 소음, 도시의 애수와 울부짖음 속에서 회화(會話)를 찾으려 하였다. 그런데 30년대 회화는 어느 의미로든 시보다 조숙하였다. 시는 그림과 함께 호흡하면서도 앞서가는 회화를 쫓아가기에 바빴고 이런 무형의 운동은 그 운명이 오래가지도 못하였다.

1933년 나치스가 정권을 잡은 후 유럽의 하늘은 파시즘의 흑기(黑旗)로 덮이기 시작하였다. 1935년 파시즘의 야만에서 문화와 양식을 구출하자는 문화옹호 국제작가대회가 열리고, 앙드레 지드의 전향(轉向)과 그의 소련기행 같은 문학사상(文學史上) 중요한 사건이 연달았다. 뒤를 이어 헤밍웨이, 앙드레 말로 등 주요 작가가 스페인 인민전선으로 달려갔다. 현실에의 적극적 관심이란 기표(旗標) 아래 그들의 휴머니티는 정치에의 관여로 기울어지고 있었다.

이러한 유럽 문학의 변모가 서울의 하늘에 원뢰(遠雷)처럼 들려왔을 때, 채 결실도 못 본 우리 모더니즘 시는 어떠하였던가. 일제의 우리 언어 말살로 시작된 역사의 종말은 1939년 온 세계가 2차 대전 벼랑에 굴러 떨어지기 전에 이미 시작되었다. 30년대의 마지막엔 시나 회화활동이 종식됐음은 물론, 아예 화가와 시인들이 서울과 명동에서 사라져 버렸다. 징용을 피하여 시골로 내려가거나 숨어버려 그들이 만지던 그림과 시는 꺼져버리고, 화려한 꽃동산을 가꾸어 보려던 애절한 정신의 소망은 역사의 암흑 속에 한없이 한없이 침몰해 버렸다.

1982년 8월 19일

연년세세年年歲歲

『한양로타리클럽주보』, 1983.12.20

행전로반(幸田露伴)이라는 유학자(儒學者)에게 제자의 한 사람이 육십이 지나니 세월이 유수(流水) 같다고 말하였더니 "자네들이 유수 같다는 세월 이 나에게는 바람개비[風車] 같다"는 답을 하였다.

사람이 연륜이 높아갈수록 세월은 잔혹하게 빠른가 보다.

의학에서 노인학(老人學)의 대상으로 삼는 것은 65세라 한다. 한양로 타리의 평균연령이 64.8세라 하니 새해에는 회원 전원이 노인학의 대상 이 된다는 길보(?)인가 보다.

사람이 늙는다는 것은 무엇일까?

육체의 조락(凋落)을 먼저 들어야 한다. 우선 체력이 떨어지고 백설(白雪) 이 머리를 덮기 전에 노안이 먼저 와서 안경을 두 개 몸에 지니고 원경근 경(遠景近景)에 따라 바꾸어 쓴다.

청력, 치아 다음에 보행(步行)이 탄력을 잃어 겨울 얼음판에 잘 자빠진 다. 소설가 이봉구는 집안 마당에서 낙상하여 뇌진탕으로 세상을 떠났다.

노경(老境)에 들면 하루아침에 주위가 적막하여진다. 친구가 하나 둘 주 택(住宅)에서 유택(幽宅)으로 주거를 옮긴다. 청람(靑嵐)[68] 같은 분은 경성의 전 졸업동기생이 47명이었는데, 다 세상을 떠나고 청람 한 분만이 남았다 고 들었다.

주색(酒色)이 멀어진다.

두 가지 다 남자의 영역을 버텨오던 두 기둥인데 쌍방이 부실하여 남권

---

68 김동익(金東益, 1900~1987). 전 서울대병원장, 동국대 총장.

(男權)의 존립이 위태로워진다.

골프가 끝난 노 선수(?)들의 식탁에선 왕년을 과시하는 이야기로 시작하여 혈압, 당뇨의 명약이 무엇이냐는 걸로 대화가 끝나는 것이 보통이다. 그리고는 노처(老妻)가 혼자 기다리고 있으니 식사는 집에 가서 해야 한다고 홀홀히 자리를 뜬다.

노추(老醜)가 엷게 진하게 스며드는 세계에서 그들은 살고 있다.

추야장(秋夜長) 긴—밤에 장구 소리와 교성(嬌聲)은 사라지고 불어오는 찬바람에 문풍지가 조용히 흔들리는 소리에마저 심히 당황해 한다.

여기서 그들의 일생은 정작 끝난 것일까! 그들에겐 노년의 인생을 떠받치고 있는 기둥이 남아있을 것이다.

첫째, 그들이 일생을 살아오며 쌓아올린 생활의 예지(叡智)가 있다.

푸른 잎이 떨어진 다음 생활의 지혜라는 과실이 남아있다. 만추(晩秋)에 낙엽 진 감나무 가지에 남아있는 주홍빛 감이 석양에 번쩍이는 것과 다를 것이 없다.

둘째, 노년이 되어야 눈에 뜨이는 생활의 발견과 새로운 가치의 계단이 뒤따른다.

삼라만상이 새롭게 보이고 그것이 회화(繪畵)이든, 정치이든, 경제이든, 반세기를 지나온 "노년의 안경을 통하여 전개되는 새로운 각도에서 풀려나가는 일이 세상엔 허다하다. 그들의 수중에 남은 두 개의 옥석을 손에 쥐고 잔여(殘餘)의 인생에 깊은 긍지와 자신을 가지고 살아나가야 한다."

중국화가 백석(白石)이 그린 천도(天桃)를 한 사람 한 사람 빠짐없이 가졌다는 것은 흐뭇하고도 남음이 있다고나 할까.

로타리 회원에서 로타리안으로

『한양로타리클럽주보』 제1127호, 1984.7.2. 1~2면

로타리의 철학은 무엇인가!

작년에 1984~85년도 회장에 피임(被任)된 후 나의 뇌리를 지금까지 오고가는 것이 이것이다. "이것이다!" 하고 두 손에 곡 잡히는 것이 없다. 내가 로타리에 입회한 것이 1974년이니까 11년, 소학교에 들어간 아동이 대학을 졸업하는 세월에 무엇인가 중요한 것을 놓친 것이 아닌가 생각된다.

그러는 동안에 7월 1일을 향한 준비에 바쁜 두 달을 보냈고, 뒤미처 로타리 코리아지(誌)와 우리 클럽 주보(週報)에 취임사를 쓰라는 것이다. 11년 동안의 체험을 겪은 행동강령, R.I회장(會長)의 표어(標語), 회원을 늘리는 이야기는 전국로타리안이 숙지하는 것으로 새삼 책상을 두드리고 싶지는 않다.

이하(以下)의 소론(小論)은 모르는 대로, 부족한 대로 이것을 해야겠다는 것 몇 가지를 언급할 생각이다.

첫째, 로타리는 일주일에 한번 모여 점심 먹고 헤어지는 사교구락부에 그쳐서는 안 되겠다는 것이다. 월요일 주회(週會) 날에 모여 회우들과 담소하고 재기만발한 발언에 성금(誠金)을 내고 종회(終會)가 되면 모자를 쓰고 돌아간다. 그나마 입회 후 두어 번 나오거나 1년 2년을 망각하는 회우도 있다.

로타리 회원이 할 일은 양면(兩面)이 있고, 그 한 쪽에는 사교보다 중요한 것이 있다. 또 이것은 조직표에 기록된 각자의 직책도 모르고 1년이 가는 수도 허다하도록 로타리안의 직책은 잠을 자고 있는 것이다. 이 잠자

고 있는 각 분과위원회를 생생하게 기동(起動)하는 조직으로 만들고 싶다.

로타리안의 직책을 다하는 1984~85년이 되고 싶다. "로타리 회원에서 로타리안으로"라는 표제를 붙인 뜻도 여기에 있다.

신년도(新年度)의 서두에 로타리안의 직책은 무엇인가, 내가 한양로타리안의 한 사람으로서 앞으로 1년간 무엇을 해야 하는가에 깊은 성찰이 있어야겠다. 그것이 크고 작고 일시적이거나 장구한 것은 문제가 안 된다.

기념사

결의決意를 새롭게

『한양로타리클럽주보』, 1984.9.3

한양로타리클럽은 오늘로 스물아홉 살 되는 생일을 맞이합니다.

유구(悠久)한 역사에는 한 점의 세월이 오나 우정과 봉사의 모임이 여기까지 온 것은 창단 멤버 되시는 분들의 창립의 노력에 힘입은 것을 위시하여 역대 회장과 회우 여러분이 애써 오신 결정(結晶)임은 물론하고 그 중에는 이미 유명(幽明)을 달리한 여러분의 회우가 계신 것으로 알고 있습니다.

스물아홉이란 나이는 대학을 졸업하고 사회 각 분야에서 중견층(中堅層)을 이루는 연령이오나 선인들 말씀에 '삼십(三十)에 입지(立志) 못하면 장차(將次)가 가지(可知)'라고 하셨습니다. 한양로타리클럽은 삼십(三十)을 눈앞에 두고 결의를 새롭게 갖출 때라 하겠습니다.

우리 한양로타리클럽은 전국(全國)에서 쳐다보고 있습니다. 경륜(經綸)과 경험과 더불어 영도력(領導力)을 가지신 많은 회우가 계신 까닭이라 하겠습니다. 이분들이 모여서 무엇을 생각하고, 무엇을 하고 계신가 하는 물음은 바로 우리 회우들이 자신에게 자성(自省)하는 말이 되어야 하겠습니다.

비록 영세(零細)한 일이라도 조그만 선의(善意)와 따뜻한 의사(意思)로 우리 주위에 기여(寄與)하자는 결의를 새롭게 하는 것이 29주년을 맞아 갖는 기념 주회(週會)의 더욱 뜻이 있는 것으로 생각합니다.

이기 인생貳期人生

『한양로타리클럽주보』, 1984.12.17

세월은 제 마음대로 와서 제 마음대로 떠나간다. 능설(陵雪)[69]과 함께 송년 파─티를 한다고 부산을 떤 게 어제인데 사무장의 송년사를 써달라는 부탁을 받고 "세월이란 무엇인가?" 하는 생각을 해보았다. 눈에 보이지 않고, 손에 잘 잡히지는 않는데 파도와 같이 밀려와서 모든 것을 쓸어가고, 한 줄기 정막(靜寞)을 남기어 놓는다.

산머리에 걸린 해가 들판에 산 그림자를 늘이우고, 하늘을 붉게 물들이는 것을 보고 사람들은 석양이 진다고 한다.

해가 산 넘어 기우러지고 땅거미가 퍼지면 우리 인생은 끝나는 것일까?

지는 해는 이튿날 아침에 다시 떠올라 장안(長安)을 비치어준다. 나는 이것을 인생의 이기(貳期)에 비유한다.

학교를 마치고 세상에 나와서 자기 일을 하고 얼굴에 주름살이 늘 때에는 아들딸을 치운 후 곧 정년(停年)이 찾아오면 사람들은 당황해 한다. 술 담배가 멀어지고, 주위의 친구들이 낙엽을 따라 지상(地上)에서 사라지면 정말로 고독에 싸여 추야장(秋夜長) 긴─밤에 백벽(白璧)을 향하여 앉아 술잔을 기울이던 옛날을 회상한다.

여기서 인생의 종말을 맞이하였다고 착각하기도 매우 쉽다. 그러나 길고 긴 가을밤에도 아침이 찾아오면 우리는 지나간 인생의 일기(壹期)를 등지고 이기(貳期) 인생을 향하여 걸어가야 한다.

---

69 장성환(張盛煥, 1920~미상). 전 공군참모총장, 교통부장관, 무역진흥공사 사장.

거기 반드시 인생을 영위(營爲)해야 할 일이 남아 있다.

문제는 무엇을 어떻게 하여야 이기(貳期) 인생에 충실하고 보람 있는 낮과 밤을 보내느냐에 따라 만인(萬人)의 길이 달라질 것이다.

거리에서 들려오는 연말(年末)의 소음(騷音)을 들으며 서로가 자기의 이기(貳期) 인생을 설계하면서 제야(除夜)의 종소리에 마음을 가다듬으면 되지 않나 생각한다.

이중섭李仲燮을 욕보이지 말라
'어느 요절 화가의 유작전' 유감遺憾[70]

『경향신문』, 1985.6.8

이중섭은 불행하게 살다 죽은 화가이다. 1950년대 후반 뒤늦게 상경한 중섭이 육군병원에 입원하였을 때 일이다. 일요일에 아이들을 데리고 병원에 가서 면회를 신청하면 푸른 입원복을 입은 중섭이 씽긋 웃고 나와 마당에 앉아 한나절을 지내며 여러 가지 이야기를 주고받았었다.

그는 그 때 이미 정신이 빗나가 서로의 이야기가 잘 이루어지지 않았는데 나는 그런 티도 못 내고 좋은 말로 위로를 해주고 씁쓸한 작별을 하였다.

적십자병원에 옮긴 후에 그 증세가 심하였다. 그 청아한 눈동자는 이미 흐리고, 알아들을 수 없는 이야기를 횡설수설하여 가리를 잡을 수 없는 중에도 이 작품을 보아달라 하며 주머니에서 꼬깃꼬깃한 종이쪽지를 내어 보이는데 빨간 크레용으로 촛불과 닭을 끄적거린 것들이었다. 그것은 정상의 사람이 그린 그림이 아니었다.

얼마 후에 이미 고인이 된 화가 이창규형이 내 사무실로 뛰어와 "중섭이가 죽었다"는 것이다. 이 화백과 함께 바삐 가보니 적십자병원 영안실에는 마구 만든 관 앞에 촛불이 하나 켜지고 중섭은 그 안에 누워 있었다.

주위에는 주머니에 1원 한 장 없는 화가들이 웅성대고 장례를 치를 걱정들을 하고 있었다.

이튿날 오후 영구차 한 대가 조용히 병원 뒷문을 빠져 나가고 그것이 내가 이 세상에서 마지막 본 중섭이었다. 그리고 30년이 지났다.

1975년을 전후하여 '이중섭(李仲燮) 신화(神話)'라는 것이 생겨났다.

---

70 『경향신문』 발표시 제목은 「'어느 요절 화가의 유작전' 유감」인데 산문집 『와우산』에 실리면서 바뀌었음.

그의 그림이 호당(號當) 2백만 원을 넘더니 지금은 천정부지의 시세가 되어 억대를 부르고, 그의 생애는 소설이 되고, 영화가 되고, 또 무엇이 되고 하여 중섭은 지상에 남은 옛날 친구의 곁을 떠나 상업화된 예술의 우주를 날아다니고 있다.

모딜리아니가 그랬듯이 생전에 그림 몇 장을 팔았다는 세잔이나 남해 바다 섬에서 죽은 고갱이 그랬듯이 우리는 그것을 탓하지도 않고 또 탓할 일도 아니다.

화포(畵布) 하나 살 돈이 없어 담뱃갑 은지(銀紙)에 그린 그림을 미국 메트로폴리탄 미술관에서 샀다는 소식을 듣고, 그의 고국 사람들이 이중섭이가 누구야 하고 웅성거리던 것이 어제 같은데 지금은 중학생들까지 자기 친구 이야기하듯 이중섭의 이야기를 한다.

중섭이나 그림과 아무런 관계도 없고 알지도 못하는 사람들이 회화를 아끼고 사랑한다는 가명(假名) 아래 중섭을 우려내어 먹고, 장사를 하고, 요절한 천재 화가를 사모한다는 거짓말을 떡 먹듯 한다.

이것은 좋아해야 할 일인가, 그렇지 않으면 책상을 치고 통한할 일인가?

사실은 그 아무 것도 아니고 생전의 그를 아는 우리는 한낱 방관자로서 도도히 흘러가는 시류(時流)를 씁쓸히 웃으며 바라볼 뿐이다.

그러는 오늘 아침 신문에서 「고집으로 지켜온 이중섭유작」이란 제호 아래 실린 중섭에 대한 기사를 보았다.

모씨가 20년을 소장했던 미공개 작품 40점을 전시한다는 내용인데 문제는 거기 실린 중섭의 작품 사진이다. 뿐더러 사후(死後) 30년이 지난 지금 이중섭에 대한 정당한 평가가 이루어질 때가 되어 비로소 작품을 공개한다는 소장가의 뜻이다.

문제의 사진이라는 것은 분명히 그가 종이에 낙서한 것이지 작품이라 할 것이 못 되었다. 오후에 전시장을 찾아서 입장료 천 원을 내고 들어가 보았다. 50년대 서양화가 Y씨가 소장했던 작품 50점이, 소정(小亭) 변관식

(卞寬植) 화백 그림이 2천 원에 매매되던 당시, 소장하신 분이 "가정 집 몇 채 값을 주고 샀다"는 중섭의 그림이 벽면에 걸려 있었다.

차례차례로 그림을 보아 나가는 내 뱃속에서 기둥 같은 것이 가슴 위로 솟아 올라왔다.

누렇게 찌들고 그나마 찢어진 종이에 그려진 아이들, 엽서만한 종이에 2색 연필로 끄적거린 꽃, 보르상자 뚜껑에 그린 채색화가, 찢어진 것은 이리저리 이어댄 그림들이 눈에 띄었다.

이것은 이중섭이란 화가가 그린 작품이 아니고 그가 심심풀이로 종이에 그려본 스케치 같은 낙서(落書) 정도의 그림이다. 낙서가 아닌 것은 그림을 그리다 버린 스케치 같은 것도 있었다.

그래서 중섭은 대구를 떠나며 한 방에서 하숙했다는 Y라는 친구 화가에게 내 방에 있는 그림은 불태워 버리라고 일렀다는 것으로 풀이가 된다.

Y라는 예술가는 왜 이것을 중섭의 뜻대로 불태우지 않고 지금 소장한 분에게 '가정집 몇 채 값'을 받고 팔아서 불쌍하게 죽은 친구를 30년 후에 욕보이게 하는 것일까?

중섭이가 불태워 버리라 한 것은 불태워 버려야 옳은 일이다.

그러한 것들을 이중섭의 미공개 작품이라는 가명(假名)으로도 모자라서 사후 30년에야 '진정한 평가'가 이루어졌다고 계획된 전시회가 우리나라 수도 서울에서 버젓이 열려 있다는 것은 무엇을 말하는 것일까?

이것이 적십자병원에서 아무도 모르는 사이에 죽어간 화가의 예술을 굳이 평가하는 방법이라면 도대체 예술이라는 것이 왜 인간 사회에 필요한 것인지 그 또한 알 수 없는 일이다.

분명히 작품이 아닌 것은 작품 행세를 할 수 없다. 화가도, 화랑도, 수장가도 이중섭을 이 이상 욕되게 하지 말아야 한다. 우리는 회상 속에 오롯하게 살아 있는 중섭과 그의 작품에 대한 사랑을 이 이상 짓밟아서는 안 된다.

나의 골프 이력履歷

『매일경제신문』, 1985.6.28

4·19가 나던 전 해에 처음으로 군자리(君子里) 골프장에 나가 연덕춘(延德春) 프로의 레슨을 받을 때 일이다. 하루는 아침 일찍 필드에 나갔더니 그 무렵 골프를 시작한 은석(隱石)[71] 형이 내가 연습하는 것을 보더니 "고생 좀 하게 생겼다"는 것이다.

그 후 장장 26년 동안 백을 둘러매고 동서로 분주하게 다닌 때문인지 솜씨는 일취월장하여 핸디는 일로(一路) 26에까지 이르렀다.

여기에는 약간의 역사적 고찰이 필요하다. 연덕춘 프로에게 6개월 동안 새벽에 나가 레슨을 받고 난 다음 해에 나의 골프 선생 중에 한 분인 하산(霞山) 김봉진(金奉鎭) 형이 문덕수(文德守)라는 젊은 프로가 있는데 전도유망(前途有望)한데다가 골프를 원서(原書)로 공부한다 하며 특히 '원서'라는 대목에 힘을 주어 나에게 레슨받기를 권해왔다.

나는 문덕수 프로에게 8개월 동안 레슨을 받고, 그 후 골프에 대한 서적을 줄잡아 20권은 넘게 섭렵하였다.

그러고 나니 짓궂은 친구들에게서 친절한 인사가 날아들어 왔다. "양(兩) 프로에게 레슨을 받고, 서적을 밤낮 읽더니 드디어 성공하였구먼!"

어쨌든 나의 성공한 골프는 1백을 깬 일이 거의 없다. 물론 96, 7을 친 것이 어쩌다 있지만 대개 잔디가 죽고 땅이 어는, 계절의 후의(厚意)를 입어 우승이라곤 갑인회(甲寅會)라는 동갑네 시합에서 97을 치고 한번 입상했다.

---

71 전(前) 을유문화사 사장 정진숙(鄭鎭肅)의 아호.

이것이 평생 동안의 기록이 된 후 요즘은 105에서 110 사이를 오르내리는 다타(多打)파의 거두로 전락하고 말았다.

요즘도 나는 어찌하여 골프가 이 지경인가 하는 자탄을 하고 있는데, 그 까닭을 아직 알 수가 없다. 학구적 태도로 시종일관은 물론이고, 26년 간을 필드에 쫓아다녔으니 열성도도 상당하다 할 것이고, 주위에 누구누구 하는 맹장(猛將) 친구가 많아 교습을 받는 데 게으른 편도 아니다. 어떤 때는 단구왜소(短軀矮小)한 체구가 되어 신체의 구조상 골프가 안 되는 결함이 있지 않은가도 생각을 해본다.

더구나 퇴행성 관절염을 앓고 나서 보행이 불편한 후 지팡이를 짚고 산야(山野)를 헤매이므로 서울칸추리의 명물이 된 후로는 친구들이 걸음이 느린 나와의 플레이를 과히 달갑게 생각지 않는 눈치여서 골프 치자는 전화를 걸 때는 상대방의 비위에 대하여 세심한 배려가 필요하게 되었다.

망망(茫茫) 30년을 되돌아보면 별로 후회할 것도 없지만 한편 신바람 나는 기억도 별로 없다. 혁혁한 전과(戰果)도 없이 골프 행렬에 끼어 싫증도 안 내고 여기까지 걸어온 집념이 대단하다고나 할까. '너의 골프 팔자는 평생 그 정도를 넘지 못하니 그것을 화내지 말고 감사히 생각하라'는 걸 하나님의 계시로 알고 30도가 넘는 들판으로 차를 몰아가는 생활은 당분간 계속될 것 같다.

『한양로타리30년사』 편집編輯을 마치고

『한양로타리30년사』, 한양로타리클럽, 1985.9.1, 363면

30년사 발간을 결정한 뒤 원고를 청탁하고 편찬(編纂) 플랜을 짜고 한참 부산을 떠는데, 회우 한 사람이 '30년사가 왜 필요하냐?'고 질문을 해왔다.

나라에 역사(歷史)가 있고, 회사에 사지(社誌)가 있듯이, 로타리에도 사료(史料)가 필요하다는 것보다 30년간의 지나온 길을 기록하여 나중에 오는 사람에게 지표(指標)를 남겨 후일을 도와보자는 뜻이 숨어 있다.

국가나 정당이나 역사의 교훈이란 그런 것으로 생각하며 작업이 시작된 것은 1984년 9월이었다.

한양로타리로서는 처음 발간하는 기록이고 이런 일은 후일에도 연면(連綿)히 계속되어야 할 일이다. 우선, 편찬위원회에서는 원로회우(元老會友)를 모시고 초창기의 발자취를 상고(詳考)하였고, 두 번에 걸친 좌담회를 개최하여 흩어진 일화(逸話)를 수집하는 기회를 가졌다.

사료의 정리는 연대(年代)를 가려 주로 편찬위원회의 회우들이 분담 집필을 하여 주셨고, 클럽에 보관 중인 주보철(週報綴), 사진, 문서철 등을 뒤지어 통계, 기타의 기본 자료를 기록하는 작업을 하였다.

칸세코 R. I. 회장과 365지구 김흥한(金興漢) 총재의 과분한 축사(祝辭)를 받는 기쁨을 가지기도 했다.

다음, 기금조성에는 많은 회우로부터 뜻밖의 도움을 받아 돈 걱정은 쉽게 해결되었다. 이 자리를 빌어 기여(寄與)해주신 여러 회우에게 감사의 인사를 올린다.

발간을 처음부터 맡아 편찬과 장정(裝幀)까지 끝내주신 실무위원회 여러분의 수고가 제일 컸고, 편찬위원회, 각 장 집필진의 노고를 치하하기

위하여 성함을 후기(後記)하는 것으로 인사에 대신한다.

의도한 책자가 못 되었다는 아쉬움과 함께 30년사 발간에 종사한 한 해는 대단히 짧고, 대단히 긴 1년이었다.

편찬위원장 김광균

가을에 생각나는 사람
문학사의 큰 별 소월素月과 육사陸史

『경향신문』, 1985.10.2

1946년 늦은 여름 어느 날 오장환(吳章煥)과 나는 땀을 뻘뻘 흘리면서 가회동에 사시는 안서(岸曙) 김억(金億) 선생 댁을 찾았다. 그 며칠 전 오장환은 나에게 소월의 이야기를 들려주며 『진달래꽃』이란 두툼한 소월의 시집을 주었다.

그때까지 나는 소월의 작품을 읽은 듯한 기억뿐이지 그에 대하여 자세히 아는 바가 없고, 세상 역시 1920년대에 잠깐 나왔다 사라진 시인에 대하여 거의 아는 바가 없었다.

그날 김억 선생을 찾은 것은 소월에 대한 공부를 하기 위해서였다.

김억 선생은 마른 얼굴에 은테 안경을 쓰시고 나타나 "소월이 살았을 때는 아무 소리 없더니 왜 죽은 뒤에 야단들이냐"고 퉁명스러운 말투셨다.

그날은 꽤 오랜 시간을 소월에 대한 이야기를 주고받았는데, 그 때 안서가 보여주신 사진 한 장이 지금도 잊어지지 않는다.

그것은 어느 시골 장터 같은데, 초가지붕의 배경을 구겨진 검은 포장을 쳐서 가리고 그 앞에는 30 전후로 보이는 소월이 검은 두루마기를 입고 앉았는데, 『진달래꽃』을 노래하던 시인은 생활의 때가 잔뜩 묻은 시골 장터의 상인 같은 매우 정떨어지는 얼굴이었다.

1934년에 소월은 평안북도 남시(南市)에서 나이 서른세 살에 스스로 목숨을 끊었다. 서울에 남아 시작(詩作)에 정진하라는 안서의 말을 뿌리치고 문학을 단념한 후, 고향으로 내려간 지 10년 후의 일이다.

10년 동안 그는 고향 곽산(郭山)에서 남시로 생활의 절벽을 걸어다니며 끝내 실패할 장사에 매달려 세월을 보내고 저녁때면 시골사람들과 주막을 찾는 실의(失意)의 진흙밭에 빠져있었다.

그가 세상을 떠나기 전 해, 「JMS」라는 시작(詩作)에서 소월이 찾은 것은 조만식(曹晩植) 선생의 모습을 빈, 자기 양심과 희망의 빛을 찾는 소리였는데, 다시 일어서려던 그는 끝내 밀려오는 현실에 절망하여 30대 초반의 짧은 생애를 마쳤다. 안서가 보여주신 사진은 그가 자살할 무렵의 것으로 짐작된다.

지금은 산간벽지의 중학생도 소월의 시집을 끼고 다니고 술상 머리의 기녀(妓女)도 「산유화(山有花)」를 부르며 젓가락으로 술상을 두드린다.

40여 년 전에 안서가 「김소월의 추억」에서 죽은 제자에게 눈물을 뿌리던 때를 돌아보면, 시인의 기구한 운명이 유한(有恨)할 뿐이다. 김억 선생이 아니었던들 소월은 끝내 시골에 묻혀 우리 문학사에 그 자취는 찾아볼 수 없었을 것으로 생각된다.

어쨌든 친구와 나의 소월 연구는 이렇게 해서 시작되었고, 이 조그만 시작은 더 많은 시인과 학자에게 이어져 소월시는 한 시대를 이루게 되었다. 안서가 처음에 소월의 문학을 돌보아주었다면, 오장환은 매몰(埋沒)되었던 소월을 발굴하여 우리 문단에 연결해준 공로가 있다 하겠다.

1947년에 『민성』지(誌)가 「가을에 생각나는 사람」의 제호의 원고를 써달라 해서 나는 소월의 이야기를 썼다. 이 글은 그 무렵의 우리 문학의 삽화(揷畵) 같은 것을 적어본 것이다.

육사(陸史)의 이야기는 8·15 이전으로 거슬러 올라간다.

1938~9년경으로 생각되는데, 박태원(朴泰遠)의 「천변풍경」에 등장하던 다동(茶洞) 시냇가에 내 친구가 살고 있었다.

김관(金管)이라는 음악평론가로, 그가 가끔 『조선일보』에 외국 음악의 움직임을 소개하고 음악회 평도 쓰던 무렵, 그는 처갓집 사랑채에 방 하나를 서재로 쓰고 우리는 거의 매일 그곳에 모여 놀았다.

그 친구들 사이에 어느 날 육사가 끼기 시작했다.

육사는 그로부터 개근하는 편이었는데, 우리들은 사실 처음에는 육사가 끼는 것을 그리 달가워하지 않았다.

무슨 까닭이었는지 지금 기억이 삭막하나 처음 육사를 만났을 적에 그는 "나 육사요" 하고 악수를 청한 다음에는 한 마디도 말이 없었다.

키는 중키에 안경을 쓰고 약간 마른 편이나 행색이 과히 좋은 편은 아니었는데, 육사 자신은 이런 일에 별로 관심이 없는 듯하였다.

과묵한 사람이어서 친구들 이야기에 들이 파는 일도 없고, 조금 떨어진 곳에 앉아 늘 웃고 있었다. 그러던 사람이 술이 들어가면 여러 가지가 달라졌다.

다변(多辯)하여지고 문학담(文學談)에 열중하는가 하면 갑자기 일어서서 자기 시를 낭송하는 것이다. 즐겨 부르던 시 중에 「청포도(靑葡萄)」와 「광야(曠野)에서」가 있고, 이 시를 부를 때의 언조(言調)는 매우 격렬하였다.

이러는 사이에 우리는 술도 매일 마시고, 동인지도 하고, 세상 불평도 해가며 몇 해를 함께 뒹굴었다.

그러던 육사가 하루아침에 소리도 없이 우리들 사이에서 사라졌다.

우리들이 그를 만나고 헤어진 사이에 그가 걸어온 길이 무엇이고, 가족은 몇이 되고, 도대체 무엇을 하는 사람인지 몰랐고, 서로 문답할 생각도 안 했다.

그가 일정 말기에 중국으로 건너가 항일 투쟁을 하다 북경(北京) 감옥에서 객사(客死)하였다는 것을 안 것은 8·15도 한참 후였는데, 어디서 어떤 활동을 하고, 무슨 일로 객사하였는지 지금도 자세한 것을 모르고 있다.

8·15 얼마 후에 우리는 그의 와보(訃報)를 듣고, 신석초(申石艸), 오장환, 이용악(李庸岳), 김광균이 모여 『육사시집』을 엮어냈다.

서문(序文)은 내가 쓰고, 그의 사제(舍弟) 이원조(李源朝)가 애절한 발기(拔記)를 쓰고, 말미(末尾)에 방루근기(放淚謹記)라고 써서 서결을 질렀다.

목당 이활 선생 비문 牧堂李活先生 碑文

1985.10.6

목당 이활은 1899년 영천군(永川郡) 임고면(臨皐面) 양항동(良巷洞) 석와공(石窩公) 인석(璘錫)의 장남(長男)으로 출생하였다. 약관(弱冠) 21세(歲)에 체험(體驗)한 기미운동(己未運動)에 깨달은 바 있어 한학(漢學)을 치우고 도일(渡日)하여 와세다대학(早稻田大學)에서 학업을 쌓고 영국으로 건너가 런던대학(倫敦大學)을 마치고 1935년 귀국하였다. 영경시대(英京時代)에 인촌(仁村) 김성수(金性洙) 선생, 설산(雪山) 장덕수(張德秀) 선생과 교유(交遊)를 얻어 영재교육(英材敎育)에 뜻을 굳히고, 1946년 재단법인 중앙학원(中央學園)에 사재(私財) 일부를 투척(投擲)한 것이 후일 고려대학교의 발전에 도움이 되었고, 이어 말년(末年)까지 학교 운영에 참여하여 초지(初志)를 일관(一貫)하였다. 8·15를 맞이하여 동지와 더불어 무역입국(貿易立國)의 뜻을 굳히고 한국무역협회(韓國貿易協會) 회장에 취임(就任) 시세(時歲) 51歲이었다. 이 일은 장장(長長) 31년 걸친 목당 필생(畢生)의 소업(所業)이 되었고, 손세 후(損世後) 정부는 그 공로에 보답코자 무궁화장(無窮花章)을 추서(追敍)하였다.

목당(牧堂)은 성품(性品)이 온후(溫厚)하여 생전에 남과 다투는 일이 드물고 일면(一面) 강인(强靭)한 의지로 뜻한 바를 굽히지 않아 그의 언행은 남의 귀감(龜鑑)이 되고도 남았다. 자신의 부귀영달(富貴榮達)을 모르고, 한평생 학교 일과 협회에 헌신(獻身)하여 사회와 지우(知友)의 흠모(欽慕)를 한 몸에 모으기도 하였다.

어려서 여강(麗江) 이씨(李氏) 석은(錫殷) 장녀(長女) 원정(源貞)과 결혼하여 자(子) 병린(秉麟)을 얻고 53세(歲)에 상배(喪配), 56세(歲)에 의령(宜寧) 남공(南公) 군성(君聖)의 차녀(次女) 법진(法珍)을 재취(再娶)하였다. 1982년 10월 6

일 숙환(宿患)으로 별세(別世)하니 생전에 공헌(貢獻)한 바를 애도(哀悼)하여 정(情)든 고려대학교 교정(校庭)에서 경제단체(經濟團體) 합동장(合同葬)으로 모시어 이곳 용인군(龍仁郡) 천주교(天主敎) 공원묘지(公園墓地)에 영면(永眠)케 되었다.

1985.10.6

김광균 선(譔)

금가琴歌

『회귀』 2집, 1986.6.10, 70~76면[72]

1. 박꽃

개성(開城)에 처음 전등(電燈)불이 켜진 것은 1922년이다.

그 전까지는 램프 등을 켜고 살았는데 램프의 호야(어른들이 말하던 것을 그대로 썼는데, 일본말 같다)를 닦는 것이 내 일이었는데, 매일 저녁 때마다 유리가 깨질세라 조심조심 걸레로 문지르고 석유를 따라 넣은 다음 성냥불을 켠 뒤에 불빛을 크게 하거나 작게 하여 가며는 램프의 등 뒤부터 환히 밝아오는 것을 신기하게 쳐다보곤 했다.

전기 회사가 생긴 뒤에 전등이 켜진다는 소문이 퍼진 지 얼마 후 전기 회사 사람들이 와서 동리 밖에 서 있는 전신주에서 줄을 끌어 오더니 우리 집 추녀 끝에 줄을 대고 안방마루 위에 전기 삿갓과 전구를 달고 갔다.

전기가 들어온다던 날 황혼이 짙어오자 아버님을 제외한 우리 집안 식구 모두는 안방 마루에 모여 앉아 전등을 쳐다보며 조마조마한 시간을 보내느라 저녁밥도 제대로 먹지 못하였다.

지붕 너머에 땅거미가 깔려 어둑어둑할 무렵 전기불이 들어왔다. 10촉 짜리 전등불은 신화(神話)같이 밝아 불빛이 안마당에서 헛간까지 비쳐 우리들은 숨도 제대로 못 쉬고 놀랐다.

초가지붕 너무 밤나무에서 까치들이 요란히 울고 안방에 기대어 앉아 계시던 젊은 어머님 얼굴이 박꽃같이 환하게 피어 있었던 생각이 난다. 내 나이 아홉 살 때였으니까 65년 전 일이다.

---

[72] 시집 『추풍귀우』에 재수록됨.

2. 동부 나까줄의 황혼

아버님은 남대문 앞 네거리 모퉁이에서 포목도매상(布木都賣商)을 하고 계셨다. 내가 열두 살 되던 해 섣달 어느 추운 날 새벽 아버님이 가게에서 쓰러지셨다는 소식에 놀라 집안 식구가 모두 쫓아나가 보았더니 아버님이 점방온돌에 누워 계신데 사람도 알아보지 못하고 말도 못하신 채 오른쪽 다리와 팔이 움직이지 않으셨다. 임도상(林道相)이라는 수점원(首店員)을 급한 일로 서울에 보냈는데 온다던 막차에도 오지 않아 밤새 걱정하시던 끝에 쓰러지셨는데 어른들 말씀이 중풍(中風)에 걸렸다는 것이다.

1920년대 우리나라에는 한방(韓方) 외에 의사가 별로 없고 뇌출혈(腦出血)이란 용어도 없었다. 아버님은 처음 3, 4일 동안 안방 아랫목에 누우셔서 여전히 수족을 못 쓰시고 말씀도 없이 천정만 쳐다보고 계셨다.

내가 가까이 가서 '아버님' 하고 불러보며 얼굴을 들여다보면 낯선 사람 보는 듯이 시선을 돌려 쳐다보시다 이내 눈길을 돌리시는 것이다.

의원이 와서는 진맥 후 한약을 드려도 아무 차도가 보이지 않아 며칠 후에 김기태(金基兌) 씨라는 가까운 친구 분이 마지막으로 개성에 한 곳 있는 남성병원(南星病院)에서 미국 의사 한 분을 모시고 왔다. 아버님의 눈을 들여다 본 후 양의(洋醫)는 여기저기 두드려 보고 청진기도 대어 보더니 "지금 의학으로는 알 수 없는 병이고 치료할 수도 없어 미안하다. 돌아가서 만병수(萬病水)를 보낼 터이니 들어 보시라" 하고 돌아갔다.

양의에게서 신통한 말이 나올 것으로 기다리던 아버님 친구 분이나 집안사람들이 몹시 낙담하였다.

누구의 입에선가 굿을 해야 한다는 말이 나왔다. 치료에 별 수가 없다는 때라 하자말자 하는 말도 없이 하루는 아침부터 무당이 와서 굿하는 소리에 집안이 시끄럽게 지냈는데, 그날 오후부터 아버님의 증세가 이상해지셨다.

무당의 굿하는 소리가 그치고 의원이 달려왔으나 약 한 첩 못쓰고 허둥지둥하는 사이 날이 저물기 시작하더니 추녀 끝이 캄캄해진 지 얼마 안

돼 숨을 거두시었다. 쓰러지신 지 열이틀이 지난 후 유언 한마디 못하신 채 아버님은 48년에 걸친 일생을 마치시었다.

아버님이 눈을 감으시자 여자들은 머리를 풀고 아이들은 입고 있던 저고리의 동정을 뜯고 곡성으로 집안이 떠나가는 듯하였다. 상두꾼(무엇을 하는 사람인지 지금도 알 수 없다)이란 사람이 오더니 사다리를 놓고 지붕에 올라 어두운 서쪽 하늘을 향하여 수건을 흔들며 소리를 질렀다. 어른들에게 물어 보았더니 '고천(告天)'이라고 아버님이 돌아가신 것을 하늘에 고하는 것이라는 말씀이었다.

이튿날 저녁 때 흰 광목(廣木)으로 상복을 해 입은 뒤에 어머님이 나에게 아버님 약병을 나까줄(시내의 뜻)에 내다 버리고 오라고 하시기에 누이동생과 둘이서 '동부 나까줄'이라고 부르는 시냇가에 나갔다. 해는 이미 지고 조용한 시냇물은 이 새빨간 노을빛에 잠기어 가고 있었다.

시냇물에 던진 약병이 하나하나 물결에 잠겨 흘러가는 것을 내려다보다 누이동생과 나는 아버님이 돌아가신 것이 새삼스러워 오랫동안 소리를 내어 울고 서 있었다.

3. 개성역

아버님의 장례를 치르고 난 후 며칠 뒤의 일이다. 해가 지고 어둑어둑할 무렵 아버님의 친구 한 분이 찾아오셨다. 아궁이에 불을 지피시던 어머님이 나가시더니 한참 만에 들어오셔서 언짢아 하셨다.

"지금 왔다 가신 분이 차씨(車氏)라는 아버님 친구인데 두 분이 얼마 전에 그분 딸과 네가 약혼할 것을 없던 것으로 하여 달라고 말씀하고 가셨다"고 말씀하시기에 나는 무심히 듣고 말았는데 어머님은 한참동안 타고 있는 불을 들여다보시더니 돌아앉아 눈물을 닦으셨다. 20년에 가까운 어머님의 고생이 이때부터 시작되었다.

아버님이 진 빚이 많아 빚 받을 사람들이 채권단을 만든 후에 상점에 있는 물건과 돈은 물론, 우리가 살던 동부 집도 가져가 버렸다. 그 후에 채권단에서는 고인의 자식이 후일 자라서 돈을 벌어 부친의 부채를 갚겠다는 문서를 써내라 하여 어머님은 나를 데리고 채권단이 모여 있는 '하계먹 집'에 가서 자라는 호박에 말뚝을 박는 일만은 참아 달라고 애원을 하였으나 채권단이 들어 주질 않았다.

상복을 입은 젊은 과부가 된 어머님이 어린 나의 손을 이끌고 '하계먹 집' 추녀 끝에서 추운 섣달에 꼬박 닷새를 서서 한발도 움직이지 않으셨다. 닷새 후에 채권단에서는 '불망기(不忘記)'라는 것을 어머님에서 써주었는데, 자식이 자라서도 부친의 부채에는 책임이 없다는 뜻이 씌어 있었고 여러 사람의 이름과 도장이 찍혀 있었다.

나는 지금도 이것을 액자에 넣어 벽에 걸고 있다. 그 다음에 어머님은 나를 데리고 황해도로 떠나셨다.

채권단에서 못 받을 것으로 그어버린 아버님의 물건 값을 받으러 곡산(谷山), 재령(載寧), 남천(南川) 땅으로 간 것인데 60년 전의 황해도 시골길은 포장도 안 되고 자동차도 없어 어머님과 나는 시골 산골길을 걸어 다녔는데, 날은 춥고 길에는 눈이 쌓여 고생이 막심하였다. 아버님에게 빚을 진 사람이 대부분 우리를 피하고 없어 돈을 받지도 못하고 십여 일을 헛고생만 하고 돌아왔다.

잠은 대개 아버님 친구 집에 묵고 다녔는데 어떤 날은 시골 농가에 부탁하여 하룻밤을 묵기도 했다. 석유등도 없던 농가에는 기름불 하나가 반짝이고 있었다.

어머님이 6남매를 데리고 어떻게 살림 꾸려 가셨는지 지금 알 길이 없으나 살던 집을 빼앗긴 후 얼마 동안 셋방살이를 하다가 외가가 성진(城津)으로 장사하러 떠나간 후에 외갓집으로 이사하여 한숨 돌린 일도 있었다.

어려운 여러 해를 지내고 나서 한청목(韓淸穆)이란 분의 주선으로 나는 취직자리를 얻어 열아홉 되던 해 10월 군산(群山)으로 떠나게 되었다. 기차가 새벽 다섯 시에 떠난다고 하여 잠을 설치고 네 시에 집을 나섰는데 가로등도 없는 때여서 길은 사방이 어두웠다. 어머님이 지등(紙燈)을 들고 앞서 가시는데 바람이 세차게 불어 등 안의 촛불이 자주 꺼져서 그 때마다 성냥불을 그어 불을 다시 켜야 하였다.

나에게 빠른 걸음으로 먼저 가라 하시고, 어쩌면 개성역에 내가 가기 전에 차가 떠날지도 모르니 여기서 작별하자는 말씀을 하셨다. 어머님과는 거기서 헤어졌는데 그때 그 새벽길에서 희미한 지등을 들고 서서 "잘 가라. 그리고 도착하거든 속히 편지해라"고 우시며 저으시던 어머님의 하얀 손길을 지금도 잊지 못한다.

4. 한성에 올라와

1938년, 나는 본사로 전근이 되어 그해 봄에 서울로 올라와 다옥동(茶屋洞)에 하숙을 시작하였다. 박태원(朴泰遠) 씨의 「천변풍경」에 나오는 시냇가 옆이었다.

내가 시를 발표하기 시작한 것이 1934년이니까, 5년생 되는 시인은 부지런히 시작(詩作)을 하였고 『와사등』에 실린 시의 태반은 이 무렵 것이다. 김만형, 최재덕, 이봉구, 오장환, 동주(東洲), 금곡(琴谷),[73] 그리고 고향 친구 김재선(金載善)이 자주 놀러와 한 평 반쯤 되는 방에서 담배를 피우며 떠들어 댔다.

주말이면 고향집에 내려가 어머님을 모시고 지냈는데 월요일 아침에 서울차를 타러 개성역에 나가면 경성제대에 다니시던 고유섭(高裕燮) 선생이 책가방을 끼고 한 손엔 단장을 든 단정한 모습이 보이고, 같은 대학 연구실에 다니던 양석성(梁錫星) 군, 세브란스 의전 다니던 유한철(劉漢徹) 군 들과 플랫폼에서 이런저런 이야기를 하며 기차 들어오기를 기다렸다. 고유섭 선

---

[73] 동주 이용희(李用熙), 금곡 이성범(李成範) : 『시인부락』 동인.

생은 일찍 별세하였고 두 친구도 차례차례로 고인이 되어 지금은 없다.

나는 서울로 올라온 지 2년째 되던 해에 그 당시 만 원(萬圓)이라는 적지 않은 상여금을 받아 여러 해 묵은 어머님의 빚을 갚아드렸다. 큰 아들 영종(英鍾)이가 태어나 어머님은 이 첫 손자를 등에 업으시고 동리로 나들이를 다니시며 좋아하셨다. 그 다음해 서울로 모셔왔고 온 가족들도 이사를 하였는데 서울로 올라오신 어머님은 50이 채 못 되신 나이에 머리는 백발로 덮여 있었다. 아버님이 돌아가신 후 처음 허리를 펴시고 건강도 매우 좋아지셔서 가끔 집안에 웃으시는 소리가 들렸다.

그 후 18년 동안 계동 집에서 살았는데 바로 뒷집에 구룡산인(九龍山人) 김용진(金容鎭) 선생이 살고 계셔서 어머님은 자주 놀러 가시고 나도 찾아 뵈며 지냈다. 선생님은 나를 늘 '미스터 김'이라고 부르시고 내 사랑방에 오시면 책상 위의 이조 기(李朝器)가 못마땅하셔서 "이런 부엌 그릇은 사랑방에 두는 것이 아닌데" 하고 말씀하셨다.

그리고 10년 후에 6·25가 왔다.

동생 익균(益均)은 정치보위부가 잡으러 다녀 장안을 숨어 다녔고 나는 집에서 혼자 가족을 거느리며 자전거를 끌고 쌀도 사러 다니느라 꼼짝 못 하였고 9·28이 될 때까지 하루도 옷을 벗고 잔 일이 없다. 동생은 끝내 보위부에 끌려가 서대문 감옥에 갇혀 있었다. UN군이 인천 상륙한 다음 날 새벽에 납북되어 갔다는 소식을 한 감방에 있다가 풀려나온 잡범이 알려 주었다. 그 사람 편에 동생은 "끌려가도 죽지 않고 살아 있을 터이니 뵈올 때까지 안녕히 계십시오" 하는 쪽지를 보내와 그 쪽지를 받아보신 어머님은 밤새 우셨다.

1·4후퇴 때 어머님이 트럭을 타시고 부산 피란을 떠나시던 날 아침에는 눈이 내렸다. 동생이 납북된 후부터 건강이 나빠지신 어머님은 차 안에서도 "너도 빨리 내려오라"고 여러 번 당부하시고 떠나셨는데 트럭이

안 보일 때까지 서 있던 나는 이 일 저 일을 생각하고 눈물을 흘렸다.

피란 내려간 부산에서 어머님의 병환은 날로 더해 갔는데 결핵엔 특별한 약이 없어 요양이 필요하였으나 그 때 형편이 뜻과 같지 못하였다.

그 무렵 『타임』 잡지에 '스트렙토마이신'이 미국에서 처음 사용됐다는 기사를 읽고 천신만고 끝에 약을 구하여 드시게 한 생각이 난다. 1953년 가을 서울로 돌아오실 때 해운대 비행장에서 비행기로 모시었는데 사람이 좌우에서 부축해 드렸다.

계동 집에 돌아오신 후에는 6·25가 생각나 가끔 사람이 담을 넘어 오는 것 같다고 하셨는데, 말씀은 안하셔도 납북된 동생이 출입하던 생각으로, 집 이사를 바라시는 것 같아 1957년에 경운동으로 이사를 갔다.

경운동 집에선 마당에 목련을 심고 화단을 만든 다음, 장미 덩굴을 담에 기대어 심었는데 늦은 봄에 모란이 필 때면 어머님은 안방 문을 열고 여윈 얼굴에 웃음을 띠고 내다보시었다. 경운동으로 이사한 후에도 여러 해를 두고 치료해 드렸으나 차도가 없이 병환은 하루하루가 약여하시어 뵙기가 민망하였다.

병환이 나신 후 17년이란 세월이 지났다. 5·16이 나던 해 현충일 날 아침에 갈 때가 됐다고 새 옷을 꺼내라 하시어 갈아입으시고 우리들을 머리맡에 부르시더니 눈물 한방을 흘리지 않으시며 한 사람 한 사람에게 잘 있으라는 말씀을 마치시고 이내 숨을 거두시었다.

닷새 후에 북한산성 지난 와우산(臥牛山)에서 어머님과 나는 마지막 작별을 하였다.

유수(流水) 26년.

어머님이 돌아가신 해 마흔 일곱이던 나도 어느덧 70을 넘었다.

어렸을 대의 묘망(渺茫)한 기억을 더듬어 어머님이 이 세상을 지나가신 발자취를 짧은 글에 옮기고 나니 나도 모르게 흐르는 눈물이 눈앞을 가리운다.

수재守齋와 오원梧苑[74]

『한양로타리클럽주보』, 1986.8.4

오원(梧苑)은 수재(守齋)의 옆을 그림자처럼 따라다닌다. 혹은 그 반대인지도 모르지만.

오원은 담론풍발지사(談論風發之士)이어서 항시 그의 주변은 밝고, 수재는 과묵하여 말이 적은가 하면 가끔 하는 이야기도 설명이 별로 없는 대신 내용이 깊거나 격하여지며 입에서 침이 튄다.

둘이서 조용히 구주(九州), 하와이에 골프여행을 잘 다니는데 양쪽이 다 혐음가(嫌飮家)라 여행의 재미에는 음식이 한몫을 단단히 차지한다.

작년 가을 경도(京都)로―타리클럽 60주년 기념에 경운(畊雲)[75] 단장의 깃발 아래 며칠을 함께 다니었는데 하루는 아침에 만나자마자 오원이 나에게 진기한 골동품이나 발견한 듯이 '수재라는 사람은 아침을 먹고 나면 점심 먹을 걱정을 하고, 점심을 먹고 나면 저녁 먹을 걱정을 한다'고 고성으로 떠들어대니까 옆에 앉아 있던 수재가 돌아앉아버린 일이 있었다.

음식도 오원은 첫째 음식점의 분위기와 건축이 좋아야 하고, 다소 문화에 소양이 있는 숙녀가 배석(陪席)하는 것을 즐겨하고, 수재는 음식의 맛이 좋다 하면, 주야불고(晝夜不顧) 불원천리(不遠千里) 하고 달려가 '하꼬방'이고 초가집이라도 기어들어가 시식(試食)하는 것으로 신조를 삼는다.

가끔 삼자회식(三者會食)하는 날은 나는 양인(兩人)이 합의가 안 될 적에 어느 쪽으로 군배(軍配)를 들까에 매우 고심하게 된다.

---

74 수재 : 민병도(閔丙燾, 1916~2006). 전 한국은행 총재. 오원 : 설국환(薛國煥, 1918~2007). 전 대한여행사 회장.

75 윤승두(尹承斗, 1921~2013). 전 한일은행장.

나이는 오원이 몇 살 연하인데 이것은 문제가 안 된 채, 장장 반세기에 가까운 교우가 쌓인 것으로 아는데, 양공(兩公)이 모여 하는 일은 태반이 비생산적인 일이어서 이것이 두 사람의 교우를 오래 끌어온 이유 중에 하나인지도 모른다.

　오원은 여러 시대의 무대 근처에서 사람을 많이 만나 토론하길 좋아하고 서양문물에 지식이 많다.

　수재는 부유한 집 자제에 흔한 낭비를 피하고, 이재(理財)에 묘재(妙才)가 있는 편이며, 산과 나무를 좋아하여 복중(伏中)에는 남이섬에서 팬티 바람으로 배꼽을 내놓고 맨발로 다니며 '센데이'를 즐기고 있다.

　두 사람은 자주 만나 수재는 오원에게서 도시의 냄새를 맡고, 오원은 수재에게서 삼림의 바람소리를 듣는지도 모른다. (다음 필자로는 남운(南雲)[76]을 추천합니다.)

---

[76] 이병준(李炳埈, 1918~미상). 전 산은 부총재.

편석촌片石村[77]의 체온

「제1회 김기림문학의 밤 회상문」, 1988.5.11

1. 전집을 사들고

2월 20일경 어느 날 '교보문고'에서 처음 나온 편석촌 전집 두 권을 사들고 밖으로 나왔다. 거리에는 황혼이 내려 '한국일보사' 지붕 위의 신호등에 불이 켜져 있었다.

물끄러미 바라다보고 있는 내 손에 쥔 전집 표지의 촉감에서 옛날에 쥐었던 편석촌 손목의 체온이 되살아나 "아 편석촌이 40년 만에 서울에 돌아왔구나" 하고 두 눈에 눈물이 고였다.

2. 등의자(藤椅子)와 사전

어느 일요일 날 아침에 이화동 집으로 찾아갔더니 그날따라 웃는 얼굴로 마주 앉자마자 이것을 보라는 것이었다.

두드러진 가구가 없던 마루에 새 등의자가 하나 놓여 있는데 앉기도 하고 누워서 책도 볼 수 있는 것이고, 그 위에 밥상만한 대형의 '웨브스타' 사전이 놓여 있었다. 편석촌은 어린 아기 볼을 만지듯이 사전을 쓰다듬으며 "이것을 '환선(丸善)'[78]에서 사오는 데 2년이 걸렸다"면서 대견하고 흡족한 모양이었다. 없는 살림에 고생하여 구한 등의자와 '웨브스타'이고나 생각하니 무슨 보물이라도 보는 느낌이었다.

---

77 편석촌 : 김기림(金起林)의 아호.
78 마루젠 : 일제강점기 충무로에 있던 서점 이름.

3. 냉동인간

섣달 가까운 추운 겨울날 이화동 집을 들어서서 "어디 계시오?" 하고 물었더니 "이리 들어오시오" 하는 대답이 건넌방에서 들렸다. 방에 들어서 보니 영하 10도는 되는 듯한 냉방 상 앞에 편석촌은 솜옷에 마고자를 입고 목도리를 두르고 그 위에 '오버'를 뒤집어쓰고 앉아 책을 읽고 있었다.

천정의 전등을 끄고 책상 위에 조그만 '스탠드'가 켜져 있는데 앉으라는 소리를 들으면서 지나칠 정도로 가혹하게 자기를 채찍질하며 공부하는 그를 조금은 기가 막혀서 내려다보았다.

4. 치통환자(齒痛患者)

편석촌은 술 담배를 못하였으나 친구들이 떠드는 술자리를 좋아해서 늘 한 구석에 앉아 웃고 있었다.

언젠가 모임이 있어 주석(酒席)을 가지게 되어 몇몇이 짜고 못 먹는 술을 꼼짝 못하게 한 다음 박장대소를 하였다.

주점에서 나와 장마가 걷힌 후 빗물이 고인 경운동 길을 걸어가는데 편석촌이 기묘한 소리를 내며 노래를 부르는데 그 노래가 하도 기가 막혀 "편석촌 어디 치통이 나셨소?" 하고 놀렸다. 그는 나를 돌아보고 웃으며 "예끼 여보쇼" 하고 소리를 지르는데 그날 밤 술을 퍼먹인 장본인이 너로구나 하는 질책이 섞여 있어 우리들은 다시 한 번 박장대소를 하였다.

5. 전차 속의 교육론

편석촌은 나보다 나이가 위였으나 서로 비슷한 때 첫 아들을 가졌다.

하루는 어느 모임에 함께 가느라고 황금정(黃金町 : 지금 을지로)에서 전차를 탔다. 전차에 흔들리고 가면서 그가 먼저 "대관절 자식 교육은 어찌하는 것이 좋으냐?"고 이야기를 꺼냈다. 둘이서 설왕설래하는 동안 대개 결론은 "우리 자신이 모두 부족한 사람이고, 이것이 교육이다 하는 자신이

서지 않는 바에야 아이들이 스스로 깨닫고 자라도록 유도하는 수밖에 없다"는 자유주의 교육론 쪽으로 기울어졌다.

마지막에 서로 생각이 통하는 것을 축하(?)하는 뜻에서 쳐다보고 웃었다. 그러던 아이가 금년에 56세 된 김세환 군이다. 세월이 약이라고 말할 수밖에 없을까.

6. '사르트르' 문학론

편석촌은 해방 후에 원고·강연·학교 출강 등등으로 무척 바빴고 나는 별로 하는 일이 없는 한아(閑雅)한 시간을 보내고 있었다.

하루는 이야기가 그때 구미(歐美)·일본에서 바람을 일으키던 '사르트르'에 미쳐, 나는 무심히 그 사람의 문학론이 읽고 싶다고 중얼거렸다. 며칠 후에 책을 구했다고 기별이 와서 만났더니 어디서 구했는지 영역본 문학론을 나에게 주었다.

그는 성실하고 꼼꼼하여 친구들 사이에 조그만 약속도 일일이 '메모'를 하고 잊지 않는 사람이었다. 시인 친구들이나 학생들에게도 항시 논문이나 책을 소개하고 빌려주는 수고를 아끼지 않았다.

이 글을 쓰면서 그때 편석촌이 준 '사르트르' 문학론의 감색 표지가 눈에 떠오르나 책은 1·4후퇴 때 서울에 두고 내려갔다 올라와 보니 동네사람들이 딴 책과 함께 갖다 군불을 때느라 없어졌다.

이미 죽고 사라진 사람들

『동서문학』 통169호, 1988.8, 48~54면

1. 문학건설본부 탈퇴, 조벽암의 월북

『이용악 시전집(李庸岳詩全集)』이 나왔다는 신문기사를 보고 교보문고에 가서 『이용악 시전집』을 달라고 했더니 점원 아가씨가 "이용악시전집?" 하고 고개를 외로 꼬았다.

이용악은 이러이러한 사람이라고 자세한 설명을 하여 책을 사가지고 돌아오며 생각하니 이용악이 서울에서 사라진 지도 40년이 지난 셈이다.

용악을 처음 만난 것은 1937, 8년경으로 생각되는데, 그가 만나자마자 자기가 일본에서 출판한 책이라며 은빛으로 장정한 4 · 6판 시집 『분수령(分水嶺)』을 나에게 주었다. '북녘은 여인이 팔려간 나라'로 시작되는 명작 「북쪽」을 첫머리로 20여 편의 시가 실려 있었다.

옷은 아무렇게나 입고 세수는 하였는지 말았는지 분간할 수 없고 덥수룩한 고수머리 아래 두 눈이 늘 웃고 있는 청년이었는데, 어떻게 보면 귀엽고 어떻게 보면 조금은 얌체같이 생긴 친구였다.

작년에 뉴욕에서 죽은 김상원(金相瑗) 군이 남대문 앞에서 '남대문 약방'을 하던 때였는데 우리가 술을 먹다가 돈이 떨어지면 찾아가던 곳이 거기였다. 김군은 시집 『백로(白鷺)』를 낸 시인인데 해방 전에는 장사를 하며 조용하고 깨끗한 시를 쓰고 있었다.

그 무렵 김군은 우리 사이에 제일 넉넉한 사람이어서 가끔 술도 사주고 서정주의 첫 시집 『화사집』 출판도 그가 돈을 대어준 것이다. 용악이 가끔 잘 곳이 없으면 새벽 한 시가 지나 약방문을 두드린다고 얌체 없는 사람이라고 투덜대었다.

그러던 용악도 전쟁 말기에 시골로 내려갔다가 다시 만난 것은 해방 다음해 남대문통 길가였었다. 그는 "문학가동맹을 다녀오는 길인데, 애새끼들이 하는 짓이 틀려먹었고 그래가지고는 아무 일도 안 된다"고 역정 섞인 화를 내고 있었다.

해방 후 얼마 안 되어서 화신백화점 앞 한청빌딩에 '문학건설본부'라는 간판을 붙이고 문인들을 규합한다 하여 나가보았는데, 유진오(俞鎭午), 이헌구(李軒求), 김광섭(金珖燮) 씨 세 분들도 나와 무엇인가 해야겠다는 열기로 웅성거리고 있었다. 단체의 중심은 임화(林和)였는데 한번은 내가 일이 잘 되어가겠느냐고 물었더니 "이태준(李泰俊)의 불알만 꽉 잡고 있으면 된다"는 자신 있는 대답이었다.

그 후도 가끔은 나갔는데 맡은 일이 없어 회합에나 참가하고 대개는 빙빙 돌다가 들어왔다. 그러는 동안이 얼마 안 가 뜻밖의 일이 터졌다. 평양에 설립된 조선인민공화국을 지지한다는 기사가 신문에 난 것이다.

모두들 뒤통수를 얻어맞고 얼떨떨하여 있는데 벽암(碧岩)이 이러고 있을 때가 아니니 모이자 하여 연희동 벽암의 집에 10여 명이 모였다. 벽암이 주로 주장하는 바는 "이번 일은 배후에 당(黨)이 있는 것이 분명한데 '인공(人共)'을 지지하는 단체에 우리가 남아 있을 것이냐"였는데 모두들 탈퇴하는 데 뜻을 같이 하였다. 즉시 그 자리에서 서면에 그 뜻을 연서(連署)하고 그 뜻을 통고하기로 하고 헤어졌다.

나는 노상에서 용악이가 시골에 있던 사이에 일어난 일을 대충 이야기하여주고 용악 또한 그것이 옳다는 말을 하고 헤어졌다. 그 후 용악에 대한 나의 기억은 끊어졌는데 이번에 그의 연보를 보니 1949년에 투옥되었다가 6·25 때 월북했다는 것이다. 이번 문화공보부 발표에도 북에 가 있는 작가, 시인 100여 명을 해금할 방침인데도 벽초(碧初 洪命熹), 용악 같은 고위직에 있던 사람은 제외한다는 것을 보니 나와 헤어진 후의 그의 발자취를 알 만하였다.

조벽암(趙碧岩)도 그 후에 들으니 월북하였다는데, 벽암은 일제 때 종로에서 포목도매상 동순덕(同順德?)에 나의 납치된 동생 익균(益均)과 함께 일하던 사람이다. 해방 후부터 감상적인 시를 발표하기 시작하였는데 우리들 사이엔 연장자이며 다혈질적인 데가 있어 이야기하다가 곧잘 화를 내었다. 어찌하였든지, 무슨 곡절이 있고 피치 못할 절박한 것이 있었는지는 모르나 월북 이야기를 들은 나에겐 대단히 의외였다.

2. 오장환, 『병든 서울』과 비단두루마기

오장환(吳章煥), 이봉구(李鳳九), 나 세 사람은 제일 가까운 친구였었다. 내가 상경하자마자 사귄 사이인데 2~3일이 멀다하고 서로 불러내어 문학담(文學談)하며 술도 마시고, 서점도 돌아다니고 때로는 여행도 다녔다. 그러던 중 임화가 「시단의 신세대」라는 특집 평론에 오장환·김광균·이용악 세 사람을 거론한 것도 우리들의 우의(友誼)에 다소 작용하여 서로 우쭐대고 돌아다녔다.

임화는 그 당시 '카프' 해체 후 전향성명을 내고 문학평론가로 조용히 처신하고 있었다. 장환은 해방 후 80개가 넘는 정치단체가 적산모리배(敵産謀利輩)와 함께 들끓고, 미군의 지프(JIP)차가 재즈와 껌을 뿌리고 다니는 등 조국 해방의 감격이 차차 사라질 무렵 『병든 서울』이라는 시집을 냈고 얼마 후 서울대학병원에 입원하였다. 그의 병실에서 그 후 나의 일생에 깊은 인연이 된 이중섭을 알게 되었고 조각하던 조규봉, 조지훈(趙芝薰)도 처음 인사를 하였다.

장환은 퇴원 후 얼마 안 되어 「공청(共靑)으로 가는 길」을 위시하여 조금 삐딱한 시를 발표하기 시작하였다. 그러면서 발표 때마다 "나의 이번 시가 어때?" 하고 물어서 봉구와 나는 "적시(赤詩)를 쓰려거든 네 생활부터 고쳐야 하지 않느냐"고 받아주었다.

그러던 장환이 조금씩 변색을 시작하는 것이 눈에 보였다. 자주 만나던 사이가 뜸해지고 어쩌다 만나 차를 마시거나 식사를 하다가도 시계를 보며 "어이쿠" 하고 황급하게 일어나 어디 간다는 말도 없이 자리를 떴다. 이것은 장환이뿐만 아니라 그때 많은 친구들이 같은 행동을 하였는데 그들은 그때 이미 조직 생활을 하고 있던 것으로 짐작된다.

장환은 그 뒤 우리 앞에서 사라졌다. 그때 풍편에 들리는 이야기로는 털모자에 삼팔 비단두루마기를 입고 삐라를 붙이고 다닌다는 것이었는데 비단두루마기를 걸치고 행동하려는 자태가 돼먹지 않았다고 당에서 비판을 받았다는 소리가 들렸다. 해방 직후 문학·음악·회화 등 모든 예술을 발표할 기회와 무대를 좌익에서 독점하다시피 하였다. 진보적이란 표시가 열풍같이 여러 분야를 휩쓸 때라 오장환뿐만 아니라 많은 유능한 예술가들이 이 때문에 조직에 기울어져간 것이 그 당시 실정이었다.

장환이가 다시 내 앞에 나타난 것은 6·25동란 중이다. 동생 익균이 납치되어 난가(亂家)가 된 계동 집에 칩거하고 있던 어느 날 "광균이 있나" 하는 소리가 들려 대문에 나가보니 장환이가 웃고 서 있었다. 북에서 온 사나이에 앞서 반가운 생각에 넘쳐 사랑방으로 들어오라 하여 그날 한나절을 함께 지냈다. 점심때가 되어 집에 있던 좁쌀밥과 깍두기를 놓고 사이다 병에 든 소주 한 병을 둘이서 마시고 차가운 방에 눕더니 취기가 돌면서부터 이북에서 지낸 몇 해가 끔찍하다는 이야기를 털어놓기 시작하였다.

임화 일당이 월북하기 전에 이북에 간 이기영(李箕永)·송영(宋影)·박세영(朴世永)을 중심한 프롤레타리아문학동맹이 요소를 차지하고 있어 이빨 하나 안 들어가더라는 것이다. 뿐만 아니라 자기들을 사사건건 중상모략하여 어느새 요 감시인(要監視人)이 되어 보위부 사람들이 조석으로 들러 일보(日報)를 받는 등 감옥살이를 하다가 왔다며 주머니에서 얇은 책 하나를 꺼내 나에게 주었다. 『붉은 깃발』이라는 시집인데 몇 페이지 훑어보다가 "이것도 시라고 썼느냐" 하고 방바닥에 던졌더니 장환이 얼굴이 붉어지며 무색해하였다.

그날 장환은 요강을 달라고 해 소변을 보고 나더러 보라기에 들여다보았더니 붉은 포도주 빛깔이었다. 콩팥(신장) 하나를 뗀 후 나머지 하나가 마저 고장이 나 치료를 하다가 내려왔는데 전쟁 중에 통 치료를 못하여 앞일이 걱정이라고 했다.

나는 한나절을 보내며 보고 듣는 동안 그의 생활에 대한 태도나 생각하는 생리는 옛날과 별로 달라진 것이 없어 세상에서 제일급 빨갱이 시인이라는 오장환의 허망한 말로에 매우 놀랐다. 헤어지면서 나에게 하는 말은 "나도 이 모양인데 너 같은 것은 어림도 없다. 인민군이 부산까지 내려갈 때까지 꼼짝 말고 엎드려 있다가 세상에 나오더라도 아무 생각 말고 박물관에 들어가서 도자기나 지키고 살아라" 하는 것이었다. 이북사람들이 9·28 후 국군에 밀리어 만주까지 도망갔다는데, 장환은 어디서 콩팥 치료를 하였는지, 십중팔구는 그 후 얼마 안 되어 어딘가에서 병사(病死)한 것으로 짐작된다.

해방 후 우리나라를 쓸어간 정치의 광풍 속에 피었다 속절없이 져버린 애닮은 청년 배인철(裵仁哲)의 이야기를 그냥 지날 수 없다. 그를 처음 만났을 때에 그는 리처드 라잇의 『블랙보이』를 옆에 끼고 앉아 흑인문학에 대한 오랜 이야기를 나에게 해주었다. 미국에 가서 공부한 것도 같고 아닌 것 같기도 하고 그의 경력은 알지 못했으나 굳이 물어보지도 않았다.

나의 계동 집을 부지런히 찾아와 서로 많은 시간을 보냈는데 흑인문학 이야기를 빼놓고는 기억에 남는 것은 별로 없다. 때를 가리지 않고 찾아와 "김 형, 김 형" 하고 따르는 바람에 나의 가까운 친구들과의 술자리에도 함께 가고 자주 놀러도 다니는 사이가 되었다.

한번은 인천에 있는 자기 흑인 친구들을 만나보자고 권하기에 따라나섰다. 인천 해변가에 있는 미군 캠프에 서슴없이 들어가기에 나는 떨떨하여 관계없느냐고 다지며 따라 들어갔다. 막상 캠프의 텐트 속에 들어가 보니 천지가 새까만 흑인부대였다. 흑인군인들과 맥주를 마시며 이야기

끝에 맥아더 장군 이야기를 하였더니 "맥아더하고 우리하고는 아무 관계
도 없다"는 핀잔이 돌아왔다. 그 후로도 배(裵)군은 부지런히 서울에 올라
와 우리 주변의 친구들과 어울려 놀았는데, 언젠가 "문학가동맹도 들여다
보니 그래가지고서는 자기 생리에도 안 맞고 여러 요건이 아무 것도 안 되
겠다"고 불만 비슷한 비판을 하기에 이 순진한 청년이 혹시 어느 조직에
들어가지 않았나 하여 "그 근처에는 가지 않는 것이 좋겠다"고 내가 충고
를 했더니 아니 그냥 말하는 것뿐이라고 하며 웃고 있었다. 그러면서 뉴욕
에 가서 할렘가에 비어홀이나 하나 하였으면 좋겠다는 이야기를 하였다.

그러던 어느 날 배군이 남산에서 권총에 맞아 죽었다는 뜻밖의 소식을
듣고 여럿이 허둥지둥 인천에를 내려갔다. 배군은 "김 형 왔소" 하는 말도
없이 빈소에 두 눈을 감고 조용히 누워 있어 우리들의 눈물을 자아냈다.
주안묘지(朱安墓地)에서 장사를 지내고 저녁에 배군 집에 들렀다. 모두들
서울로 떠날 때 인철이의 어머님이 "이렇게들 하나 둘 그냥 가느냐"고 우
시면서 대문 밖에 서 계시던 모습이 지금도 생각난다. 인철이는 왜 세상
에 태어나 흑인문학도 내던지고, 똑똑한 시집 하나 남기지 못하고 늦은
봄 길가에 피었다가 지는 들꽃 같은 애련한 일생을 마쳤는가고 이 글을
쓰면서도 나의 마음은 어둡기만 하다.

3. 사막을 불어오는 바람소리만 역사의 천정을 울리고

1939년 조선일보가 폐간되자 함경도 고향에 내려가 있던 편석촌(片石
村·金起林)이 해방되던 가을에 서울로 올라왔다. 편석촌은 상경하자마자
1인3역의 바쁜 나날을 보냈다. 유명한 1946년 봄 전국문학자대회에서의
테제를 작성하여 대회의 서곡을 만들기도 하고, 많은 회합에 참여하여 중
요한 역할을 맡았다. 얼마 안 가 『현대일보』의 편집을 맡아 분주할 뿐더
러, 원고 집필에다가 여기저기 강연에 불려 다녔다. 한편 대학 출강을 시
작하며 많은 제자들의 지도를 맡아 수고를 아끼지 않고 친절히 이끌어주

었다. 편석촌은 이런 일에 남달리 성실한 사람이었다.

나는 해방 후 5년간 이렇다 할 작품을 못 쓰고 있었는데, 이것은 내가 게으른 것이 아니라 나의 시세계의 배경이 사라지고 새로운 현실에 내가 적응치도 못하며 좌우충돌에의 염증이 나 스스로를 위축시킨 것이다. 나는 시간이 많았으나 편석촌이 바빠서 그전처럼 자주 만날 수가 없었는데 간혹 만나면 편석촌의 넋두리가 쏟아져 나왔다.

첫째가 고단하다는 것이다. 편석촌의 나이가 그때 43~4세 될 무렵인데 나이보다 과로가 그를 고단하게 만들어 우리 집 사랑방에 들어서면 "애구구" 하며 처음부터 방바닥에 누워서 이런저런 이야기를 하였다.

둘째가 좌우익 틈에 끼어서 일을 하자니 눈치도 보이고 걸리는 데도 많고 어쩌다 자기 생각대로 추진하면 곧 벽에 부닥쳐 염증이 나기 시작한다는 것이다. 그 당시 편석촌의 주장은 우선 공동의 광장을 만들어 그 공감대 위에 새로운 민주주의를 정립하자는 것이 줄거리였다. 그러나 그 무렵 문화계 전반은 배후에서 조종하던 조직의 결정대로 움직이던 때이어서 이런 편석촌의 주장이 먹혀 들어가기가 만무하였다.

그는 얼마 안 가 모두 귀찮으니 집어치우고 대학에서 강의나 하고 원고나 써야겠다는 푸념을 했다.

그가 해방 후에 쓴 시론, 문학론, 시집 외에 1948~9년경 영문학에 대한 중요한 저서가 2~3권 발간되었는데 지금 그 책명이 기억이 안 날 뿐더러 1·4후퇴 때 우리 집에 두고 간 나의 책을 동리 사람들이 문을 부수고 끄집어내 방 아궁이에 불을 땔 통에 지금은 찾을 길도 없다.

편석촌은 사범대학(지금은 서울대학에 편입), 동국대학에 출강하다가 중앙대, 연세대로 옮겼으나 여러 대학을 나가는 것이 번거로워 연세대에 주력하게 되었고, 6·25가 나던 해 가을에는 학교에서 사택을 제공하겠으니 전임으로 와 달라고 해서 승낙한 것으로 알고 있다.

그러면서 나더러는 "당신도 노는 것도 진력이 날 것이고 집안에서 위신도 안 서니 가을에 중앙대학 강사로 안 나가겠느냐' 하기에 "그리 합시다"
했더니 얼마 후에 학교의 동의를 얻었으니 우선 창작 지도를 맡을 준비를
하라는 기별이 있었다. 그 다음에 온 것이 6·25다.

인민군이 서울에 들어온 지 2~3일 후에 을지로를 지나던 그가 보위
부에 잡혀 갔는데 인민군이 남한에 오면 잡아야 할 사람의 명단에 편석
촌이 적혀 있어서 이내 서대문감옥으로 옮겨졌다는 후문이 들려왔다.

편석촌이 우리 앞에서 사라진 지도 39년이 지났다. 지금 살아 있으면
81세일 터인데 아무도 그의 생사를 모르고 또 알 길이 없는 오랜 세월이
흘렀다. 지용(芝溶)과 함께 해금이 되어 지난 5월 11일 친구들의 주선으로
'김기림 문학의 밤'을 가졌는데 그날 밤의 나의 감동과 기쁨은 일생의 기
억으로 오래 남을 것 같다.

6·25는 많은 친구들을 휩쓸어갔는데 그 중에도 가끔 생각나는 친구들
이 있다. 늘 수염도 안 깎은 텁석부리로『신세계』[79] 편집실에 앉아 어지간
한 세상일은 웃어넘기던 정현웅(鄭玄雄).

진주 대지주집에 태어나 고생을 모르고 자랐고 일본 유학에서 돌아와
서는 마음대로 그림을 그리고, 술 마시고 애처(愛妻)하는 것으로 만족해하
던 최재덕(崔載德).

나의 고향 친구로 제국대 미술대를 졸업하고 서울에 와서 '보나르'와
'엘그레고'에 경도(傾倒)하던 꼼꼼하고 조금 깐깐한 김만형(金晩炯).

이 세 사람은 모두 선의의 인간에다가 타고난 생리, 자란 환경이 좌익
과는 거리가 먼 친구들일 뿐더러 평소에 자주 만나도 그쪽 냄새는 안 피
우던 친구들인데, 언제 무슨 일을 하고 무엇이 절박하여 이북으로 떠났는
지 나에게는 영원한 수수께끼일 수밖에 없다.

---

79 『신천지』의 착오인 듯.

서역(西域) 가는 길에 있는 '사마르칸'의 광대한 사막의 모래 속 깊이 4천 년 전의 고대왕국이 파묻혀 있다고 한다. 그 다음에 또 여러 개의 도시가 묻히고 난 뒤에도 매일 불어오는 바람이 모래를 실어와 사막은 그때 따라 이리저리 변형을 되풀이하고 있다고 한다.

유구 4천 년 역사 위에, 8·15해방에서 6·25까지의 오 년이란 한 줌 모래에 불과하다. 아니 한 줌 티끌이라고 할까.

그 티끌 속에 움직이던 친구들 이야기를 하고 나니 "그러면 70이 넘도록 살고 있는 너는 무엇이냐" 하는 소리가 들려온다.

'사마르칸' 사막에는 오늘도 바람이 불고 모래가 날리고 있을 것이다.

많은 유능 청년들이 역풍을 못 이겨 거기에 묻히고, 우리가 살고 있는 현실의 명멸도 언젠가는 그곳에 묻힐 것이다. 그 다음에도 사막을 불어오는 영원한 바람소리만 되풀이하여 역사의 천정을 울리며 갈 것이다.

우인雨人의 회억回憶

『회귀』 5집, 1989.11.10, 98~100면

우인 송지영(宋志英) 동인(同人)은 작년부터 "모든 게 골치 아프니 어느 시골 문과대학에 가서 선생 노릇이나 하고 싶다"고 하였다. 파란만장의 한평생을 보냈으니 시골에 가서 조용히 시조(時調)나 쓰라는 것이 나의 답이었다.

오늘 성북동은 내리는 비가 저녁이 되도록 멎지 않는다. 청량리 아파트에 조용히 앉아 내리는 빗줄기를 쳐다보며 시조나 쓰고 있을 우인이 자취를 감추어 그의 자그마한 모습을 보려고 해도 볼 수가 없다.

우인이 중국에 갈 때까지의 그 경력을 소상히 아는 사람은 없고, 더구나 그것을 글로 남긴 사람도 없다. 해방 후 얼마 안 되어 어느 날 김용호(金容浩) 군이 하던 예술신문사(藝術新聞社)에 놀러갔다가 우인을 만났다. 그 무렵 나는 「노신의 문학입장」이란 글을 발표하였는데 우인은 노신을 그렇게도 정확히 알고 쓴 글은 처음 보았다 하며 반가워하기에 나는 그와 함께 김군의 방에서 한나절 동안 노신에 대한 이야기를 주고받은 적이 있다. 그 후 얼마 안 되어 『태양신문』으로 구설수가 터져서 우인은 고생을 하였다.

그 뒤에 비석(飛石)형과 회사를 차려 중학동에 사무실을 차렸으니 놀러오라는 말을 듣고도 못 가고 말았는데 곧 4·19가 터져 회사도 문을 닫은 것으로 알고 있다.

그 얼마 전에 우인은 내게 놀러와 일본 다녀온 이야기를 하며, "세상에는 악인이 많다고들 이야기하지만 참 착한 사람을 만났다"고 하며 이모(李某)씨 이야기를 하기에 무심이 듣고 말았는데, 그 이씨를 만난 것이 화근

이 되어 5·16 후에 법정에 서게 되었고, 급기야는 영어(囹圄)의 몸이 되어 제주 감옥에서 8년형을 살았다. 1986년에는 그 때의 옥중일기를 『우수(憂愁)의 일월(日月)』이란 제목으로 목침덩이만한 책을 상재(上梓)했다.

조선일보사에 취직이 된 것은 출옥 후로 알고 있는데 내가 1977년에 시전집을 출간하였더니 기분이 나서 일필휘지하였다는 글이 신문에 나서 좋아했던 생각이 난다. 국회의원, 문화예술진흥원장, KBS이사장 등 우인 앞을 지나간 경력은 다채롭다.

얼마 전 우연히 부산에 갔다가 득병한 후 최근에 소강(小康)을 얻어 밤의 회합에 자주 나오기에 내가 "우인의 병은 재발하면 골치니 시골 가서 시조나 쓰고 이런 회합에는 발을 끊으라"고 잔소리하면, "글쎄 나도 그래야겠어" 하고 답하면서도 속세의 인연을 끊지 못하더니 별세하고 말았다.

우인은 키가 작은 사람이다. 목소리도 작고 조용하며 외관으로 보면 어디에 재주가 숨어있는지 알 수가 없었다. 주점에 가서 취흥이 돌면 기녀들의 속치마에 싯구를 쓰는 한량이 된다. 문예진흥원장 때 가끔 작당하여 전주(全州) 출입을 하였는데 전주에 가면 왕자 행세를 하였고, 그 대신 전주 여자들의 부탁을 하나하나 거절치 못하였다. 우인은 정에 약한 사람이구나 하는 생각이 들었다.

그는 선량한 사람이다. 모든 것을 선의로 생각하고 다른 사람 말도 선의로 들었다. 속세 사람들에게는 통하지 않는 일인데 이것 때문에 가끔 속아서 낭패를 당하는 일이 많았다.

경력이 다채로운 대신 한 직업을 오래 가지지 못하여 생활의 뿌리가 약해 조그만 일에도 바람에 흔들렸던 우인은 선한 사람이지만 대가 약하였고, 생계도 잘 몰라 후일을 위하여 근검절약하는 타입도 아니었다.

언젠가 텔레비전 방송에서 구상(具常)형과 일요대담하는 것을 들어보니 우인은 저널리즘으로 몸이 배어있는 사람이었다. 직업은 그때그때 달라도 그의 본질은 한평생 저널리스트로 자고먹은 셈이다.

『회귀』 동인 중 이주홍(李周洪), 김중업(金重業), 우인이 1년에 한 사람씩 세상을 떠났다. 요즘에 김달진(金達鎭) 시인이 우인과 동행길에 나섰다. 모두들 자기의 회귀선(回歸線)을 찾아 떠나갔는지 모르겠다.

떠날 사람과 떠나는 사람은 있어도 오는 사람은 없다. 우리의 세대는 이렇게 해서 저무는가 보다.

이상시비李箱詩碑 건립에 관한 사신私信[80]

김규동·박태진 양 사백(金奎東·朴泰鎭 兩 詞伯)

오늘 쑥스러운 이야기를 하기 위해 붓을 들었습니다. 저로서도 이런 이야기하기가 싫고, 심기도 좋지 않사오나, 이야기는 말씀드려야 하겠기에 오늘 이실직고하는 바입니다.

다름 아닌 보성학교(普成學校)에 세우려던 이상시비(李箱詩碑) 건(件)이온대 최근 보성학교 측에서 이야기가 중도 폐지(中途廢止)하여야겠다고 기별(奇別)이 왔습니다.

내용을 알아본즉 이어령(李御寧) 씨(문예평론)가 이상시비 이야기를 어데서 듣고, 자기에게 별도의 안(案)이 있으니 중지하여 달라고 이야기가 나왔다고 합니다.

이어령 씨를 만나 이야기 들으니 김환기(金煥基) 미망인(未亡人) 김 여사[81]가 옛날에 이상(李箱) 부인이었는데, 최근에 이상시비가 없어서 섭섭하여 시비를 제작하였으니, 이왕이면 이것으로 이용하여 달라는 부탁이 있었으니 천만 원 들여 신작(新作)을 하느니 이 시비를 쓰는 것이 어떠냐는 이야기라 하옵는데 소생은 김규동·박태진 양씨에게 이야기를 진행시키고, 시까지 선택하였는데 취소가 난감하다고 하였습니다.

연즉 보성학교 측에서 실물을 아직 못 보았으니 실물(곤지암에 있음)을 보고 재론(再論)하겠다 하고 일단은 헤어졌습니다.

---

80 유족 측(차녀 김은영님)으로부터 제공받은 사신(私信)임. 전후 정황상 작성일시는 이상문학비가 건립된 1990년 직전으로 예상됨.
81 김향안(金鄕岸) : 이상(李箱) 부인 변동림(卞東琳)의 바꾼 이름.

노신魯迅과 주위의 조선인

『회귀』 6집, 1990.12.24

노신(魯迅)은 조선의 망국전야(亡國前夜) 무렵 선대의학전문학교(仙臺醫學專門學校)에 유학(1905~1909)하고 있었다. 1919년 중국에서는 5·4운동이 일어나고 아울러 조선합병에 대해 논객 간에 많은 논쟁이 벌어지고 있었다.

일본이 조선 합병을 이야기하면서 조선은 원래가 속국이었다고 논설하는 것을 들을 때마다 등골이 오싹하였다. 노신은 중국이 조선을 속국이라 칭하는 데 대해 스스로 고민하였다.

1905년에 일본은 을사보호조약을 체결하고, 조선이 명실상부 일본의 식민지가 된 것은 1910년 8월이었다. 그 당시 노신이 외국 문학을 연구 소개할 경우 피압박 민족인 구라파의 오스트리아, 헝가리 등이었는데, 동시의 이러한 경향은 조선의 문제도 간과할 수 없었다.

노신은 사후(死後) 회상(回想)의 기록을 보면 조선 문제에 계속 관심을 기울였다고 한다. 그는 북경에 도착한 후 주위의 문학자, 제자들이 하는 미명사(未名社)에 참가하였는데 이 무렵 김구경(金九經)이라는 조선 청년과 더불어 조선의 상황에 대하여 많은 이야기를 하게 되었다. 노신은 이때 일본 동양학자 수야청일(水野清一), 창석무사랑(倉石武四郎), 총본선육(塚本善陸) 등과 함께 '금석탁본(金石拓本)'에 대한 이야기를 했다는 기록이 남아 있다.

그 후 노신은 북경을 떠나 진포선(津捕線)에 있는 부인 허광평(許廣平)을 만나려 떠나는 역전에는 미명사(未名社) 친구들의 전송객이 나왔는데 그 중에는 김구경, 위건공(魏建功)이 있었는데 김구경이라는 조선 청년은 그 후의 행방에 대해서는 분명치 않다. 다만 노신의 제자로 유희(柳僖)의 『언문지(諺文志)』를 교정(校訂)하고 당대(唐代)의 불서(佛書)를 교정하고 상재하였다는 교감학자(校勘學者)라는 기록밖에 없다.

노신과 조선의 고전 문학과의 관련에 대해서는 주작인(周作人)(노신의 동생)의 회고록에서 찾아볼 수 있다. 그리고 노신이 동경 유학 중 보내라고 하는 서적의 목록이 있는데, 그 중에는 『신소설(新小說)』, 『신민총보(新民叢報)』 등과 함께 『조선명가시집(朝鮮名家詩集)』이 들어 있다.

아울러 노신의 동향(同鄕) 문인(文人) 조지겸(趙之謙)의 서화(書畵)를 좋아했는데, 조지겸(趙之謙)이 편집 간행한 『앙시천칠백이십구학재총서(仰視千七百二十九鶴齋叢書)』 중 유득공(柳得恭)(1748~?)의 『이십일도회고시(二十一都懷古詩)』 일 권(一券)에서 김정희(金正喜)(1786~1856)의 시작(詩作)을 발견할 수 있다.

노신은 박지원의 『열하일기』에 쓴 만청지배하(滿淸支配下)의 피압박민족(被壓迫民族) 지식인의 입장에 관심을 기울이고 조선 민족의 깊은 바닥에 깔려 있는 조선민족의 입장을 찾았다.

노신의 가까운 문학자 위건공(魏建功)이라는 사람이 문예지 『어사(語絲)』에 '교한쇄담(僑韓瑣談)'이란 조선기행(朝鮮紀行)을 연재하였다.

1. "종정후삼경자(宗禎後三庚子)" 『어사』 1927년 5월

2. "중화고등요리(中華高等料理)" 『어사』 1927년 5월

3. "청운무무(淸雲巫舞)" 『어사』 1927년 6월

4. "아악(雅樂)" 『어사』 1927년 6월

5. "항일호(杭一蒿)" 『어사』 1927년 7월

6. "마장(麻將)" "기생(妓生)" 『어사』 1927년 7월

7. "양주자(兩朱子)" 『어사』 1927년 7월

8. "화한지간적애악(華韓之間的愛惡)" 『어사』 1927년 7월

9. "대한국비(大韓國碑)" 『어사』 1927년 9월

10. "유지선(油紙扇) · 청태지(靑苔紙)" 『어사』 1927년 9월

11. "고시관(考試官) 양계초(梁啓超)" 『어사』 1927년 11월

12. "조선한자미(朝鮮漢字謎)" 『어사』 1928년 1월

13. "용희영춘(龍喜泳春)" 『어사』 1928년 2월

14. "한국시대(韓國時代)" 『각궁방결대전책(各宮房結代錢冊)』 1928년 3월

이상의 에세이는 당시 서울 경성제국대학에 강사로 와 있던 위건공의 것으로서 그는 노신의 제자였다. 이는 당시의 풍속자료로서 재미있고 조선의 배청사상사료(排淸思想史料)로서도 높이 평가된다고 할 수 있다. 이 에세이 중에서 일부를 간추려 소개하면 다음과 같다.

제7항의 "양주자(兩朱子)"는 송(宋)의 유자(儒者) 주희(朱熹), 명(明)의 태조(太祖) 주원장(朱元璋)이다. 필자의 생각에는 양자(兩者)가 다 중국 문화 침략자이며 고려대학 이능화(李能和)(1869~1945)의 『조선불교통사』 중 조선의 학문 기준이 주희(朱熹)의 경서 해석이란 것이다. 주원장(朱元璋)의 작품이란 망건을 머리에 얹는 생활 습관을 삼고 있는 것이 이를 풍자하고 있다.

제8항은 중국에서 도래한 중국인과 조선인과의 관계를 서술한 것이다. 같은 식민지의 상황에서 중국인을 모멸하며 조선인은 일본의 지배하에서 살며 일본의 행정 기구의 지배 측에 붙어살았다. 중국인은 복잡한 민족 차별을 당한 것이다.

제9항의 "대한국비(大韓國碑)"는 1902년(광무 6년)에 건립한 '대한국비'의 비문을 초록한 것이다.

제10항은 『열하일기』의 '동란섭필(銅蘭涉筆)' 및 '동지(東紙)'에서 발췌한 '유지선(油紙扇)·청태지(靑苔紙)'를 기술하고 있다.

제11항은 양계초(梁啓超)(1873~1929) 조선이 망국되고 청조(淸朝)가 붕괴된 뜻으로 북경의 연경시사(燕京詩社)에서 '회고시(懷古詩)'를 모집하였는데, 이때 한국기생(韓國妓生)이 입선하였다.

제12항은 조선공사(朝鮮貢使)로써 북경에 온 유명진(兪明震)(1860~1918)이 청조 측(淸朝側) 문관(文官)과 창화(唱和)한 기록이다. 외교상 의미를 가진 회합

같은 것이다. 청조의 압박을 언중유골로 비꼰 듯하다.

제14항은 대한제국 시대 서울의 고본상(古本商)에 입수된 책이다. 이름은 『각궁방결대전책(各宮房結代錢冊)』이다. 광무 원년 한국궁정의 각 왕족의 지출표로서 한국제실(韓國帝室)의 규모를 알 수 있다. 저자는 그 당시 고궁박물원(古宮博物院)에 재직한 사람으로서 당시 청실(淸室)의 궁정 내 지출장부의 숫자와 비교하고 참고하였다.

마지막은 『교한이식록(僑韓耳食錄)』이란 책에서 '진자점양한적(榛子店養閑的)(기생)'을 기록하였다. 박지원이 풍윤현(豊潤縣) 성외(城外) 진자점(榛子店)에서 양한적(養閑的)을 만나 그 가곡(歌曲)을 듣고 감미로움에 취(醉)했으나 더 이상 꼬치꼬치 묻지 않아 더욱 여운을 갖게 하였다.

노신은 폐제(廢帝)(선총제(宣總帝))가 구궁(舊宮)을 정기적으로 개방하여 뭇 사람들이 참관하였다고 하고 그는 자신이 폐허된 황폐를 보면 정신이 동요될 것 같아 직접 가보지 않았다.

이상이 '교한쇄담(僑韓瑣談)'의 개요다.

노신과 『어사』의 관계를 보면 1927년에 복간되어 편집장에 취임하였다. 그 당시 위건공에 의하여 박지원의 문학이 언급되었다고 짐작할 수 있다.

그 후도 노신은 박지원에 관심을 가졌고 만년에 에세이 『차개정잡문(且介亭雜文)』에 청대의 문학옥(文學獄)(언론탄압)을 이야기하며 박지원의 『열하일기』에 나오는 윤가전(尹嘉銓)(박지원과 동시대인)을 박지원의 동지로 생각하고 만청(滿淸) 피압박 민족의 입장을 생각하였다.

노신은 조선의 과거와 미래를 생각하였다. 전통문화 봉건사상에 젖은 관습을 비판하면서 버젓한 중국 현황을 함께 통념(痛念)하고서 그 과정을 통하여 중국과 조선의 가교도 언급한 것으로 상상된다. 노신의 제자들도 노신과 같은 생각을 하고 있었다고 짐작된다.

후기

이제야(李霽野)의 『회억노신선생(回憶魯迅先生)』 중에는 김구경이란 조선 청년이 노신을 경모하여 미명사를 중심으로 교의(交誼)를 맺었다 하는 기록이 있다. 또 노신의 오사시대(五四時代)의 친구의 한 사람인 시인 유복(劉復)(1891~1934)의 장녀가 번역 간행한 『조선의 민간고사(民間故事)』를 원본과 대조하고 교정할 때 김구경의 원조를 얻었다고 언급하고 있다. 그러나 '중국인 김구경'이라고 한 것을 보면 당시 김씨가 중국 국적을 취득하고 있었다고 생각된다.

김구경은 만년(晩年)에 일본인 개천용지개(芥川龍之介)와 교류가 있었는데 이때의 서간이 개천전집(芥川全集)에 수록되어 있다.

또 창석무사랑(倉石武四郎)이 북경의 노신을 방문할 때 김구경의 안내를 받았다고 하며 창석(倉石)이 북경대학 교수였을 때 김구경은 그의 제자였으며, 그는 당시 북경대학의 조선어 선생이었다.

1930년대 노신이 동아일보사 신언준(申彦俊)에게 보낸 1통의 서신이 발견되었다. 이 서신에 대한 중국의 연구자의 소개 및 해석이 여기저기 발표되었다. 삼보정미(三寶正美)의 『조선과 노신』이 1982년 일본 부산대학(富山大學) 인문학부에서 발간되었고 이정문(李政文)이 『노신과 조선의 우인(友人) 회견(會見)』을 1983년 북경인민문학출판사에서 발행되었다.

당시 신언준(申彦俊)은 동아일보사에서 파견된 기자이므로 1932년 5월 상해의 내산서점(內山書店)에서 노신과 회견하고 그 내용을 『신동아』 지에 중국의 대문호 노신방문기를 연재하게 되었다.

또한 이육사도 김구경과 함께 김학현(金學鉉) 씨 소개로 노신을 만났는데 그 면담한 기록이 후에 발견되기도 했다.

서발문·후기

발(跋)

『기항지』의 발문跋文

『와사등』이후로부터 8 · 15 전까지를 추려 한 권의 책을 만들었다. 햇수로 5년, 내 나이 스물여섯부터 서른까지의 것이다.

X

「도심지대」의 모더니티ー를 지나 「황량」은 대부분 전쟁 중에 쓴 것이다. 「조화」의 세 편은 열여덟에 죽은 누이동생에 대한 나 개인의 조가다. 「은수저」는 8 · 15 후 것인데 이 책에 집어넣는 것이 마땅한 줄로 생각된다.

X

작자로선 한두 개 애착이 붙는 것도 있으나 지금 책으로 모아 세상에 내 놓기엔 쑥스러운 것이 태반이다. 최영해(崔暎海) 형이 굳이 권하지 않았으면 내 책상 속에 먼지가 되어 있을 것이다.

1947년 2월 10일

『황혼가』의 후기

이 시집은 나의 옛날 독자에게 실망을 주고 동료들에게 예술의 준엄(峻嚴)함을 가르치기 위함이다.

이 시집으로 시작이 매몰되면 이 책은 나의 문학의 묘표(墓標)가 될 것이므로 여러 가지 생각하다 이루지 못한 슬픔으로 그 우에 서린 황혼의 빛은 처참하리라.

이 시집엔 『와사등』 이후 것이 들어 있고 한두 개 그전 것도 있으므로 읽는 분은 이것에 개의치 말고 노병도 되기 전에 사라지려는 한 사람의 스크랩북으로 알아주면 작자로선 족하다.

이 시집을 제작한 것은 내가 아니고 장만영 형이다. 아이디어에서 구성까지 전부 수고해 주었다. 관례의 말이 아니라 진실로 감사하다.

1957년 6월 18일

『와사등』의 서문序文[82]

　와사등(瓦斯燈)에 처음 불이 켜진 것은 20년 전(前) 일이다.

　떠나온 지 오랜 내 시의 산하(山河) 저쪽 일이라, 지금도 등불이 살아 있
는지 이미 꺼진 지 오래인지 알 길이 없다.

---

[82]　1960년 9월 30일 산호장에서 간행한 『와사등』에 서문으로 나와 있는데, 1977년 근역서재에
　　서 나온 시전집 『와사등』 서문에는 이 글의 작성 일자가 1965년 11월 2일이라 되어 있다.

서사

『추풍귀우』의 서문序文

　책명의 '추풍귀우'는 이하(李賀)의 시 「감풍(感諷)」에서 빌었다.

　'귀우(鬼雨)'의 '귀(鬼)'는 죽은 영혼이므로 영혼의 울음소리가 비가 되어 내린다는 뜻인 것 같다. 이하(李賀)는 나이 스물일곱에 요절한 당조(唐朝) 시인으로 이십(二十)에 인생에 허무하고 삼 년(三年) 후(後)에 관로(官路)에서 물러나 일생을 비정(非情)한 귀재(鬼才)로 시사(詩史)에 남아 있다.

　칠십(七十)의 정상(頂上)에서 뒤돌아보니 참으로 많은 친구와 시우(詩友)들이 앞으로 지나갔다. 30년대부터 주위에 있던 이봉구, 장만영, 김용호, 십중팔구 죽은 것으로 생각되는 오장환, 생사를 모르는 김기림, 김만형, 최재덕, 그리고 60여 년의 구우(舊友) 양석성(梁錫星)도 작년에 갔다.

　내 추억의 촉대(燭臺) 위에 차례차례로 불을 켜고 떠나간 친구들!

　야반(夜半)에 창밖을 내다보면 아득한 칠흑(漆黑) 저쪽에 거리의 등불이 명멸하는 것이 바라다 보이는 그 너머 어느 부락에 이 친구들이 모여 살지나 않나 하고 가끔 생각한다.

　사람은 누구나 노년에는 회상을 껴안고 산다지만 정말은 고우(故友)들과 유명(幽明)을 같이하고 살아가고 있는 것이 아닐까?

　어쩌면 우리들은 죽음과 한 이불에 누워 매일 밤을 지내고 있는 것인지도 모른다.

1939년『와사등』을 상재하였을 때는 마음에 안 드는 것을 털어내고 『와사등』에 맞는 시 22편으로 책을 묶었다.『기항지』가 그러했고, 1957년『황혼가』를 출간할 때는 장만영이 주장하여 두 시집에 빠진 것을 많이 수록하였다.

한 묶음도 안 되는 시작(詩作)으로 오랫동안 시인 소리를 들어왔고 많은 평가와 학생들이 내 시에 관한 연구논문을 써 주어서 그 수효가 내가 아는 것만도 130편이 넘는다. 시의 전집마다 자리를 차지하고 많은 사람들로부터 분에 넘치는 대접을 받아온 것을 부끄럽게 생각한다.

시를 위하여 뼈를 깎고 살을 저미는 고통을 겪지 않은 것 같으나 그렇다고 시를 인생의 여기(餘技)로 생각한 적도 없다. 그러면 시는 너의 인생에 무엇이었느냐고 누가 묻는다면 나는 할 말이 없다. 형상(形象)할 수도 없고 손에 잡히지도 않는 것에 평생을 의지하고 살아왔다고나 할까?

1950년 이후 30여 년 동안 나는 시단에서 행방불명이 되었다. 그 연유를 여기 다시 적고 싶지는 않다. 칠십이 지나 다시 시필을 들었을 때 내가 걸어가야 할 길에는 낙조가 지고 황혼이 그 위에 깃들어 있었다. 내 입에서 회한의 노래가 흘러나오고 먼저 간 친구들에게의 조가(弔歌)가 뒤를 이었다.

색채가 퇴색을 하고 어둡고 쓸쓸한 것은 어쩔 수가 없다. 그 대신 작의(作意)를 가지고 시작(詩作)한 것은 별로 없고 조석으로 생활의 뼈마디에 우러나온 노래들뿐이다. 시의 졸렬은 생각할 겨를도 없었고 그것을 종이에 옮기는 것으로도 숨이 찼다.

돌이켜 생각하면 나는 지금 노혼(老魂)의 노래를 묶어 한 권의 책을 만들고 있는지도 모른다.

책(冊)의 장화(裝畫)는 이환의(李桓儀) 학형의 수고를 빌었고, 삼불 김원룡

(三佛 金元龍) 선생은 작품 두 점을 책 속에 삽입할 것을 쾌락(快諾)하여 주셨다. 또 출간의 전부를 맡아 주신 이만근(李萬根) 씨, 이 세 분에게 진심으로 감사하게 생각한다.

병인년(丙寅年) 4월 28일 성북동에서

『임진화』의 발문跋文

일본 땅 동북방에 광도라는 아름다운 해안이 있고, 바닷가에는 한 천년(千年)이 넘었다는 고찰(古刹)이 있다.

이 고찰(古刹) 안마당에는 당시 영주(領主)였던 이달정종(伊達正宗)이란 사람이 임진란(壬辰亂)에 조선에서 갖다 심었다는 고매(古梅) 두 나무가 서 있다. 꽃나무는 말뿐이고 표피(表皮)는 가죽같이 굳어 있고, 맨 끝에 안개 같은 매화가 7~8송이 남아서 오후의 햇빛에 졸고 서 있었다.

이 책자의 제목은 여기서 따 왔다.

『추풍귀우』(1986년) 이후 발표한 것을 책으로 모아 보았으나 타다 남은 화로에서 화편을 줍는 일이라, "이것도 작품이라고 썼냐"하는 자탄이 뒤따라 남는다. 화편은 거의 꺼지고 재가 된 것이 태반이었다.

형해(形骸)만 남은 것을 주워 모으는 데는 그 나름대로 까닭이 있다. 나는 작년 8월 2일 뇌혈전으로 와병하여 아직도 가료중이나 생명이 연소되어 남은 날짜도 기약할 수 없는 일이 되어서 발표된 것을 빠른 시일 내에 책으로 정리해 두고자 하는 욕심 때문이다.

기사년(己巳年) 2월 봄, 성북동에서

『와우산』의 서문

1961년 6월 6일 아침, 경운동 집 마루에서 나는 누런 상복(喪服)을 입고 앉아 심히 당황하였다.

47년 동안 조석으로 모시던 어머님이 집안 아무 곳에도 보이지 않는 것이다. 어머님은 그날 아침, 열네 해 동안 누워 계시던 오랜 병상에서 숨을 거두시었다.

35년 전 내 나이 열두 살 되던 섣달 추운 날 저녁에 아버님이 돌아가신 후, 우리 집에는 6남매와 남기고 가신 부채밖에 없었다. 그 후의 오랜 세월을 어머님의 가냘픈 두 팔에 매달려 자라는 동안 어머님의 말씀을 빌면, "자고 나면 무엇을 먹이느냐가 아니라 오늘은 또 무엇으로 어린것들의 배를 채우느냐"라는 생활이 계속되었다.

쉰 살을 바라보시던 나이에 겨우 생활의 영어(囹圄)에서 풀려 나셨을 때 어머님의 머리는 백발(白髮)로 덮여 있었다.

5일상이 끝나고 장례 날이 와서 어머님의 와구(臥駆)가 경운동 집 중문을 지나 영구차가 구파발에 닿을 때까지 눈앞에 눈물이 가려 아무 것도 보이지 않았다.

얼마 있다가 6월의 밝은 햇빛을 이마에 받고 있는 북한산 봉우리와 산 밑에 깔려 있는 노란 배추꽃이 시야에 들어오더니 장지인 와우산(臥牛山)에 도착했다는 소리가 들렸다.

그 해 여름, 복중(伏中)의 무더운 날 산상(山上)에 묘비를 세웠다.

글은 박종화(朴鍾和) 선생이 써주시고 글씨는 일중(一中) 김충현(金忠顯) 씨의 수고를 빌었는데 번거로운 일은 제당(霽堂) 배렴(裵濂) 형이 맡아 주었다.

월탄, 제당은 이미 유명(幽明)을 달리하여 세상에 없으니 왕사(往事)가 모두 묘망(渺茫)할 따름이다.

산상의 비문은 다음과 같다.

유인(孺人) 청주한씨 휘순복 여사(州韓氏諱順福女史)는 송도(松都) 북부(北部)의 명문(名門) 한규용 씨(韓圭容氏)의 손녀(孫女)요 한중옥 씨(韓重玉氏)의 영애(令愛)로 융생(隆生)하니 모친(母親)은 임씨부인(林氏夫人)이었다. 연십오(年十五)에 송도진신대가(松都縉紳大家) 웅천(熊川) 김창훈 씨(金昌勳氏)에게 적(適)하여 삼남삼녀(三男三女)를 생육(生育)하니 장자(長子)는 광균(光均)이요 차자(次子)는 익균(益均)이요 삼자(三子)는 태균(泰均)이다. 광균(光均)이 삼자(三子)를 두니 장자(長子)는 영종(英鍾) 차자(次子)는 현종(賢鍾) 삼자(三子)는 승종(承鍾)이요. 익균(益均)이 이자(二子)를 두니 장자(長子)는 남종(南鍾) 차자(次子)는 우종(宇鍾)이다.

유인(孺人)의 천품(天稟)은 친정(親庭)의 돈후(敦厚)한 학풍(學風)과 모씨(母氏)의 현숙(賢淑)을 바탕으로 하여 총혜영오(聰慧穎悟)한 중(中) 유시(幼時)로부터 선절강명(宣節剛明)하였더니 년(年)이 십오(十五)에 김문(金門)에 출가(出嫁)하니 불구문달(不求聞達)하는 고사(高士)의 가정(家庭)이라 적빈(赤貧)이 여세(如洗)하였고 임우(霖雨)가 내리는 하일(夏日)에는 가옥(家屋)이 퇴락(頹落)하여 방중(房中)에 우수(雨水)가 방타(滂沱)하건만 가군(家君)은 폐포현순(弊袍懸鶉)으로 독서(讀書)만을 일삼고 있었다. 유인(孺人)은 조금도 불평(不平)의 기색(氣色)이 없이 극력(極力) 내조(內助)의 공(功)을 쌓았다. 신흥(新興)하는 사회(社會)의 기풍(氣風)을 따라 부군(夫君)에게 도능독

(徒能讀)을 일삼을 것이 아니라 학문(學問)을 활용(活用)하여 무역(貿易)에 투신(投身)할 것을 역권(力勸)하니 부군(夫君)은 흔연(欣然)히 상계(商界)에 진출(進出)할 것을 결의(決意)하고 개성(開城) 남대문(南大門)에 점포(店鋪)를 경영(經營)하였다. 때는 아직도 고루완미(固陋頑迷)한 시절(時節)이라 북부종가(北部宗家)에서는 양반(兩班)의 가문(家門)을 상고(商賈)로 전락(轉落)시켰다 하여 부군(夫君)은 석고대죄(石藁待罪)케 하고 달초(撻楚)까지 하였으나 초지(初志)를 굽힐 리(理) 만무(萬無)했다. 마침내 사업(事業)은 일취월장(日就月將)하여 십 년 이내(十年以內)에 누만(累萬)의 거부(巨富)가 되니, 비로소 친척(親戚)들은 그의 선견(先見)의 명(明)에 놀랐고 부군(夫君)을 대성(大成)케 한 것은 전혀 유인(孺人)의 총혜숙덕(聰慧淑德)한 내조(內助)의 공(功)이라 할 것이다. 그러나 호사다마(好事多魔)로 기미경신(己未庚申)의 시국변동(時局變動)의 여파(餘波)를 받아 사업(事業)은 차질(蹉跌)하면서 부군(夫君)의 천붕(天崩)의 통(痛)을 당(當)하니 이 때 장자(長子) 광균(光均)의 년(年)은 겨우 십이세(十二歲)였다. 유인(孺人)은 부군(夫君)의 유골(遺骨)을 개풍군(開豊郡) 승전문(勝戰門) 진누리 자좌(子坐)에 안장(安葬)한 후 비통(悲痛) 속에 다시 가문(家門)을 창성(昌盛)케 할 것을 결심(決心)하고 용기(勇氣)를 내어 가재(家財)를 정리(整理)한 후에 자질(子姪)을 학업(學業)에 매진(邁進)토록 엄(嚴)하게 훈계(訓戒)하니 이 때 유인(孺人)은 겨우 삼십세(三十歲)의 청춘과수(靑春寡守)였다. 유인(孺人)은 한평생 호의호식(好衣好食)을 아니 하고 얼굴에는 지분(脂粉)을 더하지 아니하고 머리는 항상 흐트러뜨려 빗지 아니 하였으니 스스로 자기(自己)의 마음을 굳게 지키고 자질육성(子姪育成)에만 힘을 쓰자는 일편단심(一片丹心)이었다. 한국(韓國)의 비극(悲劇) 6·25사변(事變)이 터져 사랑하는 차자(次子) 익균(益均)이 북(北)으로 납치(拉致)되어 생별(生別)한 뒤 다시 한(恨)을 안고 병(病)을 얻어 4294년(年) 신축(辛丑) 4월(月) 23일(日) 한(恨) 많은 일생(一生)을 버려 영면(永眠)하니 향년(享年)이 육십칠 세(六十七歲)였다. 슬프다. 한석봉(韓石峯)의 모씨(母氏)나 신사임당(申師任堂)

의 유풍(遺風)을 우리는 현세(現世)에 다시 유인(孺人)에게 볼 수 있었던 것이
다. 효자(孝子) 광균(光均)이 고양군(高陽郡) 신도면(新道面) 지축리 와우산
(臥牛山) 계좌(癸坐)에 모친(母親)을 안장(安葬)하고 다시 유인(孺人)의 정정
(貞靜)한 숙덕(淑德)을 자손(子孫)에게 세세(世世)로 전(傳)하려 하여 묘전(墓
前)에 비석(碑石)을 세우니 효자(孝子) 광균(光均)은 한국(韓國) 일류(一流)의
현대시인(現代詩人)이다.

월탄(月灘) 박종화(朴鍾和) 선(譔)

안동(安東) 김충현(金忠顯) 서(書)

단기 4294년 신축 8월 15일 입(立)

그 해 가을 처음 추석을 맞이하여 산상에 오르니 만산에 홍엽이 지고
불어오는 서풍에 흩날리는 낙엽이 눈앞을 가려 보는 사람의 서러움을 자
아냈다.

어머님의 장례를 치르던 무렵부터 추석까지 어머님에 대한 시를 십여
편 썼다. 아침저녁으로 북받쳐 오르는 비애에 당황하여 주위에 있는 메모
종이, 벽지, 봉투 등 닥치는 대로 초(草)를 하여 언젠가는 추고를 할 생각으
로 그 때 그 때 책상 서랍에 넣어 두었다.

그리고 나서 십여 년이 흐른 후, 1977년 『와사등』을 재판하고 이상에
말한 시편을 완결하고, 1930년대부터 쓴 수필, 잡문을 합쳐 산문집을 상
재할 마음을 먹었다.

스크랩을 뒤져 우선 산문 쪽을 조판에 넘기고 상중(喪中)의 시고(詩稿)를
찾았더니 보이지를 않았다. 대단히 놀라고 또 막막하여 집안사람들 심지
어 시골 아주머니까지 나서서 샅샅이 뒤졌으나 허사(虛事)였다.

책명까지 『와우산』이라 정하고 크리스마스까지는 출판하려던 것이 일이 이렇게 되자 나는 허탈에 빠지고 만사가 귀찮은 생각이 들어 조판도 중지시키고 8년 동안 내버려 둔 셈이다.

　이것이 『와우산』이 세상에 나온 경위(經緯)인데 지금 들여다보니 구고(舊稿)는 치졸하고 나머지는 청탁(請託)에 따라 끄적거린 잡문이라 도대체 이런 책자는 왜 내는가 하는 자괴(自愧)가 뒤따른다.

1985년 6월

이육사 유고시집

『육사시집』 서序[83]

『육사시집』, 서울출판사, 1946.10.20

　육사(陸史)가 북경 옥사(北京 獄舍)에서 영면(永眠)한 지 벌써 2년이 가까워온다. 그가 세상에 남기고 간 스무여 편의 시를 모아 한 권의 책을 만들었다.

　시의 교졸(巧拙)을 이야기함은 평가(評家)의 일이나 한평생을 걸려 쓴 시로는 의외로 수효가 적음은 고인(故人)의 생활이 신산(辛酸)하였음을 이야기하고도 남는다.

　작품이 애절(哀切)함도 그 까닭이다.

　서울 하숙방에서 이역야등(異域夜燈) 아래 이 시를 쓰면서 그가 모색(摸索)한 것은 무엇이었을까. 실생활의 고독(孤獨)에서 우러나온 것은 항시 무형(無形)한 동경(憧憬)이었다. 그는 한평생 꿈을 추구한 사람이다. 시가 세상에 묻지 않는 것은 당연한 일이다. 다만 안타까이 공중에 그린 무형한 꿈이 형태(形態)와 의상(衣裳)을 갖추기엔 고인의 목숨이 너무 짧았다.

　유작으로 발표된 「광야(曠野)」, 「꽃」에서 사람과 작품이 원숙해가는 도중에 요절한 것이 한층 더 애달픔은 이 까닭이다.

　육신은 없어지고 그의 생애를 조각(彫刻)한 비애(悲哀)가 맺은 몇 편의 시가 우리의 수중에 남아 있을 뿐이나 한 사람의 시인이 살고 간 흔적을 찾기엔 이로써 족할 것이다. 살아있는 우리는 고인의 사인(死因)까지도 자세히 모르나 육사는 저 세상에서도 분명 미진(未盡)한 꿈으로 시를 쓰고 있을 것이다. 그러나 유명(幽明)의 안개에 가려 우리가 그것을 듣지 못할 뿐이다.

83　신석초 외 3인의 공동명의로 되어있으나 김광균은 수필 「가을에 생각나는 사람」(『경향신문』, 1985.10.2)에서 자신이 서문을 작성했음을 밝혔다.

1946.8.21.

신석초(申石艸), 김광균(金光均), 오장환(吳章煥), 이용악(李庸岳)

김철수 시집

『추풍령』 발문跋文

『추풍령』, 산호장, 1949.1.15, 104~106면

김철수 씨의 서정(抒情)이 자리 잡은 곳은 아마도 구월산성(九月山城)의 황량(荒凉)한 모색(暮色) 속인 것 같다.

거칠을 대로 거칠은 소조(蕭條)[84]한 풍경(風景)과 가난한 이웃 속에서 그는 오랫동안 고독한 사람이었다.

육체에 젖은 정일(靜溢)[85]을 에워싸고 즐겨 부른 노래의 한 가닥은 반드시 인생의 적요(寂蓼)[86]에 닿아 있다.

그의 시에 떠도는 진한 감상(感傷)은 타고난 체질일 것이고, 그의 노래가 항시 호소의 형식을 띠는 것은 그가 가진 한 가닥 서정의 피리밖에 그의 생활이 의거(依居)할 곳이 없었던 까닭인 듯싶다.

그가 몸에 지닌 '거울' 속엔 조석으로 비가 나리고 바람이 불었을 것이다.

시의 색조(色調)와 입김이 찬 것은 어쩔 수 없다. 그의 절창 「산(山)제비」가 이것을 말하고 있다.

시와 생활을 이끌고 산제비가 도시에서 날아온 것은 만근(挽近)[87]의 일이다. 그래서 그의 노래는 아직 도시에 익숙지 않다. 8·15 후의 도시는 그에게 희망 대신에 상처를 주었을 뿐이다. 그러므로 그의 입에서 향수(鄉愁)의 노래가 흘러나온 것은 응당하고, 산제비의 옛 보금자리를 그리는 심

84　(분위기가) 매우 호젓하고 쓸쓸함.
85　김광균의 글에서 가끔 보이는 어휘로, '고요함이 넘쳐남'의 의미로 볼 수 있다. '정밀(靜謐)'이나 '정일(靜逸)'과 가까운 의미로 쓰인 것으로 보인다.
86　고요하고 쓸쓸함.
87　요즈음, 최근. 원래는 '만근(輓近)'임.

정은 백만 사람의 심정과 공통될 수 있을 것이다.

그가 망향(望鄕)한 바는 실상 산제비도 아니요, 추풍령도 아니요, 자기 생활의 안정인 까닭이다.

그의 시는 분명히 다음 행정(行程)을 찾을 '다리'까지 와 닿아 있다. 누구나 한번은 지나야 할 위기의 문이나 이것은 한편 한 사람의 인간이 생장해가는 순서일 것이다. 출발의 신호냐 퇴각의 애조(哀調)이냐는 그 스스로의 탐색과 노력에 달린 일이다. 여러 가지 뜻으로 김철수 씨의 첫 시집 『추풍령』은 그의 정신세계에선 남모를 고민의 산물일 것이다.

산제비는 다음 하늘을 향하여 날개를 다듬고 있다. 그가 풍유(豊裕)한 생활의 노래와 아름다운 풍경을 한 아름 안고 돌아올 때까지 그의 보금자리를 지켜주는 것은 우리들 동료의 직책(職責)이다.

산(山)제비야!

어떠한 풍랑과 바람 속에서도 너는 네 노래를 잊지 마라!

1948년 초량(初凉)

김광균

『장서언 시집張瑞彦詩集』 발문跋文

『장서언 시집』, 신구문화사, 1959.12.10, 124~125면

서언(瑞彦)은 이 시집 한 권을 위하여 이십여 년을 살아 왔다.

생활 속에서 시를 쓰는지, 시 속에서 생활을 영위하는지 분별할 수 없는 오랜 세월에 그가 모색(摸索)한 정신의 결정(結晶)이 그의 시 속에 이루어졌느냐 아니냐를 따지는 것은 작품을 읽는 평가(評家)나 독자의 할 일이나 나는 차라리 서언이 지나온 시의 산하(山河)와 앞으로 그의 인생에 남아 있는 시인의 고난에 생각을 돌리고 싶다.

서언의 시의 나무에 황혼이 깃들기 시작한 것은 언제부터였을까? 23·4년의 그를 아는 나의 탄식은 까닭이 있다.

우리 시에 음악(音樂)을 집어넣은 최초의 사람으로 기억되는 서언은 「고화병(古花瓶)」을 비롯한 행복한 무-드로 상징주의의 쓰레기가 흩어진 시단에 광망(光芒)[88]을 띠고 있었다.

그는 그 당시 우리 시의 하늘에 빛나던 몇 개의 성조(星條)[89] 중에 하나였다.

그 후 몇 해의 침묵 속에 서언의 시는 생활의 허탈 속에 매몰된 듯이 발자취를 감추었다.

얼마 후에 오랜 잠에서 깬 듯이 서언이 작품을 다시 쓰기 시작하였다. 인생을 체념한 듯이 그의 노래는 맑아지고 스스로의 체온으로 에워싼 시를 통하여 그의 남은 반생을 아무 저항 없이 고요히 응시하고 있는 것이다.

---

[88] 김광균이 자주 사용하는 어휘로, 김광균은 '아득할 망(茫)'을 사용하였으나 '빛 망(芒)'이 옳다. '비치는 빛살, 광선, 빛 또는 빛살의 끝'이라는 의미를 갖고 있다.

[89] '별의 가지(枝)'라는 의미로 풀이되는데, '별자리(星座)'와 크게 다르지 않은 것으로 보인다.

색채는 시들고, 음악은 입을 다문 대신 그의 시엔 무엇인가 움직일 수 없는 형해(形骸)가 비롯한 것 같다.

서언의 인생이 끝나는 곳을 모르듯이 그의 예술의 종점이 어디인지를 나는 모른다.

봄 가을이 바뀌는 동안 그의 시는 변모할지 모르나, 이미 그는 시를 떠나 살 수 없고 또 갈 곳도 없는 듯이 소인(疎忍)[90]한 예술의 성벽(城壁)이 그를 에워싸고 있는 것이다.

다만 눈에 띈 것은 시를 의지하고 살아가는 한 사람의 정막(靜莫)[91]한 자태뿐이다.

---

90 '데면데면하게 참아냄'의 의미인 듯.
91 '고요하고 조용한'의 의미인 듯.

조가 弔歌

(1)

『조선중앙일보』, 1935.5.6

안개가 자욱이 끼인 잔교(棧橋)를 배가 떠나기 시작하자 나는 선실로 내려가는 어두운 '브릿지'를 향하였다.

갑판에서 바라다보이는 바다에는 희미한 저녁안개가 덮이기 시작하고 잠들기 시작한 해안을 흘러가는 어선 서넛이 멀리 보였다.

저녁조수가 밀려들기 시작한 포구엔 정박하고 있는 기선의 등불이 안개에 어려 희미하고 점점 멀어져 가는 시가(市街) 쪽에 반짝이는 전등불 위엔 저녁별이 하나 둘 보이기 시작하였다.

발동선의 좁은 선실엔 새로 칠한 페인트벽 위에 작은 램프 하나가 걸려 있고 구석에 놓인 책상 위에 놓인 고풍(古風)의 시계는 오후 여덟시 가까이를 가리키고 있었다. 창 가까이 의자를 내어놓고 앉아 나는 어두워오는 바깥을 내어다보며 구암리(九岩里) 강변까지 시간이 얼마나 걸릴 것을 생각하고 있었다.

바람이 올 적마다 물결이 선복(船腹)에 부딪히고 배는 그럴 적마다 몸서리치듯이 가늘게 떨었다.

쌍자암(雙子岩) 근방을 배가 지나가는지 4, 50호(戶) 되는 강변촌의 주막 등불이 눈앞을 스쳐가고 저녁바람에 흔들리는 갈대밭이 보였다. 창을 새어 들어오는 바람에 싸늘한 것을 느끼고 나는 유리창을 닫고 강물 위로 시선을 돌렸다.

바람이 지나간 뒤의 강물은 고요한 호수같이 잔잔하였다.

어두워가는 물결을 들여다보는 마음엔 아득—한 강물 위를 내려 덮은 저녁안개가 명희(明姬)의 그 짧은 반생(半生)을 덮은 공백한 막(幕)같이 생각되어 내 마음은 또다시 어두운 추상(追想) 속에 잠기어가는 것을 느꼈다.

하나밖에 없는 누이동생의 불의의 죽음의 뒷일로 피로한 이 이틀 동안에 내가 느낀 것은 나로서도 일찍이 생각지도 못한 가버린 육친에 대한 고독한 추억이 가져오는 애절한 '그리움'이었다.

'누이동생'의 죽음이 섧다는 감정에 앞서 나이 아래인 동생으로만 생각하고 성숙해가는 여자로서의 성격과 그 이지(理智)의 변해가는 점에 오빠로의 주의가 부족하였던 자책에 새삼스러이 망연해지는 심사에 초조할 뿐이었다.

흥분했던 머리가 점점 가라앉는 것을 느끼고 벽에 기대어 앉은 나는 기다리고 있었던 듯이 떠오르는 추억에 고요히 눈을 감았다.

×   ×   ×

내가 열 세 살 되던 해의 봄인 듯이 기억된다.

아버님의 죽음과 함께 찾아온 음산한 겨울날이 간 뒤에 고독한 두 남매의 상복(喪服)을 찾아온 봄날은 유달리 외로웠다.

학교에서 돌아오는 길로 어머니에게 심부름 맡은 외갓집을 다녀 동리를 들어섰을 때는 벌써 날이 어둑어둑 저물고 동리의 초가지붕은 저녁연기에 잠기어 보이지도 않았다.

문안을 들어서면서 나는 "어머니" 소리를 질러 불렀다.

그러나 집안은 고요하고 뜰 너머 바라다 보이는 안방엔 불도 안 켜져 있었다. 나는 다시 "어머니" 하고 불러 보았다.

여전히 대답은 없고 뒤뜰에선 백양나무 위에 저녁까치가 우는 소리만 들렸다.

나는 울듯이 외로운 것을 느끼고 안방 툇마루를 올라서다 문득 부엌 어구에 서있는 명희를 보고 달려갔다.

명희는 대답이 없었다. 고개 숙인 그의 두 눈은 눈물에 어려 있었다.

"명희야 어머니는 어디를" 하고 묻는 내 목소리는 까닭 없이 울음 섞였다.

"오빠."

하고 명희가 내 가슴에 매달리자 우리들은 목을 놓아 울기 시작하였다.

어머니가 어디 나간 사이에 명희는 집을 보고 있었던 모양이었다. 어렸을 때부터 외로운 공기 속에 자라난 명희는 남달리 수줍었고 남달리 민감하였다.

동무도 별로 없었거니와 밖에 나가기를 싫어하고 늘 집일에 이것저것을 거들어준다고 어머니가 가끔 칭찬을 하시던 일을 기억하고 있다.

누가 무슨 말을 물으면 그 커ー단 눈동자를 다정히 굴리며 입가에는 웃음이 떠나지 않았다.

(2)

『조선중앙일보』, 1935.5.7

언젠가는 보통학교에 다닐 때 나는 여름에 우연히 눕기 시작하여 두어 달 동안 열병으로 몹시 앓았다.

두 달 가까이 돼도 나의 병은 그대로 낫지 않고 더해갔다. 그러던 중 어느 날 밤 소낙비가 지나가서인지 선선한 바람이 스치어 나는 잠을 문득 깨었었다. 시계는 새로 한 시를 가리키고 하ー얀 박꽃이 핀 담 너머 늦게 뜬 초생달이 걸려있는 것이 보였다.

어머님도 고단하셔서 잠이 깊이 드신 모양이고 고요한 뜰아래 지나가는 바람소리만 가끔 들렸다. 나는 다시 잠이 들려고 돌아눕다가 어쩐지 등 뒤가 답답하여 힐끗 뒤를 돌아다보았다. 그랬더니 거기엔 명희가 근심스러운 얼굴을 하고 쪼그리고 앉아 나를 내려다보고 있었다. 손에는 부채가 쥐어 있었다. "왜 잠을 안 자니" 나는 힘없는 소리로 물으며 가슴이 메이는 것을 느꼈다.

"오빠 지금은 좀 정신이 나우."

명희는 고요히 내 손목을 잡았다. 가늘게 떨리는 여윈 손을 내밀어 명희의 손목을 힘들여 잡자 내 두 눈에선 눈물이 흘러 내렸다.

보통 정다운 '남매'라는 의미 이상으로 내가 명희에게 느끼는 애정 이상으로 명희는 따랐다.

어렸을 때 먹을 것이 생겨도 명희는 내가 없을 동안엔 그것에 손을 대지 않았다. 내가 밖에 나갔다 집에 돌아오는 것이 늦어도 명희는 혼자서 밥상을 받는 일이 없었다.

명희의 복습을 보아주고 우리들이 잠드는 것은 대개 열 시가 넘었으나 자다가도 목이 마르다면 집 뒤에 있는 우물로 물을 뜨러 일어나면서도 싫은 얼굴을 하는 것을 못 보았다.

우리는 내가 중학에 들기 위하야 열여덟 되는 해 봄에 K항(港) 가까이 이사했다. 명희가 다리를 앓기 시작한 것은 그해 가을이었다. 발끝이 쑤신다고 며칠 동안 절고 다니는 것을 무심히 알고 고약을 붙여둔 것이 병의 시작이었다. 20일 가까이 되어도 여전하므로 그때야 병원으로 쫓아갔다. 병명은 관절염의 일종이었다.

한 달 반이나 나는 하학하고 돌아와서 명희를 데리고 병원에 다니는 것으로 일과를 삼았다. 혼자 다녀도 못 다닐 것은 아니었으나 나와 함께 아니면 혼자 나다니기를 싫어하고 낯모르는 젊은 의사 앞에 흰 다리를 내놓기를 꺼려하므로 나는 빠지는 날이 없이 애써 병원엔 데리고 다녔다.

그러나 좀처럼 병은 나아가지를 않았다. 얼마를 다닌 후에 의사는 수술을 아니하면 위험하다 하였다. 수술은 그 뒤 사흘 되는 날 아침에 하였다. 나는 고통에 못 이겨 허락은 하고도 두려워 명희를 달래어 수술대 위에 누이고 명희의 손목을 잡고 있었다.

수술대 위에 놓여진 명희의 하－얀 왼쪽 다리를 희미한 소리를 내고 '메스'가 지나갈 때마다 명희는 가늘게 몸을 떨고 내 손목에 힘을 주었다. 눈물이 글썽글썽한 명희를 내려다보고 서서 나는 날카로운 그 '수술도'가 내 가슴을 스치는 것 같이 애처로운 것을 느꼈다.

수술은 한 30분에 끝났다. 나흘 만에 퇴원하여 인력거로 며칠 다녔으나 병은 아물 동안까지 석 달이나 걸렸다.

의사의 말대로 조심해 보아야나 알 만큼 명희는 왼편 다리를 약간 절었다. 집안사람은 아무도 이것을 입 밖에 내지 않았으나 나는 가끔 명희의 저는 다리를 생각하고 가엾은 것을 느꼈다.

더욱이 그 상처가 눈에 잘 띌까 말까 하는 가벼운 정도일수록 나는 이 적은 변동이 마음에 걸리기 시작하였으나 날짜가 갈수록 자연히 이것을 잊기 시작하였다. 지금 생각해 보면 이 수술이 명희의 성격을 확실히 어두운 일면을 가지기 시작하였다.

×   ×   ×

갑자기 뱃머리에서 수면에 놀던 물새들이 소리를 지르고 날아가는 소리에 나는 문득 고개를 창밖을 내다보았다. 자욱하던 안개가 훤－한 곳에 달이 뜨기 시작한 모양이었다.

(3)

『조선중앙일보』, 1935.5.10

배는 얼마나 올라왔는지 해변은 캄캄하고 이따금 생각난 듯이 등불 서넛이 바람에 불리고 있다.

고요한 배 안엔 '엔진'소리가 들릴 뿐이고 선실 바깥은 누가 지나가는지 조심스러운 구두 소리가 '도어' 앞을 스쳐갔다.

지난 달 휴가에 집은 다니러 내려왔을 때 명희의 안색이 몹시 여윈 것이 눈에 띄어 나는 속으로 놀랐다. 스물이 가까운 누이동생의 육체에는 나를 놀라게 할 만큼 벌써 성숙한 여자가 들어앉았다.

나는 학교를 나오던 해로 즉시 상경하여 외숙이 관계하는 회사에 일을 보게 되었으므로 집에는 1년에 서너 번밖에 다녀갈 틈이 없었다.

명희에 대한 나의 애정이 변한 것은 아니었으나 늘 집을 떠나 있게 되므로 자연히 모-든 것을 어머니에게 맡기고 명희에 대한 나의 관심을 엷어져 갔다.

나는 굳이 반대하였으나 명희 자신이 무엇을 느끼었는지 G여고를 2학년 되는 가을에 나와 집에서 이것저것 독서만을 하고 있었다. 어머니는 학교를 그리 좋아 않는 터이므로 이것을 다행히 여기었고 나도 명희의 성격엔 도리어 이것이 낫지 않을까 하고 다시는 학교 말을 하지도 않았으나 명희는 학교성적만은 늘 수석(首席)자리를 돌고 있었으므로 나는 그 후도 그 자퇴한 것을 애석히 생각해 왔다.

나는 나의 '루-즈'한 성격이 명희의 독서경향 같은 것을 감독하지 않았으나 그의 독서에는 늘 세밀한 주의를 하고 있었다. 이것은 책을 대부분 내가 사 보낸 관계로 그리 어려운 일은 아니었으나 '문예'류에서 사회과학의 범위까지 명희의 독서는 발전하고 있었다.

때때로 나는 명희와 같은 환경에서 그가 이런 곳에 취미 붙인 것이 어색하게 생각되었으나 명희의 독서에 한편 가벼운 '자만'을 가지고 있었으므로 이 점에 대하여 이상한 해석을 하고 싶지는 않았다. 더욱이 명희는 자기가 읽고 있는 내용이나, 자기가 독서하고 있는 것을 자랑하는 듯한 말을 입 밖에 하지 않았다.

명희의 남달리 날카로운 이지(理智)와 감정을 과신한 이유는 확실히 이 독서에도 있었다. 독서하는 것을 빼놓고 명희는 집에서 별다른 점이 없는 처녀였다. 옷 모양도 비교적 질소(質素)하고 거리에도 볼 일 없을 때는 별로 안 나갔다.

명희만한 나이에 더욱이 명희와 같이 용모에 있어 남에게 지지 않는 계집애에서 흔히 보는 허영을 따르는 행동이나 쌀쌀한 곳이 없어 나에게 가끔 나의 생각 이상으로 명희가 자신의 여러 점을 날카롭게 감시하고 있는 것을 느끼게 할 뿐이었다. 그리고 때때로 옛날 그대로 응석을 부리는 명희의 두 뺨을 흘러내리는 고요한 선을 바라다보는 내 마음은 깨어지기 쉬운 화려한 유리그릇을 바라다보는 듯한 황홀조차 느끼었다.

이번 휴가에 본 명희의 우울한 표정과 때때로 무엇에 싫증난 듯한 공백한 시선을 보고 나는 마음속으로 갑자기 당황한 것을 느끼기 시작하였다. 그것은 정월에 나의 기숙(寄宿)에서 하루는 윤(尹)군에게 들은 말이 있었던 까닭이었다.

윤군의 이야기는 간단하여 자세한 것을 물을 수 없고, 더욱이 자기 동생의 일을 남에게 캐서 묻는다는 것도 우스워서 듣고만 있었으나 지금 5월 사건으로 형무소에 있는 함건(咸建) 군이 아직 K항에 있었을 때 외숙의 아들과의 친분관계로 몇 번 집에 다녀간 것이 시작으로 함군과 명희와의 왕래가 남의 눈에 이상할 만치 잦았다는 것이었다.

(4)

『조선중앙일보』, 1935.5.11

나는 처음 듣는 이야기고 윤군의 과장적인 성격으로 미루어 유의치 않으려 하였으나 함(咸)의 격정적이면서도 여성적인 성격과 그의 연치가 어리면서도 풍부한 독서로 이론에 있어 그를 따르는 이가 없다는 점에 늘 경의를 가져왔고 그 사색하는 듯한 정돈된 얼굴이 명희의 관심을 살 듯한 점이 많았고, 그 증거로는 출처를 알 수 없는 명희의 사회과학 서적이었다.

나는 윤군의 이야기가 전부 사실이라 해도 별로 나쁜 기분을 느끼지 않으리만큼 이야기는 자연스러운 곳이 있었다.

나는 이것을 생각해내고도 명희의 지금 어두운 태도가 작년 초겨울이었으므로 지금 새삼스러이 그 일로 번민한다고는 생각하기 어려웠다. 나는 어머님에게 명희가 어디 불편한 곳이 있느냐고 사뢰 보았으나 어머님은 별로 괴로운 곳은 없는데 밥도 그 전같이 못 먹어 걱정되므로 늘 물어도 대답이 없다는 것이었다. 그러나 생각하던 것보다 빨리 그 이유는 알려졌다.

상경하기 전날 밤에 외출하려는 나를 어머니가 붙들었다.

"너도 내일은 올라 갈 테니까 아주 얘기한다만 작년 봄에 이야기가 되다만 박씨네 둘째와 지난달부터 또 말이 있는데, 네 말만 듣고 이번엔 아주 작정해야겠다."

박씨의 집 둘째 아들은 학교를 나와 지금 그 부친의 상점 일을 보고 있는 수재(秀才) 소리를 듣는 이었다. 작년에 이야기가 났을 때 나는 그가 학교시대에 여자관계로 말이 많았고 어딘가 경박한 그 성격이 마음에 맞지 않아 명희의 나이 어린 것을 핑계로 반대해 왔었다.

그러나 명희의 상대자 문제보다 명희의 결혼문제를 투철히 생각해본 일이 없는 나는 졸지에 대답이 안 나왔다.

"글쎄요."

나는 어색한 대답을 하였다. 명희는 구석에서 편물을 만지고 있었다. 더욱 상대자가 무관하더라도 함군과의 관계를 자세히 알기 전에 나로서는 이 일에 대하여 무엇이라고 대답할 말이 없다.

"아무러튼 오늘 내일 되는 일 아니니 좀 더 생각해 봐야겠습니다."

"생각할 일이 따로 있지 혼사일이란 늘이면 늘일수록 끝이 없단다."

어머님은 무엇을 결심하신 듯한 말이었다.

나는 명희와 함군과의 일을 윤군의 간단한 이야기에서보다 명희의 태도에서 내가 생각하고 있는 것보다 훨씬 더 오랜 깊은 관계가 있었는지를 생각해 보았으나, 설혹 어느 정도까지의 연애관계를 시인하고라도 이것을 비관할 이유는 하나도 없었다. 그러나 결혼문제에 대하여 거의 확정하신 듯한 말씀을 들을 때 우선 나의 가슴에 떠오르는 것은 이 '딜레마'에 빠져있는 명희의 번민을 무엇으로 구해 줄까였다.

그러나 지금 내가 불쑥 이 이야기를 꺼내 명희에게 더 한층 절박한 것을 느끼게 하는 것보다 좀 더 고요한 시간을 주어 생각해 보게 하는 것이 나을 듯해서 명희에게는 아무 말을 않고 어머니에게 한 달 안으로 더 한 번 내려와서 결정할 것을 약속하고 나는 약간 어두운 기분으로 이튿날 집을 떠났다.

"명희 행방불명 즉래."

어제 저녁때 회사에서 막 나오자 나는 이 전보를 받았다.

뜻하지 않은 전보에 놀란 나는 황망한 걸음으로 회사를 다녀 열 시에 떠나는 남행을 잡아탔다. 차에 올라 자리를 정하고 앉자 탄 차는 긴―기적을 남기고 흔들리기 시작하였다. 밤이 깊은 서울이 창밖에 사라지자 어두운 들가를 흘러가는 먼―등불을 내어다보던 나는 뒤를 이어 떠오르는 초조한 심사에 못 이기어 공연히 담배를 피웠다 껐다 하고 마음 둘 곳을 몰랐다.

"명희 행방불명" 이 짧은 전문에서 내가 처음 거의 절망적인 것을 느낀 것은 명희에 대한 나의 생각의 한계가 너무 좁은 까닭이 아닐까 하고 생각하고 나의 추측이 틀리지 않은 것을 입증하기 위하여 좀 더 자유로운 기분을 가지고 이번 일을 생각해 보았다.

명희의 좀 더 이지적이던 이 점 저 점이 머리에 떠올랐다. 함군과의 관계를 좀 더 이상하게 생각해봐도 명희의 침착한 성격이 지금 생각하고 있는 불행한 결과를 지을 것 같이는 생각되지 않았다. 더구나 명희 자신이 설혹 이것으로 고민에 빠져 있더라도 그가 그렇게 경솔한 해결의 길을 취했을 것 같이는 상상키 어려웠다.

나는 지난번 내려갔을 때 결혼 이야기에 대한 명희의 의사를 물어보기에 주저했던 것을 갑자기 후회하기 시작하였다. 지난번에 명희의 의사를 확실하게 알고 올라 왔더라면 나로서도 그 해결에 바삐 서둘렀을 것이고 지금 이런 전보를 받았어도 이렇게 조급한 생각을 먹지 않을 것 같이 생각되었다.

(5)

『조선중앙일보』, 1935.5.12

그러나 이렇게 명희가 아직 살아 있다는 것을 가정해 보려고 생각하여 요전에 본 명희의 어딘가 절망적인 어두운 표정이 떠올라 눈앞에 검은 막을 내려치는 것을 어쩔 수 없다. 명희 자신이 이야기가 돼가는 혼담이 의사에 없고 좀 더 자신의 신상이나 함군과의 관계를 결정할 생각이 있었다면 오빠인 나에게 말 한마디가 없었을 리가 없다.

명희에게 육친인 어머니나 나에게도 이야기 못할 절박한 사정이 만약 있었다면 그때 명희의 태도는 확실히 모든 것에 절망을 느끼기 시작한 마지막 고민의 그림자를 나는 역력히 생각해 낼 수가 있었다.

더욱이 함군의 형기가 아직도 7년이 남은 것과 사소한 일까지 아들에게 걱정을 보이지 않는 어머님이 전보까지 치신 것을 생각하면 나의 이 추측은 거의 결정적인 것 같이 생각되어 나는 다시 몽롱한 안개에 싸인 것 같이 답답한 것을 느끼기 시작하였다. 차는 어디를 달리고 있는지 기적은 찢기는 소리를 내고 한참이나 우는 소리가 들렸다.

나는 점점 초조한 것에 쫓기어 흩어져가는 내 생각의 갈피를 못 찾고 고요히 눈을 감았다.

차라리 우둔할지언정 명희는 왜 좀 더 굳센 곳이 없었는가!

차라리 불행한 생애에 태어났을지언정 명희에게 왜 좀더 '번화한 환경'이 없었는가!

명희는 지나치게 자신에게 충실하였고 지나치게 고독한 주위 속에서 너무 예민한 감정에 얽매고 있던 것을 새삼스럽게 느끼기 시작하였다.

잠 한잠 못 잔 채로 새벽에 고막원(古幕院)에 내려 역까지 나온 외숙과 나는 잠잠히 역문을 나섰다. 외숙은 찌푸린 얼굴로 묵묵히 말이 없었다. 나는 외숙의 표정에서 가슴이 내려앉는 것을 느끼고 뒤를 따라 무거운 발길을 옮길 뿐이었다.

"나는 통— 어찌된 일인지 모르겠다만 일이 이렇게 된 바에야 별로 놀랄 것도 없다. 어제 새벽에 구암리(九岩里) 앞강에 빠진 모양인데 아직 너를 기다리노라고 나가보지 못했다. 시체도 못 찾은 모양이다."

나는 어지럽던 가슴이 순간 가라앉는 듯한 착각을 느꼈다. 그러나 복받쳐 오르는 그 막다른 길에 느끼는 외로운 설움에 눈앞은 캄캄해졌다.

"더구나 어머님 말씀엔 얼마 전부터 잉태 중이었다는데 난 당자보다 어머님이 딱해 못 견디겠다."

이 소리를 들으며 고개를 숙이고 걷고 있는 내 머리 위에선 낙엽을 날리고 지나가는 바람 소리가 들렸다.

허물어진 명희의 짧은 반생을 싣고 가는 듯한 외로운 바람소리에 나는 더 한층 복받쳐 오르는 틈에 몸부림치고 싶었다.

×   ×   ×

시간이 얼마나 지났는지 ……

복도를 걸어오는 구두소리가 문 앞에 와서 그치고 문이 열리는 소리에 나는 고개를 돌렸다.

외숙이 창백한 얼굴을 하고 들어왔다.

"바람은 거진 다 갔구먼 안개가 아직도 심한데"

창을 새어 들어오는 희미한 달빛을 등지고 외숙은 내 앞에 앉았다.

"안개야 차차 개겠지만 배가 이리 늦으면 구암리 가기 전에 조수가 빠질까가 염려되는데요."

한참 있다 나는 겨우 입을 열었다.

"선장 말이 그건 염려 없다더라. 아직도 열 시가 되려면 30분 실히 남았는데 그러고저러고 기왕 된 일에 상심할 것 없다."

(6)

『조선중앙일보』, 1935.5.14

"글쎄요."

하고 시계를 꺼내보는 외숙에게 힘없는 대답을 하는 나의 머리엔 조급히 한 장의 지도가 떠올랐다.

석양에 K항을 치밀어 올라가는 조수가 밤 열한 시면 구암리 앞 강변이 만조가 된다. 그리고 조수는 다시 빠지기 시작하여 실로 한 시경이면 강변엔 물이 다 빠진다.

지금 포구에선 K강을 거슬러 올라가는 이 배가 새로 한 시면 구암리 앞 강변에 닿는다. 구암리 앞 강변에서 우리들은 조수가 빠진 후에 명희의 시체를 찾기로 하였다. 구암리 앞 강변에 바위의 굴곡이 많은 것과 보통 '소'라고 구암리 앞 강변에서 물결이 한참 돌고 내려가므로 강물에 떠내려가는 물건이 때로는 그 '소' 속에 잠기는 것을 주장하고 명희의 신발을 발견했다는 자리가 그 '소'에서 한두 마장 위라고 외숙은 오늘 낮에 급히 어선조합 배를 빌렸다.

우리들의 상식으로는 벌써 흘러갔으리라고 생각되건만 지금이 한 줄기 희망에나마 명희를 위한 나의 마지막 책임을 다할 수밖에 없었다.

무엇을 그리 생각하고 있어 하는 소리에 나는 숙였든 고개를 들고 외숙을 쳐다보았다.

"오래간만에 배를 타선지 몸이 몹시 취하는데."

외숙은 쓸쓸한 웃음을 짓고 창밖으로 고개를 돌리었다. 나의 주위를 쫓아다니며 애써 나의 침울한 기분을 돌려주려고 애쓰는 외숙의 웃음소리에서도 나는 어두운 것을 느낄 뿐이다.

"저─기 보이는 등불이 구암리인 모양이군."

외숙의 응얼거리는 소리에 나는 창밖을 내다보았다.

안개가 자욱한 강물 위로 멀─리 하나 둘씩 흩어져 있는 구암리의 희미한 등불!

저 곳이 하나밖에 없는 누이동생의 고독한 죽음길이던가?

나는 두 눈이 뜨거워지는 것을 느끼고 벽을 기대고 눈을 감았다.

×   ×   ×

열두 시가 넘어 우리들의 탄 배는 안개가 아직 덜 개인 구암리 앞 강변에 닻을 내렸다. 좁은 갑판 끝에 외숙이 혼자 앉아 피우는 담뱃불만 깜박거리고 있었다.

조금 있더니 외숙은 뱃머리로 나가 선부(船夫)를 시켜 '쪽배'를 내리는지 굵은 밧줄이 내리는 소리가 들렸다.

전지(電池)불이 분주히 갑판을 오고 가고 웅성거리는 소리가 한창 들리더니 외숙이 소리를 높여

"춘식이 게 있나."

하고 소리를 지르는 모양이었다.

갈대밭 쪽에서

"예."

하는 소리가 들리고 얼마 있다 어두운 강물 위로 석유 등불을 단 배 한 쌍이 고요히 흘러나왔다.

배가 가까이 오자 외숙은 그 배에 올라탔다.

그리고 뱃머리에 서 있던 선부와 무슨 의론을 하는 모양이었다.

"글쎄요, 글쎄요"

하는 대답소리가 나더니 얼마 있다 배는 닻을 저어 중류로 나가고 또 한 척의 배도 그 뒤를 따라 나갔다.

강 중류에 배를 띄우고 강 저 편과 이쪽서 세척의 배로 물결이 험하여 뱃길이 와 닿는 곳을 훑어보겠다는 외숙의 말을 생각하고 나는 강물 위를 멀―리 이리저리 흔들리는 등불을 바라보고 있었다.

어두운 물결 위로 스러질 듯이 적막한 물소리를 내고 흔들리는 배의 희미한 그림자를 쫓는 내 마음은 맥이 이 자리에 와선 날카로워지는 초조에 떨기 시작하였다.

갈대밭을 흔들고 지나가는 바람소리가 들렸다.

기관실 아래 걸터앉아 고요히 움직이는 수면을 바라보던 나는 고개를 돌려 구암리 쪽을 바라보았다. 동리에서 강변으로 나온 길이 그친 곳에 갈대밭 너머로 우뚝한 바위 하나가 솟아있는 것이 보였다. 분명히 땅 위에 남겨놓은 명희의 마지막 발자취가 찍혀있을 바위였다. 명희의 고요한 발자취 소리가 들리는 것 같고 내 눈에는 밤바람에 나부끼는 치마폭을 잡고 바위 위에 앉아 울고 있는 명희의 해쓱한 얼굴이 보이는 것만 같았다.

밤은 그때 얼마나 깊었었는지!

명희는 예까지 와서 응당 그리운 회억에 가슴이 메여 K항 쪽을 바라다보고 울었겠지. 남기고 가는 외로운 어머니와 하나의 오빠도 생각났을 것이고 잡혀간 함군에게 마지막 고별을 마음속으로 외였겠지!

지금 하―얀 서리가 나려 쌓인 들길 위로 멀―리 하나 둘씩 꺼져가는 등불이 명희의 눈에도 보였다면 명희는 더 한층 몸부림치고 싶은 것을 느끼고 흐득여 울었을 것이다.

명희는 이렇게 황급한 반생을 울고 가야 할 운명에 놓여 있었던가! 좀 더 굳센 생활의 길도 있었을 것을? 희망을 잃은 어두운 현실에 절망을 느끼기 전에 명희에겐 좀 더 새로운 도덕과 새로운 감정의 세계가 있었을 것을!

물결을 넘어 공백한 시선을 던지고 있던 나는 이 넓은 강물을 갈기갈기 찢고라도 명희를 찾아내어 그의 싸늘한 가슴을 안고 목 놓아 울고 싶은 것을 새삼스러이 느꼈다.

갑자기 고요해진 강물소리를 듣고 있던 내 마음엔 이때 우뚝 아련―히 떠오르는 기억이 머리를 스쳐갔다.

아직 보교(普校)에 다니던 어렸을 때 일이었다.

무슨 일이던가 어머님에게 가벼운 꾸중을 듣고 살며시 집을 나간 명희가 석양이 되도록 돌아오지 않아 나는 그를 찾으려 어머님 몰래 집을 나섰다.

저녁 밥상을 같이 할 동생이 없는 황혼이 나에게 쓸쓸했던 까닭이었다. 동네 집으로 뒤지고 뒷마을 샅샅이 뒤져도 명희는 없었다. 학교운동장을 뒤지고 한 오 리(五里) 가까이 되는 외숙 집까지 갔었으나 거기도 명희는 없었다.

피곤한 다리를 이끌고 돌아올 때 나는 찾을 수 없는 명희가 얄밉기 전에 그 작은 그림자를 어디가 찾을까 하고 저물어오는 저녁 하늘을 안타까이 쳐다보았다.

들길에는 장에서 돌아오는 소달구지가 방울소리를 내고 옆을 지나갔다. 내 발길은 우연히 강변으로 나갔다.

(7)

『조선중앙일보』, 1935.5.일자 미상

모래사장에는 벌써 저녁 안개가 어둡기 시작하고 긴─ 강물 위를 흘러가는 별 그림자가 바라보였다. 그리고 그 모래사장 앞에서 고개를 숙이고 물결을 들여다보고 있는 명희의 초록색 저고리가 보였다.

"명희야."

달음질쳐 내려가며 명희를 부르는 내 목소리는 가늘게 떨렸다.

"배고프지 않으냐, 집에 가자."

헐떡거리는 숨을 걷고 나는 명희의 옆에 가 앉았다.

울 듯한 눈으로 나를 쳐다보더니 고개를 숙이고 흐득이기 시작한 명희의 두 손엔 어디서 꺾어 가지고 왔는지 하─얀 들국화의 꽃잎이 저녁 바람에 한들거리고 있었다.

×   ×   ×

내 눈엔 울 때면 유난히 더 커지는 명희의 맑은 두 눈이 보였다. 눈 앞에 떠오르는 그 기억이 새로울수록 내 마음에는 명희가 죽었다는 사실이 절실히 느껴지지 않았다. 나직이 소리 내어 부르면 대답도 없이 어디선가 강물 위로 고요히 건너올 것만 같았다.

나는 이 고독한 주위에서 느껴지는 명희의 반생(半生)의 황급한 발자취 소리를 듣는 듯하였다.

왜 나는 명희의 생전에 좀 더 고요한 시간을 틈타 그의 생활에 길을 의논하고 좀 더 굳세인 정서를 부어주지 못했던가. 오랫동안 자기 자신의 감정을 학대해 가며 명희가 지켜온 도덕의 길이 덧없었던 것을 생각할수록 나는 이 가슴을 눌러오는 생각이 견디기 어려웠다.

"야─."

가까운 등 뒤에서 물소리가 나고 외숙이 날 부르는 소리가 들렸다. 나는 자리를 일어나 떨리는 발길로 뱃머리로 나갔다.

"암만해도 어려울 것 같다. 소를 빼놓고 흘러갔을 듯한 곳은 다 찾아봤다만 시간이 원체 늦어서."

대답이 없어 나는 멀거니 서서 말을 마치고 시선을 돌리는 외숙의 얼굴에 떠오른 어두운 표정을 건너다보다 눈을 돌려 강물을 치어다보았다. 몸부림치는 듯이 뱃전을 스쳐가는 어두운 물소리! 들여다볼수록 강물은 어둡고 물살은 가는 파도로 짓고 나의 시야에 보—얗게 잠기었다.

"지금 웃 강물을 뒤지러 사람이 올라갔는데 가기는 갔지만 별도리가 없을 것 같다. 힘써 볼 때까지 써보고 안 되는 일이야 단념할 수밖에 없지."

외숙은 나직한 목소리로 말을 마치고 담배를 한 대 피어 물었다.

"힘대로 안 되는 일이니 하는 수 없지요."

겨우 나는 이 말 한마디를 대답하고 잠잠히 서 있었다.

"이번엔 마지막으로 소 속과 그 근방에 사람을 들여다 보낼 밖에 없는데 조수가 들어오기 전이라야 그도 될 모양이고."

생각다 못하여 외숙은 팔짱을 끼고 배 위를 거닐기 시작하였다. 20분이 채 못 되어서 상류를 저어 나려오는 배 그림자가 보였다.

"춘삼인가."

외숙이 조급한 소리로 그 쪽을 향해 소리 질렀다.

"네—."

대답 소리와 함께 물결을 가르고 배가 가까이 와 노를 쉬었다.

"마찬가지여요. 구석구석이 돌아보았는데, 어둡지가 않아 샅샅이 찾아보았지요."

느린 선부가 손을 털며 배 밑에서 올라왔다.

"망월리(望月里) 쪽도 가 보았는가."

"아문요 망월리로 해서 서포(西浦) 가는 물길 쪽으로도 가보았습니다."

"음."

하고 외숙은 무엇을 생각하는 모양이었다. 피로한 목소리로 힘없이 이야기하는 외숙과 선부를 번갈아 바라보던 나는 입을 다물고 말이 없이 서있을 뿐이었다.

(8)

『조선중앙일보』, 1935.5.18

"춘삼이."

외숙은 한참 있다 선부를 불렀다.

"낮에 이야기한 대로 인젠 별 수 없네. 자네 자식을 물속에 좀 들여보내야겠네. 허지만 밤이고 해서 물속은 몹시 추울걸."

"원 별 말씀을 다 하십니다. 그 애야 이 근방 물속은 대개 짐작하니깐 딴 사람보다 낫겠지요."

"그러고저러고 조수가 들기 전이래야 하니깐 빨리 좀 서둘러야겠네."

"네 그럼 그 애를 데리고 올라오지요."

선부는 다시 등불을 들고 허리를 꾸부리고 배 밑으로 내려갔다.

외숙과 나는 작은 배로 내려가 불이 있는 화롯가에 앉아서 선부 나오기를 기다리고 있었다.

불빛에 놀랐는지 물새 서너 마리가 갑자기 날개를 치고 날아갔다. 외숙은 잠깐 그것을 쳐다보다 다시 잠잠히 불빛을 들여다보고 말이 없었다.

등 뒤에선 사람들이 웅성거리는 소리가 나직이 들릴 뿐이다.

"춘식아 어서 나오너라."

선부가 그의 아들을 부르는 소리가 들렸다. 젊은 선부가 나오자 배는 한 1마장 되는 앞에로 저어 내려갔다.

소 근방에는 구암(九岩)바위라고 부르는 험한 바위가 강물 속에 있었다.

배는 흐르지 않도록 밧줄로 발동선에 얽어매 놓자 선부 아들은 머리를 매고 밧줄을 잡고 배를 기어 내렸다.

물소리가 '풍덩' 하고 선부의 억센 두 어깨가 캄캄한 물속으로 잠겨 갔다. 굵은 파문이 점점 스러지자 잡고 내려간 밧줄이 물속에서 가늘게 흔들리는 것이 전지 불빛에 보였다. 배 위에는 갑자기 고요해졌다. 초조히 서 있는 외숙과 나의 등 뒤에서 물소리가 더 한층 높아갈 뿐이다.

수면은 다시 고요해지고, 이따금 밧줄이 가늘게 흔들릴 때마다 나는 허리를 굽혀 강 밑을 내려다보았다. 시간이 얼마나 지났는지 굵은 파문이 일기 시작하였다. 선부의 머리에 쓴 흰 수건이 먼저 보이고 그 위 두 어깨가 불쑥 물 위로 솟아올라 배 가까이 왔다.

외숙도 긴장한 나머지인지 아무 말이 없이 서 있다.

"둘째 바위까지 가보았는데 아무것도 없어요. 밤이라도 물속은 과히 어둡지 않더군요."

선부는 가까운 뱃전에 손을 얹고 숨찬 소리로 말을 하였다. 선부의 입을 쳐다보던 긴장이 약간 풀리는 것을 느끼며 나는 다음 이야기를 기다렸다.

"아무래도 윗바위 근방에서 빠졌으면 더 아래쪽일 것 같은데요, 아무튼 한 번 더 들어가 보겠습니다."

선부도 겨우 숨을 돌리는 모양이었다.

"들어가더라도 몸을 좀 녹이고 들어가지."

외숙이 선부를 내려다보고 말했다.

"별말씀을 다 하십니다. 몸이 녹으면 들어가기 더 어렵습니다. 물 묻힌 김에 한 번 더 들어가죠."

선부는 말을 마치고 몸을 날려 이번엔 조금 아래 물속으로 잠기었다.

이번엔 한 3분쯤 됐을까 했을 때 나왔다.

배 가까이 온 선부의 입술은 추위에 새파랗게 질려 있었다.

"여전하던가."

하고 외숙이 조급히 물었다.

"셋째 바위까지 가 보았는데 한쪽이 비탈이 되어서 좀 어두워도 아무 것도 없었습니다."

선부의 말소리도 저으기 실망하는 모양이었다.

"셋째 바위면 소에서 얼마나 되나."

하고 외숙이 물었다.

"소에서 대여섯 길이나 이 쪽이죠. 소로 들어가면 영— 어렵습니다."

"그럼 고만두려나 한 번 더 들어가 보려는가."

외숙이 미안해하는 목소리로 말하였다.

"기왕 시작한 일이니 한 번 더 들어가 보죠. 이번엔 좀 옆으로 살펴봐야 겠습니다."

젊은 선부가 다시 수건을 졸라매고 배 위를 한번 치어보고 서서히 아래 쪽으로 헤엄쳐 갔다.

나는 가슴이 꽉 막히는 것을 느끼고 돌아섰다. 허—연 대로(大路)같이 달빛에 빛나는 강물이 눈앞에 보였다. 넓은 강물을 바라보는 마음엔 숨이 진 신체나마 찾으려던 연기 같은 희망은 점점 사라져 버리는 것 같았다.

다시는 명희의 얼굴이나마 못 보게 되는 설운 생각보다 그 가엾은 신체 나마 영 찾아주지 못하는 고적한 낙심에 내 마음은 점점 무거워지기 시작 하였다.

지나가는 물새 소리인지 멀—리서 들릴 듯 말듯 희미한 물새의 우는 소 리가 들려왔다. 명희의 고달픈 죽음 길이었던 까닭인지 듣고 있는 내 눈 엔 눈물이 핑 돌았다.

얼마 있다 나는 문득 급하게 갈라지는 요란한 물소리에 뱃머리로 달려 갔다.

고개를 들고 황급히 이쪽으로 헤엄쳐 오는 선부의 머리가 외숙의 어깨 너머로 보였다. 선부의 황급한 거동에 나의 가슴은 다시 울렁거리기 시작하였다.

"있던가?"

외숙이 선부가 채 배에 닿기도 전에 소리쳤다.

"이번엔 셋째 바위 앞으로 해서 그 뒤를 돌아 막 올라오려고 하는데 그 뒤 바위 사이에서."

하고 선부는 말을 마치지 못하고 숨을 몰아쉬었다.

(완)

『조선중앙일보』, 1935.5.24

"무엇인가 흐늘흐늘하는 것이 보여요. 가까이 가보려고 했으나, 숨이 차고 비탈진 곳이 돼서 누가 줄을 안 잡아주면 못 가겠더군요."

선부는 말을 마치고 여전히 숨이 찬 듯이 괴로워했다.

"사람 옷 같아 뵈는가?"

외숙은 신음하는 듯한 목소리로 물었다.

"네, 치맛자락 같기도 하고 바지 같기도 하고 자세히 안 보여요."

"그럼 자네 지금 또 내려가면 그 자리를 찾겠는가?"

외숙이 재차 날카로운 목소리로 물었다.

"네."

하는 대답을 듣더니 외숙은 잠깐 무엇을 생각하는 모양이었다. 등 뒤에선 누가

"조수가 밀리는 모양이군."

하는 소리가 들렸다. 나는 힘없는 눈으로 꼭 다물은 외숙의 입가만 쳐다보고 있었다.

"춘삼이? 수고롭지만, 자네 물속에 좀 들어가 보아야겠네. 그리고 정 위험하거든 나왔다 다시 들어가더라도 억지 것은 말게."

"별로 위험할 것이야 없겠지요. 아무렇든 옷을 좀 벗고 들어가 보아야겠습니다."

춘삼이란 늙은 선부는 선뜻 대답하고 배 밑으로 내려갔다.

선부 둘이서 물속으로 들어간 후에 외숙은 고개를 숙이고 뱃머리를 오락가락하고 있었다.

나는 긴장한 까닭인지 지금도 선부가 가라앉은 수면이 뽀一얗게 안개 낀 듯이 눈앞이 어두워지는 것 같았다. 시계를 꺼내어 불빛에 대여 보았다. 새로 2시 10분 날카로운 초침 끝에 째걱거리는 시계 소리가 고요히 들렸다.

1분 30초, 2분, 2분 40초, 3분.

4분 가까이 바늘이 돌자 물결이 가늘게 솟겨오르기 시작하더니 맨 처음에 늙은 선부의 어깨가 보였다. 그리고 둘째 번 오른 젊은 선부의 두 어깨 위에는 늘어진 팔목이 하나 보이자 나는 눈앞이 캄캄해지는 것을 느꼈다.

"진정해라."

하고 어느 새인가 외숙은 나의 등 뒤에 와 두 어깨를 붙잡고 있었다.

물에 젖은 몸을 배 위에 누이고 입었던 '스프링'을 벗어서 고이 덮어 주었다.

꼭 감기인 두 눈과 가엾이 여윈 두 볼이 눈에 뜨일 뿐 고요히 잠든 듯이 달빛 아래 누워있는 명희의 얼굴이 내 눈에는 죽은 것으로 보여지지 않았다.

그 다정한 눈동자는 굳게 닫혔어도 두 볼은 여위고 입술은 차디차게 식고, 이마는 파一랗게 변색했어도 내려다보는 나는 명희의 얼굴에 아무데서도 싸늘한 죽음은 응시할 수가 없었다.

보기 싫은 죽음이 하기 싫어서인지 흰 저고리에 곤색 치마를 입고 옷맵시 하나 흩어지지 않은 것이 내 가슴을 더 한층 울려 주었다. 깨끗한 죽음의 외모에도 명희의 고요한 성격이 숨어있는 듯해 나에게는 반갑기도 하였다. 이해는 부족한 어리석은 오빠일망정 너를 위한다면 끝까지 애써 줄

내가 있고, 새로운 도덕과 감정에 사는 네 마음은 못 따라갔어도 딸 하나의 장래를 위해 늙으시도록 근심하시는 어머님이 계신 네가 찾아온 해결이란 것은 겨우 이렇게 신산(辛酸)한 것뿐이더냐!

교양 없는 이들이 조소가 너를 에워싸고, 고달픈 현실이 너를 흔들어도 네 등 뒤에와 네 발길 앞엔 더 많은 이들의 고민과 의지가 있고, 더구나 네게는 진실한 연인의 두 가슴과 아직도 길이 먼 앞날이 있는데, 왜 좀 더 굳세지 못하였더냐! 왜 네 스스로의 비판에 강하지 못 하였더냐!

나는 문득 지금 집에 앉아서 못 주무시고 강으로 나간 나를 기다리고 계실 어머님이 생각나 터질 듯한 울음을 참다못하여 해쓱 이마에 흩어진 머리카락을 헤치어 주며,

"명희야."

하고 고요히 불러 보았다. 파랗게 질린 채로 곱게 다문 두 입술에선 대답이 없었다.

"명희야 오빠다."

나는 떨리는 목소리로 더 한 번 고요히 불러보았다. 아무리 부른들 의식이 끊인 명희가 입을 열어 대답할 리는 없고, 들여다보던 나는 뜨거운 눈물이 한 줄기 두 뺨을 흘러내리자 명희의 차단―한 가슴에 엎디어 잠잠히 느껴 울기 시작하였다.

소하(銷夏)설문

『고려시보』71호, 1937.8.1. 5면

1. 아직 못 보신 산수(山水) 중에 꼭 가보시고 싶은 곳이 어디입니까?(이유는?)
2. 일찍이 명승지에서 얻으신 로―맨스는?
3. 특별 고안하신 피서법이 있습니까?
4. 제일 좋아하시는 '여름풍경'이 무엇입니까?
5. 바다를 좋아하십니까? 산을 좋아하십니까?

1. 사시장철 눈만 퍼붓고 사람의 얼굴이 백지 같아 보인다는 '알라스카'의 습지(濕地)요.
2. 그런 속된 취미도 차차 가질까 하오.
3. 호롱불을 달고 바닷가에 나가 밤 깊도록 물결소리를 들을까 하오.
4. 모시옷 속에서 풍기는 여자의 지체(肢體)일 것이오.
5. 청년이기에 바다를 사모하오.

소하(銷夏)설문

『고려시보』 94호, 1938.8.1

1. 개성(開城) 부근에 납량처(納凉處)로 추천하시고 싶은 곳이 어데 어데입니까?
2. 선생이 실행하시는 '여름 가정 단란법(團欒法)'은?
3. 가장 즐기시는 여름 풍경이 무엇입니까?
4. 금년 여름은 어떻게 지내시렵니까?
5. 여름 과실 중에 무엇을 좋아하십니까?

1. 매암이와 꿀벌이 첼로 이중주를 하고 뜰 앞에 포도나무가 그늘진 덕암정(德岩町) 민오영(閔梧影)[92]집이요.
2. 지금 계획 중이나 면적 80평 되는 냉장고를 사다가 낮에는 그 속에 들어가 화로를 피우고 지내겠습니다. 밤도 구워 먹고요.
3. 맥주 거품, 소낙비, 홍수, 매화총, 구름의 고층건물 씨그낼의 靑× 마음속의 무지개.
4. 몽금포(夢金浦) 그림엽서를 '포켓'에 넣고 다니고 밤이면 마당에 지직 깔고 빨가벗고 누워 맹염에 뜨거워진 배꼽을 식히겠습니다.
5. 대만산(臺灣産)의 '봉강'

---

[92] 「서선산보」 속 평양 여정에서 만난 '민(閔)'과 동일인.

설문

『시학』 1집, 1939.7, 41면

1. 동인시지(同人詩誌)의 존립의 의의(意義)
2. 그 현상(現狀)
3. 그중 주목되는 시인

1. 동인지의 정신은 결국 그 잡지 전체가 어떤 주장이여야겠는데 물으신 네 동인지에서 그런 것을 느끼지 못함은 생(生) 하나뿐이 아닌 것 같습니다.
2. 동상(同上).
3. 이렇다 할 사람을 기억하지 못하는 것이 섭섭합니다. 이상 동인지의 역원(役員)은 아니나 오장환(吳章煥) 군을 기억합니다.

새해설문

『고려시보』 127호, 1940.1.1. 4면

1. 개성(開城) 사회에 보내는 부탁 한 마디.

2. 본보(本報)에 대한 꾸중이나 부탁 한 마디.

3. 설은 양력으로 지내십니까? 음력으로 지내십니까?

4. 새해에 복 많이 받으란 말이 있는데 귀하는 어떤 복을 받고 싶으십니까?

5. 개성(開城)(또는 개성인)의 자랑 한 가지, 흉 한 가지.

6. 외래객(外來客)이 오면 귀하는 개성의 어느 곳을 먼저 보이고 싶으십니까?

1. 비바람에 퇴락(頹落)하고 현관 기둥에서 귀뚜라미가 울어도 좋으니 고청(高靑)[93]은 고청대로 두어 달라고 청년회 간부 제경(諸卿)에게 애원합니다. 이것이 안 된다면 고청이 영화상설관(映畵常設館)에게 정조(貞操)를 파는 세월에 부탁이 무슨 말라빠진 부탁이겠소.

2. 귀지(貴誌) 문예란(文藝欄), 너무 광망(光芒)이 빛나는 듯하오. 내용이 건강한 원고 얻기 어렵거든 경제법령(經濟法令) 해설이라도 실으시오.

3・4・5. 생략

6. 부호(富豪)들의 첩댁 정문(妾宅正門)과 한천동(寒泉洞)의 빈민왕국(貧民王國).

---

93 '고려청년회관'을 가리킴.

시단문답(詩壇問答)

『시건설』 8집, 1940.6.25, 35면

1. 시를 쓰게 된 동기는 무엇입니까.
2. 우리 시단에 대하여 꼭 들려주고 싶은 말씀은 없습니까.
3. 우리 시인 중에 세 사람을 뽑아 세계일주 시 행각(詩 行脚)을 시킨다면 누구 를 추천하시겠습니까.

1. 없습니다.
2. 없습니다.
3. 흥미 없습니다.

문(問)

『신천지』 창간호, 1946. 2. 71면

1. 8월 15일 세기적 방송을 들으신 순간의 귀하의 심정을 알고 싶습니다.
2. 과거 일인(日人)의 악정(惡政) 중에서 가장 혹독했다고 생각하시는 죄상(罪狀) 몇 가지.

1. 확정된 일이라 놀라지는 않았으나 조금 이르다고 생각했습니다. 뒤이어 조선 사람에게 정말 다난한 때가 오는구나 하는 느낌이 솟습디다.
2. 과거사엔 흥미가 없습니다.

문(問)

『신천지』 창간호, 1946.2, 31면

1. 한자 전폐(漢字全廢)의 가부(可否)와 이유.
2. 국문 횡서(橫書)의 가부(可否)와 이유.

1. 부(否) 부지기인, 오답역난(不知其因 吾答亦難).[94]
2. 부(否) 언문 타잎라이터나 보급해놓고 따집시다.

---

[94] "그 원인을 알 수 없으니 나의 답변 또한 쉽지가 않습니다."

문(問) 내가 싫어하는 여자

『신천지』 1-4호, 1946.5, 124면

1. 강연회 같은 데서 "남자들 담배 먹지 맙시다" 하고 떠드는 여자.
2. 여자는 화장(化粧)을 잘 해야 합니다.
3. 요새 서울에 드글드글하는 창녀는 국가에서 사형하길 바란다.

문(問)[95]

『동아일보』, 1946.8.6

우익의 8원칙과 좌익의 5원칙을 어떻게 생각하십니까?

우익 8원칙은 막연하고 확연치 않은 감이 있다. '친일파 반역자' 문제 같은 것도 적극적으로 용단할 수 없다. 이러한 분자를 그대로 두고는 합작공작(合作工作)이니 정권통일(政權統一)은 실감(實感)에 있어서도 불가능할 것이다.

---

95 1946년 8월 3일, 한국여론협회는 좌우합작 원칙과 위폐공판정 소동사건 등에 관해 여론조사를 했다(국사편찬위원회 편·발행, 『자료 대한민국사』권3, 1970.12.20, 27쪽). 답변자 김광균의 소속이 '조선문학가동맹'으로 되어 있다.

문(間)

『서울신문』, 1946.10.20

1. 일부 여성들의 지나친 화장(외국의 아류를 따르려는 첨단적 화장)에 대하여 어떻게 생각하는가.
2. 빨갛고 노란 자극적인 색깔을 어리여 제멋대로 꾸며 입은 신식 양장을 어떻게 생각하는가.
3. 외국 남성과 접촉할 때 여성들은 어떠한 태도와 표정을 가질 것인가.

1. 보기만 해도 느긋느긋합니다. 못된 것은 빨리 퍼지는 모양이오니 나중에 국법으로 처벌합시다.
2. 못생긴 여자 빼놓고 가(可).
3. 무엇 때문에 교제하는지 모르겠습니다. 예절에 대해선 더구나 깜깜.

경제관련 글

내수산업內需産業의 운명運命

『한국경제신문』, 1981.7.26

나는 경제를 공부한 사람도 아니요 대학교수도 아니다. 조그만 회사를 하면서 10여 년간 주위에 일어난 일들을 적어 보는 것뿐이다.

어지간히 무식하고 주먹구구와 편견도 있으니 정색(正色)을 하지 말고 친구와 점심하고 차 한 잔 하는 셈으로 읽어 주길 바라며 돼먹지 않은 대목은 웃어 넘겨주길 바란다.

레이건 대통령의 큰 따님이 미국 수출진흥회의 회장 자격으로 우리 나라에 온 일이 있었다.

기자회견에서 말하기를 "미국의 수출은 GNP의 6퍼센트밖에 안 된다. 그러나 미국은 이것을 늘려야 한다. 그 때문에 나는 한국에 왔다"는 것이다.

우리나라의 총수출이 GNP의 39퍼센트인 것으로 알고 있는 나는 미국 수출 밑바닥에는 94퍼센트라는 내수산업이 지탱해 있는 사실에 수긍이 갔다.

얼마 후 김상영(金尙榮) 씨가 주재하는 한국 산업정책연구소의 화합에서 일본 야촌(野村)경제연구소의 삼곡(森谷) 박사에게 일본의 수출이 GNP에 점하는 퍼센티지는 어떠한가 하는 질문을 하였다. 12퍼센트라는 답이었다. 그 말을 듣는 나의 회상은 75년으로 거슬러 올라갔다.

경남은행 최 행장의 장례식 때문에 마산에 내려갔던 길에 개문한 지 얼마 안 된 마산공업단지에 들렸다.

그 때 마산단지에서 움직이고 있던 것은 남상수(南相水) 씨가 하는 주물공장이 하나 있고 그 건너에 삼성중공업의 골조가 한 2층 올라가고 있었다. 들어간 김에 친지 몇 분의 공장이라기보다 사무실에 들렸는데 그들의 대답은 한결같이 전량 수출산업이라는 것이다. 나는 몇 가지 소박한 질문을 던져 보았다.

자원이 없어 원자재를 전량 수입하는 것은 일본이나 우리가 같은 조건이니 이해가 간다. 그러나 일본은 명치유신 전부터 시작한 130년의 기초가 있지 않느냐? 그래서 그들은 패전의 폐허에서 곧 재기가 가능하였다.

그것을 어떻게 10년에 쫓아가겠다는 것이냐? 자본은 외국에서 빌려온다 하고 우리 기술을 외국에 비하여 경쟁력이 있는가? 시장은 어디 있고 판매의 작전은 무엇인가? 시설은 외채한다 해도 운영에서 국내 고금리로 코스트 싸움을 이겨내겠느냐? 등등이었다.

수긍이 가는 답은 안 나왔다.

수출 전문산업의 성공 발전이 어느 나라에 있었는지 또는 근본적으로 이것이 우리나라에서 가능한 것인가? 하는 나의 의문은 지금도 영원의 숙제로 꼬리를 물고 있다. 그리고 여러 해가 흐른 지금 우리나라 중공업은 어디까지 와 있나를 살펴볼 때가 온 것 같다.

제5차 경제개발 5개년 계획이 내년에 출발한다는 것이 우리에게 새로운 기대와 압박을 주고 있기 때문이다.

우선 머리에 떠오르는 것은 우리나라 외채의 태반을 쏟아 넣은 중화학공업이 회전이 잘 안 되고 있고, 그 중에도 대표적 기업인 기계공업의 80년도 가동률이 38퍼센트라는 것이다.

혹 이익이 났는지는 알 수가 없으나 무엇 무엇을 부담하고 이익이 날 리가 없다. 적자수출이 많을 것으로 짐작된다.

80년도 9월 말 집계로 수출고 전년비 32퍼센트 증(增)이니, 지금은 이래도 장차 노력하면 희망이 있다는 풀이가 나오는데 비전년(比前年)이라는 1년 사이에 석유와 수입 원자재 가격 상승으로 인한 수출 단가의 상승 및 환율의 상승을 제하면 금액 아닌 물량으로 따져 얼마나 늘었을까?

그러면 수출실적은 그렇다 하고 얼마만한 자금이 여기 투입되었을까?

신문보도에 의하면 80년 말까지 4조 9천억 원이 투자되었고 이것을 완공하려면 4조 6천억 원이 더 있어야 한다는 것이다. 앞으로 물가상승 등을 조금만 감안해도 약 10조의 돈이다. 풀이하기 편하게 1달러당 5백 원으로 계산해도 2백억 달러란 큼직한 금액이다. 우리나라의 외채는 과거나 미래에도 여기에 대부분 들어가 박혀 있을 것이라는 느낌이 든다. 따라서 중화학공업을 운영하는 회사의 내용은 어떠하며 그 고생은 이만저만한 것이 아닐 것이다.

설상가상(雪上加霜)이란 고어(古語)가 있다. 이러한 살림에 강력한 일타(一打)를 가한 것이 수출의 증가를 위하여 부득이 했다는 80년도의 36.8퍼센트라는 환율 상승이다. 말하기도 쓸쓸한 기억이나 이것이 우리가 당면했던 현실이므로 언급하지 않을 수 없다.

80년 1월 12일 금리인상과 함께 환율의 20퍼센트라는 홍수형(洪水型) 인상을 하였다. 80년 말 우리 외채잔고는 정부가 158억 달러, 민간이 113억 달러인데 연말까지의 환율인상 36.8퍼센트의 결과로 정부는 2조9천억 원, 민간은 2조8백억 원 등 도합 4조9천8백억 원이라는 환차(喚差)가 확정되었다.

주먹구구로 해서 구율(舊率) 1달러 대 5백 원이면, 1백억 달러에 가까운 추가지불을 가져 왔다. 이것은 실질 면에서 외채가 1백억 달러 증가한 것과 맞먹는다.

환율 36.8퍼센트의 인상이 대충 그 절반인 19퍼센트의 물가 인상을 발생시키고, 오일 가격을 가중시킨 데다 노임 인상, 전력비, 철도운임 등의 증가를 가져와서 코스트는 오를 대로 올라 수출을 위하여 불가피했다는 대의명분은 연말에 가서 깨끗이 씻어졌다. 뿐만 아니라 국민의 대부분, 심지어 경제학 교수들도 수출업자만을 배불리고 국민생활을 인플레의 늪에 빠뜨렸다는 환율 인상이 수출업계에도 마이너스를 가져 왔다고 하는 웃지도 못할 결과는 또 어찌 하는가?

한국무역협회가 금년 3월 우리나라의 수출을 쌍견(雙肩)에 짊어진 127개 회사의 80년 말 결산서를 집계했더니 마이너스 11퍼센트라는 숫자가 발견되었다.

도대체가 국제 경쟁력을 키우는 기본은 경영을 합리화하여 생산성을 올려야 하고 그러기 위하여 제품의 고급화, 기술 향상에 의한 코스트 인하가 따라야 한다는 것이 정석인데 경쟁력 향상의 실제 처방은 안이한 환율 인상이라는 것이 우리의 현실인 것이다.

여기까지 써 오니 이야기가 무척 비관적인 색채로 덮여 오는 것 같다. 분명히 이 시점에서 우리는 경제가 가진 실상과 허상을 가려야 한다. 우리 경제는 수출이 주도하고 그 수출은 중화학공업이 주도한다는 것은 대방침이고, 그것이 아니고 이러해야 한다는 처방은 지금 아무도 가지고 있지 않다. 반면에 여기까지 언급한 우리의 냉혹한 현실이 그렇지 않다고 나서서 부정할 사람도 없고, 또 그럴 근거도 없을 것이다.

처방은 아무 것도 없다. 다만 나의 소박한 의견을 말하라면 우리 경제의 판가름 길에서 정부와 기업은 지나온 계획과 결과를 바탕으로 신중히, 정말 신중히 장차의 계획과 방법을 모색하여 최소한 지나온 과오를 되풀이하지 않을 방파제는 쌓아야 한다.

내수산업의 운명이라는 제목으로 들어가 이 글을 마감해야 하겠는데 무엇보다 내수산업에 대한 데이터의 결핍에 나는 놀랐다.

나는 학자나 논설위원은 아니지만, 내수산업의 귀추에 대한 대략적인 자료나마 내 주변에 없다. 이것은 무엇을 말함일까?

65년께 이래 내수산업은 정책부재라는 망각 지대에 놓여 있었다.

수출 못지않게 내수가 중요하고도 남음이 있는 것은 그것이 국민의 의식주에 직결되어 있는 까닭이다. 양곡이 그러하고 시멘트, 철근, 유리로는 집을 지어야 하고 아기에게는 우유를 먹여야 한다. 양복을 입고 내의와 양말도 필요하고 선풍기, 라디오, 끝이 없이 늘어서 있다.

수출 주도형 경제의 논리는 수출이 상승함에 따라 내수산업도 좋아진다는 것인데 수출은 그런대로 예정 코스를 가는 데도 내수 산업에는 그 결과가 안 보인다. 수출업자는 애국자이고 내수업자는 그 반대라는 유치한 풍자가 항간을 횡행한 것은 바로 엊그제 일이다.

언필칭 내수산업은 인구가 적고 시장이 협소하고 그래서 관심과 기대를 가질 것이 못 된다는 것이 관민 간에 고정관념처럼 되어 있다. 그래서 79년에 내수파동이 왔을 때 우리들은 원인과 결과를 몰라 당황할 뿐 속수무책이었다.

지금 고시가격 이하에도 안 팔리는 철근, 시멘트, 면사 등이 암시장으로 쏟아져 나가고 수출품 생산업체도 얼마 동안 이 품목의 수출을 외면하였다.

그해 여름 어떤 경제신문의 월례 좌담회애서 "내수는 방치해도 되느냐"라는 요지의 기조논문 발표와 토론이 있었는데, 그 석상에서 대학교수 한 분이,

"우리도 경제성장의 덕을 입어 국민소득이 1천6백 달러 대에 와 있다. 또 86년도께에 가서 최소 2천 달러는 될 것이다. 그 때 우리 인구를 4천만으로 보면 8백억 달러라는 내수시장이 성립될 것이다. 수출이 170억 달러다, 250억 달러다 하는 논의도 좋으나 8백억 달러의 내수 시장에 대한 정책의 포석이 시급하다"는 매우 함축 있는 발언을 하였다.

그 후에 이 문제가 클로즈업되거나 정책의 검토나 결정은 이루어진 것이 없는 것 같다. 그 무렵부터 내리 2년 동안 우리의 불황은 불황이란 어휘의 테두리를 벗어나 내수산업은 중병에 빠진 지가 오래이다.

경제신문의 시장란이 연일 보도를 하고, 관련단체들이 부지런한 진정

건의를 통하여 적절한 치료와 투약을 호소하나 아직은 대부분 행정의 허공에 사라져 가는 것 같다.

내수산업은 이대로 내버려 두어도 좋은 것인가? 또 내수산업에 금이 가면 그것이 수출에 어떤 결과를 가져올 것인가?

단기 장기를 아울러 현실적이고 구체적인 손을 시급히 써야 할 것이다.

삼곡(森谷) 박사의 강연의 결론 같은 말 한마디가 마지막에 다시 떠오른다.

"어떠한 나라도 정도의 차는 있어도 내수의 확고한 기반 없이 수출은 잘 이루어지지 않는다. 설혹 이루어져도 그 체질이 빈약하여 자칫하면 사상누각(砂上樓閣)이 되기 쉽다."

재정·금융이 가야 할 길

『전경련』 230호, 1984.1

1. 안정성장과 금융효율화(金融效率化)

흔히 실물경제(實物經濟)를 몸(身)이라고 할 때, 금융을 신체의 각 부분에 영양과 산소를 공급하고 활동을 촉진하는 혈액으로 비유한다.

이는 금융이 실물경제를 반영할 뿐만 아니라 이것이 실물경제의 성장과 전체 경제발전에 끼치는 영향과 역할을 강조하는 말이다.

새해에는 금융의 효율을 높이는 노력이 배가되어야 하겠다. 언뜻 보기에 지난해는 GNP 성장률도 약 9% 정도의 고율성장(高率成長)이 될 것 같고, 물가도 2~3% 정도로 안정되고 국제수지 문제도 차츰 개선되고 있어 순조로운 듯하다.

그러나 실상(實相)은 꼭 그런 것만도 아니다. 각종 대형금융사고 등은 그렇다 하더라도 초긴축정책으로 인해 지난해 금융은 오히려 크게 위축되어 실물부문과의 괴리(乖離)를 심화시켰다.

특히 제도금융 쪽이 더욱 그러하여 기업금융의 사채의존(私債依存)은 더욱 높아졌다.

기업어음 발행, 주식 및 회사채 발행 등이 크게 늘어 기업금융의 제2 금융권 의존비율이 종래의 40% 수준에서 60%로 올랐다.

사채의 지하경제화와 이러한 자금조달구조의 변화는 명목상 저금리 체제에도 불구하고 실제 기업이 부담하는 비용을 더욱 높여 아마 15~20% 수준은 되었으리라는 추측이다.

GNP에 대한 총투자비율은 1~2차 경제개발 계획기간 중에는 연평균 21%였으나 1972년 이후에는 연평균 28.5%로 투자규모가 늘었다.

그러나 실질 GNP 성장률은 오히려 떨어졌다. 물론 여러 가지 국내외)
경제환경 여건의 악화에도 원인이 있겠지만 흔히 국내경제의 전반적 능
률저하가 지적되고 있다.

경제능률의 회복을 위해서는 여러 가지 경제구조의 개선이 있어야겠
지만 무엇보다 금융의 효율화가 이루어져야 한다.

금융의 효율화란 물가안정을 통해 통화가치를 유지하면서 저축증대로
자금을 동원하고 이것이 기업의 생산과 투자를 조장, 촉진할 수 있도록
하는 것이다.

저축이 꾸준히 증대되고 있고 최근에는 인플레도 잡혀가고 있지만 한
정된 금융자금이 생산적으로 유통 사용되고 자금의 낭비는 없는가 하는
데 대해서는 반성을 하여 볼 필요가 있다.

2. 적정통화공급(適正通貨供給)에 관한 문제

금융정책의 큰 목표 중의 하나가 물가안정과 통화가치의 안정에 있는
만치 과거의 고도성장과정에서 나타난 통화증발(通貨增發)에 의한 고(高)인
플레 발생의 악순환이 없어져야 하는 것은 당연한 명제이다.

그러나 현 정책당국의 통화공급량에 대한 시각에는 문제가 없지 않다.
정부는 적정 통화증가율을 결정함에 있어 통화론자적 접근방법을 채택
하고 통화가 물가에 미치는 영향을 우려하는 한편, 최근 물가상승률이 떨
어졌고 그 떨어진 폭만큼 명목화폐수요는 떨어졌으니 통화증가율을 크
게 낮추어도 좋다는 생각이다.

즉 물가안정으로 인한 명목통화수요 감소효과만 중시하고 실질 경제성
장률이 얼마이니까 거기에 어느 정도 (플러스 알파) 더해서 자금을 풀면 되
겠다는 논리인 듯싶다. 이것은 통화의 기능을 실물경제의 지불수단으로
써만 인정하는 데서 오는 발상이다. 통화는 지불수단으로서의 기능뿐만
아니라 그 자체가 금융자산으로서 부의 축적수단으로써의 기능이 있다.

이러한 기능, 즉 통화의 금융자산으로서의 기능 인식이 프리드만 이론의 출발이고 또한 프리드만 Quantity theory가 종래의 Monetarist의 그것과 다른 점이다.

과거의 두 자리 인플레 시대에서 요즘같이 물가상승률이 떨어질 때 분명히 명목통화수요 증가율은 하락한다.

그러나 통화가치가 차츰 안정되고 물가상승률이 떨어지게 되면 사람들의 통화보다 실물자산에 대한 선호(選好) 경향(환물심리(換物心理))도 상대적으로 하락할 것이 쉽게 짐작이 간다.

물가와 통화비율의 변화(変化) 추이
〈표(表) 1〉 (%)

		한국	대만
1957~1962 (전후(戰後)안정기)	π	8.75	6.57
	M₁ / Y	10.57	12.12
1963~1973 (고성장기)	π	12.21	3.86
	M₁ / Y	9.55	15.20
	M₂ / Y	25.36	41.00
1975~1981 (오일쇼크 이후)	π	19.94	7.36
	M₁ / Y	11.44	25.66
	M₂ / Y	29.37	62.31

자료 : 전경련(全経聯)
주(註) : π = 물가상승률, M₁ = 통화, M₂ = 총통화

이러한 "저축이 실물자산으로부터 통화를 포함한 금융자산으로의 쉬프트" 함에 따라 최근의 물가안정이 명목통화수요를 떨어뜨리면서 한편으로 물가상승률의 하락이 금융자산으로서의 통화에 대한 수요를 추가적으로 증가시키는 것을 감안하여야 할 것이다.

이렇게 되면 결과적으로 총소득 중에서 통화가 차지하는 비율(마샬리안 k = M / GNP)이나 총소득 중에서 금융자산의 보유비율이 높아지게 된다.

여기서 잠시 우리와 경제환경이 비슷한 대만의 경우와 비교하여 물가의 동향과 이러한 비율의 추세를 보면 더욱 수긍이 간다.

6·25 이후 경제개발 초기인 1957년~1962년 기간 중 한국과 대만의 물가상승률은 각각 8.8%, 6.6%로 비슷한 수준이었고 통화비율 또한 우리나라 10.6%, 대만 12.1%로 비슷한 경향을 보이고 있다. 그러나 60년대 초 이후 제1차 석유위기 전(1963~1973)까지의 고도성장 기간 중에는 우리나라가 고(高)인플레를 유지한 데 비해 대만은 안정된 물가를 지속했고 결과적으로 통화비율은 기간 중 한국이 9.55%인 데 반해 대만은 15.2%로 올랐다.

　이러한 추세는 1975~1981년 기간까지로 계속되어 양국의 통화비율은 별표에서 보는 바와 같이 대만은 점점 높아지고 있는 데 반해 한국은 제자리걸음이었다.

　일본의 경우는 오랜 기간 동안 통화비율(M₁ / Y) 30%, 총통화비율(M₂ / Y) 80% 수준을 꾸준히 유지하고 있어 소득수준의 증가, 물가의 안정 등을 반영하고 있다.

　그리고 금융자산 보유비율의 경우도 표에서 보는 바와 같이 대만과 일본이 우리나라보다 높은 수준에서 계속 증가하는 추세를 보여주고 있는 것도 매우 시사적(示唆的)이다.

금융자산보유비율 추이
〈표 2〉 (%)

	한국(韓國)	대만(台湾)	일본(日本)
1970	148.4 (243)	192.6 (386)	369.0 (1,965)
1975	167.2 (573)	284.0 (956)	411.6 (4,412)
1980	236.9 (1,481)	334.6 (2,269)	504.4 (8,940)

주(註) : ( )은 Percapita GNP US $
자료 : 재무부

　이러한 점을 감안하고, 앞으로 한국의 지속적인 경제성장과 물가안정 기반의 정착을 전제할 때 현재의 적정 통화공급의 산정방식은 재검토되어야 한다. 물가상승률이 떨어질 때 저축수단으로써의 통화증대분 만큼은 감안이 되어야 적어도 통화부족으로 인한 경제운용의 마찰은 줄어들 것이다.

사실 자본시장의 제반 여건이 미숙한 현 여건하에서 과도한 긴축과 유동성 규제로 은행 문턱을 높게 하면 설사 물가는 잡힌다 하더라도 기업이 생산활동을 제대로 못하고 투자할 의욕을 상실하게 되면, 물가안정이 무슨 큰 의미가 있겠느냐 하는 반문이 있을 수 있다.

이러한 점들에서 미루어 볼 때 내년에도 총통화 증가율을 12% 선으로 하겠다는 정부의 발표에 우려를 가지지 않을 수 없다.

3. 상업어음 할인 증대와 금융기관 자율성 제고(提高)

한정된 자금공급 능력하에서도 자금의 흐름이 기업의 생산활동과 투자를 촉진하고 조장함으로써 금융의 효율을 높여야 한다는 것은 앞에서 말한 바와 같다.

상업어음 할인은 전통적으로 상업은행의 중요한 업무분야인 동시에 실물유통과 관련된 가장 비(非)인플레적인 자금공급 방식이라 할 수 있다.

1981년 3월, 정부가 기업의 운전자금 공급경로를 상업어음 할인 중심으로 운용코자 동 제도를 대폭 확대 개편하였던 것은 바로 이의 유도를 통해 금융자금의 효율성을 높이고자 하는 취지에서였다.

그러나 지난해 상업어음 재할인에 의한 한은(韓銀) 대출금은 82년보다 오히려 크게 줄어들었다. (83년 10월 말 현재 526억 감소)

또한 금융기관 총대출금 중에서 차지하는 상업어음의 할인 비중은 82년에 9.1%이던 것이 지난해에는 4%대로 떨어졌다. (10월 말 현재 4.2%)

이는 정부가 지난해 대형 금융사고 등으로 방출된 자금을 수속(收束)하고자 상업어음 재할인비율을 연중 하향 조정, 이를 억제하였기 때문이다. 일본의 경우 상업어음 할인에 의한 대출 비중이 약 15% 정도 된다. 반면에 주택자금, 농업자금 등 정책금융의 비중이 늘었다.

이와 같이 전반적인 긴축에 더하여 자금의 흐름이 경제의 생산부문을 외면함에 따라 기업경영의 어려움은 더욱 크고 그만큼 효율화도 떨어진다.

올해에는 금융기관의 대출구조를 상업어음 할인 중심으로 운용토록 하고 이를 위해 본원 통화공급에 있어 제(諸) 정책자금 우선적인 현행방식을 지양하고 상업어음 재할인을 최우선하도록 현재 대기업 30%, 중소기업 70%로 되어 있는 재할비율을 대폭 올려야 하겠다.

아울러 금리체계도 개선되어야 한다. 만성적인 자금의 초과수요상태인 현(現) 여건하에서 전면적인 금리자유화는 분명 시기상조다.

그러나 저축을 최대한 동원하고 자금의 수급을 보다 원활히 하는 기능을 위해서는 현재의 획일적인 금리구조는 개선되는 것이 좋겠다.

예금의 경우 하루를 맡기나 1년 이상의 장기저축성 예금의 경우나 이자율이 같거나 비슷해서는 곤란하다. 정기저축성 예금의 경우 이자율을 단기와 차등을 주어 올려주어야 한다.

뿐만 아니라 대출금리에 있어서도 기업의 신용도에 따라 우량대기업의 경우 및 중소기업의 경우 대출이자율을 달리 한다면 자금의 수급이나 흐름이 보다 원활해질 것이다.

금융의 효율화는 무엇보다 금융산업의 건전한 발전에 있다. 그동안 기업이나 전체경제의 발전 정도에 비교하면 금융산업의 발전은 너무 뒤떨어져 있다는 것이 중론이다. 금융기관의 타율경영이라는 틀을 벗어야 하겠다. 금융기관의 공익성이라는 특수성이 있기는 하나 은행도 어디까지나 기업인 만치 자율적이고 창의적인 의사결정하에서 경영이 이루어져야 발전이 가능하다.

책임경영체제의 확립과 경쟁원리의 도입을 통한 자율화가 요망된다. 주주의 금융기관 경영 여건의 문제에 있어서 창의(創意)와 능률, 즉 기업성을 부인하는 사람은 많지 않다. 다만 금융기관이 주주, 즉 특정 재벌에 예속화되어 그 공익성을 잃어버릴 것이라는 우려가 크다.

기업성과 공익성이 잘 조화될 수 있는 방안을 강구하고 이를 실천하는 노력이 있어야겠다.

경제단체는 혁신되어야 한다

『매일경제신문』, 1987.8.5

우리나라에는 직종별·업종별로 세분된 단체 외에 이를 총괄하는 지도단체 등 무려 7백이 넘는 경제단체가 있다.

이 방대한 단체를 배후에 가진 대표단체가 전경련(全經聯), 대한상공회의소(大韓商工會議所), 한국무역협회(韓國貿易協會), 중소기업중앙회(中小企業中央會)이다.

우선 이 4단체의 1년 예산을 보면 상공회의소가 서울, 지방 합하여 약 250억 원, 무역협회가 본예산과 특별회계(수출진흥기금, 무역회관운영기금) 등 4백30억 원, 전경련, 중소기업중앙회가 약 70억 원 등 총 750억 원에 달한다.

이들 경제단체는 조사업무, 회원사에 대한 협조, 해외정보의 수집·배분 등의 일도 있지만 소속회원들의 이익을 대표하여 정부에 애로(隘路)를 건의, 진언(進言)을 하고, 잘못을 시정해달라는 요청을 하는 업무가 기본적인 일이다.

그러나 각 단체회원들은 오래전부터 이들 단체가 회원의 소리를 모아 정부에 전달하는 일을 소홀히 해 본래의 기능을 발휘하지 못함을 불평해 왔다. 한술 더 떠 "단체는 무엇을 하고 있는지 모르겠다" 혹은 "대다수 회원의 이익보다 일부 회원의 이해에 편중되어 단체의 기능과 비용을 쓰고 있다"는 비판의 소리도 높았다.

회원들의 불평이 어디에 기인하고, 또 그것이 정당한 불평인가를 알아보기 위해선 몇 가지 요인을 살펴볼 필요가 있다.

우선 대부분의 단체장은 정관에 회원이 총회에서 선출케 되어있지만 총회는 요식행위일 뿐 사전에 정부의 입김이 관여돼온 것이 사실이다.

어떤 단체에서는 부회장도 운동을 잘하는 사람이 당선되는 일이 있다.

회장 선출에 정부의 입김이 서려있다는 것은 단체운영의 결과가 대부분 회원이 바라는 것과는 반대인 경우가 많기 때문이다.

언로(言路)가 막혀있다는 점은 경제단체의 사활이 걸려있을 만큼 중요한데 이는 오늘날 경제단체에 대한 허다한 불평과 비난의 원인으로 볼 수도 있다.

무역협회의 경우를 보자. 지금 회원이 1만1천 명을 넘었다지만 무역업 허가가 완화되기 전 종래 회원만 해도 3천6백 명이며, 이사는 60명이다. 이 60명은 무역협회라는 회사의 임원들이며, 임원회인 이사회부터 눈치 발언이 심하다. 그나마 그 발언들도 당면한 애로를 전부 반영치 못하고 있는 실정이다.

결의 사항이 집행기관(회장단 및 사무책임국)에 넘어가고 난 다음의 성과는 회원 및 이사들의 요구를 충족할 만한 것이 못 된다. 결국 "왜 단체들이 업계의 진정한 소망을 외면하며 결의된 것마저 속 시원하게 몰아붙이지 못하느냐"라는 불평이 뒤따르게 마련이다. 물론 단체의 요청을 정부가 다 들어줄 수 없고, 외면하는 경우도 많겠지만 단체의 자세는 시정돼야 한다.

무역협회는 진흥부가 정부와 기타 기관과의 섭외를 맡고 있다. 10여 년 전에는 무역협회 일은 80%가 진흥부의 일이었으나 지금은 다른 부서 업무가 압도적으로 많다.

그다음은 각 단체운영이 회원을 대표한 이사회보다 회장단에 의해 결의 집행되는 경향인데 이 역시 10년 전에는 볼 수 없었던 일이다.

이사회는 의안(議案)을 탁상에 놓고, 토론과 대화를 통하여 단체의 의사를 결의하는 곳이 아니고, 회장단이 사전에 토의·건의한 것을 추인하는 추인회일 뿐이다. 따라서 이사들의 역할이 무시되며, 그 결과는 단체 일에 대한 참여의식을 무산시켜 회장단의 독주가 심하다는 불만을 낳게 된다.

어느 단체의 정관에도 이것을 용인하는 대목은 없다. 민주주의적 운영 여부는 논외로 하더라도 단체의 운영이 정관 밖에서 이루어진다는 것은 단체의 골격에 배치(背馳)되고, 그 운영을 흐리게 한다는 비난을 면키 어렵다.

이상에서 언급한 여러 가지 문제의 해답을 위해선 우선 지금까지 경제단체의 인사문제에 관여하던 정부가 손을 떼야 한다.

회원들이 자기 이익을 대표하는 단체의 장을 자기 손으로 선출해야 하는 기본욕구가 오랫동안 망각돼왔다.

이것이 경제단체의 동맥경화를 가져온 가장 큰 원인이므로 앞으로 다가올 각단체장의 임기에 따라 개선해 나가야 한다.

그 다음에는 회원과 이사와 회장단 사이를 가로막고 있는 언로의 장벽을 해소하는 문제이다.

이사들은 자기 발언이 어떻게 받아들여지나 하는 불안 때문에 눈치 발언을 하게 되고, 침묵하는 편이 낫다고 판단되면 입을 봉하게 된다.

각 단체의 정부에 대한 발언 창구인 회장단은 회원사의 애로 해결, 정부정책에 대한 시정 요구 등의 건의·독촉에 매우 인색해 업계실정에 대한 정부의 인식은 자연 미약할 수밖에 없었다. 이는 곧 현실과 거리가 먼 정책을 야기하기도 했다.

그것은 때로 실행되는 정책방향과 경제의 현실과의 괴리로 실증된다. 또한 일부 단체의 비대한 재정도 축소할 필요가 있다.

이것은 단체마다 실정이 달라서 전경련이나 중소기업중앙회처럼 적은 예산으로 움직이는 곳도 있지만 상공회의소는 1인당 GNP 2백 달러 미만 시대에 상의법(商議法)에 의하여 제정된 회비를 지금도 징수하고 있다.

이의 시정은 오래부터 제기되어 왔으나 아직 해결을 못 보고 있다.

무역협회는 본예산보다 실수요자 단체로부터 철폐 또는 감액 요청을 받아온 수출진흥기금이 문제다.

수출진흥기금이 창설된 때는 60년도이며 그해 우리나라 수출액은 4억 50만 달러였다. 지금 4백억 달러에 육박하는 시점에서 보면 이 같은 진흥기금이 앞으로 우리나라 수출에 계속 도움을 줄 것인가 아닌가를 검토할 시점에 온 것 같다.

따라서 이 기금에서 연 1백억 원 이상을 갖다 쓰는 무역진흥공사도 일본·미국·유럽의 민간상사와 중복되는 지사의 철폐 혹은 축소 등 운영 방침에 대한 개혁이 필요하다.

경제단체의 재정에 대한 회원들의 여론을 종합하면 회원사에 경영합리화를 호소하면서 단체 자체의 운영에 대한 문제점은 한 번도 거론한 적이 없다.

경제단체의 존재 이유는 우리나라 경제의 보다 나은 발전을 지향하는 데 있다. 따라서 경제단체의 혁신을 소망하는 회원들의 목소리는 지나간 과오를 따지는 것보다 회원들이 바라는 단체 본래의 모습을 되살리자는 것이다. 회원 및 임원과 회장단이 혼연일체가 되어 경제의 발전과 전진을 위하여 공동으로 노력해야 한다.

이상에서 언급했듯이 회장단의 자세는 일신되어야 하겠다. 이 일의 성취를 위하여는 임원도 자기가 회원들의 손으로 선출된 소명에 배치 안 되는 노력을 해야 한다. 그러나 단체가 회원의 요망대로 움직여도 궁극에는 단체의 요망에 대한 정부의 협력이 없으면 이것은 결실이 없다.

민주화되어가는 정치는 이것을 뒷받침해줄 것으로 믿으며, 국민들도 나라살림의 미래를 기대하는 마음으로 이것을 지켜보아야 할 것이다.

김광균 시의 문학사적 의미

유성호

1.

우리 근대문학사에서 '1930년대'가 가지는 중요성에 대해서는 많은 이들이 두루 공감하는 것 같다. 아닌 게 아니라 이 시기는, 그 전후 기간과 확연히 변별되는 문학사적 특수성을 강하게 구현한 우리 근대문학의 난숙기라고 할 수 있다. 다양하게 출몰한 문예사조 및 창작방법들, 그리고 전대에 비해 볼 때 엄청나게 증가한 매체, 작가군(群) 등만 보더라도 이 시기의 역동성은 매우 독자적인 영역을 확보하고 있다 할 것이다. 물론 이러한 문학사적 판단을 시문학에 한정하여도 사정은 크게 달라지지 않는다. 왜냐하면 이 시기에 이르러 우리 근대시는 시 장르 본연의 몫을 인식하면서 민족적 삶과 시의 형상적 결합을 비로소 성취하게 되기 때문이다. 일본 제국주의의 식민지 수탈 정책이 본격화되면서 우리 근대시는 여러 변화를 겪게 되는데, 그것은 민족문학과 민족어에 대한 전면적 탄압으로 인한 프로문학의 현상적 퇴조와 그로 인한 시인들의 내성화로 나타난다. 이 시기에 하나의 뚜렷한 문학운동으로 각인된 모더니즘 시운동도 이러한 정세와 시적 지형의 변화에서 도출된 것이라고 할 수 있다.

　잘 알려져 있듯이, 모더니즘 문학운동은 근대 자본주의 사회의 성립에 따른 미학적 반응의 소산이었다. 그것은 기본적으로 '도시'에서의 근대 경험을 반영하는 사유 및 표현의 양식이다. 따라서 농촌 공동체를 바탕으로 한 전통적 서정시 개념은 모더니즘이라는 서구 충격의 여과를 거쳐 새로운 외연과 내포를 이루게 된다. 이러한 서정시 개념의 확장은 우리 근대시의 발전에 커다란 자양을 부여했을 뿐더러, 시가 비로소 미학적인 실체임을 자각하게 하는 계기가 되어주었다. 이러한 변화의 구체적 현상이 바로 1930년대의 모더니즘 시라 할 것이다.

　사실 모더니즘은 서구에서는 아방가르드나 입체파 운동 또는 다다이즘, 초현실주의 등의 전위적 운동으로 나타났다. 하나의 미학적 공통성으로 포괄할 수 없을 정도로 다양한 진폭의 움직임을 보인 것이 모더니즘 운동이었던 셈이다. 하지만 1930년대 한국 시의 모더니즘은 이미지즘이나 주지주의로 한정되는데, 왜냐하면 시인들이 의식적 자각을 가지고 창작에 임했던 준거는 방법적 의미의 모더니즘이었지 세계관의 변혁을 수반하는 전위 운동의 형태가 아니었기 때문이다. 실질적으로 우리 시사의 맥락에서는 다다나 미래파, 입체파 또는 쉬르 등의 전위적 실험 양상을 뚜렷한 실체로 찾아보기 힘들다.

　1930년대의 한국 모더니즘 시는 전대 낭만주의 시가 구현했던 자연 발생적 시관에 대한 반명제로 출발한다. 현실의 비극을 자각하고 방법적 긴장을 시적 언어에 부여하여 감정 일변도의 서정시 개념을 확장하려 했던 미적 인식의 변화가 이 운동을 한결같이 견인했다고 할 수 있다. 따라서 1930년대 모더니즘 시에 이르러 우리는 현대의 내면의식과 언어적 감각을 동시에 체득하였다고 할 수 있다. 김광균(金光均, 1914~93)은 우리가 한국 근대시의 이러한 창작방법을 논구하려 할 때 꽤 의미 있게 거론될 수 있는 시인이다. 왜냐하면 그는 1920년대 우리 근대시가 지녀온 병폐, 곧 편내용주의와 감상성을 방법적으로 극복한 1930년대 모더니즘 운동의 실천적 시인이었으며, 그 성과는 김기림(金起林), 정지용(鄭芝溶) 등과 더불어 고평 받고 있는 것이 저간의 문학사 서술이 보여준 대체적인 모습이기 때문이다. 더불어 그는 장만영(張萬榮), 장서언(張瑞彦), 박재륜(朴載崙), 이한직(李漢稷) 등으로 이어지는 한국적 이미지즘 시에 선구적 길목을 트며 영향을 끼쳤다는 점에서도 사적으로 주목을 받고 있다.

2.

김광균 시에 나타나는 정신적 기저는 근원적인 상실감이라고 규정할 수 있다. 물론 무엇을 잃어버린 듯한 상실감이 비단 김광균에게서만 발견되는 것은 아니다. 어쩌면 그것은 식민지 시대를 살아갔던 당대 시인들이 일반적으로 공유하고 있던 정신적 기조였다는 표현이 더 적실할 것이다. 특히 1930년대는 정세 악화와 프로문학의 위축 그리고 시인들의 내성화 등으로 이러한 상실감이 매우 근원적이고 동질적인 것으로 편재하던 터였을 것이다. 따라서 이러한 상실감은 자신의 물리적, 정신적 고향을 잃어버렸다고 믿는 당대 시인들에게 일반적으로 관류하던 정신적 현상이었다. 다음 시편은 그러한 상실감의 물리적, 정신적 상황을 잘 보여준다.

차단―한 등불이 하나 비인 하늘에 걸녀 있다
내 호올노 어델 가라는 슬픈 신호(信號)냐

긴-여름해 황망히 날애를 접고
느러슨 고충(高層) 창백한 묘석(墓石)갖이 황혼에 저저
찰난한 야경(夜景) 무성한 잡초(雜草)인양 헝크러진 채
사념(思念) 벙어리 되여 입을 담을다

피부(皮膚)의 바까테 숨이는 어둠
낫서른 거리의 아우성 소래
까닭도 없이 눈물겹고나

공허(空虛)한 군중(群衆)의 행렬에 석기여
내 어듸서 그리 무거운 비애(悲哀)를 지고 왓기에
길-게 느린 그림자 이다지 어두어

내 어듸로 어떠케 가라는 슬픈 신호(信號)기
차단-한 등불이 하나 비인 하늘에 걸니여 잇다.
—「와사등(瓦斯燈)」 전문

　이 작품의 배경은 근대 문명을 받아들인 도시이다. 그것은 낯설고,
자기동일성을 파괴하는 이질적 공간이다. 시인에게 그러한 변화는 충
격적 경험으로 각인된다. 일찍이 이상(李箱)이나 박태원(朴泰遠)에 의해
서 식민지 시대 경성은 그 박람적 충격이 소설적으로 형상화된 바 있는
데, 그 도회 문명은 현란한 변화와 함께 또 다른 식민지적 모순의 착근
이라는 이중적 속성을 띤 것이었다. 그 이중적 속성에서 자연스럽게 파
생되는 정서는 화려함 속의 공허감과 상실감이었을 것이다.
　이 작품은 감각적 이미지에 많이 의존하면서, 찬란한 도시의 밤풍경

속에서 뿌리를 잃고 부유하는 현대인의 슬픔을 잘 살려내고 있다. 대개 '등'이라는 제재는 어둠 속에서 방향을 잃은 이들을 인도하는 역할의 상징으로 많이 쓰이는데, 여기서는 색다른 함의를 지닌 '차단-한' 등불로 나타난다. 더구나 그것은 도시의 희뿌연 거리를 연상시키는 '가스등'이다. 이것은 이미 긍정적 의미의 기능을 상실한 '슬픈 신호(信號)'에 지나지 않는다. '차단-한 등불 / 비인 하늘 / 슬픈 신호(信號)' 등의 이미지를 통해 우리는 차가운 가스등만이 빛나는 황량하고 쓸쓸한 1930년대 식민지 도시의 외관을 연상할 수 있다. 여기서 '차단-한'이란, 흐릿하고 아득한 감각을 전해주는 김광균 특유의 조어인데, 이 어휘를 통해 시인은 자신의 상실감과 슬픔을 효과적으로 드러내고 있다. "내 호을노 어델 가라는 슬픈 신호(信號)냐'라는 구절은 식민지 도시의 암담하고 비애 어린 상황 속에서 방향 감각을 잃고 방황하는 도시인의 절규로 읽을 수 있을 것이다.

여기에 한 가지 더 주목을 요하는 부분이 "내 호을노 어델 가라는"과 "내 어듸로 어떠케 가라는"이라는 두 수식어의 중첩 사용이다. 이 시행이 첫 연과 마지막 연에서 반복되는 것은 이 작품의 서정적 기조를 잘 드러내주는데, 그것은 시인의 지향이 아무런 방향 감각이 없는 채로 부동하고 있음을 보여준다. 따라서 시인이 도회를 커다란 무덤으로 인식하는 것도 무리가 아닐 것이다. 그만큼 이 시편은 '고층(高層) / 묘석(墓石)', '야경(夜景) / 잡초(雜草)'의 대비 속에서 도회의 메마르고 황량한 이미지를 잘 드러낸다.

또 이 작품은 이러한 상실감이 식민지 근대의 중압감으로부터 기인함을 보여준다. 늘어선 고층의 밤풍경이 묘석 주위의 잡초 같다는 인식은 근대 문명이 가지는 찬란한 외양보다는 그 안에 내재해 있는 죽음의 이미지를 추출해내는 시인의 인식을 암유하고 있다고 할 수 있을 것이다. 그리고 '사념(思念) 벙어리'라는 표현은 도시의 중압감에서 오는 상실감의 표현이다. 이 관념적 표현은 사실상 이 작품의 주제에 해당하는 데, 시인은 1939년 오장환의 시집 서평에서 "무형한 하늘을 향하여 내 어젓는 조그만 생활 모색의 촉수 부단히 변색하는 자기 위치와 가치관에의 회의와 자소 상실한 '이데아'에의 향수"[1] 등 자신의 시관을 밝히고 있는데 이 작품이야말로 자신 스스로 밝힌 상실과 이데아에의 향수를 잘 드러낸다고 할 수 있다. 따라서 이 작품 제목인 '와사등'은 어둠 속에서 희미하게 소멸되어가는 향수의 이미지를 거느리고 있는 것이다. 그런가 하면 시인은 외계와의 소통이 일방적으로 단절된 상태를 감각적으로 경험하는데, 그것이 '벙어리'라는 표현에 집약되어 있다. 그것은 실존적인 비애 의식과 함께 역사적 맥락의 슬픔을 동시에 환기한다. 왜냐하면 찬란하지만 쓸쓸한 도시는 이 작품의 단순한 '배경'이 아니라 시인의 주관과 교섭하는 '환경'의 의미를 띠고 있기 때문이다. 뒤이어 이 작품은 공감각적 심상의 제시, 공허한 군중 속의 고독, 공허감과 비애, 어둠이 환기하는 불안의식 등을 표현하고 있다. 마지막 연은 첫 연의 행 배열을 도치시킨 형태로 끝나는데, 이는 등불의 소멸적 이미지를 더욱 선명히 해준다. 결론적으로 이 시편은 신뢰할 곳 없는 어두운 현실 속에서 어디론가 떠나야 하는 식민지 지식인의 고독감과 불안 의식을 '와사등' 이미지로 표현한 가편이라 할 것이다.

이처럼 1930년대 모더니즘은 '도시'야말로 자본주의 모순의 온상이라고 인식하고 그것을 자본주의의 고유한 본질적 경향이 고도화된 공간으로 바라보면서 그 안에 은폐되어 있는 자본주의적 모순을 감각적으로 바라본다. 김광균의 '슬픔'의 시학은 자신을 둘러싸고 있는 도시라는 환경과의 상호 교섭에 의한 매개성을 충족하면서, 소통 결핍, 타

---

1   김광균, 「헌사─오장환 시집」, 『문장』, 1939.9.

자 부재, 상실 의식을 통해 역사적 토대와의 연관관계를 퍽 감각적으로 형상화했다고 할 수 있을 것이다.

그런가 하면 김광균은 '죽음'에 대한 의식을 시적 제재로 많이 활용하였다. 그는 어려서 아버지와 자매를 잃었고, 이러한 유년기의 개인사적 체험은 김광균에게 일종의 정신적 외상을 남겼고, 그의 정서에 나타나는 짙은 상실 의식의 원형질로 자리하고 있다. 하지만 그의 시에 나타나는 어린 시절이 그러한 상실과 고통만으로 그려지지는 않는다. 훼손되기 이전의 어린 시절의 추억은 상실 의식을 보상해주는 자기동일성의 회복 공간으로 채색되기도 한다. 이러한 측면은 백석(白石)으로 대표되어 긍정적, 부정적 평가를 양쪽에서 받아왔지만 특히 김광균에게는 시적 리얼리티를 통한 자기동일성 추구보다는 절대 행복에 잠시 잠기어 현실의 고통을 위안하는 성격이 적극 부각된다.

행복한 유년 시절에 대한 회상은 시인의 세계 인식 속에 '고통스런 현재 / 행복했던 과거' 내지는 '가치 상실의 비애 / 가치 회복의 근원'이라는 이분법적 도식을 가져왔고, 시인은 과거 지향의 목소리와 고향에 대한 아련한 추억을 통해 현실 세계에 존재하지 않는 '다른 세계'로의 몰입을 수행하였다. 그런데 한 가지 첨언할 것은 김광균의 시에도 현실적인 고향을 보여주는 현실 인식의 시편들이 보인다는 것이다. 다음 시는 김광균 시가 성취한 현실 인식의 최대치요, 시대의 비극성을 잘 보여주는 작품이다.

저므러오는 육교(陸橋) 우에
한 줄기 황망한 기적을 뿌리고
초록색 람프를 다른 화물차(貨物車)가 지나간다

어두은 밀물 우에 갈매기떼 우짖는

바다 가까히

정거장(停車場)도 주막집도 헐어진 나무다리도

온—겨울 눈 속에 파무처 잠드는 고향

산도 마을도 포프라 나무도 고개 숙인 채

호젓한 낮과 밤을 맞이하고

그곳에

언제 꺼질지 모르는

조그만 생활(生活)의 초ㅅ불을 에워싸고

해마다 가난해가는 고향 사람들

낡은 비오롱처럼

바람이 부는 날은 서러운 고향

고향 사람들의 한 줌 희망도

진달내빛 노을과 함께

한 번 가고는 다시 못 오기

저므는 도시(都市)의 옥상에 기대여 서서

내 생각하고 눈물 지움도

한 떨기 들국화처럼 차고 서글프다.

　　　　　　　　　　　　　　— 「향수(鄕愁)」 전문

　이 작품은 김광균 시에서 보기 드물게 경험적 직접성이 생활의 체취
를 풍기며 다가오는 풍경화이다. '향수'는 당대의 일반적인 시적 주제

였는데 대부분이 상실되기 이전의 고향을 그리거나 아니면 자신의 속되고 훼손된 삶의 카운터 이미지로서 고향을 그리기 마련인데 이 작품에서도 그러한 일반적 양상은 그대로 나타나 있다.

1연에는 김광균 특유의 원경 처리가 나타나 있다. 그것은 실제 풍경일 수도 있고 작위적인 전경일 수도 있다. 2연에서는 이 시편의 정신적 바탕이 나타나는데, 그것은 "조그만 생활(生活)의 초ㅅ불"이라는 은유가 함축하고 있는 고향의 풍경으로서, 시인은 고향 사람들의 실제적 생활의 체취가 풍기는 누추함과 그 피폐함을 효과적으로 감각화하고 있다. 따라서 이 작품에 나타나는 '차고 서글픔'이라는 정서는 자연 발생적 감상벽이 아니라 역사의 격동에서 유추 가능한 시인의 무력감과 환경 변화에서 나타나는 비극미의 한 양상이라고 읽을 수 있다.

우리 시사에서 1930년대의 모더니즘은 참신한 시적 이미지에 의한 내면 풍경의 제시, 그리고 투명한 시적 조형성으로 1920년대의 센티멘털리즘과 경향시의 사상 편향성을 방법적, 미학적으로 극복했다고 평가받아왔다. 더구나 '이미지즘'을 가장 시적으로 완성도 높게 구현한 시인으로 김광균을 꼽고 있는 것이 사실이다. 물론 그는 우리의 재래적 서정이라고 일컬을 수 있는 비애의 정조를 전면화시켜 전대의 낭만주의의 1930년대적 변용으로 읽힐 만큼 센티멘털리즘[2]의 충실한 연장선상

---

2 당대의 비평가 최재서(崔載瑞)는 그의 논문 「센티멘탈론(論)」(1937)에서 당대 문학의 센티멘털리즘 유행 현상을 서구의 문학사와 견주어 합리적으로 설명하고 있다. 특히 그는 센티멘털리즘이 오히려 지적 우월성을 가지고 있는 지식인들에게 찾아올 수밖에 없는 필연성을 논증하고 있는데 막연히 모더니즘을 지성의 편에서 해석하여 반(反)센티멘털리즘으로 단순화하는 것보다 적절성이 있어 보인다. "요(要)컨대 센티멘탈리즘은 정조(情操)의 편중(偏重)한 작용(作用)이다. 정조(情操)의 대상(對象)이 실재(實在)할 때 정조(情操)는 적당(適當)히 처리(處理)되고 말지만 그 대상(對象)이 없을 때엔 생리적(生理的) 필연성(必然性)에 의(依)하여 정조(情操)는 더욱 농밀(濃密)하여진다. 이것이 센티멘탈리즘이다. 현대(現代) 인테리겐챠가 문화(文化)와 교양(敎養), 이상(理想)과 행복(幸福)에 대한 정조(情操)를 가지고 있는 한(限), 그리고 그 정조(情操)가 현실세계(現實世界)에 있어 늘 유린(蹂躪)을 당할(當) 때 그는 그 공허(空虛)를 센티멘탈리즘으로서 느끼지 않을 수 없다." 최재서, 「센티멘탈론」, 『문

에 있다. 하지만 앞서 이야기했듯이, 그의 비애의 정서는 무매개적인 감상벽과는 차원이 다르다. 이미지 조형을 방법적으로 원용하여 한 시대의 슬픔과 주체의 부적응성을 일관되게 형상화하고 있기 때문이다.

등불 업는 공지(空地)에 밤이 나리다
수없이 퍼붓는 거미줄갗이
자욱-한 어둠에 숨이 자즈다

내 무슨 오지 안는 행복(幸福)을 기다리기에
스산한 밤바람에 입술을 적시고
어느 곳 지향 업는 지각(地角)을 향하여
한 옛날 정열(情熱)의 창랑(蹌踉)한 자최를 그리는 거냐
끝업는 어둠 저윽이 마음 서글퍼
긴- 하품을 씹는다

아- 내 하나의 신뢰(信賴)할 현실(現實)도 없이
무수헌 연령(年齡)을 낙엽(落葉)갗이 띄워 보내며
무성(茂盛)헌 추회(追悔)에 그림자마자 갈갈히 찌겨

이 밤 한 줄기 조락(凋落)헌 패잔병(敗殘兵) 되여
주린 이리인양 비인 공지(空地)에 호을노 서서
어느 먼- 도시(都市)의 상현(上弦)에 창망히 서린
부오(腐汚)한 달빛에 눈물 지운다

학과 지성』, 인문사, 1938, 218면.

1920년대 시인들이 보였던 감상과 영탄의 방출이 현실 부정과 환멸의 소산이었듯이, 김광균의 비애나 눈물 역시 식민지의 타율적 도시화의 양상에 절망하고 그것을 부정하는 정서에서 유래된 것은 틀림없다. 이 작품에서도 시인의 심적 고통을 가져오는 사회적 역학은 나타나 있지 않고, 다만 일방적인 소외 의식 및 소통 가능한 타자의 부재 그리고 그로부터 유래하는 밀폐감과 내면적 황폐감 등이 감각적 은유를 통해 잘 나타나고 있다.

이 작품의 배경 역시 도시의 밤이다. 김광균 시에 나타나는 시간적 배경은 '아침'은 거의 없고 '오후 / 황혼 / 밤'이 대부분인데, 이는 그것들이 생성의 시간이 아닌 소멸과 침잠의 시간이기 때문이고, 김광균이 딛고 있는 서정적 충동의 모티프가 생성 지향적 의식보다는 소멸 지향적 의식에 있기 때문이다. 따라서 이 작품에는 "어느 곳 지향 없는 지각(地角)"을 '추회(追悔)'에 싸여 걷고 있는 '패잔병(敗殘兵)'의 의식 세계가 도시의 '부오(腐汚)'에 오버랩되면서 슬픈 소시민의 초상이 드러나고 있을 뿐이다.

주지하듯, 현실이 본질과 가치를 결여하고 훼손과 상실이 가득한 것으로 보일 때 인간의 삶은 이데아를 열망하는 것으로 의의와 가치를 가진다는 것이 낭만주의적 세계 인식이다. 김광균 시편들은 한결같이 그러한 속성과 태도를 보인다. '지금 여기'가 아닌 '먼 저기'를 지향하는 것도 그러한 현실 인식이 낳은 시적 지향의 하나일 것이다. 그 점에서 그는 이미지스트이자 낭만주의자이다. 하지만 그는 1930년대의 경성이라는 도시 공간이 던져준 공허감과 소외 의식 또는 타자 부재와 상실 의식 등을 통해 한 시대의 비극적 초상을 선명하게 그려낸 공적을 가지고 있다. 이 점에서 김광균 시편들은, 명징한 이미지만을 추구했던 정지용의 초기 이미지즘 시나 도시적 명랑성을 노래한 김기림 초기 시편보다 훨씬 내면적 정직성과 서정적 비극성을 잘 형상화한 결실로 보아야 할 것이다.

3.

모더니즘은 당대 현실에 대한 위기의식과 현실에 대한 부정의 세계관으로 생성된 미학 이념이다. 따라서 거기에서 사회성을 탈각시킬 경우 그것은 기법 위주의 형식주의로 탐닉할 위험성을 가지게 된다. 1930년대의 한국 모더니스트들은 시의 내용보다는 대상을 감각적으로 표현하는 방법에 심혈을 기울였는데, 그러한 일반적 흐름과는 달리 김광균은 독자적인 시적 개성, 곧 자신의 정서와 시적 의장을 결합시키려는 열정을 가진 시인이었다. 김광균에게 모더니즘은 자신의 그러한 비애와 소외를 방법적으로 그려내는 일종의 미적 의장이었다고 할 수 있다.

물론 이미지는 실체의 단순한 모사나 재생으로는 형성되지 않는다. 설사 이미지가 대상을 충실히 모사하는 것에 목표를 둔다고 하더라도 시 속에 형상화된 이미지는 시인 스스로 주관적 목적에 의해 선택되고 상징적 조작을 거쳐 배열된 것이다. 이러한 선택, 배열, 변형 등 이미지 형성의 일련 과정에 결정적으로 개입하고 있는 것은 말할 것도 없이 시인 자신의 주관이다. 현상학적으로 이야기하면 시인의 의식은 언제나 '어떤 것에 대한 의식'으로서의 지향적 의식이다. 따라서 시 속에 나타나는 이미지는 대상과 의식의 복합물로 보아야 한다. 이럴 경우 그간 문학사에서 뛰어난 이미지를 구사했다고 평가받아온 김광균의 '감각적 이미지'나 '이국적 이미지' 역시 이미지 형성 그 자체의 미적 기교보다는 시인의 주관적 정서 및 의식을 담아내는 그릇으로서의 기능이 더 승한 것을 알 수 있다.

카―네슌이 허터진 석벽(石壁) 안에선
개를 부르는 여인(女人)의 목소래가 날카롭다

동리는 발밑에 누어
몬지 낀 삽화(揷畵)갗이 고독한 얼골을 하고
노대(露台)가 바라다보이는 양관(洋舘)의 집웅 우엔
가벼운 바람이 기폭(旗幅)처럼 나브낀다

한낮이 겨운 하늘에서 성당(聖堂)의 낫종이 굴너나리자
붉은 노―트를 낀 소녀(少女) 서넛이
새파―란 꽃다발을 떠러트리며
해빛이 퍼붓는 돈대 밑으로 사라지고

어듸서 날너온 피아노의 졸닌 여운(餘韻)이
고요한 물방울이 되여 푸른 하늘에 스러진다

우유차(牛乳車)의 방울 소래가 하―얀 오후(午後)를 실고
언덕 넘어 사라진 뒤에
수풀 저쪽 코―트 쪽에서
샴펜이 터지는 소래가 서너 번 들녀오고
겨오 물이 오른 백화(白樺)나무 가지엔
코스모쓰의 꽃닢갗이

해맑은 힌구름이 쳐다보인다

　　　　　　　　　　　　　— 「산상정(山上町)」 전문

　이 시는 '양관(洋舘)', '성당(聖堂)', '피아노', '샴펜' 등 이국적 이미지들이 내적 필연성 없이 환상적으로 구성된 하나의 화폭이다. 객관적인 이미지 조형에 노력한 시편이라고 보기에는 이국정조가 미화되어 있고, 시인 스스로 살았던 현실과 아무런 유추점도 주지 못하는 작위적 현실이 되고 말았다. '산상정(山上町)'은 그가 신혼 생활을 한 군산의 한 지명인데, 시인은 거기서 구체적인 로컬리티보다는 식민지 도시의 일반적인 애상적 이미지를 구축하였다. 이 점, 시적 구체성에서 한계로 지적될 만하나, 여전히 그는 도시 문명이 가져다주는 이물감과 시적 주체의 부적응성을 감각적으로 잘 전달하고 있다.

　　비인 방에 호을노
　　대낮에 체경(體鏡)을 대하여 안다

　　슬픈 도시(都市)엔 일몰(日沒)이 오고
　　시계점(時計店) 집웅 우에 청동(靑銅) 비듥이
　　바람이 부는 날은 구구 우렀다

　　느러슨 고층(高層) 우에 서걱이는 갈대밧
　　열없은 표목(標木) 되여 조으는 가등(街燈)
　　소래도 없이 모색(暮色)에 저저

　　열븐 베옷에 바람이 차다

마음 한구석에 버래가 운다

황혼을 쪼처 네거리에 다름질치다
모자도 없이 광장(廣場)에 스다

— 「광장(廣場)」 전문

이 작품 역시 경험적 구체성과는 무관한 시적 의장으로 가공된 풍경화이다. 대낮에 홀로 방에 앉아 거울을 마주하고 있는 시인은 밀폐감에 의한 슬픔을 토로하고 있다. 사실 '비인 방'은 외계와의 통로가 차단된 폐쇄적 이미지를 가지고 있다. 거기서 거울을 마주보고 있는 시인은 무력감에 빠져 있는 자아를 대면하고 있다. 그것은 자기성찰이라는 능동적 자아 찾기와는 무관한 의미 없는 행위일 뿐이다. 2연에서 그는 '청동(靑銅) 비듥이'라는 시적 상관물로 표상된다. 시인은 슬픔에 못 이겨 방으로부터의 외출을 꾀한다. 이상(李箱)의 「날개」나 박태원(朴泰遠)의 「소설가(小說家) 구보(仇甫) 씨(氏)의 일일(一日)」에 빈번한 모티프로 나오는 외출 이미지와 산책 이미지가 이 작품에 그대로 관류한다. 이 시인의 또 다른 작품 「창백(蒼白)한 산보(散步)」에서도 이어지듯이, 그것은 소통의 또 다른 주체로서의 타자 부재의 인식과 자신을 둘러싸고 있는 환경과의 부적응성의 좌증이다. 따라서 그가 도달한 '광장(廣場)'도 타자를 회복할 수 있는 생성적 공간은 되지 못하고, 그저 마음 한 구석에서 벌레가 우는 황량한 공간일 뿐이다. 그러한 결핍 또는 부재의 시적 인식은 다음 작품에서 가장 뛰어난 형상을 얻는다.

낙엽(落葉)은 포 – 란드 망명정부(亡命政府)의 지폐(紙幣)
포화(砲火)에 이즈러진

도룬시(市)의 가을 하늘을 생각케 한다

길은 한 줄기 구겨진 넥타이처럼 푸러저

일광(日光)의 폭포 속으로 사러지고

조그만 담배 연기를 내어 뿜으며

새로 두시의 급행차(急行車)가 들을 달린다

포프라 나무의 근골(筋骨) 사이로

공장(工場)의 집웅은 힌니빨을 드러내인 채

한 가닭 꾸부러진 철책(鐵柵)이 바람에 나브끼고

그 우에 세로팡지(紙)로 만든 구름이 하나

자욱―한 풀버레 소래 발길로 차며

호을노 황량(荒凉)한 생각 버릴 곳 없어

허공에 띄우는 돌팔매 하나

기우러진 풍경(風景)의 장막(帳幕) 저쪽에

고독한 반원(半圓)을 긋고 잠기여 간다

― 「추일서정(秋日抒情)」 전문

　자연 그대로의 사상(事象)이 아닌 조형적 형상이 이 작품에서도 그 면모
를 드러낸다. 사실 이미지스트의 시는 시각적 이미지를 중요시하기 때문
에 표현에 크게 제약을 받는다. 그것은 시의 한 요소는 될 수 있을지언정
인간 경험이라는 그 복잡한 전체를 표현하기에는 한없이 부족하다. 시각
적 이미지 위주의 시가 간단한 풍경의 스케치 같은 인상을 줄 뿐, 내면적
으로 깊은 감동을 주지는 못하는 이유가 거기에 있다. 또 시가 선명한 시
각적 영상만을 강조할 때, 시의 기능이 축소되어 묘사로 치우치고 사상성
이 배제될 수 있기 때문이다. 이미지즘의 시가 교묘하게 채색된 회화가
되거나 또는 몇 장면의 연속된 인상의 투영도가 되어, 독자는 시인의 묘

사의 기술과 언어의 구사에 감탄은 할지언정, 사상과 감정이 일체가 된 인간의 깊이 있는 체험 세계에는 참여할 수 없는 이유도 거기에 있을 것이다. 하지만 이 작품은 그러한 사상성의 약화에도 불구하고 시각적 이미지를 통한 도시 문명의 정서적 비판에 일정하게 성공하고 있다.

이 시편은 돌연하면서도 이국적인 비유로 시작된다. '낙엽(落葉)-지폐(紙幣)'의 은유적 전이는 시편의 제목인 가을에 대한 시인의 기본적 태도를 드러내준다. 이 첫 부분은 1939년 9월 1일 독일의 폴란드 침공과 점령이라는 역사적 사실과 관련되어 있다. 이 침공은 처참한 제2차세계대전의 시작을 의미하는 것인데, 여기에서 '망명정부(亡命政府)의 지폐(紙幣)'란 화폐로서의 생명을 잃은 무가치성을 말한다. 이 상실감은 '포화(砲火)에 이즈러진 / 도룬시(市)의 가을 하날'이 빚어내는 황폐감과 결합되어 이 작품에 특유의 메마르고 황량한 분위기를 만들어낸다.

시의 둘째 부분(4~7행)은 두 개의 문장, 두 개의 장면 곧 '길'과 '급행차(急行車)'의 상황으로 이루어져 있다. 길은 풀어져 있고 사라져가고 있는데, 이는 시인의 눈앞에 펼쳐진 길이기도 하지만 자신의 삶의 상황 곧 소멸의 이미지를 나타내기도 한다. 급행차는 존재의 급박한 상황을 암시하고, 멀리서 바라본 조그만 담배연기 같은 기차 연기 역시 소멸을 본성으로 하고 있다. 이 부분에서는 특히 '새로 두시'라는 대목이 눈에 띄는데, 이는 하루 중의 때늦은 시간 오후 두 시를 가리키기도 하고, 달리는 기차처럼 빨리 흘러가버리는 시간에 대한 강박관념을 환기하기도 한다. 셋째 부분은 포플라 나무, 공장, 구름 등의 황량한 풍경인데, 이 역시 도시의 현대문명이 주는 황폐감과 상실감을 짙게 드리우고 있다. 특히 '근골(筋骨)', '니빨', '철책(鐵柵)' 등의 물리적 이미지로 삭막함을 강조하고 있다. "세로팡지(紙)로 만든 구름이 하나"라는 표현은 인간의 꿈마저 인위적 이미지로 변화시키는 현실의 모습을 은유적으로 보여준다. 넷째 부분에서는 앞서 제시된 눈앞의 풍경에 대해 시인이 어떤 행위를 보여주려 한다. 그것은 황량감, 상실감의 정서가 행위화한 표현이다. 시편의 화자는 풀벌레 소리 들리는 풀섶을 공연히 차보는가 하면 허공에 돌팔매를 던져보기도 하는데, 돌팔매는 황량하고 쓸쓸한 느낌의 여운을 남기며 반원을 그리고 사라져간다. 궁극적으로 이 시편은 '기우러진 풍경(風景)' 속에서 인물마저도 황량한 풍경의 일부가 되어 흔적도 없이 스러져가는 순간을 표현하면서, 모든 존재들이 소멸되어가는 가을의 공간에 대하여 우울하게 묘사한 풍경화라 할 것이다. 이같이 이미지 위주로 쓴 그의 시편에서도 시적 주체의 소시민적 부유의식은 공통적으로 나타나고 있다.

여기서 우리는 김광균이 방법적으로 채택해온 이미지즘의 한국적 변용이 그의 뛰어난 언어 구사 솜씨와 역사적 문맥 속에서의 비애의 정조로 구체화되어 나타났다고 말할 수 있다. 그래서 김광균 모더니즘 시학의 의미는 한국 근대시에 시의 방법적 자각을 일깨우고 당대의 서정적 충동을 감각적으로 언어화하는 데 성취를 거두고 있다는 것으로 모아질 수 있을 것이다. 그 점에서 그의 시를 1920년대 낭만주의의 계승이라고 보는 시각은 시에 나타나는 주조로서의 정신적 문맥만을 추출하여 그것을 환경과의 매개적 범주로 해석하지 않고 전대와 등치시킨 인식의 오류인 것이다.

4.

이제까지 우리는 김광균이 1930년대에 창작했던 작품들이 가지는 세계 인식과 창작방법의 관련 양상을 살폈다. 그것은 그동안 모더니즘의 실천적 기수로만 긍정적 평가를 받아왔거나 아니면 감상 과잉의 엘레지 시인으로 평가받아왔던 것을 반성적으로 검토하여 그의 비극적 세계 인식이 사실은 식민지 시대의 타율적 도시화에 따른 일방적 소외와 상실 의식을 방법적 이미지즘에 의해 형상화한 시적 전략이었다는 것으로 요약할 수 있다. 상실 의식의 외화로서의 감각적 이미지 수용, 그 보상으로서의 비극적 세계 인식, 실체의 미적 변용으로서의 감각적 이미지, 이국적 이미지 사용이라는 축들로 그의 세계가 구성됨을 알 수 있었다. 언어의 관습성에 대한 미적 저항 역시 그의 문학사적 몫이라 여겨진다.

김광균은 자신의 유일한 시론에서 "오늘 우리가 가장 큰 관심을 가지고 대할 문제 중의 하나로 "시가 현실에 대한 비평정신을 기를 것"이 있다. 이것이 현대가 시에게 요구하는 가장 긴급한 총의(總意)이겠다"[3]고 발언한 적이 있는데 그의 이러한 이념적 비판 의식은 그의 시에서 감각적인 문명 비판적 성격으로 표출된 것이다. 따라서 우리는 김광균 시편들이 전해준 공허감, 타자 부재, 상실 의식이 당대의 시적 주체들이 겪은 시대적 비애에서 유래한 것임을 적극 재해석해야 할 것이다.

---

3   김광균, 「서정시의 문제」, 『인문평론』, 1940.2.

작가 연보

1914(1세) 1월 19일(음력 1913년 12월 23일) 경기도 개성시(開城市) 선죽동(善竹洞) 673번
지에서 포목 도매업을 하던 아버지 김창훈(金昌勳, 본관 웅천)과 어머니 한순복
(韓順福, 본관 청주) 사이에서 3남 3녀 중 장남으로 태어남.

1923(10세) 개성시에 있는 원정소학교에 2학년에 편입학함.

1924(11세) 개벽사 발행의 아동잡지『어린이』(2-11, 통22호) '5백명대현상'에 김광균
이 뽑힌 것으로 보아『어린이』의 애독자였을 것으로 추정됨.

1925(12세) 엄격한 유학자 집안에서 태어났지만 기독교가 들어오자 맨 처음 상투
를 자르고 교회에 나갔으며,『언문풍월』이라는 활자본 한글시집까지 냈던[1]
부친이 포목점을 하다가 중풍으로 쓰러져 작고함. 이후 김광균이 성장할 때
까지 모친이 삼포를 경영함.

개성소년회 창립 3주년 기념 총회에서 학예부 위원에 선임됨.

1926(13세) 원정소학교를 마치고 개성상업학교에 입학함. 경기도지사로부터 작문
상을 수상하였음. 소년시「가신 누님」을『중외일보』에 발표함(12월 14일).

1927(14세) 개성소년동맹 창립과 관련하여 규약기초위원에 선임됨. 조선소년연합
회 창립 발기대회에 조선소년연맹 대의원으로 참석함(7월 30일).「넷 생각」을
『조선일보』에 발표함(11월 19일).

1929(16세) 1929~30년에 걸쳐『동아일보』에「한울」등 시 5편을 발표하고, 잡지
『대중공론』과『음악과 시』에「실업자(失業者)의 오월(五月)」과「소식(消息)」을
발표함. 최초의 평론이라 할 수 있는「개인(個人)의 소감(小感)－저술가(著述家)
와 출판가(出版家)에게」를『중외일보』에 발표함(3월 5일).

---

1 시인이 남긴 자필이력서에 의함.

1930(17세) 현동염, 최창진 등 문예에 뜻을 둔 개성 청년들과 힘을 모아 '연예사(硏藝社)' 창립하고(3월 25일) 동인지 『유성(流星)』을 간행하기로 함.

1931(18세) 개성상업학교 졸업함(3월).

1932(19세) 경성고무유한회사에 입사하여 군산분공장으로 발령받음(10월).

1935(22세) 함경남도 이원의 김선희(金善姬, 본관 김해)와 혼인함(4월 18일). 신혼 초기에 개성에 잠시 살다가 군산에서 신혼 생활을 함.

1936(23세) 『을해명시선집』(오일도 편, 시원사, 3월 27일)에 「외인촌(外人村)의 기억(記憶)」과 「오후(午後)의 구도(構圖)」가 수록됨. 장남 영종(英鍾) 개성에서 출생함.

1937(24세) 첫 시집 『무화(霧花)와 외투(外套)』를 풍림사에서 '조선시인총서'로 낼 예정이었으나 출판되지 못함(『고려시보』, 6월 1일).[2] 오장환·윤곤강·이육사·이병각·서정주 등과 함께 동인을 결성하여 동인지 『자오선』을 간행함(11월 8일).

1938(25세) 「설야(雪夜)」가 『조선일보』 신춘문예에 1등으로 당선함. 군산에서 서울 본사로 올라와 다옥정에서 하숙함.

1939(26세) 『현대조선시인선집』(임화 편, 학예사, 1월 25일)에 「설야(雪夜)」가 수록됨. 첫 시집 『와사등(瓦斯燈)』을 오장환이 경영하던 남만서점에서 출간함(8월 1일). 장녀 영자(玲子) 개성에서 출생함.

1940(27세) 조선일보 신년특집 기획 기사에서 당대 문단의 맹장 임화와 대담회를 가짐(1월 13·16·17일). 본사로 올라온 지 2년 만에 상여금 일만 원을 받아 집안의 부채를 모두 상환함.

1942(29세) 고향 개성을 떠나 서울 장사동에 살다가 계동 147-12호로 이사함. 차녀 은영(銀暎) 출생함.

1943(30세) 차남 현종(賢鍾) 출생함.

1945(32세) 해방 직후인 8월 18일 결성된 조선문화건설중앙협의회 내 조선문학건

---

2   『풍림』 6집(1937.5.1) 광고에 의하면 '현대조선시인총서' 1차분으로 윤곤강, 김광균, 이찬, 오장환, 이정구, 이병각의 시집이 기획되어 있었음을 알 수 있는데, 이 가운데 윤곤강(『대지』), 오장환(『성벽』), 이찬(『대망』)의 것만 출판되었다.

설본부의 시부 위원을 맡음(위원장 : 김기림, 위원 : 김광균, 오장환, 임화, 정지용).
『해방기념시집』(중앙문화협회 편, 12월 12일)에 「날개」 발표함.

1946(33세) 해방이 되자 『신천지』, 『학병』, 『신문학』 등 잡지와 『서울신문』, 『경향
신문』 등 일간지에 많은 작품을 발표함. 『삼일기념시집』(조선문학가동맹시부 편,
건설출판사, 3월 1일)에 「삼일(三一)날이여! 가슴아프다」를 발표함. 조선문화단
체총연맹 주최 민족문화건설 전국회의 석상에서 '연합국과 학예술가에게 보
내는 메시지' 낭독함(4월 15일). 시인의 집과 조선문학가동맹이 공동주최한 시
의 밤 행사에서 개회사를 하고, 김광균의 역시 「회향(懷鄕)」(헷세 원작)을 이건
우가 작곡하여 노래로 부름. 조선학술문화출판회 결성에 발기인으로 참여함
(5월 10일). '시인의 집' 주최 현대시 강좌에서 「시와 회화」 강연함(5월 12일). 신
석초 · 오장환 · 이용악과 함께 간행위원이 되어 이육사의 유고시집 『육사시
집』(서울출판사, 10월 20일)을 간행하고 서문을 씀. 조선문학가동맹 서울 지부 주
최로 열린 '시와 음악의 밤'에서 시 낭송함(기독교청년회관, 12월 26일). 『와사등
(瓦斯燈)』을 정음사에서 재간함(발행일자 없음).

1947(34세) 제2시집 『기항지(寄港地)』(정음사, 5월 1일)를 출간함. 『민성』3-11호에 「가을
에 생각나는 사람, 김소월」을 발표하여 오장환과 함께 소월연구에 선편을 잡음.

1948(35세) 3남 승종(承鍾) 출생함. 윤곤강 시집 『피리』 출판기념회 발기인으로 참여
함(4월 12일). '시낭독연구회'(남대문로 2가 28)를 결성하고 간사를 맡음. 몽양 여
운형 선생 1주기 추도회에서 김기림과 함께 참석하여 추모시를 읽음(7월 19일).
임학수 시집 『필부의 노래』 출판기념회 발기인으로 참여함(동화백화점, 7월 23일).

1949(36세) 『출판문화(7호) 특집 출판대감』 '아호 소개'란에 '우두(雨杜)'가 소개되었
으며, 같은 책 '조선 문화인 명부'에는 '(시인)문예평론 『와사등(瓦斯燈)』, 『기항
지(寄港地)』'로 소개됨(4월 15일). 한국문학가협회 결성에 추천회원으로 참여함
(12월 17일).

1950(37세) 『현대시집 II 신석정 · 김광균 · 장만영 · 유치환』을 간행(정음사, 3월 10일)
하였는데, 「지등(紙燈)」을 비롯해 30편이 수록됨. 모윤숙의 『렌의 애가』 출판기

념회 발기인으로 참여함(1월 17일). 문예사 주최로 열린 '자작시 낭독의 밤'에 정지용, 김영랑, 김기림, 서정주 등과 참여함(6월 9일). 김기림의 추천으로 가을 학기부터 중앙대학에 출강하기로 함. 6·25전쟁이 일어나 사업(건설실업주식 회사 대표)을 하던 아우 익균(益均)이 인민군에게 체포, 납북됨.

1951(38세) 1·4 후퇴로 부산에 피란하여 초량동에 살며 해방 직후 익균과 함께 투자하여 설립하였던 건설실업주식회사 사장으로 취임함.

1952(39세) 문화단체총연합회 주최 예술대회에서 시 낭송함(3월 1일).

1953(40세) 휴전이 되어 가족 모두 서울 계동으로 돌아옴.

1957(44세) 장만영의 주선으로 그가 운영하던 출판사 산호장에서 제3시집 『황혼가 (黃昏歌)』를 출간함(7월 5일, 3백 부 한정판). 종로구 경운동 96-1호로 이사함.

1959(46세) 장만영, 박남수와 함께 춘조사에서 간행한 '오늘의 시인총서' 편집위원을 맡음. 모두 4책이 간행된 이 총서 가운데에는 김수영의 첫 시집 『달나라의 장난』을 비롯해 김춘수의 『부다페스트에서의 소녀의 죽음』 등 한국 현대시 사상 기념비적인 시집들이 들어 있음. 국제상의 한국위원회 감사역으로 부임함. 박두병, 김광균 외 5인이 발기인이 되어 서울은행 설립, 개점함(10월).

1960(47세) 장만영의 산호장에서 『와사등』을 재간행함(9월 30일). 무역협회 부회장이 됨(11월 10일).

1961(48세) 모친 작고함(6월). 한국교향악단 창립추진위원으로 참여함(장기영 외 5인). 성북동으로 이사함.

1962(49세) 한국벽지조합 이사장이 됨.

1963(50세) 국제펜클럽한국본부 주최 '시와 음악의 밤'에서 시 낭송함(시민회관, 8월 14일).

1966(53세) 중앙농약 회장이 됨.

1971(58세) 한국무역협회 상무이사가 됨.

1974(61세) 산학협동재단 소위원회 위원에 선출됨(2월 6일). 한양로타리클럽에 가입하고(9월), 국무총리 표창을 받음.

1975(62세) 전국경제인연합회 통상위원이 됨. 이중섭20주기기념사업회 위원으로

참여함(회장 : 구상).

1976(63세) 대한상공회의소 총회에서 9대 상임위원에 선출됨(6월 28일).

1977(64세) 조병화, 김규동, 김경린 등이 편집위원을 맡아 김광균 시전집 『와사등
(瓦斯燈)』을 근역서재에서 간행함(5월 30일). 전경련 이사 및 금융위원이 됨. 성
북구 성북2동 330~336호로 이사함.

1982(69세) 『현대문학』 3월호에 「야반(夜半)」 등을 발표하며 오래 중단하였던 시작
활동을 재개함. 한국현대시문학대계(13) 『김광균 장만영』(지식산업사, 박철희
편) 간행함(6월).
국제연합한국협회 부회장 및 대한상공회의소 상임회원이 됨.

1983(70세) 한국·캐나다 경협 부회장이 됨. 시우 장만영의 묘역에 장만영시비 건
립함(7월 10일). 이봉구 문학비 건립 발기인(조병화, 송지영, 김윤성 등)으로 비문을
짓고, 제막식에 참석함(11월 27일).

1984(71세) 한양로타리클럽 회장이 됨.

1985(72세) 산문모음집 『와우산(臥牛山)』 출간함(범양사출판부, 8월 15일). 문예진흥후
원협회 부회장이 됨. 정비석, 구상, 황순원, 김태길, 이주홍, 이성범, 김중업
등과 함께 『회귀』 동인 결성함. 타계 10주기를 맞아 출간된 『신석초 전집』 출
판기념회 초청인으로 참여함.

1986(73세) 제4시집 『추풍귀우(秋風鬼雨)』 간행함(범양사출판부, 7월 15일, 5백부 한정판).
전 무역협회 명예회장이며, 고려중앙학원 이사장을 지낸 목당 이활 선생 묘
비의 비문을 지음.

1987(74세) KS물산주식회사 사장이 됨. 구상·정한모 공편으로 김광균 시 연구논
문집인 『30년대(年代)의 모더니즘』(범양사출판부, 2월 25일) 간행됨.

1988(75세) 구상, 양병식, 송지영, 조경희, 서기원, 조병화, 김규동, 김경린 등과 '김
기림기념사업회'를 결성하고 회장이 되어 5월 11일 조선일보사 후원으로 제1
회 '김기림 문학의 밤'을 개최함. 정지용 시인을 기리는 '지용회'가 결성되어
고문을 맡음. '문화의 날 기념 대한민국문화예술상 시상식에서 은관문화훈장

받음(10월 20일). 겨울 중풍으로 쓰러져 서울대병원에 입원함.

1989(76세) 시인 구상의 권유로 가톨릭에 입교하여 세례를 받음(세례명 : 니코데모). 제
5시집 『임진화(王辰花)』 간행함(범양사출판부, 5월 30일). 김규동, 박태진 시인들과
보성학교 교정에 이상시비의 건립을 추진하였으나 김향안 여사 측에 양보함.

1990(77세) 제2회 지용문학상 수상함(수상작 : 「해변(海邊)가의 무덤」, 5월 13일). 김기림
시비건립위원장을 맡아 김기림 모교인 보성고등학교(송파구 방이동 소재) 교정
에 김기림 시비 건립함(6월 9일).

1992(79세) 종로구 부암동으로 이사.

1993(80세) 11월 23일 지병으로 자택에서 별세함. 묘지는 북한산록 지축리 와우산
중턱 어머니 묘소 바로 옆에 있음.

1994년 1977년에 근역서재에서 펴낸 시전집 『와사등(瓦斯燈)』을 삶과꿈에서 가
족들이 재간함(1월 10일).

2002년 김학동·이민호에 의해 『김광균 전집』 출간됨(국학자료원, 8월 16일).

2004년 시인의 10주기를 맞이하여 구상 시인을 비롯하여 친지·유족의 뜻을 모
아 '김광균시비'를 세움(종로구 명륜동4가 1번지, 대학로 : 박충흠 제작, 김단의 글씨)(5월).

2012년 김유중에 의해 『김광균 시선』 출간됨(지식을만드는지식, 8월 30일).

2014년 탄신 100주년을 맞이하여 유성호·오영식에 의해 『김광균 문학전집』이
근대서지총서로 출간됨(소명출판, 5월 24일).

작품 연보

발표일자	구분	제목	발표지
1926.12.14	시	가신 누님	『중외일보』
1927.11.19	시	녯 생각	『조선일보』
1929.10.13	시	한울	『동아일보』
1929.10.15	시	慶會樓에서	『동아일보』
1929.10.16	시	녯 동무	『동아일보』
1929.10.19	시	病	『동아일보』
1930.1.12	시	夜警軍	『동아일보』
1930.3.5	산문	個人의 小感—저술가와 출판가에게	『중외일보』
1930.6	시	失業者의 五月	『대중공론』 7호
1930.8	시	消息—우리들의 兄님에게	『음악과 시』 1호
1930.10.30	산문	金鍾仁 氏의 두 創作에 對하여	『동아일보』
1932.5.4	산문	『餓鬼道』의 展望	『조선일보』(上 5.4, 下 5.5)
1933.7.22	시	蒼白한 構圖	『조선중앙일보』
1933.11.9	시	海岸과 落葉	『조선일보』
1934.2.8	시	그날밤 당신은 馬車를 타고	『조선중앙일보』
1934.3.4	산문	문단과 지방	『조선중앙일보』(上 3.4, 下 3.5)
1934.3.12	시	波濤 있는 海岸에 서서	『조선중앙일보』
1934.3.20	산문	三月과 港口	『조선중앙일보』
1934.3.28	시	어두어 오는 映窓에 기대어—三月에 쓰는 便紙	『조선중앙일보』
1934.5.2	산문	作家研究의 前記—新銳作家의 素描	『조선중앙일보』(5.2~9)
1934.12.9	시	風景畵—No.1湖畔에서	『조선중앙일보』
1935.3.2	산문	咸鏡線의 點描—素朴한 나의 旅情記	『조선중앙일보』(3.2~9)
1935.4.8	시	琴風과 季節	『조선중앙일보』
1935.4.19	시	黃昏譜	『조선중앙일보』
1935.4.24	시	思鄕圖—搖籃의 記憶을 모아 停車場·牧歌·校舍의 午後	『조선중앙일보』
1935.4.26	시	思鄕圖—搖籃의 記憶을 모아 동무의 무덤·언덕	『조선중앙일보』
1935.5.1	시	午後의 構圖	『조선중앙일보』

발표일자	구분	제목	발표지
1935.5.6	산문	弔歌	『조선중앙일보』(5.6~24)
1935.5.1	산문	書簡―신진작가서간집	『조선문단』 23호
1935.5.1	시	古都의 記憶	『조선문단』 23호
1935.7.24	시	石膏의 記憶―밀톤의 古畵集에서	『조선중앙일보』
1935.9.13	시	해바라기의 感傷	『조선중앙일보』
1935.9.13	시	思航	『조선중앙일보』
1935.9.26	시	壁畵―庭園·고독헌 版圖·南村의 記憶·放浪의 일기에서·海邊에 서서	『조선중앙일보』
1935.11.21	시	蒼白한 散步	『조선중앙일보』
1936.1.16	시	鄕愁의 意匠―黃昏에 서서·童話的인 風景·感傷的인 墓地	『조선중앙일보』
1936.2.3	시	古宮碑	『조선중앙일보』
1936.2.29	시	紙燈―窓·星湖의 印象·北靑 가까운 風景	『조선중앙일보』
1936.4.9	시	利原의 記憶(1) 松端驛·學士臺의 午後	『조선중앙일보』
1936.4.10	시	利原의 記憶(2) 山脈과 들·正月九日	『조선중앙일보』
1936.4.14	시	山上町	『조선중앙일보』
1936.12	산문	硏藝社 時代	『고려시보』[1]
1936.3.27	시	『乙亥名詩選集』(吳一島 편, 詩苑社)에 「外人村의 記憶」과 「午後의 構圖」 수록	
1937.1.28	시	薔薇와 落葉	『조선일보』
1937.1.1	산문	人生의 哀圖	『풍림』 2집
1937.1.1	시	黃昏花圖	『풍림』 2집
1937.2.1	산문	風物日記	『고려시보』 59호
1937.2.1	시	SEA. BREEZE[2]	『풍림』 3집
1937.3.5	시	江陜과 나발	『풍림』 4집
1937.4.1	산문	金起林論―現代詩의 黃昏	『풍림』 5집
1937.5.1	시	花束化粧	『풍림』 6집
1937.5.1	시	月光曲	『조광』 3-5호
1937.5.9	시	밤비와 寶石	『조선일보』
1937.6.4	시	星湖附近	『조선일보』
1937.8.1	설문	銷夏說問	『고려시보』 71호
1937.8.16	산문	西鮮散步	『고려시보』 72호

---

1 게재처(揭載處) 확인 불가.
2 이 작품은 일부 개작되어 『조광』 1937년 7월호에 재수록되었다가, 시집 『와사등(瓦斯燈)』에 다시 일부 개작되어 실린다. 『풍림』과 『조광』 수록 작품 제목에는 'SEA'에 마침표가 찍혀 있는데, 시집 수록 때 마침표를 뗐다.

발표일자	구분	제목	발표지
1937.9.1	시	茶房	『조광』3-9호
1937.11.8	시	對話—경애의 령전에 준다	『자오선』1집
1938.1.8	시	雪夜	『조선일보』
1938.5.26	시	空地	『비판』4-5호
1938.6.3	시	瓦斯燈	『조선일보』
1938.6.25	시	旅情[3]	『고려시보』91호
1938.7.26	시	風景(1,2)	『비판』4-7호
1938.8.1	설문	銷夏設問	『고려시보』94호
1938.9.26	시	廣場	『비판』4-9호
1938.9.26	시	少年	『비판』4-9호
1938.11.1	산문시	秋帖	『고려시보』100호
1939.1.1	시	흰 구름에 부치는 詩	『여성』4-1호
1939.1.25	시	『現代朝鮮詩人選集』(林和 편, 學藝社)에 「雪夜」 수록	
1939.2	시	燈	『비판』5-2호
1939.2	시	庭園	『비판』5-2호
1939.4	시	公園	『시학』1집
1939.4	설문	詩壇人의 同人誌觀	『시학』1집
1939.7.9	시	뎃상	『조선일보』
1939.8.1	시집	『瓦斯燈』	남만서점
1939.8.28	산문	寸語集	『시학』3집
1939.9.1	산문	獻詞—吳章煥詩集	『문장』8호
1939.10.28	시	弔花—경애에게	『시학』4집
1939.10.28	시	小夜	『시학』4집
1939.12.1	시	都心地帶	『인문평론』3호
1940.1.1	설문	새해설문	『고려시보』127호
1940.1.13	대담	시단의 현상과 희망(김광균·임화)	『조선일보』(상 1.13, 중 1.16, 하 1.17)
1940.2.18	시	『新撰詩人集』(詩學社 편·발행)에 「廣場」 외 4편 수록	
1940.2.1	산문	抒情詩의 問題	『인문평론』5호
1940.4.1	시	鄕愁	『인문평론』7호
1940.5.1	시	눈 오는 밤의 詩	『여성』5-5호
1940.7.1	시	秋日抒情	『인문평론』10호
1940.8.8	시	百貨店	『조선일보』

---

3 후에 『新村서—스켓취』로 개제, 개작되어 시집 『와사등(瓦斯燈)』에 수록되었다.

발표일자	구분	제목	발표지
1940.9.1	시	荒凉	『문장』18호
1941.1.1	시	水鐵里	『인문평론』14호
1941.3.1	시	長谷川町에 오는 눈	『문장』24호
1941.5.1	시	短章	『춘추』2-5호
1942.1.1	시	夜車	『조광』8-1호
1942.1.1	시	대낮	『조광』8-1호
1942.5.1	시	日暮	『춘추』3-5호
1942.6.1	시	碑	『춘추』3-6호
1942.12.1	시	綠洞墓地에서	『조광』8-12호
1942.12.1	反歌		『조광』8-12호
1945.12.12	시	『解放記念詩集』(중앙문화협회 편, 발행)에 「날개」 발표	
1946.1.15	설문	① 漢字 廢止와 國文 橫書 문제 ② '8·15의 感激' 外	『신천지』창간호
1946.1.28	산문	詩人의 辯	『중앙신문』(上 1.28, 下 2.26)
1946.2.25	시	喪輿를 보내며	『학병』2호
1946.3.1	시	朝鮮文學家同盟 詩部에서 펴낸 『三一紀念詩集』(건설출판사)에 「三一날이여! 가슴아프다」 발표	
1946.3.17	산문	詩와 民主主義	『중앙신문』
1946.4.6	산문	인민의 선두에 스시라	『조선인민보』
1946.4.26	역시	懷鄕(헷세 원작)	『시의 밤 낭독시집』
1946.5.1	설문	내가 싫어하는 여자	『신천지』1-4호
1946.5.5	시	복사꽃과 제비—어린이날을 위하여	『서울신문』
1946.5.12	강연	'詩人의 집' 주최 現代詩講座에서 「詩와 繪畫」 강연	
1946.5.19	산문	(신간평) 바다와 나비	『서울신문』
1946.6.30	산문	(신간평) 에세—닌시집	『서울신문』
1946.7.15	시	은수저	『문학』창간호
1946.7.4	시	美國將兵에게 주는 詩	『조선인민보』
1946.8.6	설문	우익8원칙과 좌익5원칙을 어떻게 생각합니까	『동아일보』
1946.8.10	시	永美橋	『신문학』3호
1946.9.1	산문	近代主義와 繪畫	『신천지』1-8호
1946.10.15	시	九宜里—弔 安東洙君	『협동』2호
1946.10.20	산문	이육사의 유고시집 『陸史詩集』(서울출판사) 서문을 씀	
1946.10.20	설문	여성들의 지나친 化粧 外	『서울신문』
1946.12.1	시	悲風歌	『민성』2-13호
1946.12.1	산문	文學의 危機	『신천지』1-11호

발표일자	구분	제목	발표지
1946.12.3	산문	詩壇의 두 山脈	『서울신문』
1946.12	시	詩歌集『아름강운 江山』(丁泰鎭 편, 신흥국어연구회)에 「古都의 記憶」이 수록	
1946	시집	『瓦斯燈』(재판)	정음사[4]
1946	산문	魯迅의 文學立場	『예술신문』[5]
1947.3.4	산문	文學評論의 貧困	『서울신문』
1947.3.10	산문	文學靑年論	『협동』 4호
1947.3.20	시	1946년판『朝鮮詩集』(朝鮮文學家同盟詩部 편, 아문각)에 「喪輿를 보내며」 수록	
1947.4.1	시	魯迅	『신천지』 2-3호
1947.5.1	시집	『寄港地』	정음사
1947.7.20	평론	前進과 反省－詩와 詩形에 대하여	『경향신문』(上 7.20, 下 8.3)
1947.8.3	시	喪輿를 좇으며－呂運亨 先生 葬禮날	『우리신문』
1947.8.10	시	黃昏歌	『새한민보』 1-5호
1947.10	시	뻐꾹새	『신교육건설』 2호
1947.10.1	시	詩를 쓴다는 것이 이미 부질없고나－哭 裵仁哲君	『신천지』 2-9호
1947.10.24	산문	가을에 생각나는 사람, 김소월	『민성』 3-11호
1948.1.1	시	悲凉新年	『자유신문』
1948.1.26	시	乘用馬車	『서울신문』
1948.1.28	산문	薛貞植 씨 詩集『葡萄』를 읽고	『자유신문』
1948.2.10	시	汽笛	『신민일보』
1948.2.15	산문	詩의 精神－회고와 전망을 대신하여	『새한민보』 2-4호
1948.2.29	산문	三十年代의 詩運動	『경향신문』(上 2.29, 下 3.28)
1949.1.1	시	그믐날 밤에 혼자 누어 생각하기를	『자유신문』
1949.1.15	산문	김철수 시집『추풍령』(산호장) 발문을 씀.	
1949.4.20	시	『詩集－조선문학전집 10』(林學洙 편, 한성도서)에 「街路樹」 외 4편 수록	
1949.11.1	산문	秋夜長	『문예』 4호
1950.3.10	시집	『현대시집Ⅱ 辛夕汀·金光均·張萬榮·柳致環』 간행(정음사)『紙燈』을 비롯해 30편 수록	
1951	시	영도다리	발표지, 일자 미상
1952	시	UN軍 墓地에서	발표지, 일자 미상
1952.11.5	시	『現代國文學粹』(趙鄕 편, 自由莊)에 「午後의 構圖」 외 17편 수록	
1953.5.4	산문	拉致된 8萬名의 運命	『동아일보』
1955.1.18	산문	이중섭개인전 목록에 실린 글	
1956	시	花鬪	발표지, 일자 미상

---

4 판권지에 발행 일자 없음.
5 발행 일자 및 호수 미상(未詳).

발표일자	구분	제목	발표지
1957.7.5	시집	張萬榮의 주선으로 그가 운영하던 출판사 珊瑚莊에서 제3시집『黃昏歌』를 출간(3백부 한정판)	
1959.12.10	산문	장서언의 시집『장서언 시집』(신구문화사) 발문을 씀	
1960.9.30	시집	장만영의 산호장에서『와사등』을 재간행함	
1964.6	산문	詩와 商業	발표지, 일자 미상
1967.11.25	시	안방	『한국일보』
1968.11.1	시	霽堂이 가시다니	『현대문학』 14-11호
1976.12.1	시	木蓮	『세계의 문학』 1-2호
1976.12.1	시	黃昏	『세계의 문학』 1-2호
1977.5.30	시집	趙炳華, 金奎東, 金環麟 등이 편집위원을 맡아 김광균 시전집『瓦斯燈』을 근역서재에서 간행	
1978.4.11	산문	百想 三十年―百想 張基榮 先生 一週忌에 붙여	『서울경제신문』
1979.1.25	산문	藝術家 사태	『서울경제신문』
1979.9.3	산문	雨杜考	『한양로타리클럽주보』 제908호
1980.4.29	산문	漢徹이…	『경향신문』
1980.9.6	산문	退行性 人生	『경향신문』
1980.9.13	산문	畵家·畵商·畵族	『경향신문』(上 9.13, 中 9.27, 下 10.13)
1981.5.1	산문	五十年	『월간조선』
1981.7.26	산문	內需産業의 運命	『한국경제신문』
1981.9.7	산문	로타리頌歌考	『한양로타리클럽주보』 제1000호
1981.12.7	산문	玄岩 死後에	『한양로타리클럽주보』 제1012호
1982.1.15	산문	茉莉書肆 주변	『세월이 가면』(근역서재)
1982.6.25	시집	시선집『金光均 張萬榮』(박철희 편, 지식산업사) 간행됨	
1982.9.10	산문	三十年代의 畵家와 詩人들	『계간미술』 가을호(23호)
1983.9.1	시	詩碑를 세우고	『현대문학』 345호
1983.12.20	산문	年年歲歲	『한양로타리클럽주보』
1984.1	산문	財政·金融이 가야 할 길	『전경련』 230호
1984.3.1	시	夜半	『현대문학』 30-3호
1984.3.1	시	城北洞	『현대문학』 30-3호
1984.3.1	시	木像	『현대문학』 30-3호
1984.3.1	시	安城에서	『현대문학』 30-3호
1984.3.1	시	小曲	『현대문학』 30-3호
1984.3.1	시	閑麗水道	『현대문학』 30-3호
1984.5.8	시	不信者의 노래	『한국일보』
1984.7.1	시	擧秀	『문학사상』 141호

발표일자	구분	제목	발표지
1984.7.1	시	水盤의 詩	『문학사상』141호
1984.7.2	산문	로타리회원에서 로타리안으로	『한양로타리클럽주보』
1984.9.3	산문	결의를 새롭게	『한양로타리클럽주보』
1984.12.17	산문	貳期 人生	『한양로타리클럽주보』
1984.12	시	立秋歌	『금융』
1985.2.1	시	崔淳雨氏	『월간조선』
1985.6.8	산문	李仲燮을 욕보이지 말라―'어느 夭折한 畫家의 遺作展'유감	『경향신문』
1985.6.2	시	梁錫星 군 葬禮式 날	『한국일보』
1985.6	시	안개의 노래	『回歸』1집
1985.6	시	點心	『回歸』1집
1985.6	시	다시 木蓮	『回歸』1집
1985.6	시	山井湖水	『回歸』1집
1985.6	시	子規樓	『回歸』1집
1985.6	시	立秋歌	『回歸』1집
1985.6.28	산문	나의 골프이력	『매일경제신문』
1985.8.15	산문집	산문모음집 『臥牛山』 출간(범양사출판부)	
1985.9.1.	산문	편집을 마치고	『漢陽로타리30년사』
1985.10.2	산문	가을에 생각나는 사람	『경향신문』
1985.11.1	시	壽衣	『동서문학』
1986.3.10	시집	『모더니즘 시선집―이상, 김광균, 김경린, 김수영, 김규동, 박인환』 출간(청담문학사)	
1986.5.1	시	三月이 온다	『월간조선』
1986.6.10	시	回歸에의 獻詩	『回歸』2집
1986.6.10	시	木蓮 나무 옆에서	『回歸』2집
1986.6.10	시	昏雨	『回歸』2집
1986.6.10	시	五月의 꽃	『回歸』2집
1986.6.10	시	中央廳 附近	『回歸』2집
1986.6.10	시	金銅佛耳	『回歸』2집
1986.6.10	시	黃塵·1	『回歸』2집
1986.6.10	시	黃塵·2	『回歸』2집
1986.6.10	산문	琴歌	『回歸』2집
1986.7.1	시	사막도시	『문학사상』
1986.7.1	시	독서	『문학사상』
1986.7.15	시집	제4시집 『秋風鬼雨』(범양사출판부 5백부 한정판) 간행.	

발표일자	구분	제목	발표지
1986.8.4	산문	守齋와 梧苑	『한양로타리클럽주보』
1986.8.21	시	景福宮 담에 기대어	『박물관신문』
1986.12.1	시	뻐꾸기	『문학정신』 3호
1986.12.1	시	壬辰花	『문학정신』 3호
1986.12.1	시	憂愁의 날	『문학정신』 3호
1986.12.1	시	黃蝶	『문학정신』 3호
1987.1	시	便紙	『소설문학』
1987.2	시	秋日敍情	『한국문학』
1987.4	시	日記	『문학사상』
1987.5	시	黑雪	『동서문학』
1987.8.5	산문	경제단체는 혁신되어야 한다	『매일경제신문』
1987.6	시	遊園地	『回歸』 3집
1987.6	시	五月花	『回歸』 3집
1987.6	시	嘔逆질	『回歸』 3집
1987.6	시	墻	『回歸』 3집
1987.7	시	廢園	『월간에세이』
1987.10.7	시	紐育서 들려온 消息	『조선일보』
1988.5.1	시	十一月의 노래	『문학정신』
1988.5.1	시	奇怪한 紳士	『문학정신』
1988.5.12	산문	片石村의 體溫	제1회 김기림문학의 밤 회상문
1988.6	시	山·1	『回歸』 4집
1988.6	시	山·2	『回歸』 4집
1988.6	시	山·3	『回歸』 4집
1988.6	시	立秋夜	『回歸』 4집
1988.6	시	海邊가의 무덤	『回歸』 4집
1988.11.10	시	無聊日日	『回歸』 5집
1988.11.10	시	右手頌	『回歸』 5집
1988.11.10	시	寒燈	『回歸』 5집
1988.11.10	시	回轉 도어	『回歸』 5집
1988.11.10	시	星群圖	『回歸』 5집
1988.11.10	시	가을 바람의 노래	『回歸』 5집
1988.8	산문	이미 죽고 사라진 사람들	『동서문학』 169호
1989.5.30	시집	『壬辰花』	범양사
1989.11.10	산문	우인의 회억 『회귀』 5집(송지영 유고집 『우인일기』, 융성출판, 1991에 재수록됨).	

발표일자	구분	제목	발표지
1990.2.1	시	수풀가에서	『월간현대시』 1-2호
1990.12.24	시	曹溪山-法頂 님에게	『회귀』 6집
1990.12.24	시	怵氏에 대하여	『회귀』 6집
1990.12.24	시	世月	『회귀』 6집
1990.12.24	산문	魯迅과 周圍의 朝鮮人	『회귀』 6집
1991.11.15	시집	『김광균시선와사등』(미래사 한국대표시인100인선집) 간행됨	
1994.1.10	시집	시전집『瓦斯燈』(삶과꿈) 재간됨	
2002.8.16	전집	『金光均全集』(김학동·이민호 공편, 국학자료원) 간행됨	
2007	시집	*Gas light : the poems of Kim kwang kyoon*(Ryou kyong joo, New York : Codhill Press) 간행됨	
2012.8.30	시집	『김광균 시선』(김유중 편, 지식을만드는지식) 간행됨.	

『김광균 문학전집』을 마무리하며

오영식

1.

앞의 「작품 연보」에서 보듯이 시인 김광균은 2백여 편이 넘는 글을 남겼다. 생전에 시인은 이 모두를 직접 정리하기 시작했다. 먼저 1977년『와사등―김광균 시전집』(근역서재)을 통해『와사등』(1939)부터『황혼가』(1957)까지의 시 80수를 갈무리하였고, 1985년에는『와우산』(범양사)을 통해 산문을 정리하였다. 그럼에도 시의 경우『추풍귀우』(범양사, 1986)와『임진화』(범양사, 1989)에 실린 54편의 작품들이 한곳에 모이지 못했고, 산문 역시 1985년 이후의 글들은 정리될 기회를 갖지 못하였다. 이처럼 만년의 글들이 한 자리에 정리되지 못한 아쉬움이 있긴 하지만 그래도 김광균의 저작들은 시인 스스로의 세심한 노력에 힘입어 비교적 정리가 잘 된 편이라고 할 수 있다.

시인 스스로 작품을 갈무리하는 것은 일견 바람직한 일이라 할 수 있을 것이다. 그러나 그 작업은 근본적인 몇 가지 문제를 갖고 있다. 예를 들어, 1977년에 정리한 시전집에는 1930~40년대의 표기 형태가 갖는 정서가 담겨 있지 않다는 것이다. '파―란', '긴―' 등의 이른바 '김광균식

표현'을 대체로 지키려 했지만, '하이-헌'을 '하이얀'으로, '멀-니'를 '머얼리' 등으로 바꾼 것과 '적다(씨)'를 모두 '작다(씨)'로 바꾼 것 등 몇몇 대목에서 뚜렷한 차이를 보이고 있다. 이런 점은 행과 연의 배치에서도 발견된다. 신문이나 잡지에 처음 발표한 것을 정리해 시집에 싣는 과정에서, 그리고 또다시 시전집에 옮기면서 균형을 잃게 된 경우가 적지 않다.[1] 결국 이렇게 옮겨 싣는 과정에서 생긴 소소한 변화들이, 정돈되지 못한 한글 교육을 받은, 1930년대의 신진 시인 김광균의 투박하면서도 신선한 모습을 크게 희석시키고 말았다. 산문에 있어서도 문장을 지나치게 윤문하면서 중요한 내용의 일부가 변질되고 탈락된 아쉬움이 있다.

1939년 초판 『와사등』이 100부 한정의 자비 출판, 1957년 『황혼가』가 3백 부 한정판, 1986년 『추풍귀우』는 5백 부 한정판 등에서 보듯이 김광균의 시집은 대부분 한정판으로 출판되어 원본을 직접 보기가 쉽지 않았고, 산문의 경우에는 『와우산』에 정리되어 있지만 흔히들 그 존재를 잘 모르고 있었다.

2.

1993년 시인이 작고하고 10년 가까이 시인의 작품들은 이처럼 흩어져 있었다. 그러다 2002년에 김학동 교수가 『김광균 전집』을 내면서 비로소 시인의 글들이 한 자리에 정리되어 1930년대 모더니즘 시와 김광균을 공부하는 연구자들에게 귀중한 텍스트로 제공되었다.

『김광균 전집』은 기본적으로 시전집 『와사등-김광균 시전집』(1977)과 산문집 『와우산』(1985)을 합쳐놓은 책이다. 크게 '시부'와 '산문부'로

---

1   이 점은 김학동 교수의 『김광균 전집』 작품 해설에서도 쉽게 확인할 수 있다.

나누었다. '시부'에서는 위의 시전집에 실린 80편의 시를 표기 형태까지 그대로 옮겨놓았고, 연대상 그 책에는 포함될 수 없었던 『추풍귀우』(1986)와 『임진화』(1989)에 실린 54편도 시집에 실린 표기 형태 그대로 옮겼으며, '보유편'을 설정하여 37편의 작품들을 추가로 발굴하여 모두 171편의 시작품들을 수록하였다.

'산문부'에 있어서는 『와우산』에 실린 26편의 글을 그대로 싣고, 거기에 21편을 찾아내 모두 47편의 글을 수록하였다.

그런데 두루 아는 바와 같이 '전집'이란, 단어만 존재하지 실재하지 않는 것이다. 다시 말해 어떤 사건이나 인물에 관한 글 모두를 완벽하게 모아 엮는다는 것은 불가능하다는 것이다. 따라서 우리나라에서 공간된 모든 '전집(全集)'은 실은, '전집(complete works)'이 아니다. 그것은 완성형으로 존재하지 않고, 늘 자기 갱신의 가능성을 자신 안에 가진, 다시 말하면 이제까지 발굴된 자료에 한하여 정리되고 수습된 제한적인 '전집'일 뿐이다. 특히 우리 근대문학은 자료가 일실된 경우가 많아, 모든 자료를 고스란히 재현했다고 자신할 수 있는, 문자 그대로의 '전집'은 사실상 불가능한 상황이다. 그래서 새로운 자료들이 추가적으로 발견되면, 지금까지의 전집은 한시적 효용을 다하고 새로운 '전집'에 그 자리를 내줄 수밖에 없는 것이다. 그 점에서 십여 년 전 김학동 교수의 『김광균 전집』이나 오늘 새롭게 펴내는 『김광균 문학전집』 모두 여기에서 자유롭지 못하다. 김학동 교수의 작업을 폄(貶)하는 것으로 오해하지 않기를 바란다.

위에서 『김광균 전집』의 '시부'가 『와사등―김광균 시전집』, 『추풍귀우』, 『임진화』 세 책을 표기까지 그대로 옮겼다고 했는데 여기에는 해명이 좀 필요하다. '시부'가 기본적으로 그렇게 작성된 것은 사실이지만 그 책의 편자들(김학동·이민호)은 작품 하나하나마다 원본을 추적하여 대조, 확인하였다. 다만 그들이 『와사등』(1939)이나 『기항지』(1947)의 초판을 검토하지 못한 아쉬움이 있지만, 각 작품 하단에 밝힌 내용을 보면 자료 추적에 매우 충실했음을 알 수 있다. 『김광균 전집』의 이러한 노력이 가장 빛나는 대목은 '시부' 보유편이다. 시인이 놓친 37편의 작품을 추가한 일이다. 물론 여기에는 시인이 자신의 작품을 정리하면서 의도적으로 배제시킨 것도 적지 않았겠지만 전작(全作)을 갈무리하는 전집 작업을 함에 있어서는 우열을 막론하고 모든 작품을 찾아내 기록하는 것이 사적(史的) 의무라 하겠다.

그런데 이처럼 전작을 찾아내려는 욕심이 앞서다 보면 실수가 따르는 경우가 있는데, 『김광균 전집』 '시부' 보유편에 실린 작품들의 출처를 일일이 확인하다보니, 「부두(埠頭)·여름」이란 작품의(『동아일보』, 1934. 7. 25) 지은이는 김광균이 아닌 '김광주(金光洲)'인 것으로 밝혀졌다. 그리고 이 보유편은 시인의 정리를 거치지 않았기 때문에 오히려 가급적 원문 그대로 소개하는 것이 좋았을 것이라고 판단된다. 가독성(可讀性)을 위해 현대어로 풀어주는 것을 나쁘다 할 수는 없지만 잘못 풀이할 염려가 앞서기 때문이다.[2]

『와우산』의 26편에 새로 21편을 추가하여 모두 47편을 수록한 '산문부'의 경우 우선 구성에 아쉬움이 있었다. 내용별로 구분하여 '시론 및 시평류', '문학과 미술평문 기타' 등으로 구분하였는데 항목 간에 차별성이 모호해 오히려 글을 찾기에 불편하였다. 그리고 '시부'에서와 마찬가지로 시인이 정리한 것을 그대로 따랐기 때문에 시인이 내적, 외적 이유로 변화 또는 탈락시킨 부분에 대한 검토가 부족했던 것으로 보인다.

생애 및 작품 연보에 있어서는 1930년 전후와 해방 직후에 대한 검토

---

2 「경회루에서」의 1행 '경성(慶城)'(『김광균 전집』, 238쪽)은 '폐성(廢城)'의 잘못이며, 「병(病)」의 8행 '쓰다난'을 '쏟아지는'(『김광균 전집』, 240쪽)으로 풀이하는 등의 예를 들 수 있겠다.

가 부족했던 것으로 보인다. 특히 1938년 「설야」로 『조선일보』 신춘문예에 당선된 사실은 누락되어서는 안 될 항목이라 생각한다.

3.

『김광균 문학전집』은 시인의 탄신 100주년, 편자(오영식)가 30년째 근무하고 있는 직장, 근대서지학회의 총서 작업 등의 인연이 어우러져 만들어졌다.

시 전공인 유성호 교수가 시편(詩篇)을, 필자가 산문편(散文篇)을 나눠 맡아 우선 『김광균 전집』을 저본으로 삼아 정리하기 시작하였다.

시편에 있어서는 『와사등』(1939)의 초판이 아직까지 학계에 제대로 소개된 적이 없었기에[3] 근대서지학회 신연수 회원 소장본을 제공받아 권말에 영인하였고, 차제에 이젠 희귀본이 된 『기항지』(1947)까지 추가, 영인하였다.

시편에 있어서는 앞선 『김광균 전집』이 충실히 엮어져서인지 새로운 작품을 추가하기가 쉽지 않았다. 다만 박태일 교수(경남대)의 도움으로 산문시 「추첩(秋帖)」을 추가할 수 있었고, 그밖에 「삼일(三一)날이어! 가슴아프다」(1946)와 『회귀(回歸)』 6집(1990)에 실린 3편 등을 추가할 수 있었다. 그러나 이 책의 시편은 위에서 이야기한 대로 초기 두 시집의 초판본을 영인, 제시하여 작품의 정본을 결정하는 지침을 제공했다는 데 큰 의미가 있다. 이러한 권말 영인은 표기 형태에 대한 부담감을 없애줘, 초기의 시편들까지 충실한 현대어 풀이를 가능하게 해주었다.

산문편에 있어서는 『김광균 전집』의 47편에 38편의 글을 추가하여

---

3   아직까지 학계에 소개된 영인본들은 모두 1946년 정음사 발행의 재판임.

모두 85편을 수록할 수 있었다. 이 가운데에는 설문(設問)과 토막글 등 미약한 글도 다수 포함되어 있지만, 그간 학계에서 전혀 모르고 있었던, 시인 김광균의 면모를 새롭게 할 수 있는 평문(評文) 등을 다수 찾아냈다.

김광균의 최초 평문이라 할 수 있는 「개인의 소감(小感)」(『시대일보』, 1930.3.5)을 찾아낸 것도 기뻤지만, 1940년 『조선일보』 신년특집으로 마련된 「시단(詩壇)의 현상과 희망—경향파와 모더니즘 외」이란 대담을 찾아낸 것이 가장 기억에 남는다. 당대 문단의 맹장인 임화와 3회에 걸쳐 진행된 이 대담은 그 내용은 차치하고, 당시 문단 내 김광균의 위치를 알 수 있게 해주는 귀중한 자료라 생각한다.

산문편의 새 자료들을 살펴보면 1946년을 주목하게 된다. 김광균은 해방 직후 약 1년여에 걸쳐 십여 편의 평문을 발표하였다. 수적으로 결코 적은 양이 아니거니와 이 가운데에는 「근대주의와 회화」처럼 모더니즘 시운동을 회화와 결부시킨, 당시로서는 탁월한 견해라 할 수 있는 글은 물론, 김영석(金永錫)이나 김상훈(金尙勳)과 논쟁으로 비화된 글도 포함되어 있다. 1946년 한 해 동안 발표한 시 작품 또한 8편이나 되니 혼란기인 당시로선 적은 편이 아니다. 어쨌든 해방기 무렵 김광균에게서는 '시인'보다 '논객'의 모습을 더 발견하게 된다. 해방 직후 조선문학가동맹에서 김기림(시부 위원장)과 함께 한 활동과 1947년 이후의 변화 등을 보면서 '해방기에 있어서의 김광균의 위치', '해방기 비평가로서의 김광균' 등에 대한 연구를 통해 문학계의 지형도를 재구성할 필요가 있다는 생각이 들었다.

산문편을 통해 또 하나 확인할 수 있는 것은, 시인의 인간적 면모이다. 북경 감옥에서 옥사한 이육사의 유고시집 『육사시집』을 이원조, 신석초 등과 함께 만들고 서문을 썼으며, 그밖에 여러 문우들의 시집 서평을 신문지상에 기고하였다. 1970, 80년대 이후에도 작고 문인들에 대한 회고의 글들, 비문(碑文)의 글들도 다수 남겼는데 이 모두가 시인의 따뜻한 인간성을 알 수 있게 해주는 자료라고 생각한다.

끝으로 산문편의 배열은 기본적으로 발표연대순으로 하였다. 평론, 비평, 수필, 기타(잡조)를 구별하지 않았다. 다만 문학 분야를 우선하여 '평문·수필·기타'로 묶어 대부분의 글을 포함시켰다. 이어서 본인, 타인의 시집 서발문·후기와 한 편뿐인 소설을 실은 다음 설문답과 경제관련 글로 마무리하였다.

4.

김광균은 문필활동과는 별도로 문단에 큰 베풂을 남기고 간 보기 드문 시인이다. 1937, 8년경에 군산에서 서울로 올라온 시인은 여느 문인과는 달리 번듯한 직업인이었다.[4] 어려서 부친이 작고하면서 짊어진 가계부채의 상환 때문에 형편이 넉넉하지는 않았겠지만 그래도 김광균은 베푸는 입장에 섰던 것 같다.

외솔 최현배 선생의 자제로 일제강점기에 정음사라는 출판사를 세워 이 땅의 출판문화진흥에 큰 공을 세운 최영해의 글을 읽다가 깜짝 놀란 대목이 있었다.

함흥 갈려면 걱정거리가 두 가지 있다. 하나는 돈이고, 둘은 술과 옷감 구하기였다.

술은 원산의 강호(姜湖) 씨 □를 많이 입었고, 옷감은 김광균(金光均) 형

---

4   조선고무공업주식회사 직원으로 본사로 올라온 지 2년 만에 상여금 1만 원을 받아 그간의 집안 부채를 모두 청산했다는 기록이 있다.

의 도움을 받았다. 강 선생은 소주공장 주(主)였고, 김공(金公)은 포목상 (布木商)을 경영하는 동생과 친구가 있었다. 돈 없는 날은 현웅(玄雄)의 화폭(畵幅)도 들고 가고,[5]

조선어학회사건으로 함흥형무소에 갇혀있는 외솔을 비롯한 한글학자들을 면회 가던 이야기에 난데없는 김광균이 나오는 것이 아닌가. 월북화가 정현웅이 당시에 그림을 그려줘 도움준 것은 알고 있었지만 그 대목에 김광균도 당시 포목점을 하는 김익균[6]이라는 동생을 통해 조선어학회사건에 도움을 주었던 것이다. 이런 정황으로 볼 때 김광균의 『와사등』 재판본(1946)과 『기항지』 초판(1947)이 최영해의 정음사에서 나오게 된 것은 우연만은 아닐 것이다.

해방 이후 김광균은 직장을 그만두고 문필활동에 전념했던 것으로 보인다. 1988년 제1회 김기림문학의 밤에서 발표한 회고문 「편석촌의 체온」에서 보듯이 당시 문인들의 생활은 매우 열악했다. 김기림의 경우에도 아내가 양말을 짜서 호구를 했을 정도였다는데,

김광균 시인은 6·25 때 납북된 아우의 유리공장을 맡아 운영했는데 사업수완이 있는지 돈을 많이 벌었다. 김광균 시인은 김기림 정지용 시인들의 쌀값을 대주었다. 수복 후에는 무역사업을 해서 돈을 많이 벌었다.[7]

김규동은 김광균이 사업을 해서 돈을 많이 벌었다는 얘기와 두 시인

---

5   최영해, 「8월 유감」, 『한성일보』, 1947.8.15.
6   해방 직후 무역업허가 1호인 '건설실업주식회사' 창업자. 이 회사는 김광균도 퇴직금을 출자
    하여 동생과 공동으로 창업하였다 함. 청년실업가로 무역협회 부회장까지 지낸 김익균은
    6·25 때 북한의 정치보위부원에 의해 납북되었음.
7   김규동, 「내가 만난 해방 무렵의 문인들」, 한국문인협회 편, 『문단유사』, 월간문학사, 2003.1.30,
    33쪽.

을 도와주었다는 것을 섞어 문맥을 야릇하게 만들었다. 김기림·정지용 두 시인은 6·25 때 납북되었고 김광균은 1951년 부산에 피란 내려가 납북된 동생의 뒤를 이어 건설실업회사의 사장이 된 것이다. 따라서 김광균이 사업해 돈 번 것과 도움을 준 것은 인과관계가 전혀 없는 것이다. 어쨌든 이처럼 김광균이 형편이 어려운 문인들을 많이 도운 것은 사실로 확인된다.

김광균의 이러한 선행은 화가들에게도 이어져 이 책에 실린 여러 글에서 볼 수 있다. 특히 화가 이중섭과는 부산 피난지에서부터 시작하여 이중섭이 부인 이남덕 여사와 한국 일본에 떨어져 있을 때, 그리고 장례식과 그 후 유작전에 이르기까지 계속되었다.

한국전쟁 이후 김광균은 사업가로 완전히 변모하였지만 1930년대부터의 문우인 장만영과 이봉구 등이 작고하자 그들의 기념사업에 앞장선다. 1983년 7월 경기도 용인에 세운 장만영의 시비 건립을 주도하였고, 같은 해 11월 경기도 안성에 세운 이봉구문학비에는 비문까지 짓고 제막식에 참석하였다.[8] 또한 1985년에는 타계 10주기를 맞아 출간된 『신석초 전집』 출판기념회의 초청인으로 참여하였고, 같은 해 문예진흥후원협회 부회장을 맡기도 했다.

1988년에 납·월북 문인들에 대한 대대적인 해금이 이루어지자 김광균은 문학적 은사인 김기림의 기념사업회를 결성하여 회장을 맡고, 조선일보사의 후원을 받아 제1회 김기림문학의 밤을 개최하였으며, 정지용 시인을 기리는 '지용회'가 결성되자 고문을 맡았다.

김광균이 이상 김해경의 시비를 세우려 했다는 것은 이번 작업을 하면서 처음 알게 된 사실이다. 현재 보성고교 교정에 전국 단 하나뿐인

---

8 이번 전집을 준비하면서 김광균이 작성한 비문을 확보하기 위해 사진작가를 현장에 보냈으나, 얼마 전 분묘를 이장하고, 문학비는 그 자리에 묻어버렸다고 함.

'이상문학비'가 세워져 있다. 이것은 화가 김환기의 부인 김향안(옛이름: 변동림) 여사가 1990년 이상의 탄신 80주년을 기념해 세운 것이다. 이 문학비가 서기 전이니 1988~89년경으로 추정되는데, 김광균은 김규동·박태진 등 모더니즘 후배 시인들과 힘을 합쳐 「꽃나무」를 새겨 넣은 '이상시비'를 세울 예정이었는데, 이어령이 중재에 나서자 김 여사 측에 양보하고 만 것이다.

1990년 김광균은 김기림시비건립위원회의 장을 맡아 둘째사위가 교장을 맡고 있었던, 김기림의 모교인 보성고등학교 교정에 김기림 시비를 건립하여 김기림에 대한 도리를 다하였다.

김광균의 선행에 관해서는 『동아일보』에 실린 에피소드 하나만 더 소개하고 맺겠다. 1962년 4월 27일 기사에 의하면, 이웃의 화재로 자택이 전소된 소설가 김광주에게 문인협에서 그동안 모은 위문금 8만환(김광균 5만환, 삼중당 2만환, 기타 1만환)과 공보부장관 명의의 위문금이 전달되었으나 사회적·정신적 부채를 지기 싫다는 이유로 반환되었다 한다. 물론 어느 정도 경제적 여유가 있어 이런저런 일을 맡을 수 있었다고 생각할 수도 있겠지만, 이러한 김광균의 선행은 1940년경부터 지속된 것이기에 그렇게 가볍게 말할 수 있는 성질의 것이 아니라고 하겠다. 세상에 알려진 것이 이 정도라면 우리가 모르는 그것은 또 얼마나 될 것인가. 이렇게 볼 때 김광균을 일러 '전인적 삶을 살다간 덕인(德人)이라 한 구상(具常) 시인의 표현이[9] 매우 적확했음을 새삼 느끼게 된다.

끝으로 약간 방향이 다르긴 하지만 김소월에 관한 이야기로 마무리를 지으려 한다. 역시 이 책에 실린 두 편의 글 속에 자세히 언급되어 있듯이, 김광균은 오장환과 함께 안서 김억 선생을 찾아뵙고 김소월에 대

---

9 『조선일보』, 1993. 11. 30.

한 자세한 이야기를 듣게 되었다. 당시까지 문단에서의 소월에 대한 관심은 '소월이 살았을 때는 아무 소리 없더니 왜 죽은 뒤에 야단들이냐는 안서의 대꾸 속에 모두 들어있다.

이후 김광균은『민성』(3-11호, 1947.10.20)에「가을에 생각나는 사람, 김소월」을 발표하였고, 오장환은『조선춘추』(창간호, 1947.12)에「소월시의 특성-시집『진달래꽃』의 연구」와『신천지』(3-1, 1948.1.1)에「소월연구 자아의 형벌」을 발표하여 소월을 문단에, 세상에 본격적으로 알렸다. 소월연구에 선편을 잡은 김광균은 이후「가을에 생각나는 사람들-문학사의 큰 별 소월과 육사」를『경향신문』(1985.10.2)에 발표해 김소월과의 특별한 인연을 다시 밝히기도 하였다. 소월연구에 첫 장을 연 사람이 오장환이란 것은 익히 알려진 것인데, 그 작업이 김광균과 함께 이루어진 것이라는 사실을 이 자리를 통해서 밝히고 싶다.

5.

김광균과 보성학교와의 본격적인 인연은 1970년 무렵 차녀 김은영의 혼사에서 비롯되었다.[10] 그러나 김광균과 보성과의 개별적 인연은 적어도 1930년대로 거슬러 올라간다. 김광균의 문학적 스승이라 할 수 있는 김기림(18회 추천교우)이 보성고보를 다녔으며, 문학적 지향은 달랐겠지만『풍림』과『시학』등에서 함께 작품 활동한 윤곤강(22회)이 보성고보를 졸업하였다. 1930년대를 모더니즘을 이끈 또 한 사람의 보성출신 이상 김해경(17회)과의 만남은 그의 요절로 이루어지지 못해 아쉽지

10 차녀 김은영은 보성학교의 재단인 동성학원(설립자 간송 전형필)의 현 이사장인 전성우와 혼인하였다.

만 30년대 모더니즘 문학운동의 본산이라 할 수 있는 보성학교 출신 문인들과 함께 문학세계를 열어 나아갔다고 할 수 있다. 이무렵 김광균은 화가들과도 친분이 두터웠는데 그가 가장 아꼈던 화가 최재덕(26회)도 1935년 보성고보를 졸업하였다.

보성고교 교장을 사위로 둔 인연으로 보성학교 개교 70주년인 1976년에는 〈보성축가〉를 작사하였고, 이상 김해경의 시비(詩碑) 건립을 추진하다가 양보한 김광균은, 1990년 6월 김기림시비를 보성고 교정에 건립하였다.

1993년 작고 후 보성과의 인연이 멀어질 수밖에 없었겠지만, 2002년 『김광균전집』을 펴낸 김학동 교수가 1961년 보성고에서 국어를 가르쳤고,[11] 새로 나오는 이 『김광균 문학전집』의 편자 또한 보성고 국어교사이니 김광균 시인과 보성과의 인연은 참으로 예사롭지 않은 것 같다.

6.

귀한 『와사등』 초판을 제공해주신 법률신문사 신연수 국장님, 『고려시보』의 기사를 확인해주고 산문시 「추첩」을 제공해준 박태일 교수님, 잡지 자료들을 통해 큰 도움을 준 김현식 전무님, 이미지 자료를 도와주신 아단문고 박천홍 실장, 원본·영인본 가릴 것 없이 텍스트 확인 과정에서 여러 번 도움을 준 엄동섭 선생, 특히 시편 작업에 수고를 아끼지 않고 도와준 고려대 박민규 박사, 그리고 장신, 권행가, 유석환 선생 등 근대서지학회 회원들의 도움이 없었다면 이 작업은 불가능했을 것이다.

시인의 유족께도 깊이 감사드린다. 발간사를 써주신 맏아드님 김영

---

11 1961년 봄 국어과 시간강사를 지냈음.

종 님을 비롯하여 차녀 김은영 님 등 많은 분들께서 큰 도움을 주셨다. 특히 이미지 자료 등에 도움을 준 외손 전인건 보성고 행정실장에게도 감사의 뜻을 전한다.

그리고 『한양로타리주보』에 실린 글을 제공해주신 한양로타리 관계자에게도 감사드린다.

끝으로 '근대서지총서'를 꾸준히 간행해주고 있는 소명출판에 감사의 말을 전하지 않을 수 없다. 자료의 소중함을 알고, 좋은 책이 나와야 한다는 일념으로만 일관하고 있는 박성모 대표와 그야말로 '책'답게 만들어주시는 공홍 부장님, 꼼꼼히 엮어주신 한사랑 님 모두 고맙습니다!

십여 년 전 『김광균 전집』이 나올 때보다 훨씬 더 좋아진 검색 환경으로 보다 향상된 작업을 할 수 있었다. 그러나 얼마만큼 총량에 접근했는지는 아무도 모를 일이다. 위에서 얘기했듯 완벽한 전집이란 이 세상에 존재하지 않는다는 것을 잘 알면서도 한 걸음 한 걸음이 조심스럽고, 마감일자가 다가오는 것이 안타까울 뿐이다.

金 光 均 詩 集

瓦斯燈

金起林氏에게보내는어느노래

午後의 構圖

晩圃 金정정

午後의 構圖

바다가까운 露台우에
아베모비의 고요한 꽃밭을이 바람에출고
한 거름을 물고 말더드는 파도의 발자최가
눈보라에 여비볼은 季節이항 발에
나들이 조각난 노래를을연거린다

天井에 걸린ㅅ 시계는 해로두서

하-얀 汽笛소리를 남기고
고독한 나의 午後의 凝視속에 잠기여는
北洋航路의 깃人발이
지금 눈부신 孤線을 긋고 먼 海岸우에 아물거린다

긴-배전에 한 배가득이 薔薇를 실고
黃昏에 돌아온 적은 汽船이 부두에 닿을나고
蒼白한 感傷에 누스름빛 바다우에
때로는 홋배의 날개가 그물는
한줄기 譜表는 적막하여니

바람이 슬적한다
이무은 기-ㄹ뱃을 세워 어둠보이 안해빛에 가슴이배여
여원 부촌을틈이 娼을 나려면

하이-얀 追憶의 배아엔 별빛이 하나
눈을감이면 내가슴에 저향하과 도 서뵤

鄕愁의 意匠

黃昏에서

밤안개 흘러나리는 저 내솔기의 白楊나무가
고요하고 凝固한 풍경 속이로
황혼이 고요한 牛音을 남기고
어두운 地面아득 구을너 떠러진다

저 먼 하늘에가 나즉히 물결치는 河畔을 넘어
슬픈 記憶의 …
故鄕의 季節은 …

낡어가는 눈밭속에서
나는 하나의 슬픈그림을 찾고 있었다

조각난달빛과 낡은 敎會堂이 걸너잇는
적은 산넘의
얼른 水池물은 저 별빛이 숨여어흐르고
훗나가는 달빛속에선 슬픈배노래가 흐너는

落葉에 씻긴 옛마을 옛시절이
가엽시 눈보라에 어러붙은 午後

蒼白한 散步

午後

하이얀 물기의 이줄기줄은권을 자저나간다

돌긴엔 남은 電信柱가
儀仗兵출이 나를 돌너싸고
눈부신 헤매는 헌배의 바름이
어무은 건배밭을 흐틀고 사라저간다

전긔발헤는
열른 패내빛이 花物겉이 괴붓고
고ㅇ에 花攤원 출방숙엔
흘더가는 물손배가 가득ㅡ허고

여윈그림사를 바람에 불니아며
나흘자
渕洛한풍경에 기대여 섰이면
쉬고 있는 정행이는 술본 괴픠괴고
金孔雀을 綉노은 애영자은 셀기도한다

제 벅 엇게 고 달 은 旗幅인양 나려딀인 –
單調로운 희 줄기 진 가에
앙상한 나무 가지는
히 미 헌 觸手를 저어 黃昏을 쿨로고

조각난 나의 感情의
한 끼의 슬픔 乾板인 푸른 하늘 먼
멀 ㅣ 니 팔 길에 누어 히 미하게 빗나다

紙　燈

窓

어제도 어둠도 고달픈 記憶이
흐르는 行列을 짓고 한밤을 지나가고
이마음서러운 마음의 열리운 가슴이들에
어메모메이 고 여원꽃향을에 눈물저 않다

어스히 鯵 눈에 박을고 이 면
한편의 부른한편은 얼빠져 저 아버지고

北青가 가는 風景

汽車는 당나귀 것이 슬프고 둥을 울고
洛葉에 덮인 停車場 경앙아아엔
가며귀 한 마리가 서글픈 관을럼고
고팔드 빛 하늘을 골고 있었다

파리한 모습과 남인빼ㅅ것을 가진 女人한분이
차창에 기배여 聖經을읽고

기적이 께여진 風景것이 해항한 부음을 녀고
낙서른 風景을 남년적 다
나는 서글픈 하품을 삐어 가면서
고여히 두눈을 갔고 있었다

湖畔의 印象

언덕아헤
발른손톱이 고운 少年이 있고
잔바람이 고요한 水面우에는
저녁안개가 고흔 花紋을 그리고 있다

조그만등불이 켜녀있는 물건너이로
季節의 憂鬱꽃이

꿈풀은 뜻업는 적은웃듬가
노을을을 向하여 흘너나리고

나는 雛草밭에 앉인 언덕우에 기대여서서
물건 산이를 세여어는
해맑으는 花봇을 뜯고 있었다

山 上 町

가―벼울이 희머진 石壁안에선
개울파르는 女人의 묵은해가 날카롭다

동리는 밭밭에 누어
모지러진 柵畵돗이 고즈한 얼골을하고
盞名가 바라다보이는 洋館의 꺼우아웬
가벼운 바람이 旗幅처럼 나뷘다

한낮이겨운 하늘에서 星座의 낫종이 울너나려서
붉은노―트를진 少女서엇이
새파―란꽃다발을 떨어트리며
해빛이 꺼ㅅ는 돌배미으로 사라지고

어미서 넘어온 피아노의 音餘韻이
고요한 물방울이피여 푸르함늘로 스며진다

牛乳車의 방울손해가하―연午後를실고
엇비여어 사라진 거ㅅ해

수풀저쪽 고ー트 쪽에서

산쎄이 터지는해가 서녁벌둘넘어고

저어 풀이어른 白樺나무 가지엔

고스로호 의 꽃괴꽃이

해맑안 혜구름이 커다보인다

壁　畫

1　庭園

옛 記憶이 하―얀 夏服을 입혀고
달밤에 돈대를 거니나린다

어두은 나의 天井에
이 깊었을때 噴水가에 이져버린 무슨 별들이
고요히 조을기 시작하고

2　放浪의 日記에서

하이한 風車수에
흘너가는 落葉이 달카로운 餘韻을 굴니고
지불의 凋落한 驛路에서
나는
유리낀 黃昏을 향하여 모자를 벗고

3　商村

저벼바람이 고요한 항올을 흔들삐겨나간뒤
돌담우에 바굿속에
죽은누나의 하―얀 열굴이 피여있고

저 밤마다 어두은 창포를 첨하늘에 녀럿고
나는 굳은 참배엿음엿고 누어 있었다

石膏의 記憶

창백히 여린 石膏의 기비엔 적은 향불이 잇고
여부은 街列이 꿋인곳에
고읍게 化班한 編模가하나 담벽속에 기우러지고

지금빗 鄕愁아에 그러케 화비한날개를피든 —
지금 나의 網膜우에 시드른 靑春의 花環이여

나는 낡은 愛撫의 두손을펴서 머리를적었고

저놀―히 서어진 비가슴아에

한포기 薔薇하 빛나는어晝의구름을 안겨주련다

外 人 村

하이한 幕色속에 피어잇는

山峽村의 고독한그림속으로

파―란 驛燈을다른 馬車가 홀버처기여가고

밤마을 向한 산마루길에

우득커니 서잇는 龜信柱우엔

지나가든 구름이하나 새를전노을에 젖저잇섯다

바람에 불니우는 적은 갈대들이 흔들니고
건너편 발에 무거진 들다피안에선
적은시내가 물방울을 굴니고

얼게자운 一한 花園地의 삐취우혜
한낮에 少女들이 나기고간
가벼운 우슴과 시들은꽃다발이 흔여저있다

外人墓地의 어두운 수풀뒤혜
밤세도록 가느란 별빛이 나리고

室白한 하늘에 걸녀있는 村落의 時計가
여윈손을 저어 열시를가르치면
날카로은 古塔갓이 언덕우혜 손사있는
褪色한 聖敎堂의 지붕우혜선

噴水처럼 흐터지는 푸른종소리

街路樹

A

푸른 잔디를 물고 서잇는
體操場 時計塔 우에
과ー란 旗幅이 바람에부서진다

무거운 궤행이로 헤구름을 헤치고
敎堂이 기우러진 언덕을거나며
밝아해밫은 花粉인양 나려져옷고
거리는 함박꽃같이 숨을죽엇다

B

明燈 한 들다며를 남어
街路樹에는 우뢰ㅅ 黃昏이서려잇고
鋪道에 즐어진 지부들이
창백한 꽃다발꽃이 구기도한다

꽃등처럼 흔들니는 저이창들에
밝은세과란거름을 빗이며고피어드고
나는 銅像이잇는 廣場압에 조피고
검음은 페하의 과ー란눈동자를 미여다간다

밤 비

여부은 帳幕넘어 비ㅅ데가 슬픈밤은
초록빛 아산을밧고 거피로 나갈까요

나즉이 풀젓기는 밤비슨으로
모사를들 녀르고 備道를가면
밤함에거는 저달네첫이
자최도엽는 교흔마음을 붓티고
눈부신 인젤이 흘으젯니다

초각난 달빗첫이 흐부엿을며
신산一한 젼사아에 스피는비는
사랑젼 情熱의 그으一한 졍이기에

낫서른 현장가에 푸른가미를 고히쩌며
초막한 術緩하에 흘노거닐면
이마에서피는 해맑은 비눈슨엘
淡紅빗닷발이 송이송이 흘여지고
비ㅅ헤는 닷시 수엽눈족에의날개가 펴여
내가슴아에 짜닷一한 花物을 붓티고갑니다

1

양철로 만든 달이 하나 水面 우에 떨어지고
부서지는 얼음 소래가
날카로운 呼笛처럼 옷소매에 스며든다

都市의 ...
여울가 모래밭에 흩어저 빛나는
노을에 빛나는 어느 모래꽃이

湖水는 한포기 화려한 꽃밭이 되고
여윈 杜鵑이 적적히 여울
조각난 水草이 눈부신 빛을하다

2

낡은 고향의 헐벗긴 꽃이
강물은 길―게 여벗고

車窓에 서리는 黃昏저 넘―니
노을은
나의 鄕愁에 저린 한껏을 피고 있었다

3

앙상한 雜木林 새로
한낱 적은 光芒이 透明한 旗幅을 펴드리고

푸른 옷을입은 송아지가 한마리
조그만 그림자를 밟밑에 나붓기며
서름픈 울음울하고 눈뿌아혜서 있다

少年思慕

A

湖水 가에

어린 날의 하나ー한 山脈이 물결아혜서 펴고

비 뱅슨 비가 피낮은 출을나려면
바위산이의 출어진 이름없는 풀들으로
바람이 울적 만다
적은 膩髮未來이 출을 봤다

676   김광균 문학전집

黃昏이 밀고 흘너간 자욱을 뿔고 어른

황혼의 金扰雀이 달니 건너

금빛피리의 여윈 音을 뿔으나 ＋히 ＋한은

숨이는 하늘속에 고개를 뿔고

구름산이를 헤여어는

고달픈 발길손해에 나으잠갓섯다

B

바람이 슬적인다

領旗는 남은비어 동列란 호늑여울고

하늘엔 고스므신 이츰을햇무체

동피히 牛後는 울고잇섯다

해맑은 빛을한 가을하늘이

서글픈 印畵갓이 얼게빗나고

고독한 牛音을 뿔뿔티며

梧桐닙이 흘이지는 한마당에서

술못는 한나의 발가한이

아득一한 禮話갓이 남은빛을한섯다

SEA BREEZE

나는 안개에저진 帽子를쓰고
이 古風의季節않에 서글픈旅裝을한다

고독한 희파람선배를 피어드며
보랏빛구름이 酒店의집웅을스처간뒤
舖道에는
落葉이여 부언 비ㅅ발을 남기고

蒸汽船꼿이 피ㅅ한衙列을조처
느러슨 商舘이 몽히한그림자

바다에는
저나가는 汽船이하一은 鄕愁를뿜고
갈메기는 슬푸진을흐늘며
피여오르는 黃昏저넘어
하나의 눈과신 花紋이핀다

일흠엄는 港口의 潮水가히 안겨

나는 나의 水艦를 싯고

흘녀가는 SEA BREEZE의 날개우홍

이르러진 靑春의 가슬을 퓌여보넌다

瓦斯燈

차단—한 등불이하나 비인하늘에 걸녀있다
네 호올노 어델가라는 슬픈信號냐

긴—여름해 황망히 날애를접고
느러슨高層 창백한墓石같이 황혼에저저
찰난한夜景 무성한雜草인양 헝크러저채
思念 벙어리되여 입을담을다

皮膚의 바까테 슴이는 어둠
낯설은 거리의 아우성소래
까닭도 없이 눈물겹고나

空虛한 群衆의 행렬에석겨
내여비치 그무거운悲哀를 지고왓거니
길—게느린 그림자 이다지도무어

내어디로 어떠케 가라는슬픈信號기
차단—한 등불이하나 비인하늘에 걸녀잇다

空　地

돌을엏는 空地에 밤이나리다
수없이걱정는거기플옷이
자욱一함어둠에숨어지치다

네품속어지앉는 幸福을기다기에
스산한밤바람에얼울을적시고
어느곳지향엏는地角으로向하여
한옛날 憧憬의 跡을잃고최톨그리는거나

風景

A

힌 포배아에 힘을고 이
아득ㅣ한 곳을향해
춘수전을 내여흗다

바다는 고적한 술품꼿이 널처충로
풀결은 저저빗 花瓣이 피다
바다는 배낫에 등불을키고
遊態의꼿 풀결아에 슨북이지다

B

폐가서스는 슨폐를저며
힌 풀결을키로다

숙기는 肢體 噴水꼿이 흘어지고
화려한 풀저름 水嶽이양 젓다음고
天幕처럼 부르트하는
모으로 기우러지헤

질배이 다ㅡ밤 밤앙을밝고
모래밭 아헤 별퇴暗안구름이향다

廣　場

비인 밤에 호을노
바깥 橙鐵을 바라며섯다

솔로都市엔 日沒이오고
時計店 青銅이 종이 울고
바람이 구름은 구우水였다

느러슨 高層우에 적어이는 걸 밧

열없은 樹木과 더 조이는 街燈

손메도 없이 暮色에저저

열분 베옷의 바람이차다

마음한구석에 베개가운다

황혼을 조려 베개미에담을정거라

모자도 없이 廣場에슨다

新 村 서

= 스켓취 =

구름은 한떼의 바늠이

꽃다발곳이 아련—하고나

電報에 列을지어

번—산을넘어가고

느러슨 숲을따다

초록빗 별들이 등불을긴다

오 낮한 등이얐이
포푸라 나무 外套를입고

하이一한 들팔에 爻이
닭은등불 빠터며
이양른 黃昏을 손때도없이
汽車는 지금 들판에달닌다

燈

피릿소리는
고흔적음을 발밑에뿜는다
어린 순정을 녹여돗는다

밤성에 드바허 등불을고다
자욱一한 어둠 저홀을
둑켄 汽笛이 지간다

庭　園

A

로친모친의 가느단 그림자는

치마서편다

B

ㅣ게경영의 나만이 둔비롯 나린다

鳳速計의 噴水가 나린이 서잇다

書　夜

아느편ㅣ못의 그피운 선적이기ㅎ

이 한밤 스레없이 흣날비느쑈

쭘하곧에 흐롱홀 여위이가 봐

서줄꿈에사현응 핀눈이 나붜

昭和十四年七月二十八日印刷
昭和十四年八月一日發行

著作者　京城府茶屋町三番地　金光均

發行者　京城府寬勳町一四六ノ三番地　吳章煥

印刷者　京城府體智町三〇〇番地　韓東秀

印刷所　京城府體智町三〇〇番地　秀英社印刷所

發行所　京城府寬勳町一四六ノ三番地　南蠻書店

1938

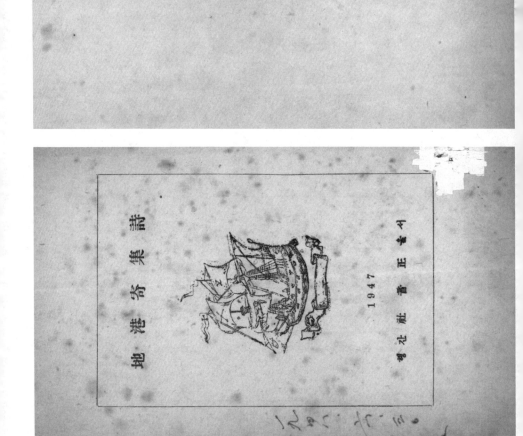

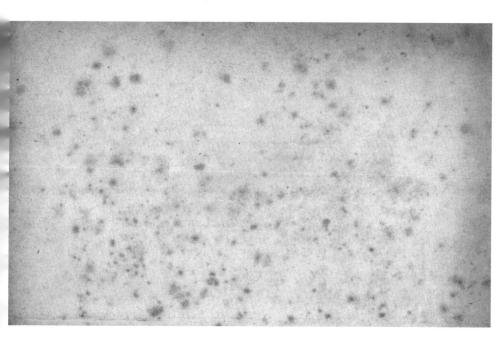

장정 • 최재덕

荒　凉

夜　事

모다를 눈물지우며
요란히 울고가고 다시돌아오는
기적소리에 귀를 기우리드라

내 陵家의 깊은밤 차에　고단한 肉身을실고
뭉뚱한 람프아에
感傷은 자욱一한 안께가되여 나리나니
어미를 가도

7

腦髓를 짜고 드는 한줄기 孤燭

絶壁가까히 가적은 돗다시 물에여울고
단단 귀가에 들리는 것은
밤의 層階를 굴러 나리는
처량한 차 바귀소래

하ー 새벽은 아즉 멀엇나보다

荒凉

처적별 자갈밭에 어들도 밤람이 우는가
창망한 하날가에
구름이 열고 지는 맥적 산넘어
별떼처럼 총총별남이 어는 초가정웅별
처마한 燈盡하래 구겨진 어머니 얼골을
밤ー꽃이 나려세는 驛路가까히
노래를 잊어 버린 어린애들의
비인 눈동자에 숨이는 노을

허공에 떨려있는 한낮서리운 등불처럼
어두운 地平한끝에 깜빡이는 옛마을이며
북해는 겨울가에 눈향수
포푸라나무 사이로 바라다뵈는
한줄기 신작로 넘어
향시제표된 한장의 하늘아래
사람결듯이 외로운 고향의선과들을 향하여
숨이는 嗚鳴 호올로 달밤은
내어느날 옻다발 한아름안고
옻아감을 위하여 미리 라

鄕 愁

저무러어는 陸橋아에
한줄기 찬란한 기적을뿌리고
초록새 감표를다는 貨物車가지나간다

어두운 말물아에 깔때기떼 앉았는
바다까까히
停車場도 주막집도 별이 진다마다리도
은—겨울 눈속에과 마처 잠드는 고향

산도 마을도 포프라나무도 고개숙여

호젓한 낮과 밤을 맞이하고

그 곳에

언제 개일지 모르는

조그만 生活의 조心들을 에워싸고

해마다 가난해가는 고향사람들

닳은 비오듯 처럼

바람이 우는 날은 서러운 고향

고향사람들의 한숨에 맑도

진달래빛 노을과 함께

한번 가고는 다시 못오기

저 므는 都市의 우산에 기대어서

내 생각하고 눈물짓운도

한블기 들국화처럼 차고 서름프다

綠洞墓地에서

이 새빨간 진흙에 무치러 여긔왔는가
갈갈히 두은 荒土를 하나 못하나 없이
눈을가리는 오리나무하나 선하나없이
비에 젖은 葬布 바람에 울고
비인들에 피지는 한줄기 搖鈴소래
서른예름이 서리오나히 두손에한체
여뉘께끼에 힐거운짐이제빛어젔는가
아하

몸부림하나없이 우리여긔서 빼여지는가
투거운널등에 못박는소래
평을나리는 쇠ㅅ줄소래
네이담한복관을 뚫고가고
담으로 입술우에
죄고만 墓標우에
비가나린다
비는나린다

反　歌

16

꽃봉은 어디로 흘러가기에
아름다운 목슴 설고갔느냐
편一훗날 꽃봉은 다시 피도라오리
우리어디서 만나 목잡을가

碑

어머님은 지나간부의 추억속에사신다
어머님의 白髮을 에워서고
추억은 흘히 비친 圓光을 띄고있다

瞻眼한汽笛이 오고가는 停車場에서
流滴의길가에 숨이는 荒凉한暮色속에서
내서러운都市우에 낯과밤이 바퀴매 마다
내戀의 집음우홀 바람이 지날때마다 다

어느날엔 다정한마음 부르는양
은─몸이 젖는다
향수에 온몸앟는다

어느날은 향시 고향에 피시면서도
향시 나하렇께 피신다

忘憂里

朴容淑

아 별서가 나고 인체도 어나고
마음속에 빛은 쓸쓸한얼굴을한다

은 수 저

산이 저믄다
노을이 잠긴다
저녁밥상에 애기가 없다
애기 안든 밥상에 한 쌍의 은수저
은수저 들에 눈물이 고인다

한밤중에 바람이 분다
바람속에서 애기가 웃는다

애기는 방속을 디려다 본다
들창을 열었다 다시 닫는다

문ㅡ 들굽을 애기가 간다
맨발 벗은 애기가 울면서 간다
불러도 대답이 없다
그림자 꺼저 안 보인다

때 낯

한나의 얼굴을 바람이 스친다
여윈 나의 깨에 해빛이 곱다

한나의 꽃 보슬에
죽은 동생의 서려 안형들
머리를 곱게 빗고 연지를 찍고
푹 눈에 눈말이 고이엿있다

아무도없는 고요한대낮
빼인남땅 한구석에서
우리들은 쓸쓸히웃는다

吊　花

여기 흙을노피 들꽃이있어
자욱-이 나리는 안개에
일사귀마다 추라한 등을올달다

아련히 번지는 노을저쭉에
소래도없이 피뭇는어듬
던一종소래 꽃닢에지다

아 저 미루들가에 소복이 꽃

이는 띠나건비방이 슬픈 모습이 기에

저 나는 밤결 절노 덤저에

한줄기 눈물 가슴을 적시다

水鐵里

산비탈엔 들국화가 한창하고 누의 동생이 마엽셜히 핌나마차
나가 은득서서 바람이 슬때하다 아득一한 교종을 향하야 붉위
가지를 내의 저엇다。 갈길을 못찻는 양은 산골에 절노 눈이 깜만
다。 마엽셜에 저안서 내가 안섭을 듯고 동이뒤에 저겁이는 띠별
나무 수풀앞에 차단一한 磴石이 하나 노을에 뭇이 잇엇다。 확나
린 비처럼 어린 모습을 너 어는 無形한 고중에 그 體溫이 까 저비
란우 함낫으로 찻어주는긴 비인 蓋地의 물소래의 바람소래
붉。동생의 가슴에 비가나리고 눈이 쌓이고 저함한 하흘이 별

별들은 이 담아에서 마엿을 숙사였는지 한축름름을 헤치고 나

즉一하 바르면 한앗못처럼 눈들갓한출에 서리안청갓이 옷소미

에솟엿다.

都心地帶

한울기슭은 瓦斯燈수에
허멀린 달이하나 바람에흘리우는
어느 어두운邊方의 비인舞臺를
이밤 나혼자 헤여나간다
조고만 그림자가 비틀거른다
서러운생각이 초적이 꺼진다

달은어제 바들一氏갈은 영구를하고

34

나를 비웃는가

내게는
두 권의 詩集과 骨髓까리에스의 안해와
한 마리의 고양이가 있을뿐이다

白紙로 말은 銅像 앞에
검은 薔薇가 하나 떨어져있다
장미 속에선 가는 난쁘레소래가 피여오르고
내 은 一몸에서도 난쁘레가 운다

幻 燈

차단一한 등표가 하나 호젓홀아해 떨어있다
뛰거리 조그만 시내마원 방응밀림이 돋항가고
스크린아엘 어두운 가을비가 나려퍼붓었다

호젓한 달이하나 밤람에돌리우고
噴水는 어두운곳에서 기침을한다

風速計의 어깨넘어

거리의 비둘기들이 끝―내 훌닸다

고개넘어 遊園地엔

끝났다 이는 날소리와 함께

밤 교도록 어화충이 피역을 엱다

—

빗   상

1

香料를 뿌린듯 끝―닫한 노을우에
電信柱 하나하나 가우러지고

면― 高架線우에 밤이 겨진다

2

구름은

보라빛 色紙우에
마구점한 한다발薔薇

牧場의 가人발도 늘음나무도
불을면 꺼질듯이 외로운들길

秋日抒情

落葉은 포―란드亡命政府의 紙幣
砲火에 이즈러진
도룬市의 가을하날을 생각케한다
길은 한줄기 구겨진 넥타이처럼 풀러저
日光의 폭포속으로 사러지고
조그만 담배연기를 내여뿜으며
새로두서의 急行車가 들을달린다
포푸라나무의 筋骨사이로

工場의 지붕은 흰 나래를 드리며 인제
한가한 구부러진 鐵棚이 바람에 나브끼고
그 아예 새로 光紙로 만든 구름이 하나
자욱―한 풀버데 소래 발길로 차며
흙을는 荒凉한 생각 버릴곳없이
처 곳에 피여는 들풀 땜 하나
기여러진 風景의 帳幕 저 쪽에
고독한 半圖을곳고 잠기여 간다

41

잠군 천정에 어는 눈

차질 미모산의 지붕으에
호께릴의 風速計여
기여러진 포스트여
눈이 나린다
물질치는 지응지응의 한줄에 들리는
먼―騰音의 潮水 잠드는뵈
물기진 汽笛 한 이 따금 들려어고
그 아예